KB185041

국어 1등급을 정말 원한다면

# 국정원

## 노베이스 문학편

지금까지 너에게

수능 국어는

재미도 없고, 어렵고, 짜증나고

무슨 말인지도 모르겠는 과목이었을 것이다.


나도 그랬다.


이 책에 적혀 있는 내용을 알기 전까진.

**독해편**

# chapter 3

## 기출 적용편

**국정원 기출편 사용 설명** · 90

# 프롤로그

아직까지도 중학교 국어 내신 준비하듯이, 시의 주제를 달달 외우고 소설의 줄거리를 정리하는 식으로 문학 공부를 하고 있다면, 네가 이 책을 펼친 건 정말 행운이라 말해주고 싶다. **나 역시 네가 지금까지 했던 바로 그 방법으로 3년 간 공부했었고, 그 결과 고등학교 3년 내내 만년 3, 4등급에 머물러 있을 수밖에 없었다.** 하지만 이 책에 쓰여있는 문학 공부법을 터득하고, 단 2개월 만에 국어 고정 1등급으로 올라섰으며, 수능날에도 문학 문제를 전부 맞힐 수 있었다. 그래서 나는 이 책을 지금 만난 네가 부럽다. 내가 국어 5등급을 받던 시절에는 이 책처럼 제대로 된 문학 공부법을 말해주고 있는 책이 없었기 때문이다. 대부분의 책들이, 단순히 문학에 나오는 여러 용어들의 뜻을 설명해 놓고 달달 외우게 하는 정도였다.

나는 이미 이 책에서 이야기할 방법들을 '국일만 문학편'이라는 책으로 만들어서, 수만 명이 넘는 학생들의 성적을 바꿔왔다. '국일만 문학편'은 2023년에 판매된 국어 문학 공부법 책 중 가장 많이 팔린 책이며, 이 책을 통해서 성적이 오른 학생들이 남겨준 후기만 1,000개가 넘는다. 이뿐만이 아니다. 나는 현재 유튜브에서 '범작가'라는 채널을 통해 '국정원 문학편'에 적혀 있는 공부법들을 공유하고 있다. 네가 유튜브 채널에 들어가 보면 알겠지만, 수만 명이 넘는 학생들이 내가 말하는 메시지에 공감하며, 성적이 올랐다는 댓글을 남겨주고 있다.

'국정원 문학편'은 3, 4등급 대에 머물러 있는 고등학교 3학년 학생들이 그 책만 보고 공부하더라도 1등급이 될 수 있도록 만든 책이다. 그래서 어쩔 수 없이 책 대부분의 문제를 최고난도 문제로 구성할 수밖에 없었다. 1등급이 되기 위해서는, 보통의 1등급 학생들도 틀리기 쉬운 최고난도 문제까지 풀 수 있어야 하기 때문이다. 그러다 보니 상대적으로 성적대가 낮은 학생들은 '국정원 문학편'이 조금 어렵다고 이야기하였다. 그래서 만든게 이 책이다. 이 책은 고등학교 1, 2학년 학생들, 그리고 5등급 이하의 고3 학생들을 대상으로 하는 '노베이스 전용' 국정원 문학편이다.

## ✒️ 이 책이 도움이 될 수밖에 없는 이유

나는 고등학교 1학년 첫 3월 모의고사에서 국어 5등급을 받았었다. 하지만 재수 때 응시한 수능에서는 국어 1등급을 받았다. 선천적인 재능으로 처음부터 계속 1등급을 받았던 학생이 아니다. 그래서 재능이 없는 학생들이 어떻게 5등급 이하 성적에서 1등급으로 올라설 수 있는지 알고 있다. 그들이 시를 어떻게 읽고 있는지, 고전 시가를 왜 어려워하는 건지, 소설 속 인물들을 왜 외우기 힘들어하는 건지 전부 알고 있다.

너도 알고 있듯이 이 세상에 '수능 국어 1등급'을 받은 사람들은 정말 많다. 하지만, 5등급 이하 성적에서 1등급으로 성적을 올린 사람은 그중 1/10도 안 될 것이다. 성적 통계를 보면, 보통 타고난 재능으로 매번 1등급을 받던 학생들이 수능날에도 1등급을 받는다. 그리고 그 1/10에 속하는 사람들 중에서, 본인이 어떻게 1등급을 받을 수 있었던 건지 명확하게 설명할 수 있는 사람은 더 드물 것이다. 심지어 자기가 공부한 방법으로 책을 쓰고, 영상으로 만들어서 수만 명이 넘는 사람들의 성적을 올릴 수 있는 사람은 **'거의 없을'** 거라 생각한다. 실제로 남을 가르쳐 보면 알겠지만, 내가 공부를 잘하는 것과 남을 가르치는 것은 꽤나 다른 영역이기 때문이다.

앞서도 말했지만, 나는 고등학교 1학년 때 국어 모의고사에서 5등급을 받을 정도로 국어에 재능이 없는 학생이었고, 고3 수능에서도 3등급을 받았다. 그러나 재수생 시절 이 공부법을 깨닫고 단 두 달 만에 1등급을 받을 수 있었으며, 그 방법을 책과 영상으로 만들어서 이미 수천, 수만 명이 넘는 학생들의 성적을 올렸다. **내가 바로, 그 '거의 없는' 사람들 중 한 명인 것이다.**

## ✒️ 노베이스에서 1등급까지 가는 길

나는 사실 중학생 때까지는 전교 50등 이내에 들 정도로 공부를 꽤나 잘하던 학생이었다. 재능이 있었다기보단, 중학생 때까지는 '죽어라 암기하던' 공부법이 통했기 때문이었다. 시험 범위에 있는 시의 주제를 모두 외우고, 선생님이 설명해 주셨던 시어의 의미를 다 암기하면 100점이 나왔다. 그러나, 고등학교에 입학한 후에는 그 방법이 더 이상 통하지 않았다.

그렇게 고1 3월 모의고사에서 5등급이라는 충격적인 점수를 받게 되었다. 나는 시험 다음날부터 유명하다는 인터넷 강의와 책을 닥치는 대로 찾아보았다. 인터넷에 검색도 해보고, 유튜브도 보고, EBS 강의도 보면서 좋다는 강의와 책을 찾아 죽어라 공부했지만, 고등학교 1학년이 끝날 때까지도 4등급을 넘지 못했다. 모르는 단어를 찾아서 외우고, 하루 3시간 이상씩 독서실에 앉아 공부하며, 읽는 활자의 양 자체를 늘리니 국어 성적이 조금은 올랐다. 그러나, 그래봤자 4등급이었다.

'도대체 뭐가 잘못된 걸까. 옆에 앉아 있는 쟤보다 내가 공부를 덜 하는 것도 아닌데. 왜 쟤는 1등급이고 나는 4등급인 걸까'. 나는 고등학교를 졸업할 때까지도, 이 질문에 대한 답을 찾지 못했다. 그래서 결국 고등학교 3학년 6월, 9월 모의고사, 수능에서 각각 3등급, 4등급, 3등급을 받고 고등학교 생활을 마무리했다. 나는 이해할 수가 없었다. 하루에 4시간을 국어 공부에 쏟았는데, 모르는 어휘도 전부 찾아서 외웠는데, 연계율이 50%라는 수능 특강, 수능 완성 교재도 죽어라 풀었는데, 왜 나는 3~4등급을 벗어날 수 없는 걸까. 국어를 극복할 수 있을까, 재수를 결심하고 나서도 매일매일이 불안하고, 절망적이었다.

재수를 결심한 후 내가 가장 먼저 한 일은, 고등학교 시절 문학 공부의 문제점을 파악하는 일이었다. 분명, 지금까지 내가 했던 공부법에 문제점이 있었기에 수능도 망쳤을 거라 생각하였다. 내가 고등학생 때 어떻게 문학 공부를 했는지 돌이켜보던 도중, 나는 큰 깨달음을 한 가지 얻게 되었다. 바로 **내가 지금까지 했던 국어 공부에는 '감상'이 빠져 있었다는 것이다.** 나는 수능이 끝나고 스톱워치를 버린 뒤, 차분히 수능 시험지를 다시 읽고 풀어보는 과정에서 이 사실을 깨달을 수 있었다. 그전까지는 항상 문제를 풀 때 시간 제한을 두었었기에, 작품을 대충 읽고 선택지에서 고민하는 식으로 문학 문제를 풀었다. 그래서 작품을 읽고 이해해서 푸는 것이 아니라, 기존에 외운 내용을 바탕으로만 문제를 풀었다. 틀린 그림 찾기 하듯, 문제에서 물어보는 부분을 작품 속에서 찾아서 비교하는 식의 공부만 했었다. 즉, 수능이라는 시험을 마치 고등학교 내신 준비하듯 공부하고 있었던 것이다. 그러나 수능에서 원하는 것은 그런 게 아니었다. 수능 시험의 본질은 **작품 속 인물의 마음에 공감하고, 인물이 보고 있는 것이 무엇인지 상상하며 작품을 이해하는 능력 즉, '감상력'을 기르는 것이었다.**

출제자들은 한국교육과정평가원 홈페이지의 학습 방법 안내서를 통하여, '수능은 이런 식으로 공부하세요.'라고 이야기한다. 나는 이 안내서를 통하여 더욱 분명하게 알 수 있었다. 그 순간, 머리를 한 대 맞은 듯했다. **'학습 방법 안내서'에서는, 모든 문학 문제가 '감상 능력을 측정한다'라는 원칙하에 출제되고 있는 점을 말하고 있었기 때문이었다.**

결국 모든 문제가 시험지에 적힌 시와 소설을 잘 '감상'했냐고 묻는 문제라는 사실을 깨닫게 된 후, 다시 시험지를 보았다. **시의 화자가 하려는 말, 화자가 보고 있는 것, 소설 속에 나타난 인물들의 마음을 '이해'하기만 하면 모든 문제를 풀 수 있음을 알 수 있었다.** 그러나 나는 고등학교 내내 '빨리' 풀어야겠다는 생각에, 더 효율적인 문제 풀이 방법이 있을 것이라는 생각에, 정작 가장 중요한 '감상하기'를 게을리했던 것이다. 결국 내 감상력은 고등학교 1학년 때부터 고등학교 3학년 때까지 하나도 오르지 않았다. 그렇게 수능에서 3등급을 받을 수밖에 없었다.

그때부터 나는 '감상'에 집중해서 시와 소설을 읽기 시작했다. 시와 소설을 분석하고자 하는 것이 아니라, **그냥 느끼려고 노력했다.** 인물들이 보고 있는 대상을 함께 상상하고, 인물들이 처해있는 상황에 같이 공감했다. 그렇게 단 2개월이 지나고 나는 고정 1등급이 되었다. **이 책은 내가 2개월 만에 1등급으로 올라설 수 있었던, 바로 그 방법을 담은 책 이다.** 수능이 끝난 후 과외 준비를 바로 시작하면서, 머릿속에 있는 지식들이 휘발되지 않게 정리하였다. 그리고 그 내용을 바로 이 '국정원' 책으로 엮어내었다. 이 책은 시중의 그 어떤 책보다도 문학 '감상'을 어떻게 해야 하는지 가장 구체적으로 말해주고 있는 책 이라 자신할 수 있다.

나는 이 책을 쓰기 전, 고등학교 1, 2학년 국어 교과서를 비롯하여 100권이 넘는 문제 집을 살펴보았다. 놀랍게도 대부분의 책 수준이, 내가 고등학생 시절 보았던 책들과 크게 달라지지 않았다. 그래서 나는 더욱더 이 책을 써야겠다고 결심했다. **그 책들을 통하여 5 등급 이하의 학생들이 깨달음을 얻고, 진정한 국어 공부법을 이해하기란 매우 어려울 것 이라 생각했기 때문이다.**

**문학 작품을 '감상'해야 한다는 점은, 등급과 관계없이 모든 학생들이 가장 명심해야 하 는 점이다.** 지금 네가 9등급이든, 7등급이든, 5등급이든 반드시 문학 작품을 '감상'해야 한다는 걸 명심하고 공부해야 한다. 단순히 작품을 달달 외워서 배경지식을 쌓는 것이 아니라, 근본적인 감상 능력 자체를 증진시켜야 하는 것이다. **1등급의 학생과 네가 다른 점이 있다면, 풀어야 하는 문제와 공부해야 하는 작품의 난이도만 다른 것이라고 할 수 있다.**

## ✒ 국어는 사실 재미있다.

그리고 마지막으로, 내가 이 책을 통해서 네게 알려주고 싶은 점은, **국어라는 과목이 매우 재밌는 과목**이라는 사실이다. 지금은 '무슨 말도 안 되는 소리야'라고 생각하겠지만, 이 책을 끝까지 읽을 때쯤이면 너도 동의할 것이다. '이해'를 하면 국어가 재밌어진다. 여지껏 네가 국어가 재미없었던 이유는, 네가 지금까지 '외우는' 공부를 했기 때문이다. 수능 국어는 '문학 개념어'를 외우고, 'EBS'를 외우는 과목이 아니다. '감상'해야 하는 과목이다. 시의 어려운 구절을 수십 분 동안 골똘히 생각하다가, 어느 한 순간 문장의 의미가 이해되는 경험은 정말 짜릿하다. 시의 구절, 소설의 문장이 이해될 때의 쾌감은 네가 상상하는 것 이상으로 황홀할 것이다.

나는 네가 이 책을 한 장씩 넘기면서, 국어가 재밌는 과목이라는 걸 느낄 수 있도록, 아주 쉽게 설명을 쓰기 위해 최선을 다했다. **정말 이 책보다 국어 공부법에 대해 쉽게 설명하고 있는 책은 찾기 힘들 것이라 장담한다.** (어려운 단어들은 모두 쉬운 단어로 바꿨고, 원고 검토만 20번 이상했다. 그리고 모든 문장을 '중학생도 이해할 수 있는가?'라는 기준에 맞춰서 다시 다듬었다.) 이 책을 차근차근 따라가다 보면 너도 분명, '글을 읽는 것이 재밌다', '문학 작품을 읽는 것이 재밌다'라는 생각이 드는 순간이 올 것이다. 바로 그 순간, 성적은 기하급수적으로 오르게 된다. 재밌는 것은 더 많이 하게 되고, 더 많이 하면 자연스레 더 잘하게 되기 때문이다. 그러니, 이 책을 읽는 동안만이라도 의식적으로라도 국어 공부에 마음을 열고, 재미를 느끼려고 노력해 볼 것을 권한다.

## ✒ 나는 내가 고등학생 시절로 돌아간다면 정말 이 책만 10번 이상 반복해서 볼 것이라는 마음으로 이 책을 썼다.

나는 이 책에서 말하고 있는 '감상하는 방법'으로 국어 8등급이었던 고3 과외생을 가르쳤다. 그 친구는 4개월 만에 2등급을 받아왔다. 또 만년 6등급이었던 재수생은 단 2개월 만에 3등급을 받아왔고, 만년 5등급이었던 내 친동생 역시 2개월 만에 2등급을 받아왔다. 학생들의 성적이 단기간에 무섭게 오르는 것을 보면서, 나는 내가 이 책에서 말할 '문학 작품을 감상하는 방법'이 수능 국어 학습에 있어 정말 올바른 방법이라는 것을 확신할 수 있었다.

이 〈국정원 : 노베이스편〉은 이 책 한 권만 제대로 봐도 2등급까진 충분하도록 구성한 책이다. 내가 수많은 학생들을 가르치며 얻은 노하우를 바탕으로, 고1, 2학생 또는 5등급 이하인 고3 학생이 성적을 올리는 데 필요한 모든 것을 담아 보았다. 그러니, 네가 2등급이 되기 전까지는 다른 인강이나 공부법 책을 보기보다, 이 책에서 하는 말들을 전부 이해하고, 기출문제를 풀면서 너의 것으로 체화하려고 노력하길 권한다. **장담하는데, 그렇게 공부한다면 다른 인강이나 공부법 책 10권을 푸는 것보다 훨씬 큰 효과를 볼 것이다.**

자, 여기까지 이 책이 어떤 가치를 담고 있는 책인지 말하였다. 나는 이 책을 어떻게 쓰게 되었으며, 얼마나 많은 학생들이 이 책에 적힌 내용을 통해 국어 성적을 바꿀 수 있었는지, 왜 이 책으로 성적을 바꾸는 게 가능한지에 대하여 전부 설명하였으니 이 정도면 너도 이 책의 가치를 충분히 이해했을 것이라 생각한다.

"자, 그럼 이제
문학 만점 받으러 가보자."

# 국정원 독자들의 생생한 후기
※ 단 한 글자도 조작하지 않은 실제 후기입니다.

댓글을 안남길수가 없네요 24수능 보고온 현역입니다 9모때는 문학6개틀렸고 범작가님 유튜브만 보다가10월중순쯤에 국일만 문학편만 봤습니다. 끝까지 다 읽지는 못했지만 범작가님이 말하신 내면세계를 잡으려고 노력하면서 읽었고 오늘 채점해보니까 문학은 2개빼고 다 맞았네요 감사합니다 건강하세요. 선생님이 말씀하신 국어방법 따라가면 무조건 등급 나옵니다.
이게 맞나? 하는게 이게 맞아 라고 하는 확신으로 바뀌고 일단 문학이 재밌습니다 하하

👍 14　👎　🗨　

저도 ebs 한번도 본적없고 기출로만 열심히 했는데 문학 만점 맞았네요....,ㄷㄷㄷㄷㄷㄷ개미쳤

👍 1　👎

국일만 문학 현대시만 읽었는데 문학 실력이 엄청 올랐습니다.. ㄷㄷ

👍 3　👎　🗨

솔직히 국일만 읽고, 아.. 이걸로 성적이 오를까? 3등급만 고정으로 해두자란 생각으로 임했는데, 진짜 효과가 좋더라구요. 국일만을 물론 열심히 공부해야겠지만 다른 교재처럼 막 회독하고, 문제를 많이 풀고 인강을 볼 필요없이 해설이 너무 자세하고, 제 읽는 습관을 잘 파악하여 교정해주어서 국일만 효과 체감도 긴 시간이 안걸렸어요.

👍 3　👎　🗨

범작가형 사랑해요
9모 71 (문학 -22점) -> 10모 98 (문학 다맞)
국수탐으로 계산한 1지망 합격확률 9모 40%대 -> 10모 90%대

👍 16　👎　🗨

2-3등급 간당간당하게 운빨로 유지하다가 9모 국어 제대로 털리고 4떠서 뒤늦게 국일만 사서 봤다가 진짜 충격받았어요 그동안 내가 했던 국어 공부는 다 헛공부였던 느낌... ㅋㅋ 그래도 이제라도 뭐가 잘못됐는지 알아서 다행인듯 국일만 열심히 조져서 수능 대박내오겠습니다.,,

👍 2　👎　🗨

국일만 읽기전에는 감상하는법 자체를 몰랐는데 읽고 틀을 잡고나니까 아직부족하지만 어느정도 감상이 되는 것 같아서 신기할따름입니다 형님 ㅠㅠ 수능날 꼭 문학 만점 받겠습니다 !!

👍 25　👎　🗨　

6모 때 80점이었다가 9모 때 62점으로 떨어진 사람입니다. 국어 공부 방향을 잃고 헤매다가 범 작가님 책을 알게 되어서 솔직히 반신반의하는 마음으로 사봤습니다. 처음에 정독하고 적용하려고 일주일 정도 해봤는데 오늘 서설 모의에서 처음으로 푼 것 중에는 틀린 게 없었습니다. 원래 제 실력이 부족해 독해 시간이 오래 걸려서 비문학 한 지문은 못 풀었지만 그래도 스스로 큰 발전이라고 생각됩니다. 좋은 책 써주셔서 감사합니다. 수능까지 올바른 방법 정확히 익혀 만점 받아오겠습니다!

👍 8　👎　🗨

항상 국어 문학을 어떻게 푸는지도 모르고 진짜 글에있었던 그 글만 딱 읽었었는데 늦었지만 국일만을 사서 공부를 해보았더니 진짜로 신기했습니다 아직 접한지 얼마 안되어 서투르지만 진짜 이렇게 공부하면 무조건 올라갈수밖에 없다는걸 느꼈습니다. 수능까지 어떻게든 끌고가서 끝까지 포기하지않고 열심히 하겠습니다 진짜 국일만은 사길 잘한것 같아요...😊 평소에 문학만 보면 진짜 표정이 어두웠던 제가 국일만을 접하고 처음으로 문학을 보면서 신기해 하면서도 웃음이 퍼지는건 처음이네요 ㅎㅎ

👍 1　👎　🗨

안녕하세요 국일만 책 산 삼반수생임다.. 읽으실진 모르겠지만 정말 감사하다는 말씀 드리고 싶어서 댓글 달아요 9월 모평때 화독문 하다가 문학 두세트 날리고 삼등급 떳는데요 어떻게 해야할지 고민 많이 하다가 국일만 얘기를 많이 봐서 비문학이랑 문학 둘 다 샀어요 아직 다 보진 못하고 우선 문학 앞부분반 봤어요 그런데 제가 지금까지 문학을 잘못 읽어도 너무 잘못 읽고 있던 것과 어떻게 읽어야 할지를 깨달았어요.. 약간 개안한 느낌이랑까 진짜 너무너무 감사해요 나머지도 읽어봐야겠지만 진짜 넘 감사드립니다 행복하세요

👍 5   👎   💬

범작가님ㅠㅠ오늘 처음으로 모고에서 문학 만점 받았어요ㅠㅠㅠ처음이라 채점할 때 잘못한 줄 알았어요ㅋㅋㅋㅋㅋㅋ원래2~4개? 정도 틀렸었는데 오늘 갑자기 문학 다 맞아서 신기해요ㅋㅋㅋㅋ학교에서 국일만으로 공부할 때 친구들이 그거 보지 말고 차라리 인강 들으라 할 때도 꿋꿋하게 했던 결과일까요큐ㅠㅠㅠ점수도 많이 올라서 행복하긴 한데 화작이 어렵게 느껴져서 의문사들만 안 했어도 80점대일텐데ㅠㅠㅠㅠ너무너무 아쉽지만 수능 땐 2등급 맞도록 열심히 할게요 감사합니다😭
😭

👍 9   👎   💬

6모때까지 국어 6등급 나오다가 국일만 비문학편 읽고 9모때 3등급 나왔습니다 그동안 비문학은 정말 갈피를 못 잡았는데 정말 감사드려요 아직 기출 분석은 다 못하고 국일만에 수록되어있는것만 했었는데 앞으론 기출 분석도 하고 국일만 문학도 하고 영일만도 하고 수능때 1등급 받아오겠습니다! 제게 희망을 주셔서 고맙습니다

👍 9   👎   💬

저 국일만으로 공부하고 처음으로 평가원에서 안정적 97점 맞았어요 감사합니다ㅠㅠ 수능때까지 달릴게요

👍 19   👎   💬

6모 9모에서 4등급 받았었는데 수능 2등급이라니..지문이 이해될 때 까지 시간들여 읽는게 맞는지 의심이 될 때쯤 쌤 영상을 보고 확신을 가지고 기존 공부법 그대로 밀고 나아갔고 그 결과가 수능에서 나온 것 같아요  그동안 감사했습니다!!🙆‍♂️🙇‍♀️

👍   👎   💬

안녕하세요 범작가님 국일만 문학,독서 저서로 공부했던 n수생입니다.
올해 4월에 다시 n수를 결심했고 한달 정도 국어 공부에 대한 확신을 갖지 못했었고 시간할애는 많았지만 실력이 느는 느낌이 들지않았습니다.
그런데 우연히 작가님의 영상을 보게 되었고, 제가 생각하고 있는 수능 국어의 본질을 정확히 말씀해주시는 거 같아 인강을 당분간 끊고 국일만으로만 진득하게 한 번 국어 공부해보자는 마음으로 구매해서 꾸준히 한달 동안 반복하고 따로 필기도 해가면서 이미지화,내면세계 공감, 추상어감지 등 지문을 읽어나가면서 가져야 할 마음가짐들을 체화해나가려고 노력했고 문제를 풀때도 생각의 그릇이 치우쳐지지 않게끔 국일만식으로 국어공부를 계속행했습니다.
시간이 지나서 6월 평가원 모의고사를 보고 채점하는 당일에 아 내가 올바른 국어 공부 방향을 찾았구나라는 마음이 들었습니다. 아직 이미지화, 내면세계에 공감하는 속도가 느렸던지라 고전소설 세트를 찍어야 했지만 풀었던 모든 문항이 맞아서 이게 올바른 공부방향이구나 앞으로 이 방식이 더 익숙해지도록 더 열심히 공부해야겠다라는 마음가짐으로 매일 꾸준

히 3시간씩 한 결과 중간에 힘들기도 했지만 9월, 수능에 모두 1등급이 나올 수 있었습니다 ㅎㅎ
범작가님이 제시해주신 국어 공부의 길 덕분에 매년 수능 날 1교시에 겪었던 저에게는 박준의 전짓불 같았던 트라우마를 극복할 수 있게 해주셔서 너무 감사드립니다. 정말 수능 채점 당일 날 저도 모르게 눈물이 나더라구요 저에게는 공포였던 수능국어를 극복했다는 마음에 그동안의 노력을 보상 받는 느낌? ㅎㅎ
만약 작가님이 책 쓰실 때나 혹은 살아가다 힘든 시기가 오신다면 저 같이 흐릿한 세계를 단지 흐릿한 세계로만 보았던 사람들에게 그 흐릿한 세계를 닦아서 볼 수 있게 내가 길을 제시해주었고 많은 사람들에게 희망을 주었구나 라면서 자부심을 가지면서 살아가셨으면 좋겠네요 힘이 많이 나실겁니다 ㅎㅎ

1년동안 진심으로 너무 감사드렸고 항상 행복하시길 바라겠습니다 ☺️☺️
🖤

11월 17일 오후 4:06

작가님 그동안 감사했습니다!! 국어 '때문에' 최저를 못 맞출뻔한 과거를 뒤로하고 국어 '덕분에' 최저를 맞추어 원하는 목표에 한 걸음 더 나아가게 된 것 같아서 기쁩니다! 비록 2등급의 점수대 이지만 국일만에서 얻은 깨달음들은 평생 못 잊을 것 같습니다ㅠㅠ 정말 감사합니다

공감을 남기려면 길게 누르세요

국일만 완독했는데 진짜.. 너무 통쾌하고 이젠 공부할 때 행복해요ㅠㅠ 너무 감사합니다ㅠㅠㅠ 저도 재수생 신분으로서.. 이번 수능은 꼭 국어 1등급 꼭 받겠습니다!!!

👍 35 👎 💬

9모 문학 10틀
원점수 71 (문학 -22 독서 -5 언매 -2)

...

9월 중순 국일만 문학편 구매

...

10모 문학 만점
원점수 98 (독서 -2)

👍 3   ♡ :

작가님께 꼭 감사인사를 드리고 싶었는데 마땅한 방법을 찾지 못해서 잠시 감사인사를 미뤄뒀던 현역 고3입니다...! 6월 모의고사를 계기로 공부법을 바꿔야겠다고 느끼고 그 때부터 국일만이 추구하는 방향을 이해하고 공감하는 공부를 시작했었어요. 하지만 9월 모의고사에서 백분위 73으로 4등급을 맞고 작가님이 말씀하시는 공부법이 너무 허무맹랑한 게 아닌가 의심했어요. 그럼에도 상상 모의고사 해설도 열심히 듣고 내면세계에 몰입하면서 공부하다 보니까 공부하는 과정을 존중하게 됐고 사유하는 능력도 꽤나 발전했더라구요...!! 작가님께 답답한 걸 큐앤에이에 질문했을 때 해 주신 답변 보면서 흘리던 눈물을 닦고 다시 공부에 임할 수 있었는데 수능에서 백분위 97로 1등급이라는 결실을 맺게 되니까 얼마나 기쁘고 작가님께 감사한지 모르겠어요.
작가님은 평생 3,4등급에서 벗어나지 못할 거라고 생각한 저에게 희망을 품게 해주신 분이라고 생각해요ㅠ 항상 이 은혜 잊지 않겠습니다 정말 감사합니다ㅠㅠ
체대입시생이라 아직 입시가 끝나지 않았지만 실기까지 잘 봐서 꼭 합격하고 한번 더 감사인사 드리고 싶네요! 항상 응원하겠습니다 범작가님!!

내가 잘못 생각하고 있던 것들을 책에서 꿰뚫어 보고 고쳐주어서 공부할 때 항상 뜨끔하는 느낌ㅋㅋ

👍 15 👎 💬

11월 05일 오후 3:41

와 범작가님 진짜 국일만 문학편이 레전드네요...👍👍 비문학은 국일만과 인강을 보며 독해력을 올리는 공부를 하면서 성장하는게 느껴졌지만, 문학은 좋다고 하는 1타 선생님을 들어도 찝찝하고 뇌 겉에서 떠도는 느낌이지 안쪽까지 깊게 들어온다는 느낌을 해도해도 못받았는데, 꾹 참고 마지막으로 국일만만 믿고 이거로만 공부해보자 했어요.
처음에는 내면세계에 공감이라는걸 대체 처음보는 작품에서 얼마나 깊게 할 수 있겠나 싶었는데 혼자 생각하는 시간을 늘리면서 국일만 방법대로 공부하니 와 진짜... 진짜로 국어가 재능인가 라고 생각하며 벽을 느끼던 저에게 한 줄기의 빛입니다 정말ㅠㅠㅠ 오늘 국일만 말고 따로 문학 지문을 8지문 풀었는데 전부 맞아서 정말 감사해서 연락드립니다 😊😊

공감을 남기려면 길게 누르세요

범작가형님 9월 5등급이던 내가 1달을 응급실에 거주할 정도로 지독하게 공부해서 89점 받아왔어요 썩은 동앗줄 잡는 심정으로 책을 구매했는데 비브라늄보다 튼튼할 줄을 생각도 못했네요 감사합니다 :)

👍 2 👎 💬

형덕분에 9모 국어 4따리가 이젠 넉넉하게 1등급 맞고 서울대 안정 뜹니다 사랑해요 형

👍 1 👎 💬

6모 이후부터 국일만 보기 시작해서 수능 전주까지 기출, 국일만 이렇게 두 개만 봐서 3-->1로 마무리 했어요.정말 감사합니다 범선생님🥹

👍 1 👎 💬

선생님께 감사한 마음을 전하고 싶어 이렇게 글을 씁니다. 결론부터 말하면 24 수능 화작 백분위 97 1등급 받았습니다.
9모 때까지도 3등급을 받으며 만년 3등급의 늪에서 헤어나오지 못할 때 지인의 추천으로 국일만 시리즈를 접하게 되었습니다.
그렇게 신세계를 맛보게 되었습니다. 책을 읽으면서 처음으로 국어를 공부한다는 느낌이 들었습니다. 국어 공부가 너무 재밌었습니다.
만년 3이던 국어가 1이 나와 기쁜 것도 있지만 글을 읽는다는 것 자체에 너무 재미를 느끼게 해준 것에 진심으로 감사합니다.

(진성 이과였던 제가 인문학이 너무 좋아져서 진지하게 문과 진학을 고민할 정도입니다 ㅋㅋㅋㅋ)

정말 선생님이 아니었다면 미련을 버리지 못한 채 잘못된 방법에 매달리며 수능판을 떠나지 못했을 것 같습니다.
다시 한번 진심으로 너무 감사드립니다.

여러분 국일만 독서, 문학 최소 3번씩만 정독해보세요. 국어의 깨달음을 얻게 되실겁니다.
진짜 값을 매길 수 없는 말도 안되는 교재입니다. 단언컨대 수능 역사상 최고의 국어 교재입니다.

---

6모 때 생전 처음 국어 62점 5등급 받고 너무 충격받아서 시험지도 다 찢어버리고 망연자실하다가 국일만이라는 책을 알게 돼서 9평 딱 일주일 전에 딱 기출편 직전 습관 적용하는 부분까지 읽고 그냥 속는셈 치고 지문에 표시도 처음으로 안 해보고 시간도 제한 없이 풀어봤는데 정답률이 확실히 더 오르더라구요?? 처음엔 이게 시간 제한이 없으니까 잘 풀리는거지~ 라며 제 실력에 대한 확신이 없었는데 정말 신기하게 실전에서 시간만 좀 줄이고 문제 푸는 방식은 그대로 유지했더니 결국 9평때 84점까지 올리고 평가원 모의고사 첫 2등급 받아봤습니다..ㅠㅠ 물론 턱걸이이긴 하지만 정말 일주일이라는 짧은 시간 내에 이정도로 효과를 본 공부법은 처음이었어요 이대로 유지해서 수능날까지 열심히 달려보겠습니다 정말 감사합니다

👍 8          👎          💬

---

9모 백분위 68맞고 하루에 5시간씩 국일만 + 기출 + 실모로 수능 백분위 98(화작, 원점수 90) 맞았습니다... 이미지화가 습관이 되면 사람의 말을 경청할때도 도움이 많이 되고 영상을 볼때도 도움이 되더군요... 작년 6,9수능 올해 6,9 43444였던 제가 덕분에 98맞았습니다 ㅎㅎ

👍 1          👎          💬          😀

---

국일만 특히 문학편이 진짜 지리는게
성적향상은 당연한거고
국어 공부를 진짜 재미있게 할 수 있게 해줌

이미지화랑 공감하면서 읽은 뒤로
사랑 소설 읽을때 정말 행복하고 재미있었음
비문학 지문도 깊이있게 읽을 때 그 재미가 배가 되고...

덕분에 한 해 재미있게 즐기다 간 것 같습니다
감사합니다 형님

👍 5          👎          💬          😀

---

9모 이후로 뒤늦게 사서 남은기간동안 국일만이랑 기출만이라도 열심히 돌렸는데 수능때는 6,9모보다 한 등급 올랐어요!!! 비록 1등급은 아니지만 글 읽는 방법 자체를 배운 것 같아 국일만 읽을 때만큼은 국어공부가 재밌어지더라고요😊 다른 국어문제집은 다 버려도 국일만만큼은 너무 귀한 책이라는 생각이 들어 고이고이 간직하고 있습니다.. 범작가님 감사합니다!!

👍 1          👎          💬          😀

---

22수능 백분위39
23 대학1년(반수x)
24수능 백분위89
이거
읽고 올랐어요. 감사합니다

👍          👎          💬          😀

---

6모 직전에 국일만 보고나서 6모 문학 다 맞고, 수능은 언매 89점으로 1등급 나왔습니다. 현 수능 문학 기조에도 부합하는 책이니 수험생이라면 꼭 보세요

👍 2          👎          💬          😀

---

비록 멘탈이 나가서 수능국어를 잘 보진 못했지만 제 수험생활동안 국어공부할때 제일 도움이 많이 되었던 분을 꼽자면 범작가님이라고 생각합니다!! 작수4등급에서 국어 1등급을 찍어볼수있게 도와주신 분이십니다 정말 감사해요 다시 수험생활을 하게 된다 해도 범작가님 교재를 또 사서 보게 될것같아요 앞으로 더욱더 많은 사람들이 범작가님 교재를 거쳐 갔으면 좋겠네요!! 🤍🤍

👍 3          👎          💬          😀

chapter 1

# 노베이스를 위한
# 문학 공부법

# 1- 문학 감상에 대한 이해

## 1. 너의 문학 성적이 오르지 않는 이유

　네가 아무리 공부해도 문학 성적이 오르지 않는다면, 그 이유는 간단하다. 너도 모르게, **아직도 중학교 국어 내신 공부하듯 문학을 '암기'하려고 덤벼들기 때문이다.** 국어 성적이 나오지 않는다고 이야기하는 10명 중 9명은 시에 쓰인 단어의 의미를 외우고, 시인과 관련된 배경지식을 쌓고, 소설의 줄거리를 외우려 한다. 내가 과외를 하며 만난 학생들 중, 열심히 하는데도 성적이 오르지 않는 99%의 학생들은 모두 이렇게 공부하고 있었다. **그러나 수능과 모의고사는, 네가 문학을 암기해서 풀 수 있도록 출제되지 않는다.** 왜냐하면 수능과 모의고사 출제자가 문학 문제를 통하여 측정하려는 능력은 학생들의 '암기력'이 아니라 '감상력'이기 때문이다.

　수능과 모의고사에 나오는 문학 문제들이 학생들에게 '감상력'을 묻고 있다는 사실은, 한국교육과정평가원 홈페이지의 '평가원 학습 방법 안내서'에 전부 제시되어 있다. 아래는 평가원 학습 방법 안내서에서 문학과 관련된 부분을 발췌한 것이다. 참고로, 평가원은 '대학수학능력시험'을 출제하는 기관이다. 평가원의 '학습 방법 안내서'는 '수능을 잘 치기 위해서는 이렇게 공부해야 한다'는 것을 알려주는 지침서와 같다.

Chapter 1
노베이스를 위한 문학 공부법

Chapter 2
문학 만점을 위한 기초 체력 키우기

Chapter 3
기출 적용편   현대시   고전시가   현대소설   고전소설

## 평가원 학습 방법 안내서 中

"교과서 내외의 다양한 문학 작품들을 폭넓게 읽으면서 교과서에 수록된 문학 작품을 중심으로 깊이 있는 감상을 하도록 한다."

───────────────────────────────────────────

"학생들은 문학 교육과정에서 다루고 있는 기본 개념을 이해하고 **다양한 문학 작품을 비판적, 창의적으로** 감상하고 표현하는 능력을 기를 수 있도록 학습해야 한다."

───────────────────────────────────────────

"문학 영역에서는 작품에 드러나는 작가의 개성을 이해하고 작품을 감상하는 능력을 평가하는 데 초점을 둔다."

───────────────────────────────────────────

"학교 수업에서는 문학의 본질에 대한 이해를 바탕으로 작가, 상호 텍스트성, 역사적 맥락 등을 고려하여 **작품을** 감상하는 **훈련**을 지속적으로 해볼 필요가 있다."

───────────────────────────────────────────

"이 문항은 외적 준거를 참고하여 현대소설 작품의 의미를 이해하고, 이를 바탕에 두어 **작품을 종합적으로** 감상할 수 있는지를 **평가하기 위해 출제**하였다."

───────────────────────────────────────────

"이 문항의 정답을 찾기 위해서는 <보기>에서 설명하고 있는 주인공의 소시민적 특성에 주목하여 **작품 속 주인공의 행동이 어떠한 의미를 가지는지를 이해**하고 이를 바탕으로 작품을 종합적으로 감상**할 수 있어야** 한다."

───────────────────────────────────────────

"이 문항에서는 <보기>를 통해 인물의 소시민적 특성과 인물 간 권력관계의 문제를 초점화한 뒤, 이를 적용하여 **작품을** 감상할 수 있는지 **묻고 있다.**"

나는 위의 '평가원 학습 방법 안내서' 내용을 단 한 글자도 각색하지 않았다. 평가원 학습 방법 안내서에 있는 문장을 그대로 옮겨두었다. 네가 지금 인터넷으로 '한국교육과정 평가원'을 검색하면 똑같이 찾아볼 수 있는 자료이다. 평가원은 이렇게 학생들에게 문학 공부를 위해서는 '감상력'을 높이는 노력이 필요하다고 말한다. 그러면 여기서 의문이 생긴다. **도대체 '감상'이라는 것이 무엇일까?** 사전에 의미를 검색해 보면, 아래와 같이 설명하고 있다.

**감상** (鑑賞) 🔊

주로 예술 작품을 이해하여 즐기고 평가함.

여기서 말하는 '예술 작품'에는 시와 소설이 포함되므로, 수능 문학의 '감상'이란 시와 소설의 아름다움을 이해하여 즐기고 평가하는 행위라고 할 수 있다. 그런데 이 문장도 너무 추상적이다. 예술 작품을 '이해'한다는 것은 무엇을 말하는 것일까? 어떻게 해야 예술 작품을 '이해'한다고 할 수 있는 것일까?

시를 이해했다는 것, 소설을 이해했다는 것은, **화자와 작가가 작품 속에서 보고 있는 것을** 같이 보고, **그들이 표현하고자 하는** 감정에 '공감'**했다는 것을 의미한다.**

예를 들어서 아래와 같은 시가 있다고 해보자.

「눈」

한겨울, 저 멀리 떨어지는 눈을 바라본다
포근하고도 아름다운 눈

하루 종일 너만 보고 싶구나

이 시를 어떻게 읽어야 "이해했다"라고 말할 수 있을까? 우선 첫 번째로, **화자가 보고 있는 눈을 나도 봤어야 한다.** '한겨울, 저 멀리 떨어지는 눈을 바라본다'라는 문장을 읽는 순간, 내 마음속에는 화자가 보고 있는 눈의 이미지가 떠올랐어야 한다. 물론 화자가 시를 쓸 때 보았던 눈의 이미지를 100% 똑같이 떠올리는 건 불가능할 것이다. 네가 살면서 경험한, 한겨울 내리는 눈의 이미지를 떠올려주면 된다.

그리고 두 번째로, **그런 눈을 바라보면서 '포근하고 아름답다'고 느꼈던 화자의 마음에 '공감'해야 한다.** 화자가 보고 있는 눈의 모습을 이미지로 떠올려 보니, 눈의 새하얀 모습이 솜털과 비슷하게 생겨서 '포근하게' 느껴진다. 또 새하얗게 반짝거리면서 내리는 걸 보니 아름답게 느껴질 수도 있었을 거 같다. 화자의 마음을 이해하니, 마지막 연에서 자

Chapter 1
노베이스를 위한 문학 공부법

Chapter 2
문학 만점을 위한 기초 체력 키우기

Chapter 3
기출 적용편

현대시    고전시가    현대소설    고전소설

신이 보고 있는 눈이 너무 좋아서 '하루 종일 보고 싶다'라고 말하는 화자의 마음에 공감이 된다. 너도 살면서 한 번쯤은, 겨울 하늘에서 내리는 눈을 보고 왠지 모르게 가슴 설레고 기분이 좋았던 적이 있었을 것이다. 그 경험을 떠올려서 공감하는 것이다.

이처럼 문학 작품을 '이해'한다는 것은, 네가 지금 봤던 것처럼 2가지 의미를 지닌다. **첫째는 화자가 보고 있는 것을 나도 똑같이, 마음속에 이미지를 떠올려서 본다는 것**이다. 그리고 **둘째는 그러한 화자의 상황과 감정에 '공감'한다는 것**을 말한다. 이 부분은 다음 챕터에서 더 구체적으로 설명할 예정이니, 지금은 '아, 그렇구나' 정도로 이해하고 넘어가자.

사실 우리는 초등학생 때까지만 해도 이렇게 시를 읽어왔다. 내가 초등학생이었을 때만 해도 시와 소설은 내가 '읽고 싶어서' 읽는 대상이었고, 독서는 '재밌는' 행위였기 때문이다. 그때는 분명 나 나름대로 **'감상'을 하면서 읽었고**, 그때까지만 해도 시와 소설은 나에게 흥미를 불러일으키고, 삶의 교훈을 주는 대상이었다. 누구나 어린 시절 한 번쯤은, 만화책이나 소설책에 푹 빠져본 경험이 있지 않은가. 그러나 시와 소설이 주는 흥미는 중고등학교에 진학하면서 갑자기 사라져 버렸다. **중학교 내신 시험 준비를 하며, 시를 달달 외우기 시작하면서 모든 흥미와 즐거움은 사라져 버린 것으로 기억한다.** 중학교 때부터 모든 학생들이 보물찾기하듯, 시와 소설 속에서 선생님이 중요하다고 하셨던 단어와 문장에 동그라미를 치고 밑줄을 긋고 있었다.

나 또한 선생님이 칠판에 적어주시는 '비유법', '은유법'의 뜻을 받아적고, 그냥 무작정 외우기 시작했다. 그리고 소설을 공부할 때면 '전지적 작가 시점', '액자식 구성' 등의 어려운 말을 들으면서 100개가 넘는 소설들을 주제에 맞게 분류하고 외우는 작업을 했다. 그때부터 나는 시와 소설을 싫어하기 시작했다. 고등학생이 되어서는 더욱더 감상할 여유가 없었다. 차분히 시를 읽으면서 첫 번째 줄과 두 번째 줄 사이에 숨어 있는 의미를 생각해 보는 행위는, 당장 일주일 뒤에 시험을 쳐야 하는 나에게 너무 바보 같은 짓처럼 느껴졌다.

물론 이런 과정이 전혀 필요하지 않다는 건 아니다. 하지만, 그렇게 문학 작품을 배우는 과정은 대부분의 학생들에게 '시와 소설'을 스스로 감상하는 능력을 앗아간다. 사실 이런 것들보다도 훨씬 더 중요한 것은, 화자나 인물이 보고 있는 걸 함께 보고, 그들이 느끼는 감정을 함께 느끼는 능력을 기르는 것이다. 수능은 학생들이 '비유법'의 의미를 토씨 하나 틀리지 않고 쓸 수 있는지 묻지 않는다. 위에서도 보았겠지만, 수능은 학생에게 **문학 작품을 '감상할 수 있는 능력'이 있는지만 묻는다.** 시를 읽으면서 **'화자가 비유법을 사용한 이유를 이해할 수 있는지', '비유법이 쓰인 부분에서 화자가 어떤 마음이었을지'** 를 묻는 것이다. 수능은 학생들의 '지식'이 아닌, 오직 '감상력'을 측정한다.

## 2. '문학'이라는 것은 무엇일까?

간단하게 설명하자면, '문학'이란 인간이 살면서 느끼는 유대감, 그리움, 외로움, 부끄러움, 민망함, 안타까움, 답답함, 고마움 등과 같은 **'추상적인 감정'을 '구체적인 상황'** 에 빗대어서 **표현한 것이다.** 작가는 어떤 '구체적인 상황'이나 '구체적인 이미지'를 빌려와서 자신이 표현하고자 하는 '감정'을 독자들에게 전달한다. 그래서 문학을 감상하는 사람은, 작가가 말하는 구체적인 상황에서 작가가 어떤 감정을 전달하고자 하는 건지 '스스로' 뽑아내야 하는 것이다. 그리고 그것이 문학을 감상한다는 것의 의미다. 하지만, 대부분의 학생들이 문학을 어떻게 읽어야 하는지 배운 적이 없다. 그래서 시나 소설을 읽고서도 '그래서 무슨 말을 하려고 하는 거야?'라는 생각밖에 들지 않는 것이다.

학생들 입장에서는 '어렵게 쓰지 말고, 비문학 쓰듯이 작가가 자신의 감정을 명료하고 논리적으로 표현하면 되지 않나?'라고 할 수 있는데, 그렇게 하면 '문학'의 의미가 사라진다. 대부분의 '문학' 작품은 작가가 자신의 감정을 독자에게 전달하는 것이 목적이다. 하지만 그렇다고 감정을 비문학 쓰듯이 명료하고 논리적으로 써버리면, 작가가 느끼고 있는 감정을 오히려 구체적으로 전달할 수 없게 된다. '나는 슬프다'라는 문장보다는, '사랑하는 연인이 죽는 이야기', 사랑하는 가족을 더 이상 볼 수 없게 되는 이야기'가 작가의 감정을 더 생생하게 전달할 수 있다.

**그래서 대부분의 문학 작품은 자신이 표현하고자 하는 감정을 '구체적인 상황' 뒤에 숨긴다.** 그리고 작가는 문학 작품을 읽는 사람들 스스로가 구체적인 상황 속에 숨어 있는 감정을 느끼길 기대한다. 따라서 네가 문학 문제를 잘 풀고 싶다면, '이 구체적인 상황에서 작가는 어떤 감정을 전달하고 싶었을까?'라는 질문을 스스로 계속 던져야 한다. 문학을 잘 이해한다는 것은, '시인이 만들어 낸 구체적인 이미지', '소설 속 인물들이 처한 상

Chapter 1
노베이스를 위한 문학 공부법

Chapter 2
문학 만점을 위한 기초 체력 키우기

Chapter 3
기출 적용편

현대시    고전시가    현대소설    고전소설

황' 등을 보고, 그 안에 숨겨져 있는 추상적인 감정들을 잘 뽑아내고 이해할 수 있게 된다는 뜻이기 때문이다. 단순히 시어를 보고 긍정, 부정으로 나누거나, 시의 주제를 외우는 연습이 아니라, 구체적인 상황 속에서 추상적인 감정을 파악해 내는 연습이 필요하다.

그럼 여기서 네가 할 수 있는 질문은 '구체적인 상황 속에서 추상적인 감정을 뽑아낸다'라는 게 구체적으로 무슨 말이냐는 것이다. 그래서 예시를 가지고 왔다. 아래는 2022학년도 고3 6월 모의고사에 나왔던 김기림의 「연륜」이라는 시의 일부분이다. 1분 정도 시간을 재고 천천히 읽어보기 바란다.

「연륜」 – 김기림

무너지는 꽃 이파리처럼
휘날려 발 아래 깔리는
서른 나문 해야

구름같이 피려던 뜻은 날로 굳어
한 금 두 금 곱다랗게 감기는 연륜

**갈매기처럼 꼬리 떨며**
**산호 핀 바다 바다에 나려앉은 섬으로 가자**

아직은 모든 구절을 이해하려 하지 않아도 된다. 지금은 문학 작품을 정확하게 어떻게 감상해야 하는지 모르는 상태이기 때문에 제대로 이해를 못 하는 게 당연하다. 지금부터 내가 설명하는 것만 이해하고 넘어가도 충분하다.

**'갈매기처럼 꼬리 떨며 산호 핀 바다 바다에 나려앉은 섬으로 가자'**

↳ 우선 마지막 부분을 보자. 이 구절만 놓고 보면 화자는 그저 단순히 '바다에 있는 섬으로 가자'라는 말을 하고 있는 것처럼 보인다. 하지만 이 구절이 정말 말 그대로, 그냥 바다에 있는 섬으로 가자는 말일까? 아니다. 화자가 말하려는 것은 그 아래 깔려있다.

25

## '구름같이 피려던 뜻은 날로 굳어'

↳ 화자가 지금 처해있는 현실이, 구름같이 피려던 자신의 뜻이 시간이 지나면서 굳어버리는 상황임을 알 수 있다. 옛날에는 마치 구름이 피듯 뭔가 몽글몽글하고, 벅차오르는 꿈을 꿨었는데, 한 살 두 살 나이를 먹으면서 꿈과 이상에 대한 열정이 식어버린 것이다.

## '산호 핀 바다에 내려 앉아 있는 섬으로 가자'

↳ 하지만 화자는 이러한 현실에서 벗어나고자 한다. 3연에 '산호 핀 바다에 내려 앉아 있는 섬'으로 가자고 말하는 부분을 보고 이를 알 수 있다.

결국 아래와 같이 정리할 수 있다.

| 화자가 말하는 구체적인 상황 | 상황 속에 담긴 의미 |
|---|---|
| '바다에 있는 섬으로 가자' / 지금 자신이 있는 곳을 벗어나서 바다에 있는 섬으로 가자 | '지금 내가 뜻을 펼치지 못하고 있는 상황을 벗어나서, 다시금 새롭게 맘껏 내 뜻을 펼쳐보자' / 자신이 있는 현실에 '결핍감'을 느끼고, 이상향을 '지향'하고 있다. |

지금은 이걸 어떻게 할 수 있을까 싶겠지만, 이 책을 덮을 때쯤이면 이 정도는 정말 누구나 할 수 있다는 걸 깨달을 것이다.

현재 수능에서는 '갈매기처럼 꼬리 떨며 산호 핀 바다 바다에 나려앉은 섬으로 가자'에다가 밑줄을 그어 놓고, 이 부분에서 화자가 어떤 생각을 했을지, 화자의 감정은 어땠을지에 대해서 묻는다. **즉, 시의 구절 아래에 깔려 있는 화자의 감정에 대해 물어보는 것이다.** 즉, 문학에서 화자의 감정을 느끼고 뽑아내는 것이 중요하다는 걸 깨닫고 연습한 학생은 맞힐 것이고, 그렇지 않은 학생은 틀릴 것이다. 이 원리를 바탕으로 시어의 의미를 폭넓게 생각해 보는 연습이나, 행간에 생략된 내용을 스스로 추론해 보는 연습을 하지 않는다면 문학 만점은 힘들다.

Chapter 1
노베이스를 위한 문학 공부법

Chapter 2
문학 만점을 위한 기초 체력 키우기

Chapter 3
기출 적용편

현대시    고전시가    현대소설    고전소설

요즘은 내신 시험에서도 수능과 비슷한 형식의 문제가 출제된다. 그리고 내신 시험임에도 처음 보는 낯선 지문이 등장하기도 한다. 그래서 중학교 때 공부하던 방식으로, 그저 주제와 작품의 배경을 달달 외우기만 했던 방식으로는 좋은 점수를 받을 수가 없을 것이다. 그러나 반대로, 네가 구체적인 상황 속에서 추상적인 감정을 끌어내는 연습, 즉 인물과 화자의 내면세계에 공감해서 그들의 감정을 이해하는 연습을 반복하다 보면, 문학 성적은 그 어떤 과목보다 빠르게 오른다.

내 경험상, 문학 성적이 오르는 속도는 비문학 성적이 오르는 속도보다 훨씬 더 빠르다. 왜냐하면 문학에서 좋은 점수를 받기 위해서 필요한 **'감정'은, 우리가 따로 배워야 하는 부분이 아니기 때문이다.** 우리는 문학 작품들이 말하고자 하는 감정을 이미 알고 있다. '이 감정을 이런 식으로 표현하는구나'를 깨닫기만 하면 된다. 수능 문제에 나오는 감정들은 우리 모두 살아가면서 한 번씩은 경험해 보았던 감정들이다. 따라서 시를 읽는 방법만 배우면 그 안에 녹아 있는 감정을 느끼는 것은 누구나 할 수 있는 일이다.


## 3. 문학은 사람마다 주관적으로 해석할 수 있지 않나요?

내가 문학 문제를 풀 때 '감정을 느껴야 한다', '공감을 해야 한다'라고 말하면 반드시 따라 나오는 반박이 있다.

"문학이라는 것은 사람마다 해석이 다양한데, 어떻게 동일한 감상을 할 수 있나요?"

맞는 말이다. 수능을 출제하는 사람들도 그걸 모르는 게 아니다. 그러니 생각해 보라. 출제자는 40만 명이 넘는 수험생을 납득시켜야 한다. 그렇기 때문에, 아무리 공감 능력이 떨어지는 사람이라 하더라도, 납득할 수밖에 없는 수준의 근거가 지문이나 문제에 반드시 있다. 그리고 앞으로 네가 이 책에 있는 문제를 풀면서 느끼겠지만, **'감상'에 집중해서 읽다 보면 자연스레 근거를 찾아낼 수 있다.** 이후 기출 적용편에서 매우 구체적으로 설명할 예정이다.

그리고 수능을 출제하는 사람들은, 학생들이 중고등학교 때 교과서를 통해 배우는 '감상의 틀'을 통하여 문학 작품을 읽는다고 생각한다. '감상의 틀'이라는 건 앞에서 말했던

'2가지'를 지키면서 작품을 감상하는 것이다. 즉 첫 번째는 화자나 인물이 보고 있는 것을 '이미지화'하여 똑같이 떠올리는 것이고, 두 번째는 화자와 인물이 느끼는 감정에 '공감'하면서 읽는 것이다.

아래는 '미래엔 중학교 1학년 국어 교과서'에 있는 내용이다. 내가 지금까지 말한 것과 똑같이, '비유법', '은유법'의 뜻을 외우는 것이 아니라 시의 각 구절 아래에 깔려있는 추상적인 의미를 학생이 스스로 생각해 보도록 하고 있다. '왜 시인은 이렇게 표현했을까?'를 생각하게 만들면서 시 속에 담겨 있는 화자의 감정에 공감할 수 있도록 하는 것이다.

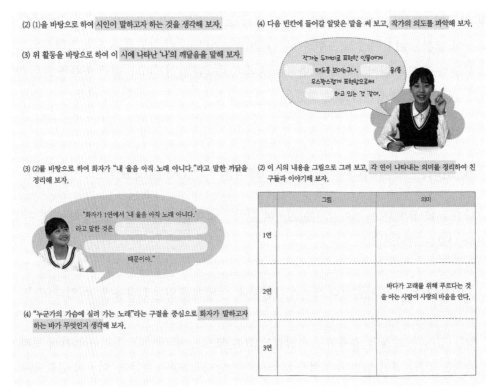

<출처 : 미래엔 중등 국어 교과서>

'감상의 틀'이라는 것이 무엇이고, 문학 작품을 읽을 때 이를 어떻게 적용해야 하는 지는 바로 다음 챕터에서 구체적으로 설명할 예정이다. **출제자는 우리가 중, 고등학교를 거쳐 오면서 이렇게 교과서에 있는 '감상의 틀'에 맞게 문학 작품을 읽어 왔다고 생각한다**는 것만 알고 있자. 출제자들은 문학 감상의 틀에 맞춰 문학 작품을 제대로 감상해온 학

생이라면 100점을 맞을 수 있도록 출제한다. 하지만 대부분의 학생들은 "시는 주관적이야", "시험장에서는 공감하면서 풀 수 없어"라는 변명 뒤에 숨어서 출제자가 바라는 대로 공부하지 않는다. 그렇게 고3이 될 때까지도 스스로 시 한 구절도 해석하지 못하는, 학원에서 정리해 준 문학 작품 분석집을 달달 외우는 것 말고는 할 줄 아는 것이 없는 학생이 되는 것이다.

Chapter 1
노베이스를 위한 문학 공부법

Chapter 2
문학 면접을 위한 기초 체력 키우기

Chapter 3
기출 적용법    현대시    고전시가    현대소설    고전소설

# 2- 문학 감상의 '틀'

문학을 감상할 때는 일정한 '감상의 틀'을 가지고 있어야 한다.
대부분의 학생들은 바로 이 '감상의 틀' 없이 자기 감대로 시를 읽고
소설을 읽기 때문에 문제를 맞히지 못한다.

일정한 감상의 틀이 없기 때문에, 감이 좋은 날은 성적이 좋았다가,
감이 안 좋을 때는 4, 5문제씩 틀리는 것이다.

지금부터 내가 설명하는 문학 감상의 틀은
모두 교과서의 내용을 바탕으로 하였다.
문학 공부를 할 때는 반드시 다음 4가지 틀에 맞춰서
감상을 해주기 바란다.
그래야 감상력이 올라가고, 수능에서도 1등급을 받을 수 있다.

Chapter 1
노베이스를 위한 문학 공부법

Chapter 2
문학 만점을 위한 기초 체력 키우기

Chapter 3
기출 적용편   현대시   고전시가   현대소설   고전소설

첫 번째 틀

# 내면세계 공감

누구나 마음속에 광활한 '세계'를 가지고 있다. 우리는 마음속에서 신기하고 다양한 일들을 상상하고, 슬픔, 기쁨, 걱정, 후회 등과 같은 수많은 감정을 느낀다. 이렇듯 마음 속에서는 우리가 눈으로 보는 외부세계 이상의 광활한 세계가 펼쳐져 있다. 이를 **'내면세계'**라고 부른다. 내면세계는 말 그대로, 우리가 바라볼 수 없는 '내면' 속에 존재하는 세계이기 때문에 눈으로 바라볼 수 있는 '외부' 세계와 반대되는 말이라고 생각해 주면 된다.

네가 문학 공부를 제대로 하려면 '내면세계'라는 단어에 익숙해져야 한다. 이 '내면세계'라는 단어가 생소할 수도 있다. '실제 있는 단어인가?' 싶기도 할 것이다. 이 내면세계라는 단어는 내가 만들어 낸 단어가 아니다. 이미 교과서와 수능에서도 나왔던 단어다.

'국어과는 문학에 관한 체계적인 지식을 습득시키고 문학 감상력과 상상력을 기르며, 인간의 내면세계를 이해하게 하는 교과다.'

- 4차 국어과 교육과정 관련 내용 -

'7연의 별빛은 무녀의 눈과 연결되어 그녀가 지향하는 세계와 내면세계를 서로 이어준다.'

- 2010학년도 수능 -

그럼 여기서 '내면세계에 공감한다'는 것은 어떤 의미일까? 다음 이야기를 통해 이해해 보자.

---

철수와 영희는 같은 고등학교에 다니고 있는, 같은 반 학생들이다. 이 둘은 반에서 성적으로 1, 2위를 다툴 정도로 공부를 잘하는 학생들이다. 다음 주가 수능이라 독서실에서 매일 10시간 이상씩 공부를 하면서 마무리 공부에 열을 올리고 있다. 어느덧 수능 당일이 되었다. 철수는 아침 6시에 일어나서 최상의 컨디션으로 시험장에 도착했다. 1교시 국어 시험을 치기 전, 이제껏 공부한 것들을 한번 복습하고 차분히 시험을 쳤다. 한 치의 망설임 없이 문제들을 풀어나갔고, 종 치기 5분 전에 모든 문제를 마킹하고 검토까지 마쳤다. 철수는 안정적으로 1등급을 받을 것 같다고 느낀다.

한편 영희도 철수와 똑같이 6시에 일어나 시험장으로 갈 준비를 했다. 그런데 오늘따라 너무 긴장을 해서 그런지 배가 너무 아팠다. 시험장으로 가는 길에 핫팩을 사서 배에 갖다 대고 속을 진정시켜 보려 했지만, 도무지 진정이 되지 않는다. 7시 20분쯤 시험장에 도착해서 화장실에 가보니 이미 줄 서 있는 학생들만 10명이 넘었다. 이 줄을 기다렸다간 1교시가 시작하기 전에 준비해 온 복습 노트를 보지도 못할 거 같았다. 그래서 영희는 그냥 자리에 앉아서, 복습 노트를 보며 1교시를 준비했다.

1교시 시작종이 치고 문제를 풀고 있는데 아니나 다를까 30분 정도가 지나니 배가 아프기 시작했다. 평소 국어 시험을 칠 때 시간이 조금 부족했던 영희였기에, 꾹 참고 풀어보려고 했지만 어쩔 수 없이 손을 들고 화장실로 향했다. 영희는 화장실에서 돌아온 뒤 다시 집중을 해보려고 했지만, 이미 시험을 망했다는 생각에 제대로 집중이 되지 않았다. 그렇게 다섯 문제를 풀지 못하고 시험이 끝났다.

수능 시험이 모두 끝나고 퇴실 방송이 나왔을 때, 철수와 영희는 인터넷에 올라온 정답을 보며 가채점을 했다. 철수는 가채점 결과, 100점을 받았다. 영희는 안타깝게도 60점대의 성적을 받았다. 평소 1등급을 받던 영희에게 60점대 점수는 태어나 처음 받아보는 점수였다. 거기다 정시로 대학을 가려 했던 영희이기에 60점대의 점수는 더 절망적이었다.

그렇게 가채점까지 끝내고 시험장을 빠져나오니 노을이 지고 있다. 철수와 영희 모두 노을을 보고 있지만, 서로 다른 생각을 한다. 철수에게 노을은 너무 아름답게 보인다.

---

마치 자신이 이때까지 고생했던 것들을 다 안다는 듯, 노을이 환한 빛으로 자신의 결과를 축하해 주는 것처럼 보였다. 하지만 영희는 노을을 보며 마치 세상이 멸망하는 듯한 기분을 느낀다. 자신이 이제까지 해왔던 노력들이 전부 부질없이 느껴지고, 저물어 가는 노을처럼 모든 게 끝없는 어둠 속으로 사라지는 듯하여 더 서글퍼졌다.

여기서 왜 철수와 영희는 똑같은 '노을'을 보면서 서로 다른 생각을 했던 걸까? 그건 철수와 영희의 '내면세계'가 서로 다르기 때문이다.

네가 방금 이야기를 집중해서 읽었다면, 왜 똑같은 노을이 철수에게는 '자신을 축하하는 빛'으로 보이고, 영희에게는 '멸망, 서글픔'과 같은 감정을 불러일으켰는지 이해했을 것이다. 내면세계에 공감한다는 것은, 이렇게 **타인의 내면세계를 인식하고, 이해한다는 것을 의미한다.** 시를 쓰는 사람, 소설을 쓰는 사람에게는 모두 자신만의 내면세계가 존재한다.

그리고 그것을 다양한 이야기와 이미지로 표현한다. 시를 감상한다는 것은, 작가가 구체적인 상황을 통해서 전달하고자 하는 내면세계가 무엇인지 인식하고, 그 내면세계에 공감한다는 걸 의미한다.

## ☝ 왜 이렇게 내면세계에 공감하는 것이 중요할까?

내면세계에 공감하는 능력이 '왜' 중요하길래, 교과서와 수능에서 이렇게나 강조를 하는 것일까? 간단히 말하면, **내면세계에 공감할 줄 아는 능력이, 세상을 선명하게 볼 수**

Chapter 1
노베이스를 위한 문학 공부법

Chapter 2
문학 만점을 위한 기초 체력 키우기

Chapter 3
기출 적용편

현대시

고전시가

현대소설

고전소설

33

**있게 하기 때문이다.** 내면세계에 공감한다는 것은, '저 사람이 왜 저렇게 행동하는지' 이해할 수 있게 된다는 것이다. 내면세계에 공감하는 능력을 기르지 못하면, 저 친구가 왜 저런 행동을 하는지, 우리 엄마가 왜 저런 말을 하는지 이해할 수 없다. 하지만 내면세계에 공감하는 능력이 길러지면 점차 타인의 행동과 말이 이해되기 시작한다. **뿌옇던 세상이 선명해지는 것이다.** 타인의 내면세계를 인식한다는 것은 '또 다른 세계를 보게 된다'는 것이고, 내가 아는 세계가 많아지면 많아질수록, 인간과 세상에 대한 이해는 깊어지게 된다. 그렇기에 교과서는, 학생들이 인간과 세상에 대한 이해를 높일 수 있도록, '내면세계에 공감하는 능력'을 기를 수 있게 하는 것이다.

두 번째 틀

# 이미지화

'이미지화'는 말 그대로, 문학 작품을 읽으면서 '이미지'를 떠올린다는 뜻이다. 교과서에서는 '심상을 떠올린다'라고 표현하기도 한다. 예를 들어서 문학 작품에 '저 먼 바다에는 푸른 물고기들이 살고 있다'라는 문장이 나왔다고 할 때, 너는 이 문장을 읽으면서 이미 바닷속 푸른 물고기들을 보고 있어야 한다.

시인은 시를 쓸 때 자신이 사용하는 단어의 이미지를 떠올리면서 시를 쓴다. 시인이 '구름'이라는 단어를 사용할 때에는 '구름'의 이미지가 머릿속에 있는 것이다. 소설가는 소설을 쓸 때 자신이 적어 내려가는 이야기 속 상황을 머릿속으로 이미지화하면서 소설을 쓴다. 소설가가 빌딩과 자동차가 없는 조선 시대를 배경으로 이야기를 쓰고 있다면, 그 소설을 읽는 우리도 조선 시대를 머릿속으로 떠올려 주어야 한다. 글을 쓴 사람은 머릿속에 표현하고자 하는 이미지를 갖고 쓰는데, 글을 읽는 사람이 아무 이미지도 떠올리지 않고 글자만 읽는다면 글쓴이가 표현하고자 했던 것을 100% 이해했다고 할 수 있을까? '문학 작품'은 이미지를 활자로 표현한 것이기 때문에 감상을 할 때는 반드시 이미지를 떠올려 주어야 한다.

Chapter 1
노베이스를 위한 문학 공부법

Chapter 2
문학 인접을 위한 기초 체력 키우기

Chapter 3
기출 적용편

현대시

고전시가

현대소설

고전소설

## 문학 작품을 읽으며 이미지화 해야 하는 2가지 이유

**첫 번째 |** '이미지화'를 하면서 읽어야 문학 작품이 재밌게 느껴진다.

**문학 작품에 흥미를 느끼는 것은 매우 중요하다.** 흥미를 느끼는 학생과 그렇지 않은 학생의 공부량이나 집중력의 차이는 날이 갈수록 벌어지기 때문이다. '이미지화'를 하면 왜 문학 작품이 재밌어지는 걸까? 이건 영화나 드라마를 생각해 보면 쉽다.

우리는 왜 영화나 드라마는 좋아하면서, 시나 소설은 좋아하지 않는 걸까?

여러 이유가 있겠지만, 가장 큰 이유는 시와 소설에는 '이미지가 없기 때문'이다. 영화나 드라마는 내가 굳이 힘들여서 '이미지화'를 하지 않아도 저절로 이미지가 주어진다. 하지만 시와 소설은 이미지가 없다. 그렇기 때문에 **독자 '스스로' 작가가 표현하고자 하는 이미지를 머릿속에 그려주어야 한다.**

**두 번째 |** '이미지화'를 통해 '내면세계 공감'을 더 쉽게 해낼 수 있다.

그런데 왜 이미지가 저절로 주어지면 더 재밌는 걸까? 바로, **공감이 쉬워지기 때문이**다. 네가 영화나 드라마를 더 좋아하는 이유는, 시 속 화자나 소설 속 인물보다 영화, 드라마 속 인물들의 내면세계에 더 공감했기 때문이다. **'이미지화'는 앞서 설명했던 '내면세계 공감'을 더 쉽게 만드는 효과가 있다.** 즉, 이미지화하면서 읽어야 하는 두 번째 이유는 바로 '내면세계 공감'을 더 쉽게 해내기 위해서인 것이다.

> '오후 2시, 나는 하와이 해변에 누워있다. 3년 동안 열심히 썼던 책을 일주일 전에 마무리하고 휴가를 보낼 겸 이곳에 왔다. 하늘은 구름 한 점 없이 깨끗하고, 파도 소리가 귀를 적신다. 아, 이런 여유가 얼마 만이던가.'

한 학생은 이 문장을 '텍스트'만으로 읽는다.
그리고 다른 학생은 다음과 같은 이미지를 떠올리며 읽는다.

누가 더 화자가 느끼는 '여유로움'에 제대로 공감할 수 있을까? 당연히 이미지를 함께 떠올려 준 학생일 것이다. 이건 마치 "영화를 화면 없이 소리만 들으면서 본 학생이랑, 화면을 함께 보면서 감상한 학생 중에 누가 더 영화를 재밌어할까?"라는 질문과 똑같다.

작가가 광활한 초원을 보고 쓴 시를 읽을 때는 똑같이 광활한 초원을 떠올려주어야 하고, 작가가 학창 시절을 배경으로 쓴 소설을 읽을 때는 그의 학창 시절을 상상해 주어야 **한다. 물론 작가가 머릿속에 가지고 있는 이미지를 100% 똑같이 그려낼 수는 없겠지만, 내가 떠올릴 수 있는 이미지 내에서 최대한 비슷한 이미지를 떠올려야 한다.** 그래야 제대로 된 공감이 가능해진다. 마지막으로, 아래 시를 '이미지화'에 신경 쓰면서 읽어보자.

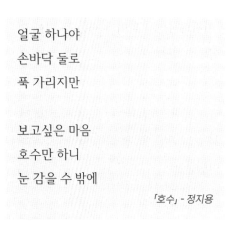

얼굴 하나야
손바닥 둘로
폭 가리지만

보고싶은 마음
호수만 하니
눈 감을 수 밖에

「호수」 - 정지용

네가 방금 위 시를 읽으면서 제대로 '이미지화'를 했다면, '얼굴을 손바닥 두 개로 가리는 이미지', '호수의 이미지', '눈을 감는 이미지'가 떠올랐어야 했다.

Chapter 1
노베이스를 위한 문학 공부법

Chapter 2
문학 만점을 위한 기초 체력 키우기

Chapter 3
기출 적용편    현대시    고전시가    현대소설    고전소설

**'보고 싶은 마음이 호수만 하니 눈 감을 수밖에'**

↳ 앞서 손바닥 두 개로 얼굴을 가리는 이미지를 떠올렸던 학생이라면, '얼굴'과 '호수'의 크기 차이를 통해 바로 이해했을 것이다. '호수'의 이미지를 떠올려 보자. 손으로 가릴 수 있는 '얼굴'과 달리, '호수'는 손으로 가릴 수 없을 만큼 크고 넓다. 화자는 호수의 이미지를 활용해서 누군가를 보고 싶어 하는 자신의 마음이 매우 크다는 걸 표현했다. 광활한 호수의 이미지를 떠올렸던 학생은 누군가를 보고 싶어 하는 화자의 마음이 얼마나 큰지 공감했을 것이다.

그런데 시의 상황을 보니, 화자가 지금 누군가를 볼 수 있는 상황이 아닌 거 같다. 보고 싶으면 달려가서 보면 되지만, 화자는 '눈을 감는'다. 지금 자신이 보고 싶다고 해서 그리워하는 사람을 바로 볼 수 있는 상황이 아니기 때문에 '눈을 감으면서' 누군가를 보고 싶은 자신의 마음을 참아내는 것이다.

계속해서 말하지만, 현재 수능은 학생에게 **'내면세계에 공감했는가?'**를 확인하려 한다. 네가 이후 '기출 적용편'에 있는 문제들을 풀면서 느낄 수 있겠지만, 정말 모든 문학 문제는 '내면세계에 공감했는지'만 물어보고 있다. 그리고 그 내면세계 공감을 잘하기 위해서는, 문학 작품을 읽으면서 '이미지화'를 하는 것을 습관화하여야 한다. 앞으로 시나 소설을 읽을 때는 작가가 쓴 단어나 문장을 생생한 이미지로 바꿔가며 읽어보자.

세 번째 틀

# 필터링

자, 앞서 문학 작품을 읽을 때에는 '이미지화'를 하면서 '내면세계에 공감'해야 한다고 말하였다. 세 번째 틀은 이미지화와 마찬가지로, 내면세계에 더 잘 공감하기 위한 방법들 중 하나의 방법이다. 우선 네가 알아야 할 것은, 인간은 누구나 각자의 '내면세계'를 통해 세상을 바라본다는 것이다. 똑같은 노래를 듣고 사람마다 느끼는 바가 다르듯이, 세상을 보는 방식도 사람마다 모두 다르다.

| | 인식 대상 | 내면세계 | 해석 |
|---|---|---|---|
| 철수 | 노을 | 기쁨 | 축하/환호 |
| 영희 | | 슬픔 | 절망/멸망 |

아까 '철수와 영희' 예시에서 철수는 노을을 보고 자신의 결과를 축하해 주는 빛이라고 인식했지만, 영희는 그 노을을 보고 모든 것이 무너져 내리는 것과 같은 절망감을 느꼈다. 동일한 대상에 대해서 서로의 인식이 다른 이유는, **서로 다른 내면세계를 가지고 외부 세계를 바라보기 때문이다.** 철수는 '기쁨'이라는 내면세계를 가지고 노을을 바라봤고, 영희는 '슬픔'이라는 내면세계를 가지고 노을을 바라봤다. 그래서 '동일한' 외부세계를 보더라도 그에 대한 해석이 다른 것이다.

이렇듯, 화자나 인물이 자신의 내면세계를 통해 외부세계를 인식하게 되는 것을 **'필터링'**이라고 한다. 말 그대로, **화자와 인물에게는 그들이 보는 외부세계가 '내면세계'라는 필터에 걸러져서 인식된다는 것이다.** 즉, '필터링'은 '화자와 인물이 세상을 보는 방식'이다.

Chapter 1
노베이스를 위한 문학 공부법

Chapter 2
문학 만점을 위한 기초 체력 키우기

Chapter 3
기출 적용편    현대시    고전시가    현대소설    고전소설

문학 작품에서 화자나 인물이 외부세계를 인식할 때 '필터링'이 이루어진다는 점을 깨닫게 되면 알게 되는 것이 있다. 그건 바로, **화자나 인물의 말을 통해서 그들의 내면세계를 알아낼 수 있게 된다는 것이다.** 예를 들어서 설명해 보겠다. 김광균의 '와사등'이라는 시의 첫 구절을 보면 아래와 같은 구절이 나온다.

차단-한 등불이 하나 비인 하늘에 걸려 있다.
내 호올로 어딜 가라는 슬픈 신호냐

이 구절에는 화자가 직접적으로 자신의 내면세계를 드러내는 말이 없다. 화자가 직접적으로 자신의 내면세계를 드러내는 말이 없다는 건, '아, 슬프구나' 또는 '매우 즐겁다' 등과 같이 자신의 감정을 그대로 말하는 부분이 없다는 것이다. 위 구절에 '슬픈'이라는 단어가 있긴 하지만, 화자 자신이 '슬프다'라고 한 것이 아니라, 신호가 '슬프다'라고 말한 것이다.

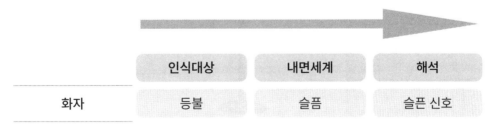

| | 인식대상 | 내면세계 | 해석 |
|---|---|---|---|
| 화자 | 등불 | 슬픔 | 슬픈 신호 |

여기에 '필터링' 개념을 적용하면, 화자가 직접적으로 자신의 내면세계를 드러내는 구절이 없더라도 화자의 내면세계를 알아낼 수 있다. 화자는 하늘을 올려다보면서 자기 머리 위에 있는 등불을 바라보고 있다.

### 1) '내 홀로 어딜 가라는 슬픈 신호냐'

↳ 화자는 등불을 '슬픈 신호'라고 인식한 것이다. 등불은 슬프다고 표현할 수 있는 대상이 아니다. 등불에는 감정이 없기 때문이다. '등불이 슬프다'는 건 화자가 '자신의 내면세계'라는 필터를 거쳐서 등불을 바라본 것이다. 여기서 알 수 있는 것은, 화자의 내면세계가 '슬픔'이라는 것이다. 왜냐하면 화자가 외부세계에 있는 등불을 인식할 때 자신의 내면세계를 거쳐서 인식하게 되는데, 자신의 내면세계를 통하여 등불을 '슬픈 신호'라고 했으니, 화자의 내면세계는 당연히 '슬픔'이라고 추론할 수 있는 것이다.

이처럼 화자나 인물이 외부세계를 인식할 때는 '필터링'이 일어난다는 것을 이해하면, 쉽게 내면세계를 추론해 낼 수 있다. 필터링을 통해서 내면세계를 추론하는 것이 익숙해지면, '슬픈'이라는 단어와 같이 감정을 나타내는 명확한 단어 없이도 내면세계를 얼마든지 추론해 낼 수 있다.

### 2) '멍든 거리'

↳ 외부세계에 객관적으로 존재하는 거리는 그냥 '거리'이다.
누군가에게 맞아야 생기는 '멍'이라는 부정적 요소를 통해, 화자는 '멍든 거리'라고 표현했다.

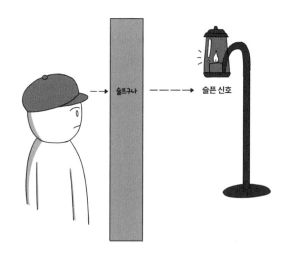

따라서 화자는 거리를 부정적으로 생각하거나, 안타깝게 생각하고 있다고 추론할 수 있는 것이다.

물론 화자가 외부세계를 항상 내면세계를 통해서 바라보는 것은 아니다. 우리가 책상 위에 있는 펜을 바라볼 때 항상 어떤 생각을 가지고 바라보는 게 아니듯이, 화자나 인물도 세상을 그냥 있는 그대로만 바라볼 때도 있다. 화자나 인물이 내면세계를 거치지 않고 그냥 외부세계를 바라볼 때 그것을 '관조'라고 한다. 한 번쯤은 들어본 적 있을 것이다. 하지만 '관조'는 수능에 잘 나오지 않는다. 왜냐하면 내가 이제껏 말했듯, 수능에서는 학생들에게 '화자나 인물의 마음이 어떤 거 같아?'라는 질문을 하려 한다. 그런데 이 질문을 하려면 우선 화자나 인물의 내면세계가 존재해야 한다. 그런데 '관조'할 때는, 존재하는 내면세계가 없다. 말 그대로 외부세계를 '아무 감정 없이', '있는 그대로' 바라보는 상태이기 때문이다. 그래서 관조는 수능 시험에는 잘 나오지 않는 개념이다. 문제 선택지로 나온다고 하더라도 답이 아닐 가능성이 매우 높다.

---

### 🔑 '필터링' 개념 정리

1) **'필터링'이란?**
   화자나 인물이 자신의 내면세계를 통해 외부세계를 인식하게 되는 것

2) **'필터링'의 개념을 깨닫는 것이 중요한 이유는?**
   화자가 직접적으로 자신의 내면세계를 드러내는 구절이 없더라도 화자의 내면세계를 추론해 낼 수 있다!

Chapter 1
노베이스를 위한 문학 공부법

Chapter 2
문학 만점을 위한 기초 체력 키우기

Chapter 3
기출 적용편

현대시

고전시가

현대소설

고전소설

# 화자가 지금 보고 있는 것

왜 대부분의 학생들이 소설보다 시를 더 어려워할까? 시는 소설과 다르게 '무슨 말인지 모르겠는' 표현들이 많이 등장하기 때문이다. 시에는 '바다가 뿌리 뽑혀 나간다', '산이 태양을 토해낸다' 같은 구절들이 등장한다. 이렇게 '무슨 말인지 모르겠는' 구절들 때문에 시가 어려운 것이다. 시를 잘 읽고 싶다면 이런 구절들을 해석하는 방법을 배우고, 이런 구절들까지 쉽게 해석해 내기 위해 노력하여야 한다. 그래야 감상이 가능해진다. **수능은 감상할 줄 아는 학생에게 점수를 주려는 시험이다.** 하지만 성적대가 낮은 대부분의 학생들은 이런 구절들에 대한 해석 능력을 기르려 하지 않는다. 오히려 "이런 구절들은 시험장에서는 해석 못 해"라는 변명 뒤에 숨어서 문학을 제대로 공부하지 않는다. 그러니 고등학교 3년간 문학 공부를 했음에도, 시 한 편조차 혼자서 해석하지 못하게 되는 것이다.

하지만 지금부터 설명할 '네 번째 틀'만 제대로 알고 있으면, 방금 내가 말한 구절들을 쉽게 이해해 낼 수 있다. 결국 시에서 화자가 쓰는 표현들은 자기가 본 '외부세계'를 조금 더 아름답게, 조금 더 와닿게 전달하기 위한 것이다. **그렇기 때문에** 화자가 관찰한 외부세계가 무엇일지 상상**하면서 시를 읽으면, 화자가 묘사한 장면들의 의미가 이해되기 시작한다.**

앞서 예시로 든 **'바다가 뿌리 뽑혀 나간다'**, **'산이 태양을 토해낸다'** 같은 구절을 다시 보자. 현실적으로 생각했을 때는 '바다가 뿌리 뽑혀 나가'고, '산이 태양을 토해내는' 것은 불가능하다. 그러면 화자는 도대체 어떤 장면을 보고 이렇게 표현한 걸까? **이런 구절들을 마주쳤을 때 바로, '화자가 지금 보고 있는 것'이 무엇일지 생각해 보는 것이다.** 보통 시에서 화자가 A에 대해서 말하고 있다면, A를 보고 있는 것이라 생각하면 된다. 예를 들어서 '나무는 겨울이면 잎을 덜어낸다'라는 구절이 있을 때, 화자는 지금 '나무'를 보고 있는 거라고 생각해주면 된다.

Chapter 1
노베이스를 위한 문학 공부법

Chapter 2
문학 만점을 위한 기초 체력 기우기

Chapter 3
기출 적용편

현대시

고전시가

현대소설

고전소설

## '바다가 뿌리 뽑혀 나가고'

↳ 화자는 '바다'를 보고 있는 것이다. 그럼 화자는 도대체 바다의 어떤 모습을 보고 바다가 '뿌리 뽑혀 나간다'라고 표현한 것일까? **화자는 지금 '썰물' 때의 바다를 보고 있는 것이다.** 바다에는 바닷물이 바닷가까지 밀려오는 밀물이 있고, 바닷물이 쭉 빠지는 썰물이 있다. 그래서 썰물 때에는 '갯벌'이 생긴다. 화자는 썰물 때 바닷물이 수평선 쪽으로 쭉 빠져나가는 것을 보고 '뿌리 뽑혀 나간다'라고 표현한 것이다.

## '산이 태양을 토해낸다'

↳ 5초만 생각해 보자. 저녁에서 아침으로 바뀌면서 해가 뜰 때, 화자가 산 뒤로 떠오르는 해의 모습을 표현한 구절이다. 화자가 산을 바라보고 있는데, 바라보고 있는 산 뒤로 해가 떠오르니, 마치 '산이 태양을 토해내는' 것처럼 보인 것이다.

시를 잘 읽는다는 것은, 화자가 지금 보고 있는 것들을 상상하며 추상적인 구절들을 잘 이해해 낸다는 것을 뜻한다. 추상적인 구절들의 의미를 파악할 수 있어야, 결국 내면세계에 공감할 수 있고, 정답률을 높일 수 있게 되는 것이다.

그럼 이제 실제 시험에 출제되었던 작품을 이해해 보자. 아래 시는 2011학년도 수능에 나왔던 윤동주의 「자화상」이라는 시의 일부분이다. 1분만 시간을 써서 한번 읽어보기 바란다.

산모퉁이를 돌아 논가 외딴 우물을 홀로
찾아가선 가만히 들여다봅니다.

우물 속에는 달이 밝고 구름이 흐르고
하늘이 펼치고 파아란 바람이 불고 가을이 있습니다.

그리고 한 사나이가 있습니다.
어쩐지 그 사나이가 미워져 돌아갑니다.

「자화상」 - 윤동주

**'달이 밝고, 구름이 흐르고, 하늘이 펼쳐져 있고, 바람이 분다'**

↳ 어떻게 우물 속에서 달이 밝고, 구름이 흐르고 하늘이 펼쳐져 있고 바람이 불 수 있을까? 그냥 이 구절만 보면 말이 안 되는 거 같다. 그리고 화자는 우물에서 '한 사나이'를 본다. 이 구절을 있는 그대로 본다면, 우물 속에 사람이 들어가 있는 이미지가 떠오른다. 그런데 정말 시인이 우물 속에 사람이 있다고 말한 것일까? 공포 영화도 아니고 뭔가 이상하다.

**'산모퉁이를 돌아 논가 외딴 우물을 홀로
찾아가선 가만히 들여다봅니다.'**

↳ 화자는 홀로 외딴 '우물 안'을 들여다보고 있는 상황이다. 우물 안에는 '물'이 있다. 우물 안으로 머리를 내밀어서 우물 밑을 바라보는 이미지를 그려보자. 무엇이 보이는가? 하늘 위에 있는 달도 보이고, 구름도 보이고, 바람결에 흔들리는 나뭇가지들도 보인다. 이를 보고 화자는 '달이 밝고, 구름이 흐르고, 하늘이 펼쳐져 있고, 바람이 분다'라고 말한 것이다.

**'그리고 한 사나이가 있습니다.'**

↳ 우물 안을 들여다보고 있는 '나 자신'이 보인다. 화자는 이런 자신의 모습을 보고 우물속에 한 사나이가 있다고 표현한 것이다.

아래는 정지용의 「달」이라는 시의 일부분이다.

선뜻! 뜨인 눈에 하나 차는 영창
**달이 이제 밀물처럼 밀려오다.**

미욱한 잠과 베개를 벗어나
부르는 이 없이 불려 나가다.

「달」 - 정지용

**Chapter 1**
노베이스를 위한 문학 공부법

**Chapter 2**
문학 만점을 위한 기초 체력 키우기

**Chapter 3**
기출 적용편

현대시

고전시가

현대소설

고전소설

'달이 이제 밀물처럼 밀려오다.'

↳ '달이 밀물처럼 밀려'올 수 있을까? 화자가 무엇을 보고 있는지 생각해보자.

### '선뜻! 뜨인 눈에 하나 차는 영창'

↳ 화자가 눈을 뜨고 영창을 바라보고 있다는 걸 알 수 있다. '영창'이 정확히 무엇인지는 모르겠지만, 문맥상 '창문' 같은 게 아닐까 하고 추론해 볼 수 있겠다. 아, 화자는 지금 창밖에 있는 달을 보고 있는 듯하다. **그런데, 그 달이 '너무 커서' 마치 밀물이 밀려오듯 화자에게 밀려오는 것 같이 느껴졌던 것이다.** 나는 이 부분을 읽으면서 '커다란 보름달'의 이미지를 떠올렸다. 이후 구절을 보면, 화자가 이러한 달의 모습에 매료되어서, 잠을 자다 말고 달을 보려 밖으로 나가는 걸 알 수 있다.

이렇듯 시를 읽으면서 '화자가 무엇을 보고 있는지', '화자가 지금 어떤 상황에 처해있는지'를 상상해 보면 이해할 수 없었던 구절들이 하나, 둘 이해되기 시작할 것이다.

# chapter 2
# 문학 만점을 위한
# 기조 체력 키우기

이 챕터에서는, 문학 만점을 받기 위한 '기초 체력'을 키울 것이다. 문학 만점을 받으려면 우선, 문학 문제에 나오는 단어들의 의미를 알고 있어야 한다. 그래서 '반드시 알아둬야 하는 문학 필수 단어'에서는 문학 공부를 처음 하는 학생들이 반드시 알고 있어야 하는 단어들을 모아서 매우 구체적으로 설명했다.

그리고 대부분의 노베이스 학생들이 문학에서 가장 어려워하는 파트인 '고전 시가'를 잘 감상할 수 있도록, '고전 시가 쉽게 읽는 팁', '고전 시가 필수 어휘'에서 고전 시가를 읽는 데 필요한 기본적이고 핵심적인 부분들을 정리해 두었다. 정말 이 파트만 제대로 읽고 외워두면, 문학 문제를 풀며 쉽게 판단할 수 있는 선택지들이 훨씬 많아질 것이다.

chapter2. 문학 만점을 위한 기초 체력 키우기

# 1- 반드시 알아둬야 하는 '문학 필수 단어'

## ① 행 VS 연

'행'과 '연'은 시를 구성하는 요소들이다.

> - **'행'** : 시의 한 줄
> - **'연'** : '행'으로 구성되는 한 문단
>   (연은 윗줄과 아랫줄이 띄어질 때마다 구분됨)

먼저 **'행'**은 쉽게 말해서 **시에 적혀 있는 '한 줄'**을 뜻한다고 생각해 주면 된다. 아래 시에서 첫 행은 '머리가 마늘쪽같이 생긴 고향의 소녀와'인 것이다.

**'연'**이라는 것은, **시에서 윗줄과 아랫줄이 띄어질 때마다 구분되는 것**이라고 생각하면 쉽다. 그리고 '연'은 '행'으로 구성된다. 아래 시를 보면서 좀 더 구체적으로 설명해 보겠다.

48    국어 1등급을 정말 원한다면 : 노베이스 문학편

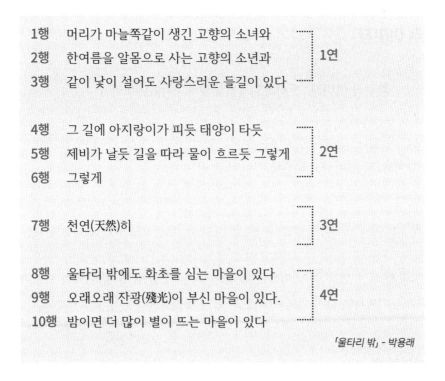

Chapter 1
노베이스를 위한 문학 공부법

Chapter 2
문학 만점을 위한 기초 체력 키우기

Chapter 3
기출 적용편

현대시

고전시가

현대소설

고전소설

| 1행 | 머리가 마늘쪽같이 생긴 고향의 소녀와 | 1연 |
| 2행 | 한여름을 알몸으로 사는 고향의 소년과 | |
| 3행 | 같이 낮이 설어도 사랑스러운 들길이 있다 | |
| | | |
| 4행 | 그 길에 아지랑이가 피듯 태양이 타듯 | 2연 |
| 5행 | 제비가 날듯 길을 따라 물이 흐르듯 그렇게 | |
| 6행 | 그렇게 | |
| | | |
| 7행 | 천연(天然)히 | 3연 |
| | | |
| 8행 | 울타리 밖에도 화초를 심는 마을이 있다 | 4연 |
| 9행 | 오래오래 잔광(殘光)이 부신 마을이 있다. | |
| 10행 | 밤이면 더 많이 별이 뜨는 마을이 있다 | |

「울타리 밖」 - 박용래

위의 시는 행은 총 10개, 연은 총 4개인 4연 10행의 시다. 보통 2개 이상의 행이 모여서 '연'을 이루는 경우가 많지만, 위 시의 7번째 행처럼 하나의 행만으로 '연'을 구성하는 경우도 있다. '행'과 '연'은 문제에도 자주 나오고 매우 기본적인 개념이니, 꼭 알아 놓도록 하자.

----

⊘ *기출문제*

1연에서 '아득히', '왔더니라'를 반복하여, '첩첩한 산길'과 '머언 생각에 잠기'는 화자의 내면을 조응시키고 있다.

*-고3 2023학년도 9월 모의평가*

첫 연과 끝 연을 대응시켜 화자의 정서를 심화하고 있다.

*-고3 2008학년도 수능*

----

## ② 감각적 이미지

> **감각적 이미지** : 우리의 감각을 통해서 파악되는 이미지

감각에는 '오감'이 있다. 인간의 감각에는 '시각, 청각, 촉각, 미각, 후각'이 있는데 이 5가지 감각을 합쳐서 '오감'이라고 부른다.

### '빨갛게 핀 꽃'

↳ 머릿속에 빨갛게 피어 있는 꽃이 떠오른다. 왜냐하면, '빨갛게 핀 꽃'이라는 단어가 시각으로 인식하는 이미지(시각적 이미지)를 담고 있기 때문이다.

### '알싸한 청양고추 향'

↳ 마치 매운 고추 냄새가 나는 듯이 느껴질 것이다. 이는 시의 단어가 후각적으로 인식하는 이미지(후각적 이미지)를 표현했기 때문이다. 문학에서는 이렇게 오감을 자극하는 말들을 보고 '감각적 이미지'를 불러일으킨다고 한다.

| | |
|---|---|
| **시각적 이미지** | 어젯밤 잠자던 동해안 어촌 그 **검푸른 밤하늘**에<br>-고3 2023학년도 9월 모의평가 「별-금강산시 3」 |
| **청각적 이미지** | 너는 소나기처럼 **후드득** 피어나<br>-2023학년도 수능 「음지의 꽃」 |
| **촉각적 이미지** | 꽃 피기 전 철 아닌 눈에 핫옷 벗고 도로 **춥고** 싶어라<br>-고3 2010학년도 3월 학력평가 「춘설」 |
| **미각적 이미지** | 어린 시절에 불던 풀피리 소리 아니 나고 메마른 입술에 **쓰디쓰다**<br>-고3 2010학년도 10월 학력평가 「고향」 |
| **후각적 이미지** | 넙치지지미 **맵싸한 냄새**가 코를 맵싸하게 하는데<br>-고3 2011학년도 6월 모의평가 「강우(降雨)」 |

**범작가 Tip**

문제 선택지에 '감각적인 표현이 있다', '감각적 이미지가 있다', '감각적으로 나타내고 있다'라는 표현이 있다면, **해당 선택지는 맞는 선택지일 확률이 높다.** 실제로 지금까지의 기출문제를 보면 단 한 번도 '감각적 표현이 쓰였다', '감각적으로 나타낸다'라는 말이 틀렸던 적이 없다. 왜냐하면, 감각적 이미지 중 하나인 '시각적 이미지'가 시에 표현되지 않기가 어렵기 때문이다. 촉각적 이미지, 청각적 이미지는 없어도, 시각적 이미지가 없는 시는 거의 없다.

---

✔️ *기출문제*

(가)는 '쩡쩡 울리던 옛날'과 '달걀귀신이 융융거린다는 마을의 풍설'을 통해 '종가'에 대한 인상을 감각적으로 나타내고 있다.

*-고3 2022학년도 9월 모의평가*

(가)는 시각적 이미지를 통해 자연의 위대함을, (나)는 청각적 이미지를 통해 자연에 대한 두려움을 표현하고 있다.

*-고3 2021학년도 6월 모의평가*

---

## ③ 공감각적 이미지

> **공감각적 이미지** : 하나의 감각이 다른 감각으로 '전이'됨

여기서 '전이'라는 것은, '바뀐다'는 뜻이다. 예를 들어서 '청각적 이미지'가 '시각적 이미지'로 바뀌는 것이 감각의 '전이'가 일어나는 것이고, 이러한 감각의 전이가 일어나는 구절을 두고 '공감각적 이미지'를 사용했다고 말한다.

**'검정 포대기 같은 까마귀 울음소리'**

↳ 이 구절은 공감각적 이미지가 사용된 구절이다. 왜냐하면 청각적 이미지인 '까마귀 울음소리'가 시각적 이미지인 '검정 포대기'로 전이되기 때문이다. 그런데 여기서 좀 더 구체적으로, '청각적 이미지'가 어떻게 '시각적 이미지'로 '전이'되는 걸까? **이건 시를 읽**

는 사람이 해당 구절을 어떻게 읽을지 생각해 보면 된다. 해당 구절을 읽는 사람은 우선 **'까마귀 울음소리'를 상상하고,** 이후에 **자신이 상상한 까마귀 울음소리가 '검정 포대기' 같다는 게 어떤 뜻인지 생각해 볼 것이다.** 이 때 '검정 포대기'의 시각적 이미지를 떠올리게 된다. 즉, '청각적 이미지'에서 '시각적 이미지'로 '감각의 전이'가 일어나는 것이다.

만약 '빨간 장미와 파란 구름'이라는 구절이 있다고 했을 때, 이 구절은 공감각적 이미지가 있는 구절이라 할 수 없다. **이는 단순히 2개의 이미지가 제시된 경우**이기 때문이다. 공감각적 이미지에는 반드시 '감각의 전이'가 있어야 한다.

> **Q** 단순히 이미지가 2개 제시된 것과 공감각적 이미지가 제시된 건 어떻게 구별하나요?

- **이미지 2개가 단순하게 제시될 때는 '서로 다른 대상'을 각각의 이미지로 표현한다.**
  *예시) 빨간 장미와 파란 구름*
  → 장미와 구름을 각각 '빨간', '파란' 시각적인 이미지로 표현

- **보통 공감각적 이미지는 '하나의 대상'을 다양한 이미지로 표현할 때 쓰인다.**
  *예시) 검정 포대기 같은 까마귀 울음소리*
  → 하나의 대상을 '까마귀 울음소리'(청각적 이미지), '검정 포대기'(시각적 이미지)로 표현

※ **공감각적 이미지를 나타내는 표현은 여러 가지다.**

'감각의 전이'를 표현하는 말은 '공감각적 이미지가 쓰였다'라는 말 외에도 여러 가지 방식으로 표현될 수 있다.

공감각적 이미지는<br>
'시각의 청각화',<br>
'촉각의 시각화',<br>
'청각의 촉각화',<br>
'후각의 시각화',

**Chapter 1**
노베이스를 위한 문학 공부법

**Chapter 2**
문학 만점을 위한 기초 체력 기우기

**Chapter 3**
기출 적용편

현대시

고전시가

현대소설

고전소설

'시각의 후각화'

등으로 표현할 수 있다.

*예시)* 청각의 시각화 : **'검정 포대기 같은 까마귀 울음소리'**
까마귀 울음소리 (청각적 이미지) ⇒ 검정 포대기 (시각적 이미지)

---

**Q** **'청각의 시각화'와 '시각의 청각화'를 어떻게 구분해야 하나요?**

'검정 포대기 같은 까마귀 울음소리'라는 구절에서 '청각의 시각화'가 아니라, '시각의 청각화'가 일어났다고 할 수는 없는 걸까? 이를 아주 쉽게 구분하는 팁을 주겠다. 대부분의 구절은 아래 내가 말하는 기준으로 판단하면 쉬울 것이다.

→ 공감각적 이미지가 쓰인 구절에서 '수식하는 이미지'가 무엇인지 찾아낼 것.

*예시1)* **검정 포대기 같은 까마귀 울음소리 : (검정 포대기 같은) 까마귀 울음소리**

'수식하는 이미지'는 '검정 포대기 같은'이다. '까마귀 울음소리'를 '검정 포대기 같다'라고 하면서 수식하고 있기 때문이다. 이때 수식하는 이미지가 '00의 00화'에서 '00화' 자리에 간다고 생각하면 된다. '시각적 이미지'인 '검정 포대기'가 '수식하는 이미지'이니, '청각의 시각화'라고 부르는 것이다.

*예시2)* **피부 바깥에 스미는 어둠 : (피부 바깥에 스미는) 어둠**

'피부 바깥에 스미는'이라는 말을 통해서 '어둠'을 수식하고 있는 것이다. 따라서 여기서 '수식하는 이미지'는 '피부 바깥에 스미는'이다. '피부 바깥에 스미는'은 '촉각적 이미지'이고 '어둠'은 '시각적 이미지'에 해당하니, '시각의 촉각화'가 일어났다고 할 수 있다.

*예시3)* **푸른 휘파람 소리 : (푸른) 휘파람 소리**

'푸른'이라는 시각적 이미지가 '휘파람 소리'라는 청각적 이미지를 수식하고 있기 때문에 '청각의 시각화'라고 할 수 있다.

---

✅ *기출문제*

[A] : 청각의 시각화를 통해 음산한 시적 상황을 조성하고 있다.

*-2019학년도 수능*

㉠은 청각을 촉각으로, ㉡은 촉각을 시각으로 전이시키고 있다.

*-2015학년도 수능 A형*

공감각적 심상을 통해 관념적인 대상을 묘사하고 있다.

*-고3 2014학년도 9월 모의평가 A형*

---

## 4 색채어 VS 색채 이미지

먼저 '색채어'라는 것은, 말 그대로 단어 자체가 색을 나타내는 단어를 말한다. '파란', '하이얀', '빨간' 등의 단어는 단어 자체가 각각 파란색, 흰색, 빨간색을 지칭하고 있다. 이런 경우 '색채어'라고 부른다.

반면, '색채 이미지'가 있는 단어나 구절은 '색채어'처럼 직접적으로 색을 나타내지 않아도 된다. **그저 해당 단어를 봤을 때 색이 떠오른다면 전부 색채 이미지를 담고 있다고 할 수 있다.** 예를 들어서 '함박눈'이라는 단어는 '흰색'을 떠올리게 만든다. 단어 자체가 '흰색'이라는 의미를 가지고 있진 않지만, 함박눈이라는 단어를 봤을 때 '흰색'의 이미지가 떠오르기 때문에 '색채 이미지'를 갖고 있다고 할 수 있는 것이다.

- **색채어** : 단어 자체가 색을 나타내는 단어
  *예시) 빨간, 파란*

- **색채 이미지** : 단어의 의미를 통하여 색을 떠오르게 하는 단어
  *예시) 함박눈*

'색채어'는 '색채 이미지'에 포함되는 개념이라고 생각하면 된다.

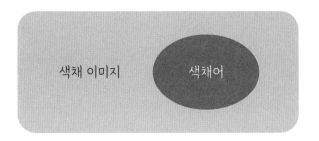

Chapter 1
노베이스를 위한 문학 공부법

Chapter 2
문학 만점을 위한 기초 체력 키우기

Chapter 3
기출 적용편

현대시    고전시가    현대소설    고전소설

---

⊘ *기출문제*

(나)는 (가)와 달리 색채어를 활용하여 공간적 배경이 만들어 내는 분위기를 드러내고 있다.
*-고3 2022학년도 6월 모의평가*

전원생활의 풍족함을 여문 '붉근 게'와 살진 '눌은 둙'과 같이 색채 이미지에 담아 드러냈군.
*-2020학년도 수능*

---

## ⑤ 대구

> • **대구** : 대응되는 구절, 비슷한 구절을 짝지어 표현하는 방법

'대구'는 매년 수능에 안 나온 적이 없을 정도로 정말 자주 출제되는 단어다. '대구'의 뜻은 단어 그대로, '대응되는 구절'이라고 외우면 쉽다. 문학에서는 비슷한 구절을 짝지어 나타내는 표현 방식을 '대구'라고 말한다.

**대구는 시를 더욱 읽기 쉽게 만들어주고 시에 리듬감을 부여해서 시의 아름다움과 재미를 높여준다. 뿐만 아니라, 시인은 자신의 감정을 강조하고 싶은 부분에서 대구법을 쓰기도 한다.** 비슷한 구절이 반복되면, 감상하는 사람은 특이하다고 느끼게 되기 때문이다. 특이하다고 느낀다는 것은, 다른 말로 해당 구절이 '강조'된다는 것이다.

기출 문제에 쓰인 대구법은 아래와 같다.

재 위에 우뚝 선 소나무 / 바람 불 적마다 흔덕흔덕

개울에 섰는 버들 / 무슨 일 좋아서 흔들흔들

*고3 2022학년도 9월 모의평가*

겨울밤 차고 찬 제 / 자최눈 섯거 치고

여름날 길고 길 제 / 궂은비는 무슨 일고

*-고3 2022학년 9월 모의평가*

나를 잉태한 어머니는

짐짓 어진 생각만을 다듬어 지니셨고 /

젊은 의원인 아버지는

밤마다 사랑에서 저릉저릉 글 읽으셨다

*-2019학년도 수능*

---

✅ *기출문제*

[B], [C]는 대구를 활용하여 리듬감을 형성하였다.

*-고3 2022학년도 9월 모의평가*

[C]: 대구 형식을 활용하여 화자의 출생을 앞둔 집안의 분위기를 드러내고 있다.

*-고3 2019학년도 수능*

---

## ⑥ 대비 VS 대조

'대비'와 '대조'는 문학에서 거의 비슷한 개념으로 쓰이지만 서로 약간 다르다. '대비'는 말 그대로, '맞**대**어 **비**교하다'라는 뜻으로 생각하면 된다. 조금 더 구체적으로 말해서 '대비'는 '서로 다른 두 대상을 맞대어서, 두 대상의 **차이점**을 비교하는 것'이다. '대조'는 대비와 마찬가지로 차이점을 비교하긴 하지만, 그 차이점이 반드시 '**반대**되는 개념'이어야 한다는 점에서 대비와 다르다.

Chapter 1
노베이스를 위한 문학 공부법

Chapter 2
문학 만점을 위한 기초 체력 키우기

Chapter 3
기출 적용편

현대시

고전시가

현대소설

고전소설

- **대비** : 맞대어 비교하다. 서로 다른 두 대상을 맞대어서, 두 대상의 차이점을 비교하는 것.  *예시) 빨강과 파랑, 동그라미와 세모*
- **대조** : 두 대상의 차이점을 비교하는 것. 차이점은 반드시 '반대 되는 개념'이어야 함.  *예시) 길고 짧다, 크고 작다, 멀고 가깝다 등*

예를 들어서, 파란색 장미와 빨간색 장미가 있다. 이 둘은 서로 '대비'된다고 할 수 있다. 하지만, 이 둘이 서로 '대조'된다고 하면 뭔가 어색하다. 왜냐하면 파란색 장미와 빨간색 장미는 서로 반대되는 개념이 아니기 때문이다. '대조된다'라고 말하려면 키가 **작고 클 때**, 거리가 **가깝고 멀 때**와 같이 서로 완전 반대되는 개념을 말할 때 '대조된다'고 할 수 있다. 그림으로 대비와 대조의 관계를 설명하자면 아래와 같다.

수능에서는 아직까지 대비와 대조를 혼동하여 오답을 유도한 문제는 출제되지 않았다. 사실 대비와 대조는 거의 비슷한 의미로 쓰이는 단어들이기 때문에, 너무 스트레스 받으면서 두 단어의 차이를 외우려 하지 않아도 된다. 많은 사람들이 일상에서도 두 단어를 거의 동의어처럼 사용하고 있기 때문이다. 하지만 출제되지 않는다고 100% 확신할 수는 없으므로, 딱 지금 여기 정리된 정도로만 차이점을 기억해두자.

----

### ⊘ 기출문제

'심산궁곡'은 '성내 성외'와 대비되어 임금을 피하려는 백성의 마음이 투영된 공간이다.

*-2022학년도 수능*

(가)의 '삼춘화류'는 (나)의 '버들'과 달리 화자의 내면과 대비되어 외부와의 단절감을 강조하는군.

*-고3 2022학년도 6월 모의평가*

----

## 7 리듬감

'리듬감'이라는 말은 지금까지 고3 기출 문제에 **30번 이상** 나왔을 정도로 매우 중요한 개념이다. 리듬감이 있는지 판단하는 아주 간단한 방법은 무언가가 **'반복'**되고 있는지 보는 것이다. 반복하면 무조건 리듬감이 생긴다. 시어의 반복이어도 되고, 어떤 구절의 반복이어도 된다. 이뿐만 아니라 동일한 종결 어미의 반복이나 대구법도 리듬감을 만들어 낸다.

아래의 시에는 리듬감이 잘 나타나 있다. 아직 시 내용을 해석하지 못해도 괜찮다. 리듬감이 있다는 것만 느끼면서 읽어보자.

바람이 어디로부터 불어와
어디로 불려 가는 것**일까**,

바람이 부는데
내 괴로움에는 이유가 **없다**.

내 괴로움에는 이유가 **없을까**,

단 한 여자를 사랑한 일도 **없다**.
시대를 슬퍼한 일도 **없다**.

바람이 자꾸 부는데
내 발이 반석 위에 **섰다**.

강물이 자꾸 흐르는데
내 발이 언덕 위에 **섰다**.

「바람이 불어」 - 윤동주

이 시는 '~것일까', '~없을까'와 같이 동일한 종결 어미를 반복하여 리듬감을 만들어 내고 있다. 이 뿐만 아니라 '~없다', '~섰다'와 같이 동일한 단어의 반복을 통해서 리듬감을 만들어 내고 있기도 하다.

Chapter 1
노베이스를 위한 문학 공부법

Chapter 2
문학 만점을 위한 기초 체력 키우기

Chapter 3
기출 적용편

현대시

고전시가

현대소설

고전소설

--------------------------------------------------

◎ 기출문제

[B], [C]는 대구를 활용하여 리듬감을 형성하였다.

-고3 2022학년도 9월 모의평가

의도적으로 변형한 시어를 통하여 리듬감에 변화를 주고 있다.

-고3 2018학년도 6월 모의평가

--------------------------------------------------

## 8 시상 전개

'시상 전개'는 기출문제에 정말 100번 이상 나왔을 정도로 매우 중요한 개념이다. 꼭 알아놓자. 우선 '시상'이라는 단어의 뜻이 뭔지 알아야 한다. 많은 학생들이 '시상'을 '시에 나타난 상황', '시적 상황'이라고 알고 있는데 그렇지 않다.

'시상'은 '생각 상(想)' 자를 사용한다. **시에 나타난 생각**이라는 의미이다. 앞서, '문학 작품'이라는 것은 작가가 자신의 '감정'을 표현하기 위해서 쓴 것이라고 설명했었다. 따라서 시에 나타난 생각은 곧, 시인이 풀어낸 자신의 **감정**이라고 할 수 있다.

그렇다면 '시상이 전개된다'는 것은 무슨 뜻일까? 바로, **시인이 구체적인 상황이나 이미지로 자신의 감정을 풀어내고 있다**는 뜻이다.

> • **시상** : 시에 나타난 생각 = 시의 주제
> • **시상 전개** : 시인의 감정을 구체적인 상황이나 이미지를 통해 시에 표현하고 있는 것.

### ✻ 시상 전개 방식

시인이 시를 쓸 때는 여러 가지 '시상 전개 방식'을 사용하기도 하는데, 대표적인 방식으로는 '시간의 흐름'을 이용하는 방법, '시선의 이동'을 이용하는 방법, '공간의 이동'을 이용하는 방법이 있다. 즉, 시간이 흐르면서 변화하거나 심화되는 자신의 감정을 쏟아내기도 하고, 시선의 이동이나 공간의 이동을 통해 자신이 미처 관심 갖지 못했던 사물에 대한 깨달음을 표현하기도 한다는 것이다.

<시상 전개 방식>
- 시간의 흐름을 이용하는 방법 (시간의 전개와 함께 감정을 표현)
- 시선의 이동을 이용하는 방법 (시선의 이동을 통하여 감정을 표현)
- 공간의 이동을 이용하는 방법 (공간의 이동을 통하여 감정을 표현)

## ※ 시상이란 시의 주제이다.

여기서 또 한 가지 추가로 알아두어야 하는 것이 있다. '시상 전개'에서 '시상'이 우리가 흔히 말하는 '시의 주제'와 같은 말이라는 것이다. 만약 누군가 너에게 '시의 주제'를 묻는다면 '슬픔', '부정적 상황 속에서도 포기하지 않음', '기쁨' 등과 같이, '화자의 내면세계'에 대하여 이야기하여야 한다. 화자의 내면세계가 곧 시의 주제이기 때문이다. 그런데 여기서 화자의 내면세계는 곧 '시상'과 같은 의미로, 이는 '시에 나타난 화자의 내면세계'라고도 할 수 있다. 따라서 '시상'은 시의 '주제'라고 생각하자.

---

◉ *기출문제*

(가)와 (나)는 화자의 시선이 화자의 내면에서 외부 세계로 이동하는 방식으로 시상을 전개하고 있다.

*-고3 2020학년도 9월 모의평가*

(나)는 '그러나'라는 시상 전환 표지를 활용하여 '노래'만으로는 화자가 바라는 '시' 창작이 어렵다는 점을 부각하고 있다.

*-고3 2022학년도 9월 모의평가*

특정 대상과 대화하는 방식으로 주제를 부각하고 있다.

*-고3 2019학년도 9월 모의평가*

---

## 9 비유

'비유'는 **표현하고자 하는 대상을 다른 대상에 빗대어서 표현하는 방법**을 뜻한다. 예를 들어서, 갓난아기의 말똥말똥하고 아름다운 눈을 보고 "네 눈은 마치 보석 같아"라고 말했다면 '눈'이라는 대상을 '보석'이라는 다른 대상에 빗대어서 표현한 것이다. 비유를 사용하면 읽는 사람에게 해당 문장을 더 기억에 남길 수 있고, 화자의 감정도 효과적으로 전달할 수 있다.

다음 중 어느 문장이 더 기억에 남는가?
1. 갓난아기의 눈은 예쁘다.
2. 갓난아기의 눈에는 보석이 박혀 있었다.

당연히 2번이다. 그래서 시인들은 비유를 많이 쓴다.

> ※대부분의 시에는 '비유'가 사용된다. 비유가 없는 시를 찾는다는 건 매우 힘든 일이다. 앞서도 말했듯이 비유는 감정을 가장 효과적으로 전달하는 방법 중 하나이기 때문이다. 문학 작품의 목적은 작가가 자신의 감정을 전달하는 것이다. 그렇기 때문에 감정을 효과적으로 전달할 수 있는 '비유'를 항상 사용하는 것이다. 그래서 선택지에 '비유하여', '비유법을 활용하여'와 같은 구절이 있다면 그 말은 무조건 맞는 말이라고 생각하고 다른 부분이 맞는지 판단해도 된다.

### ⊕ 비유의 종류

비유에는 대표적으로 3가지 종류가 있다. 바로, 직유법, 은유법, 의인법이다. 수능에서 비유와 관련된 문항은 거의 이 3가지 중 하나로 출제된다.

#### ❶ 직유법과 은유법

> • **직유법** : 명확한 연결어가 존재하는 직접적인 비유법
>   *예시) ~같이, ~처럼, ~듯이*
>
> • **은유법** : 연결어 없이 은근히 비유하는 방법
>   *예시) 00은 00이다*

'직유법'은 '~같이', '~처럼', '~듯이'와 같이 명확한 '연결어'가 존재한다. 예를 들어서 '호수같이 넓은 마음', '보석처럼 생긴 눈망울'은 직유법이 쓰인 문장이다. 반면 '은유법'

Chapter 1
노베이스를 위한 문학 공부법

Chapter 2
문학 만점을 위한 기초 체력 키우기

Chapter 3
기출 적용편

현대시

고전시가

현대소설

고전소설

은 명확한 연결어가 존재하지 않는다. 표현하고자 하는 대상과, 빗대어서 설명하는 다른 대상이 서로 동일한 것처럼 말하는 방식이 은유법이다. 예를 들어서 '붉은 입술은 장미다', '내 마음은 호수다'와 같이 직접적인 연결어 없이 은근히 비유하는 것이라 생각하면 쉽게 이해할 수 있다.

모의고사나 수능에서 직유법과 은유법의 차이점을 비교하라는 문제가 출제되지는 않지만, 두 단어의 뜻을 모르고 있으면 문제 풀 때 시간이 많이 걸릴 수 있다. 이번 기회에 꼭 알아두자.

❷ 의인법

> • **의인법** : 사람이 아닌 대상을 사람인 것처럼 표현하는 방법

'의인법'은 사람이 아닌 대상을 '사람인 것처럼' 표현하는 방법이다. '수풀과 벌레는 자고 깨인 어린애라'라는 구절을 보면 사람이 아닌 수풀과 벌레를 '어린애'라고 표현하고 있다. '의인법'이 쓰인 것이다. 의인법은 판단하기 쉽기 때문에 그리 어렵지 않은 개념이다. 하지만, '의인법'을 판단할 때는 2가지를 주의해야 한다.

## 의인법 판단 시 주의해야 할 것

*첫 번째, 자연현상을 묘사한 구절을 보고 의인법으로 착각하지 말아야 한다.*
예를 들어서 '동풍이 건듯 부러 적설을 다 녹이니'라는 문장이 있다고 하자.

### '동풍이 건듯 부러 적설을 다 녹이니'

↳ 이 문장에 의인법이 쓰인 걸까? 5초만 멈추고 생각을 해보자. 이 문장에서는 동풍이 적설을 녹였다고 말하고 있다. 동풍이 적설을 '녹였다'고 말했는데 '눈을 녹이는 건 사람이 하는 행동이니까, 의인화 아닌가?'하고 생각할 수 있다. **그런데 이건 의인화가 아니다.** ('의인화'와 '의인법' 모두 같은 말이라 생각하면 된다) **그저 화**

Chapter 1
노베이스를 위한 문학 공부법

Chapter 2
문학 만점을 위한 기초 체력 기우기

Chapter 3
기출 적용편

현대시    고전시가    현대소설    고전소설

자가 동쪽에서 따뜻한 바람이 불어와서 얼어 있는 눈을 녹이는 '자연현상'을 관찰한 뒤, 글로 표현한 문장일 뿐이다. 해당 문장은 2011학년도 수능에 출제된 「율리유곡」이라는 작품에 쓰인 문장이었다. 많은 학생들이 '의인화'가 사용되었다고 생각했고, 오답을 골랐다. 이렇듯 자연현상을 표현한 문장 중에 '의인화'인지 아닌지 헷갈리는 문장들이 종종 있다. 그러나 '자연현상'을 묘사한 문장은 의인화가 아니라는 걸 꼭 알아두자.

두 번째, 사물을 사람처럼 부르는 것도 의인화라는 것을 알아두어야 한다. 예를 들어 '문 열어라 꽃아 문 열어라 꽃아' 라는 구절을 생각해 보자.

> '문 열어라 꽃아 문 열어라 꽃아'

↳ 이 구절은 의인법이다. 화자가 '꽃아'라고 부르며 꽃에게 말을 거는 것은, 꽃을 사람처럼 생각하고 있기 때문이다. 그래서 '꽃은 어린아이다'와 같은 표현이 없더라도, 단지 '꽃아'라고 부르는 것만으로 꽃이 의인화되었다고 할 수 있는 것이다. 실제로 고3 2009학년도 9월 모의평가에 해당 구절이 의인화인지 아닌지 판단하는 문제가 나왔다. '②의인화된 청자에게 말을 건네는 방식을 활용하고 있다'라는 선지가 나왔고, 자연물을 단순히 부르기만 해도 의인화라는 것을 알지 못했던 많은 학생들이 오답을 선택했다.

---

⊘ *기출문제*

전원생활에서 목격한 풍요로운 결실을 '만경 황운'에 비유해 드러냈군.

*-2020학년도 수능*

(나)의 '고기'와 (다)의 '송사리'는 각각 화자와 글쓴이가 자신을 보잘것없는 존재로 비유한 표현이다.

*-2022학년도 6월 모의평가*

---

## 🔟 설의법 VS 영탄법

설의법과 영탄법은 모두 '감정'을 강조하는 방법으로, 설의법은 의문의 형태, 영탄법은 감탄의 형태를 사용해서 **감정을 터뜨리는 표현 방식**이다.

### ❶ 설의법

우선 '설의법'의 의미는, **쉽게 알 수 있는 것을 '의문 형식'으로 표현해서 독자가 스스로 생각해보게 하는 표현 방법**이다. 예를 들어보겠다.

'가난하다고 하여 누가 사랑을 모르겠는가'

시인은 '가난한 사람도 사랑을 안다'라고 표현할 수 있었지만, 시를 읽는 사람에게 조금 더 와닿게 표현하기 위해서 '사랑을 모르겠는가'라고 설의법을 사용한 것이다.

**※ 왜 설의법으로 표현하면 더 와 닿을까?**
설의법을 사용해서 질문하듯 표현하면, 독자는 화자가 던진 질문에 대해 **스스로 생각해보게 되기 때문이다.** '가난하다고 하여 누가 사랑을 모르겠는가'라는 구절을 읽을 때 우리는 무의식적으로 '그렇지… 사랑을 아는 건 돈과 상관없지.'라고 생각하며 시인이 던진 질문에 대해 자문자답한다. 하지만 설의법을 쓰지 않고 '가난해도 사랑을 안다'라고 표현하면, 설의법으로 표현할 때에 비해서 독자가 스스로 생각하고 공감할 시간이 없다. 사람의 심리상 단정하는 문장에 대해서는 능동적으로 생각하지 않지만, 의문문에는 스스로 답을 찾으려 한다. 그렇기 때문에 설의법을 사용한 문장을 독자들이 더욱 효과적으로 기억할 수 있게 되는 것이다.

### ❷ 영탄법

다음으로 '영탄법'은, 설의법과 동일하게 시인이 자신의 감정을 강조하는 방법이지만, 형태가 조금 다르다. 설의법은 '~는가', '~한가', '어디 있으랴'처럼 '의문문'과 비슷한 형태이다. 하지만, 영탄법은 '아!', '오!', '슬프구나!'와 같은 형태로, 감탄문의 형식을 갖는다.

영탄법과 설의법은 방금 내가 설명한 것과 같은 차이점이 있지만, 수능과 모의고사에서는 이 둘을 딱히 구분하진 않는다. 단 한 번도 설의법과 영탄법의 의미를 헷갈리게 하여 오답을 유도한 문제는 출제되지 않았다. **중요한 것은 설의법과 영탄법의 의미를 구분하는 것이 아니라, 설의법, 영탄법을 사용했을 때 화자의 감정이 강조되는 걸 느낄 수 있냐는 것이기 때문이다.**

### 범작가 Tip

시에서 설의법과 영탄법이 쓰인 구절은 매우 중요한 구절이라 할 수 있나. 실의법과 영탄법은 시인이 자신의 감정을 '강조'하기 위해서 쓰는 표현 방식이다. 즉, **시인이 시에서 하고 싶은 말, 독자에게 전달하고 싶은 내면세계가 아주 강하게 나타나는 부분이**라는 것이다. 시를 읽을 때는 내면세계를 잡아내는 것이 중요한데 설의법, 영탄법이 있다? **그 부분만 제대로 이해해도 화자의 내면세계를 80% 이상 이해할 수 있다.**

-----------------------------------------------------------------------

### ⊘ 기출문제

(가)는 설의적 표현으로 현실에 대한 화자의 안타까움을 드러내고 있다.

*-고3 2019학년도 6월 모의평가*

<제2수>에서 설의적 표현으로 제기된 의문이 <제5수>에서 해소되었음이 영탄적 표현으로 드러난다.

*-고3 2021학년도 9월 모의평가*

영탄적 표현으로 화자의 단호한 의지를 표출하고 있다.

*-고3 2015학년도 6월 모의평가*

-----------------------------------------------------------------------

## ⑪ 반어법

### 반어법이란?
화자가 자신의 내면 세계와 반대되는 방식으로 감정을 표현하는 방식

'반어법'을 판단하는 방법은 아주 간단하다. **화자나 인물이 자신의 내면세계와 다르게 말한다면, 그것을 반어법이라고 할 수 있다.** 예를 들어, 엄마가 아들 방이 어질러져 있는

Chapter 1
노베이스를 위한 문학 공부법

Chapter 2
문학 만점을 위한 기초 체력 기우기

Chapter 3
기출 적용법

현대시

고전시가

현대소설

고전소설

모습을 보고 아들에게 '잘한다 잘해'라고 말한다면 이는 반어법이다. 방이 어질러져 있는 모습을 본 엄마의 내면세계를 상상해 보자. 아들이 답답하고, 한심하고, 짜증 나기도 할 것이다. 원래 엄마의 내면세계대로라면 이게 뭐 하는 짓이냐며 호통을 쳤어야 한다. 그런데, 오히려 '잘한다'라고 칭찬을 하고 있다. 즉, 자신의 내면세계와 반대되는 말을 하는 것이다. 이건 아들의 행위를 진짜 잘했다고 칭찬하는 게 아니라, 오히려 비꼬는 것이다. 이렇게 화자나 인물이 자신의 내면세계와 반대되는 말을 했을 때 이를 반어법이라 한다.

그런데 여기서 네가 중요하게 알아야 할 것이 있다. **반어법을 판단하려면, 반어법이 나오기 전까지의 화자나 인물의 내면세계에 대하여 제대로 파악할 수 있어야 한다는 것이다.** 그래야 화자와 인물의 말이 반어인지 아닌지 알 수 있다. 앞서 든 예시에서 엄마의 마음을 이해하지 못했다면, 엄마가 아들에게 '잘한다 잘해'라는 말을 했을 때 이게 반어인지, 진심인지 알 수가 없을 것이다. **즉, 반어법을 제대로 판단하려면 내면세계에 공감하는 능력을 길러야 한다.** 내면세계 공감 능력이 길러진 학생에게 '반어'는 알아차리기 너무 쉬운 포인트이지만, 내면세계에 공감할 줄 모르는 학생에게 '반어'는 너무나도 어려운 개념일 것이다.

------------------------------------------------------

⊘ *기출문제*

(가)와 (나)는 모두 반어적 표현을 사용하여 화자의 비판적 태도를 나타내고 있다.

-고3 2022학년도 예비시행

반어적 어조를 활용하여 현실에 대한 비관적 태도를 드러내고 있다.

-2018학년도 수능

------------------------------------------------------

## ⒓ 내적 갈등 VS 외적 갈등

수능이나 모의고사에 나오는 갈등은 크게 2가지인데, 하나는 '내적 갈등'이고 다른 하나는 '외적 갈등'이다. '내적 갈등'은 겉으로 드러나지 않는, 마음속에서 일어나는 갈등이라고 해서 '내적' 갈등인 것이고, '외적 갈등'은 갈등이 겉으로 드러나기 때문에 '외적' 갈등이라고 말한다.

Chapter 1
노베이스를 위한 문학 공부법

Chapter 2
문학 만점을 위한 기초 체력 키우기

Chapter 3
기출 적용편

현대시    고전시가    현대소설    고전소설

> • **내적 갈등** : 겉으로 드러나지 않는, 마음 속에서 일어나는 갈등
> • **외적 갈등** : 겉으로 드러나는 갈등

### ❶ 내적 갈등

작품 속에서 나타나는 내적 갈등은 크게 2가지로 나뉜다. 첫 번째는 서로 다른 생각이 충돌하는 경우다. 예를 들어서 짜장면을 먹을까 아니면 짬뽕을 먹을까 고민하는 것은 서로 다른 생각이 충돌하는 것이므로 '내적 갈등'에 해당한다.

그런데, 내적 갈등이라고 부르는 것은 이렇게 속으로 다른 생각의 충돌이 일어나는 경우뿐만 아니라 한 가지 경우가 더 있다. 바로 내 생각대로 행동하지 못하고 있을 때도 내적 갈등이라고 한다.

예를 들어서, 나는 평소에 마음속으로 학교 폭력을 당하는 친구가 있으면 도와줘야겠다고 생각한다. 오늘 학교가 끝나고 집을 가고 있었는데 골목에서 일진들에게 맞고 있는 학생을 보았다. 저 친구를 도와주어야 한다는 마음이 가득하지만, 함부로 도와주려 했다가 나도 맞을 거 같아서 발걸음이 떨어지지 않는다. 즉, 내면에서는 친구를 도와주어야 한다고 말하는데 행동은 친구를 도와주지 못하고 있는 것이다. 이렇게 내면과 행동이 충돌하는 경우도 '내적 갈등'이라 한다.

도와주어야 해!

무서워
(가만히 있음)

그런데, 학생들에게 방금 내가 예시로 든 상황을 보여주고 내적 갈등이 있냐고 물어보면 대부분이 모르겠다고 답하거나 "뭔가 외부 상황이랑 관련된 거니까 외적 갈등이라고 할 수 있지 않을까요?"라는 말을 한다. 외적 갈등과 내적 갈등을 구분하는 문제는 잘 나오지 않지만, 둘의 차이점을 제대로 모르고 있으면 선택지에 '내적 갈등', '외적 갈등'이라는 단어가 쓰였을 때 이게 맞는 말인지 판단이 어려울 수 있다. 그러니, 반드시 생각과 생각이 충돌하는 것뿐만 아니라 생각대로 행동하지 못하는 것도 '내적 갈등'이라는 걸 알아두자.

### ❷ 외적 갈등

'외적 갈등'은 '내적 갈등'보다 이해하기 쉽다. **작품 속에서 인물들끼리 대화를 통해서 서로에게 적대감을 보이거나, 말싸움을 하거나, 서로를 비판하면 외적 갈등이다.**

또 이런 상황에 추가로 네가 분명히 구분해서 알고 있어야 하는 것이 있다. 바로 **사회적인 제약이나 압력으로 인해서 꿈이 좌절되는 경우는, 생각과 행동이 충돌하는 '내적 갈등'이 아니라 '외적 갈등'이라는 것**이다.

내적 갈등이 되려면, **인물이 '행동할 수 있는' 상황에서 행동하지 않아야 한다.** 아까 예시에서 골목에서 폭행을 당하고 있는 친구를 보고 마음속으로는 '구해야 해!'라고 외치고 있는데, 발은 가만히 있는 상황을 내적 갈등이라 했다. 친구를 구할 수 있는 상황에서도 스스로 내면 속 두려움, 망설임 때문에 구하지 않고 있는 것이기 때문이다. 외적 갈등이 되려면 내가 학교 폭력을 당하고 있는 친구를 도와주려고 골목으로 뛰어가는데, 그런 나를 경찰들이 붙잡고 막아서는 상황이어야 한다. **나는 나의 내면세계대로 행동하려고 하는데, 사회가 압박이나 규제로 내 행동을 막는 경우에 이를 '외적 갈등'이라 할 수 있는**

Chapter 1
노베이스를 위한 문학 공부법

Chapter 2
문학 만점을 위한 기초 체력 기우기

Chapter 3
기출 적용편    현대시    고전시가    현대소설    고전소설

**것이다.** 또 신분의 한계 때문에 꿈이 좌절되거나, 부패 조직이 인물을 괴롭히거나 하는 일은 전부 외적 갈등에 해당하는 것이다.

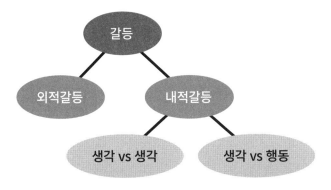

☑ *기출문제*

화자가 자신을 객관화하는 표현을 내세워 내적 갈등에 대한 공감을 유도하고 있다.

*-고3 2022학년도 6월 모의평가*

[A]는 공간 이동에 따라 일어나는 사건을 통해, [B]는 공간에 대한 묘사를 통해 인물들의 외적 갈등을 심화하고 있다.

*-2021학년도 수능*

## 13  어조와 태도

너는 앞으로 수많은 문학 문제에서 '어조'와 '태도'라는 단어를 수없이 접하게 될 것이다. '단정적 어조', '긍정적 어조', '비관적 태도', '무기력한 태도' 등 '어조'와 '태도'는 문학 문제에서 가장 많이 출제되는 단어들 중 하나이다. 그렇다면 '어조'와 '태도'를 어떻게 구분해야 할까? 글에 '긍정적 어조'가 나타난다고 할 때, 우리는 무엇을 보고 '긍정적 어조'라고 판단할 수 있는 것일까? '부정적 태도'는 무엇일까? '어조'와 '태도'의 차이점은 무엇일까?

**모든 화자와 인물은 내면세계대로 말하고 행동한다.** 여기서, **'내면세계대로 말하는 것'이 '어조'에 해당하고, '내면세계대로 행동하는 것'이 '태도'에 해당한다.** 예를 들어서 화자나 인물이 긍정적인 내면세계를 가지고 있다면 '긍정적인 어조'로 말하고, '긍정적인 태도'로 행동한다는 것이다.

　사실 당연하다. 화자나 인물의 마음이 긍정적이라면 당연히 긍정적으로 말하고, 긍정적으로 행동하게 된다. 예를 들어서 네가 치는 시험마다 100점을 맞는다고 해보자. 누군가 너에게 다음 시험을 잘 볼 것 같냐고 물어본다면 너는 어떻게 답할까? 아마 자신 있는 말투로 '잘 볼 거 같다'라고 말할 것이다. 시험 점수에 대해 '긍정적인' 내면세계를 가지고 있기 때문에, '긍정적인 어조'로 말하는 것이다. 만약 시험마다 50점을 못 넘긴다면, 시험 점수에 대해서 '부정적인' 내면세계를 가지게 될 것이고, 결국 시험 점수에 대해 '부정적인 어조와 태도'를 드러낼 것이다.

　문제를 풀다 보면 화자의 '말'과 '행동'이 어떤 의미를 지니는지 헷갈릴 때가 있다. 그럴 때에는 **모든 화자와 인물은 내면세계대로 말하고 행동한다**라는 문장을 떠올려 보자. **즉 '어조'나 '태도'가 헷갈린다면 '내면세계'를 생각해 보면 된다.** 화자나 인물의 내면세계가 '비관적'이라면 '비관적 어조', '비관적 태도'라고 판단하면 되고, 내면세계가 '긍정적'이라면 '긍정적 어조', '긍정적 태도'가 나타난다고 판단하면 된다.

----------------------------------------------------------------

⊘ *기출문제*

(가)는 위로하는 어조로, (나)는 충고하는 어조로 시적 청자에게 말을 건네고 있다.

*-고3 2023학년도 6월 모의평가*

[A]와 [B]에서 화자는 각각 초월적인 존재인 '하늘'과 '하느님'을 예찬하는 어조를 취하고 있다.

*-2022학년도 수능*

[A]에서 화자는 '옳도다'라는 응답으로 '네 말'을 수용하는 태도를, [B]에서 화자는 '반이로다'라는 감탄으로 '패는 모'에 대한 기대감을 드러내고 있다.

*-2022학년도 수능*

----------------------------------------------------------------

## 14 음성 상징어

'음성 상징어'란 우리가 글자로 표현할 수 없는 음성을, '상징적인 단어'를 사용해서 표현해 낸 단어를 말한다. 예를 들어서, 우리는 돼지가 우는 소리를 글자로 표현할 수 없다. 하지만 '꿀꿀'이라는 단어를 통해, 돼지가 우는 소리를 '상징적으로' 표현한다. 실제로 '꿀꿀'이라고 우는 돼지는 전 세계에 단 한 마리도 없는데도, 우리는 돼지 울음소리를 '꿀꿀'이라는 말로 '상징적으로' 나타내는 것이다. 닭이 우는 소리도 마찬가지다. 사실 닭 울음소리를 완전 정확하게 글자로 표기하는 건 불가능하지만, 우리는 '꼬끼오'라는 단어로 표현한다. 이때 '꿀꿀'과 '꼬끼오' 같은 단어들을 보고 '음성 상징어'라고 말하는 것이다.

또 우리는 '소리' 뿐만 아니라, **'행동'도 음성을 나타내는 상징적인 단어로** 표현한다. 애벌레나 아기들이 기어가는 모습을, 우리는 '꼬물꼬물'이라 표현한다. 애벌레와 아기들이 기어가는 행위에는 소리가 없지만, 우리는 그들의 행위를 '꼬물꼬물'이라는 말 즉, '음성'으로 표기하는 것이다. 이렇듯 표현할 수 없는 '소리'나 '행동'을 음성을 나타내는 단어에 빗대어, 상징적으로 적어낸 말들을 '음성 상징어'라고 한다.

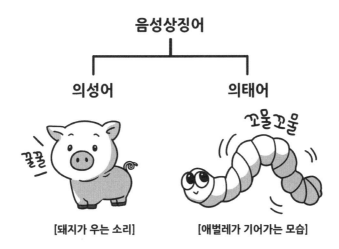

[돼지가 우는 소리]    [애벌레가 기어가는 모습]

이때 '소리'를 상징적으로 나타낸 말은 '의성어', '행동'을 상징적인 '소리'로 나타낸 말은 **'의태어'**라고 한다. '꿀꿀', '꼬끼오' 등은 소리를 묘사한 것이기 때문에 '의성어'에 해당하고, '아장아장', '꼬물꼬물' 같은 말은 행동을 소리(글자)로 묘사한 것이기 때문에 '의태어'에 해당한다.

## ※음성상징어(의성어, 의태어)의 효과

> 1. 생동감을 만들어 내는 효과가 있다.
> 2. 분위기를 만들어 내는 효과가 있다.

'의성어'와 '의태어'를 사용하면 어떤 효과가 있길래 시인들은 의성어와 의태어를 사용하는 걸까? 먼저, 의성어와 의태어는 글에 '생동감'을 더해 준다. '돼지가 울고 있다'라고 말하는 것보다 '돼지가 꿀꿀거리고 있다'라는 표현에서 더 생동감이 느껴진다. 왜냐하면 '꿀꿀'이라는 음성 상징어를 통하여, 돼지가 울고 있는 상황을 더 구체적으로 상상할 수 있기 때문이다.

또 의성어와 의태어는 글에 '분위기'를 더해주는 효과가 있다. '살금살금' 같은 의태어나, '소곤소곤' 같은 의성어 사용은 글에 더욱 비밀스럽고 긴장감 있는 분위기를 더해준다.

*예시)*

| 의성어 | **쿨쿨** 자고 있다, **찔꺽** 내려 박혀, **우당탕** 소리가 났다 |
| 의태어 | **아장아장** 걸어간다, **벌컥벌컥** 들이키고, **깡충깡충** 뛰어다니며 |

### 범작가 Tip

문제를 풀다 보면 이 단어가 음성 상징어인지 아닌지 헷갈릴 때가 있다.
**그럴 때는 해당 단어가 '부사'로 쓰였는지 확인해보자.**

### 예시) '이사 준비로 온 집안이 분분하다'

이 문장에서 '분분하다'는 음성 상징어일까? 판단하기 쉽지 않았을 것이다. 음성 상징어인 것 같기도 하고, 아닌 거 같기도 하다. 이럴 때는 '분분하다'가 문장에서 없어도 말이 되는지 살펴보라. 없어도 문장이 성립한다면 '부사'다. 위 문장에서는 '분분하다'가 없으면 문장이 말이 되지 않는다. 그래서 위 문장에서 '분분하다'는 부사가 아니라 '형용사'에 해당하는 것이고, 그래서 음성 상징어가 아닌 것이다.

Chapter 1
노베이스를 위한 문학 공부법

Chapter 2
문학 만점을 위한 기초 체력 키우기

Chapter 3
기출 적용편

현대시

고전시가

현대소설

고전소설

'분분하다'라는 단어는 2017학년도 수능에서 음성 상징어인지 물어보았던 단어이다. '꿀꺽꿀꺽', '깡충깡충' 같은 단어와 달리, '분분하다'는 판단이 어려운데, 이런 경우에 헷갈리는 단어가 '부사'인지 '부사가 아닌지'를 따져보면 판단이 쉬울 것이다.

---

⊘ *기출문제*

의태어를 활용하여 대상의 움직이는 모습을 생생하게 보여 주고 있다.

*-2016학년도 수능*

의성어를 통해 구체적인 생동감을 부여한다.

*-2011학년도 수능*

음성 상징어를 사용하여 이동을 앞둔 여유로운 분위기를 드러내고 있다.

*-2017학년도 수능*

---

## 15 성찰 VS 반성

'성찰'과 '반성'은 문학에서 정말 많이 출제되는 단어다. 앞으로 적어도 10번 이상은 보게 될 개념이니 제대로 정리해두자.

### ❶ 성찰

우선 '성찰'이라는 것은, **화자나 인물이 자신의 내면세계를 바라보는 행위**를 말한다. 여기서 내면세계를 바라본다는 건, 외부세계가 아닌 우리의 내면을 인식한다는 것이다. 예를 들어서 머릿속으로 어린 시절을 회상하면서 후회하거나, 오늘 아침 뭘 먹었는지 생각해보거나, 미래 계획을 머릿속으로 그려보는 등의 행위가 전부 '성찰'인 것이다.

### ※ '회상'도 성찰이다.

회상도 성찰이라는 것은, 꼭 기억해 놓자. 회상이 성찰이라는 부분이 조금 어색하게 느껴질 수 있다. 회상은 내면세계를 들여다볼 때 가능하다. 내면세계를 들여다보는 모든 행위는 성찰이므로, 회상도 성찰에 해당한다. 이처럼 외부세계를 바라보지 않는 모든 상황에서 우리는 '성찰'을 하고 있다고 생각하면 된다.

문학에서 '성찰'은 매우 다양한 상황을 포함하는 개념이라서, 대부분의 경우에 '성찰을 하고 있다'는 말은 정답이다.

## ❷ 반성

'반성'은 성찰에 포함되는 개념이라고 생각하면 된다. '반성'은 구체적으로 다음 두 가지 경우에 반성이라고 할 수 있다.

---

*1) 첫 번째 경우*
첫 번째는 **화자나 인물이 성찰하는 도중에 자신의 잘못을 드러내는 경우**다. 시에 '나는 그때 그런 잘못을 저질러서는 안 됐다'라는 구절이 있다고 하자. 화자는 지금 과거를 회상하면서, '그런 잘못을 저질러서는 안 됐다'라며 자신이 잘못했다는 사실을 드러내고 있다. 이 경우 화자는 '반성'을 하고 있다고 할 수 있는 것이다.

*2) 두 번째 경우*
'반성'의 두 번째 경우는, **화자나 인물이 '자기 자신을 부정적으로 인식하는 상태'에서 성찰하는 경우**를 뜻한다. 첫 번째 경우와 비슷한 것 같지만, 차이점이 있다. 차이점은, 첫 번째 경우처럼 화자나 인물이 자신의 잘못을 명확하게 드러내어 말하는 게 아니더라도, 지금 자신의 모습을 부정적으로 인식하고 있는 상태에서 과거 회상을 하거나 의문을 품는 식으로 성찰한다면 그것 또한 '반성'으로 볼 수 있다는 것이다.

---

구체적인 예시를 들어서 설명해 보겠다. 2020학년도 수능에는 윤동주의 「바람이 불어」라는 시가 나왔었다. 이 시에서 화자는 '반성'을 하고 있다고 출제되었지만, 시를 읽어보면 **직접적으로 '자신의 잘못을 드러내어 인정'한다고 보이는 부분은 쉽게 찾을 수 없었다.** 왜냐하면 시에 출제되었던 '반성'의 형태가 내가 앞서 말했던 '두 번째 경우'에 해당했기 때문이다. '그땐 나의 잘못이다', '그때가 후회스럽다' 등과 같이 직접적으로 자신을 반성하는 구절이 있었다면 '반성'을 잡기 쉬웠겠지만, 해당 시에는 그런 말들이 없었다.

화자는 **괴로워해야 했던 상황 속에서도 괴로워하지 않았던 자신의 '부정적인 모습을 인식'**하면서, '바람이 자꾸 부는데 내 발이 반석 위에 섰다. 강물이 자꾸 흐르는데 내 발이 언덕 위에 섰다'라고 말할 뿐이었다. 출제자는 이 구절에서 화자가 '반성'을 하고 있다고 출제했고, 이는 정답이었다. '바람이 자꾸 부는데 내 발이 반석 위에 섰다. 강물이 자

Chapter 1
노베이스를 위한 문학 공부법

Chapter 2
문학 만점을 위한 기초 체력 기우기

Chapter 3
기초 적용편

현대시

고전시가

현대소설

고전소설

꾸 흐르는데 내 발이 언덕 위에 섰다'라는 구절에 화자가 자신의 잘못을 드러내는 단어나 문장은 없지만, **화자가 '자신을 부정적으로 인식하면서 한 말'이기에 '반성'하고 있다고 보아야 했던 것이다.**

　그러니 네가 문제를 풀 때 화자가 반성을 하는 건지 아니면 성찰만 하고 있는 건지 헷갈린다면, '화자가 자기 자신을 어떻게 인식하고 있는지' 확인해 보자. 만약 자기 자신의 모습을 부정적으로 인식하고 있다면 '반성'하고 있는 상태일 확률이 높다.

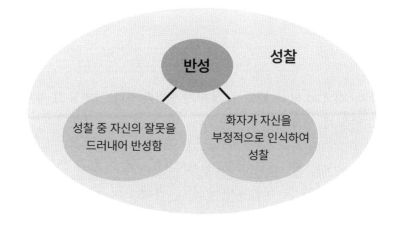

---

⊘ *기출문제*

'없다'의 반복을 활용하여 자신의 삶과 내면을 응시하는 화자의 반성적 자세를 드러내고 있다.

-2020학년도 수능

(나)에서 '온통'은 화자의 성찰적 시선이 자신의 삶 전반에 걸쳐 있음을 부각한다.

-고3 2022학년도 6월 모의평가

---

## 16 독백 VS 대화

### ❶ 독백

✓ '**독백**'의 사전적 정의는 '혼자서 중얼거리는 말'이다. 작품 속에서 화자나 인물이 혼자서 중얼거리고 있다면 '독백'이라고 할 수 있다.

✓ '독백'과 관련해서 중요하게 알아두어야 하는 것이 한 가지 있는데, 그건 바로 **'청자'가 있는 경우에도 '독백'이 될 수 있다**는 점이다. 많은 학생들이 독백은 '청자'가 없는 채로 화자나 인물 혼자 떠들어야 한다고 알고 있는 경우가 많다. 그런데 사실 독백은 '청자'가 있는 경우에도 가능하다. 앞에 사람이 있어도 혼자서 중얼거리는 건 얼마든지 가능하기 때문이다. **청자와 이야기를 주고받지 않고, 혼자 그냥 중얼거린다면 그건 무조건 '독백'이다.**

✓ 독백은 '독백적 어조'라는 말로도 출제되는데, 사실 '독백적 어조'는 그냥 '독백'과 같은 말이라고 생각해 주면 된다.

## ❷ 대화

✓ 반면 '대화'는 '독백'과 달리, 반드시 '청자'가 있어야 한다. 그리고 그 청자와 서로 이야기를 주고받을 때 '대화'라고 할 수 있다.

✓ '대화'는 '대화의 형식'이라는 단어로도 출제되곤 하는데, 이 둘은 같은 말이라고 생각해도 된다. 실제 시험에서는 구분 없이 출제되기 때문이다.

✓ 그리고 '대화'와 관련해서 '대화적 어조'라는 말이 출제되기도 하는데, '대화적 어조'는 '대화'보다도 앞서 설명한 '독백'이라는 말과 더 비슷한 말이다. '대화적 어조'가 있다고 할 때는, '독백'과 마찬가지로, 말하는 사람과 청자 간에 '주고받는' 대화가 없어도 된다. 말 그대로 '대화하는 듯한 말투'로 말하는 것이기 때문에, 반드시 말하는 사람과 청자 간에 이야기를 주고받는 '대화'가 있어야 하는 건 아니다. '대화적 어조'는 요즘 '말을 건네는 방식'이라는 말로도 자주 출제된다.

⊕ **'독백'과 '대화'의 예시**

구체적으로 '독백'과 '대화'를 이해할 수 있게 예시를 들어주겠다.

*예시1)*

> 플라스틱 물건처럼 느껴질 때
> 나는 당장 버스에서 뛰어내리고 싶다

위 구절에서 화자는 '청자' 없이, 스스로 자신의 감정을 표출하고 있기 때문에 이는 '독백'에 해당한다. 문제에서는 '독백적 어조가 있다'라고도 출제될 수 있다.

예시2)

> 내 영혼의 촛불로
> 어둠속에 나래 떨던 샛별아 숨으라

위 구절은 화자가 '샛별'이라는 '청자'를 설정해서 말하고 있다. 하지만 '청자'와 말을 주고받으면서 대화하는 것이 아니기 때문에, 따지자면 '독백'에 해당한다. 위 상황은 **'말을 건네는 방식**을 사용하고 있다' 또는 **'대화적 어조**가 나타나 있다'라는 말로 바뀌어서 출제될 수 있다.

**참고로 여기서 '대화적 어조'라는 표현은 위 예시처럼 '청자'를 명확하게 설정하지 않고, 말투만 '~지요', '~좋습니다', '~했다는데요'라는 식으로 말해도 '대화적 어조'라고 할 수 있다.** 고3 2022학년도 예시 문항에 나온 「신의 방」이라는 시의 경우 명확한 청자 없이, 말투만 '~지요', '~데요'라고 표현했는데도 '대화적 어조'에 해당했다.

예시3)

> 형님 자신(드신) 젖을 내 조처(좇아) 먹나이다
> 어와 우리 아우야 어마님 너 사랑이야

위 구절은 '대화'가 나타나 있다. 첫 번째 구절에서는 아우가 '형님이 먹은 (어머니의) 젖을 제가 따라 먹습니다'라고 말한다. 그리고 두 번째 구절에서는 형이 '그래 아우야 너는 어머님의 사랑이다'라고 답을 하고 있다. 아우와 형이 서로 이야기를 **주고받으면서** 이야기를 하고 있기에 '대화'에 해당한다. 이는 고3 2018학년도 6월 모의평가에 나온 「오륜가」라는 작품의 일부로, 해당 시험 선택지 중에는 "〈제5수〉에서 어머니의 '젖'은 어머니의 사랑을 상징하는 표현으로서, '형님'과 '아우'가 이를 화제로 삼아 **대화를 나누는 형식**을 취하고 있다"라는 선택지가 있었다. 그리고 이 선택지는 옳은 선택지였다.

Chapter 1
노베이스를 위한 문학 공부법

Chapter 2
문학 만점을 위한 기초 체력 키우기

Chapter 3
기출 적용편

현대시

고전시가

현대소설

고전소설

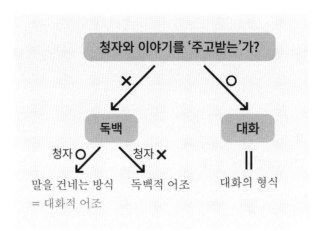

---

### ✓ 기출문제

(가)에서는 독백적 어조를, (나)에서는 대화적 어조를 사용하여 시상을 전개하고 있다.

*-고3 2022학년도 예시문항*

인물 간의 대화를 통해 사건 해결의 방안을 제시하고 있다.

*-2021학년도 수능*

(가)와 (나) 모두 표면에 드러난 청자에게 말을 건네는 방식으로 화자의 정서를 드러내고 있다.

*-고3 2022학년도 6월 모의평가*

---

## 17 예찬

> • **예찬** : 무엇이 훌륭하거나 좋거나 아름답다고 드러냄
>   　　　　(칭찬, 감사 등)

'예찬'의 사전적 정의는, '무엇이 훌륭하거나 좋거나 아름답다고 찬양함'이다. '찬양'이란 '아름답고 훌륭함을 크게 기리고 드러냄'이라는 의미이다. 이를 바탕으로 다시금 **'예찬'**의 의미를 생각해 보면, '무엇이 훌륭하거나 좋거나 아름답다고 드러냄' 정도로 이해할 수 있다. 간단하게 말해서, **무언가를 '칭찬'하고 있거나, 누구 덕분이라면서 '감사'를 표하고 있다면 전부 '예찬'이라고 생각하면 된다.**

Chapter 1
노베이스를 위한 문학 공부법

Chapter 2
문학 만점을 위한 기초 체력 키우기

Chapter 3
기출 적용편

현대시

고전시가

현대소설

고전소설

시험 문제에서 **'예찬'**과 **'칭찬'**은 **거의 같은 의미로 사용된다.** 화자나 인물이 어떤 대상이나 사물을 긍정적으로 인식하면서, 칭찬하고 감사를 표하고 있다면 '예찬'하고 있다고 말할 수 있다. 학생들이 '예찬'이라는 단어를 굉장히 특수한 상황에서만 사용할 수 있는 단어로 생각하는 경우가 많다. 영웅과 같은 매우 대단하고 거창한 존재를 칭찬할 때만 '예찬'이라는 단어를 쓸 수 있다고 생각한다. 하지만 **그저 길가에 핀 꽃도 예찬의 대상이 될 수 있다.** '예찬'은 생각보다 넓은 의미의 단어이다. **대상을 긍정적으로 인식하고, 칭찬과 감사의 말로써 드러낸다면 전부 '예찬'이라 생각할 수 있다.**

----------------------------------------

⊘ *기출문제*

[B]에서 화자는 각각 초월적인 존재인 '하늘'과 '하느님'을 예찬하는 어조를 취하고 있다.

*–2022학년도 수능*

(가)와 (나)의 화자는 각각 ⓑ와 ⓒ를 주위에서 가장 **빼어난 경치를 볼 수 있는 곳이라고 예찬**하고 있다.

*–고3 2020학년도 9월 모의평가*

----------------------------------------

## 18  긴장감

### ❶ '팽팽함'이 느껴지는 경우가 긴장감이다.

문학에서 '긴장감'이란, 우리가 흔히 '나 너무 긴장돼'라고 말할 때 쓰는 '긴장'이라는 단어보다는 더 넓은 의미를 가진다. 문학에서 '긴장감'은 우리가 흔히 쓰는 '긴장'이라는 단어의 뜻을 넘어서, **'팽팽함'**이라는 의미도 함께 담고 있다. 예를 들어서 철수와 영희가 서로 다른 가치관으로 말싸움을 할 때, 철수의 가치관과 영희의 가치관 사이에 '거리'가 생기면서 '팽팽함'이 느껴진다. 즉, 긴장감이 만들어진다고 볼 수 있다. 문제에서는 이런 상황을 두고 '긴장감이 고조된다'라던가, '긴장감이 조성된다'라고 표현한다.

### ❷ '갈등'이 있는 경우 긴장감이 만들어진다.

보통 긴장감은 작품 안에 '갈등'이 있는 경우, 선택지에 자주 출제된다. '갈등'이라는 것은 팽팽하게, 서로 다른 입장에 있는 두 생각이 맞선다는 것이기 때문에, '긴장감'이 만들어진다고 표현할 수 있다. 굳이 이렇게 분석하지 않아도 '갈등'이 있으면 긴장감이 느껴진다는 건 우리가 이미 알고 있는 사실이다. 길을 가다가 누군가 말싸움이나 주먹다짐을 하고 있는 걸 보면 괜히 그걸 보는 나도 긴장되지 않던가. 갈등이 있을 때 긴장감이 만들어지는 건 외적 갈등뿐만 아니라 내적 갈등도 마찬가지다. 주인공이 혼자 내적 갈등을 하고 있을 때도 '긴장감이 조성된다'라고 말할 수 있다.

### ❸ '갈등'이 없어도 '거리감'만 있으면 긴장감이 만들어진다.

그런데 '갈등'이 나타나지 않더라도 '팽팽함'이 느껴진다면 얼마든지 긴장감이 조성된다고 할 수 있다. '팽팽함'은 '거리감'만 있으면 만들어지기 때문이다. '거리감'이란 서로 '다른' 것 사이에서 발생하는 분위기이다. 그래서 '역설'이나 '반어' 또한 긴장감을 만들어 낸다. '역설'과 '반어' 모두 겉으로 내뱉는 말과, 그 말 속에 담겨 있는 속뜻이 다르다. 그래서 이 둘 사이에는 '거리감'이 생기고, 이는 '팽팽함'을 만들어 낸다. 즉, 긴장감이 발생하는 것이다.

출제자는 학생들이 '반어'나 '역설'이 쓰였을 때도 '긴장감'이 생기는 걸 알고 있는지 묻기 위해, 고3 2014학년도 9월 모의평가에서 '반어적 표현을 통해 시적 긴장감을 조성하고 있다'라는 선택지를 출제했고, 2010학년도 수능에서는 '역설적 표현을 통해 대상의 의미를 긴장감 있게 제시한다'라는 선택지를 출제했다.

------------------------------------------------

⊘ *기출문제*

'나'는 전장에서 귀환한 후 자신의 긴장감을 이해해 주는 사람들을 만난다는 사실에 생동감을 느꼈다.

*-2021학년도 수능*

빈번하게 장면을 전환하여 인물들 사이에 조성된 긴장감을 해소하고 있다.

*-고3 2019학년도 9월 모의평가*
------------------------------------------------


### 🔟 경외감 VS 경이감

'경외감'과 '경이감'은 정말 자주 나오는 개념이며, 서로 헷갈리기 쉬운 단어이므로 반드시 의미를 제대로 기억하자.

**❶ 경외감**

'경외감'에서 '경'은 '공경할 경(敬)' 자이고, '외'는 '두려울 외(畏)' 자다. 즉, 화자나 인물이 **무언가를 존경하면서 대상을 두려워한다면 '경외감'을 느낀다고 말할 수 있는 것이다.** 보통 작품 속 화자나 인물은 '자연'이나 '신' 같은 존재를 보면서 경외감을 느낀다.

'경외감'이라는 단어는 주의할 점이 하나 있다. 그건 바로, '경외감'은 **'공경'과 '두려움'이 함께 나타났을 때만 쓸 수 있는 단어라는 점이다.** 그렇기 때문에, '공경'의 감정만 나타나거나 '두려움'의 감정만 나타나는 경우에는 '경외감'이라는 말을 할 수 없다.

**❷ 경이감**

'경이감'은 '경외감'과 달리, '공경할 경'이 아니라 '놀랄 경(驚)' 자를 쓴다. 그리고 '다를 이(異)'자를 써서 '경이감'이라고 한다. **놀라운 것을 보고 신기하게(다르게) 느낀다**는 뜻이다. 화자나 인물이 놀라운 것을 보고 신기해하고 있다면 '경이감'이 든다고 할 수 있다.

-------------------------------------------------------------------------------

✅ *기출문제*

영탄적 표현을 통해 대상에 대한 경외감을 표출하고 있다.

*-고3 2015학년도 6월 모의평가*

[A]에 나타난 글쓴이의 경이감은 [B]에서 인생에 대한 낙관적 기대로 확장된다.

*-고3 2022학년도 6월 모의평가*

㉠과 ㉡은 모두 화자가 경외감을 가지고 바라보는 소재이다.

*-2018학년도 수능*

-------------------------------------------------------------------------------

Chapter 1
노베이스를 위한 문학 공부법

Chapter 2
문학 만점을 위한 기초 체력 기우기

Chapter 3
기출 적용편

현대시

고전시가

현대소설

고전소설

# 2- 고전 시가 쉽게 읽는 팁

요즘 수능은 고전 시가를 최대한 '현대어'로 풀어서 출제한다.

왜냐하면 결국 '고전 시가' 파트에서도 출제자는

'화자의 내면세계에 공감할 수 있는지'를 중심으로 묻고자 하기 때문이다.

그래서 수능에서는 정말 필수적으로 외워야 하는 '고전 어휘',

정말 필수적으로 알고 있어야 하는 '고전 시가 읽는 법'을

제외하고는 묻지 않는다.


여기에 수능에 나오는 고전 시가를 읽고 해석하기 위해서

'최소로 알아두어야 하는 것'들을 정리해두었다.

수능 문제에 한해서는 내가 정리한 개념들만 알고 있으면

문제를 푸는 데에 지장이 없을 것이다.

여기 나오는 개념들만큼은 반복적으로 보면서 기억하자.

Chapter 1
노베이스를 위한 문학 공부법

Chapter 2
문학 만점을 위한 기초 체력 키우기

Chapter 3
기출 적용편

현대시

고전시가

현대소설

고전소설

## 1) 이어 적기

### ※ 초성, 중성, 종성이란?

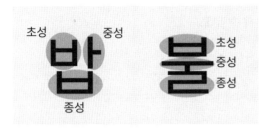

이렇게 초성, 중성, 종성이 있을 때, 앞 음절의 종성을 다음 자의 초성으로 쓰는 것이 이어적기다.

> » 예시
>
> 밥을 먹어 → 바블 머거
>
> 돌아드니 → 도라드니
>
> 막대 짚어 → 막대 지퍼

이렇듯 고전 시가에서는 '이어 적기'가 쓰이기 때문에 글자의 '모습'보다는 **글자의 '발음'으로 뜻을 파악하는 것이 더 쉽다.** 속으로 글자를 따라 읽어보면 눈으로 봤을 때는 무슨 말인지 몰랐던 말들이 이해될 것이다.

## 2) 아래 아 'ㆍ'

'ㆍ'는 '아래 아'라고 부르는 것으로, [ㅏ], [ㅡ] 둘 중 더 맥락에 맞는 모음으로 바꿔서 읽으면 된다.

훈민정음이 창제되었을 때까지만 하더라도 쓰였던 모음이지만, 시간이 지남에 따라 천천히 소멸됐다. 'ㆍ'는 소멸하는 과정에서 'ㅏ' 또는 'ㅡ'로 바뀌었는데, **'ㆍ'가 나왔을 경우에 'ㅏ', 'ㅡ' 중 더 자연스러운 것을 넣어서 해석하면 된다.**

> » 예시
> 석양에 지나는 객이 눈물계워 ᄒ노라 → 석양에 지는 객이 눈물겨워 하노라
> 바다롤 구버보니 → 바다를 굽어 보니
> 정양ᄉ(正陽寺) 진헐디(眞歇臺) → 정양사 진헐대
> 헌ᄉ토 헌ᄉ 홀샤 → 헌사토 헌사할샤

## 3) 어두자음군

말 그대로, 글자의 앞에 자음 '군'이 왔다는 뜻이다. '군'은 2개 이상이 집단을 이루고 있는 걸 말한다. 그래서 초성에 두 개의 자음이 함께 쓰인 경우 '어두자음군'이라고 한다. 'ᄠ' 같은 단어가 '어두자음군'이 있는 경우에 해당한다.

※어두자음군 발음하는 법
**어두자음군을 발음할 때는 뒤에 있는 자음을 된소리로 읽으면 된다.** 예를 들어 'ᄠ' 같은 경우, [뜯]으로 발음하면 되는 것이다.

※어두자음군이 아닌 경우
**ㅃ,ㄲ 같은 것들은 자음 두 개가 합쳐진 '어두자음군'이 아니고 자음 1개이다.** 어두자음군이 아니므로 주의하자.

> » 예시
> 외나모 ᄲᅥ근 ᄃ리 → 외나무 썩은 다리
> 눈을 쩟눈데 → 눈을 떳는데
> 은하를 ᄭᅴ어 건너 → 은하를 띄어 건너

## 4) 두음 법칙 'ㄴ', 'ㄹ'

현대국어에서는 'ㄴ', 'ㄹ'이 단어의 첫머리에 발음되는 것을 꺼려서, 다른 소리로 발음

되는데, 이를 일컬어 '두음 법칙'이라고 한다. 그런데 고전에서는 이게 허용되는 경우가 종종 있다. 그래서 녀름[여름], 링어[잉어] 등으로 쓰기도 한다.

> **≫ 예시**
>
> 님이신가 니러 보니 → 님이신가 일어나 보니
> 잠 깨어 니러날 듯 → 잠 깨어 일어날 듯
> 년닙희 밥 싸고 → 연잎에 밥 싸고
> 링어를 잡아다 → 잉어를 잡아다

## 5) 구개음화

고전 시가를 읽을 때는 'ㄷ'이나 'ㅌ'이 'ㅣ', 'ㅑ', 'ㅕ', 'ㅛ', 'ㅠ', 'ㅖ'와 함께 쓰이면, 각각 'ㅈ'과 'ㅊ'으로 바꿔서 읽어줘야 한다. 이는 '구개음화'라는 현상 때문인데, 현대국어에서는 'ㄷ'과 'ㅌ'이 'ㅣ'와 만나면 'ㅈ', 'ㅊ'으로 바뀌는 '구개음화' 현상이 일어난다. 하지만, 고전 시가가 만들어질 당시에는 '구개음화'가 없었다. 그래서 'ㄷ'과 'ㅌ'이 'ㅣ'랑 만나는 경우에도 그대로 사용했다. 원래라면 '지', '치'로 바뀌어야 했을 말들이 '디', '티'로 사용된 것이다. 따라서, 우리가 지금 고전 시가를 읽을 때는 '디', '티'라고 되어 있는 말들을 '지', '치'로 바꿔서 읽을 줄 알아야 한다.

> **≫ 예시**
>
> 날거든 뛰디 마나 섯거든 솟디 마나 → 날거든 뛰지 말거나 섯거든 솟지 말거나
> 됴건이 좋구나 → 조건이 좋구나
> 듀야로 흘러내려 → 주야로 흘러내려
> 부텨 말씀을 따라 → 부처 말씀을 따라

위 개념들을 암기한 채로, 지금 당장 기출에 있는 고전 시가 문제를 딱 5문제만 '한 번에' 풀어보아라. 그러면 '고전 시가는 이렇게 읽어야 하는구나' 깨달음이 생길 것이다. 자주 쓰이는 단어들은 정해져 있다. 그러니 고전 시가 해석할 때 **쫄지 말자.** 고전 시가에서 네게 묻고자 하는 것은, 네가 고전 어휘를 얼마나 잘 암기하고 있냐가 아닌 **고전 시가를 쓴 화자의 마음에 '공감할 수 있냐'이기 때문이다.** 절대 과도한 해석은 묻지 않는다.

Chapter 1
노베이스를 위한 문학 공부법

Chapter 2
문학 만점을 위한 기초 체력 기우기

Chapter 3
기초 적용편

현대시

고전시가

현대소설

고전소설

고전 시가 읽기 실력을 높이는 가장 좋은 방법은
정철의 「관동별곡」 원문과 해설을 비교해서 보는 것이다!

    딱 3번만 정철의 「관동별곡」 원문과 해설을 펼쳐 놓고, 비교해가면서 관동별곡을 읽어보자. '관동별곡'은 가장 유명한 고전 시가 작품 중 하나로, 이 작품에 쓰인 문장을 전부 해석할 수 있게 된다면, 어떤 고전 시가를 읽어도 해석할 수 있게 될 것이다. 인터넷에 '관동별곡 전문'이라고 검색하면 해석본과 전문을 바로 찾아볼 수 있다. 이 중 하나를 선택하여 「관동별곡」에 쓰인 문장을 전부 해석할 수 있을 때까지 읽어보아라. 정말 빠르고 간단하게 고전 시가 읽는 실력을 높일 수 있게 될 것이다.

## 고전 시가 필수 어휘

    고전 시가에는, 우리가 현재 쓰지 않는 특수한 단어들이 많이 나오기 때문에 따로 정리를 해두어야 한다. 앞서 말했듯이 수능에서는 대부분 '현대어'로 주는 편이지만, 최소한의 고전 단어들은 알아두어야 한다. 그리고 아래에 '최소한'의 고전 단어들만 모아 두었다. 정말 추리고 추려서 핵심만 정리해 두었으니, 이 단어들만이라도 반드시 외워놓기를 바란다. 실제로 아래 단어들만 제대로 외워도 웬만한 고전 시가들은 전부 해석할 수 있다.

**01 하다 : 많다, 크다**

세상의 할 일도 하건마는
→ 세상에 할 일도 많건만은

**02 ㅎ다 : ~하다**

이 마를 ㅎ노니
→ 이 말을 하노니

**03 시름 : 걱정, 근심**

시름 한 나도
→ 걱정 많은 나도

**13 홍진, 인간 : 속세**

홍진에 있는 이가 들을셰라
→ 속세에 있는 사람이 들을까 두렵다

**14 싀어디다 : 죽다**

차라리 싀어디여 범나비가 되리라
→ 차라리 죽어서 범나비가 되리라

**15 헌사ㅎ다 : 야단스럽다**

어와 조화옹이 헌사토 헌사할샤
→ 이야 조물주가 야단스럽기도 야단스럽구나

**04 됴타 : 좋다**

됴흔 이룰 하건마는

→ **좋은** 일을 하건만은

**05 좋다 : 깨끗하다**

자연에 **조흔** 일이 어부 생애 아니러냐

→ 자연에 **깨끗한** 일이 어부 생애다

**06 어리다 : 어리석다**

**어린** 백성의 잘못으로, 참으로 **어리구나**

→ **어리석은** 백성의 잘못으로, 참으로 **어리석구나**

**07 ~ㄹ셰라 : ~할까 봐 두렵다**

선후면 아니 **올셰라**

→ 서운하면 아니 **올까 봐 두렵다**

**08 고텨 : 다시**

이 몸이 죽고 죽어 일백번 **고텨** 죽어

→ 이 몸이 죽고 죽어 일백번 **다시** 죽어

**09 머흘다 : 험하다**

산인가 구름인가 **머흐도 머흘시고**

→ 산인가 구름인가 **험하기도 험하구나**

**10 괴다 : 사랑하다**

**괴시란대** 우러곰 좃니오이

→ **사랑하는데** 울면서 쫓으니

**11 시비 : 사립문, 여자 종(소설에 자주 쓰임)**

**시비**란 뉘 닫으며 진 꽃이란 뉘 쓸려뇨

→ **사립문**은 누가 닫으며, 진 꽃은 누가 쓸려나

**12 혬, 혜다 : 생각, 생각하다**

속절 없이 **혬**만 많다

→ 속절 없이 **생각**만 많다

**16 어엿브다 : 불쌍하다**

내가 **어엿비** 여겨 거두었거늘

→ 내가 **불쌍히** 여겨서 거두었거늘

**17 슬ㅋ지 : 실컷**

바횟굿 묽ㄱ의 **슬ㅋ지** 노니노라

→ 바위 끝 물가에서 **실컷** 노는구나

**18 백구 : 흰 갈매기**

어와 저 **백구**야 무슨 슈고 ㅎㄴ슨다

→ 어와 저 **갈매기**야 무슨 수고 하느냐

**19 삼공 : 삼정승(높은 지위)**

누고셔 **삼공**도곤 낫다하더니 만승이 이만하랴?

→ 누가 (자연보다) **삼정승**이 낫다하더니, 만승(황제)이라 한들 이 정도로 좋겠느냐?

**20 곳 : 꽃**

**곳**이 다 지나가나니

→ **꽃**이 다 지는구나

**21 ~ㄴ다 : ~는가?**

뭇 목수 고자 자 들고 허둥대다 말려**ㄴ다**

→ 많은 목수들이 작은 자를 들고 허둥대다 말려**는가?**

**22 외다 : 그르다, 잘못되다**

슬프거나 즐거우나 옳다 하나 **외다** 하나

→ 슬프든, 즐겁든, 옳다고 하든, **잘못됐다고** 하든

**23 금수 : 짐승**

이 두일 말면 **금수(禽獸)**나 다르리야

→ 이 두 가지 일을 하지 않으면 **짐승**과 다를 바가 없다

Chapter 1
노베이스를 위한 문학 공부법

Chapter 2
문학 만점을 위한 기초 체력 키우기

Chapter 3
기출 적용편

현대시

고전시가

현대소설

고전소설

# chapter 3
## 기출 적용편

자, 여기서부터는 앞서 배웠던 문학 감상의 4가지 틀을 기출 문제에 적용해 볼 것이다. 장담하는데 네가 만약 4가지 틀을 전부 완벽하게 체화한다면, 노베이스 탈출은 물론 '고정 1등급'까지도 가능하다. 아무 근거 없이 그냥 하는 말이 아니다. 재수 시절 내가 이 4가지를 체화하고 2개월 만에 만년 4등급에서 1등급이 되었고, 내가 가르친 학생들 모두를 3개월 안에 2등급 이상으로 만들었다. 나를 믿고 딱 두 달만 책에서 시키는 대로 '감상력'을 높이는 공부를 해보기 바란다.

이 책과 함께 공부하는 두 달 만큼은, 문학 공부의 본질이란 작품에 깊이 공감하는 것이라는 사실을 납득하고 받아들이기를 바란다. 만약 2개월 뒤에도 문학 성적에 아무런 변화가 없다면, 다시 EBS를 외우고, 작품을 암기하는 공부를 해도 좋다.

## 1) '기출 적용편'을 풀 때 꼭 지켜야 하는 것

한 가지 부탁할 것이 있다. 이번 챕터에 있는 기출 문제를 풀 때는 반드시 네 스스로 충분히 고민을 해보고 나서 해설을 보기를 바란다.

## 기출 적용편 공부 방법

① 첫 번째로 풀 때는 최대한 문제를 빠르게 푸는 걸 목표로, 문제를 풀어본다.

② 두 번째로는 시간을 무제한으로 두고, 작품을 다시 읽어본다. 이때 앞에서 배운 문학 감상의 4가지 틀에 맞춰서 감상을 해본다. 완벽하게 하지 못해도 괜찮다. 본인이 할 수 있는 만큼 최대한 감상할 수 있도록 노력해 본다. 여기서 생각을 얼마나 많이 하느냐에 따라 이 책의 효율이 결정된다. 여기에 1시간 이상의 시간을 할애하며 어떻게든 혼자 작품을 제대로 감상하려고 노력한 학생은, 5분 만에 해설을 보는 학생에 비해 3배 이상 빠른 속도로 성적을 올릴 수 있을 것이다.

③ 세 번째로는 선택지에서 오답이 될 수 있는 '모든 부분'을 꼼꼼히 체크하면서, '모든 선택지'에 대해 스스로 해설을 해보자. 선택지 해설법은 아래 따로 설명을 해놓았다.

④ 그리고 마지막으로 무조건 지켜주어야 하는 것이 있는데, 혼자서 풀고 해설을 해본 뒤 나의 해설을 읽기 시작했다면 반드시 '모든 선택지 해설'을 읽어 본 후 다음 문제로 넘어가야 한다는 것이다. 보통의 학생들은 자기가 맞힌 문제의 경우 다른 선택지들을 분석하지 않는다. 그리고 자기가 틀린 문제라 하더라도 헷갈렸던 선택지 2, 3개만 분석하고 끝낸다. 절대 그렇게 하면 안 된다. 왜냐하면 네가 그렇게 쉽게 넘어간 선택지들이, 다음번에는 정답 선지로 출제되기 때문이다. 그렇기 때문에 네가 쉽게 맞힌 문제라고 하더라도, 모든 선택지에 대해서 해설을 해보고, 내가 적어 놓은 해설과 네가 한 해설을 비교해 보면서 네가 제대로 해설한 것이 맞는지 정확하게 확인해 보기를 바란다.

Chapter 1
노베이스를 위한 문학 공부법

Chapter 2
문학 만점을 위한 기초 체력 키우기

Chapter 3
기출 적용편

현대시

고전시가

현대소설

고전소설

## 🖋️ 스스로 선택지 해설하는 법

> '주상이 밝은 달의 속성과 대비되는 불명한 인물임을 노래를 통해 제시하여, 백성들
> 이 주상을 부도덕한 인물로 평가하여 신임하지 않았음을 보여 주는군.'

위와 같은 선택지가 있다고 가정해 보자.
이 선택지에서 오답으로 만들 수 있는 부분은 아래와 같다.

<br>

|  | 1 |  | 2 |
|---|---|---|---|
| '주상이 밝은 달의 속성과 대비되는 불명한 인물임을 / 노래를 통해 제시하여, | | | |
| | 3 | | 4 |
| 백성들이 주상을 부도덕한 인물로 평가하여 / 신임하지 않았음을 보여 주는군.' | | | |

<br>

위 선택지를 보고 우리는,

*1. 주상이 '밝은 달'의 속성과 대비되는 불명한(밝지 않은) 인물이 맞는지,*
*2. 그리고 주상이 불명한 인물이라면, 그것을 노래로 제시한 게 맞는지 판단해 보아야 한다.*
*3. 백성들이 주상을 부도덕한 인물로 평가한 것이 맞는지 보아야 하고,*
*4. 그런 이유로 주상을 신임하지 않았던 것인지도 판단해야 한다.*

즉, 선택지를 분석하고 해설한다는 것은 선택지에서 오답이 될 수 있는 모든 부분에 대해 설명할 수 있게 된다는 뜻이다. 이렇게 모든 선택지를 보면서 오답이 될 수 있는 부분을 체크하고 이에 대해 해설하려고 노력해 보자.

해설을 노트에 적어 보아도 좋고, 아니면 머릿속으로 설명해 보아도 좋다. 다만 무조건 지켜야 하는 것은, **중학생도 이해할 수 있을 정도로 쉽게 해설을 해야 한다는 것이다.** 인간은 자신이 제대로 이해한 것만 더 쉽게 설명할 수 있다. 네가 만약 해설을 하는데, 자신이 한 설명이 스스로도 이해가 안 되고, 뭔가 어렵게 설명하는 것 같다면 지문을 제대로 이해하지 못한 것이다. 이럴 때는 다시 작품으로 돌아가서 지문 감상을 한 뒤, 다시 선택지 해설을 하면 된다.

반드시 이 모든 과정을 거친 뒤에, 내가 적어놓은 해설을 보길 바란다. 이렇게 네 스스로 충분히 고민해 본 뒤에 해설을 읽게 되면 해설이 훨씬 이해가 잘될 뿐만 아니라, 두 배이상 많은 정보들이 머릿속에 남게 될 것이다. 왜냐하면 인간의 뇌는, 자기가 궁금하지 않은 정보를 얻을 때보다 스스로 궁금해했던 것에 대한 정보를 얻을 때 그 정보를 훨씬 더 오래 기억하기 때문이다. 네가 좋아하는 연예인의 전화번호와, 이름도 모르는 사람의 전화번호를 듣는 것 중 어떤 경우에 전화번호가 머릿속에 잘 기억될까? 당연히 전자다. 네가 궁금해하는 정보이기 때문이다. 네가 내 말을 듣지 않고 바로 해설을 보면서 4시간을 공부하는 것보다, 내가 시킨 대로 1시간 공부하는 게 더 학습 효과가 좋을 것이다. 그러니 성적을 빠르게 올리고 싶다면 반드시 스스로 먼저 공부하고 나서 해설을 보는 원칙을 지켜주기 바란다.

**국정원 기출편 사용 설명**

## 2) '기출 적용편'의 문제 구성

기출 적용편에 담겨 있는 지문과 문제들은 모두 고3 기출문제들로 구성했다. 노베이스들을 대상으로 만든 교재에서 왜 고3 문제를 다루냐고 할 수 있는데, 이유가 있다. 고3 문제들이 감상력을 기르기에 가장 좋은 문제이기 때문이다. 왜냐하면 고3 문제는 고1, 2 문제에 비해 훨씬 더 많은 사람들이, 훨씬 더 많은 시간을 투자해서 만든 문제이기 때문이다. 예를 들어서 고1, 2 시험 문제를 출제하는 사람이 10명이라면 고3 모의고사와 수능을 출제하는 사람은 100명이 넘는다. 그래서 수능 문제나 고3 6월, 9월 모의고사 같은 경우에는 교육청에서 만든 모의고사보다 문제 퀄리티가 좋다. 여기서 문제 퀄리티가 좋다는 것은 '감상력'을 기르기에 최적화되어 있다는 뜻이다. 그래서 네가 고등학교 1, 2학년이라 하더라도, 고3 지문으로 공부하는 편이 감상력을 높이기에 유리하다.

다만 노베이스 수준에서도 충분히 풀 수 있는 문제들로 구성하기 위해서 난이도가 낮은 문제들을 선별했다. 전 개년 기출 문제를 비교하며 노베이스 수준에서도 충분히 풀어낼 수 있는 문제들을 선별하는 과정을 여러 번 거쳤기에, 기출 적용편에 있는 문제들이 그렇게 어렵진 않을 것이다. 문학의 대표적인 갈래인 현대 시, 고전 시가, 현대 소설, 고전 소설 문제를 실어 놓았다. 그리고 각 파트 문제를 풀기 전 각 파트별로 주의해야 할 점을 정리해 두었다. 앞서 설명한 문학 감상의 4가지 틀과 함께 각 파트별 주의점을 참고하여 문제를 풀면 된다.

Chapter 1
노베이스를 위한 문학 공부법

Chapter 2
문학 만점을 위한 기초 체력 키우기

Chapter 3
기출 적용편

현대시    고전시가    현대소설    고전소설

국정원 기출편 사용 설명

## 3) 국정원 추천 공부 방법

① **기출문제집을 한 권 구매하는 것을 추천한다.**

  - 고1, 2 기출도 좋고, 고3 기출도 좋다.
  - 기출문제집은 최대한 해설이 자세한 문제집을 사는 것이 좋다. 개인적으로 <마더텅>, <자이스토리>, <마르고 닳도록> 이 3가지 문제집을 추천한다.

② **그리고 이 책에서 배운 방식을 스스로 기출 문제에 적용해 보길 바란다.**

> [예시]
>
> *1) 현대 시 파트에 있는 문제를 분석하고, 해설까지 읽기*
>
> *2) 배운 내용을 바탕으로 기출문제집에 있는 '현대 시' 문제 풀기*
>
> ❶ 주의사항
>
> 다만 난이도가 너무 어려운 문제보다는 기출 적용편에서 풀었던 문제와 비슷한 난이도의 기출 문제를 통해 감을 익히기 바란다. 배운 것을 최대한 빨리 활용해야 그 지식이 온전한 내 지식이 되기 때문이다.

③ **하루 국어 공부시간을 2시간으로 잡았다면 1시간은 이 책을 읽고, 나머지 시간은 배운 내용을 바탕으로 기출문제집을 풀기 바란다.**

# 현대시

## [생각보다 아주 간단한, 시 읽는 법]

### ❶ 첫 연이 핵심이다

시를 감상할 때에는 보통 '첫 연'이 가장 중요한 경우가 많다. 글을 읽을 때에도 첫 문장이 가장 중요하듯이, 첫 연을 매우 신경 써서 읽어야 한다. 첫 연을 제대로 읽었는지, 읽지 못했는지에 따라, 두 번째 연에 대한 이해 여부가 결정되기 때문이다.

그럼 첫 연을 어떤 식으로 읽어야 하는 걸까? 문학 감상의 틀에서 배운 것과 마찬가지로, **첫 연을 읽을 때에 '화자가 지금 무엇을 보고 있는지', '어떤 상황에 처해 있는 건지를 파악'해야 한다.** 이걸 이해하면 내면세계 공감은 자연스레 된다.

대부분의 시는 첫 연에서 화자가 지금 처해 있는 상황에 대하여 알려준다. 쉬운 시는 여기에 더불어서 화자의 내면세계까지 함께 알려주고, 어려운 시일수록 화자의 내면세계는 직접적으로 알려주지 않는다. 시가 쉬우면, 첫 연에서 '왜 내 슬픔은 사라지지 않는 걸까', '임이 그리워 잠 못 듭니다'라는 식으로 내면세계를 직접적으로 언급한다. 시가 어려울수록 직접적으로 내면세계를 말해주지 않고 화자가 처한 상황에 대해서만 말해준다. 화자가 보고 있는 것, 화자가 처해있는 상황을 통해 화자의 내면세계를 독자 스스로 추론하게 만드는 것이다.

### ❷ 시를 읽을 때는 내면세계 2개만 잡아내자

사실 시는 내면세계 공감만 해내면 된다. 문제에서 물어보는 것이 모두 내면세계에 대한 내용이기 때문이다. 그리고 시에는 내면세계가 최대 2개인 경우가 많다. 왜냐하면 시는 소설에 비해서 길이가 짧기 때문이다. 소설은 길이가 길기 때문에, 소설 속 인물은 슬펐다가 기뻤다가, 억울했다가 하는 방식으로 소설 속 인물의 내면세계가 계속 변한다. **하**

Chapter 1
노베이스를 위한 문학 공부법

Chapter 2
문학 만점을 위한 기초 체력 키우기

Chapter 3
기초 적용편

현대시

고전시가

현대소설

고전소설

지만 시는 길이가 짧기 때문에, 내면세계가 최대 2개 정도인 경우가 많다. 예를 들어서, 계속 '슬프다'라는 내면세계를 말하면서 끝나거나 아니면 '슬픔 → 희망'으로 내면세계가 바뀌고 끝나는 식이다. **그러니 시를 읽을 때는 두려워할 필요 없이, 최대 2개의 내면세계만 잡아낸다는 생각으로 읽으면 된다.** 그리고 그 2개의 내면세계를 잡아내기 위해서 화자가 지금 보고 있는 것들을 '이미지화' 해주고, 행 하나하나를 꼼꼼히 읽어야 하는 것이다.

### ❸ 시를 읽을 땐 반드시 '제목'부터 읽는다

그리고 시를 읽을 때는 제목부터 읽어준다. 제목을 보지 않고 읽었을 때 내용 파악이 어려운 시들이 꽤나 있다. 아래 시를 한 번 읽어보자.

나는 새장을 하나 샀다
그것은 가죽으로 만든 것이다
날뛰는 내 발을 집어넣기 위해 만든 작은 감옥이었던 것

화자가 새장을 샀는데, 그 새장이 가죽으로 만든 것이라고 한다. 근데 그 새장이, 날뛰는 자신의 발을 집어넣기 위해 만든 작은 감옥이라고 이야기한다. 새장에 발을 집어넣는다? 뭔가 이해가 잘 안 간다. 이 시의 제목이 뭐였을까? 이 시의 제목은 바로 '구두'였다. 제목을 들으니 이제 이해가 될 것이다. 여기서 화자가 말한 '새장'은 사실 '구두'였던 것이다. 그래서 '가죽'으로 만들었다고 말한 것이고, '내 발을 집어넣기 위한 감옥'이라고 표현했던 것이다. 이렇듯, 제목을 먼저 보고 읽으면 감상이 좀 더 수월해지는 시들이 있다. 제목부터 먼저 확인하고, 시를 읽는 습관을 기르도록 하자.

### ❹ 시를 읽을 땐 최소 1분은 할애해야 한다

시를 읽을 때 가장 중요한 것 중 하나는, '1분 이상'은 시 읽기에 투자해야 한다는 것이다. 왜냐하면 차분히 1분 이상은 읽어야, 내가 앞서 계속 강조했던 '내면세계 공감'이 가능해지기 때문이다. 특히나 지금처럼 노베이스일 때는 시를 2분, 3분 읽더라도 제대로 이해하고 넘어가는 것에 집중해야 한다. 문학 문제가 어려우면 어려울수록, 시를 제대로 이해한 학생만 맞힐 수 있게 문제를 출제하기 때문에, 시를 읽으면서 내면세계 공감을 제

대로 해내는 것을 습관화시켜야 한다. 이를 위한 첫걸음이 바로, **시 읽기에 충분한 시간을 쓰는 것**이다.

　대부분의 하위권 학생들이 문학 문제 푸는 걸 보면, 시는 20초 만에 읽어버리고 문제에서 고민을 하기 시작한다. 그렇게 읽기 때문에 정답률이 올라가지 않고, 아무리 시를 읽어도 실력이 오른다는 느낌을 받을 수 없는 것이다. 감상력이 낮을수록 시간을 충분히 써서, 이미지화, 내면세계 공감을 노력하며 감상력을 키워나가야 한다. 실제로 지금 네가 가진 감상력이면, 아마 시 하나를 제대로 읽어내는 데에 30분이 걸릴 수도 있다. 괜찮다. 전혀 신경 쓰지 않아도 된다. 시를 읽는 시간은 감상력이 올라가면서 자연스레 줄어든다. 네가 의식적으로 줄이려고 해서 줄여지는 것이 아니다. 내 말을 믿고, 두 달 동안만이라도 시 읽는 시간을 충분히 쓰기 바란다. 그렇게 시간을 써서 제대로 내면세계 공감을 하고 이미지화를 하면, 시를 대충 읽은 학생들보다 두 배 이상 빠르게 문제를 풀 수 있게 된다. 문학 문제가 어려우면 어려울수록 그 격차는 더욱 커질 것이다.

# 2015학년도 9월(B형)
## 「모란이 피기까지는」,「고고」

Chapter 1
노배이스를 위한 문학 공부법

Chapter 2
문학 만점을 위한 기초 체력 키우기

Chapter 3
기출 적용편

현대시

고전시가

현대소설

고전소설

**(가)** 모란이 피기까지는

나는 아직 ㉠ 나의 봄을 기다리고 있을 테요

모란이 뚝뚝 떨어져 버린 날

나는 비로소 봄을 여읜 **설움**에 잠길 테요

오월 어느 날 그 하루 무덥던 날

떨어져 누운 꽃잎마저 시들어 버리고는

천지에 모란은 자취도 없어지고

뻗쳐오르던 내 보람 서운케 무너졌느니

모란이 지고 말면 그뿐 **내 한 해는 다 가고 말아**

삼백예순 날 하냥 섭섭해 우옵네다

모란이 피기까지는

나는 아직 기다리고 있을 테요 **찬란한 슬픔**의 봄을

                                        - 김영랑, 「모란이 피기까지는」 -

**(나)** 북한산이

다시 그 높이를 회복하려면

다음 겨울까지는 기다려야만 한다.


밤사이 눈이 내린,

그것도 백운대나 인수봉 같은

높은 봉우리만이 옅은 화장을 하듯

가볍게 눈을 쓰고


왼 산은 차가운 수묵(水墨)으로 젖어 있는,

**어느 겨울날 이른 아침**까지는 기다려야만 한다.

신록이나 단풍,

골짜기를 피어오르는 안개로는,

눈이래도 왼 산을 뒤덮는 적설(積雪)로는 드러나지 않는,


심지어는 장밋빛 햇살이 와 닿기만 해도 변질하는,

그 ⓛ 고고(孤高)한 높이를 회복하려면


백운대와 인수봉만이 **가볍게 눈을 쓰는**

어느 겨울날 이른 아침까지는

기다려야만 한다.

- 김종길, 「고고(孤高)」 -


**1. (가), (나)의 공통점으로 가장 적절한 것은?**

① 공간의 이동을 통해 시상을 전개하고 있다.

② 수미상관의 구조를 통해 주제를 강조하고 있다.

③ 어순의 도치를 통해 상황의 긴박감을 표현하고 있다.

④ 흑백의 대비를 통해 회화적 이미지를 강화하고 있다.

⑤ 가상의 상황을 통해 자기반성의 태도를 보여 주고 있다.


**2. 〈보기〉를 참고하여 (가), (나)를 감상한 내용으로 적절하지 않은 것은?**

〈보 기〉

　　김영랑의 「모란이 피기까지는」과 김종길의 「고고」는 대상이 지닌 특정 속성을 통해 화자가 경험한 아름다움을 드러낸다. 「모란이 피기까지는」에서는 봄이라는 계절에 소멸을 앞둔 대상을 통해, 「고고」에서는 겨울날 대상의 고고함이 드러나는 순간을 통해 대상의 아름다움이 경험되고 있다. 한편, 전자는 대상 자체보다는 대상에서 촉발된 주관적 정서의 표현에, 후자는 정서의 직접적 표현보다는 대상 자체의 묘사에 중점을 두고 있다.

① (가)에서는 아름다움을 경험하는 주체를 직접 노출하여 정서를 표현하고 있군.

Chapter 1 노베이스를 위한 문학 공부법

Chapter 2 문학 만점을 위한 기초 체력 키우기

Chapter 3 기출 적용편

현대시

고전시가

현대소설

고전소설

② (가)에서는 한정된 시간 동안 존속하는 속성이 대상의 아름다움을 강화하고 있군.

③ (나)에서는 대상의 높이가 고고한 아름다움을 결정하는 유일한 조건이군.

④ (나)는 대상의 고고한 아름다움이 드러나는 순간과 그렇지 않은 때의 모습을 대비하고 있군.

⑤ (가)와 (나)는 각각 특정한 계절적 배경을 통해 대상의 아름다움을 표현하고 있군.

3. ㉠, ㉡과 관련지어 (가), (나)를 이해한 내용으로 적절하지 <u>않은</u> 것은?

① (가)의 '설움'은 ㉠을 경험하지 못하게 방해하는 요인을 나타낸다.

② (가)의 '내 한 해는 다 가고 말아'는 ㉠의 경험이 화자의 삶에서 차지하는 비중이 큼을 나타낸다.

③ (가)의 '찬란한 슬픔'은 ㉠에서 경험할 수 있는 강렬한 정서를 나타낸다.

④ (나)의 '어느 겨울날 이른 아침'은 ㉡을 경험할 수 있는 특정 시간을 나타낸다.

⑤ (나)의 '가볍게 눈을 쓰는'은 ㉡을 경험하기 위한 대상의 요건을 나타낸다.

## '모란이 피기까지는', '고고' 지문해설

**(가)**

모란이 피기까지는
나는 아직 ㉠ <u>나의 봄</u>을 기다리고 있을 테요

⇒ 화자는 모란이 피기 전까지는 계속 '나의 봄'을 기다리겠다고 말한다. 이 말은, 모란이 피기 전까지는 '나의 봄'이 아니라는 말과 같다. 화자는 '모란이 피는 순간'을 '나의 봄'이라고 생각하고, 그래서 모란이 피는 순간만을 기다리고 있다. 화자가 왜 이렇게 말을 하는지, 무엇을 말하고 싶은 건지는 조금 더 읽어봐야 할 거 같다.

모란이 뚝뚝 떨어져 버린 날
나는 비로소 봄을 여읜 **설움**에 잠길 테요

⇒ 화자에게 '모란'은 곧 '봄'이다. 화자에게 '모란'이 지는 건, '봄'이 끝나는 것과 같다. 그래서 화자는 모란이 다 떨어져 버린 날, 자신의 봄도 같이 사라진다고 말한다. 그리고 '봄을 여읜 설움'이라는 표현을 봤을 때, 화자에게 '봄'은 **긍정적인 존재**라는 것을 알 수 있다. 화자는 '봄'이 사라지는 것에 대해 **서러움**을 느끼고 있기 때문이다.

> 오월 어느 날 그 하루 무덥던 날
> 떨어져 누운 꽃잎마저 시들어 버리고는
> 천지에 모란은 자취도 없어지고
> 뻗쳐오르던 내 보람 서운케 무너졌느니

⇒ 오월은 '늦봄'이다. 늦봄은 여름이 가까워지면서, 3, 4월에 폈던 봄꽃들이 지는 시기다. 그래서 화자가 좋아하는 모란도 하나둘씩 사라진다. 이건 벚꽃이 지는 때를 떠올려보면 이해하기 쉽다. 3, 4월에 활짝 피어있던 벚꽃은 어느 순간 보면 다 사라져 있다. 하얗고 크게 피어 있던 벚나무가 어느새 가지만 남아 있는 것이다. 이건 너도 분명 경험한 적 있다. 마찬가지로, 화자가 아끼고 사랑하던 모란도 어느 날 '자취도 없이' 사라졌다.

자취도 없이 사라진 모란을 생각하며 화자는 '뻗쳐오르던 내 보람 서운케 무너졌느니'라고 말한다. '뻗쳐오르던 내 보람'이라는 구절을 통해서, 화자는 '뻗쳐오르면서' 피는 모란을 보며 '보람'을 느꼈었다는 걸 알 수 있다. 그런데 그 모란이 어느 순간 다 져버렸다. 즉, 자신이 '보람'을 느끼던 대상이 한순간에 없어진 것이다. 그에 따라 화자는 '서운함'을 느낀다.

> 모란이 지고 말면 그뿐 내 한 해는 다 가고 말아
> 삼백예순 날 하냥 섭섭해 우옵네다

⇒ 모란이 지면 '내 한 해'가 다 간다? 이게 무슨 말일까? 화자는 왜 모란이 떨어지면 '한 해'가 다 가버린다고 하는 걸까? 화자는 위 구절에서 계속 '모란'이 지면 '설움'에 잠긴다고 말한다. 그리고 모란이 피기까질 기다린다. 모란이 진 뒤에, 다시 모란이 피려면 어떻게 해야 할까? **'한 해'가 지나야 한다.** 1년이 지나야 다시 봄이 오고, 다시 모란이 핀다. **화자는 모란이 진 날부터 다음 해에 모란이 피기까지, '설움'에 잠겨서 모란을 기다린다.** 따라서 화자는 모란이 지고 말면, 자신의 '한 해가 다 가고 만다'고 말한 것이다. 화자

Chapter 1
노베이스를 위한 문학 공부법

Chapter 2
문학 만점을 위한 기초 체력 키우기

Chapter 3
기출 적용편

현대시  고전시가  현대소설  고전소설

는 삼백예순날 즉 1년을 의미하는 360일 정도 동안 하냥(늘) 섭섭해하고, 운다. 자신이 좋아하는 '모란'이 필 때까지는 다시 1년을 기다려야 하기에.

> 모란이 피기까지는
> 나는 아직 기다리고 있을 테요 **찬란한 슬픔**의 봄을

⇒ 화자는 첫 번째 연과 비슷한 연을 반복하면서 시상을 마무리하고 있다. 유사한 구절의 '반복'을 통해서 모란을 기다리겠다는 자신의 다짐을 '강조'하고 있는 것이다. 그런데 마지막 연에서는 첫 번째 연에서 말한 '나의 봄'이 '찬란한 슬픔의 봄'으로 바뀐다.

여기서 '찬란한 슬픔의 봄'이라는 건 무슨 뜻일까? 화자에게 봄이 어떤 의미인지 생각해보자. **화자에게 봄은 자신이 그토록 기다리던 '모란'이 피는 '찬란한' 계절이기도 하지만, 동시에 '모란'이 지는 '슬픔'의 계절이기도 하다.** 그렇기에 '찬란한 슬픔의 봄'이라고 표현한 것이다.

- 김영랑, 「모란이 피기까지는」-

## (나)

> 북한산이
> 다시 그 높이를 회복하려면
> 다음 겨울까지는 기다려야만 한다.

⇒ 시의 제목이 '고고'다. '고고하다'할 때 '고고'인 거 같은데, 정확히 무슨 뜻인지는 몰랐을 것이다.

### 범작가 Tip

'고고'는 '외로울 고'자에 '높을 고'를 써서, '홀로 높이 있다'는 뜻이다. 자주 나오는 단어이니 배경지식으로 알아두자.

첫 연을 읽어보면, 이해가 안 되는 구절이 있다. 북한산이 다시 '그 높이'를 회복하려면

101

다음 겨울까지는 기다려야 한다? '북한산이 다시 높이를 회복한다'라는 게 무슨 말이지? 일단 화자가 무엇을 보고 있는 건지 생각해 보면, '북한산'을 바라보고 있다는 걸 알 수 있다. 그런데 도대체 북한산의 어떤 모습을 보고 '다시 그 높이를 회복하려면'이라고 말한 걸까. 이건 다음 구절을 더 읽어봐야 알 거 같다. 화자가 말하는 '그 높이'라는 게 구체적으로 무엇인지 의문을 품고 읽어나가자.

추가로 화자는 이 구절에서 북한산이 '그 높이'를 회복하려면 다음 겨울까지 기다려야 한다고 말한다. 이는 「모란이 피기까지는」에서 화자가 모란이 피는 '다음 봄'을 기다린 것과 같다. 내면세계에 공감하면서 읽었다면 비슷한 시라는 걸 느꼈을 것이다. 「고고」의 화자는 '그 높이'를 회복하는 겨울을 **기다리고** 있기에, 북한산이 '그 높이'를 회복하길 **소망**하고 있다는 것도 알 수 있다. 즉, 북한산이 '그 높이'를 회복한 상태를 **긍정적으로** 인식하는 것이다.

> 밤사이 눈이 내린,
> 그것도 백운대나 인수봉 같은
> 높은 봉우리만이 옅은 화장을 하듯
> 가볍게 눈을 쓰고

⇒ 화자가 기다리는 '그 높이'에 대해서 설명한다. 화자가 기다리는 북한산의 '그 높이'는, 백운대나 인수봉 같은 높은 봉우리들만이 옅게 화장한 듯이 **꼭대기에만 아주 조금 눈이 내린** 상태를 말하는 거 같다. '이미지화'하면서 읽어가자.

> 왼 산은 차가운 수묵(水墨)으로 젖어 있는,
> **어느 겨울날 이른 아침**까지는 기다려야만 한다.

⇒ 화자는 계속해서 '그 높이'가 무슨 말인지 설명한다. 화자가 생각할 때, 북한산이 '그 높이'를 회복하는 때는 왼 산이 차가운 수묵으로 젖어 있는 어느 겨울날 이른 아침이다. 여기서 '왼 산'이라는 것은 '모든 산'을 뜻한다. 예전에는 '온'이라는 말을 '왼'이라고도 썼었다.

그리고 여기서 '차가운 수묵'으로 젖어 있다는 건 무슨 뜻일까? 여기서 말하는 '수묵'은

Chapter 1
노베이스를 위한 문학 공부법

Chapter 2
문학 만점을 위한 기초 체력 키우기

Chapter 3
기출 적용편

현대시

고전시가

현대소설

고전소설

'수묵화'에 쓰인 '수묵'과 같은 말이다. '수묵화'는 '먹으로 그린 그림'을 뜻한다. 먹으로 그린 그림을 떠올려 보자. **먹으로 그림을 그렸기 때문에, 그림에 '흰색'과 '검정색' 밖에 없다.** 화자는 겨울철 산의 모습이 '수묵' 즉, 먹을 흰 산에 뿌린 거 같다고 표현한 것이다. 화자는 왜 겨울철 산을 보고 수묵을 떠올린 걸까? 겨울철 눈 덮인 산의 모습을 떠올려 봐라. 겨울이니까 산에 있는 나무들은 초록색 잎이 다 떨어졌을 것이다. 그러니 푸르게 보이던 산이 가지만 남아서 검게 보인다. 또 그 거뭇거뭇한 산 위에 하얀 눈이 내리니, 산의 모습이 마치 흰 배경에 '수묵'으로 그림을 그린, '수묵화'처럼 보였던 것이다.

> 신록이나 단풍,
> 골짜기를 피어오르는 안개로는,
> 눈이래도 왼 산을 뒤덮는 적설(積雪)로는 드러나지 않는,

⇒ 화자가 생각하는 북한산의 '그 높이'는 신록이나 단풍이 드는 때에는 드러나지 않는다. 왜냐하면 화자가 말하는 '그 높이'는 산꼭대기가 '옅은 화장을 하듯 가볍게 눈을 쓴' 상태이기 때문이다. 따라서 신록이 드는 여름철이나, 단풍이 드는 가을철에는 '그 높이'가 드러나지 않는다. 여기서 '신록'이라는 건, '늦봄이나 초여름에 새로 핀 잎의 푸른빛'을 뜻한다. 또 골짜기에 안개가 낀 날에도 '그 높이'는 드러나지 않는다. 마지막으로, 겨울이라고 하더라도 아예 온 산을 뒤덮어 버리는 적설로는 '그 높이'가 드러나지 않는다. **화자가 바라는 '그 높이'는, 높은 봉우리의 '꼭대기에만 눈이 얇게 내려있는 상태'이기 때문이다.**

> 심지어는 장밋빛 햇살이 와 닿기만 해도 변질하는,
> 그 ⓛ <u>고고(孤高)한 높이</u>를 회복하려면

⇒ 화자가 기다리는 '그 높이'는, 북한산 꼭대기에 눈이 '아주 얇게' 쌓여 있는 상태다. 눈이 아주 얇게 쌓여 있기 때문에, 장밋빛 햇살이 조금만 비춰도 얇게 쌓여 있던 눈들이 녹아 없어져 버릴 것이다. 화자는 눈이 아주 얇게 내린 바로 그 상태를, 북한산이 '고고한 높이를 회복하는 순간'이라고 표현한다.

물론 여기서 북한산이 '높이를 회복한다'는 말이, 실제로 북한산이 길어지고, 짧아지면서 높이가 변한다는 뜻은 아닐 것이다. 화자는 **눈이 쌓여 있는 정도에 따라 북한산이 길**

어 보이기도 하고 짧아 보이기도 한 것을 보고, 북한산에 얕게 눈이 온 상태를 '그 높이'라고 표현한 것이다.

> 백운대와 인수봉만이 **가볍게 눈을 쓰는**
> 어느 겨울날 이른 아침까지는
> 기다려야만 한다.

⇒ 화자는 마지막 연까지 계속 동일한 내면세계를 반복한다. 백운대와 인수봉 꼭대기만 하얗게 눈이 쌓인 어느 겨울날 이른 아침까지, 자신은 기다리겠다고 한다. 화자가 지금 지향하고 있는 것 즉, 바라고 있는 것은 산꼭대기만 아주 얕게 눈이 덮인 '고고한 높이'의 북한산이기 때문이다. 앞 구절에서부터 '그 높이'를 기다리겠다고 하는 화자의 내면세계가 마지막까지 지속되고 있다.

– 김종길, 「고고(孤高)」 –

◆ 문제 해설 ◆

**(가)**

모란이 피기까지는
나는 아직 ㉠나의 봄을 기다리고 있을 테요
모란이 뚝뚝 떨어져 버린 날
나는 비로소 봄을 여읜 **설움**에 잠길 테요
오월 어느 날 그 하루 무덥던 날
떨어져 누운 꽃잎마저 시들어 버리고는
천지에 모란은 자취도 없어지고
뻗쳐오르던 내 보람 서운케 무너졌으니
모란이 지고 말면 그뿐 **내 한 해는 다 가고 말아**
삼백예순 날 하냥 섭섭해 우옵네다
모란이 피기까지는
나는 아직 기다리고 있을 테요 **찬란한 슬픔의** 봄을

**1. (가), (나)의 공통점으로 가장 적절한 것은?**

> ① 공간의 이동을 통해 시상을 전개하고 있다.

⇒ '공간의 이동'이 있다고 하려면, 시의 화자가 서로 다른 공간을 '인식'하는 장면이 있어야 한다. 그리고 화자가 인식하는 공간들이 바뀌어 갈 때, '공간의 이동'이 있다고 할 수 있다. (가)와 (나) 모두 자신이 인식하고 있는 대상의 모습을 묘사하면서, 동시에 '기다리겠다'는 자신의

Chapter 1
노베이스를 위한 문학 공부법

Chapter 2
문학 만점을 위한 기초 체력 기우기

Chapter 3
기출 적용편

현대시

고전시가

현대소설

고전소설

- 김영랑, 「모란이 피기까지는」 -

**(나)**
북한산이
다시 그 높이를 회복하려면
다음 겨울까지는 기다려야만 한다.

밤사이 눈이 내린,
그것도 백운대나 인수봉 같은
높은 봉우리만이 옅은 화장을 하듯
가볍게 눈을 쓰고

왼 산은 차가운 수묵(水墨)으로 젖어 있는,
**어느 겨울날 이른 아침**까지는 기다려야만 한다.

신록이나 단풍,
골짜기를 피어오르는 안개로는,
눈이래도 왼 산을 뒤덮는 적설(積雪)로는 드러
나지 않는,

심지어는 장밋빛 햇살이 와 닿기만 해도 변질하
는,
그 ⓛ고고(孤高)한 높이를 회복하려면

백운대와 인수봉만이 **가볍게 눈을 쓰는**
어느 겨울날 이른 아침까지는
기다려야만 한다.

- 김종길, 「고고(孤高)」 -

내면세계만 드러낼 뿐 공간의 이동은 없다.

> ② 수미상관의 구조를 통해 주제를 강조
> 하고 있다.

⇒ '수미상관'이라는 것은, 말 그대로 '머리와 꼬리가 서로 관련이 있다'는 뜻이다. '머리 수', '꼬리 미' 자를 사용해서, 시의 **앞부분 구절과 마지막 부분 구절이 서로 비슷한 경우 '수미상관'**이라고 말한다. 중간에 있는 구절들이 서로 비슷한 경우에는 '수미상관'이라고 할 수 없다.

(가) 시에서는 첫 연과 마지막 연이 수미상관이다. 첫 연의 마지막에 '찬란한 슬픔의 봄을'이라는 구절만 더해서 마지막 연을 구성하였으므로, 서로 비슷한 구절이 대응되고 있는 것이다. (나)에서도 수미상관이 쓰였다. 첫 연의 '북한산이 ~ 기다려야만 한다'라는 구절과 마지막 연의 '백운대와 인수봉만이 ~ 기다려야만 한다'라는 비슷한 구절이 서로 대응되고 있다. (가), (나) 시의 화자는 수미상관을 통해, 내면세계가 드러나는 구절을 '반복'함으로써 자신의 내면세계를 더 '강조'하려고 하고 있다. 따라서 수미상관의 구조를 통해 주제(내면세계)를 강조한다는 건 맞는 말이다.

> ③ 어순의 도치를 통해 상황의 긴박감을 표현하고 있다.

⇒ (가) 시를 보면, '나는 아직 기다리고 있을 테요 찬란한 슬픔의 봄을'이라는 구절에서 도치가 쓰였음을 알 수 있다. 도치를 사용하면, 낯선 문장 구조 때문에 독자가 주목하게 된다. 이때 독자가 '주목'한다는 것은, 도치가 쓰인 부분이 '강조'된다는 것이다. (가)

시의 화자는 지금 도치를 통해서, '봄을 기다리겠다는 자신의 의지'를 강조하고 있다. 즉, '긴박감'을 표현하기 위해 도치를 사용한 것은 아니다. 한편 (나)에는 도치가 쓰인 부분이 없다.

> ※ 이런 선택지는 '도치'가 있나 찾으러 가기보다, '긴박감'이 맞나를 판단하는 게 훨씬 빠르다. 왜냐하면 우리가 시를 읽으면서 했던 것이 '내면세계'를 잡아내는 거였기 때문이다. '긴박감'은 매우 다급하고 절박한 감정을 말한다. 약속 시간에 늦어서 뛰어가거나, 시험 종이 울리기 직전 마킹을 하는 상황 등을 보고 긴박감이 느껴진다고 할 수 있다. (가), (나) 모두 '긴박감'의 내면세계는 없었다. 시를 제대로 감상을 했다면 화자의 내면세계가 머릿속에 남아 있을 것이다. 따라서 '긴박감'처럼 내면세계를 말하고 있는 부분부터 보면, 문제 풀이 시간을 줄일 수 있다.

④ 흑백의 대비를 통해 회화적 이미지를 강화하고 있다.

⇒ 이런 선택지는 '이미지화'하면서 읽었냐고 묻는 선지다. (가)에서는 '흑백'의 대비가 나타난 부분이 없었다. (나)에서는 검은 '수묵'과 흰 '눈'의 이미지를 통해 흑백의 대비를 사용했다. 이를 통해 눈 덮인 북한산의 회화적 이미지를 강화하고 있다고 할 수 있다. 여기서 '회화적'이라는 것은, '머릿속으로 그림이 떠오른다'는 뜻이다. 눈으로 덮인 산의 모습을 '수묵'과 '눈'의 이미지로 표현하면 읽는 사람 입장에서는 그 이미지가 머릿속으로 그려진다. 즉, '회화적 이미지'가 강화되는 것이다.

⑤ 가상의 상황을 통해 자기반성의 태도를 보여 주고 있다.

⇒ (가), (나) 모두 '아직 오지 않은 순간'을 기다리고, 묘사하고 있다는 점에서 '가상의 상황'을 나타낸다고 할 수 있다. (가)는 '모란이 피는 순간'을 기다리고 있고, (나)는 북한산이 '고고한 높이를 회복하는 순간'을 기다리고 있다. 이들은 아직 오지 않은 '가상의 상황'이다. 하지만 (가), (나) 모두 이를 통해 '자기반성의 태도'를 보여주고 있는 건 아니다. 자기반성의 태도를 보여준다고 하려면 자신을 부정적으로 인식하면서 성찰하거나, 잘못한 점을 묘사하고 있어야 하는데 (가), (나) 모두 그렇지 않다.

● 답 : ②

## 2. <보기>를 참고하여 (가), (나)를 감상한 내용으로 적절하지 <u>않은</u> 것은?

**Chapter 1**
노베이스를 위한 문학 공부법

**Chapter 2**
문학 단권을 위한 기초 체력 키우기

**Chapter 3**
기출 적용편

현대시

고전시가

현대소설

고전소설

### 📂 〈보기〉를 먼저 읽고 풀어야 하나요?

학생들을 가르치다 보면 항상 받는 질문이 있다. 바로 문학 문제를 풀 때 〈보기〉를 '먼저' 읽고 들어가는 게 좋은지, 아니면 작품을 먼저 읽고 난 뒤에 〈보기〉 문제를 푸는 게 좋은지 궁금하다는 것이다. **결론부터 말하자면 나는 작품을 먼저 읽고 난 뒤에 〈보기〉 문제 푸는 걸 추천한다.**

여기에는 2가지 이유가 있다. **첫 번째는 〈보기〉 문제를 출제하는 출제자의 의도 자체가, 〈보기〉를 먼저 읽고 작품을 감상하라는 게 아니기 때문이다.** 〈보기〉부터 읽으라고 하는 사람들의 주장을 들어보면, '학생들 입장에서 작품을 감상하기 쉽지 않으니까, 출제자가 〈보기〉를 통해 작품을 쉽게 이해하라고 〈보기〉를 줬다'라고 말한다. 하지만 이건 틀렸다. 정말 이게 맞는 말이라면, 난이도가 높은 모든 문학 문제에 〈보기〉 문제가 있어야 할 것이다. 그런데 네가 기출 문제를 풀어보면 알겠지만, 〈보기〉가 없음에도 난이도가 높고, 오답률이 높은 문학 문제가 매우 많다. 즉, 학생들이 감상을 편하게 할 수 있게 하기 위해서 〈보기〉를 주는 게 아니란 뜻이다.

그럼 출제자가 〈보기〉 문제를 주는 이유가 뭘까? 바로, **'네가 감상한 걸 바탕으로, 〈보기〉 내용을 참고해서 추가 감상을 해봐'**라는 뜻에서 〈보기〉 문제를 주는 것이다. 예를 들어, 〈보기〉 문제에서 출제된 시가 '일제 강점기의 고통과 슬픔'을 표현한 시라고 한다면, 그 관점에 맞춰서 작품을 다시금 해석해 보라는 뜻이다. 그런데 학생들은 그렇게 생각하지 않는다. 학생들은 〈보기〉 속에 있는, '이 시는 19xx년에 지어진 시로, 일제 강점기 시절 수탈당한 사람들의 슬픔과 애통함을 표현하고 있다'라는 말을 보고, **이걸 읽어야지만 작품을 해석할 수 있었던 거라고 착각한다.** 이렇게 계속 착각하면서 〈보기〉를 먼저 보고 문제를 푸는 학생은, '스스로 작품을 감상해 내는 능력'이 길러지지 않는다. **이렇게 되면, 수능 날 〈보기〉에서 작품 내용에 대한 설명을 해주지 않거나, 아예 〈보기〉 문제를 출제하지 않았을 때 문제를 틀릴 확률이 매우 높아진다.**

그리고 〈보기〉를 먼저 보고 그에 맞춰서 작품 감상을 하는 것은 출제자의 의도가 아니기 때문에, 〈보기〉 문제가 아닌 다른 문제를 풀 때 문제가 생기는 경우가 있다. 예를 들어 현대시 세트에 1, 2, 3번 문제가 있고 3번이 〈보기〉 문제라고 하자. 이때 3번 〈보기〉 내용대로 1, 2번을 풀면, 답이 안 보이거나 문제를 틀리게 되는 경우가 있다는 것이다. 이건 당연한 게, 출제자 의도는 **'〈보기〉 문제를 풀 때만'** 〈보기〉를 읽고 추가 감상을 해서 풀어보라는 것인데, 〈보기〉 내용을 바탕으로 지문을 읽고 다른 문제들까지 풀어버리니 문제가 생기는 것이다.

그리고 내가 〈보기〉를 먼저 보지 말라고 하는 두 번째 이유는, **시간이 오히려 오래 걸리기 때문이다.** 〈보기〉에 의존하지 않고, 내가 이 책에서 말하고 있는 대로 공부한 학생이라면 작품을 스스로 해석해 낼 수 있는 능력이 길러진다. 그러면 굳이 〈보기〉를 먼저 보고 작품을 읽지 않아도, 출제자가 원하는 대로 작품을 읽어낼 수 있게 된다. 그렇게 작품을 스스로 감상한 뒤에 〈보기〉로 가면, **〈보기〉 내용과 내 머릿속에 감상한 내용이 서로 들러붙어서 〈보기〉에서 하는 말이 한 번에 이해가 된다.** 이건 이 책을 덮을 때쯤 너도 느낄 것이다.

그런데, 〈보기〉를 먼저 보고 들어가면 작품을 어찌저찌 읽어낸다고 해도, **〈보기〉 문제를 풀 때 어차피 다시 〈보기〉를 한 번 더 읽어야 한다. 시간이 2배로 드는 것이다.** 그리고 〈보기〉 내용을 토대로 작품을 감상할 때도, '이 구절이 〈보기〉에서 말했던 부분인가? 아닌가?'라고 고민을 하게 되면서 시간을 많이 잡아먹게 된다. 난이도가 쉬운 〈보기〉 문제라면 크게 문제가 되지 않지만, 난이도가 어려우면 어려울수록 오히려 시간을 많이 쓰게 될 것이다.

---

<보 기>
김영랑의 「모란이 피기까지는」과 김종길의 「고고」는 대상이 지닌 특정 속성을 통해 화자가 경험한 아름다움을 드러낸다. 「모란이 피기까지는」에서는 봄이라는 계절에 소멸을 앞둔 대상을 통해, 「고고」에서는 겨울날 대상의 고고함이 드러나는 순간을 통해 대상의 아름다움이 경험되고 있다. 한편, 전자는 대상 자체보다는 대상에서 촉발된 주관적 정서의 표현에, 후자는 정서의 직접적 표현보다는 대상 자체의 묘사에 중점을 두고 있다.

Chapter 1 노베이스를 위한 문학 공부법

Chapter 2 문학 만점을 위한 기초 체력 키우기

Chapter 3 기출 적용편

현대시

고전시가

현대소설

고전소설

◇◇◇◇◇◇◇◇◇◇◇◇◇◇◇◇◇◇◇◇◇◇◇◇◇◇◇◇◇◇ **<보기> 분할 분석** ◇◇◇◇◇◇◇◇◇◇◇◇◇◇◇◇◇◇◇◇◇◇◇◇◇◇◇◇◇◇

> 김영랑의 「모란이 피기까지는」과 김종길의 「고고」는 대상이 지닌 특정 속성을 통해 화
> 자가 경험한 아름다움을 드러낸다. 「모란이 피기까지는」에서는 봄이라는 계절에 소멸
> 을 앞둔 대상을 통해, 「고고」에서는 겨울날 대상의 고고함이 드러나는 순간을 통해 대
> 상의 아름다움이 경험되고 있다.

⇒「모란이 피기까지는」에서 화자는, '봄'에 소멸하는 '모란'의 속성을 통해 모란의 아
름다움을 경험하고 있다. '찬란한 슬픔의 봄'이라는 구절에서 알 수 있듯이 화자는 모란
이 피는 순간을 '찬란하다'라고 인식한다. 그리고 또 화자는 시 전체에서 '모란'을 긍정적
으로 인식하고 있으므로, '모란'의 아름다움을 경험하고 있다고 할 수 있다.

「고고」의 화자는 겨울날 이른 아침에 북한산의 고고함이 드러나는 순간을 묘사하고,
또 그 순간을 기다리고 있다. 이는 <보기>에 따르면, 화자가 자신이 경험한 북한산의 아
름다움을 드러내고 있는 것이다. 화자는 겨울날 북한산의 고고함이 드러나는 순간을 통
해 북한산의 아름다움을 경험했다.

> 한편, 전자는 대상 자체보다는 대상에서 촉발된 주관적 정서의 표현에, 후자는 정서의
> 직접적 표현보다는 대상 자체의 묘사에 중점을 두고 있다.

⇒「모란이 피기까지는」을 보면 주로 '모란'보다는 '모란이 떨어짐'에 의해 촉발된 화자
의 정서를 표현하고 있었다. 화자는 '모란이 얼마나 예쁜지' 또는 '모란이 어떻게 생겼는
지'에 대해서 말하고 있지 않다. '모란이 떨어지는 날'에 자신이 '설움'을 느낄 것이라는
것과, 모란이 필 때까지 '한 해를 기다릴 것'이라는 자신의 감정을 주로 말하고 있다.

반면 「고고」는 화자가 '북한산의 아름다운 모습을 보려면 기다려야만 한다'라고 말할
뿐, 자신의 감정을 주로 드러내진 않는다. 북한산의 아름다움을 보고 감동했다느니, 북한
산의 아름다움을 못 봐서 슬프다느니 하는 말을 하지 않는다는 것이다. 그런 표현보다는,
'엷은 화장을 하듯', '수묵으로 젖어 있는' 등과 같은 구절을 통해 '고고한 높이를 회복한'
북한산의 모습에 대해 묘사하고 있을 뿐이다.

◇◇◇◇◇◇◇◇◇◇◇◇◇◇◇◇◇◇◇◇◇◇◇◇◇◇◇◇◇◇◇◇◇◇◇◇◇◇◇◇◇◇◇◇◇◇◇◇◇◇◇◇◇◇◇◇◇◇◇◇◇◇◇◇◇◇◇◇◇◇◇◇◇◇◇◇

> ① (가)에서는 아름다움을 경험하는 주체를 직접 노출하여 정서를 표현하
> 고 있군.

➡ 맞는 말이다. 우선 (가)에서는 아름다움을 경험하는 주체인 '화자'를 직접 노출하고 있다. 화자를 직접 노출한다는 건 무슨 뜻일까? **화자를 직접 노출한다고 하려면 '나' 또는 '내'라는 단어가 있으면 된다.** 이렇게 화자 자신을 지칭하는 말이 있다면, 화자가 자신을 직접 노출했다고 할 수 있는 것이다.

(가)에서는 '나는 비로소 봄을 여읜 설움에 잠길 테요', '내 보람 서운케 무너졌으니'라고 하면서 화자가 자신을 직접 노출하고, 자신의 정서를 표출하고 있다.

> ② (가)에서는 한정된 시간 동안 존속하는 속성이 대상의 아름다움을 강화
> 하고 있군.

➡ 맞는 말이다. (가)의 '모란'은 '봄'이라는 한정된 시간 동안 존재한다. 아름다운 모란을 매일 볼 수 없고, 딱 한정된 기간에만 볼 수 있다는 점은, 모란의 아름다움을 더 '강화'한다고 할 수 있다. 예를 들어 우리가 벚꽃을 1년 내내 볼 수 있다면 어떨까? 큰 감흥이 없을 것이다. 하지만 벚꽃은 실제로 1년 중 딱 한 달 정도만 볼 수 있다. 그렇기 때문에 한정된 시간에서만 볼 수 있는 벚꽃이 더 아름답게 느껴지는 것이다.

> ③ (나)에서는 대상의 높이가 고고한 아름다움을 결정하는 유일한 조건이
> 군.

➡ 아니다. (나)에서 화자가 기다리는 북한산의 '고고한 높이'는, 단순히 북한산의 '높이'만 필요한 것이 아니다. 북한산의 높이뿐만 아니라, '눈'이 필요하다. 그리고 또 무조건 눈이 내린다고 해서 '고고한 높이'를 회복할 수 있는 것도 아니다. 눈이 '얼마나 내리냐'도 중요하다. 눈이 완전히 덮일 정도로 내려서는 안 되고, 장밋빛 햇살이 조금이라도 비치면 녹을 정도로 아주 조금 내려야 한다. 즉, **북한산이 아름다움을 가지려면 높이뿐만 아니라, 겨울이라는 시간적 배경에서 눈도 내려야 하고, 또 눈이 내리는 정도까지 알맞아야 한다.** 따라서, 대상의 높이가 고고한 아름다움을 결정하는 '유일한' 조건은 아니다.

Chapter 1
노베이스를 위한 문학 공부법

Chapter 2
문학 만점을 위한 기초 체력 키우기

Chapter 3
기출 적용편

현대시

고전시가

현대소설

고전소설

④ (나)는 대상의 고고한 아름다움이 드러나는 순간과 그렇지 않은 때의 모습을 대비하고 있군.

⇒ 맞는 말이다. (나)의 화자는 '어느 겨울날 이른 아침까지는 기다려야만 한다'라는 구절을 통해서 **북한산의 고고한 아름다움이 드러나는 순간**을 말하고 있다. 그리고 '신록이나 단풍 / 골짜기를 피어오르는 안개로는 / 눈이래도 왼 산을 뒤덮는 적설로는 드러나지 않는'이라는 구절을 통해서는, **북한산의 아름다움이 드러나지 않는 순간**을 말한다. 이는 북한산의 아름다움이 드러나는 순간과 그렇지 않은 순간을 '대비'하고 있는 것이다.

⑤ (가)와 (나)는 각각 특정한 계절적 배경을 통해 대상의 아름다움을 표현하고 있군.

⇒ 맞는 말이다. (가)는 '봄'이라는 계절적 배경을 통해 '모란'의 아름다움을 표현하고 있고, (나)는 '겨울'이라는 계절적 배경을 통해 북한산의 아름다움을 표현하고 있다.

◉ 답 : ③

## 3. ㉠, ㉡과 관련지어 (가), (나)를 이해한 내용으로 적절하지 <u>않은</u> 것은?

㉠ : 나의 봄      ㉡ : 고고(孤高)한 높이

① (가)의 '설움'은 ㉠을 경험하지 못하게 방해하는 요인을 나타낸다.

⇒ (가)의 화자가 '설움'을 느꼈던 이유는, '봄'이 끝나가면서 모란도 사라지기 때문이었다. 화자는 모란이 사라진 시점부터, 다시 모란이 피는 그날까지 '설움'을 느끼고 있었다. 따라서 **'설움'이 '나의 봄'을 경험하지 못하게 하는 방해 요인이 아니라, '나의 봄'이 지나감으로써 화자가 '설움'을 느끼는 거였다.** 답은 ①번이다.

> ② (가)의 '내 한 해는 다 가고 말아'는 ㉠의 경험이 화자의 삶에서 차지하
> 는 비중이 큼을 나타낸다.

➡ 맞는 말이다. 화자는 '나의 봄'에서 경험했던 '모란'의 모습이 너무 좋았다. 그래서 '모란'이 지는 날은 서럽고, 마치 '내 한 해가 다 가고 마는' 것처럼 느껴졌던 것이다. 이는 ㉠의 경험이 그만큼 화자의 삶에 큰 영향을 미치고 있다는 걸 뜻한다.

> ③ (가)의 '찬란한 슬픔'은 ㉠에서 경험할 수 있는 강렬한 정서를 나타낸다.

➡ 맞는 말이다. (가)의 '찬란한 슬픔'은 화자가 모란이 피고 지는 봄에 경험했던 감정이다. 아름답게 피는 모란을 보고 '찬란함'을 느끼고, 동시에 지는 모란을 보면서 '슬픔'을 느꼈었다. 이렇게 서로 대비되는 감정을 표현한 '찬란한 슬픔'이라는 단어는 '역설적인' 단어다. '역설적 표현'은 보는 사람으로 하여금 '무슨 말이지? 말이 안 되는데?'라고 생각하게 하면서 해당 단어에 주목시키는 효과가 있다. 이렇듯 역설적 표현은 사람들을 주목시키는 효과가 있기 때문에, 시인들은 자기가 하고 싶은 말을 강조할 때 역설적 표현을 쓰곤 한다. 즉, '역설'은 시인이 자기가 전달하고자 하는 감정을 '강렬하게' 전달하는 방법 중 하나라는 것이다. 따라서 역설적 표현이 쓰인 '찬란한 슬픔'이라는 단어는, ㉠에서 경험할 수 있는 강렬한 정서를 나타낸다고 할 수 있다.

> ④ (나)의 '어느 겨울날 이른 아침'은 ㉡을 경험할 수 있는 특정 시간을 나
> 타낸다.

➡ 맞는 말이다. (나)의 화자는 북한산의 '그 높이' 즉, '고고한 높이'를 회복하기 위해서는 '어느 겨울날 이른 아침'까지 기다려야 한다고 말한다. 따라서 (나)의 '어느 겨울날 이른 아침'은 '고고한 높이'를 경험할 수 있는 특정 시간을 나타낸다고 할 수 있다.

> ⑤ (나)의 '가볍게 눈을 쓰는'은 ㉡을 경험하기 위한 대상의 요건을 나타낸
> 다.

➡ 맞는 말이다. (나)의 북한산이 '고고한 높이'를 회복하려면 여러 조건이 필요했었다.

겨울날이어야 하고, 눈은 장밋빛 햇살이 와 닿기만 해도 변질될 정도로 얇게 쌓여 있어야 한다. 또 '백운대와 인수봉만이 가볍게 눈을 쓰'고 있는 정도로 눈이 내려야 북한산의 고고한 높이를 볼 수 있다. 따라서 '가볍게 눈을 쓰는'은 ⓛ을 경험하기 위한 대상의 요건을 나타낸다고 할 수 있다.

☑ 답 : ①

Chapter 1
노베이스를 위한 문학 공부법

Chapter 2
문학 만점을 위한 기초 체력 키우기

Chapter 3
기출 적용편

현대시

고전시가

현대소설

고전소설

# 2014학년도 6월(B형)
## 「팔원(八院)-서행시초(西行詩抄) 3」,「동승」

**(가)** 차디찬 아침인데
묘향산행 승합자동차는 텅 하니 비어서
㉠ 나이 어린 계집아이 하나가 오른다
옛말속같이 진진초록 새 저고리를 입고
㉡ 손잔등이 밭고랑처럼 몹시도 터졌다
계집아이는 자성(慈城)으로 간다고 하는데
㉢ 자성은 예서 삼백오십 리 묘향산 백오십 리
묘향산 어디메서 삼촌이 산다고 한다
㉣ 새하얗게 얼은 자동차 유리창 밖에
내지인 주재소장 같은 어른과 어린아이 둘이 내임*을 낸다
계집아이는 운다 느끼며 운다
㉤ 텅 비인 차 안 한구석에서 어느 한 사람도 눈을 씻는다
계집아이는 몇 해고 내지인 주재소장 집에서
밥을 짓고 걸레를 치고 아이보개를 하면서
이렇게 추운 아침에도 손이 꽁꽁 얼어서
찬물에 걸레를 쳤을 것이다

- 백석, 「팔원(八院)-서행시초(西行詩抄) 3」 -

\* 내임 : 냄. '배웅'의 평안 방언.

**(나)** 국철 타고 앉아 가다가
문득 알아들을 수 없는 말이 들려 살피니
아시안 젊은 남녀가 건너편에 앉아 있었다
늦은 봄날 더운 공휴일 오후
나는 잔무하러 사무실에 나가는 길이었다
저이들이 무엇 하려고

Chapter 1
노베이스를 위한 문학 공부법

Chapter 2
문학 만점을 위한 기초 체력 키우기

Chapter 3
기출 적용편

현대시

고전시가

현대소설

고전소설

국철을 탔는지 궁금해서 쳐다보면
서로 마주 보며 떠들다가 웃다가 귓속말할 뿐
나를 쳐다보지 않았다
모자 장사가 모자를 팔러 오자
천 원 주고 사서 번갈아 머리에 써 보고
만년필 장사가 만년필을 팔러 오자
천 원 주고 사서 번갈아 손바닥에 써 보는 저이들
문득 나는 천박한 호기심이 발동했다는 생각이 들어서
황급하게 차창 밖으로 고개 돌렸다
국철은 강가를 달리고 너울거리는 수면 위에는
깃털 색깔이 다른 새 여러 마리가 물결을 타고 있었다
나는 아시안 젊은 남녀와 천연하게
동승하지 못하고 있어 낯짝 부끄러웠다
국철은 회사와 공장이 많은 노선을 남겨 두고 있었다
저이들도 일자리로 돌아가는 중이지 않을까

- 하종오, 「동승」 -

1. (가), (나)의 공통점으로 적절한 것은?

① 대상에 대한 관찰을 통해 시상을 전개하고 있다.
② 인간과 자연을 대비하여 주제 의식을 부각하고 있다.
③ 일상적 삶에 대한 반성을 역설적으로 드러내고 있다.
④ 계절적 배경을 통해 애상적 분위기를 환기하고 있다.
⑤ 부정적 현실을 포용하려는 여유로운 태도를 보여 주고 있다.

2. ㉠~㉣에 대한 이해로 적절하지 **않은** 것은?

① ㉠에서 '어린', '하나'는 화자가 계집아이에게 주목하게 된 계기를 나타낸다.
② ㉡에서 '밭고랑'에 비유된 '손잔등'은 계집아이의 고달픈 삶을 드러낸다.
③ ㉢에서 '삼백오십 리', '백오십 리'는 계집아이의 여정이 고단할 것임을 나타낸다.
④ ㉣에서 '유리창 밖'은 안과 대비되어 육친과 이별하는 계집아이의 슬픔을 강조한다.

⑤ ⓜ에서 '눈을 씻는다'는 계집아이에 대한 연민의 정서를 드러낸다.

3. 〈보기〉를 참고할 때, (나)에 대한 감상으로 적절하지 <u>않은</u> 것은?

〈보 기〉

　현대 사회의 인간관계에서 시선은 여러 가지 의미를 지닌다. 시선은 관심을 표하는 것이기도 하지만, 가치 평가의 의미를 띨 경우 상대방에게 부담감을 줄 수도 있다. 그런 의미에서 시선을 보내지 않는 것은 긍정적인 무관심으로 이해된다. 조화로운 공동체를 만들기 위해서는 때로 가치 평가적 시선을 거두는 지혜가 필요하다.

① '국철'은 서로 다른 성격의 시선들이 드러나는 공간이겠군.
② '나'의 쳐다보는 행위는 '아시안 젊은 남녀'에게 부담감을 줄 수 있겠군.
③ '저이들'은 '서로'에게 긍정적인 무관심을 가지고 있겠군.
④ '나'가 황급히 '고개 돌렸'던 것은 가치 평가적 시선을 거두는 행위겠군.
⑤ '동승'은 조화로운 공동체를 만들자는 뜻이 담긴 것이겠군.

● '팔원(八院)-서행시초(西行詩抄) 3', '동승' 지문해설 ●

**(가)**

차디찬 아침인데
묘향산행 승합자동차는 텅 하니 비어서
㉠ 나이 어린 계집아이 하나가 오른다

⇒ 화자는 추운 아침에 '묘향산으로 가는 승합자동차'를 타고 있는 거 같다. '승합자동차'는 많은 사람들을 태울 수 있는 대형 자동차를 말한다. '버스'랑 비슷한 이미지를 떠올렸으면 상관없다. 내가 할 수 있는 만큼 최대한 '이미지화'해주자.

그렇게 화자가 승합차에 타고 있는데, 승합차가 텅 비어 있다. '추운 아침'이니까 사람들이 많이 안 탔나 보다. 그런데 어떤 어린 여자 아이가 승합차로 올라탄다. 어디를 가려고 하는 걸까? 뒤를 좀 더 읽으면서 이해해 보자.

> 옛말속같이 진진초록 새 저고리를 입고
> ⓛ 손잔등이 밭고랑처럼 몹시도 터졌다

➡ 화자는 승합차에 올라탄 계집아이에게 관심을 가지고, 계집아이를 관찰하고 있다. 계집아이는 무슨 중요한 날이라도 되는 듯, '진진초록' 색의 '새' 저고리를 입고 있다. 그런데 손을 보니까 손잔등이 무슨 울퉁불퉁한 밭고랑처럼 몹시도 터졌다. '깔끔한 옷'과 대비되는 '거친 손'은 화자의 시선을 끌었을 것이다. 여기서 '손이 텄다'는 건, 손에 수분이 없어서 껍질이 벗겨지고, 거칠어지는 걸 말한다. 또 '손잔등'은 '손등'과 같은 말이다.

지금 '어린' 계집아이임에도 불구하고, 손이 '몹시도 터져' 있는 걸 보니, 뭔가 사연이 있는 거 같다. '이미지화'하면서 계속 읽어 가자.

> 계집아이는 자성(慈城)으로 간다고 하는데
> ⓒ 자성은 예서 삼백오십 리 묘향산 백오십 리
> 묘향산 어디메서 삼촌이 산다고 한다

➡ 계집아이가 승합차에 탄 이유가 나온다. 계집아이는 '자성'이라는 곳을 가기 위해서 승합차를 탔다. '자성'이라는 곳은 예서(여기서) 삼백오십 리 떨어져 있는 곳이고, 묘향산에서는 백오십 리가 떨어져 있는 곳이다. 계집아이는 왜 그렇게나 먼 곳으로 가는 걸까? '묘향산 어디메서 삼촌이 산다고 한다'라는 구절을 보면, 아마 삼촌을 만나러 가는 거 같다.

그런데 여기서 눈길이 갔어야 하는 단어는 '어디메서'라는 단어다. 어린아이가 자기 혼자서 그렇게나 먼 길을 떠나는데, 정확한 목적지를 모른다. 그저 묘향산 '어딘가에' 삼촌이 사는 곳으로 갈 뿐이라고 말한다. 뭔가 이상하다. 한 단어 한 단어 감상을 제대로 했던 학생이라면, 지금 계집아이가 삼촌에게 가는 상황이 '긍정적인 상황은 아닐 거'라는 걸 느꼈을 것이다.

Chapter 1 노베이스를 위한 문학 공부법
Chapter 2 문학 만점을 위한 기초 체력 키우기
Chapter 3 기출 적용편
현대시
고전시가
현대소설
고전소설

ㄹ 새하얗게 얼은 자동차 유리창 밖에
내지인 주재소장 같은 어른과 어린아이 둘이 내임*을 낸다

* 내임 : 냄. '배웅'의 평안 방언.

⇒ '새하얗게 얼은'이라는 표현을 통해서 지금 날씨가 매우 추운 겨울이라는 걸 알 수 있다. 화자의 시선은 얼어 있는 승합차 유리창 밖에서 계집아이를 배웅하는 사람들로 향한다. '내지인 주재소장' 같은 어른과 어린아이 한 명이 나와서, 둘이 계집아이를 배웅하고 있다.

**여기서 '내지인'이라는 건 '일본인'을 뜻한다.** 일제 강점기 시절, 일본은 자기 나라를 안에 있는 땅이라고 해서 '내지'라 부르고 한국을 '외지'라고 불렀었다. 그래서 한국 사람들이 일본 사람들을 가리킬 때, '내지인'이라고 불렀던 것이다. '내지인'은 문학에 정말 자주 나오는 단어이므로 꼭 알아놓자. '내지인'이라는 단어의 뜻을 알고 있었던 학생이라면, 이 시의 배경이 '일제 강점기'라는 걸 알 수 있었을 것이다. 추가로 '주재소장'은 '주재소'라는 곳을 관리하는 총지휘자를 뜻한다. '주재소'는 경찰이 가족과 함께 사는 곳이다.

계집아이는 운다 느끼며 운다

⇒ 배웅하는 사람들을 보며 계집아이는 운다고 한다. 흐느끼며 우는 중이다. **이 상황을 봤을 때 계집아이가 삼촌에게 가는 걸 좋아하지 않는 상황이라는 걸 알아챘어야 했다.** 내지인 주재소장 같은 어른과 어린아이와 헤어지기 싫은 것이다. 어린 계집아이가 '혼자' 삼백오십 리가 넘는 먼 길을 가야 한다고 생각해 봐라. 그것도 목적지도 정확히 모른 채로. 당연히 무섭고, 가기 싫고, 슬플 것이다. 이때 '삼백오십 리'는 '1리'가 '0.4km'이므로 '140km' 정도다.

아마 주관으로 시를 해석했던 학생들은 '자신의 친척인, **삼촌**한테 가는 거니까 좋은 거 아닌가?'라고 단순하게 생각했을 것이다. 감상을 할 때는 반드시, 시에서 네가 한 감상의 근거를 찾을 수 있어야 한다.

ㅁ 텅 비인 차 안 한구석에서 어느 한 사람도 눈을 씻는다

Chapter 1
노벨상을 위한 문학 공부법

Chapter 2
문학 만점을 위한 기초 체력 키우기

Chapter 3
기출 적용편

현대시

고전시가

현대소설

고전소설

⇒ 계집아이가 흐느끼며 우는 것을 보니, '차 한구석에 있었던 어떤 사람'도 슬펐나 보다. '눈을 씻는다'라는 건 '눈물을 닦는다'는 뜻이다. '이미지화'하고 '내면세계 공감'하면서 읽었다면 이 정도는 쉽게 이해했을 것이다. 어린 계집아이가 혼자 울면서 먼 길을 간다는 게 안쓰러워서 눈물을 흘렸던 것이다.

> 계집아이는 몇 해고 내지인 주재소장 집에서
> 밥을 짓고 걸레를 치고 아이보개를 하면서
> 이렇게 추운 아침에도 손이 꽁꽁 얼어서
> 찬물에 걸레를 쳤을 것이다

⇒ 화자는 계집아이의 삶을 추측한다. 그런데 화자가 회상하는 계집아이의 모습이 힘들고 고되어 보인다. 화자는 어린 계집아이가 일본인 주재소장 집에서 지내는 대가로 밥도 짓고, 아이도 보고, 찬물에 걸레도 치면서 지냈을 거라 생각한다. **어린아이가 삼촌에게로 가는 걸 그리 반기지 않는 거 같긴 한데, 그렇다고 내지인 주재소장 집에서 마냥 편하고 행복하게만 지냈을 거 같진 않다고 생각하는 것이다.**

- 백석, 「팔원(八院)-서행시초(西行詩抄) 3」 -

(나)

> 국철 타고 앉아 가다가
> 문득 알아들을 수 없는 말이 들려 살피니
> 아시안 젊은 남녀가 건너편에 앉아 있었다

⇒ 시 제목인 '동승'을 봤을 때, 화자는 지금 누군가와 함께 어디론가 가는 상황인 거 같다. 첫 구절을 읽어보니, 화자가 지금 '국철'을 타고 '아시안 젊은 남녀'와 어디론가 가나 보다.

화자는 지금 국철에 같이 탄 '아시안 젊은 남녀'를 바라보고 있다. 그런데, '문득 알아들을 수 없는 말이 들려'라는 구절을 봤을 때, 함께 탄 '아시안 젊은 남녀'는 한국인이 아닌 거 같다.

> 늦은 봄날 더운 공휴일 오후
> 나는 잔무하러 사무실에 나가는 길이었다

⇒ 화자가 왜 국철을 탔는지 말해주고 있다. 화자는 남은 업무를 처리하러 쉬는 날에도 사무실에 나가고 있는 상황이다. 이때 '나는'이라는 말에서 '는'이라는 보조사를 주목해서 보자. 화자는 지금 '는'이라는 보조사를 통해서, **아시안 젊은 남녀가 기차를 탄 목적과 자신이 기차를 탄 목적이 다를 거라는 걸 드러낸다.** '나는 잔무를 하러 나가고 있는데, 쟤네는 뭐 하러 가는 거지?'라고 생각하는 것이다.

**그런데 사실 이러한 생각은 '차별'의 일종이라 볼 수 있다.** 생김새가 다르다는 것만으로 기차를 탄 목적이 자신과 다를 거라고 생각하는 것이기 때문이다. 과연 같은 한국인이 건너편에 앉아 있더라도 화자가 그런 생각을 했을까? 화자는 자신과 생김새가 다르다는 이유로 자신과 다른 사람들일 거라고 선입견을 가졌던 것이다. 그래서 마지막 구절을 보면, 화자는 '저이들도 일자리로 돌아가는 중이지 않을까'라고 말한다. 이는 화자가 자신의 차별적 시선을 **반성**하고, 마지막 구절에서 저 사람들도 <u>나와 같은 목적으로 기차를 탄 사람들 중 한 명</u>일 거라고 **생각을 바꾸는 것**이다. 이는 처음에 '저 사람들은 나와 다를 거야'라고 생각했던 화자의 차별적인 생각이 바뀌어 가는 것을 나타낸다.

> 저이들이 무엇 하려고
> 국철을 탔는지 궁금해서 쳐다보면
> 서로 마주 보며 떠들다가 웃다가 귓속말할 뿐
> 나를 쳐다보지 않았다

⇒ 화자는 자신이 못 알아듣는 말을 하는 '아시안 젊은 남녀'가 신기하다. 마치 우리가 길 가다가 외국인을 보면 신기해서 쳐다보는 것과 같은 상황이다. 화자는 도대체 저 외국인들이 무엇을 하려고 이 국철을 타고 있는 건지 궁금하다. 그래서 그들을 쳐다본다. 하지만 그들은 화자에게 관심이 없다. 자기들끼리 웃고 떠들 뿐이다.

Chapter 1
노베이스를 위한 문학 공부법

Chapter 2
문학 만점을 위한 기초 체력 키우기

Chapter 3
기출 적용편

현대시

고전시가

현대소설

고전소설

> 모자 장사가 모자를 팔러 오자
> 천 원 주고 사서 번갈아 머리에 써 보고
> 만년필 장사가 만년필을 팔러 오자
> 천 원 주고 사서 번갈아 손바닥에 써 보는 저이들

⇒ 화자는 계속 '저이들'을 관찰한다. 저이들이 모자를 번갈아 머리에 써 볼 때도, 만년필을 번갈아 손바닥에 써 볼 때도 계속 관찰하고 있다. 마치 우리가 태어나서 처음 외국인을 봤을 때 뭔가 신기해서 계속 쳐다봤던 것처럼, 화자도 호기심을 가지고 저이들을 계속 바라보고 있는 것이다.

> 문득 나는 천박한 호기심이 발동했다는 생각이 들어서
> 황급하게 차창 밖으로 고개 돌렸다

⇒ 공감할 수 있다. 화자는 지금 '저이들'을 평범한 사람들처럼 대하지 않고 있다. '모자'에도 신기해하고, '만년필'에도 신기해하는 '저이들'을 보면서 호기심을 갖는다. 그런데 그 호기심은 화자 자신이 생각했을 때 '천박한' 것이다. 이는 화자가 지금 자신의 부정적인 모습을 '천박한 호기심'이라고 인정하고 있기 때문에 **반성**하고 있다고 할 수 있다.

　누군가 한 번쯤은 개발도상국에 사는, 피부가 거뭇거뭇한 사람들을 보고 신기해하거나 불쌍하다고 생각했던 적이 있을 것이다. 화자는 지금 '저이들'을 그런 식으로 신기해하고 있는 자신의 호기심을 '천박하다'고 인식한다. 그리고 화자는 그런 자신의 모습이 잘못되었다는 걸 알기에, 당황하면서 차창 밖으로 고개를 돌린다. 자신이 그들에게 품었던 '호기심'은 정말 그들이라는 존재에 대해 알고 싶은 순수한 호기심이 아니라, 마치 동물원에 있는 동물들을 보고 흥미로워하는 듯한 천박한 '호기심'에 가까웠기 때문이다.

> 국철은 강가를 달리고 너울거리는 수면 위에는
> 깃털 색깔이 다른 새 여러 마리가 물결을 타고 있었다

⇒ 화자는 시선을 창밖으로 돌린다. 국철이 강가를 지나가고 있다. 화자의 시선은 너울거리는 수면 위로 향한다. 수면 위에는 '깃털 색깔이 다른' 새 여러 마리가 함께 날아가고 있다. '이미지화'하자. 여기서 '깃털 색깔이 다른'이라는 말에 주목해 보면, 깃털 색이 다

른데도 함께 어울리고 있는 새들과 달리, '아시아 젊은 남녀'들과 함께 어울리지 못하고 있는 화자의 모습이 **대비**된다는 걸 알 수 있다. 화자는 자신과 생김새가 다른 '아시아 젊은 남녀'들을 자신과 같은 평범한 사람으로 보는 게 아니라, '신기한 대상'으로 보고 있기 때문이다.

> 나는 아시안 젊은 남녀와 천연하게
> 동승하지 못하고 있어 낯짝 부끄러웠다

⇒ **새들조차도** 서로를 차별하지 않고 '같이' 물결을 타고 있는데, 화자는 자신과 생김새가 다른 사람을 보고 차별하고 있었다. **화자의 반성하는 마음이 더 커진다.** 그래서 화자는 낯짝이 부끄러워진다. '천박한 호기심'이 들었다고 말한 구절에서부터 시작된 '반성'이 더 **심화**되고 있는 것이다.

> 국철은 회사와 공장이 많은 노선을 남겨 두고 있었다
> 저이들도 일자리로 돌아가는 중이지 않을까

⇒ 마지막 구절을 보면 화자가 자신의 차별적인 시선을 반성하고, '저이들'에 대한 생각을 바꾸었다는 걸 알 수 있다. 아까는 '저이들'을 보고, '나는 사무실에 일하러 가는데 쟤네는 뭐 하러 가는 거지?'라고 생각했었다. **이런 시선에는 '저 사람들은 나와 다를 것'이라는 차별적 생각이 전제로 깔려있다.**

여기서 어떤 학생은, "아니, 진짜 저 사람들은 뭐 하러 가는지 궁금한, 단순 호기심이었을 수도 있잖아요."라고 말할 수 있다. 하지만 화자가 자신과 비슷한 나이에, 비슷한 생김새를 하고 있는 한국 사람을 보고도 '저 사람 뭐 하러 가는 거지?'라고 생각했을까? 화자는 아마 아무 생각이 없었거나, 자신과 비슷한 생김새를 하고 있기 때문에, '저 사람도 일하러 가나 보네'하고 생각했을 것이다. 따라서 '저이들'을 보고 '뭐 하러 가는 거지?'라고 생각한 것에는, **'저 사람들과 나는 다르다'**는 생각이 전제되어 있다고 봐야 하는 것이다.

화자는 자신의 그런 생각과 시선이 '차별'이라는 것을 깨닫고, 마지막 구절에서 '저이들'에 대한 생각을 바꾼다. '저이들도 나와 같이 일자리로 돌아가는 중이지 않을까'라고. 생김새만 보고 '저 사람들은 나와 다른 처지일 거야'라고 생각했던 자신의 차별적 시선을

거두는 것이다.

– 하종오, 「동승」 –

문제 해설 •

**(가)**

차디찬 아침인데
묘향산행 승합자동차는 텅 하니 비어서
㉠나이 어린 계집아이 하나가 오른다
옛말속같이 진진초록 새 저고리를 입고
㉡손잔등이 밭고랑처럼 몹시도 터졌다
계집아이는 자성(慈城)으로 간다고 하는데
㉢자성은 예서 삼백오십 리 묘향산 백오십 리
묘향산 어디메서 삼촌이 산다고 한다
㉣새하얗게 얼은 자동차 유리창 밖에
내지인 주재소장 같은 어른과 어린아이 둘이 내
임*을 낸다
계집아이는 운다 느끼며 운다
㉤텅 비인 차 안 한구석에서 어느 한 사람도
눈을 씻는다
계집아이는 몇 해고 내지인 주재소장 집에서
밥을 짓고 걸레를 치고 아이보개를 하면서
이렇게 추운 아침에도 손이 꽁꽁 얼어서
찬물에 걸레를 쳤을 것이다

– 백석, 「팔원(八院)-서행시초(西行詩抄) 3」 –

* 내임 : 냄. '배웅'의 평안 방언.

## 1. (가), (나)의 공통점으로 적절한 것은?

① 대상에 대한 관찰을 통해 시상을 전개
하고 있다.

➡ (가)의 화자는 승합차에 오르는 '어린 계집
아이'에 대한 '관찰'을 통해 계집아이의 모습을
묘사하고 있었다. '진진초록 새 저고리를 입고,
손잔등이 밭고랑처럼 몹시도 터졌다'와 같이 계
집아이의 외양을 묘사하고, 계집아이의 목적지,
계집아이를 배웅하고 있는 사람에 대한 서술을
하며 시상을 전개하고 있다.

(나)의 화자도 (가)와 마찬가지로 '아시안 젊
은 남녀'라는 대상에 대한 관찰을 통해서 시상
을 전개하고 있었다. 자신과 다른 '아시안 젊은
남녀'의 모습을 묘사하고, 그들에 대한 자신의
차별적 시선을 반성하고 있었다.

② 인간과 자연을 대비하여 주제 의식을
부각하고 있다.

➡ (가)에서는 '자연'이라고 볼만한 것이 없다.
반면 (나)에서는 '깃털 색깔이 다른 새 여러 마

Chapter 1
노베이스를 위한 문학 공부법

Chapter 2
문학 만점을 위한 기초 체력 키우기

Chapter 3
기출 적용편

현대시

고전시가

현대소설

고전소설

(나)

국철 타고 앉아 가다가
문득 알아들을 수 없는 말이 들려 살피니
아시안 젊은 남녀가 건너편에 앉아 있었다
늦은 봄날 더운 공휴일 오후
나는 잔무 하러 사무실에 나가는 길이었다
저이들이 무엇 하려고
국철을 탔는지 궁금해서 쳐다보면
서로 마주 보며 떠들다가 웃다가 귓속말할 뿐
나를 쳐다보지 않았다
모자 장사가 모자를 팔러 오자
천 원 주고 사서 번갈아 머리에 써 보고
만년필 장사가 만년필을 팔러 오자
천 원 주고 사서 번갈아 손바닥에 써 보는 저
이들
문득 나는 천박한 호기심이 발동했다는 생각이
들어서
황급하게 차창 밖으로 고개 돌렸다
국철은 강가를 달리고 너울거리는 수면 위에는
깃털 색깔이 다른 새 여러 마리가 물결을 타고
있었다
나는 아시안 젊은 남녀와 천연하게
동승하지 못하고 있어 낯짝 부끄러웠다
국철은 회사와 공장이 많은 노선을 남겨 두고
있었다
저이들도 일자리로 돌아가는 중이지 않을까

- 하종오, 「동승」 -

리'라는 '자연'이 나타난다. **'자연'이라는 것은 '원래 있는 것'으로, 인간이 만들지 않은 모든 것들이 '자연'에 해당한다.** 정말 자주 나오는 단어이니 꼭 뜻을 기억해 놓자. 화자는 차별적인 시선으로 동승한 '저이들'을 바라보고 있는 자신의 모습과 새의 모습을 대비하여 주제 의식을 부각하고 있다. **'주제 의식'은 '내면세계'와 같은 말로,** 화자는 인간과 자연의 대비를 통해 '차별적인 시선을 거두고 모두를 평등하게 바라보자'라는 자신의 내면세계를 드러내고 있는 것이다.

> ③ 일상적 삶에 대한 반성을 역설적으로 드러내고 있다.

⇒ (가)에는 일상적 삶에 대한 반성은 없었다. 반면 (나)에는 '일상적 삶에 대한 반성'이 있다. 화자는 지금 휴일에 잔업을 처리하러 사무실에 나가는 도중, **자신이 일상적으로 그랬던 것처럼 자신과 다른 모습을 하고 있는 이들을 차별적 시선으로 바라본다.** 이때 화자가 차별적 시선으로 외국인을 바라본 것은 자신도 모르게 '무심코' 그랬던 것이므로 화자의 '일상적' 행동이라 할 수 있다. 평소에도 차별적으로 보는 것이 습관화 되어 있었기에, 외국인 커플을 보고도 '무심코' 차별적 시선을 보냈던 것이다. 화자는 시 후반부에서 자신이 그렇게 '일상적으로', '무심코'하는 행동이 잘못되었다는 걸 깨닫는다. 그리고 '천박한 호기심', '낯짝 부끄러웠다'라는 구절을 통해 '반성'하는 모습을 드러낸다. 하지만 이렇게 자신이 반성하는 모습을 '역설적'으로 드러내고 있는 것은 아니다.

Chapter 1
노베이스를 위한 문학 공부법

Chapter 2
문학 만점을 위한 기초 체력 키우기

Chapter 3
기출 적용편

현대시

고전시가

현대소설

고전소설

④ 계절적 배경을 통해 애상적 분위기를 환기하고 있다.

⇒ (가)의 '새하얗게 얼은 자동차 유리창', '차디찬 아침'이라는 구절을 통해서 (가) 시의 계절적 배경이 겨울이라는 것을 드러내고 있다. 이런 계절적 배경은, 어린 계집아이가 몹시 추운 날에 삼촌을 찾으러 '삼백오십 리'가 넘는 길을 떠난다는 것, 계집아이의 손잔등이 '밭고랑처럼 몹시도 터졌다'는 것과 대응되어 애상적 분위기를 환기한다. '애상적'이라는 것은 '슬퍼하다'와 같은 의미이다. 따라서 겨울이라는 배경과 그 배경 속에서, 힘든 일을 겪는 계집아이의 모습이 대응되어 '애상적' 분위기를 환기한다고 할 수 있는 것이다.

(나)도 '늦은 봄날'이라는 구절을 통해서 '계절적 배경'을 제시하고 있다는 걸 알 수 있다. 하지만, 이를 통해 '애상적 분위기'를 환기하고 있는 것은 아니다.

⑤ 부정적 현실을 포용하려는 여유로운 태도를 보여 주고 있다.

⇒ (가), (나) 모두 부정적 현실을 포용하려는 여유로운 태도는 없었다. **'태도'는 '내면 세계'로 판단하면 된다고 했었다.** (가), (나) 모두 '여유로움'의 내면세계는 드러나지 않았다. 그리고 '부정적 현실'이 있었는지 보면, (가)는 부정적 현실이 있지만 (나)는 없다. (가)에는 계집아이가 처한 부정적 현실이 드러나고 있지만, (나)에는 '부정적 현실'이라고 할만한 것이 없다. 그저 화자가 자신의 '선입견', '차별적 시선'을 반성하고 있었을 뿐이다.

● 답 : ①

## 2. ㉠~㉤에 대한 이해로 적절하지 <u>않은</u> 것은?

※ 이 문제는 (가) 시만 읽고도 바로 풀 수 있는 문제. 이런 문제 같은 경우에, (가)를 읽은 직후 바로 문제로 와서 풀어주는 것이 좋다. (나)까지 읽고 풀면 아무래도 (가) 시에 대한 기억이 희미해지기 때문에, (가) 시를 읽은 직후에 푸는 것이 가장 정확도 높게 푸는 방법이다.

㉠ 나이 어린 계집아이 하나가 오른다
㉡ 손잔등이 밭고랑처럼 몹시도 터졌다

ⓒ 자성은 예서 삼백오십 리 묘향산 백오십 리
ⓔ 새하얗게 얼은 자동차 유리창 밖에
ⓜ 텅 비인 차 안 한구석에서 어느 한 사람도 눈을 씻는다

> ① ㉠에서 '어린', '하나'는 화자가 계집아이에게 주목하게 된 계기를 나타
> 낸다.

⇒ 맞는 말이다. 보통 '어린' 아이면 부모님이랑 같이 가거나, 부모님이 아니더라도 다른 어른이랑 같이 차를 타기 마련이다. 그런데 이른 아침에, 어른도 아닌 '어린' 계집아이가 자기 '혼자' 승합차에 오르니, '저 아이는 혼자서 어딜 가는 거지?'하고 관심이 갔던 것이다. 화자의 내면세계에 공감하면서 읽었다면 쉽게 이해했을 것이다. 또 계집아이를 그냥 '계집아이'라고 묘사하지 않고 '어린 계집아이 하나'라고 묘사한 데서, **계집아이에 주목하는 화자의 시선을 보여주려 했다**는 것도 알 수 있다.

> ② ㉡에서 '밭고랑'에 비유된 '손잔등'은 계집아이의 고달픈 삶을 드러낸
> 다.

⇒ 맞는 말이다. 찬물에 걸레를 치고, 내지인 주재소장처럼 보이는 어른 집에서 쉴 틈없이 일을 했기에, 어린 아이 손잔등이 '밭고랑'처럼 울퉁불퉁하게 변한 것이다. 어린 아이의 손등이 울퉁불퉁하고 거칠기는 쉽지 않다. 따라서 나이에 맞지 않는 손등의 모습을 통해, 갖은 고생을 하면서 살아온 계집아이의 고달픈 삶이 드러난다고 할 수 있는 것이다.

> ③ ㉢에서 '삼백오십 리', '백오십 리'는 계집아이의 여정이 고단할 것임을
> 나타낸다.

⇒ 계집아이가 목적지로 하는 곳이, 여기서 '삼백오십 리' 떨어져 있고, 묘향산에서는 '백오십 리' 떨어져 있다는 것은, 목적지가 여기서 '매우 먼 곳'이라는 것을 의미한다. 따라서, '삼백오십 리', '백오십 리'라는 구절은, 먼 길을 떠나는 계집아이의 여정이 고단할 것임을 나타낸다고 할 수 있다.

④ ㉣에서 '유리창 밖'은 안과 대비되어 육친과 이별하는 계집아이의 슬픔을 강조한다.

⇒ 이 선택지를 고르지 못했다면 아마 '육친'이라는 단어의 뜻을 몰랐거나 '내지인 주재소장'이 어떤 의미인지 몰랐을 가능성이 크다. '육친'이라는 것은, 부모, 형제, 사촌 등 자신과 가장 가까운 여섯 친족을 의미한다. 화자는 지금 계집아이를 배웅해 주는 사람을 보고, '내지인 주재소장' 같다고 **추측**하고 있다. 즉, 계집아이가 정확히 어떤 관계에 있는 어른과 이별하는지는 정확히 모르는 상황이다. 따라서 ④번 선택지처럼 '육친과 이별하는 계집아이'라고 단정 지어서 말할 수 없다. 오히려 지금 계집아이는 '내지인 주재소장' 같은 사람에게서 육친인 '삼촌'에게 가는 것이므로 '육친을 만나러 간다'고 하는 것이 더 적절하다.

그리고 이 문제에서 학생들이 자주 하는 질문이 있는데, '유리창 밖은 안과 대비되어 계집아이의 슬픔을 강조한다'라고 하면 맞는 말이냐는 것이다. 답을 하자면, 이렇게 말할 경우에 맞는 말이라 할 수 있다. '유리창 밖'과 '유리창 안'은 서로 대비된다. 말 그대로 '안'과 '밖' 때문이기도 하지만, 유리창이 '떠나는 사람'과 '떠나지 않는 사람'을 구분하고 있기 때문이다. '유리창 안'에 있는 계집아이는 떠나고, '유리창 밖'에 있는 내지인 주재소장과 어린아이는 떠나지 않는다. 계집아이가 슬퍼했던 것은 구체적인 주소도 모르는 삼촌을 찾으러 혼자 떠나는 것이 무섭고 서러웠기 때문이다. 그런 상황에서, 떠나는 사람과 떠나지 않는 사람을 대비하는 '유리창 밖'과 '유리창 안'이라는 상황은 떠나기 싫은 계집아이의 슬픔을 '강조'한다고 할 수 있다. 또 이미지화를 해보면 쉽게 이해가 된다. 유리창 안에서 슬픈 눈으로 유리창 밖을 보고 있는 계집아이의 모습을 떠올려봐라. '유리창'을 기준으로 구분되는 상황에서, 계집아이가 느끼는 슬픔이 더 강조된다는 것을 쉽게 이해할 수 있을 것이다.

⑤ ㉤에서 '눈을 씻는다'는 계집아이에 대한 연민의 정서를 드러낸다.

⇒ 맞는 말이다. '눈을 씻는다'는 것은 '눈물을 닦는다'는 것을 표현한 말이었다. 어린 계집아이가 혼자 먼 길을 떠나는 상황을 보고 어떤 사람이 눈물을 닦는다. 이는 '어떤 사람'의 모습을 통해, 계집아이에 대한 연민의 정서를 드러내는 것이라 할 수 있다.

Chapter 1 노베이스를 위한 문학 공부법

Chapter 2 문학 만점을 위한 기초 체력 키우기

Chapter 3 기출 적용편

현대시

고전시가

현대소설

고전소설

## 3. <보기>를 참고할 때, (나)에 대한 감상으로 적절하지 <u>않은</u> 것은?

> <보기>
> 현대 사회의 인간관계에서 시선은 여러 가지 의미를 지닌다. 시선은 관심을 표하는 것이기도 하지만, 가치 평가의 의미를 띨 경우 상대방에게 부담감을 줄 수도 있다. 그런 의미에서 시선을 보내지 않는 것은 긍정적인 무관심으로 이해된다. 조화로운 공동체를 만들기 위해서는 때로 가치 평가적 시선을 거두는 지혜가 필요하다.

⇒ 이해할 수 있다. 〈보기〉의 말처럼 '시선'이라는 것은, 누군가에 대한 나의 관심을 표현하기도 하지만 가치 평가의 의미를 띨 수도 있다. 즉, 누군가를 나보다 깔보거나 불쌍하게 여기는 의미의 시선도 있는 것이다. 이 경우, 그러한 시선을 받는 상대방은 '부담감'을 느낄 수 있다. 따라서 '가치평가의 의미'를 띠는 시선은 아예 보내지 않는 것이 상대방에게 도움이 된다. 이를 〈보기〉에서는 '긍정적 무관심'이라고 표현한 것이다. 우리가 함께 사회를 살아가는 다른 사람들과 갈등 없이 잘 지내려면, 서로에게 부담이 되는 '가치 평가적 시선'은 거두는 지혜가 필요할 것이다.

① '국철'은 서로 다른 성격의 시선들이 드러나는 공간이겠군.

⇒ 맞는 말이다. '국철'에는 '아시안 젊은 남녀'가 서로에게 보내는 애정 어린 시선과 화자가 '아시안 젊은 남녀'에게 보내는 가치 평가적인 시선이 드러나는 공간이다. 이 둘은 서로 성격이 다른 시선이라는 점에서 ①번은 맞는 선지다.

② '나'의 쳐다보는 행위는 '아시안 젊은 남녀'에게 부담감을 줄 수 있겠군.

⇒ 맞는 말이다. 그걸 화자 자신도 알기 때문에, '황급하게 차창 밖으로 고개를 돌렸던' 것이다. 화자는 '순수한 관심'으로 그들에게 시선을 보낸 것이 아니라, 그들에게 '가치 평가의 의미를 띠는 시선'을 보냈다. 시에 구체적으로 드러나진 않지만, 화자는 아시안 젊

Chapter 1
노베이스를 위한 문학 공부법

Chapter 2
문학 만점을 위한 기초 체력 키우기

Chapter 3
기출 적용편

현대시

고전시가

현대소설

고전소설

은 남녀를 자신보다 멍청하고, 미성숙한 존재로 보았다. 화자는 자신에게는 하나도 신기하지 않은 모자와 만년필을 보며 낄낄대는 아시안 남녀를 보면서 '왜 저러지… 저게 재밌나…'하고 생각했던 것이다. 〈보기〉에 따르면, 이러한 가치 평가적 시선은 상대방에게 '부담감'을 줄 수 있다.

③ '저이들'은 '서로'에게 긍정적인 무관심을 가지고 있겠군.

⇒ 〈보기〉에서 말하는 '긍정적인 무관심'은 가치 평가의 의미를 띠는 시선을 거두는 것이다. 시를 보면, 화자가 같이 탄 '아시안 젊은 남녀'들에게 향했던 자신의 시선을 거두는 것을 '긍정적인 무관심'이라 할 수 있다. 반면 '아시안 젊은 남녀'들은 서로에게 가치 평가의 의미를 띠는 시선을 보냈던 적이 없으므로, '긍정적인 무관심'을 가지고 있다고 하긴 어렵다. 오히려 이들은 서로에게 '관심'을 갖고, 서로 마주 보며 떠들기도 하고 귓속말을 하기도 했다.

④ '나'가 황급히 '고개 돌렸'던 것은 가치 평가적 시선을 거두는 행위겠군.

⇒ 맞는 말이다. 화자는 자신이 '아시안 젊은 남녀'에게 '가치 평가적 시선'을 보내고 있다는 걸 깨닫고, 황급히 고개를 돌렸던 것이다.

⑤ '동승'은 조화로운 공동체를 만들자는 뜻이 담긴 것이겠군.

⇒ 화자는 시에서, 자신이 '젊은 남녀'와 동승하지 못하고 있었던 것을 반성한다. 마지막 구절에서는 '젊은 남녀'에 대한 가치 평가적 시선을 거두고, 그들을 자신과 똑같은 존재로 생각한다. 이를 토대로 '동승'이라는 제목을 봤을 때, '동승'이라는 말에는 조화로운 공동체를 만들자는 화자의 뜻이 담겨 있다고 볼 수 있다.

● 답 : ③

# 2020학년도 9월
# 「청명」, 「초록 바람의 전언」

(가)  <u>호르 호르르 호르르르 가을 아침</u>
      취어진* 청명을 마시며 거닐면
      ㉠ <u>수풀이 호르르 벌레가 호르르르</u>
      청명은 내 머릿속 가슴속을 젖어 들어
      발끝 손끝으로 새어 나가나니

      온 살결 터럭 끝은 모두 눈이요 입이라
      나는 수풀의 정을 알 수 있고
      벌레의 예지를 알 수 있다
      그리하여 나도 이 아침 청명의
      가장 고웁지 못한 노래꾼이 된다

      수풀과 벌레는 자고 깨인 어린애라
      밤새워 빨고도 이슬은 남았다
      남았거든 나를 주라
      나는 이 청명에도 주리나니
      방에 문을 달고 벽을 향해 숨 쉬지 않았느뇨

      ㉡ <u>햇발이 처음 쏟아오아</u>
      청명은 갑자기 <u>으리으리한 관을 쓴다</u>
      그때에 토록 하고 동백 한 알은 빠지나니
      오! 그 빛남 그 고요함
      간밤에 하늘을 쫓긴 별살의 흐름이 저러했다

      온 소리의 앞 소리요

Chapter 1
노벨이스트를 위한 문학 공부법

Chapter 2
문학 입점을 위한 기초 체력 키우기

Chapter 3
기초 적용편

현대시

고전시가

현대소설

고전소설

온 빛깔의 비롯이라
ⓒ 이 청명에 포근 취어진 내 마음
감각의 낯익은 고향을 찾았노라
평생 못 떠날 내 집을 들었노라

- 김영랑, 「청명」 -

*취어진 : 계절의 정취에 젖어 든.

(나) 뒷동산 청솔잎을 빗질해주던 바람이
무어라 무어라 하는 솔나무의 속삭임을 듣고
ⓔ 푸른 햇살 요동치는 강변으로 달려갔다 하자.
달려가선, 거기 미루나무에게 전하니
알았다 알았다는 듯 나무는 잎새를 흔들어
강물 위에 짤랑짤랑 구슬알을 쏟아냈다 하자.
그 의중 알아챈 바람이 이젠 그 누구보단
앞들 보리밭에서 물결치듯 김을 매다
이마의 구슬땀 씻어올리는 여인에게 전하니,
여인이야 이윽고 아픈 허리를 곧게 펴곤
눈앞 가득 일어서는 마을의 정자나무를 향해
고개를 끄덕끄덕, 무언가 일별을 보냈다 하자.

ⓜ 아무려면 어떤가, 산과 강과 들과 마을이
한 초록으로 짙어가는 오월도 청청한 날에,
소쩍새는 또 바람결에 제 한 목청 다 싣는 날에.

-고재종, 「초록 바람의 전언」 -

1. (가)와 (나)에 대한 설명으로 가장 적절한 것은?

① (가)와 (나)는 가정의 진술을 활용하여 현실과 이상의 거리감을 드러내고 있다.
② (가)와 (나)는 각각 동일한 종결 어미의 반복을 활용하여 리듬감을 형성하고 있다.
③ (가)와 (나)는 화자의 시선이 화자 내면에서 외부 세계로 이동하는 방식으로 시상을
전개하고 있다.

④ (가)는 여정에 따른 공간의 이동을 통해, (나)는 계절의 흐름에 따른 대상의 변화를 통해 풍경을 묘사하고 있다.

⑤ (가)는 종교적 관념에 대한 사색을 바탕으로, (나)는 일상생활에서 깨달은 바를 바탕으로 주제를 구체화하고 있다.

2. ⊙~⑩에 대한 이해로 적절하지 <u>않은</u> 것은?

① ⊙은 청각적 심상을 활용하여 산뜻한 가을 아침에 대한 화자의 인상을 표현하고 있다.

② ⓒ은 청명한 날이 으리으리한 관을 쓴다는 비유를 활용하여 햇빛이 쏟아지는 순간의 아름다운 모습을 표현하고 있다.

③ ⓒ은 청명한 가을날에 느끼는 마음을 고향의 낯익음에 비유하여 지나가는 가을에 대한 아쉬움을 드러내고 있다.

④ ㉣은 역동적인 이미지를 활용하여 바람이 부는 강변의 풍경을 감각적으로 표현하고 있다.

⑤ ⑩은 청청한 날의 정경에 대한 화자의 반응을 제시하여 시적 상황에 대한 정서를 집약적으로 드러내고 있다.

3. 〈보기〉를 참고하여 (가)와 (나)를 감상한 내용으로 적절하지 <u>않은</u> 것은?

〈보기〉

자연은 시인에게 상상력의 주요한 원천이 되어 왔다. 그중 생태학적 상상력은 생태계 구성원 간의 관계에 주목한다. 생태학적 상상력은 모든 생태계 구성원을 평등한 존재로 보는 데에서 출발하여, 서로 교감·소통하며 유대감을 느끼는 관계로, 나아가 영향을 주고받는 순환의 관계로 인식한다. 생태학적 상상력을 통해 시인은 자연의 근원적 가치와 인간과 자연의 조화로운 관계를 드러내며 궁극적으로는 이들을 하나의 생태 공동체로 형상화한다.

① (가)에서 화자가 '온 살결 터럭 끝'을 '눈'과 '입'으로 삼아 자연을 대하는 것은 인간과 자연 간의 교감을, (나)에서 '바람'이 '뒷동산 청솔잎을 빗질'하는 것은 자연과 자연 간의 교감을 드러내는군.

② (가)에서 화자가 '수풀의 정'과 '벌레의 예지'를 '알 수 있다'고 하는 것과 (나)에서 '솔

Chapter 1
노베이스를 위한 문학 공부법

Chapter 2
문학 만점을 위한 기초 체력 키우기

Chapter 3
기출 적용편

현대시

고전시가

현대소설

고전소설

나무'가 '무어라' 하고 '미루나무'가 '알았다'고 하는 것은 구성원들이 서로 소통하는 조화로운 생태계의 모습을 보여 주는군.

③ (가)에서 화자가 '수풀'과 '벌레'의 소리를 듣고 '나도' 청명함의 '노래꾼이 된다'고 하는 것과 (나)에서 '솔나무의 속삭임'을 '바람'이 '미루나무'에게 전하고, 이를 '여인'도 '정자나무'에게 전하는 것은 자연과 인간 간의 유대감을 드러내는군.

④ (가)에서 화자가 '동백 한 알'이 떨어지는 모습에서 '하늘'의 '별살'을 떠올린 것과 (나)에서 화자가 '잎새'의 흔들림에서 반짝이는 '구슬알'을 떠올린 것은 생명의 탄생을 계기로 순환하는 생태계의 질서를 보여 주는군.

⑤ (가)에서 자연을 '온 소리의 앞 소리'와 '온 빛깔의 비롯'이라고 표현한 것은 근원적 존재로서의 자연의 가치를, (나)에서 '오월'에 '산'과 '마을'이 '한 초록으로 짙어' 간다고 표현한 것은 인간과 자연이 하나가 되어 가는 생태 공동체를 형상화하는군.

◆ ● ━━━ **'청명', '초록 바람의 전언' 지문해설** ━━━ ● ◆

**(가)**

호르 호르르 호르르르 가을 아침
취어진* 청명을 마시며 거닐면
㉠ 수풀이 호르르 벌레가 호르르르

*취어진 : 계절의 정취에 젖어 든.

⇒ 이 시는 '이미지 중심의 시'다. '이미지 중심의 시'라는 것은, 말 그대로 **화자가 자신이 보고 있는 것들을 묘사한 내용이 시의 대부분을 이룬다는 뜻**이다. 이런 시를 읽을 때는, 최대한 화자가 보고 있는 것들을 같이 보면서 이미지를 '구체적으로' 떠올려 줘야 한다. 문제에서 '화자가 본 것을 너도 봤냐'고 묻고 있기 때문이다.

첫 번째 구절을 보면 화자가 지금 어떤 상황인지 알 수 있다. 화자는 지금 '가을 아침'에 '취어진 청명'을 마시고 있는 상황이다. '취어진'이라는 건 '계절의 정취에 젖어 든'이라는 뜻이고, '청명'은 정확하게는 모르겠지만, 뭔가 '푸르고 밝은' 느낌의 단어다. 이를 조합해서 생각해 보면, '취어진 청명'을 마신다는 것은, 가을의 향, 분위기를 머금고 있는 시원한 공기를 마시고 있다는 것 정도로 이해할 수 있다. 만약 '청명'이 무엇인지 도저히 감을 못 잡았다면 '마시는' 거라고 했으니까, '공기'나 '숨' 정도로는 생각했어야 한다. 그리고 '호르 호르르 호르르르'는 3번째 행과 연결 지어 봤을 때, 화자가 지금 거니는 거리에서 들리는 '벌레 울음 소리', '바람에 풀잎이 스치는 소리' 등을 말하는 거 같다.

아마 너도 분명 이러한 경험을 해본 적 있을 것이다. 아침 일찍 시골에 있는 할머니 집에서 일어나 거리를 걷거나, 새벽에 집 주변을 걸으면서 상쾌한 공기를 마셔본 적 있을 것이다. 이른 아침이니 사람들 소리도 안 들리고, 수풀에 있는 벌레 우는 소리, 바람 소리만이 들렸던 적이 있을 것이다. 네가 경험했던 순간을 떠올리면서, 최대한 이미지를 떠올려 주자.

> 청명은 내 머릿속 가슴속을 젖어 들어
> 발끝 손끝으로 새어 나가나니

⇒ 화자는 가을 아침 공기를 마시면서, 시원한 '청명'이 자신의 '머릿속'과 '가슴속'까지 젖어 드는 듯한 느낌을 받는다. 아주 깊게 숨을 들이마시니, 입과 코로 들어온 '청명'이 '발끝'과 '손끝'까지 퍼지고, 또 새어나가는 것처럼 느껴진다. 이 구절은 가을 아침을 만끽하고 있는 화자의 모습을 표현한 것이다.

> 온 살결 터럭 끝은 모두 눈이요 입이라

⇒ 이게 무슨 말일까? '살결 터럭'의 끝이 '눈'과 '입'이다? 우선 '살결 터럭'이라는 것은, 살에 있는 '털'들을 말한다. **온몸의 살 끝에 있는 털들이 마치 '눈'과 '입'인 듯, 청명을 느끼고 있다는 뜻이다.** 이는 화자가 청명을 온몸으로 느끼고 있음을 표현하는 구절이다.

> 나는 수풀의 정을 알 수 있고
> 벌레의 *예지를 알 수 있다

*예지 : 지혜로운 마음

⇒ 온 살결 터럭으로 청명을 느끼고 있는 화자는 자신이 '수풀의 정'을 느끼고, '벌레의 예지'를 알게 되는 거 같은 느낌을 받는다. 가을 아침의 아름다움에 너무 심취한 나머지, 마치 풀들의 마음이 느껴지고, 벌레의 마음을 느낄 수 있게 되는 거 같다는 뜻이다. 이 구절을 통해, 자신이 지금 자연과 함께 **'조화'**되고 있다고 생각하는 화자의 인식을 엿볼 수 있다.

> 그리하여 나도 이 아침 청명의
> 가장 고읍지 못한 노래꾼이 된다

⇒ 화자는 자신이 '이 아침 청명의 가장 곱지 못한 **노래꾼**'이 된다고 말한다. 우선 '노래꾼'이라는 표현을 보면, 지금 수풀과 벌레가 청명 속에서 노래하고 있고 거기에 자신도 껴서 거닐고 있으니, 마치 자기도 노래꾼이 된 듯 느껴진 것이다. 그런데 여기서 한 가지 의문이 든다. **왜 화자는 자신이 '가장 곱지 못한' 노래꾼이 된다고 한 걸까?** 수풀과 벌레는 원래 '청명' 속에 있던 존재들이자, '청명'을 구성하는 존재들이다. 하지만 화자는 우연히 가을 아침에 거리를 거닐다가 '청명'을 느끼고 있는 것이므로, 화자는 이곳에 있던 '구성원'들에게 찾아온 '낯선 사람'이다. 또 화자는 지금에서야 청명 속으로 왔기 때문에, 이미 청명 속에 있던 사물들에 비하면 가장 청명하지(푸르고 밝지) 못한 존재다. 따라서 화자는 이러한 인식을 기반으로, 자신을 '가장 곱지 못한 노래꾼'이라 표현한 것이다.

> 수풀과 벌레는 자고 깨인 어린애라
> 밤새워 빨고도 이슬은 남았다
> 남았거든 나를 주라
> 나는 이 청명에도 주리나니
> 방에 문을 달고 벽을 향해 숨 쉬지 않았느뇨

⇒ 화자는 '수풀'과 '벌레'를 '어린애'라고 인식한다. '어린애'들은 먹는 양이 적다. 그래서 화자는, 수풀과 벌레가 밤을 새워서 이슬을 빨고도 이슬이 남았을 거라 생각한다. 그리고 만약 남은 이슬이 있다면 자기에게 달라고 한다. 화자는 밤 동안 방에 문을 달고, 벽을 향해 숨 쉬었기 때문이다. 즉, 자연 속에 있지 않고, 사방이 막혀 있는 문 닫힌 방에서 벽을 보고 잤기 때문에 '청명'에 굶주렸다는 것이다. 그래서 화자는 '나는 이 청명에도 주리나니'라는 구절을 통해, **지금 자신이 청명을 느끼고 있음에도, 이제껏 청명을 느끼지**

Chapter 1
노베이스를 위한 문학 공부법

Chapter 2
문학 단절을 위한 기초 체력 키우기

Chapter 3
기출 적용편

현대시

고전시가

현대소설

고전소설

**못했기 때문에 청명을 더 느끼고 싶은 마음을 드러낸다.** 수풀과 벌레가 빨고 남은 이슬이 있다면, 그 이슬까지 마시면서 청명을 더 깊이 느끼고 싶은 것이다.

> ⓛ 햇발이 처음 쏟아오아
> 청명은 갑자기 으리으리한 관을 쓴다

➡ 지금 화자는 무엇을 보고 있는 걸까? 화자는 지금 '햇살이 쏟아져 내리는 풍경'을 보고 있다. **햇살이 수풀을 비롯한 모든 사물에 쨍하게 비치는 모습을 보고 화자는 '청명이 으리으리한 관'을 쓴다고 표현한 것이다.** 잠깐 눈을 감고 3초만 '이미지화'를 해보자. 해가 떠오르면서 햇발이 '처음' 쏟아질 때, 청명은 그 햇발을 받아 '갑자기' 눈부신 관을 쓴 것 같이 보인다. 화자는 지금 '해가 떠오르는 순간'의 아침 이미지를 묘사하고 있는 것이다.

> 그때에 토록 하고 동백 한 알은 빠지나니
> 오! 그 빛남 그 고요함

➡ 햇볕이 강하게 내리쬐는 순간, 동백 열매 한 알이 '토록'하고 떨어지는 걸 보고, 화자는 '오!' 감탄한다. **청명에 대해 화자가 긍정적으로 느끼고 있었던 감정이, 동백 한 알이 떨어지는 순간과 맞물려서 터지는 것이다.** 마치 우리가 뷔페에서 맛있는 음식들을 구경하며 놀라다가, 제일 비싸고 맛있어 보이는 음식 앞에서 '와, 이것도 있어?'하고 크게 놀라는 것과 똑같다. 화자가 동백 열매가 떨어지는 걸 보고 '오!'라고 말한 순간에, 청명을 보고 느꼈던 감탄의 감정이 응축되었다가 터지는 것이다.

> 간밤에 하늘을 쫓긴 별살의 흐름이 저러했다

➡ 화자는 떨어지는 동백 열매 한 알을 보고, 어젯밤에 봤던 '별살의 흐름' 즉, '별똥별'을 떠올린다. 햇빛으로 인해 하얗게 '반짝이며', '고요하게' 떨어지는 동백 열매 한 알을 보니, 어젯밤 '반짝'거리면서 '조용히' 떨어진 '별똥별'의 이미지가 떠오른 것이다. '이미지화'하면서 두 장면이 비슷하다는 걸 스스로 느껴야 한다.

> 온 소리의 앞 소리요

Chapter 1
노베이스를 위한 문학 공부법

Chapter 2
문학 만점을 위한 기초 체력 기우기

Chapter 3
기출 적용편

현대시

고전시가

현대소설

고전소설

온 빛깔의 비롯이라
ⓒ 이 청명에 포근 취어진 내 마음
감각의 낯익은 고향을 찾았노라

⇒ 화자는 자신이 인식하고 있는 청명을 '온 소리의 앞 소리'이자, '온 빛깔의 비롯'이라 생각한다. 화자가 보고 있는 청명 즉, 자연은, 모든 소리와 빛깔이 탄생하게 된 시초이기 때문이다. 화자는 그런 청명에게 반한 자신의 마음을, '이 청명에 포근 취어진 내 마음'이 라는 구절을 통해 드러내고 있다.

또 지금 화자는 자신이 느끼는 이 '청명'을 '낯익은 고향'이라고 생각한다. '낯익은'이 라는 표현을 봤을 때, 화자는 지금 자신이 느끼는 '청명'을 처음 본 것이 아니라 이전에도 봤었음을 알 수 있다. '낯익다'라는 건 '익숙하다'라는 뜻이다. '낯익은 고향'에 대한 구체 적인 해석은 2가지로 할 수 있다. 첫 번째로 화자는 자신이 고향에서 느꼈던 '청명'을, 가 을 아침을 거닐며 다시 한번 느끼고 있는 것이다. 예전에 고향에서 자신이 느꼈던 '청명' 이 느껴져서 '낯익은 고향'이라 표현한 것이다. 두 번째 해석으로는, 화자가 '반복되는 가 을의 정취'를 느끼고 있는 것이라 볼 수 있다. 가을은 계속 매년 찾아온다. 따라서 화자는 자신이 작년에 느꼈던 가을의 '청명'을 기억하기에, 지금 자신이 느끼는 가을의 청명을 '낯익은 고향'이라 표현한 것이다.

평생 못 떠날 내 집을 들었노라

⇒ 화자는 이 구절을 통해, 평생 가을 아침 '청명'을 느끼고 싶다는 마음을 드러낸다. 지 금 느끼는 '청명'이 너무 좋아서, '평생 못 떠날 내 집'에 들어왔다고 생각한다. 자연에 대 한 화자의 **만족감**이 드러나는 구절이다.

- 김영랑, 「청명」 -

(나)

뒷동산 청솔잎을 빗질해주던 바람이
무어라 무어라 하는 솔나무의 속삭임을 듣고
ⓔ 푸른 햇살 요동치는 강변으로 달려갔다 하자.

➡ 이 시도 (가) 시와 마찬가지로, '이미지 중심'의 시다. 최대한 '화자가 지금 보고 있는 것'을 상상해 주면서 읽자.

사실 첫 번째 구절을 봤을 때 무슨 말인지 해석하기가 쉽지 않다. 이런 경우에, '화자가 지금 무엇을 보고 있는지' 생각해 보라고 했었다. 화자는 도대체 무슨 장면을 보고 '뒷동산 청솔잎을 빗질해 주던 바람'이라고 말한 걸까? '청솔잎'은 '소나무잎'이다. '바람'이 뒷동산에 있는 '소나무잎'을 빗질해 준다? 말이 안 된다. 답을 말해주자면, **화자는 바람에 흔들리고 있는 소나무잎을 본 것이다.** 너도 알겠지만, 소나무잎은 뾰족한 가시가 있다. 소나무 잎을 한번 떠올려보자. 뾰족뾰족한 소나무 잎의 모습은 마치 '빗'과 비슷하게 생겼다. 그래서 화자는 그런 소나무 잎이 바람에 흔들리는 모습을 보고 '빗질'을 떠올린 것이다. 이렇게 화자는 자신이 떠올린 이미지를 바탕으로, '바람이 청솔잎을 빗질해 준다'라고 말했다. 그런데 이 구절을 보고 뭔가 이해가 안 된다고 질문하는 학생들이 있다. 학생들이 질문하는 건, '바람이 청솔잎을 빗질하는 게 아니라 **청솔잎이 바람을 빗질**한다고 말해야 더 알맞은 거 아니냐'는 것이다. 맞는 말이다. 그럼 화자는 왜 '바람이 청솔잎을 빗질한다'고 말한 걸까? 잠시만 생각해보자. 우선 청솔잎은 '자기 스스로' 움직일 수 없다. 청솔잎이 움직이는 것은 '바람' 때문이다. 즉, 청솔잎이 '빗질'을 하는 것처럼 보이려면 '바람'이 불어야 한다. 그렇기 때문에 화자는 '청솔잎'이 바람을 빗질하는 게 아니라, '바람'이 청솔잎을 흔들면서 청솔잎 사이 사이를 빗질해준다고 표현한 게 아닐까 싶다.

그리고 소나무잎을 빗질하던 바람은 어느새 '솔나무의 속삭임'을 듣고 강변으로 달려간다. 이때 '솔나무의 속삭임'이라는 건 소나무가 흔들리며 나는 소리를 '속삭임'으로 표현한 것으로 볼 수 있다. 그리고 소나무잎을 빗질하던 바람이 강변으로 달려갔다고 하는데, 실제로 바람이 솔나무의 속삭임을 듣고 강변으로 가는 건 말이 안 된다. 그럼 무슨 상황일까? **바로, 화자가 바람에 흔들리는 솔나무를 보다가 강변으로 '시선을 옮긴' 것이다.** 자기가 바람 때문에 흔들리고 있는 청솔잎을 보다가 '푸른 햇살 요동치는 강변'으로 시선을 옮기니까, 바람이 강변으로 달려가는 것처럼 느껴진 것이다.

Chapter 1
노베이스를 위한 문학 공부법

Chapter 2
문학 만점을 위한 기초 체력 키우기

Chapter 3
기출 적용편

현대시

고전시가

현대소설

고전소설

> 달려가선, 거기 미루나무에게 전하니
> 알았다 알았다는 듯 나무는 잎새를 흔들어
> 강물 위에 짤랑짤랑 구슬알을 쏟아냈다 하자.

⇒ 강변에 '미루나무'가 있나 보다. 화자의 시선은 미루나무에게로 향한다. '미루나무'도 바람에 흔들리고 있다. 화자는 그 모습을 보고, 마치 '바람이 솔나무의 속삭임을 미루나무에게 전하고 있는 것처럼' 느낀 것이다.

바람의 속삭임을 들은 미루나무는 강물 위에 짤랑짤랑 구슬을 쏟아내면서 말을 다시 한번 누군가에게로 전한다. 사실 미루나무가 강물 위에 물방울을 '쏟아내는' 것이 아니라, 그냥 바람이 불어서 미루나무 잎에 있던 물방울이 후두둑 떨어지는 것일 뿐이다. 하지만 지금 화자에게는 자신의 내면세계에 따라 외부 세계가 '필터링' 돼서 보인다. 그렇기 때문에 화자에게는, 미루나무가 바람에게서 속삭임을 듣고 '알아들었다'는 의미로 잎을 흔들고, 구슬알을 쏟아내는 것처럼 보이는 것이다.

> 그 의중 알아챈 바람이 이젠 그 누구보단
> 앞들 보리밭에서 물결치듯 김을 매다
> 이마의 구슬땀 씻어올리는 여인에게 전하니,

⇒ 미루나무가 강물 위에 짤랑짤랑 구슬을 쏟아낸 것의 의미를 알아챈 바람은, 이제 '여인'에게 미루나무의 말을 전하러 간다. 이것도 마찬가지로, **진짜 바람이 여인에게 가는 게 아니라 화자의 시선이 미루나무에게서 여인으로 이동하는 것이다**. '이미지화'를 하면서 읽어야 이런 것들을 파악해 낼 수 있다.

'여인'은 앞들 보리밭에서 물결치듯 김을 매고 있는 사람이다. 여기서 '김을 맨다'는 것은 '잡초를 뽑는다'는 뜻이다. 화자는 지금 잡초를 뽑다가 더워서 이마의 땀을 닦고 있는 여인을 바라보고 있다.

> 여인이야 이윽고 아픈 허리를 곧게 펴곤
> 눈앞 가득 일어서는 마을의 정자나무를 향해
> 고개를 끄덕끄덕, 무언가 일별을 보냈다 하자.

⇒ 이 구절에서도 계속 화자의 '필터링'이 이어지고 있다. 실제로 여인은 그저 잡초를 뽑다가, 아픈 허리를 곧게 펴고 고개를 끄덕이면서 땀을 닦고 있었다. **그러나 화자의 눈에는 여인이 마치 정자나무를 향해 무언가를 전달하려는 것처럼 보인 것이다.**

추가로 '눈앞 가득 일어서는 마을의 정자나무를 향해'라는 구절의 의미를 생각해 보자. 여인의 눈앞에 정자나무가 '일어선다'는 게 무슨 말일까? 설마 여인이 잡초를 뽑고 있는데, 쓰러져 있는 정자나무가 제 발로 다시 일어난 것은 아닐 것이다. 화자는 어떤 장면을 보고 이렇게 표현한 걸까? 여인은 지금 허리를 숙여서 잡초를 뽑고 있었다. 그런데, 허리를 펴니 눈앞에 있는 '정자나무'가 보인다. 허리를 펴는 여인의 시선을 상상해 보면 정자나무가 뿌리부터 보이기 시작해서 서서히 나무 꼭대기까지 보일 것이다. 이미지를 떠올려 보면, 마치 여인의 눈앞에 있는 정자나무가 새롭게 '일어서는 것'처럼 보인다. **사실 나무는 그대로지만, 여인이 허리를 숙였다가 펴면서 나무를 바라보는 것이기 때문에 나무가 서서히 '일어서는 것처럼' 보이는 것이다.**

> ⓜ 아무려면 어떤가, 산과 강과 들과 마을이
> 한 초록으로 짙어가는 오월도 청청한 날에,

⇒ '아무려면 어떤가'라는 구절을 보면, 뭐가 어떻든 상관없다는 화자의 마음이 느껴진다. 그런데 화자는 '무엇이' 상관없다는 걸까? 앞 구절들을 통해서 이해해 보자면, 실제로 바람이 솔나무의 속삭임을 듣고 강변에게 간 게 맞든 아니든, 또 여인이 정자나무를 향해 일별을 보낸 게 맞든 아니든 다 상관없다는 것으로 이해할 수 있다. 화자는 왜 이런 생각을 하는 걸까?

'산과 강과 들과 마을이 한 초록으로 짙어가는 오월도 청청한 날에'라는 구절을 보면, 자신이 바라보고 있는 자연에 대한 화자의 '만족감'이 느껴진다. 이를 통해 '아무려면 어떤가'라는 구절을 이해해 보자면, 화자의 마음은 '**이렇게 좋은 날에,** 아무렴 어떻냐'는 것이다. 바람이 여인에게 무언가를 전달한 게 맞든 아니든, 여인이 정자나무에게 일별을 보낸 게 맞든 아니든, 아무 상관 없다는 것이다. 쉽게 말해서 화자의 내면세계는 '바람이 강변으로 가서 미루나무에서 무엇을 속삭이는 거 같네? 또 미루나무가 한 말을 여인에게 전하는 거 같기도 하고… 뭐 아무렴 어떻냐. 이렇게 날씨 좋은 날에. 날씨나 즐기자.'와 같은 것이다.

Chapter 1
노베이스를 위한 문학 공부법

Chapter 2
문학 만점을 위한 기초 체력 키우기

Chapter 3
기출 적용편

현대시

고전시가

현대소설

고전소설

소쩍새는 또 바람결에 제 한 목청 다 싣는 날에.

⇒ 화자는 소쩍새 소리를 듣고 있다. 화자가 만족감을 느끼고 있는 자연의 모습을 드러내는 구절이다.

이 시의 제목은 '초록 바람의 전언'인데, 말 그대로 **초록이 가득한 자연에서 부는 바람이 전하는 이야기**라는 뜻이다. 화자는 '바람'을 통해 자연 속 사물들이 서로 소통하는 듯한 이미지를 그려냈고, 자연에 대한 만족감을 표출하면서 시상을 마무리하고 있다.

-고재종, 「초록 바람의 전언」-

◆ 문제 해설 ◆

**(가)**
호르 호르르 호르르르 가을 아침
취어진* 청명을 마시며 거닐면
㉠수풀이 호르르 벌레가 호르르르
청명은 내 머릿속 가슴속을 젖어 들어
발끝 손끝으로 새어 나가나니

온 살결 터럭 끝은 모두 눈이요 입이라
나는 수풀의 정을 알 수 있고
벌레의 예지를 알 수 있다
그리하여 나도 이 아침 청명의
가장 고웁지 못한 노래꾼이 된다

수풀과 벌레는 자고 깨인 어린애라
밤새워 빨고도 이슬은 남았다
남았거든 나를 주라
나는 이 청명에도 주리나니
방에 문을 달고 벽을 향해 숨 쉬지 않았느뇨

㉡햇발이 처음 쏟아오아

## 1. (가)와 (나)에 대한 설명으로 가장 적절한 것은?

① (가)와 (나)는 가정의 진술을 활용하여 현실과 이상의 거리감을 드러내고 있다.

⇒ '현실과 이상의 거리감'이 있다는 것은, **화자가 현실을 '부정적'으로 인식한다는 걸 뜻한다.** 왜냐하면 '이상'이라는 것은 화자가 생각하는 가장 좋은 상태인데, 현실이 이와 거리감이 있다는 건, 현실은 이상과 달리 '부정적'이라는 뜻이기 때문이다.

(가)는 '취어진 청명을 마시며 거닐면', '남았거든'이라는 구절을 통해서 가정적 진술을 활용

청명은 갑자기 으리으리한 관을 쓴다
그때에 토록 하고 동백 한 알은 빠지나니
오! 그 빛남 그 고요함
간밤에 하늘을 쫓긴 별살의 흐름이 저러했다

온 소리의 앞 소리요
온 빛깔의 비롯이라
ⓒ 이 청명에 포근 취어진 내 마음
감각의 낯익은 고향을 찾았노라
평생 못 떠날 내 집을 들었노라

                                    - 김영랑, 「청명」 -
*취어진 : 계절의 정취에 젖어 든.

(나)
뒷동산 청솔잎을 빗질해주던 바람이
무어라 무어라 하는 솔나무의 속삭임을 듣고
ⓔ 푸른 햇살 요동치는 강변으로 달려갔다  하
자.
달려가선, 거기 미루나무에게 전하니
알았다 알았다는 듯 나무는 잎새를 흔들어
강물 위에 짤랑짤랑 구슬알을 쏟아냈다 하자.
그 의중 알아챈 바람이 이젠 그 누구보단
앞들 보리밭에서 물결치듯 김을 매다
이마의 구슬땀 씻어올리는 여인에게 전하니,
여인이야 이윽고 아픈 허리를 곧게 펴곤
눈앞 가득 일어서는 마을의 정자나무를 향해
고개를 끄덕끄덕, 무언가 일별을 보냈다 하자.

ⓜ 아무려면 어떤가, 산과 강과 들과 마을이
한 초록으로 짙어가는 오월도 청청한 날에,
소쩍새는 또 바람결에 제 한 목청 다 싣는 날에.

                            - 고재종, 「초록 바람의 전언」 -

142    국어 1등급을 정말 원한다면 : 노베이스 문학편

하고 있다는 건 알 수 있지만, 화자가 현실을 부정적으로 바라고 있지는 않았다. 오히려 가을 아침의 청명을 즐기고 있었다. (나)도 '~갔다 하자', '~냈다 하자' 등과 같은 구절에서 가정적 진술을 활용하고 있다는 건 알 수 있지만, 마찬가지로 현실을 부정적으로 바라보진 않았다. 오히려 '아무려면 어떤가'라는 구절을 통해 '만족감'을 드러내고 있었다.

> ② (가)와 (나)는 각각 동일한 종결 어미의 반복을 활용하여 리듬감을 형성하고 있다.

⇒ 동일한 종결 어미를 반복하면 당연히 '리듬감'은 형성된다. '반복'을 하면 무조건 '리듬감'이 생긴다고 말했었다.

(가)는 '~노라'라는 종결 어미를 반복해서 리듬감을 형성하고 있고, (나)는 '~자'라는 종결 어미를 반복해서 리듬감을 형성하고 있다. 따라서 ②번이 정답이다.

> ③ (가)와 (나)는 화자의 시선이 화자 내면에서 외부 세계로 이동하는 방식으로 시상을 전개하고 있다.

⇒ 이는 '이미지화'를 제대로 하면서 시를 읽었냐고 묻는 선택지다. 화자가 자신을 성찰하다가, 외부 세계로 눈을 돌린다면 이는 화자 내면에서 외부 세계로 시선이 이동한 것이다.

(가)의 화자는 시선이 외부 세계에서 내면세계로 이동한다. 처음 '가을 아침'이라는 외부 세계를 인식하고, 이후 3연에서 '방에 문을 달고 벽을 향해 숨 쉬지 않았느뇨'라는 구절에서 시선이 내면세계로 이동한다. 자신이 어젯밤 벽을 바라보고 잤던 순간을 떠올리고 있으므로 '회상'에 해당하고, 이는 내면세계를 바라보는 것이다. 이뿐만 아니라 '간밤에 하늘을 쫓긴 별살의 흐름이 저러했다'라는 구절을 통해서도 화자가 내면세계를 바라보고 있다는 걸 알 수 있다. 한편 (나)의 화자는 시선이 계속 외부 세계에서 외부 세계로 이동하고 있다. 외부 세계를 바라보고 있는 화자의 시선이 솔나무에서 미루나무로, 미루나무에서 여인에게로, 여인에서 정자나무로 이동하고 있는 것이다.

> ④ (가)는 여정에 따른 공간의 이동을 통해, (나)는 계절의 흐름에 따른 대상의 변화를 통해 풍경을 묘사하고 있다.

⇒ '여정에 따른 공간의 이동'이 있다고 하려면 화자가 어디론가 떠나고 있는 상황이어야 한다. 왜냐하면 '여정'이 '여행의 과정이나 일정'을 뜻하는 말이기 때문이다. 하지만 (가)의 화자는 그저 가을 아침을 즐기며 자연을 거닐고 있었을 뿐이다. 어떤 장소에서 어떤 장소로 이동한다는 말이 없었기 때문에 '여정'이 있다고 보긴 힘들다. (나)에는 계절의 흐름이 없다. '오월도 청청한 날'이라는 구절을 통해서 (나) 시의 계절은 봄이라는 것을 알 수 있지만, 현재 계절이 흐르고 있는 상태가 아니다. '봄'에서 '여름'으로 변해가거나 하는 모습은 없었다.

> ⑤ (가)는 종교적 관념에 대한 사색을 바탕으로, (나)는 일상생활에서 깨달은 바를 바탕으로 주제를 구체화하고 있다.

⇒ 완전 말도 안 된다. (가)에는 종교적 관념에 대한 사색 같은 건 없었다. 이런 게 있으려면 '신은 존재하는 걸까'와 같은 구절이 제시되었어야 한다. (나)의 화자는 오월의 청청한 어느 날 자연을 바라보고 있다. 뒷동산 청솔잎을 보다가 강변으로 시선을 옮겨서 미루나무를 보고, 또 보리밭에 있는 여인으로 시선을 옮긴다. 화자는 이렇게 자신이 보고 있는 자연의 모습을 묘사하고 있을뿐, 일상생활 속에서 어떠한 '깨달음'을 얻었다고 보긴 어렵다. 또 이때 화자가 본 것이 '일상'인지 아닌지는 알 수 없다. 일상이라는 것은 '날마다 반복되는 생활'이라는 뜻인데, 화자가 날마다 반복해서 자연을 보았던 건지는 알 수 없기 때문이다.

**◉ 답 : ②**

Chapter 1 노베이스를 위한 문학 공부법

Chapter 2 문학 만점을 위한 기초 체력 키우기

Chapter 3 기출 적용편

현대시

고전시가

현대소설

고전소설

**2. ㉠~㉤에 대한 이해로 적절하지 <u>않은</u> 것은?**

> ① ㉠은 청각적 심상을 활용하여 산뜻한 가을 아침에 대한 화자의 인상을 표현하고 있다.

➡ ㉠은 '호르르'라는 **의성어**를 통해서 가을 아침에 들리는 수풀 흔들리는 소리, 벌레 울음 소리를 표현하고 있다. 따라서 이는 '산뜻한 가을 아침에 대한 화자의 인상'을 표현한다고 할 수 있다.

그리고 여기서 '산뜻한'이라는 것은 **'깨끗하다, 시원하다'**라는 뜻이다. 아직 아무 때도 묻지 않은 시원한 공기를 마실 수 있는 '아침'이니, '산뜻한 가을 아침'이라고 할 수 있다.

> ② ㉡은 청명한 날이 으리으리한 관을 쓴다는 비유를 활용하여 햇빛이 쏟아지는 순간의 아름다운 모습을 표현하고 있다.

➡ 맞는 말이다. ㉡에서 '청명은 갑자기 으리으리한 관을 쓴다'라는 표현은 화자가 햇빛이 쏟아지는 순간의 아름다운 모습을 표현하기 위해 사용한 거였다.

> ③ ㉢은 청명한 가을날에 느끼는 마음을 고향의 낯익음에 비유하여 지나가는 가을에 대한 아쉬움을 드러내고 있다.

➡ 이건 바로 '아쉬움'이라는 단어를 보자마자 틀렸다고 체크했었어야 한다. 내면세계에 공감하면서 읽었다면 바로 말이 안 된다는 걸 알았을 것이다. ㉢에 깔려있는 내면세계는 뭐였나? ㉢에서 화자는 지나가는 가을에 대한 아쉬움이 아니라, **낯익은 가을 아침이 다시 온 것에 대한 '반가움'과 청명에 대한 '만족감'**을 드러내고 있었다.

> ④ ㉣은 역동적인 이미지를 활용하여 바람이 부는 강변의 풍경을 감각적으로 표현하고 있다.

⇒ ㉣의 '푸른 햇살이 **요동**치는 강변으로 **달려갔다** 하자'라는 표현을 보면 화자가 역동적인 이미지를 활용하고 있다는 걸 알 수 있다. 그리고 이는 화자가 '강변에 바람이 부는 걸' 보고 '필터링'을 통해 감각적으로 표현한 것이다. 따라서 ④번은 맞는 말이다. ④번 선지를 제대로 판단하려면 ㉣이 쓰인 부분을 이미지화할 수 있었어야 했다. 이처럼 선택지에서도 실제로 화자가 무엇을 보고 있었고, 자신이 본 걸 어떻게 표현했는지 물어보고 있기에, 반드시 '감상력'을 키우는 공부를 해야 한다.

> ⑤ ㉤은 청청한 날의 정경에 대한 화자의 반응을 제시하여 시적 상황에 대한 정서를 집약적으로 드러내고 있다.

⇒ 화자는 ㉤의 '아무려면 어떤가'를 통해 '오월의 청청한 날'에 대한 '만족감'을 드러내고 있다. '아무려면 어떤가'에는 '바람이 솔나무의 속삭임을 듣고 강변으로 간 게 맞든 아니든, 여인이 정자나무를 향해 일별을 보낸 게 맞든 아니든, 아무렴 어때'라는 화자의 생각이 집약되어 있다. 따라서 '시적 상황에 대한 정서'를 '집약적'으로 드러내고 있다고 할 수 있는 것이다.

그리고 또 ⑤번 선지는 '설의법'이 쓰였다는 것에 주목해서도 판단할 수 있다. '~가'라는 표현을 봤을 때, '아무려면 어떤가'에 '설의법'이 쓰였다는 걸 알 수 있다. 설의법 자체가 자신의 정서를 '집약'해서 '강조'하는 기법이기 때문에, '시적 상황에 대한 정서를 집약적으로 드러내고 있다'고 할 수 있다.

☑ 답 : ③

## 3. <보기>를 참고하여 (가)와 (나)를 감상한 내용으로 적절하지 <u>않은</u> 것은?

<보기>
　　자연은 시인에게 상상력의 주요한 원천이 되어 왔다. 그중 생태학적 상상력은 생태계 구성원 간의 관계에 주목한다. 생태학적 상상력은 모든 생태계 구성원을 평등한 존재로 보는 데에서 출발하여, 서로 교감·소통하며 유대감을 느끼는 관계로, 나아가 영향을 주고받는 순환의 관계로 인식한다. 생태학적 상상력을 통해 시인은 자연의 근원적 가치와

Chapter 1 노베이스를 위한 문학 공부법
Chapter 2 문학 만점을 위한 기초 체력 키우기
Chapter 3 기출 적용편
현대시
고전시가
현대소설
고전소설

인간과 자연의 조화로운 관계를 드러내며 궁극적으로는 이들을 하나의 생태 공동체로 형상화한다.

◇◇◇◇◇◇◇◇◇◇◇◇◇◇◇◇◇◇◇◇◇◇◇◇ **<보기> 분할 분석** ◇◇◇◇◇◇◇◇◇◇◇◇◇◇◇◇◇◇◇◇◇◇◇◇

자연은 시인에게 상상력의 주요한 원천이 되어왔다.

⇒ 납득할 수 있다. 기출 문제에 있는 여러 시를 읽어봐도, 자연과 관련된 내용을 다룬 시가 많다는 걸 알 수 있다. 자연은 우리 주변에서 쉽게 접할 수 있는 대상이다. 따라서 시인들은 자연을 소재로 하여 시를 쓰는 경우가 많았을 것이다. 또 자연은 '무한'에 가까운 존재로, 시인들이 자신들의 상상력을 마음껏 발휘하는 데 용이했을 것이다.

그중 생태학적 상상력은 생태계 구성원 간의 관계에 주목한다. 생태학적 상상력은 모든 생태계 구성원을 평등한 존재로 보는 데에서 출발하여, 서로 교감·소통하며 유대감을 느끼는 관계로, 나아가 영향을 주고받는 순환의 관계로 인식한다.

⇒ (가), (나) 시를 제대로 감상했던 학생이라면 이 부분을 읽으면서 (가) 시의 '수풀', '벌레'가 떠올랐을 것이고 (나) 시의 '미루나무', '강변', '여인', '정자나무'가 떠올랐을 것이다. <보기>에 따르면 (가), (나)에 쓰인 소재들은 모두 평등한 존재이고, 서로 유대감을 느끼며 나아가 영향을 주고받는 '순환'의 관계로 '재해석'해 볼 수 있다. 시를 읽고 난 다음에, 이러한 <보기> 관점을 가지고 '재감상'을 해보는 것이다. '아, 그렇게도 해석해 볼 수 있겠네', '충분히 이렇게 볼 수 있지'라고 말이다.

생태학적 상상력을 통해 시인은 자연의 근원적 가치와 인간과 자연의 조화로운 관계를 드러내며 궁극적으로는 이들을 하나의 생태 공동체로 형상화한다.

⇒ 이해한다. 시인들은 생태학적 상상력을 통해서 자연의 근원적 가치 즉, 자연이 가지고 있는 아름다움을 드러내고, 인간과의 조화로운 관계를 묘사한다. (가) 시에서 화자가 벌레들에게 남는 이슬을 달라고 했던 장면, (나) 시에서 바람이 여인에게 말을 전하는 장면 등을 통해 이해할 수 있다. 또 이들은 모두 자연을 구성하는 존재들이라는 점에서 '하나의' 생태 공동체로 형상화될 수 있을 것이다.

Chapter 1
노베이스를 위한 문학 공부법

Chapter 2
문학 만점을 위한 기초 체력 키우기

Chapter 3
기출 적용편

현대시

고전시가

현대소설

고전소설

① (가)에서 화자가 '온 살결 터럭 끝'을 '눈'과 '입'으로 삼아 자연을 대하는 것은 인간과 자연 간의 교감을, (나)에서 '바람'이 '뒷동산 청솔잎을 빗질하는 것'은 자연과 자연 간의 교감을 드러내는군.

⇒ 맞는 말이다. (가)에서 화자는 '온 살결 터럭 끝'을 '눈'과 '입'에 비유하면서 청명을 '온몸으로' 느끼고 있었다. 이는 인간과 자연 간의 '교감'을 보여주는 것이라 할 수 있다. 한편 (나)의 '바람'이 '뒷동산 청솔잎을 빗질하는 것'은 '바람'이라는 자연과, '청솔잎'이라는 자연이 서로 만나는 것이다. 따라서 자연과 자연 간의 교감을 드러낸다고 할 수 있다.

② (가)에서 화자가 '수풀의 정'과 '벌레의 예지'를 '알 수 있다'고 하는 것과 (나)에서 '솔나무'가 '무어라' 하고 '미루나무'가 '알았다'고 하는 것은 구성원들이 서로 소통하는 조화로운 생태계의 모습을 보여 주는군.

⇒ 여기서 말하는 '구성원'은 〈보기〉를 참고했을 때 '생태계 구성원'을 말하는 것이다. (가)에서 화자가 '수풀의 정'과 '벌레의 예지'를 알 수 있다고 하는 것을 통해서, 생태계 구성원 중 한 명인 화자, 수풀, 벌레가 서로 소통하는 생태계의 모습을 보여준다고 할 수 있다. 그리고 (나)에서 솔나무가 전하는 말을 미루나무가 듣고 '알았다'라고 하는 데서도, 생태계 구성원들이 서로 소통하고 있는 조화로운 생태계의 모습을 보여준다고 할 수 있다.

③ (가)에서 화자가 '수풀'과 '벌레'의 소리를 듣고 '나도' 청명함의 '노래꾼이 된다'고 하는 것과 (나)에서 '솔나무의 속삭임'을 '바람'이 '미루나무'에게 전하고, 이를 '여인'도 '정자나무'에게 전하는 것은 자연과 인간 간의 유대감을 드러내는군.

⇒ '유대감'이란 '서로 함께 연결되어 있는 듯한 느낌'을 말한다. (가)의 화자가 '나도' 청명함의 노래꾼이 된다고 한 것은 '수풀', '벌레'와 **함께** '노래'하고 있음을 나타내는 말이다. 이때 화자와 수풀, 벌레가 '노래'를 **함께**하고 있다는 점에서, 이는 자연과 인간 간

147

의 **유대감**을 드러낸다고 할 수 있다. 한편 (나)에서는 바람이 솔나무의 속삭임을 미루나무에게 전하고, 이를 여인도 정자나무에게 전하는 것을 통해, 각 구성원들이 **함께 '소통'** 하고 있음을 알 수 있다. 이를 통해서 자연과 인간 간의 **유대감**을 드러낸다고 할 수 있다.

> ④ (가)에서 화자가 '동백 한 알'이 떨어지는 모습에서 '하늘'의 '별살'을 떠올린 것과 (나)에서 화자가 '잎새'의 흔들림에서 반짝이는 '구슬알'을 떠올린 것은 생명의 탄생을 계기로 순환하는 생태계의 질서를 보여 주는군.

⇒ 우선 (가)의 화자가 '동백 한 알'이 떨어지는 모습에서 '하늘'의 '별살'을 떠올린 이유는, 햇빛을 받아서 하얗게 반짝이며 떨어지는 동백 한 알과 밝게 빛나며 떨어지는 별똥별의 이미지가 유사했기 때문이었다. 이는 '생명의 탄생'과는 아무런 관계가 없다. 오히려 화자가 떠올린 '별똥별'은 떨어지는 과정에서 사라지는 것이기 때문에, '소멸'의 이미지를 담고 있다고 보는 게 더 적절하다. 그리고 (나)에서 화자가 '잎새'의 흔들림에서 반짝이는 '구슬알'을 떠올린 것은, 바람 때문에 잎에서 떨어지는 물방울의 모습을 '구슬알'에 비유한 것일 뿐이다. 이는 마찬가지로 '생명의 탄생'과는 아무런 관계가 없다. 따라서 (가)와 (나) 모두, 생명의 탄생을 계기로 순환하는 생태계의 질서를 보여준다는 설명은 틀렸다.

> ⑤ (가)에서 자연을 '온 소리의 앞 소리'와 '온 빛깔의 비롯'이라고 표현한 것은 근원적 존재로서의 자연의 가치를, (나)에서 '오월'에 '산'과 '마을'이 '한 초록으로 짙어' 간다고 표현한 것은 인간과 자연이 하나가 되어 가는 생태 공동체를 형상화하는군.

⇒ (가)에서는 화자가 자신이 느끼는 '청명'을 '온 소리의 앞 소리'와 '온 빛깔의 비롯'이라고 표현했다. 이는 청명 즉, 자연이 모든 소리와 빛깔의 근원이라는 것을 의미한다. 따라서, (가)가 근원적 존재로서의 자연의 가치를 형상화하고 있다고 말할 수 있다. (나)에서는 말 그대로 '산'과 '마을'이 **하나의** 초록으로 짙어간다고 했으니, 인간과 자연이 **하나 되어 가는 생태 공동체를 형상화**했다고 할 수 있다.

✅ 답 : ④

Chapter 1
노베이스를 위한 문학 공부법

Chapter 2
문학 만점을 위한 기초 체력 기우기

Chapter 3
기출 적용편

현대시

고전시가

현대소설

고전소설

# 2015학년도 6월(A형)
## 「그 복숭아나무 곁으로」

너무도 여러 겹의 마음을 가진
그 복숭아나무 곁으로                                    [A]
나는 왠지 가까이 가고 싶지 않았습니다
흰꽃과 분홍꽃을 나란히 피우고 서 있는 그 나무는 아마
사람이 앉지 못할 그늘을 가졌을 거라고                    [B]
멀리로 멀리로만 지나쳤을 뿐입니다
흰꽃과 분홍꽃 사이에 수천의 빛깔이 있다는 것을
나는 그 나무를 보고 멀리서 알았습니다                     [C]
눈부셔 눈부셔 알았습니다
피우고 싶은 꽃빛이 너무 많은 그 나무는
그래서 외로웠을 것이지만 외로운 줄도 몰랐을 것입니다       [D]
그 여러 겹의 마음을 읽는 데 참 오래 걸렸습니다

흩어진 꽃잎들 어디 먼 데 닿았을 무렵
조금은 심심한 얼굴을 하고 있는 그 복숭아나무 ㉠ 그늘에서  [E]
가만히 들었습니다 저녁이 오는 소리를

- 나희덕, 「그 복숭아나무 곁으로」 -

1. 윗글의 특징으로 가장 적절한 것은?

① 경어체를 사용하여 웅장한 분위기를 자아내고 있다.
② 지시어를 반복하여 중심 소재로 초점을 모으고 있다.
③ 도치된 문장으로 마무리하여 상황의 긴박성을 강조하고 있다.

149

④ 의인법을 사용하여 현실에 대한 비판적 관점을 나타내고 있다.

⑤ 색채어를 활용하여 신화적 세계에 대한 동경을 드러내고 있다.


2. **[A]~[E]에 대한 이해로 적절하지 <u>않은</u> 것은?**

① [A]는 대상에 대한 태도가 드러나며 시상이 촉발되는 부분으로, 그중 '너무도 여러 겹의 마음'은 화자가 대상에 대해 거리감을 가지게 되는 이유를 나타낸다.

② [B]는 대상에 대한 감정이 행동으로 구체화되는 부분으로, 그중 '멀리로 멀리로만'은 화자가 대상을 피하고 있음을 강조한다.

③ [C]는 대상에 대한 인식이 전환되는 부분으로, 그중 '눈부셔 눈부셔'는 화자가 깨달음을 얻는 과정에서 '수천의 빛깔'을 발견하는 순간을 강조한다.

④ [D]는 대상에 대한 새로운 이해가 나타나는 부분으로, 그중 '피우고 싶은 꽃빛'은 화자가 외로움을 이겨 낸 상황을 나타낸다.

⑤ [E]는 대상에 대한 깨달음 이후의 상황이 나타나는 부분으로, 그중 '조금은 심심한 얼굴'은 화자가 가까이에서 발견한 대상의 또 다른 모습을 나타낸다.


3. **윗글의 ㉠과 〈보기〉의 ⓐ를 비교하여 감상한 것으로 가장 적절한 것은?**

〈보 기〉

내 창작도 태반은 여기서 되었다. 직접 이 철학자를 두고 짜여진 것은 아직 한 편도 없으나, 이 철학자와 벗하여 상(想)이 닦였던 것만은 사실이다. 상이 막히어 붓대가 내키지 않을 때, 나는 나도 모르게 책상을 떠나 이 철학자의 그늘 밑으로 나왔다. 그리하여 그 밑에서 고요히 눈을 감고 뒷짐을 지고 거닐면서 매듭진 상을 골라서 풀곤 했다. 생각이 옹색해도 이 그늘을 찾았고 독서와 붓놀음에 지친 피로가 몸에 미칠 때에도 이 그늘을 찾았다. 실로 이 늙은 철학자 밤나무는 나에게 있어 내 생명의 씨를 밝혀 주는 씨앗터였다.

이러한 씨앗터를 내 이제 떠나 살게 되니 해마다 버들잎에 기름이 지면 이 늙은 철학자의 그늘 밑이 더할 수 없이 그리워진다. 인제 그 밤나무에도 잎이 아마 푸르렀겠지. 비바람에 고삭은 가지들은 어떻게 됐을까 그 안부가 지극히 알고 싶어지고, 그 밑에서 고요히 눈을 감고 사색에 잠겨 보고 싶어진다.

더욱이 생각의 가난에 원고를 자꾸만 찢게 될 땐, 어쩐지 그 ⓐ 그늘 밑 자연석 위에 잠깐만 앉아 눈을 감아 보아도 매듭진 상의 눈앞은 훤히 트여질 것만 같게 그 품속이 생각난다.

- 계용묵, 「율정기(栗亭記)」 -

Chapter 1
노베이스를 위한 문학 공부법

Chapter 2
문학 만점을 위한 기초 체력 키우기

Chapter 3
기출 적용편

현대시

고전시가

현대소설

고전소설

① ㉠은 화자의 기대에 어긋나는 장소이고, ⓐ는 필자의 휴식을 방해하는 장소이다.

② ㉠은 화자가 복숭아나무의 영향을 받았던 장소이고, ⓐ는 필자가 밤나무에 영향을 주었던 장소이다.

③ ㉠은 화자가 복숭아나무에 대해 사색에 잠겼던 장소이고, ⓐ는 필자가 밤나무에 대한 글을 썼던 장소이다.

④ ㉠은 복숭아나무가 스스로 문제를 해결하는 장소이고, ⓐ는 밤나무에 대한 필자의 고민이 저절로 해소되는 장소이다.

⑤ ㉠은 곁에 있는 복숭아나무에 대한 화자의 친밀감을, ⓐ는 떠나온 밤나무에 대한 필자의 그리움을 강화하는 장소이다.

## ● '그 복숭아나무 곁으로' 지문해설 ●

**너무도 여러 겹의 마음을** 가진
그 복숭아나무 곁으로
나는 왠지 가까이 가고 싶지 않았습니다

⇒ 화자가 복숭아나무 곁에 가고 싶지 않았던 이유를 말한다. 복숭아나무가 '너무도 여러 겹의 마음'을 가지고 있었기 때문이라 하는데, 이게 무슨 뜻일까? 마음이 '여러 겹'이라는 것은, 슬픔, 기쁨, 안타까움, 냉정함 등과 같은 마음이 여러 개 있다는 뜻이다.

그런데 화자는 복숭아나무가 이렇게 '여러 개'의 마음을 갖고 있는걸, 왜 '부정적'으로 봤을까? **바로, 마음을 알 수 없기 때문이다.** 마음이 '너무도 여러 겹'이라는 것은, 마음이 '엄청 복잡'하다는 거고, 화자는 복숭아나무의 그런 복잡한 마음을 제대로 파악하기가 어려웠던 것이다. **그래서 화자는 복숭아나무가 '도대체 무슨 생각을 하고 있는 건지' 몰랐기 때문에, 복숭아나무를 '부정적으로' 봤다.** 사람은 원래 잘 모르는 것에 대해서 두려움을 느끼고, 부정적으로 인식하는 경향이 있다. 예를 들어서 네가 길을 가고 있는데 수풀이 '바스락'거린다고 하자. 아마 너는 순간 긴장하고 두려움을 느낄 것이다. 왜 그럴까? 바로, 수풀 안에 뭐가 있을지 '잘 모르기 때문'이다.

> 흰꽃과 분홍꽃을 나란히 피우고 서 있는 그 나무는 아마
> 사람이 앉지 못할 그늘을 가졌을 거라고
> **멀리로 멀리로만** 지나쳤을 뿐입니다

⇒ 화자는 '흰꽃'과 '분홍꽃'을 나란히 피우고 서 있는 복숭아나무를 계속 '부정적으로' 바라본다. '사람이 앉지 못할 그늘을 가졌을 거'라고 생각하면서 가까이 가지 않고, 계속 멀리서 지나친다.

　알고 있을 필요는 없지만, 실제로 꽃이 펴 있는 복숭아나무를 보면 꽃에 달려 있는 '잎'이 매우 작다. 그래서 큰 잎을 가지고 있는 다른 나무들에 비해 그늘이 거의 만들어지지 않는다. 이를 보고 화자는 '사람이 앉지 못할 그늘'을 가졌을 거라 생각한 것이다.

> 흰꽃과 분홍꽃 사이에 **수천의 빛깔**이 있다는 것을
> 나는 그 나무를 보고 멀리서 알았습니다

⇒ 여기서 뭔가 화자의 내면세계가 바뀌는 거 같다. 바로 앞 구절까지 화자는 복숭아나무에 대해 부정적으로 인식하고 그냥 지나치기만 했었다. 그런데, 이 구절에서는 새로운 사실을 알아낸다. 복숭아나무의 '흰꽃'과 '분홍꽃' 사이에 '수천의 빛깔'이 있었던 것이다. 마냥 '부정적'이라고만 생각하고 지나쳤던 복숭아나무인데, 화자는 자신이 그렇게 지나친 복숭아나무가 '새로운' 면을 가지고 있다는 걸 발견했다.

　**그런데 여기서 의외인 건, 화자가 복숭아나무의 흰꽃과 분홍꽃 사이에 '수천의 빛깔'이 있다는 걸, 복숭아나무를 '멀리서' 보고 알았다는 것이다.** 이게 왜 '의외'냐면, 바로 앞 구절을 봤을 때 화자는 복숭아나무를 '이미' 멀리서 보고 있었기 때문이다. 그런데 왜 그때는 수천의 빛깔이 있는지 몰랐고, 지금은 알게 된 걸까? 아래 이어지는 구절에서 그 이유를 말해주고 있다면 이해하고, 아니면 어쩔 수 없이 넘어가야 한다.

> **눈부셔 눈부셔** 알았습니다

⇒ 이 구절에서 화자가 어떻게 멀리서 '복숭아나무'가 가지고 있는 '수천의 빛깔'을 볼 수 있었던 건지 말해준다. 화자는 '눈부셔 눈부셔' 알았다고 한다. 화자가 멀리서 본 복숭

아나무가 화자를 '눈부시게 하려면' 어떤 상황이어야 할까? 이건 이미 「청명」에서 경험을 했다. '청명은 갑자기 으리으리한 관을 쓴다'라는 구절을 이미지화했던 학생이라면 바로 이해했을 것이다.

복숭아나무가 '눈부신' 때는 **바로 대상에 '햇빛'이 비치는 때다.** 햇빛이 비치면 대상이 밝고 환하게 보인다. 화자는 지금 복숭아나무에 햇빛이 비쳐서 환해진 순간을 보고 있는 것이다. 그 순간 흰색과 분홍색 꽃으로 되어 있는 복숭아나무는 눈부시게 빛났다. 그리고 밝게 빛나는 복숭아나무 사이로, 지금까지는 보이지 않던 '수천의 빛깔'들이 보였던 것이다.

> **피우고 싶은 꽃빛**이 너무 많은 그 나무는
> 그래서 외로웠을 것이지만 외로운 줄도 몰랐을 것입니다

⇒ 화자는 복숭아나무가 외로웠을 거라고 생각한다. 왜 그런 걸까? **'아무도' 복숭아나무 곁에 가지 않았기 때문이다.** 화자조차도 복숭아나무가 가지고 있었던 '수천의 빛깔'을 보지 않았다면 복숭아나무에게 마음을 열지 않았을 것이다. 화자는 누구도 곁에 가주지 않았던 복숭아나무가 '홀로' 외로웠을 것이라 생각한다.

하지만 화자는 또 한편으로 복숭아나무가 '외로운 줄도 몰랐을' 거라고 생각한다. 왜 그런 걸까? 생각을 해보자면, 두 가지로 해석할 수 있다. **첫 번째는 복숭아나무가 수많은 꽃을 피우느라 바빴기 때문이라고 해석하는 것이다.** '피우고 싶은 꽃빛'이 너무 많은 복숭아나무는, 수많은 꽃을 피우느라 자기가 외로운 상태에 있는 것도 몰랐던 것이다. **두 번째 해석은, 복숭아나무가 사람들이 자신을 피하고 있다는 사실조차 몰랐다고 해석하는 것이다.** 사람들은 복숭아나무가 '너무도 여러겹의 마음'을 가졌다고, '사람이 앉지 못할 그늘'을 가졌을 거라고 생각해서 복숭아나무를 피했다. 그러나 복숭아나무 입장에서는 사람들이 자신을 그런 이유 때문에 피하는 줄 몰랐을 것이다. 왜냐하면 아무도 복숭아나무에게 말을 안해줬기 때문이다. 그래서 화자는 복숭아나무가 자신이 '외로운' 줄도 몰랐을 것이라 말한다. 예를 들어서, 따돌림을 당하는 친구가 있다고 하자. 그 친구가 자신이 따돌림 당한다는 걸 인지하면 그때부터 외로움을 느낄 것이다. 하지만 자신이 따돌림 당하고 있다는 것을 인지하지 못하면 외로움을 느끼지 못하는 것과 같다.

Chapter 1
노베이스를 위한 문학 공부법

Chapter 2
문학 만점을 위한 기초 체력 키우기

Chapter 3
기출 적용편

현대시

고전시가

현대소설

고전소설

> 그 여러 겹의 마음을 읽는 데 참 오래 걸렸습니다

➡ 화자는 처음에 복숭아나무에 대해 부정적인 마음을 가지고 있었다. 복숭아나무는 이해할 수 없는, 부정적인 존재라고만 생각했던 것이다. 하지만 복숭아나무가 가지고 있었던 그 '여러 겹의 마음'을, 이제는 이해했다. 복숭아나무에 대한 화자의 인식이 '부정적'에서 '긍정적'으로 변화한 것이다.

> 흩어진 꽃잎들 어디 먼 데 닿았을 무렵
> **조금은 심심한 얼굴**을 하고 있는 그 복숭아나무 ㉠ 그늘에서
> 가만히 들었습니다 저녁이 오는 소리를

➡ '흩어진 꽃잎들 어디 먼 데 닿았을 무렵'은 어떤 의미일까? '흩어진 꽃잎'은 복숭아나무에서 떨어진 '꽃잎'을 말하는 것일 테다. 그 꽃잎들이 '먼 곳'에 닿았을 무렵이니, **오랜 시간이 지난 뒤**를 말하는 거 같다. 오랜 시간이 지난 뒤에, 화자는 복숭아나무 얼굴을 '심심하다'라고 인식한다. **복숭아나무의 또 다른 얼굴을 발견한 것이다.** 화자는 복숭아나무 옆에 가까이 가서, 복숭아나무를 이해하고 있다.

그리고 화자는 '저녁이 오는 소리'가 들릴 때까지 복숭아나무 그늘 아래에 있다. 아마 그동안 혼자 외로웠을 복숭아나무를 위한 마음도 있었을 거고, 지금까지 복숭아나무에 대해 편견을 가지고 부정적으로 바라본 것에 대한 미안함도 있었을 것이다. 그래서 화자는 복숭아나무 곁을 오랜 시간 지킨다.

- 나희덕, 「그 복숭아나무 곁으로」 -

Chapter 1
노베이스를 위한 문학 공부법

Chapter 2
문학 만점을 위한 기초 체력 기우기

Chapter 3
기출 적용법

현대시

고전시가

현대소설

고전소설

너무도 여러 겹의 마음을 가진
그 복숭아나무 곁으로 　　　　　　[A]
나는 왠지 가까이 가고 싶지 않았습니다
흰꽃과 분홍꽃을 나란히 피우고 서 있는
그 나무는 아마 　　　　　　　　　[B]
사람이 앉지 못할 그늘을 가졌을 거라고
멀리로 멀리로만 지나쳤을 뿐입니다
흰꽃과 분홍꽃 사이에 수천의 빛깔이 있
다는 것을 　　　　　　　　　　　[C]
나는 그 나무를 보고 멀리서 알았습니다
눈부셔 눈부셔 알았습니다
피우고 싶은 꽃빛이 너무 많은 그 나무는
그래서 외로웠을 것이지만 외로운 줄도
몰랐을 것입니다 　　　　　　　　[D]
그 여러 겹의 마음을 읽는 데 참 오래 걸
렸습니다

흩어진 꽃잎들 어디 먼 데 닿았을 무렵
조금은 심심한 얼굴을 하고 있는 그 복숭
아나무 ㉠그늘에서 　　　　　　　[E]
가만히 들었습니다 저녁이 오는 소리를

- 나희덕, 「그 복숭아나무 곁으로」 -

## 1. 윗글의 특징으로 가장 적절한 것은?

① 경어체를 사용하여 웅장한 분위기를 자아내고 있다.

⇒ 시에 전반적으로 '-습니다'라는 경어체가 사용되긴 했다. 하지만 이를 통해서 '웅장한' 분위기를 자아내고 있는 건 아니다. '웅장한' 분위기를 자아낸다고 하려면, 엄청나게 거대하거나 성대한 사물이 나타나야 한다.

② 지시어를 반복하여 중심 소재로 초점을 모으고 있다.

⇒ '그'라는 지시어를 반복해서 '복숭아나무'라는 중심 소재로 초점을 모으고 있다. '그 나무', '그 여러 겹의 마음' 등에서 '그'가 반복되고 있음을 알 수 있다. **이렇게 지시어를 사용해서 대상을 가리키면, 독자 입장에서는 시인이 지시하는 사물에 주목하게 된다.** 그리고 또 이미지를 떠올리면서 읽었다면, 화자가 '복숭아나무'라는 중심 소재를 집중적으로 서술하면서 복숭아나무로 초점을 모으고 있다는 걸 쉽게 이해했을 것이다. 따라서 정답은 ②번이다.

③ 도치된 문장으로 마무리하여 상황의 긴박성을 강조하고 있다.

시의 마지막 행인 '가만히 들었습니다 저녁이 오는 소리를'을 보면 도치가 사용되었음을 알 수 있다. 하지만, 이를 통해서 '상황의 긴박성'을 강조하는 것은 아니다. '상황의 긴박성'을 강조한다고 하려면 해당 구절에서 화자의 내면세계가 '긴박함'이면 된다. 하지만 이 시에 나타난 화자의 내면세계는 '긴박함'과는 전혀 관계가 없었다. 화자는 복숭아나무 그늘에서 저녁이 오는 걸 '가만히' 기다리고 있었으므로, 오히려 화자의 내면세계는 '차분함'이라고 봐야 한다.

> ④ 의인법을 사용하여 현실에 대한 비판적 관점을 나타내고 있다.

⇒ '복숭아나무'를 '여러 겹의 마음을 지닌' 존재로 나타낸 부분, '피우고 싶은 꽃잎이 많은 존재'로 나타낸 부분, '외로웠을 거'라고 나타낸 부분, 마지막으로 '심심한 얼굴'이라고 나타낸 부분 모두 '의인화'를 확인할 수 있다. 하지만 이를 통해 현실에 대한 비판적 관점을 나타낸 것은 아니다. 화자는 현실을 부정적으로 인식하지 않았고, 이를 비판하면서 문제가 있다고 말하지도 않았다. 화자는 그저 복숭아나무에 대해 편견을 가지고 있었던 자신을 반성하고, 복숭아나무에 대한 새로운 깨달음을 표현하고 있을 뿐이다.

> ⑤ 색채어를 활용하여 신화적 세계에 대한 동경을 드러내고 있다.

⇒ 작품 속에 '흰', '분홍'과 같은 '색채어'가 사용되었다. 하지만, 이를 통해 신화적 세계에 대한 동경을 드러내진 않았다. 신화적 세계라는 것은, 현실에서는 일어날 수 없는 일이 일어나는 비현실적인 세계를 말한다.

✔ 답 : ②

## 2. [A]~[E]에 대한 이해로 적절하지 <u>않은</u> 것은?

> ① [A]는 대상에 대한 태도가 드러나며 시상이 촉발되는 부분으로, 그중 '너무도 여러 겹의 마음'은 화자가 대상에 대해 거리감을 가지게 되는 이유를 나타낸다.

➡ [A]에서 화자는 '왠지 가까이 가고 싶지 않았습니다'라고 하며 복숭아나무에 대한 부정적인 태도를 드러낸다. 그리고 자신이 부정적인 태도를 갖게 된 이유로, 복숭아나무가 '너무도 여러 겹의 마음'을 가지고 있기 때문이라 말하므로, ①번은 맞는 말이다.

> ② [B]는 대상에 대한 감정이 행동으로 구체화되는 부분으로, 그중 '멀리로 멀리로만'은 화자가 대상을 피하고 있음을 강조한다.

➡ [B]에서는 복숭아나무에 대한 화자의 부정적인 감정이 행동으로 구체화된다. 화자는 멀리로 복숭아나무를 지나쳐 다닌다. 여기서 '멀리로 멀리로만'이라는 구절은 '멀리'라는 표현을 반복함으로써, 화자가 복숭아나무를 피하고 있음을 '강조'하고 있다.

> ③ [C]는 대상에 대한 인식이 전환되는 부분으로, 그중 '눈부셔 눈부셔'는 화자가 깨달음을 얻는 과정에서 '수천의 빛깔'을 발견하는 순간을 강조한다.

➡ [C]는 화자가 복숭아나무에게 있는 '수천의 빛깔'을 발견하고, 복숭아나무에 대한 인식이 긍정적으로 바뀌는 부분이다. 이때 '눈부셔 눈부셔'라는 구절은 '눈부셔'라는 말을 반복하면서, 화자가 '수천의 빛깔'을 발견하게 된 순간을 '강조'하고 있다고 할 수 있다.

> ④ [D]는 대상에 대한 새로운 이해가 나타나는 부분으로, 그중 '피우고 싶은 꽃빛'은 화자가 외로움을 이겨 낸 상황을 나타낸다.

➡ '화자가 외로움을 이겨낸 상황'? 지금 이 시가 '화자의 외로움'을 말하는 시였나? 아니다. 시의 내용은, 복숭아나무에게 편견을 갖고 있던 화자가 복숭아나무의 새로운 면모를 발견하게 되면서, 복숭아나무를 긍정적으로 인식하게 되는 거였다.

[D]의 '그래서 외로웠을 것이지만 외로운 줄도 몰랐을 것입니다', '그 여러 겹의 마음을 읽는 데 참 오래 걸렸습니다'라는 구절을 통해, 화자가 복숭아나무에 대해 새롭게 이해하고 있음을 알 수 있다. 하지만 '피우고 싶은 꽃빛'은 화자가 자신의 외로움을 이겨낸 상황이 아니라, **복숭아나무가 외로움을 이겨낼 원동력을 의미한다고 봐야 한다.**

Chapter 1
노베이스를 위한 문학 공부법

Chapter 2
문학 만점을 위한 기초 체력 키우기

Chapter 3
기출 적용편

현대시

고전시가

현대소설

고전소설

⑤ [E]는 대상에 대한 깨달음 이후의 상황이 나타나는 부분으로, 그중 '조금은 심심한 얼굴'은 화자가 가까이에서 발견한 대상의 또 다른 모습을 나타낸다.

➡ [E]는 복숭아나무에 대한 화자의 깨달음 이후의 상황이 나타나는 부분이다. 이때 '조금은 심심한 얼굴'은 복숭아나무 곁으로 가까이 다가간 화자가 발견한 복숭아나무의 또 다른 모습을 의미한다.

✅ 답 : ④

## 3. 윗글의 ㉠과 <보기>의 ⓐ를 비교하여 감상한 것으로 가장 적절한 것은?

<보 기>

내 창작도 태반은 여기서 되었다. 직접 이 철학자를 두고 짜여진 것은 아직 한 편도 없으나, 이 철학자와 벗하여 상(想)이 닦였던 것만은 사실이다. 상이 막히어 붓대가 내키지 않을 때, 나는 나도 모르게 책상을 떠나 이 철학자의 그늘 밑으로 나왔다. 그리하여 그 밑에서 고요히 눈을 감고 뒷짐을 지고 거닐면서 매듭진 상을 골라서 풀곤 했다. 생각이 옹색해도 이 그늘을 찾았고 독서와 붓놀음에 지친 피로가 몸에 미칠 때에도 이 그늘을 찾았다. 실로 이 늙은 철학자 밤나무는 나에게 있어 내 생명의 씨를 밝혀 주는 씨앗터였다.

이러한 씨앗터를 내 이제 떠나 살게 되니 해마다 버들잎에 기름이 지면 이 늙은 철학자의 그늘 밑이 더할 수 없이 그리워진다. 인제 그 밤나무에도 잎이 아마 푸르렀겠지. 비바람에 고삭은 가지들은 어떻게 됐을까 그 안부가 지극히 알고 싶어지고, 그 밑에서 고요히 눈을 감고 사색에 잠겨 보고 싶어진다.

더욱이 생각의 가난에 원고를 자꾸만 찢게 될 땐, 어쩐지 그 ⓐ그늘 밑 자연석 위에 잠깐만 앉아 눈을 감아 보아도 매듭진 상의 눈앞은 훤히 트여질 것만 같게 그 품속이 생각난다.

- 계용묵, 「율정기(栗亭記)」 -

◇◇◇◇◇◇◇◇◇◇◇◇◇◇◇◇◇◇◇◇◇◇◇◇◇ <보기> 분할 분석 ◇◇◇◇◇◇◇◇◇◇◇◇◇◇◇◇◇◇◇◇◇◇◇◇◇

> 내 창작도 태반은 여기서 되었다. 직접 이 철학자를 두고 짜여진 것은 아직 한 편도 없으나, 이 철학자와 벗하여 상(想)이 닦였던 것만은 사실이다.

⇒ '태반'이라는 것은 '거의 절반'이라는 뜻이다. 글쓴이는 자신의 창작의 절반 이상이 '여기'서 되었다고 한다. '여기'가 어디인 걸까? 의문을 갖고 읽어가자.

　그리고 글쓴이는 어떤 '철학자'에 대해서 말한다. 자신의 창작물 중에 '철학자'를 소재로 하여 쓴 창작물은 없으나, 이 철학자와 친구로 지내면서 '생각'이 닦였다고 한다. '상'이라는 것은 '생각 상' 자로, 많이 나오는 말이니 꼭 알아두자. 추가로, 여기서 '생각'이 닦였다는 건 무슨 말일까? 추측해 보자면 아마 '생각이 깨끗해졌다', '생각이 정리되었다' 정도의 의미일 것이다.

> 상이 막히어 붓대가 내키지 않을 때, 나는 나도 모르게 책상을 떠나 이 철학자의 그늘 밑으로 나왔다. 그리하여 그 밑에서 고요히 눈을 감고 뒷짐을 지고 거닐면서 매듭진 상을 골라서 풀곤 했다.

⇒ 아까 글쓴이가 말하는 '여기'가 어디인지 궁금했는데, '철학자의 그늘 밑'이라는 걸 알 수 있다. 글쓴이는 창작을 하다가 생각이 막혀서 붓으로 무엇을 써야 할지 모르겠을 때, 책상을 떠나 철학자의 그늘 밑에 오곤 했다고 한다. 아마 이곳이 글쓴이의 답답함을 해소해 주는 곳이었나 보다. 그런데 여기서 철학자의 '그늘'이라는 게 아직은 정확히 무엇인지 모르겠다. 아무튼 글쓴이는 그 철학자의 그늘 밑에서 고요히 눈을 감고, 뒷짐을 지고 거닐면서 복잡한 생각을 하나, 둘 풀어나갔다고 한다.

> 생각이 옹색해도 이 그늘을 찾았고 독서와 붓놀음에 지친 피로가 몸에 미칠 때에도 이 그늘을 찾았다. 실로 이 늙은 철학자 밤나무는 나에게 있어 내 생명의 씨를 밝혀 주는 씨앗터였다.

⇒ 글쓴이는 창작 도중 생각이 잘 풀리지 않을 때뿐만 아니라, 피로가 쌓였을 때도 이 그늘을 찾았다고 한다. 철학자의 그늘은 화자의 창작을 도와주는 공간일 뿐만 아니라 치유와 회복의 공간이기도 했던 것이다. 그래서 화자는 '이 늙은 철학자 밤나무'가 '자신의 생명을 밝혀주는 곳'이라고 말했다.

Chapter 1 노베이스를 위한 문학 공부법

Chapter 2 문학 감점을 위한 기초 체력 기우기

Chapter 3 기출 적용편

현대시

고전시가

현대소설

고전소설

그리고 눈치챘겠지만, 여기서 '철학자'의 정체가 나온다. 철학자는 바로 '밤나무'였던 것이다. 글쓴이에게 밤나무는 글쓴이에게 창작의 아이디어를 주고, 지친 피로를 달래주는 대상이었기에 아마 '철학자'라고 묘사를 한 게 아닐까 싶다. 글쓴이는 지금까지 창작의 고통을 받거나 치유가 필요할 때, 밤나무 그늘에 왔던 것이다.

> 이러한 씨앗터를 내 이제 떠나 살게 되니 해마다 버들잎에 기름이 지면 이 늙은 철학자의 그늘 밑이 더할 수 없이 그리워진다. 인제 그 밤나무에도 잎이 아마 푸르렀겠지. 비바람에 고삭은 가지들은 어떻게 됐을까 그 안부가 지극히 알고 싶어지고, 그 밑에서 고요히 눈을 감고 사색에 잠겨 보고 싶어진다.

➡ 글쓴이는 자신이 좋아하고 또 많은 도움을 얻었던 '밤나무'를 떠나 살게 됐나 보다. 좋아했던 것과 떨어지니, 당연히 '밤나무'가 그리울 거라는 건 쉽게 납득할 수 있다. '해마다 버들잎에 기름이 지'는 시기는 '밤나무 잎'이 푸르른 시기인가 보다. 글쓴이는 버들잎에 기름이 지는 시기가 올 때마다 자기 기억 속에 있는 밤나무의 모습을 회상한다. 그리고 밤나무와의 추억을 그리워한다.

> 더욱이 생각의 가난에 원고를 자꾸만 찢게 될 땐, 어쩐지 그 ⓐ그늘 밑 자연석 위에 잠깐만 앉아 눈을 감아 보아도 매듭진 상의 눈앞은 훤히 트여질 것만 같게 그 품속이 생각난다.

➡ 글쓴이가 창작의 재료로 쓸 생각이 잘 나지 않는 날에 즉, 답답함에 원고를 자꾸 찢게만 되는 날에는 더 그 밤나무 그늘이 생각난다. 왜냐하면, 글쓴이가 창작의 고통을 받을 때마다 밤나무 그늘이 이를 해결해 줬었기 때문이다. 그래서 글쓴이는 창작의 고통을 받을 때면, 밤나무 그늘 밑에 있는 돌 위에 잠시만 앉아서 '상을 닦고 싶다'는 생각을 하는 것이다.

◇◇◇◇◇◇◇◇◇◇◇◇◇◇◇◇◇◇◇◇◇◇◇◇◇◇◇◇◇◇◇◇◇◇◇◇◇◇◇◇◇◇◇◇◇◇◇◇◇◇◇◇◇◇

> ① ㉠은 화자의 기대에 어긋나는 장소이고, ⓐ는 필자의 휴식을 방해하는 장소이다.

➡ ㉠에서 화자의 기대가 '어긋난다'라고 하려면, 우선 화자의 '기대'가 나와야 한다. 하

지만, 위 시에서 화자의 '기대'는 없었다. 복숭아나무에게 지금 무언가를 기대하고 있는 상황이 아니었다. 그리고 @는 오히려 필자에게 휴식을 주는 장소였다. 창작의 고통을 해소하고, 피로를 푸는 공간이었기 때문이다.

> ② ㉠은 화자가 복숭아나무의 영향을 받았던 장소이고, @는 필자가 밤나무에 영향을 주었던 장소이다.

➡ ㉠에서 화자는 가만히 저녁이 오는 소리를 듣고 있다. 화자의 내면세계를 추측해 보자면, 아마 복숭아나무에 대한 편견이 해소되고, 그 그늘 아래에서 '안정감'을 느끼고 있을 거라 추측할 수 있다. 따라서 ㉠에서 화자는 복숭아나무의 영향을 받고 있다고 볼 수 있다. 하지만 @는 화자가 밤나무에게 영향을 준 게 아니라, 밤나무가 화자에게 영향을 줬던 장소이기에 ②번은 틀렸다.

> ③ ㉠은 화자가 복숭아나무에 대해 사색에 잠겼던 장소이고, @는 필자가 밤나무에 대한 글을 썼던 장소이다.

➡ ㉠에서 화자는 가만히 앉아서 저녁이 오는 소리를 듣긴 하지만, 이 순간에 화자가 '복숭아나무에 대해' 사색을 했는지는 알 수 없다. @도 마찬가지로, 필자가 '밤나무'에 대한 글을 썼다고 할 수는 없다. 〈보기〉에서 필자는 '직접 이 철학자를 두고 짜여진 것은 아직 한 편도 없으나'라고 말했기 때문에, 밤나무에 대한 글은 쓰지 않았음을 알 수 있다.

> ④ ㉠은 복숭아나무가 스스로 문제를 해결하는 장소이고, @는 밤나무에 대한 필자의 고민이 저절로 해소되는 장소이다.

➡ 복숭아나무가 겪고 있었던 '문제'가 있었나? 화자가 복숭아나무에게 편견을 갖고 있었고, 복숭아나무가 외로웠을 거라 생각하고 있긴 하지만, 이건 어디까지나 화자의 내면세계이다. 따라서 실제로 복숭아나무가 문제를 겪었다고 보긴 힘들다. 그리고 ㉠이 그런 문제를 해결하는 장소라는 건 더 말이 안 된다. ㉠은 화자가 복숭아나무에 대한 오해를 풀고 난 뒤에 찾아간 공간이다. 또 복숭아나무와 화자 간의 친밀감이 강화되는 공간이기도 하다. @에 대한 설명도 틀렸다. 필자는 '밤나무'에 대해서 고민하고 있지 않았다. 자

Chapter 1 노베이스를 위한 문학 공부법

Chapter 2 문학 단절을 위한 기초 체력 키우기

Chapter 3 기출 적용편

현대시

고전시가

현대소설

고전소설

신이 쓰고 있는 창작물에 대해 고민이 있었고, 그걸 밤나무 그늘에 와서 해소하고 있었던 것이다.

> ⑤ ㉠은 곁에 있는 복숭아나무에 대한 화자의 친밀감을, ⓐ는 떠나온 밤나무에 대한 필자의 그리움을 강화하는 장소이다.

⟹ ㉠은 화자가 복숭아나무에 대한 오해를 풀고, 복숭아나무에게로 다가가는 공간이다. 즉, 화자가 복숭아나무를 '긍정적'으로 인식하게 된 뒤에, 거기에 더해서 복숭아나무에게 더 가까이 다가간 공간인 것이다. 따라서 ㉠은 복숭아나무에 대한 화자의 친밀감을 '강화'하는 장소라 할 수 있다. '친밀감'은 화자와 대상 사이에 심리적 거리가 가깝다는 것으로, 화자가 대상을 '긍정적'으로 인식하고 있다면 '친밀감'이 있다고 할 수 있다.

ⓐ는 필자가 창작에 대한 자신의 고민을 해소하고, 피로를 풀었던 곳이다. ⓐ는 필자가 추억하면서 그리워하고 있는 공간이기에, 밤나무에 대한 필자의 그리움을 강화하는 장소라 할 수 있다. 왜 '강화'하는 거냐고 묻는다면, 다음과 같다. 필자는 지금 '밤나무'를 그리워하고 있는데 밤나무를 생각하면 '그늘'이 떠오르는 상황이다. 그런데 그 '그늘'은 화자가 아주 긍정적으로 생각하는 공간이다. 따라서 화자가 자신이 긍정적으로 인식하는 '밤나무'를 생각하다가 그곳에 있는 '그늘'까지 생각하면, 밤나무에 대한 그리움이 더 '강화'되는 것이다.

✔ 답 : ⑤

1-01. 현대시

Chapter 1
노베이스를 위한 문학 공부법

Chapter 2
문학 오답을 위한 기초 체력 키우기

Chapter 3
기출 적용편

현대시

고전시가

현대소설

고전소설

# 2021학년도 수능
# 「그리움」, 「마음의 고향 2 –그 언덕」

(가)

눈이 오는가 북쪽엔
함박눈 쏟아져 내리는가

험한 벼랑을 굽이굽이 돌아간
백무선 철길 위에
느릿느릿 밤새어 달리는
화물차의 검은 지붕에

연달린 산과 산 사이
너를 남기고 온
작은 마을에도 복된 눈 내리는가

잉크병 얼어드는 이러한 밤에
어쩌자고 잠을 깨어
그리운 곳 차마 그리운 곳

눈이 오는가 북쪽엔
함박눈 쏟아져 내리는가

- 이용악, 「그리움」 -

(나)

왜 그곳이 자꾸 안 잊히는지 몰라
가름젱이 사래 긴 우리 밭 그 건너의 논실 이센 밭
가장자리에 키 작은 탱자 울타리가 쳐진.

훗날 나 중학생이 되어
아침마다 콩밭 이슬을 무릎으로 적시며
그곳을 지나다녔지
수수알이 ⊙ 쫑쫑 여무는 가을이었을까
깨꽃이 하얗게 부서지는 햇빛 밝은 여름날이었을까
아랫냇가 굽이치던 물길이 옆구리를 들이받아
벌건 황토가 드러난 그곳
허리 굵은 논실댁과 그의 딸 영자 영숙이 순임이가
밭 사이로 일어섰다 앉았다 하며 커다란 웃음들을 웃고
나 그 아래 냇가에 소고삐를 풀어놓고
어항을 놓고 있었던가 가재를 쫓고 있었던가
나를 부르는 소리 같기도 하고
ⓛ 쏴르르 쏴르르 무엇이 물살을 헤짓는 소리 같기도 하여
고개를 들면 아, ⓒ 청청히 푸르던 하늘
갑자기 무섬증이 들어 언덕 위로 달려 오르면
들꽃 싸아한 향기 속에 두런두런 논실댁의 목소리와
ⓔ 까르르 까르르 밭 가장자리로 울려 퍼지던
영자 영숙이 순임이의 청량한 웃음소리
나 그곳에 오래 앉아
푸른 하늘 아래 가을 들이 ⓜ 또랑또랑 익는 냄새며
잔돌에 호미 달그락거리는 소리 들었다
왜 그곳이 자꾸 안 잊히는지 몰라
소를 몰고 돌아오다가
혹은 객지로 나가다가 들어오다가
무엇이 나를 부르는 것 같아
나 오래 그곳에 서 있곤 했다

- 이시영, 「마음의 고향 2 - 그 언덕」 -

Chapter 1
노베이스를 위한 문학 공부법

Chapter 2
문학 만점을 위한 기초 체력 키우기

Chapter 3
기출 적용편

현대시

고전시가

현대소설

고전소설

1. (가)에 대한 이해로 가장 적절한 것은?

① '오는가'를 '쏟아져 내리는가'로 변주하여 대상에 대한 화자의 거부감을 드러내고 있다.

② '돌아간'과 '달리는'의 대응을 활용하여 두 대상 간에 조성되는 긴장감을 묘사하고 있다.

③ '철길'에서 '화물차의 검은 지붕'으로 묘사의 초점을 이동하여 정적인 이미지를 강화하고 있다.

④ '잉크병'이라는 사물이 '얼어드는' 현상을 활용하여 화자가 처한 현실의 변화 가능성을 암시하고 있다.

⑤ '잠을' 깬 자신에게 '어쩌자고'라는 의문을 던져 현재의 상황에서 느끼는 화자의 애달픈 심정을 드러내고 있다.


2. ㉠~㉤의 의미를 고려하여 (나)를 감상한 내용으로 적절하지 않은 것은?

① ㉠을 활용하여 유년의 화자가 경험한 가을이 단단한 결실을 맺는 시간임을 부각하고 있군.

② ㉡을 활용하여 냇가에서 놀던 유년의 화자가 누군가 자신을 부르는 소리를 물소리로 느낀 경험을 부각하고 있군.

③ ㉢을 활용하여 유년의 화자에게 순간적 감동을 느끼게 한 맑고 푸른 하늘의 색채를 부각하고 있군.

④ ㉣을 활용하여 무섬증에 언덕을 달려 오른 유년의 화자에게 또렷하게 인식된 이웃들의 밝은 웃음을 부각하고 있군.

⑤ ㉤을 활용하여 유년의 화자가 곡식이 익어 가는 들녘의 인상을 선명하게 지각한 경험을 부각하고 있군.


3. 〈보기〉를 참고하여 (가)와 (나)를 이해한 내용으로 적절하지 않은 것은?

〈보 기〉

이용악과 이시영의 시 세계에서 고향은 창작의 원천이 되는 공간이다. 이용악의 시에서 고향은 척박한 국경 지역이지만 언젠가 돌아가야 할 근원적 공간으로 그려지는데, (가)에서는 가족이 기다리는 궁벽한 산촌으로 구체화된다. 이시영의 시에서 고향은 지금은 상실했지만 기억 속에서 계속 되살아나는 공간으로 그려지는데, (나)에서는 이웃들과 함께했던 삶의 터전이자 생명이 살아 숨 쉬는 평화로운 농촌으로 구체화된다.

① (가)는 '함박눈'으로 연상되는 겨울의 이미지를 통해 '북쪽' 국경 지역의 고향을, (나)
는 '햇빛'을 받은 '깨꽃'에서 그려지는 여름의 이미지를 통해 생명력 넘치는 고향을
보여 준다.

② (가)는 '험한 벼랑' 너머 '산 사이'라는 위치를 통해 산촌 마을인 고향의 궁벽함을,
(나)는 '소고삐'를 풀어놓고 '가재를 쫓'는 모습을 통해 농촌 마을인 고향의 평화로움
을 보여 준다.

③ (가)는 '남기고' 온 '너'를 떠올림으로써 고향에서 기다리는 사람에 대한, (나)는 '밭
사이'에서 웃던 이웃들의 이름을 떠올림으로써 고향에서 함께 살아가던 이웃에 대한
기억을 보여 준다.

④ (가)는 '눈'을 '복된' 것으로 인식함으로써 고향에 돌아갈 날에 대한, (나)는 '무엇'이
'부르는 것 같'았던 언덕을 회상함으로써 고향으로의 귀환에 대한 기대를 드러낸다.

⑤ (가)는 '차마 그리운 곳'이라는 표현을 통해 근원적 공간인 고향에 대한 애틋함을,
(나)는 '자꾸 안 잊히는지'라는 표현을 통해 내면에 존재하는 고향에 대한 변함없는
애정을 드러낸다.

◆ ‘그리움’, ‘마음의 고향 2 –그 언덕’ 지문해설 ◆

## (가)

눈이 오는가 북쪽엔
함박눈 쏟아져 내리는가

⇒ 시를 읽을 때 항상 '제목'을 먼저 보라고 했었다. 제목을 보니 제목이 '그리움'이다.
'그리움'이라는 제목을 봤을 때, 시는 지금까지 나왔던 시에 비해 난이도가 낮다는 걸 알
수 있다. 왜냐하면 **이미 제목에서 시의 내면세계를 전부 말해주고 있기 때문이다.** 시를
읽으면서 해야 하는 것이 내면세계를 파악해 내는 것인데, 이 시는 이미 제목에서 내면세
계를 알려 준 것이다. 그래서 대부분의 학생들이 어렵지 않게 읽었고, 정답률도 높았다.

화자는 지금 북쪽을 그리워하면서 누군가에게 말을 건네는 듯 말한다. '북쪽'에는 함박
눈 쏟아져 내리냐고. 여기서 '~는가'라는 표현을 봤을 때, **화자가 지금 북쪽을 볼 수 없는**

상황에서 북쪽의 상황을 떠올리고 있다는 걸 알 수 있다. 즉, 자신의 내면 속에서 북쪽의 모습을 상상하고 있는 것이다. 이는 화자가 자신의 내면세계를 바라보는 것이니, 다른 말로 '성찰'이라 할 수 있다. 그런데 화자가 지금 북쪽을 '회상'하고 있는 건지는 모르겠다. **과거 장면에 대한 구체적인 묘사가 있다면 '회상'이라 할 수 있겠지만**, 아직까지는 그냥 북쪽을 생각하고 있는 거 같다.

> 험한 벼랑을 굽이굽이 돌아간
> 백무선 철길 위에
> 느릿느릿 밤새어 달리는
> 화물차의 검은 지붕에

⇒ **'백무선 철길 위에'와 '화물차의 검은 지붕에'라는 구절 뒤에는, '눈이 오는가'라는 말이 생략되어 있다.** 화자는 지금 '백무선 철길 위', '화물차의 검은 지붕'을 상상하면서, 철길과 지붕 위에도 눈이 내리는 장면을 떠올리고 있다. 앞 구절에서 눈이 떨어지는 북쪽의 이미지를 상상하면서 읽은 학생이라면 이해할 수 있었을 것이다.

그리고 바로 앞 구절에서 화자는 '**북쪽**엔 눈이 오는가'라고 했다. 그리고 이 구절에서는 '**백무선 철길, 화물차의 검은 지붕**에 눈이 오는가'라고 한다. 이를 통해서 '북쪽'과 '백무선 철길, 화물차의 검은 지붕'이 서로 대응된다는 걸 알 수 있다. 즉, '**백무선 철길**'과 '**화물차의 검은 지붕**'은, 화자가 '**북쪽**'을 구체적으로 떠올린 이미지인 것이다. 그리고 화자는 지금 '과거'에 눈이 내리던 시절을 상상하는 게 아니라, '현재'에 눈이 내리고 있는 상황을 상상하고 있는 것이기 때문에 '회상'을 하는 게 아니다. '성찰'만 하고 있을 뿐이다. '문학 필수 단어'에서도 말했듯이, '회상'은 '성찰' 안에 포함된 개념이었다. 즉, '성찰'은 하고 있지만, '회상'은 하지 않을 수 있었다.

> 연달린 산과 산 사이
> 너를 남기고 온
> 작은 마을에도 복된 눈 내리는가

⇒ 여기서 이제 정보를 좀 많이 준다. 우선 '연달린 산과 산 사이'라는 말을 먼저 보자. '연달린'이 무슨 말일까? '산'에 '연'이 달려 있는 건 아닐 것이다. 이런 구절을 이해하려면 화자가 지금 무엇을 보고 있는 건지 생각해 봐야 한다고 했다. '산'을 한번 상상해 보

Chapter 1
노베이스를 위한 문학 공부법

Chapter 2
문학 만점을 위한 기초 체력 키우기

Chapter 3
기출 적용편

현대시

고전시가

현대소설

고전소설

자. 네가 봤던 산의 이미지를 머릿속으로 떠올려 봐라. 보통 '산' 하나가 혼자서 우뚝 서 있는 경우는 거의 없다. 여러 산봉우리가 '연달아' 있고, 그게 '산'을 이루고 있다. 그렇다. **'연달린 산과 산 사이'라는 말은, '연달아 있는 산과 산 사이'라는 뜻이다.**

화자는 '북쪽'에 누군가를 남겨 놓고 왔나 보다. 이를 통해서 **화자는 지금 '북쪽'에 있지 않고, '북쪽'에 남겨 놓고 온 누군가를 그리워하고 있다**는 걸 알 수 있다. 그리고 화자가 '너'를 남겨 놓고 온 곳은, 산이 연달아 있는 작은 마을이다. 이때 '작은 마을에도'에서 '도'라는 보조사를 집중해서 보면, **화자가 지금 내리는 눈을 보고 있는 상황**이라는 걸 알 수 있다. 화자는 지금 내리는 눈을 보면서, '지금 여기 내리는 눈이 너를 남기고 왔던 북쪽에도 내리고 있겠지?'라고 생각하는 것이다. 여기서 또 한 가지 알 수 있는 것은 화자의 생각이 '북쪽'에서 '백무선 철길과 화물차의 검은 지붕'으로, 또 '백무선 철길, 화물차의 검은 지붕'에서 '작은 마을'로, 점점 구체화되고 있다는 것이다. 화자가 '너'가 있는 곳을 점점 더 구체적으로 상상하고 있다는 점에서 '구체화'된다고 할 수 있다.

그리고 화자는 '너'를 남기고 온 '작은 마을'을 생각하면서, 그곳에 '복된' 눈이 내리냐고 묻는다. 눈을 **'복된 눈'**이라고 표현한 점에서, 화자가 '눈'을 **긍정적으로** 인식하고 있는 걸 알 수 있다. **그런데, 왜 화자는 눈을 '긍정적'으로 인식한 걸까?** 시를 읽을 때 생각해보지 않았다면 스스로 3분 정도만 생각해 보기 바란다.

이 질문에 대한 답은 조금 생각해 내기 어려웠다. 하지만 제대로 된 감상을 하려면 이 정도까지 생각을 해줘야 한다. 핵심은 결국 내면세계다. 이 질문에 제대로 답을 하려면 이전까지 화자의 내면세계가 어땠는지를 생각하고, 그 내면세계대로 해석을 해주면 된다. 일단 지금 화자가 어떤 상태인지 생각해 보자. 화자는 북쪽에 남겨 놓고 온 '너'를 그리워하고 있는 상태다. **'너'를 그리워하고 있는 걸 봐서, 화자는 지금 '북쪽'으로 갈 수 없는 상황**인 거 같다. 지금 당장 '너'에게로 갈 수 없기에, '너'가 그리운 것이다. 그런데 눈은 어떤가? 눈은 지금 화자가 있는 곳에도 내리고, '너'가 있는 곳에도 내린다. 즉, **'눈'은 북쪽에 갈 수 없는 화자와 달리, 북쪽에 있는 '너'에게 닿을 수 있는 존재인 것이다.** 그래서 화자는 자신과 대비되는 '눈'을 '복 받은 눈' 즉, '복된 눈'이라고 인식한다. 지금 이런 해석이 안 된다고 해서 너무 스트레스받을 필요 없다. 그냥 경험하는 것이다. 해설을 읽고, '아, 이런 뜻이구나'하는 경험이 하나둘씩 쌓이면, 작품을 감상하는 힘은 자연스레 길러진다.

> 잉크병 얼어드는 이러한 밤에
> 어쩌자고 잠을 깨어
> 그리운 곳 차마 그리운 곳

⇒ 아, 이 구절을 보니 지금 화자가 무슨 상황이었는지 알겠다. **화자는 잉크병이 얼어붙을 만큼 추운 밤에 잠에서 깬 뒤, '북쪽'을 떠올리고 있었던 것이다.** 조금 더 구체적으로 말을 하자면, 사실 화자는 1연에서부터 잠에서 깬 상태였다. 1, 2, 3연에서는 화자가 잠에서 깬 뒤 ~~북쪽~~을 상상하는 모습을 보여준 것이다. 그리고 4연에서 화자는, 다시 자신의 현실을 인식한다. 이때 화자가 다시금 인식하는 자신의 현실은, '북쪽에 갈 수 없는' 현실이다. **그러니 이때 화자는 북쪽에 대한 그리움이 더 북받쳐 오른다.** 조금 더 구체적으로 설명하자면, 화자는 북쪽이 너무 그리운 상황에서 잠에서 깼다. 그리고 잠에서 깸과 동시에, 자신이 아무리 북쪽을 그리워해도 그곳으로 갈 수 없는 상황임을 인식하니까, 북쪽이 '더' 그리워지는 것이다. 그래서 화자는 '그리운 곳 차마 그리운 곳'이라는 구절을 통해 '그리운 곳'을 반복하면서, 북쪽에 대한 자신의 그리움을 강조한다. 북쪽에 대한 그리움이 '심화'되는 화자의 내면세계가 드러나는 것이다.

그리고 또 해당 구절에는 '시선의 이동'도 존재한다. '시선의 이동'이 어디에 있는 걸까? 이 구절 바로 위 구절까지는, 화자가 지금 북쪽을 '머릿속으로' 상상하고 있었다. 즉, 자신의 '내면세계'를 들여다보고 있었던 것이다. 그런데 이 구절에서는 잠에서 깬 자신의 '현실'을 인식한다. 즉, 외부세계를 보고 있는 것이다. '이러한 밤'이라고 했으니, 화자가 자신의 내면세계에서 벗어나서 지금 자신이 처해 있는 현실 속 밤을 인식하고 있다는 걸 알 수 있다. **이는 다른 말로 시선이 내면세계에서 외부세계로 이동했다고 할 수 있다.** 대부분의 학생들이 '시선의 이동'이라고 하면 외부세계에서 외부세계로의 이동만 생각한다. 예를 들어서 나무를 보다가 꽃을 보는 것과 같이, 외부세계 안에서 시선의 이동만 생각한다. 하지만 내면세계에서 외부세계로 시선이 이동하는 것도 '시선의 이동'에 해당한다. '시선의 이동'이 어렵게 나오면 내부세계에서 외부세계로 이동하는 걸 물어볼 수 있기 때문에, 읽으면서 머릿속으로 체크를 해줘야 한다. 화자가 지금 인식하고 있는 게 뭔지 '이미지화'하면서 읽는 연습을 꾸준히 하다 보면, 이런 부분들이 자연스럽게 눈에 들어올 것이다.

Chapter 1 노베이스를 위한 문학 공부법

Chapter 2 문학 만점을 위한 기초 체력 기우기

Chapter 3 기출 적용법

현대시

고전시가

현대소설

고전소설

> 눈이 오는가 북쪽엔
> 함박눈 쏟아져 내리는가

⇒ 화자는 1연을 반복하면서 '북쪽'에 대한 그리움을 '강조'하고 있다. 왜 북쪽에 대한 그리움을 '강조'한다고 할 수 있는 걸까? **앞서도 계속 말했지만, '반복'은 '강조'의 효과를 가지고 온다고 했다.** 북쪽에 대한 그리움을 드러내고 있는 1연을 반복함으로써, 북쪽을 그리워하는 화자의 내면세계가 한 번 더 강조되는 것이다.

- 이용악, 「그리움」 -

(나)

> 왜 그곳이 자꾸 안 잊히는지 몰라
> 가름젱이 사래 긴 우리 밭 그 건너의 논실 이센 밭
> 가장자리에 키 작은 탱자 울타리가 쳐진.

⇒ 제목을 보니 '마음의 고향'이다. 제목을 보고 첫 번째 행을 보니, '왜 그곳이 자꾸 안 잊히는지 몰라'에서 '그곳'은 화자의 '마음속에 있는 고향'인 거 같다. 바로 화자가 지금 '마음속 고향'을 '회상'하고 있다는 걸 잡는다.

화자가 회상하는 '마음속 고향'은 가름젱이 사래 긴 자신의 밭과 그 건너편에는 '논실 이센 밭'이 있는 곳이다. 여기서 '가름젱이 사래'라는 건, '밭의 가장자리를 흙으로 둘러 막아놓은 둑'을 말한다. 화자네 밭은 그 둑이 길게 늘어져 있는 밭인가 보다. 그리고 '논실 이센 밭'이 뭔지 몰랐다면 그냥 밭이라고 생각하고 넘어갔으면 됐다. 해석하자면, '논실 이센 밭'은 '논실댁의 이씨 성을 가진 아저씨의 밭'이라는 뜻이다.

### 범작가 Tip

사실 수험생 입장에서 '가름젱이 사래 긴'이라는 게 무슨 말인지 '논실 이센'이라는 게 무슨 뜻인지 이해하긴 힘들다. 옛날 전라도 사투리기 때문에, 배경지식으로 알고 있기가 쉽지 않다. 그래서 출제자도 문제에서 이런 건 물어보지 않는다. 이런 구절이 나오면 할 수 있는 만큼 이해하고, 이미지화를 하되, 도저히 안 되면 그냥 '화자가 지금 밭을 떠올리고 있구나' 정도로 생각하고 넘어가 주면 된다. 출제자는 절대 지식을 측정하려고 하지 않는다. 오직 네가

Chapter 1
노베이스를 위한 문학 공부법

Chapter 2
문학 만점을 위한 기초 체력 키우기

Chapter 3
기출 적용편

현대시

고전시가

현대소설

고전소설

'감상'을 할 수 있는지만 측정하려 한다. 그렇기 때문에 내면세계에만 집중하면서 읽어가면 된다. 하지만 여기서 착각하면 안 되는 게, 저런 단어를 몰라도 되는 건 아니다. 알고 있다면 확실히 해석이 빠르고 쉬워진다. 따라서 네가 복습을 할 때는, 반드시 저런 단어들까지 검색해서 알아둬야 한다.

> 훗날 나 중학생이 되어
> 아침마다 콩밭 이슬을 무릎으로 적시며
> 그곳을 지나다녔지

⇒ 화자는 계속 '마음속 고향'을 회상하고 있다. 화자가 중학생이던 시절, 아침마다 콩밭을 지나다녔고, 그 콩밭에 피어 있는 식물에는 이슬이 맺혀 있었나 보다. '아침'이니까 당연히 잎마다 이슬이 맺혀 있었을 것이다. 화자는 과거에 콩밭을 지나가면서, 자신의 무릎에 이슬이 부딪히던 순간을 떠올린다. 그리고 그 순간을 '아침마다 콩밭 이슬을 무릎으로 적시며'라고 표현한 것이다. '이미지화'해주면서 읽어가자.

> 수수알이 ㉠ 꽝꽝 여무는 가을이었을까
> 깨꽃이 하얗게 부서지는 햇빛 밝은 여름날이었을까

⇒ 화자는 자신의 기억 속에 있는 순간이 어느 계절이었을지 생각해 보고 있다. 가을이었을지, 여름이었을지 생각하고 있는데, 화자가 떠올리는 가을과 여름의 이미지를 '이미지화'하면서 따라가자.

'가을'이니까 당연히, 봄과 여름을 거친 곡식과 열매들이 '꽝꽝' 여물어 갈 것임을 알 수 있다. 그런데 여기서 '깨꽃이 하얗게 부서지는'이라는 구절의 의미가 뭘까? 이를 이해하기 위해서 '햇빛 밝은 여름날'을 한번 상상해 보자. 강하게 내리쬐는 햇볕이 온 사물들에 비친다. 그럼 사물들은 어떻게 보일까? 햇빛을 받아, '하얗고, 밝게' 보일 것이다. **화자는 햇빛이 깨꽃에 내리쬐서 깨꽃이 하얗게 빛나는 걸 보고, '깨꽃이 하얗게 부서지는' 이라고 표현한 것이다.** 이때 '부서진다'고 표현한 것은, 이미지화를 해보면 이해가 쉽다. 햇빛이 깨꽃에 하얗게 비치는 모습을 상상해 보면, **깨꽃이 부서진 유리 파편처럼 반짝 반짝거리는 모습이 떠오른다.** 화자는 그런 모습을 보고 '부서진다'라고 표현한 것이다. 햇빛이 비치는 이미지는 앞서 「청명」에서 경험하기도 했다.

171

> 아랫냇가 굽이치던 물길이 옆구리를 들이받아
> 벌건 황토가 드러난 그곳

⇒ 여기서 물길이 '옆구리를 들이받아'라는 건 무슨 말일까? 실제 사람의 '옆구리'를 말하는 건 아닐 것이다. **화자는 지금 '곡선' 모양으로 흐르던 물줄기가 만들어 낸 '벌건 황토'를 보고 있다.** 냇가의 물살이 강했을 때 물살이 주변의 흙을 깎아냈고, 이후 물살이 잔잔해짐과 동시에 물살이 깎아냈던 벌건 황토가 드러난 것이다. 그리고 화자는 그걸 '옆구리를 들이받아 벌건 황토가 드러난 그곳'이라고 표현한 것이다. 할 수 있는 만큼 최대한 이미지화해 주면서 읽어가자.

> 허리 굵은 논실댁과 그의 딸 영자 영숙이가 순임이가
> 밭 사이로 일어섰다 앉았다 하며 커다란 웃음들을 웃고
> 나 그 아래 냇가에 소고삐를 풀어놓고
> 어항을 놓고 있었던가 가재를 쫓고 있었던가

⇒ 화자가 떠올리고 있는 고향의 이미지를 계속 같이 이미지화하면서 따라가자. 이 구절을 읽으면서 논실댁, 영자, 영숙이, 순임이의 웃음소리가 들렸어야 했다. 그들의 웃음소리가 들리는 가운데, 화자는 아래에 있는 냇가로 간다. 몰던 소고삐를 잠시 풀어놓고, 냇가에서 물고기를 잡기 위해 어항을 놓고, 가재를 쫓기도 한다.

Chapter 1
노베이스를 위한 문학 공부법

Chapter 2
문학 만점을 위한 기초 체력 기우기

Chapter 3
기출 적용편

현대시

고전시가

현대소설

고전소설

> 나를 부르는 소리 같기도 하고
> ⓛ 솨르르 솨르르 무엇이 물살을 헤짓는 소리 같기도 하여
> 고개를 들면 아, ⓒ 청청히 푸르던 하늘

➡ 이 구절을 조금 주의해서 봐야 했었다. 바로 앞 구절을 보면, 화자는 지금 소고삐를 풀어둔 채 냇가에서 물고기를 잡고, 가재를 쫓고 있었다. 그런데 갑자기 어디선가 '어떤 소리'가 들려온다. 시를 읽을 때는 화자가 들은 '어떤 소리'가 무슨 소리였을지 함께 상상해주면서 읽었어야 한다. '이떤 소리'는 화자를 부르는 소리 같기도 하고, 물살을 헤짓는 소리 같기도 하다. 그래서 정신없이 물가에서 고기를 잡던 화자는, 허리를 펴고 고개를 들어서 '이게 무슨 소리지?'하고 주변을 돌아본다. 그렇게 주변을 돌아보다, '청청히 푸르던 하늘'까지 시선이 이동하는 것이다.

> 갑자기 무섭증이 들어 언덕 위로 달려 오르면
> 들꽃 싸아한 향기 속에 두런두런 논실댁의 목소리와
> ⓡ 까르르 까르르 밭 가장자리로 울려 퍼지던
> 영자 영숙이 순임이의 청랑한 웃음소리

➡ 화자는 혼자 놀고 있다가 자신을 부르는 거 같기도 하고 물살을 헤짓는 거 같기도 한 '어떤 소리'를 들었다. 그런데 갑자기 '무서움'을 느끼고 언덕 위로 달려 올랐다고 한다. 화자는 왜 갑자기 무서움을 느꼈던 걸까? 이건 아까 「그 복숭아나무 곁으로」에서도 설명했었다. 우리는 **내가 잘 모르는 것**에 대해서 '무서움'을 느낀다. '귀신'이 무서운 이유는 그 정체가 무엇인지 잘 모르기 때문이다. 옛날 사람들이 자연재해를 무서워했던 것은, '왜' 일어나는 건지 몰랐기 때문이다. 옛날에 '번개'가 치면 '신'이 화난 것이라 하여 사람들은 벌벌 떨었다. 하지만 과학이 발달한 지금은 '양전하'와 '음전하' 사이에 '전압'이라는 힘이 생겨서 '번개'가 친다는 걸 안다. 그렇기 때문에 더 이상 번개가 두렵지 않은 것이다.

그럼 다시 돌아가서, 화자가 왜 무섭증을 느꼈던 걸까? **바로, 자기가 들은 소리의 정체가 뭔지 몰랐기 때문이다.** 정체 모를 '어떤 소리'가 들리니, 갑자기 무서워져서 논실댁과 그 딸들이 있는 언덕 위로 뛰어올라간 것이다. 너도 분명 어린 시절 이와 비슷한 경험을 한 적이 있을 것이다. 나는 어린 시절 아파트 주변에서 놀다가 이런 경험을 한 적이 있다. 우리 집 아파트는 지하 1층이 있었는데, 그곳은 불도 안 켜지고 '접근 금지'라는 팻말이

173

있어서 항상 호기심의 대상이었다. 어느 날 친구들이랑 그곳을 한번 들어가 보자고 해서 가게 됐는데, 갑자기 '쿠구궁' 거리는 소리가 들렸다. 순간 온몸에 소름이 돋고, 갑자기 무서워져서 미친 듯이 그곳을 빠져나왔었다. 나중에 알게 된 거지만 그 소리는 그냥 환풍기가 돌아가는 소리였다. 그러나 그때의 어린 나는, 그 소리가 '어떤 소리'인지 몰랐기 때문에 '무섬증'이 들었던 것이다.

> 나 그곳에 오래 앉아
> 푸른 하늘 아래 가을 들이 ㉢ 또랑또랑 익는 냄새며
> 잔돌에 호미 달그락거리는 소리 들었다

⇒ 화자는 달려간 언덕 위에 앉아서, '가을 들이 익는 냄새'를 맡고, '호미 달그락거리는 소리'를 들었다. 계속 말하지만, 이 구절을 읽으면서 화자가 맡은 냄새와 소리가 너에게도 느껴지고 들렸어야 한다.

화자는 곡식이 익고 있는 들을 바라보면서 바람을 맞고 있다. 그래서 '가을 들이 또랑또랑 익는 냄새'를 맡았다고 표현한 것이다. 그리고 '호미'는 밭을 갈 때 쓰는 것으로, 화자는 다른 사람들이 잔돌을 걸러 내면서 밭 갈고 있는 소리를 듣고 '잔돌에 호미 달그락거리는 소리'라고 표현했다.

> 왜 그곳이 자꾸 안 잊히는지 몰라

⇒ 화자는 첫 번째 행에서 했던 말을 반복한다. 이용악의 「그리움」에서도 설명했지만, '반복'은 '강조'하기 위해 사용하는 것이라 했다. **따라서 화자가 '왜 그곳이 자꾸 안 잊히는지 몰라'라는 구절을 반복한 걸 통해서, 마음속에 있는 고향을 그리워하는 화자의 마음이 '심화'되고 있음을 알 수 있다.**

> 소를 몰고 돌아오다가
> 혹은 객지로 나가다가 들어오다가
> 무엇이 나를 부르는 것 같아
> 나 오래 그곳에 서 있곤 했다

⇒ 이 구절 해석도 조금 난이도가 있는데, 화자가 지금 무엇을 하고 있는 건지 생각해 보자. 우선 '서 있곤 했다'라는 말을 봤을 때, 화자의 '회상'이 계속 이어지고 있다는 걸 알 수 있다. 화자는 '소를 몰고 돌아왔던 순간'을 회상하기도 하고, '객지로 나가고 들어 왔던 순간'을 회상하기도 한다.

마지막으로 '무엇이 나를 부르는 것 같아 / 나 오래 그곳에 서 있곤 했다'라는 구절을 해 석해보자. 아까 위 구절에서 화자는 '나를 부르는 소리' 같기도 하고 '물살을 헤짓는 소리' 같기도 한 '어떤 소리'를 듣고, 언덕 위로 도망쳤었다. 그렇게 올라간 언덕 위에 오래 앉아 서, 가을 들이 익는 냄새도 맡고, 호미 달그락거리는 소리도 듣다가 집에 돌아가려고 하는 데 **'어떤 소리'가 또 다시 들린다.** 화자는 아까 자신에게 들렸던 '무엇이 나를 부르는 듯한 소리'가 또 한 번 들려서, '도대체 이 소리가 뭘까'하고 그곳에 오래 서 있었던 것이다.

그럼 여기까지 읽었을 때 우리가 생각을 해볼 수 있는 건, **도대체 화자가 들었던 소리 가 무엇이냐**는 것이다. 화자가 냇가에서 놀다가 들었던 소리는 무엇이었을까? 물론 시에 정확히 어떤 소리였는지 나와 있지 않기 때문에, 추측할 수밖에 없다. 그래도 '이미지화' 를 하면서 최대한 추측해 보자면, **화자가 들었던 소리는 '바람 소리'가 아니었을까 싶다.** 냇가에서 '휘잉휘잉', '슉슉' 부는 바람 소리를 듣고, 화자는 그 바람 소리가 자기를 부르 는 소리 같기도 하고, 물살이 흘러가는 소리 같기도 했던 것이다. 언덕에 오래 앉아 있다 가 돌아오는 길에도 바람 소리는 여전히 들린다. 그래서 화자는 '이 소리가 대체 뭐지? 누가 나를 부르는 거 같기도 한데…'하고 멈춰서 생각하는 것이다. 기출을 분석할 때는 이렇게 모든 부분들을 하나하나 꼼꼼하게 생각해 주고 넘어가야 한다.

### 범작가 Tip

그런데 실전에서는, 이 정도까지 생각하지 못했다고 하더라도 겁먹을 필요는 없다. 출제자 도 너무 과한 추론은 요구하지 않기 때문이다. '바람 소리'를 추론할 수 있었다면 가장 좋 지만, 더 중요한 것은 '어떤 소리가 도대체 무슨 소리였을까?'하는 호기심을 품고 내면세계 공감과 이미지화를 해나가는 것이다. 이렇게 호기심을 품고 읽어간 학생만이, 〈보기〉나 선 택지에서 '어떤 소리'가 구체적으로 무슨 소리인지 물어봤을 때 바르게 반응할 수 있기 때 문이다.

- 이시영, 「마음의 고향 2 - 그 언덕」 -

Chapter 1
노베이스를 위한 문학 공부법

Chapter 2
문학 만점을 위한 기초 체력 키우기

Chapter 3
기출 적용편

현대시

고전시가

현대소설

고전소설

**(가)**

눈이 오는가 북쪽엔
함박눈 쏟아져 내리는가

험한 벼랑을 굽이굽이 돌아간
백무선 철길 위에
느릿느릿 밤새어 달리는
화물차의 검은 지붕에

연달린 산과 산 사이
너를 남기고 온
작은 마을에도 복된 눈 내리는가

잉크병 얼어드는 이러한 밤에
어쩌자고 잠을 깨어
그리운 곳 차마 그리운 곳

눈이 오는가 북쪽엔
함박눈 쏟아져 내리는가

- 이용악, 「그리움」 -

**(나)**

왜 그곳이 자꾸 안 잊히는지 몰라
가름쟁이 사래 긴 우리 밭 그 건너의 논실 이센
밭
가장자리에 키 작은 탱자 울타리가 쳐진.
훗날 나 중학생이 되어
아침마다 콩밭 이슬을 무릎으로 적시며
그곳을 지나다녔지
수수알이 ㉠꽝꽝 여무는 가을이었을까
깨꽃이 하얗게 부서지는 햇빛 밝은 여름날이었
을까
아랫냇가 굽이치던 물길이 옆구리를 들이받아
벌건 황토가 드러난 그곳

## 1. (가)에 대한 이해로 가장 적절한 것은?

> ① '오는가'를 '쏟아져 내리는가'로 변주하
> 여 대상에 대한 화자의 거부감을 드러
> 내고 있다.

⇒ 화자는 눈이 '오는가', '쏟아져 내리는가'라
는 말을 통해서, 계속 **북쪽에 대한 '관심'과 '그
리움'을 드러내고 있는 것**이다. 대상(눈)에 대한
화자의 거부감을 드러내고 있는 게 아니다. 결
국 내면세계 공감이 전부다. 해당 구절 아래 깔
려 있는 화자의 내면세계만 잡아내면 정말 쉽게
맞힐 수 있는 문제다.

　그리고 여기서 '변주'라는 단어는, 원래 악기
로 '연주'를 할 때 다양한 방식으로 멜로디를
표현하는 걸 뜻하는 말이다. 그런데 왜 여기서
'변주'라는 말을 쓴 걸까? **'시'는 다른 한편으
로 '노래'이기 때문이다.** 원래 모든 시들은 '노
래'의 성격을 가지고 있다. 그래서 '노래 가' 자
를 써서, '현대 시가', '고전 시가'라고 하는 것
이다. 화자는 '오는가'를 비슷한 의미인 '쏟아져
내리는가'로 변주하면서 북쪽에 대한 '관심'과
'그리움'을 드러내고 있다.

> ② '돌아간'과 '달리는'의 대응을 활용하여
> 두 대상 간에 조성되는 긴장감을 묘사
> 하고 있다.

Chapter 1 노베이스를 위한 문학 공부법

Chapter 2 문학 만점을 위한 기초 체력 키우기

Chapter 3 기출 적용편

현대시

고전시가

현대소설

고전소설

허리 굵은 논실댁과 그의 딸 영자 영숙이 순임이가
밭 사이로 일어섰다 앉았다 하며 커다란 웃음들을 웃고
나 그 아래 냇가에 소고삐를 풀어놓고
어항을 놓고 있었던가 가재를 쫓고 있었던가
나를 부르는 소리 같기도 하고
ⓛ 쏴르르 쏴르르 무엇이 물살을 헤짓는 소리 같기도 하여
고개를 들면 아, ⓒ 청청히 푸르던 하늘
갑자기 무섬증이 들어 언덕 위로 달려 오르면
들꽃 싸아한 향기 속에 두런두런 논실댁의 목소리와
ⓔ 까르르 까르르 밭 가장자리로 울려 퍼지던
영자 영숙이 순임이의 청량한 웃음소리
나 그곳에 오래 앉아
푸른 하늘 아래 가을 들이 ⓜ 또랑또랑 익는 냄새며
잔돌에 호미 달그락거리는 소리 들었다
왜 그곳이 자꾸 안 잊히는지 몰라
소를 몰고 돌아오다가
혹은 객지로 나가다가 들어오다가
무엇이 나를 부르는 것 같아
나 오래 그곳에 서 있곤 했다

- 이시영, 「마음의 고향 2 - 그 언덕」-

⇒ **'긴장감'이 조성되려면, 뭔가 다르고 낯선 것이 있어야 한다.** 하지만 '백무선 철길'과 '화물차'는 서로 다른 것이 아니다. 오히려 둘 다 북쪽을 의미하는 것이라는 점에서, 화자에게 '비슷한' 대상으로 인식된다. 따라서 '돌아간'과 '달리는'의 대응으로, 두 대상 간에 '긴장감'이 조성되는 것은 아니다.

**이런 문제는 화자가 어떤 마음으로 해당 구절을 썼는지 생각해 보면 된다.** 화자가 '긴장감'을 묘사하려고 '돌아간'과 '달리는'이라는 구절을 쓴 건가? 아니다. 화자는 그저, '너'를 남기고 온 '북쪽'의 모습을 묘사하고자 해당 구절을 썼던 것이다. 결국 내면세계에 제대로 공감한 학생만 헷갈리지 않고 고를 수 있다.

③ '철길'에서 '화물차의 검은 지붕'으로 묘사의 초점을 이동하여 정적인 이미지를 강화하고 있다.

⇒ **'묘사의 초점'을 이동했다는 것은, 시 속 화자의 '시선이 이동'했다는 것이다.** 화자가 보고 있는 것을 같이 보면서 시를 읽었다면 '시선의 이동'을 쉽게 느낄 수 있을 것이다. 시에서 화자는 '백무선 철길'을 묘사하고 다음으로 '화물차의 검은 지붕'을 묘사한다. 이를 이미지화하면서 따라 읽다 보면, '백무선 철길'이 먼저 그려지고 그다음 그 위를 지나가는 '화물차의 검은 지붕'이 떠오른다. 즉, '시선의 이동'이 일어나는 것이다. 그래서 '묘사의 초점'이 이동한 것은 맞는 말이다.

하지만 이를 통해서 '정적인 이미지'를 강화하는 건 아니다. 정적인 이미지란 '꼿꼿한 동상', '흔들리지 않는 나무'와 같은 이미지를 말한다. 말 그대로, '움직임이 없는' 이미지를 뜻하는 것이다. 오히려 철길 위를 '달리고 있는' 화물차의 이미지가 그려지므로, '동적인 이미지'를 강화한다고 봐야 한다.

177

④ '잉크병'이라는 사물이 '얼어드는' 현상을 활용하여 화자가 처한 현실의 변화 가능성을 암시하고 있다.

➡ 말도 안 되는 선지다. '잉크병'이라는 사물이 '얼어드는' 현상을 활용하여, 화자가 처해있는 아주 추운 현실을 드러낸 것은 맞다. 잉크병이 얼 만큼 추운 상황이라는 것이다. 하지만 화자가 잉크병이 얼어드는 걸 묘사해서 자신이 처한 현실의 '변화 가능성'을 암시한 것은 아니다. 잉크병이 얼어든다고 한 것은 그저 외부세계를 묘사한 것에 불과하다. 또 시에서 화자의 현실은 변화할 가능성이 보이지 않고, 화자는 계속 북쪽을 그리워하고 있을 뿐이다.

⑤ '잠을' 깬 자신에게 '어쩌자고'라는 의문을 던져 현재의 상황에서 느끼는 화자의 애달픈 심정을 드러내고 있다.

➡ 내면세계에 공감하면서 읽었다면 바로 정답인 걸 알 수 있었을 것이다. 이 선택지는 **'어쩌자고 잠을 깨어'라는 구절에 담겨 있었던 화자의 내면세계에 공감했냐고 묻는 선지**다. 화자는 추운 밤 잠에서 깨어나, 밖에 내리는 눈을 보면서 북쪽을 그리워하고 있었다. 북쪽을 그리워하는 화자지만, 잠에서 깬 뒤 인식한 화자의 현실은 북쪽에 갈 수 없는 현실이다. 이때 북쪽을 그리워하고 있는 상태에서, 북쪽에 갈 수 없는 자신의 현실을 인식하니까, 북쪽에 대한 그리움이 더 심화된다. 화자는 이러한 자신의 그리움, 애달픔을 '어쩌자고'라는 구절을 통해 드러내고 있다. 이때 애달픔이란 '마음이 안타깝거나 쓰라리다' 또는 '애처롭고 쓸쓸하다'라는 뜻이다.

● 답 : ⑤

## 2. ㉠~㉤의 의미를 고려하여 (나)를 감상한 내용으로 적절하지 <u>않은</u> 것은?

① ㉠을 활용하여 유년의 화자가 경험한 가을이 단단한 결실을 맺는 시간임을 부각하고 있군.

➡ ㉠은 '꽝꽝'이라는 '의태어'다. **화자가 '꽝꽝'이라는 시어를 통해 나타내고자 했던 것은, 가을은 '봄과 여름을 견뎌낸 수수알이 결실을 맺게 되는 때'라는 것이다.** 따라서, 화

자가 ㉠을 통해 유년기 자신이 경험한 가을이 단단한 결실을 맺는 시간임을 드러내려 했다는 건 맞는 말이다.

> ② ㉡을 활용하여 냇가에서 놀던 유년의 화자가 누군가 자신을 부르는 소리를 물소리로 느낀 경험을 부각하고 있군.

➡ ㉡은 '쏴르르 쏴르르'라는 의성어로, 이를 통해 화자가 유년 시절 들었던 소리를 구체화하여 표현하고 있다. **㉡이 사용된 구절에서 화자는, 무슨 소리인지 모를 '어떤 소리'를 듣고, 그게 '누가 자기를 부르는 소리'인 건지 아니면 '물소리'인 건지 생각하고 있었던 것이다.** '누군가 자신을 부르는 소리'를 물소리로 느낀 경험을 말하고 있는 상황이 아니다. 따라서 ②번이 답이다. 이 문제도 결국 '감상' 문제다. 해당 구절에서 화자의 내면세계가 어땠는지 이해한 학생이라면 매우 쉽게 맞혔을 것이고, 아니라면 틀렸을 것이다.

> ③ ㉢을 활용하여 유년의 화자에게 순간적 감동을 느끼게 한 맑고 푸른 하늘의 색채를 부각하고 있군.

➡ 시를 읽으면서 ㉢이 쓰인 부분을 '이미지화'하고 넘어갔다면 쉽게 판단할 수 있었을 것이다. '청청히'라는 것은 어린 시절 화자가 봤던 하늘의 푸른 모습을 **'구체화'**하기 위해 사용한 단어다. 따라서, 푸른 하늘의 색채를 **'부각'**한다고 할 수 있다. 그리고 '아'라는 감탄사를 통해서 푸른 하늘을 보고 '순간적 감동'을 느낀 화자의 내면세계 또한 이해할 수 있다.

이때 화자가 경험한 '순간적 감동'은 분명 너도 살면서 경험해 본 적 있는 것이다. 무심코 하늘을 올려다봤는데, 하늘이 구름 한 점 없이 푸르고 맑은 상황을 떠올려 봐라. 왠지 모르게 느껴지는 아름다움에 '헉'하고 놀란 적 있을 것이다. 이런 경험이 없다면 아름다운 자연 풍경을 봤던 때를 떠올려 봐도 좋다. 무심코 바라본 자연 풍경의 아름다움에 순간적 감동을 느낀 적이 한 번쯤은 있을 것이다.

> ④ ㉣을 활용하여 무섬증에 언덕을 달려 오른 유년의 화자에게 또렷하게 인식된 이웃들의 밝은 웃음을 부각하고 있군.

Chapter 1
노베이스를 위한 문학 공부법

Chapter 2
문학 만점을 위한 기초 체력 키우기

Chapter 3
기출 적용편

현대시

고전시가

현대소설

고전소설

⇒ ㉣의 '꺄르르 꺄르르'는 정체 모를 소리에 무섬증을 느끼고 언덕 위로 올라간 화자가 인식한 이웃들의 웃음소리로, '의성어'에 해당한다. 화자가 인식한 이웃들의 웃음소리를 '꺄르르 꺄르르'라고 **구체적으로** 표현했으니, ㉣은 유년의 화자가 인식한 이웃들의 밝은 웃음 소리를 '부각'한다고 할 수 있다.

> ⑤ ㉤을 활용하여 유년의 화자가 곡식이 익어 가는 들녘의 인상을 선명하게 지각한 경험을 부각하고 있군.

⇒ ㉤의 '또랑또랑'은 가을 들이 익어가는 걸 표현한 '의태어'에 해당한다. 이 표현을 통해, 화자가 인식한 가을 들이 익어가는 모습이 **구체적**으로 제시되고 있다는 걸 알 수 있다. 따라서 어린 시절 화자가, 곡식이 익어가고 있는 들녘을 **선명하게 지각**했다고 할 수 있다.

✔ 답 : ②

## 3. <보기>를 참고하여 (가)와 (나)를 이해한 내용으로 적절하지 <u>않은</u> 것은?

> <보 기>
>
> 이용악과 이시영의 시 세계에서 고향은 창작의 원천이 되는 공간이다. 이용악의 시에서 고향은 척박한 국경 지역이지만 언젠가 돌아가야 할 근원적 공간으로 그려지는데, (가)에서는 가족이 기다리는 궁벽한 산촌으로 구체화된다. 이시영의 시에서 고향은 지금은 상실했지만 기억 속에서 계속 되살아나는 공간으로 그려지는데, (나)에서는 이웃들과 함께했던 삶의 터전이자 생명이 살아 숨 쉬는 평화로운 농촌으로 구체화된다.

〰〰〰〰〰〰〰〰〰〰〰〰〰〰〰〰 <보기> 분할 분석 〰〰〰〰〰〰〰〰〰〰〰〰〰〰〰〰

> 이용악과 이시영의 시 세계에서 고향은 창작의 원천이 되는 공간이다.

⇒ 이용악의 「그리움」과 이시영의 「마음의 고향2 -언덕」 모두 '고향'을 토대로 쓴 시구나. 「마음의 고향2 -언덕」은 화자가 자신의 '고향'을 말하는 시인 줄 알았는데, 「그리움」

에서 말하는 '북쪽'이 화자의 **'고향'**이라는 건 몰랐다. 이런 건 시를 읽으면서는 알 수 없기 때문에 〈보기〉를 보면서 추가적으로 감상해 주면 된다.

> 이용악의 시에서 고향은 척박한 국경 지역이지만 언젠가 돌아가야 할 근원적 공간으로 그려지는데, (가)에서는 가족이 기다리는 궁벽한 산촌으로 구체화된다.

⇒ 납득해준다. 「그리움」에서 화자가 그리워했던 '북쪽'은 화자의 고향이자, 척박한 국경 시역이다. 그리고 '고향'이기 때문에, 화사가 언젠가는 '다시 돌아가야 할' 근원적 공간으로 그려지기도 하는 것이다. 또 〈보기〉에서는 그곳이 '가족이 기다리는 궁벽한 산촌'이라고 하는데, 충분히 그럴 수 있을 거 같다. 시에서는 명확하게 '너'도 화자를 그리워하고 있는지는 나오지 않았다. 하지만 〈보기〉의 말대로 화자와 '너'가 가족이라는 걸 생각해보면, 북쪽에 남겨진 '너'도 화자를 그리워할 수 있을 거 같다.

  그리고 여기서 '궁벽한'이라는 것은, '매우 후미지고 으슥한'이라는 뜻이다. 시에 따르면 화자가 생각하고 있는 '북쪽'은 '험한 벼랑을 굽이굽이' 돌아가야 있는 곳이었다. 따라서 '궁벽한 산촌'이라는 〈보기〉의 말을 충분히 이해할 수 있다. 만약 '궁벽한'이라는 단어의 정확한 뜻을 몰랐더라도, '궁핍한', '가난한'과 비슷한 의미의 단어가 아닐까 생각하고 풀었으면 충분하다. 사실 이 단어를 완벽하게 알고 푼 수험생은 거의 없을 것이다. 하지만 기출 문제에 한 번 나온 이상, 다음번에는 뜻을 제대로 알고 있어야만 풀 수 있도록 출제할 수도 있기 때문에, 제대로 알아둬야 한다.

> 이시영의 시에서 고향은 지금은 상실했지만 기억 속에서 계속 되살아나는 공간으로 그려지는데, (나)에서는 이웃들과 함께했던 삶의 터전이자 생명이 살아 숨 쉬는 평화로운 농촌으로 구체화된다.

⇒ 여기서 한 가지 충격적인 건, 화자가 떠올렸던 고향이 '실제로는 존재하지 않는' 고향이라는 것이다. 아, 그래서 '마음의' 고향이었던 거구나. 〈보기〉 속 정보를 가지고 추가 감상을 해보니 이해가 된다. 화자가 회상하면서 그리워하던 고향은 '지금은 사라진' 고향이었던 것이다.  그리고 그렇게 화자가 '회상'한 고향은, 이웃들의 웃음소리가 들리고 곡식이 또랑또랑 익는 곳이었다. 고향에 대한 묘사를 '이미지화'하면서 읽었던 학생들은, (나)의 화자가 '이웃들과 함께했던 삶의 터전이자 생명이 살아 숨 쉬는 평화로운 농촌'을

Chapter 1
노베이스를 위한 문학 공부법

Chapter 2
문학 만점을 위한 기초 체력 기우기

Chapter 3
기출 적용편

현대시

고전시가

현대소설

고전소설

그려냈다는 걸 바로 이해했을 것이다.

◇◇◇◇◇◇◇◇◇◇◇◇◇◇◇◇◇◇◇◇◇◇◇◇◇◇◇◇◇◇◇◇◇◇◇◇◇◇◇◇◇◇◇◇◇◇◇◇◇◇◇◇◇◇◇◇

> ① (가)는 '함박눈'으로 연상되는 겨울의 이미지를 통해 '북쪽' 국경 지역의
> 고향을, (나)는 '햇빛'을 받은 '깨꽃'에서 그려지는 여름의 이미지를 통해
> 생명력 넘치는 고향을 보여 준다.

⇒ 맞는 말이다. (가)에서 화자는 '북쪽'을 떠올리고 있었는데, 〈보기〉를 참고하면 화자
가 떠올린 북쪽은 화자의 '고향'이라는 걸 알 수 있다. 그리고 화자가 떠올린 '북쪽'은 눈
이 내리는 곳이므로, '함박눈'으로 연상되는 겨울의 이미지를 통해 '북쪽'에 있는 고향의
모습을 보여줬다고 할 수 있다.

    (나)의 화자도 (가)와 마찬가지로 '고향'을 떠올리는 중이었다. '깨꽃이 하얗게 부서지
는 햇빛 밝은 여름날이었을까'라는 구절을 통해서, 햇빛을 받아 하얗게 빛나는 깨꽃의 이
미지를 보여주고 있다. 꽃이 '햇빛'을 받아 눈이 부시게 빛나고 있는 상황을 상상해 보자.
꽃이 어둡고 풀 죽어 있는 상황이 아니니, 충분히 '생명력 넘치는 모습'이라고 할 수 있
다. 따라서 '햇빛'을 받은 '깨꽃'에서 그려지는 여름의 이미지를 통해 생명력 넘치는 고향
을 보여 준다고 할 수 있다.

> ② (가)는 '험한 벼랑' 너머 '산 사이'라는 위치를 통해 산촌 마을인 고향의
> 궁벽함을, (나)는 '소고삐'를 풀어놓고 '가재를 쫓'는 모습을 통해 농촌
> 마을인 고향의 평화로움을 보여 준다.

⇒ (가)의 화자가 떠올리고 있는 '고향'은 '험한 벼랑'을 굽이굽이 돌아간 곳에 있고, 연
달아 놓여있는 '산 사이'에 있는 공간이다. 그만큼 매우 후미지고 으슥한 공간에 있는 곳
이라는 뜻이다. 따라서 '험한 벼랑'과 '산 사이'라는 표현은 산촌 마을인 고향의 궁벽함을
보여준다고 할 수 있다. 만약 네가 '궁벽함'의 의미를 몰랐다면 반드시 검색해서 알아둬
야 한다.

    그리고 (나)에 대한 설명도 맞는 말이다. '소고삐'를 풀어놓고 '가재를 쫓'는 모습은 긴
박하고, 갈등이 있는 상황이 아니다. 화자가 평화로운 고향에서 자연을 즐기고 있는 상황

이다. 따라서 농촌 마을인 고향의 평화로움을 보여준다고 할 수 있다.

Chapter 1
노베이스를 위한 문학 공부법

Chapter 2
문학 만점을 위한 기초 체력 기우기

Chapter 3
기출 적용편

현대시

고전시가

현대소설

고전소설

> ③ (가)는 '남기고' 온 '너'를 떠올림으로써 고향에서 기다리는 사람에 대
> 한, (나)는 '밭 사이'에서 웃던 이웃들의 이름을 떠올림으로써 고향에서
> 함께 살아가던 이웃에 대한 기억을 보여 준다.

⇒ 충분히 이렇게 해석할 수 있다. 〈보기〉에서 (가)의 고향은, 화자의 가족이 화자를 '기다리고 있는' 궁벽한 산촌이라고 했었다. 따라서 화자가 '남기고' 온 '너'를 떠올리는 것은, 고향에서 화자를 기다리고 있는 가족들에 대한 기억을 보여주는 것이라 할 수 있다.

(나)에서는 '밭 사이'에서 함께 웃던 '논실댁', '영자', '영숙', '순임'이를 떠올리고 있다. 이를 통해, 화자가 고향에서 함께 살아가던 이웃들에 대한 기억을 가지고 있음을 보여준다.

> ④ (가)는 '눈'을 '복된' 것으로 인식함으로써 고향에 돌아갈 날에 대한,
> (나)는 '무엇'이 '부르는 것 같'았던 언덕을 회상함으로써 고향으로의 귀
> 환에 대한 기대를 드러낸다.

⇒ 지금 (가)의 화자는 북쪽에 남기고 온 '너'를 생각하면서 그리워하고 있다. 그리고 '너'에게 내릴 눈을 '복되다'라고 표현한다. 이를 통해서 고향에 내리는 눈을 부러워하고 있음을 알 수 있고, 이는 고향에 돌아갈 날에 대한 기대, 지향, 바람, 소망이 있다고 볼 수 있다.

반면 (나)에는 '고향으로의 귀환에 대한 기대'는 없었다. 〈보기〉를 참고했을 때 (나)의 화자가 회상하고 있는 고향은 '지금은 없는' 고향이다. 그렇기 때문에 화자가 다시 고향으로 갈 수 있을 거라는 기대를 했다는 건 말이 안 된다. 그리고 시에서 화자는 고향의 모습을 구체적으로 회상하면서 '고향에 대한 그리움'을 드러내고 있을 뿐이었다. 고향에 다시 갈 수 있을 거라는 '기대감'은 없었기에, ④번은 말이 안 되는 선택지다.

⑤ (가)는 '차마 그리운 곳'이라는 표현을 통해 근원적 공간인 고향에 대한
   애틋함을, (나)는 '자꾸 안 잊히는지'라는 표현을 통해 내면에 존재하는
   고향에 대한 변함없는 애정을 드러낸다.

⇒ 맞는 말이다. (가)에서 화자는 계속 근원적 공간인 고향을 그리워하고 있었다. '차마 그리운 곳'에도 고향을 그리워하는 화자의 내면세계가 드러나기에, 화자가 근원적 공간인 고향에 대한 '애틋함'을 가지고 있다고 할 수 있다. '애틋함'이라는 건, '섭섭하고 안타까워 애가 타는 듯하다'는 뜻이다. 화자는 지금 고향을 갈 수 없는 상황 즉, 섭섭하고 안타까운 상황에서 고향을 그리워하고 있기에, 고향에 대한 '애틋함'을 가지고 있다고 할 수 있는 것이다.

그리고 (나)에서 화자가 '자꾸 안 잊히는지'라는 표현을 한 것은, 그만큼 고향이 그립고, 고향을 사랑하기 때문이다. 화자는 '왜 그곳이 자꾸 안 잊히는지 몰라'라는 구절을 반복하면서 고향을 사랑하고 그리워하는 자신의 마음을 강조했다. 그리고 또 〈보기〉를 참고했을 때, 지금 화자가 잊히지 않는다고 말하는 고향은 화자의 '마음속에만' 있는 고향이기 때문에, **내면에** 존재하는 고향에 대한 변함없는 **애정**을 드러낸다고 할 수 있는 것이다.

✔ 답 : ④

Chapter 1
노배이스를 위한 문학 공부법

Chapter 2
문학 만점을 위한 기초 체력 키우기

Chapter 3
기출 적용편

현대시

고전시가

현대소설

고전소설

# 2016학년도 6월
# 「성묘」, 「외할머니의 뒤안 툇마루」

(가)

아버지. 아직 남북통일이 되지 않았습니다.

일제 시대 소금 장수로

㉠ 이 땅을 **떠도신** 아버지.

아무리 아버지의 두만강 압록강을 생각해도

눈 안에 선지가 생길* 따름입니다.

아버지의 젊은 시절

두만강의 회령 수양버들을 보셨지요.

**국경 수비대의 칼날에 비친**

**저문 압록강의 붉은 물빛**을 보셨지요.

그리고 아버지는

모든 남북의 마을을 다니시면서

하얀 소금을 한 되씩 팔았습니다.

때로는 서도* 노래도 흥얼거리고

꽃 피는 남쪽에서는 남쪽이라

밀양 아리랑도 흥얼거리셨지요.

한마디로, 세월은 흘러서

멈추지 않는 물인지라

**젊은 아버지의 추억**은

㉡ 이 땅에 남지도 않고

아버지는 하얀 소금이 떨어져서 돌아가셨습니다.

아버지, 남북통일이 되면

또다시 ㉢이 땅에 태어나서

남북을 떠도는 청청한 **소금 장수**가 되십시오.

"소금이여", "소금이여"

185

그 소리, **멀어져 가는 그 소리를 듣게** 하십시오.

- 고은, 「성묘」 -

* 눈 안에 선지가 생길 : 눈에 핏발이 설.
* 서도 : 황해도와 평안도를 통틀어 이르는 말.

**(나)**

　외할머니네 **집 뒤안**에는 장판지 두 장만큼한 먹오딧빛 툇마루가 깔려 있습니다. 이 툇마루는 외할머니의 손때와 그네 딸들의 손때로 날이날마닥 칠해져 온 것이라 하니 내 어머니의 처녀 때의 손때도 꽤나 많이는 묻어 있을 것입니다마는, 그러나 그것은 하도나 많이 문질러서 인제는 이미 때가 아니라, 한 개의 **거울**로 번질번질 닦이어져 어린 내 얼굴을 들이비칩니다.

　그래, 나는 어머니한테 **꾸지람**을 되게 들어 따로 어디 갈 곳이 없이 된 날은, 이 외할머니네 때거울 툇마루를 찾아와, 외할머니가 장독대 옆 뽕나무에서 따다 주는 **오디 열매**를 약으로 먹어 숨을 바로 합니다. **외할머니의 얼굴**과 내 얼굴이 나란히 비치어 있는 이 툇마루에까지는 어머니도 그네 꾸지람을 가지고 올 수 없기 때문입니다.

- 서정주, 「외할머니의 뒤안 툇마루」 -

---

**1. (가)와 (나)의 공통점으로 가장 적절한 것은?**

① 유사한 시구를 점층적으로 변주하여 리듬감을 형성하고 있다.

② 부정적 현실에 대해 거리를 두어 관조하는 태도를 취하고 있다.

③ 어린 화자의 목소리를 활용하여 동화적인 분위기를 조성하고 있다.

④ 색감을 드러내는 시어를 활용하여 대상을 선명한 이미지로 제시하고 있다.

⑤ 역설적 표현을 사용하여 모순적인 상황에 대한 반성적인 자세를 보여 주고 있다.

**2. 〈보기〉를 참고하여 (가)의 ㉠~㉢을 감상한 내용으로 가장 적절한 것은?**

〈보 기〉

　우리가 삶에서 경험하는 구체적인 장소는 사람과 그가 처한 상황에 따라 다른 의미를 갖는다. 「성묘」에서도 '이 땅'은 실제로는 같은 공간이라고 하더라도 과거, 현재, 미래의 시간적 배경이 변함에 따라 그것의 의미는 다양하게 드러난다.

Chapter 1
노베이스를 위한 문학 공부법

Chapter 2
문학 만점을 위한 기초 체력 키우기

Chapter 3
기출 적용편

현대시

고전시가

현대소설

고전소설

① 한곳에 머물지 않고 '떠도신' 아버지의 삶을 화자가 떠올리고 있다는 점에서 ㉠은 화자에게 아버지에 대한 원망스러운 감정을 느끼게 하는 장소이다.

② 화자가 ㉠과 관련하여 '국경 수비대의 칼날에 비친 / 저문 압록강의 붉은 물빛'을 언급하고 있다는 점에서 화자에게 ㉠은 복원된 민족의 정체성을 깨닫게 하는 장소이다.

③ '젊은 아버지의 추억'이 사라지고 없다는 점에서 ㉡은 화자가 세대교체를 통하여 미래지향적인 변화를 추구하는 장소임을 알 수 있다.

④ 아버지가 '소금 장수'로 다시 태어나기를 바라는 모습을 통해 ㉢은 화자가 가업을 이어 아버지의 꿈을 실현하려는 장소임을 알 수 있다.

⑤ '멀어져 가는 그 소리를 듣게' 하라는 표현을 통해 ㉢은 화자가 자신의 바람이 현실화되기를 희망하는 장소임을 알 수 있다.

3. (나)에 대한 이해로 적절하지 않은 것은?

① '집 뒤안'은 화자가 툇마루에 담겨 있는 유년 시절과 단절되었음을 보여 준다.

② '거울'은 손때가 툇마루에 쌓여 있는 오랜 세월의 흔적을 환기한다.

③ 툇마루는 '꾸지람'을 들은 뒤 찾아가 위안을 얻었던 화자의 경험을 환기한다.

④ 툇마루를 찾아온 화자에게 외할머니가 건네 준 '오디 열매'는 외할머니의 사랑을 드러낸다.

⑤ 툇마루에 비치는 '외할머니의 얼굴'은 화자와 외할머니 사이의 친밀감을 드러낸다.

### '성묘', '외할머니의 뒤안 툇마루' 지문해설

(가)

> 아버지. 아직 남북통일이 되지 않았습니다.

⇒ 지금 화자는 '아버지'를 부르고 있다. 제목이 '성묘'인 것을 먼저 봤다고 했을 때, **화자는 지금 '아버지가 묻혀 있는 묘' 앞에 와서** 아버지에게 말을 건네고 있는 거 같다. 만

약 '성묘'라는 단어를 몰랐다 하더라도, '묘'라는 단어를 보고 뭔가 '죽음'과 관련된 내용이 아닐까 정도는 생각했어야 했다. 모르는 단어가 나왔다고 해서 무작정 넘어가지 말고, 해석할 수 있는 만큼 최대한 해석하는 버릇을 들여야 한다. 화자는 아버지에게 '아직 남북통일이 되지 않았다'라고 말하는데, 구체적으로 무슨 말을 하고 싶은 건지, 어떤 내면세계를 가지고 있는 건지는 더 읽어봐야 할 거 같다.

조금 센스있는 학생이라면, 화자가 '아직 남북통일이 되지 않았다'고 하는 데서 '화자가 지금 **남북통일을 바라고 있다**'는 것을 잡아낼 수 있었을 것이다. 화자 자신이 '남북통일'이 되는 걸 기대하고 있기 때문에, '아직' 통일이 되지 않았다고 한 것이다. 이런 부분을 캐치해 내려면 시를 읽을 때 '부사'나 '조사'를 세심히 보는 습관을 길러야 한다.

### 범작가 Tip

시인은 정말 글자 하나에도 일주일을 고민한다. 왜냐하면 정말 부사 하나, 조사 하나로 의미가 달라지기 때문이다. 그래서 시인의 내면세계를 100% 공감해 내려면 읽는 사람 또한 부사 하나, 조사 하나를 놓치지 않고 세심히 읽어줘야 한다. 물론 실전에서는 작가의 의도를 100% 파악하진 못하겠지만, 공부할 때 이 연습을 해줘야 실전에서 80%라도 읽을 수 있게 되는 것이다.

> 일제 시대 소금 장수로
> ㉠ 이 땅을 **떠도신** 아버지.

⇒ 화자는 아버지의 과거를 상상하면서 성찰에 들어간다. 그리고 지금 이렇게 화자가 돌아가신 아버지에게 말을 건네며 아버지와 관련된 기억을 떠올리는 데서 '아버지를 그리워한다는 것'도 알 수 있다. 여기서 너는 어떻게 아버지에 대한 기억을 떠올리는 것만으로 아버지를 '그리워한다'고 할 수 있는지 궁금할 수 있다. 보통 문학에서 보통 화자가 자기 곁에 '존재하지 않는 대상'을 생각하거나 그에 관련된 기억을 떠올린다면 그건 '그리움' 때문인 경우가 많다. 이건 기본으로 알아두는 게 좋다. (가)의 화자가 돌아가신 아버지를 떠올리고, (나)의 화자가 어린 시절 할머니와의 추억을 떠올리는 건 그때가 그립기 때문이다.

그리고 화자가 지금 아버지에게 말을 건네면서 아버지와 관련된 기억을 회상하고 있으

Chapter 1 노베이스를 위한 문학 공부법

Chapter 2 문학 만점을 위한 기초 체력 키우기

Chapter 3 기출 적용편

현대시

고전시가

현대소설

고전소설

므로, **'아버지를 그리워한다는 것'도 알 수 있다.** 그런데 너는 어떻게 아버지의 기억을 회상하는 것만으로 아버지를 '그리워한다'고 말할 수 있는 건지 궁금할 수도 있다. 이건 하나 알아두면 되는데, **문학에서 보통 화자가 자기 곁에 '존재하지 않는 대상'을 생각하거나 그와 관련된 기억을 떠올린다면 그건 그 대상에 대한 '그리움' 때문인 경우가 많다.** 돌아가신 아버지를 추억하고, 어린 시절 할머니와의 추억을 떠올리는 건 그때가 그립기 때문이다. 자주 나오는 개념이니 꼭 알아두자.

> 아무리 아버지의 두만강 압록강을 생각해도
> 눈 안에 선지가 생길* 따름입니다.
>
> * 눈 안에 선지가 생길 : 눈에 핏발이 설.

⇒ 이 부분은 사실 정확히 독해하려면 '두만강', '압록강'이 어딘지 알고 있어야 했다. 그래서 조금 어려운 시다. '두만강'과 '압록강'은 **북한에 있는 강**으로, 문학 작품에 자주 등장하니 꼭 알아놓도록 하자.

'아무리 아버지의 두만강 압록강을 생각해도'라는 구절을 봤을 때, 화자는 지금 아버지가 소금을 팔러 두만강과 압록강을 떠돌아다녔던 순간을 상상하고 있는 거 같다. 그런데 화자는 자기가 '아무리' 아버지가 북쪽에서 소금을 팔았던 순간을 떠올려봐도, '눈 안에 선지가 생길 따름'이라고 한다. 이게 무슨 말일까? **이는 화자가 아무리 '눈을 뜨고' 아버지가 떠돌아다녔던 공간을 '떠올려 보려고' 해도 떠오르지 않는다는 뜻이다.**

우리가 눈을 오래 뜨고 있을 때를 생각해 보자. 눈을 깜빡이지 않고, 골똘히 어떤 생각에 잠긴다고 할 때 눈이 어떻게 될까? 눈이 마르면서, 흰자가 붉어지고 따가워질 것이다. 그걸 화자는 '눈 안에 선지가 생길 따름'이라고 표현한 것이다. 그럼 화자는 왜 '아무리' 눈을 뜨고 아버지가 떠돌아다녔던 북쪽의 모습을 회상해도, 아버지가 봤던 장면이 떠오르지 않았던 걸까? **지금 화자가 살고 있는 공간은 '남북'이 '분단'된 현실이기 때문이다. 화자에겐 '북쪽'에 대한 기억이 없다. 그래서 남북통일 시절 아버지가 떠돌아다녔던 북쪽의 모습을 회상하기 힘든 것이다.** 그리고 여기서 또 하나 잡을 수 있는 것은, 화자는 '아무리' 생각해도 기억나지 않는 북쪽이라고 말하면서, **'분단된 현실'에 대한 원통함, 슬픔을 드러내고 있다**는 것이다.

　사실 실전에는 이 구절에 대한 의미를 이 정도까지 생각해 내기는 힘들다. 전체적인 맥락 속에서 '아, 화자가 지금 분단된 현실에 대해서 슬퍼하고 있는 걸 표현하는 말인 거 같다' 정도만 잡아내도 충분하다. **시를 읽을 때 도저히 이해가 안 되는 구절이 나오면 앞에서 잡은 내면세계를 바탕으로 읽어가면 된다.** 예를 들어서 '나는 행복하다. 눈앞에 별이 떠오른다. 오늘도 나는 행복하다.'라는 구절이 있다고 하자. '눈앞에 별이 떠오른다'라는 구절이 무슨 뜻인지 모르더라도, 앞뒤 구절에서 화자의 내면세계가 '행복'이기 때문에, **'행복'과 관련된 구절이겠거니 하고 넘어가면 된다**는 것이다.

　그리고 내가 앞서 보여준 해석은 **'두만강'과 '압록강'이 북에 있는 강이라는 걸 알고 있었어야 할 수 있었던 해석**이기에, 문제에서 이 해석을 구체적으로 물어보려면 〈보기〉를 줬을 것이다.

> 아버지의 젊은 시절
> 두만강의 회령 수양버들을 보셨지요.

⇒ 화자는 아버지가 보셨을 장면을 상상하면서 계속 아버지에게 말을 건다. 두만강을 떠돌았던 아버지기에, '두만강에 있는, 회령의 수양버들을 보셨지요'하고 말을 건네는 것이다. 여기서 '회령'은 두만강이 있는 지역 이름인데, 외울 필요는 없다. 아마 대부분의 수험생들은 모르는 단어였을 것이다.

　이렇게 모르는 단어가 나오면 그냥 없는 셈 치고, '아~ 두만강 주변의 수양버들을 말하나보다'하고 넘어가면 된다. 네가 뜻을 모를 만한 어려운 단어로 문제를 틀리게 하는 일은 절대 없기 때문에 걱정하지 않아도 된다. 출제자는 네가 얼마나 많은 단어를 암기하고 있는지가 아니라, '감상' 능력이 있는지만 보려고 한다.

> 국경 수비대의 칼날에 비친
> 저문 압록강의 붉은 물빛을 보셨지요.

➡ 화자는 아버지가 '수양버들'뿐만 아니라, '국경 수비대의 칼날에 비친 저문 압록강의 붉은 물빛'도 보셨을 거라 말한다. 여기서 '저문 압록강의 붉은 물빛'이 무슨 뜻일까? 이미지를 떠올려 봐라. 생각을 해보면, 해당 구절에서 '저문'이라는 것은 '해가 저물다' 할 때 '저문'인 거 같다. 그럼 압록강 주변에 해가 지는 장면을 떠올려 보자. 물 색깔이 어떻게 보이는가? '빨갛게' 보인다. 노을이 지면서 햇빛이 비친 탓에 압록강 물이 '붉은 물빛'으로 보이는 것이다. 즉, **화자는 해가 저물어 갈 때의 압록강의 모습을 '저문 압록강의 붉은 물빛'으로 표현했다**. 그리고 그 물빛이 국경 수비대의 칼날에 비친 것이다. 화자는 그 장면을 상상하면서 아버지에게 자신이 상상하고 있는 장면을 봤을 거라 말하고 있다.

> 그리고 아버지는
> 모든 남북의 마을을 다니시면서
> 하얀 소금을 한 되씩 팔았습니다.

➡ 아까 아버지는 '소금 장수'였다고 했다. 그리고 이 구절에서 화자의 아버지는 '모든 남북의 마을'을 다니면서 소금을 팔았다고 한다. 남한과 북한으로 나뉘어져 있는 현재 상황과 달리, 화자의 아버지가 살았을 시절에는 '**모든** 남북의 마을'을 다니면서 소금을 팔 수 있었나 보다. 남북을 모두 돌아다니며 소금을 팔았을 아버지의 모습을 '이미지화'해 주자.

> 때로는 서도* 노래도 흥얼거리고
> 꽃 피는 남쪽에서는 남쪽이라
> 밀양 아리랑도 흥얼거리셨지요.
>
> * 서도 : 황해도와 평안도를 통틀어 이르는 말.

➡ 화자는 성찰을 통해, 계속 아버지의 모습을 상상하고 있다. 남북의 마을을 모두 다니면서 소금을 팔았던 아버지기에, 때로는 북쪽 노래인 서도 노래를 흥얼거렸을 것이고, 때로는 남쪽 밀양 아리랑을 흥얼거렸을 것이다. 화자가 떠올리고 있는 아버지의 모습을 함께 '이미지화'해 주자.

Chapter 1
노베이스를 위한 문학 공부법

Chapter 2
문학 만점을 위한 기초 체력 키우기

Chapter 3
기출 적용편

현대시

고전시가

현대소설

고전소설

한마디로, 세월은 흘러서
멈추지 않는 물인지라
**젊은 아버지의 추억**은
ⓛ 이 땅에 남지도 않고
아버지는 하얀 소금이 떨어져서 돌아가셨습니다.

⇒ **아, 이 구절에서 화자가 지금 떠올리고 있는 아버지가 돌아가셨다는 걸 알 수 있다.** '성묘'라는 제목을 보고 이미 아버지가 돌아가셨다는 걸 알고 있었던 학생도 있었겠지만, 몰랐다면 여기에서 알아챘어야 했다. 그리고 이 구절의 마지막 부분을 보면 아버지는 '하얀 소금이 떨어져서' 돌아가셨다고 했는데, 진짜 아버지가 더 이상 팔 소금이 떨어져서 돌아가신 걸까? 아니다. 아버지가 돌아가셨기에, **이제는 더 이상 소금을 팔 수 없게 된 아버지의 모습**을 표현한 것이다.

또 '한마디로, 세월은 흘러서 멈추지 않는 물인지라'라는 구절을 보면, 화자는 '멈추지 않는 물의 속성'을 활용해서 세월이 멈추지 않고 흘러가는 것을 표현했다는 걸 알 수 있다. 세월이 흘러가면서, 아버지의 젊은 시절 추억은 지금 화자가 있는 '이 땅'에 남지 않고 사라진 것이다. 여기서 한 가지 의문은, **'왜 아버지의 젊은 시절 추억이, 화자가 있는 '이 땅'에 남지 않고 사라진 것일까?'** 라는 것이다.

시의 맨 첫 번째 행을 보자. 화자는 '아버지, 아직 남북통일이 되지 않았습니다'라고 말한다. 그리고 첫 번째 행 아래를 조금 더 읽어보면, 화자의 아버지는 남과 북을 모두 떠돌아다니면서 소금을 팔았다는 걸 알 수 있다. **즉, 화자의 아버지가 살아 있을 때는 '남북이 분단되기 전'이기 때문에 아버지가 남과 북 모두를 돌아다닐 수 있었던 것이다.** 그러나 지금은 남과 북이 분단되어 있다. 화자가 첫 번째 행에서 말했던 것처럼 '아직 남북통일이 되지 않은' 상황인 것이다. **그래서 화자는 '남과 북이 합쳐져 있었을 시절 아버지의 젊은 추억들'이 이제는 없어져 버렸다고 표현했다. 지금은 남과 북이 나뉘어 버렸으니까.** 쉬운 예시를 들자면, 마치 화자의 어린 시절 초등학교가 공사 때문에 없어지고 그곳에 주차장이 만들어진 상황이다. 그리고 화자는 초등학교가 사라진 자리를 보면서, 초등학교와 관련된 자신의 추억이 다 사라졌다고 생각하고 있는 것이다.

그리고 추가로 또 하나 감상할 수 있는 것은, '남지도 않고'라는 부분이다. '도'라는 조사를 주의해서 보면, 화자가 지금 아버지의 추억이 이 땅에 남지 않은 것에 대해서 **'안타까워하고'** 있음을 알 수 있다. 마치 '인사도 못 하고 떠났다'라는 구절에서, 글쓴이가 인사조차도 하지 못 하고 떠나버린 상황에 대한 안타까움을 표현한 것과 같다.

Chapter 1
노베이스를 위한 문학 공부법

Chapter 2
문학 만점을 위한 기초 체력 키우기

Chapter 3
기출 적용법

현대시

고전시가

현대소설

고전소설

> 아버지, 남북통일이 되면
> 또다시 ⓒ 이 땅에 태어나서
> 남북을 떠도는 청청한 **소금 장수**가 되십시오.

➡ 여기서 화자의 내면세계를 잡아내는 게 중요하다. 그냥 봤을 때는, 아버지에게 남북통일이 되면 다시금 태어나서 예전처럼 남북을 맘껏 떠돌아다니라고만 하는 거 같다. **하지만, 이 구절에는 동시에 '남북통일이 되기를 소망'하는 화자의 마음이 담겨 있다.** 지금은 이런 걸 잡아내는 게 힘들겠지만, 이런 내면세계를 읽어낼 수 있어야 1등급이 된다.

　왜 이 구절에, 남북통일이 되길 소망하는 화자의 내면세계가 담겨 있다고 봐야 하는 걸까? 지금까지 화자의 내면세계에 공감하고, 이미지화를 해주면서 읽은 학생이라면 이해하기 쉬울 것이다. 화자는 지금 남북 분단이 되면서 '젊은 시절 아버지의 추억'이 사라진 것에 대해 안타까워하고, 슬퍼하고 있었다. 그런 화자가 바라는 것은 무엇일까? **'젊은 시절 아버지의 추억'이 사라지지 않는 것, 다시금 생겨나는 것**일 테다. 다시 태어난 아버지가 예전과 같이 남과 북을 모두 누비려면, **아버지가 살아계실 때와 똑같이 분단되지 않은 상황이어야 한다.** 그러니 당연하게도, 화자는 '남북통일'을 소망하고 있다고 할 수 있는 것이다.

> "소금이여", "소금이여"
> 그 소리, **멀어져 가는 그 소리를 듣게** 하십시오.

➡ "소금이여"라는 말은 화자의 아버지가 살아계실 때 소금장수로 활동하면서 자주 외쳤던 말인 거 같다. 그래서 화자는 아버지가 다시 태어난다면 분단되기 전처럼, 남과 북 모두를 "소금이여"라고 외치면서 자유롭게 다니시길 바라는 것이다.

　또 **'~시오'라는 말을 반복하면서, 앞서 화자가 소망하던 '남북통일'이 되었으면 하는 마음을 강조하고 있다.** 앞서도 말했지만, '반복'은 '강조'의 효과가 있다고 했다. '~시오'

라는 말을 한 번 더 반복하면서, 바로 앞 구절에서 드러난 내면세계를 강조하고 있는 것이다. 앞 구절에서 화자의 내면세계는 '남북통일이 되어서 아버지의 추억이 사라지지 않는 것 또는 아버지의 추억이 되살아나는 것을 바라는 마음'이었다. 따라서 이 구절에서도 '동일한' 내면세계가 '강조'되고 있음을 알 수 있다.

- 고은, 「성묘」-

(나)

> 외할머니네 **집 뒤안**에는 장판지 두 장만큼한 먹오딧빛 **툇마루**가 깔려 있습니다.

⇒ '이미지화' 해준다. '집 뒤안'이 정확히 어디인지는 모르겠지만, '뒤안'이니까 뭔가 '뒤꼍'같은 곳이 아닐까 싶다. 그리고 그 외할머니 집 뒤안에는 장판지 두 장 크기인 '먹오딧빛 툇마루'가 깔려있다고 한다. '먹오딧빛'이 정확히 무슨 색인지는 모르겠으나, '먹'이 검정색이고, '오디'가 보라색이니 이와 비슷한 색깔이 아닐까 하고 생각할 수 있다. '툇마루'도 정확히 무엇인지는 모르겠는데, '마루'라고 하니까 뭔가 앉을 수 있는 곳 같다. 이렇게 모르는 단어가 나오면, 혼자 시를 읽고 분석할 때 꼭 전부 검색해 보고 이미지도 찾아보면서 배경지식으로 쌓아놓아야 한다. '집 뒤안', '먹오딧빛', '툇마루' 등 모르는 단어는 꼭 인터넷에 검색해서, 그 뜻과 이미지를 찾아보자.

그리고 지금 화자가 외할머니집 툇마루를 '회상'하고 있는 건지, 아니면 외할머니 집에 있는 먹오딧빛 툇마루를 실제로 보고 있는 건지는 아직 모르겠다. 좀 더 읽어보자.

> 이 툇마루는 외할머니의 손때와 그네 딸들의 손때로 날이날마닥 칠해져 온 것이라 하니 내 어머니의 처녀 때의 손때도 꽤나 많이는 묻어 있을 것입니다마는,

⇒ 이 구절에서 화자는 자신이 언젠가 들었던 '외할머니의 손때와 그네 딸들의 손때로 날이날마닥 칠해져 온 것'이라는 말을 떠올리면서, '우리 엄마와 이모들이 날마다 이 툇마루에 앉았고 또 만졌다고 들었는데, 그럼 우리 엄마가 처녀 시절일 때 만졌던 흔적도

Chapter 1
노베이스를 위한 문학 공부법

Chapter 2
문학 만점을 위한 기초 체력 기우기

Chapter 3
기출 적용편

현대시

고전시가

현대소설

고전소설

묻어 있겠네'라는 생각을 하는 상황이다. 이때 화자 입장에서, '외할머니의 딸들'은 '화자의 어머니'와 '이모들'일 것이다. 또 여기서 '그네'라는 말은, '외할머니'를 가리키는 말이다. 원래 '그네'는 '그들'처럼 '여러 명'을 지칭하는 말인데, 여기서는 '외할머니' 한 명을 지칭하는 말로 쓰이고 있다. 이렇게 생각할 수 있는 이유는, '그네 딸들'이라고 했으니까 맥락상 '외할머니의 딸들'이라고 해석하는 것이 적절하기 때문이다. '그네'라는 단어가 쓰인 것은 문법에 맞지 않는 표현도 허용하는 '시적 허용'이 일어난 것이다. '그네'는 문학 작품에 종종 나오는 단어로, 꼭 알아놓자.

그리고 화자가 '이 툇마루'라고 하는 데서, 지금 화자가 툇마루를 보고 있다는 걸 알 수 있다. 만약 '회상'을 하고 있는 중이었다면 '이 툇마루'가 아니라 '그 툇마루'라고 했을 것이다. 우리가 '그 사람 참 멋지더라'라고 할 때, '그 사람'은 지금 화자가 회상하고 있는 사람이다. 반면 '이 사람은 참 믿을만해'라고 할 때 '이 사람'은 화자 바로 옆에 있는 사람을 말한다. 따라서, '이 툇마루'라고 할 때 '툇마루'는 지금 화자가 보고 있는 대상을 뜻한다고 봐야 한다.

> 그러나 그것은 하도나 많이 문질러서 인제는 이미 때가 아니라, 한 개의 **거울**로 번질번질 닦이어져 어린 내 얼굴을 들이비칩니다.

⇒ '이미지화' 해주자. 계속 툇마루에 대한 설명을 이어 나가고 있다. 툇마루를 하도 문질러서, '거울'처럼 툇마루에 화자의 얼굴이 비치나 보다. '인제는 이미 때가 아니라'라는 말을 해석하자면, 툇마루를 너무 문지른 탓에 이제는 지울 수 있는 '때'나 '먼지'를 넘어서서 아예 거울처럼 반질반질 해졌다는 뜻이다. 우리가 무언가를 처음 만졌을 때는 손때가 묻고 먼지가 묻지만, 계속 반복해서 만지다 보면 손때를 넘어서서 칠이 벗겨지고 반질반질해지는 것과 같다.

화자는 반질반질해진 툇마루 속 자신의 얼굴을 보고 있다. 그런데 화자는 툇마루에 그냥 자신의 얼굴이 비친다고 하지 않는다. '어린' 자신의 얼굴이 비친다고 말한다. 시인인 화자가 진짜 자신을 '어린 내 얼굴'이라고 말한 건 아닐 것이다. 실제로 '어린 화자'라면, 자신의 얼굴을 '어린 얼굴'이라고 표현하지 않을 것이기 때문이다.

뒤 구절을 슬쩍 보니, 어린 시절 툇마루와 관련된 자신의 추억을 말하고 있다. 그럼 지금 도대체 무슨 상황인 걸까? **화자는 지금, 툇마루에 비친 자신의 얼굴을 보면서 '회상'에 잠기는 것이다.** 성인이 된 화자가 툇마루에 비친 자신의 얼굴을 보면서, 툇마루와 관련된 어린 시절 추억을 회상하고 있다는 걸 알 수 있다.

> 그래, 나는 어머니한테 **꾸지람**을 되게 들어 따로 어디 갈 곳이 없이 된 날
> 은, 이 외할머니네 때거울 툇마루를 찾아와, 외할머니가 장독대 옆 뽕나무
> 에서 따다 주는 **오디 열매**를 약으로 먹어 숨을 바로 합니다.

⇒ 화자는 어린 시절 툇마루와 관련된 추억을 구체적으로 회상하고 있다. 어린 시절 어머니에게 꾸지람을 듣고 외할머니 집으로 갔던 순간을 떠올린다. 위 구절에서 '숨을 바로 한다'라는 말이 있는데, 이에 대한 해석은 2가지 정도로 할 수 있다. **첫 번째로는 어머니에게 꾸지람을 들은 화자가 속상한 마음에 외할머니 집으로 빨리 '뛰어간' 것이다.** 그래서 숨이 찬 것이고, 오디 열매를 먹으면서 숨을 고른 것이다.

**두 번째 해석으로는, 화자가 어머니에게 꾸지람을 들어서 '울었다'고 생각할 수 있다.** 울면 훌쩍거리게 되고, 숨이 찬다. 할머니가 오디 열매를 따다 주면서, 숨이 찰 듯 울고 있는 화자를 달래줬던 것이라고 해석할 수도 있다. 어떤 해석으로 이해했든 핵심은 해당 구절을 읽으면서 '오디 열매가 어린 화자를 편안하게 해주는 것'이었음을 이해했어야 한다는 것이다.

> **외할머니의 얼굴**과 내 얼굴이 나란히 비치어 있는 이 툇마루에까지는 어머
> 니도 그네 꾸지람을 가지고 올 수 없기 때문입니다.

⇒ 이 구절에서는 화자가 '왜 외할머니 집으로 뛰어왔는지'를 말해주고 있다. 외할머니 집에 있는 툇마루까지는 어머니도 꾸지람을 가지고 올 수 없다는 점에서, 화자에게 외할머니집 툇마루는 '피난처'였던 것이다. 이 구절을 통해, 어린 시절 화자는 툇마루를 '안락한 공간', '회복의 공간'으로 인식하고 있었음을 알 수 있다. **그리고 지금의 화자는 어린 시절 피난처 역할을 해줬던 그때의 툇마루가 그리워서, '회상'하고 있는 것이다.** 어린 시절 화자에게 안식처 역할을 했던 '툇마루'는 더 이상 없다. 지금 화자는 성인이 되어버렸기 때문에, 지금의 툇마루는 예전 어린 화자에게 되어주었던 '피난처'가 아니다. 그래서

성인이 된 화자는 어린 시절 자신의 '피난처'였던 툇마루가 그리운 것이다. 「성묘」에서도 설명했지만 화자가 '지금 존재하지 않는' 대상을 회상하고, 그 대상을 '긍정적으로' 인식하고 있다면 대상을 '그리워'하고 있는 것이다. 지금도 툇마루는 여전히 존재하지만 '피난처 역할로서의 툇마루'는 더 이상 존재하지 않는다. 성인이 된 화자에게 툇마루는 더 이상 피난처 역할을 해주지 못하기 때문이다. 따라서 화자는 '현재 툇마루'를 보면서, 어린 시절 피난처 역할을 해줬던 '과거의 툇마루'를 그리워한다고 할 수 있는 것이다.

– 서정주, 「외할머니의 뒤안 툇마루」 –

● 문제 해설 ●

## (가)

아버지. 아직 남북통일이 되지 않았습니다.
일제 시대 소금 장수로
㉠ 이 땅을 **떠도신** 아버지.
아무리 아버지의 두만강 압록강을 생각해도
눈 안에 선지가 생길* 따름입니다.
아버지의 젊은 시절
두만강의 회령 수양버들을 보셨지요.
**국경 수비대의 칼날에 비친**
**저문 압록강의 붉은 물빛을 보셨지요.**
그리고 아버지는
모든 남북의 마을을 다니시면서
하얀 소금을 한 되씩 팔았습니다.
때로는 서도* 노래도 흥얼거리고
꽃 피는 남쪽에서는 남쪽이라
밀양 아리랑도 흥얼거리셨지요.
한마디로, 세월은 흘러서
멈추지 않는 물인지라
**젊은 아버지의 추억은**
㉡ 이 땅에 남지도 않고
아버지는 하얀 소금이 떨어져서 돌아가셨습니다.

## 1. (가)와 (나)의 공통점으로 가장 적절한 것은?

> ① 유사한 시구를 점층적으로 변주하여
>    리듬감을 형성하고 있다.

⇒ 유사한 시구를 점층적으로 변주하면 리듬감이 형성되긴 한다. '리듬감'이 생기기 위해서는 '반복'이 있어야 하는데, '점층적으로 변주'하는 것이 '반복'의 효과를 가져오기 때문이다. 예를 들어서, 유사한 시구를 점층적으로 변주한다는 것은, '엄마는 아름답다, 여성은 아름답다, 인간은 아름답다'와 같은 구절을 말한다. **'점층적'이라고 하려면 화자가 인식하고 있는 대상의 범위가 넓어져야 한다.** 예시에서는 엄마, 여성, 인간 순으로 인식 대상의 범위가 넓어지기에 '점층적'이라고 할 수 있고, 이렇게 유사한 구절

Chapter 1
노베이스를 위한 문학 공부법

Chapter 2
문학 만점을 위한 기초 체력 키우기

Chapter 3
기출 적용편

현대시

고전시가

현대소설

고전소설

아버지, 남북통일이 되면
또다시 ⓒ이 땅에 태어나서
남북을 떠도는 청청한 **소금 장수**가 되십시오.
"소금이여", "소금이여"
그 소리, **멀어져 가는 그 소리를 듣게** 하십시오.

                      - 고은, 「성묘」 -

\* 눈 안에 선지가 생길 : 눈에 핏발이 설.
\* 서도 : 황해도와 평안도를 통틀어 이르는 말.

**(나)**

  외할머니네 **집 뒤안**에는 장판지 두 장만큼한 먹오딧빛 **툇마루**가 깔려 있습니다. 이 툇마루는 외할머니의 손때와 그네 딸들의 손때로 날이날마다 칠해져 온 것이라 하니 내 어머니의 처녀 때의 손때도 꽤나 많이는 묻어 있을 것입니다마는, 그러나 그것은 하도나 많이 문질러서 인제는 이미 때가 아니라, 한 개의 **거울**로 번질번질 닦이어져 어린 내 얼굴을 들이비칩니다.

  그래, 나는 어머니한테 **꾸지람**을 되게 들어 따로 어디 갈 곳이 없이 된 날은, 이 외할머니네 때 거울 툇마루를 찾아와, 외할머니가 장독대 옆 뽕나무에서 따다 주는 **오디 열매**를 약으로 먹어 숨을 바로 합니다. **외할머니의 얼굴**과 내 얼굴이 나란히 비치어 있는 이 툇마루에까지는 어머니도 그네 꾸지람을 가지고 올 수 없기 때문입니다.

                 - 서정주, 「외할머니의 뒤안 툇마루」 -

을 점층적으로 반복하면 리듬감은 자연스레 형성된다.

  (가), (나)에서는 유사한 시구를 점층적으로 변주하여 리듬감을 형성하는 부분은 찾아볼 수 없다.

> ② 부정적 현실에 대해 거리를 두어 관조하는 태도를 취하고 있다.

⇒ '**관조**'라는 것은 화자가 자신의 내면세계를 거치지 않고, 외부세계를 있는 그대로 바라보는 것을 말한다. 그래서 사실 관조를 하고 있는 시는 시험에 나오기 힘들다. 왜냐하면 대부분의 문학 작품들은 화자가 자신의 내면세계를 통해서 바라본 외부세계를 담고 있기 때문이다. 또 문학을 통해 측정하려 하는 것이 '내면세계 공감' 능력이기 때문에, 내면세계가 나타나 있지 않은 작품은 나오기 힘든 것이다.

  (가)에서는 화자가 '남북 분단' 상황을 부정적으로 바라보고 있다는 걸 알 수 있다. '남북 분단' 때문에 아버지의 추억이 사라졌기 때문이다. 하지만 이러한 부정적 현실에 대해 거리를 두고 관조하고 있진 않다. 오히려 마지막 부분에서 '남북통일'에 대한 소망을 드러내고 있었다. 즉, 부정적 현실을 극복하길 희망하는 것이다. **한편 (나)에서는 아예 화자가 현실을 부정적으로 인식하고 있지 않았다.** 그저 외할머니 집 툇마루와 관련된 어린 시절 추억을 떠올리고 있었을 뿐이다. 그리고 화자가 지금 자신의 어린

시절을 추억하고 있는 상황이기 때문에 '관조'하고 있는 것도 아니다.

Chapter 1
노베이스를 위한 문학 공부법

Chapter 2
문학 만점을 위한 기초 체력 키우기

Chapter 3
기출 적용법

현대시

고전시가

현대소설

고전소설

> ③ 어린 화자의 목소리를 활용하여 동화적인 분위기를 조성하고 있다.

⇒ '동화적인 분위기'라는 것은, '흥부와 놀부', '콩쥐 팥쥐'처럼 어린이들을 위해서 지은 작품에서 느껴지는 분위기가 느껴진다는 것이다. 어린 화자의 목소리를 이용하면 동화적인 분위기를 조성할 수 있다.

우선 (가)는 '어린 화자의 목소리'가 없다. 화자를 '어리다'라고 볼만한 근거가 없기 때문이다. 또 화자가 '아버지'라고 부르는 것을 보고, '어린 화자'라고 잘못 판단했다고 하더라도, '동화적인 분위기'에서 오답을 확신했어야 한다. 한편 (나)도 어린 화자의 목소리가 없다. 착각하기 쉬웠을 거 같은데, 화자는 지금 성인이고 자신의 어린 시절을 '회상'하고 있는 것이다. 이는 화자가 자신의 얼굴을 직접 '어리다'라고 표현한 점, 자신의 상황을 객관적으로 파악하면서 서술하고 있다는 점에서 확인할 수 있다. '어린 화자'가 아니기 때문에, 동화적인 분위기도 없다.

> ④ 색감을 드러내는 시어를 활용하여 대상을 선명한 이미지로 제시하고 있다.

⇒ **'색감을 드러내는 시어'는 '색채어'의 다른 말이다.** (가)에서는 '붉은 물빛', '하얀 소금'과 같은 단어에서 색채어가 사용되었음을 알 수 있다. 이렇게 색채어를 사용하면 대상을 더욱 생생하고 선명하게 표현할 수 있다. 그냥 '물빛'이라고 하는 것보다 '붉은 물빛'이라고 하면 물빛의 이미지가 더 구체적으로 상상되기 때문이다. (나)에서는 '먹오딧빛 툇마루'라는 구절에서 색채어가 사용되었음을 알 수 있다. 마찬가지로, 대상을 더욱 선명한 이미지로 제시하는 효과가 생긴다. 따라서 ④번이 정답이다.

> ⑤ 역설적 표현을 사용하여 모순적인 상황에 대한 반성적인 자세를 보여 주고 있다.

⇒ 역설적 표현이라 함은, '소리없는 아우성' 등과 같이 말이 안 되는 표현을 말한다. (가), (나) 모두 역설적 표현은 없었고, 모순적 상황에 대한 반성적인 자세도 없었다.

## 2. <보기>를 참고하여 (가)의 ㉠~㉢을 감상한 내용으로 가장 적절한 것은?

> <보 기>
>
> 우리가 삶에서 경험하는 구체적인 장소는 사람과 그가 처한 상황에 따라 다른 의미를 갖는다. 「성묘」에서도 '이 땅'은 실제로는 같은 공간이라고 하더라도 과거, 현재, 미래의 시간적 배경이 변함에 따라 그것의 의미는 다양하게 드러난다.

⇒ 납득한다. 시간의 흐름에 따라서, '남북 통일이 되어 있었을 때의 땅'이 '분단 이후의 땅'으로 바뀔 수 있고, 이에 따라 그 땅의 의미도 바뀔 것이다.

> ① 한곳에 머물지 않고 '떠도신' 아버지의 삶을 화자가 떠올리고 있다는 점에서 ㉠은 화자에게 아버지에 대한 원망스러운 감정을 느끼게 하는 장소이다.

⇒ 우선 '원망스러운 감정'이라는 말을 보자마자 오답이라고 판단했어야 한다. 화자의 내면세계에 제대로 공감하면서 읽었던 학생이라면 매우 쉽게 판단했을 것이다. 화자는 아버지를 '회상'하면서 안타까워하고, 슬퍼하고 있었지, 아버지를 '원망'하진 않았다.

㉠은 아버지가 살아 계실 때 떠돌아다녔던 땅을 의미하는 것으로, 화자에게 '아버지와 관련된 추억'과 분단 이전의 상황을 떠올리게 하는 것이다.

> ② 화자가 ㉠과 관련하여 '국경 수비대의 칼날에 비친 / 저문 압록강의 붉은 물빛'을 언급하고 있다는 점에서 화자에게 ㉠은 복원된 민족의 정체성을 깨닫게 하는 장소이다.

⇒ ㉠에서 화자가 '복원된 민족의 정체성'을 깨닫고 있었나? 일단 민족의 정체성이 '복원됐다'고 하려면 민족의 정체성이 '해체'된 상황이 나와야 한다. '복원'이라는 말 자체가, '다시 원래대로 회복한다'는 뜻이기 때문이다. 시에서 민족의 정체성이 해체됐다고

Chapter 1
노베이스를 위한 문학 공부법

Chapter 2
문학 만점을 위한 기초 체력 키우기

Chapter 3
기출 적용편

현대시

고전시가

현대소설

고전소설

볼 만한 것은 '남북'이 분단된 상황이다. 하나였던 민족이 둘로 나눠진 것이기 때문에, 민족의 정체성이 해체되었다고 할 수 있다. 따라서 맥락상 민족의 정체성이 '복원'됐다고 하려면 '남북이 다시 통일되어 하나가 되는 것과 관련된 상황'이 있어야 한다. 하지만 시에 그런 부분은 없다.

㉠이 남북이 분단되지 않았을 때를 말하는 건 맞지만, ㉠이 민족 정체성이 '복원된' 시점은 아니다. '복원되었다'고 하려면 이전에 분단이 되었다가 다시 통일이 되어야 하는데, ㉠은 아예 분단을 겪지 않은 상태이기 때문이다. 그리고 또 ㉠은 화자가 민족 정체성을 깨닫는 장소도 아니다. 따라서 '민족의 정체성'이라는 말도 ㉠과 아무 관련 없는 말이다.

> ③ '젊은 아버지의 추억'이 사라지고 없다는 점에서 ㉡은 화자가 세대교체를 통하여 미래지향적인 변화를 추구하는 장소임을 알 수 있다.

➡ 화자의 내면세계가 지금 '세대교체를 통해서 미래지향적인 변화'를 추구하려는 거였나? 말도 안 된다. ㉡은 그저 화자가 '젊은 아버지의 추억'이 분단 때문에 사라진 것에 대해 안타까워하고, 슬퍼하는 장소였을 뿐이다.

공간적 배경이 과거에서 현재로 바뀌면서, 아버지에서 화자로의 '세대교체'는 일어났다고 할 수 있지만, 화자가 세대교체를 통해서 미래지향적인 변화를 추구하진 않았다. 또 화자가 통일을 지향하고 있다는 점에서 ㉡을 미래지향적인 변화를 추구하는 장소로 볼 수는 있지만, '젊은 아버지의 추억'이 사라지고 없다고 말한 구절에서 '미래지향적인 변화'를 말하고자 한 것은 아니다.

> ④ 아버지가 '소금 장수'로 다시 태어나기를 바라는 모습을 통해 ㉢은 화자가 가업을 이어 아버지의 꿈을 실현하려는 장소임을 알 수 있다.

➡ 화자가 지금 자기도 '소금 장수'를 하고 싶어서 아버지보고 소금 장수로 다시 태어나라고 했던 걸까? 말도 안 된다. 아버지가 '소금 장수'로 다시 태어나길 바라는 건, '소금 장수'로 남북을 자유롭게 누비셨던 것처럼, **다시 태어나서도 자유롭게 남과 북을 누비셨으면 좋겠다는 뜻에서 한 말**이다. 그리고 ㉢은 미래의 시점의 한국을 말하는 것으로, 화

자가 '남북통일이 돼서 아버지가 예전처럼 남과 북을 마음껏 떠돌아다닐 수 있기를 희망'하는 장소다.

> ⑤ '멀어져 가는 그 소리를 듣게' 하라는 표현을 통해 ⓒ은 화자가 자신의 바람이 현실화되기를 희망하는 장소임을 알 수 있다.

➡ ⓒ은 ④번 해설에서 '미래 시점의 한국'을 의미하는 것이라 했었다. 즉, 남북통일이 된 이후의 한국으로, 아버지가 다시 태어난다고 했을 때 "소금이요"라는 멀어져 가는 그 소리를 들을 수 있는 공간이다. 즉, ⓒ은 남과 북 어디로든 자유롭게 갈 수 있는 공간을 의미하며, 화자가 '남북통일'이라는 자신의 바람이 현실화되기를 희망하는 장소라 할 수 있다.

●답 : ⑤

## 3. (나)에 대한 이해로 적절하지 않은 것은?

> ① '집 뒤안'은 화자가 툇마루에 담겨 있는 유년 시절과 단절되었음을 보여 준다.

➡ '집 뒤안'은 툇마루가 있는 공간으로, 화자의 유년 시절 추억이 담겨 있는 공간 중 하나였다. 그리고 시에서 화자는 그 **'툇마루'를 통해서 자신의 유년 시절을 회상**하고 있었다. 따라서 '집 뒤안'이, 화자의 툇마루에 담겨 있는 유년 시절과 단절되어 있다는 건 말이 안 된다.

> ② '거울'은 손때가 툇마루에 쌓여 있는 오랜 세월의 흔적을 환기한다.

➡ 시에서 화자가 회상하는 '툇마루'는 하도 많이 문질러서 화자의 '얼굴'이 비칠 정도였다. 하도 문질러서 툇마루가 '때거울'이 되어버렸다는 것은, 툇마루에 그만큼 오랜 세월이 쌓여있다는 사실을 떠올리게 하므로, ②번은 맞는 말이다.

**Chapter 1**
노베이스를 위한 문학 공부법

**Chapter 2**
문학 만점을 위한 기초 체력 키우기

**Chapter 3**
기출 적용편

현대시

고전시가

현대소설

고전소설

③ 툇마루는 '꾸지람'을 들은 뒤 찾아가 위안을 얻었던 화자의 경험을 환기
한다.

➡ 내면세계에 공감했으면 바로 판단할 수 있었을 것이다. 화자는 외할머니 집안 툇마루를 회상하면서, 자신이 어머니에게 꾸지람을 들은 뒤 툇마루에 가서 할머니에게 위안을 얻었던 경험을 떠올리고 있었다.

④ 툇마루를 찾아온 화자에게 외할머니가 건네 준 '오디 열매'는 외할머니
의 사랑을 드러낸다.

➡ 당연하다. 어머니에게 꾸중을 들어서 속상한 유년 시절 화자를 달래려고 외할머니가 화자에게 건네 준 오디 열매는, 외할머니의 사랑을 드러내는 것으로 보는 것이 적절하다.

⑤ 툇마루에 비치는 '외할머니의 얼굴'은 화자와 외할머니 사이의 친밀감
을 드러낸다.

➡ '외할머니 얼굴과 내 얼굴이 나란히 비치는' 툇마루라는 표현에서 유년 시절 화자가 외할머니랑 나란히 툇마루에 앉아 있었다는 걸 알 수 있다. 유년 시절 화자는 툇마루에서 외할머니에게 위로와 사랑을 받았으므로, 화자와 외할머니의 얼굴이 나란히 비친 툇마루에서 서로 간의 친밀감이 드러난다는 건 적절하다.

✅ 답 : ①

# 2011학년도 6월
# 「강우」, 「성탄제」, 「서해」

(가)  조금 전까지는 거기 있었는데
　　　어디로 갔나,
　　　㉠ 밥상은 차려놓고 어디로 갔나,
　　　넙치지지미 맵싸한 냄새가
　　　코를 맵싸하게 하는데
　　　어디로 갔나,
　　　이 사람이 갑자기 왜 말이 없나,
　　　내 목소리는 ㉡ 메아리가 되어
　　　되돌아온다.
　　　내 목소리만 내 귀에 들린다.
　　　이 사람이 어디 가서 잠시 누웠나,
　　　옆구리 담괴가 다시 도졌나, 아니 아니
　　　㉢ 이번에는 그게 아닌가 보다.
　　　한 뼘 두 뼘 어둠을 적시며 비가 온다.
　　　혹시나 하고 나는 밖을 기웃거린다.
　　　나는 ㉣ 풀이 죽는다.
　　　빗발은 한 치 앞을 못 보게 한다.
　　　왠지 느닷없이 그렇게 퍼붓는다.
　　　㉤ 지금은 어쩔 수가 없다고,

　　　　　　　　　　　　　　　- 김춘수, 「강우(降雨)」 -


(나)  어두운 방안엔
　　　빠알간 숯불이 피고,

　　　외로이 늙으신 할머니가

Chapter 1
노베이스를 위한 문학 공부법

Chapter 2
문학 만점을 위한 기초 체력 키우기

Chapter 3
기출 적용편

현대시

고전시가

한대소설

고전소설

애처로이 잦아드는 어린 목숨을 지키고 계시었다.

이윽고 눈 속을
아버지가 약을 가지고 돌아오시었다.

아 아버지가 눈을 헤치고 따오신
그 붉은 산수유 열매—

나는 한 마리 어린 짐생,
젊은 아버지의 서느런 옷자락에
열로 상기한 볼을 말없이 부비는 것이었다.

이따금 뒷문을 눈이 치고 있었다.
그날 밤이 어쩌면 성탄제의 밤이었을지도 모른다.

어느새 나도
그때의 아버지만큼 나이를 먹었다.

옛것이라곤 찾아볼 길 없는
성탄제 가까운 도시에는
이제 반가운 그 옛날의 것이 내리는데,

서러운 서른 살 나의 이마에
불현듯 아버지의 서느런 옷자락을 느끼는 것은,

눈 속에 따오신 산수유 붉은 알알이
아직도 내 혈액 속에 녹아흐르는 까닭일까.

- 김종길, 「성탄제(聖誕祭)」 -

**(다)** 아직 서해엔 가보지 않았습니다
어쩌면 당신이 거기 계실지 모르겠기에

그곳 바다인들 여느 바다와 다를까요
검은 개펄에 작은 게들이 구멍 속을 들락거리고
언제나 바다는 멀리서 진펄에 몸을 뒤척이겠지요

당신이 계실 자리를 위해
가보지 않은 곳을 남겨두어야 할까봅니다
내 다 가보면 당신 계실 곳이 남지 않을 것이기에

내 가보지 않은 한쪽 바다는
늘 마음속에서나 파도치고 있습니다

- 이성복, 「서해」 -

---

1. (가)~(다)의 공통점으로 적절한 것은?

   ① 대구의 방식을 활용하여 리듬감을 주고 있다.
   ② 사물에 인격을 부여해 시적 정서를 드러내고 있다.
   ③ 도치의 방식을 활용하여 대상과의 거리를 좁히고 있다.
   ④ 감각적 심상을 통해 화자의 현재 상황을 나타내고 있다.
   ⑤ 감탄사를 사용하여 화자의 고조된 감정을 나타내고 있다.

2. (가)와 (나)에 대한 설명으로 적절하지 <u>않은</u> 것은?

   ① (가)에서는 독백적 어조로 화자의 내면을 드러내고 있다.
   ② (나)에는 과거와 현재를 연결하는 매개체가 있다.
   ③ (가)와 달리 (나)에는 과거 장면에 대한 묘사가 나타나 있다.
   ④ (나)와 달리 (가)에는 그리움의 정서가 나타나 있다.
   ⑤ (가)와 (나)에는 모두 시상을 집약하는 소재가 나타나 있다.

Chapter 1
노베이스를 위한 문학 공부법

Chapter 2
문학 만점을 위한 기초 체력 기우기

Chapter 3
기출 적용편

현대시

고전시가

현대소설

고전소설

3. (가)의 ㉠~㉤에 대한 설명으로 가장 적절한 것은?

① ㉠은 화자의 마음이 '이 사람'과 함께했던 때와 마찬가지로 평온함을 나타낸다.

② ㉡은 화자와 '이 사람' 사이의 소통을 나타낸 것으로, 화자가 '이 사람'과 공감하고 있음을 나타낸다.

③ ㉢에서 화자는 스스로 던진 질문에 대한 대답을 통해 '이 사람'과 관련된 상황이 그 이전과는 다름을 스스로 인식하고 있다.

④ ㉣에는 존재를 드러내지 않는 '이 사람'에 대한 배신감이 드러나 있다.

⑤ ㉤에는 '이 사람'의 부재를 인정하지 않겠다는 화자의 다짐이 나타난다.

4. 〈보기〉를 참고하여 (다)를 이해한 내용으로 적절하지 않은 것은?

〈보 기〉

「서해」에서 화자는 바다에 다양한 의미를 부여하면서 '당신'에 대한 역설적 태도를 드러낸다.

① 제1연에서 화자가 '서해'에 가 보지 않은 것은 '당신' 때문이야. 화자는 '당신' 때문에 '서해'를 특별한 공간으로 여기는 것이지.

② 제2연에서 '그곳 바다'는 화자가 아직 알지 못하는 바다이고, '여느 바다'는 화자가 알고 있는 바다야. 그런데도 화자는 두 바다가 다르지 않을 것이라고 추측하고 있어.

③ 제2연의 제2~3행에서 화자는 '여느 바다'의 심상을 통해 '그곳 바다'를 추측하고 있어. 그런데 '멀리서'로 보아, 화자와 '당신' 사이에는 어떤 거리감이 있음을 알 수 있어.

④ 제3연에서 '계실 자리'와 '가보지 않은 곳'은 바다를 가리켜. '남겨두어야 할까봅니다'에는 지금은 '당신'에게 갈 수 없지만 나중에라도 가야겠다는 화자의 의지가 담겨 있어.

⑤ 제4연의 '한쪽 바다'는 화자가 '당신'이 계실 것으로 추측하는 곳이야. 그곳은 항상 화자의 마음속에 존재해.

**(가)**

> 조금 전까지는 거기 있었는데
> 어디로 갔나,

⇒ 지금 조금 전까지 있었던 '무언가'가 사라졌고, 화자는 사라진 '무언가'를 찾고 있는 상황인 거 같다.

> ㉠ <u>밥상은 차려놓고</u> 어디로 갔나,

⇒ 앞 구절까지만 읽었을 때는 화자가 무엇을 찾고 있는지 몰랐는데, 이 구절까지 읽어 보니 '사람'을 찾고 있는 거 같다. **'밥상을 차리는 것'은 사람만 할 수 있는 일이기 때문이다.** 그리고 '밥상은 차려놓고'라는 부분에 주목해서 조금 더 생각해 보면, 남편이 지금 '아내'에게 "밥 차려 놓고 어딜 갔나"라고 말하는 게 아닐까 하고 추측할 수 있다. 보통 집에서 밥상을 차리는 것은 '아내' 또는 '어머니'인데, 반말을 하고 있으니 '아내'인 거 같다.

> 넙치지지미 맵싸한 냄새가
> 코를 맵싸하게 하는데
> 어디로 갔나,

⇒ 밥상에 '넙치지지미'가 있나 보다. '넙치지지미'가 정확하게 뭔지는 몰라도 생선의 한 종류인 거 같다. '이미지화'해주면서 읽어가자. 화자는 밥상에 차려진 넙치지지미 냄새를 맡으면서 계속해서 사라진 '아내'를 찾고 있다.

그리고 **'맵싸한 냄새'라는 단어를 보면서 순간 '맵싸한 냄새'가 느껴졌어야 한다.** 항상 심상을 떠올려야 한다고 했다. 그래야 문제에서 이런 것들을 물어봤을 때, 다시 시로 돌아가지 않고 빨리 맞힐 수 있기 때문이다. '맵싸한 냄새'라는 단어를 보자마자 맵싸한 냄새가 느껴질 정도로, '이미지화'하는 걸 습관화 해놓자.

Chapter 1
노베이스를 위한 문학 공부법

Chapter 2
문학 만점을 위한 기초 체력 키우기

Chapter 3
기초 적용편

현대시

고전시가

현대소설

고전소설

이 사람이 갑자기 왜 말이 없나,

➡ 화자가 찾고 있는 '아내'는 지금 집에서 사라진 상태니까, 아무리 "어디 갔나"라고 외쳐봐도 대답이 없을 것이다.

내 목소리는 ㉡ 메아리가 되어
되돌아온다.
내 목소리만 내 귀에 들린다.

➡ '메아리가 되어 되돌아온다'라고 했으니, 화자는 지금 사라진 '아내'를 향해 "어디로 갔나"라고 외치고 있다는 걸 알 수 있다. 하지만 화자가 아무리 외친다 한들, 집에는 아무도 없기 때문에 자기 목소리만 다시 귀에 들릴 뿐이다.

이 사람이 어디 가서 잠시 누웠나,
옆구리 담괴가 다시 도졌나, 아니 아니
㉢ 이번에는 그게 아닌가 보다.

➡ 화자는 갑자기 사라진 '아내'가 무엇을 하러 간 건지 추측하고 있다. 쉬려고 잠시 어디론가 가서 누워 있는 건지, 아니면 옆구리에 또다시 담이 생겨서 어디에 누워 있는 건지 생각한다. 그리고 학생들이 여기서 질문하는 것 중 하나가, '옆구리 담괴가 다시 도졌나'라는 부분을 회상으로 볼 수 있냐는 것이다. 답을 하자면, 이 부분은 '회상'은 아니다. 이건 화자의 내면세계에 공감해 보면 쉽게 판단할 수 있다. 화자는 지금 아내가 보이지 않으니까 '화장실 갔나? 어디 아픈가?' 정도로 생각하고 있는 상황이다. 아내와의 추억을 구체적으로 회상하고 있는 상황은 아니다.

아내가 왜 갑자기 사라진 건지 추측하던 화자는 '이번에는 그게 아닌가 보다'라고 말한다. 뭔가 쎄하다. 화자가 느끼기에, 여태까지 '아내'가 사라졌을 때와는 뭔가 다른 느낌인가 보다. **여기서는 '는'이라는 단어에 주목해야 한다.** 화자가 '이번에는 그게 아닌가 보다'라고 하는 점에서, 화자는 아내가 예전처럼 어디 '잠시' 누워 있으려고 간 게 아니라고 생각한다. **화자는 지금 사라진 '아내'가 '아예 사라져 버린 거 같은' 불안한 느낌이 드는 것이다.**

> 한 뼘 두 뼘 어둠을 적시며 비가 온다.

⇒ '한 뼘 두 뼘 어둠을 적시며 비가 온다'고 하는데, 여기서 '어둠을 적신다'는 게 무슨 말일까? 이 구절은 화자가 감각적으로 표현한 구절이다. **이런 구절을 해석하기 위해서는 '지금 화자가 보고 있는 게 무엇일지' 생각해 보면 된다고 했었다.** 생각해 보자면, 화자는 지금 하늘을 바라보고 있고, 하늘에서는 비가 내리는 거 같다. 이때 '어둠을 적신다'고 했으니, 뭔가 지금 '밖이 어두운 상황'이 아닐까 하고 생각해 볼 수 있다.

　**아, 화자는 해가 지고 어두워진 상황에서 내리는 비를 보며, '비가 어둠을 적시면서 온다'고 표현한 것이다.** 어두컴컴한 하늘에 비가 내리니, 마치 비가 '어둠을 적시고 있는 것처럼' 보인다. 지금은 어려울 수 있어도, 이 책을 다 읽고 덮을 때쯤이면 이 정도는 쉽게 하고 있는 네 모습을 발견할 수 있을 것이다.

> 혹시나 하고 나는 밖을 기웃거린다.

⇒ 화자는 자기가 기다리고 있는 '아내'가 오는가 싶어서, 혹시나 하고 밖을 기웃거린다. **사라진 '아내'를 계속 애타게 기다리는 화자의 마음이 느껴진다.** 인물은 내면세계대로 행동하기에, 아내를 그리워하는 화자는 내면세계대로 밖을 기웃거리는 것이다.

> 나는 ㉣ 풀이 죽는다.
> 빗발은 한 치 앞을 못 보게 한다.

⇒ 아까 밤하늘에 비가 계속 내리고 있는 상황이었다. 그런데 비가 엄청 많이 내리는지, 화자는 빗발 때문에 '한 치 앞도 보이지 않는다'고 한다. 비가 너무 많이 오는 탓에, 아내를 기다리면서 밖을 기웃거려도 아무것도 안 보인다. 따라서 화자는, **더 이상 자신이 애타게 기다리는 '아내'를 볼 수 없다는 사실에 체념하게 되고, 안타까워서 풀이 죽는 것이다.** '이미지화'하고, 화자 '내면세계에 공감'하면서 계속 읽어주자.

> 왠지 느닷없이 그렇게 퍼붓는다.
> ㉤ 지금은 어쩔 수가 없다고,

⇒ 아까까지 내리지 않았던 비가 갑자기 엄청 쏟아지나 보다. 여기서 '지금은 어쩔 수가 없다고'가 무슨 뜻일까? 화자는 느닷없이 쏟아지는 비를 보면서 더 이상 자신이 찾는 '아내'를 볼 수 없다는 사실에 '체념'하고 있었다. 이 내면세계를 잡고 마지막 구절을 읽어보면 이해가 된다. **화자가 지금 '체념'의 내면세계를 가지고 '비'를 보고 있으니까, 마치 비가 자신에게 '지금은 어쩔 수가 없어', '지금은 네가 찾는 아내를 찾을 수 없어'라고 말하는 것처럼 느껴지는 것이다.** '문학 감상의 틀'에서 말했던 '필터링'이다. '체념'이라는 화자의 내면세계에 '비가 내리는 상황'이라는 외부세계가 걸러져서 보이는 것이다.

- 김춘수, 「강우(降雨)」 -

(나)

> 어두운 방안엔
> 빠알간 숯불이 피고,

⇒ 어두컴컴한 방안에 '빠알간 숯불'이 피어 있는 이미지를 떠올려 준다. 여기서 '빠알간'은 시인이 '빨간'이라는 단어를 의도적으로 늘려 쓴 것이다. 이렇게 시에서 실제 단어가 아닌 말을 쓰는 걸 '시적 허용'이라고 하는데, 시에서는 문법적으로 맞지 않는 표현들도 허용을 해준다는 뜻이다. 그러면 시인은 왜 '빨간'이라고 안 하고 '빠알간'이라고 하는 걸까? '빠알간'이라고 글자를 늘려서 표현하면, **화자가 표현하고자 하는 '숯불'의 이미지가 더 자세하고 생생하게 느껴지기 때문이다.** '빠알간'이라고 표현했을 때, 그냥 '빨간'이라고 했을 때보다 '더 새빨간 숯불의 이미지'가 떠오른다. 마치 '먼 옛날'이라고 하는 것보다, '머언 옛날'이라고 할 때 더 오래된 옛날처럼 느껴지는 것과 비슷하다.

> 외로이 늙으신 할머니가
> 애처로이 잦아드는 어린 목숨을 지키고 계시었다.

⇒ '이미지화'해준다. 할머니가 애처로이 잦아드는 '어린 목숨'을 지키고 있다고 한다. 아직 '어린 목숨'이 무엇인지는 잘 모르겠지만, '애처로이 잦아드는'이라는 말을 통해서, '어린 목숨'이 **위태로운 상황**이라는 것 정도는 추측할 수 있다. 그리고 '계시**었**다'라는 구절을 통해서, 화자가 지금 어떤 과거의 상황을 '회상'하고 있다는 것도 알 수 있다. 여기

Chapter 1
노베이스를 위한 문학 공부법

Chapter 2
문학 만점을 위한 기초 체력 키우기

Chapter 3
기출 적용편

현대시

고전시가

현대소설

고전소설

서 '회상'이라는 걸 못 잡았다고 하더라도 아래 '그날 밤이 어쩌면 성탄제의 밤이었을지도 모르겠다'에서 '그날 밤'이라는 단어를 보고 잡을 수 있었다.

> 이윽고 눈 속을
> 아버지가 약을 가지고 돌아오시었다.

⇒ 아마 아버지가 위태로운 '어린 목숨'을 위해서 '약'을 가지고 온 거 같다. '아버지가 약을 가지고 왔다'는 것을 통해, **어린 목숨'은 아마 아버지의 자식**이 아닐까 하고 추측해 볼 수 있다.

> 아 아버지가 눈을 헤치고 따오신
> 그 붉은 산수유 열매—

⇒ 아버지가 가져온 '약'은 '붉은 산수유 열매'였나보다. 아버지가 눈을 헤치고 열매를 따서 오는 장면을 '이미지화'하면서 계속 읽어가자.

> 나는 한 마리 어린 짐생,
> 젊은 아버지의 서느런 옷자락에
> 열로 상기한 볼을 말없이 부비는 것이었다.

⇒ 아, '어린 목숨'이 뭘 말하는 건지 몰랐었는데, '어린 목숨'은 화자였다. 그리고 **화자가 지금 현재 자신의 아버지의 서느런 옷자락에 볼을 부비고 있는 게 아니므로, 화자는 지금 자신이 아팠던 어린 시절을 '회상'하고 있다는 걸 알 수 있다.** '열로 상기한 볼'이라는 단어를 보니, 지금 어린 화자가 열이 오른 상황이고, 할머니가 아픈 나를 달래는 동안 아버지가 열을 내리기 위해 산수유 열매를 따오셨다는 걸 알 수 있다.

### 범작가 Tip

'서느런 옷자락'과 '열로 상기한 볼' 같은 단어는 반드시 선명하게 '이미지화'해줘야 한다. 한 번쯤은 아버지가 겨울에 일 끝나고 집에 왔을 때, 아버지 품에서 느껴지던 '서늘함'을 느낀 적 있을 것이다. 그리고 감기 걸렸을 때, 열이 펄펄 날 때 볼이 뜨거워지는 경험도 분명 했을 것이다. 그렇게 내가 겪었던 경험들을 '이미지화'해주면서 이런 구절들을 구체적으로 이

Chapter 1
노베이스를 위한 문학 공부법

Chapter 2
문학 만점을 위한 기초 체력 키우기

Chapter 3
기초 적용편

현대시

고전시가

현대소설

고전소설

해하고 넘어가자. 그래야 시 내용이 머릿속에 박히고, 문제 풀 때 다시 돌아오지 않게 된다.

> 이따금 뒷문을 눈이 치고 있었다.
> 그날 밤이 어쩌면 성탄제의 밤이었을지도 모른다.

➡ 화자는 어린 시절 열이 펄펄 나던 자신의 모습을 '회상'하면서, 동시에 '눈이 뒷문을 치고 있었다'는 사실도 떠올린다. 그러면서 그때가 '성탄제' 즉, '크리스마스' 밤이었을지도 모른다고 생각한다. 그런데 이때 화자가 '그날 밤이 어쩌면 성탄제의 밤이었을지도 모른다'고 생각하는 이유는 뭘까? 눈이 내린다고 해서 무조건 성탄제인 건 아니기 때문이다. 뒤에서 말해주면 이해하고, 아니면 그냥 '그런가 보다' 하고 넘어가야겠다.

> 어느새 나도
> 그때의 아버지만큼 나이를 먹었다.

➡ 현재 자신의 어린 시절을 회상하고 있는 화자는, 어느새 자신을 지켜주던 아버지와 같은 나이가 됐다.

> 옛것이라곤 찾아볼 길 없는
> 성탄제 가까운 도시에는
> 이제 반가운 그 옛날의 것이 내리는데,

➡ 여기서 화자가 왜 자신의 어린 시절을 '회상'했던 것인지 이해할 수 있다. 화자는 지금 '성탄제가 가까운 도시' 즉, '크리스마스가 다가오고 있는 도시'에서 내리는 눈을 보고 있다. '옛것이라곤 찾아볼 길 없는' 도시지만, 화자는 유일한 **옛것**인 '눈'을 통해서 **옛날**에 있었던 일을 '회상'하게 되는 것이다. 이 구절에서 '그 옛날의 것'은 맥락상 '눈'을 의미한다.

그리고 옛것을 하나도 찾아볼 수 없었던 도시에서, '옛것'인 '눈'이 내리므로 화자는 '반가운' 눈이 내린다고 표현한 것이다. 마치 모든 게 변해버린 내 고향에서, 내가 나왔던 초등학교만큼은 그대로인 걸 보고 반가움을 느끼는 것과 같다. 이때 '반가움'과 같이 '감정'과 관련된 단어는 정말 주의해서 봐야 한다. **왜냐하면 이런 단어들은 화자의 내면세계**

를 드러내는 단어이기 때문이다. 문제에서는 내면세계만 물어보기 때문에 이렇게 내면세계가 드러나는 단어들은 주의해서 봐야 한다.

추가로 화자가 '눈'을 **'반갑다'라고 표현하는 데서**, 화자는 '눈'과 관련된 **자신의 어린 시절 기억을 '그리워'하고 있음을 추론**할 수 있다. 우리가 중학교 동창이나 고등학교 동창을 오랜만에 만났을 때 '반가운' 이유는 그때 함께 학교생활을 했던 추억이 그립고, 좋았기 때문이다. 또 아까 왜 화자가 '그날 밤이 어쩌면 성탄제의 밤이었을지도 모른다'고 말했던 건지 궁금했었는데, 이 구절을 보고 이해할 수 있다. 지금 화자는 '성탄제가 가까워지고 있는' 도시에서 '눈'을 보고 과거를 떠올리고 있다. 즉, 화자는 '12월 20일쯤'에 눈을 보면서 과거를 회상하고 있는 것이다. 그런데 화자가 '회상'하고 있는 과거에도 지금과 마찬가지로 '눈'이 내리고 있었다. 그렇기 때문에 화자는 **'그때 내가 아플 때도 지금처럼 눈이 세차게 내렸었는데, 혹시 그때가 12월 25일, '성탄제의 밤'이 아니었을까?'하고 생각했던 것**이다.

> 서러운 서른 살 나의 이마에
> 불현듯 아버지의 서느런 옷자락을 느끼는 것은,

⇒ '서른 살 나의 이마에 불현듯 아버지의 서느런 옷자락을 느낀다'는 게 무슨 말일까? 실제로, 화자의 이마에 아버지의 서느런 옷자락이 닿을 수는 없다. 화자는 지금 '혼자' 과거를 회상하는 중이기 때문이다. 그럼 도대체 무엇을 표현한 걸까? 답을 말해주자면, 지금 **화자의 이마에 눈이 떨어졌고, 그 눈을 통해서 화자는 자신이 추억으로 갖고 있었던 '서느런 아버지의 옷자락'을 떠올리고 있는 것**이다.

그런데, 여기서 중요한 단어가 하나 있다. 바로 **'서러운'**이라는 단어다. 앞서 '감정'과 관련된 단어는 정말 주의해서 읽어줘야 한다고 했다. 화자는 지금 서른 살이 된 자신을 '서럽다'라고 인식한다. 왜 '서럽다'라고 인식하는 걸까? **예전의 자신과 지금의 자신을 비교했을 때 무언가 달라졌기 때문이다.** 그래서 예전과 비교했을 때 서른 살이 된 자신을 '서럽다'라고 인식하는 것이다. 그럼 '예전 화자의 모습'은 무엇일까? 윗 구절을 통해 유추해 보자면, '예전의 자신'으로 볼 수 있을 만한 건 '어린 시절 화자'이다. 이때 '어린 시절 화자'와 지금 '서른 살이 된 화자'의 차이점이 뭘까? 바로 어린 시절 화자는 '아버지의 서느런 옷자락'을 느낄 수 있지만, 지금 서른 살이 된 화자는 더 이상 아버지의 품을 느낄

**Chapter 1** 노베이스를 위한 문학 공부법

**Chapter 2** 문학 만점을 위한 기초 체력 키우기

**Chapter 3** 기출 적용편

현대시

고전시가

현대소설

고전소설

**수 없다는 것이다.** 그래서 화자는 서러운 것이다. 지금은 돌아갈 수 없는 그때가 그리우니까. 바로 앞 구절에서 '반가운'이라는 단어를 공감하고 넘어갔다면 이해하기가 쉬웠을 것이다.

지금은 어렵다고 생각할 수 있는데, 결국 이런 내면세계를 읽어낼 수 있어야 문제를 맞힐 수 있다. 2번 문제 ④번 선택지를 보면 (가)에 '그리움'이라는 정서가 나타나 있는지 묻고 있다. 이 구절을 제대로 이해하지 못했다면 도대체 어디에 '그리움'이라는 정서가 있는지 찾기 힘들었을 것이다.

> 눈 속에 따오신 산수유 붉은 알알이
> 아직도 내 혈액 속에 녹아흐르는 까닭일까.

⇒ 화자는 자신이 지금도 어린 시절 추억을 떠올리고 있는 이유에 대해서, '산수유 붉은 알알이' 소화되지 않고, 아직도 내 혈액 속에 남아 흐르고 있기 때문이 아닐까 하고 생각하고 있다. **여기서 '산수유'는 아버지의 '사랑'을 의미한다고 볼 수 있다.** '산수유'는 아픈 화자를 위해서 아버지가 추운 겨울날 찾아 떠난 것이기 때문이다. 화자의 어린 시절 추억인 '아버지가 산수유 열매를 따왔던 기억'은, 화자가 아버지의 '사랑'을 느꼈던 순간이기에 **잊을 수 없는 추억**이다. 화자는 성탄제 가까운 밤을 맞아 내리는 눈을 보면서, 아버지가 자신에게 베풀어주셨던 '잊을 수 없는 사랑'을 떠올리고 있는 것이다.

- 김종길, 「성탄제(聖誕祭)」-

**(다)**

> 아직 서해엔 가보지 않았습니다
> 어쩌면 당신이 거기 계실지 모르겠기에

⇒ 뭔가 이상하다. 당신이 거기 있을지도 몰라서 '서해'에 가지 않았다? 화자가 '당신'을 싫어하는 건가? 조금 더 읽어봐야겠다.

215

그곳 바다인들 여느 바다와 다를까요
검은 개펄에 작은 게들이 구멍 속을 들락거리고
언제나 바다는 멀리서 진펄에 몸을 뒤척이겠지요

⇒ 화자는 '당신'이 있을지도 모른다고 생각하는 '서해의 모습'을 묘사하고 있다. '당신'이 있는 서해는 **여느 바다와 같이** 개펄에 게들이 구멍 속을 들락거리고, 바다는 멀리서 진펄에 몸을 뒤척인다. '진펄'이라는 건 질퍽한 갯벌을 말한다.

여기서 '바다가 진펄에 몸을 뒤척인다'는 건 무슨 뜻일까? 1분 정도 스스로 생각해 보기 바란다. 답을 말해주자면, 바닷가 **갯벌에 '파도'가 치는 걸** 보고, 화자는 '바다가 멀리서 **진펄에 몸을 뒤척인다'**라고 표현한 것이다. 화자가 무엇을 보고 있는지 상상하면 해석이 쉽다.

당신이 계실 자리를 위해
가보지 않은 곳을 남겨두어야 할까봅니다

⇒ 화자가 '당신'을 싫어해서 '당신'이 있는 '서해'로 가지 않는 건가 싶었는데, 오히려 '당신'이 계실 자리를 위해 안 가는 거라고 말한다. 즉, 당신을 **'배려'**하는 것이다. 화자가 '서해'로 가버리면 '당신'이 있을 공간이 없어지기에, 화자는 '서해'를 가지 않고 남겨 놓는 것이다. 이처럼 화자가 '당신'을 배려하고 있는 걸 봐서, 화자는 '당신'을 싫어하는 게 아니라 오히려 긍정적으로 인식하고 있음을 알 수 있다.

내 다 가보면 당신 계실 곳이 남지 않을 것이기에

내 가보지 않은 한쪽 바다는
늘 마음속에서나 파도치고 있습니다

⇒ 화자는 자신이 '서해'로 가면 '당신이 계실 곳'이 남지 않는다고 생각한다. 그래서 '당신'이 서해에 머무를 수 있도록, 서해에 가지 않고 마음속으로만 남겨 두기로 한다. 화자는 '당신'을 좋아하기 때문에, '당신'을 배려해서 서해를 가지 않고, 당신이 살고 있는 '서해'를 항상 마음속으로만 생각하고 있다. 그런 자신의 마음을 **'늘 마음속에서나 파도치고 있'**다고 표현한 것이다.

- 이성복, 「서해」 -

Chapter 1
노베이스를 위한 문학 공부법

Chapter 2
문학 만점을 위한 기초 체력 키우기

Chapter 3
기출 적용편

현대시

고전시가

현대소설

고전소설

---

• **문제 해설** •

---

**(가)**

조금 전까지는 거기 있었는데
어디로 갔나,
㉠밥상은 차려놓고 어디로 갔나,
넙치지지미 맵싸한 냄새가
코를 맵싸하게 하는데
어디로 갔나,
이 사람이 갑자기 왜 말이 없나,
내 목소리는 ㉡메아리가 되어
되돌아온다.
내 목소리만 내 귀에 들린다.
이 사람이 어디 가서 잠시 누웠나,
옆구리 담괴가 다시 도졌나, 아니 아니
㉢이번에는 그게 아닌가 보다.
한 뼘 두 뼘 어둠을 적시며 비가 온다.
혹시나 하고 나는 밖을 기웃거린다.
나는 ㉣풀이 죽는다.
빗발은 한 치 앞을 못 보게 한다.
왠지 느닷없이 그렇게 퍼붓는다.
㉤지금은 어쩔 수가 없다고,

- 김춘수, 「강우(降雨)」 -

**(나)**

어두운 방안엔
빠알간 숯불이 피고,

외로이 늙으신 할머니가
애처로이 잦아드는 어린 목숨을 지키고 계시었
다.

이윽고 눈 속을
아버지가 약을 가지고 돌아오시었다.

## 1. (가)~(다)의 공통점으로 적절한 것은?

> ① 대구의 방식을 활용하여 리듬감을 주고 있다.

⇒ 대구는 '낮말은 새가 듣고, 밤말은 쥐가 듣는다'와 같이, 조사와 어미가 비슷하게 대응되어야 한다. 대구는 '반복'의 일종이므로, 당연히 대구의 방식을 활용하면 리듬감이 생긴다. 하지만 (가)~(다) 모두 '대구'는 나타나지 않는다.

(가)에서 '어디로 갔나'라는 구절이 반복되고 있긴 하지만, 이건 '대구'가 아니다. **동일한 구절이 반복되는 것은 비슷한 구절이 대응되는 '대구'랑은 다르다.** '대구'라고 하려면 내가 앞서 든 예시처럼, 비슷한 조사와 어미가 대응되고 있어야 한다. 출제자는 너에게 대구인지 아닌지 헷갈리는 구절을 놓고 '이게 대구가 맞을까?'하고 물어보지 않는다. 이건 내면세계 공감능력, 이미지화 능력을 측정하는 게 아니기 때문이다. 그러니 '대구를 구별 못 해서 틀리면 어떡하지…'라고 걱정하지 말자. 그래서 '대구'를 물어볼 때면 누가 봐도 '대구'인 구절을 준다. 그리고 '대구'를 통해서 **화자가 말하고 싶었던 게 무엇인지** 물어본다.

아 아버지가 눈을 헤치고 따오신
그 붉은 산수유 열매—

나는 한 마리 어린 짐생,
젊은 아버지의 서느런 옷자락에
열로 상기한 볼을 말없이 부비는 것이었다.

이따금 뒷문을 눈이 치고 있었다.
그날 밤이 어쩌면 성탄제의 밤이었을지도 모른
다.

어느새 나도
그때의 아버지만큼 나이를 먹었다.

옛것이라곤 찾아볼 길 없는
성탄제 가까운 도시에는
이제 반가운 그 옛날의 것이 내리는데,

서러운 서른 살 나의 이마에
불현듯 아버지의 서느런 옷자락을 느끼는 것은,

눈 속에 따오신 산수유 붉은 알알이
아직도 내 혈액 속에 녹아흐르는 까닭일까.

- 김종길, 「성탄제(聖誕祭)」 -

**(다)**
아직 서해엔 가보지 않았습니다
어쩌면 당신이 거기 계실지 모르겠기에

그곳 바다인들 여느 바다와 다를까요
검은 개펄에 작은 게들이 구멍 속을 들락거리고
언제나 바다는 멀리서 진펄에 몸을 뒤척이겠지요

당신이 계실 자리를 위해
가보지 않은 곳을 남겨두어야 할까봅니다
내 다 가보면 당신 계실 곳이 남지 않을 것이기에

내 가보지 않은 한쪽 바다는
늘 마음속에서나 파도치고 있습니다

- 이성복, 「서해」 -

② 사물에 인격을 부여해 시적 정서를 드
러내고 있다.

⇒ **사물에 인격을 부여한다는 건, '의인화'를
해서 표현한다는 것이다.** 또 '시적 정서'를 드러
낸다는 것은, 내면세계를 나타낸다는 말과 똑
같은 말이다. (가)와 (나)에는 '의인화'가 없고,
(다)에는 '의인화'가 사용되었다. (다)의 '언제나
바다는 멀리서 진펄에 몸을 뒤척이겠지요'라는
구절에서 의인화를 확인할 수 있다. '바다'는 몸
을 뒤척일 수 없는데도 마치 사람처럼 몸을 뒤
척인다고 표현한 것이다.

그러면 (다)에서 의인화를 통해 '시적 정서'
를 드러내고 있다고도 할 수 있을까? '언제나
바다는 멀리서 진펄에 몸을 뒤척이겠지요'라는
구절을 보면, 화자는 바다가 '언제나 멀리서' 몸
을 뒤척일 거라 말한다. 즉, 화자는 이 구절에서
자신이 바다에 대해 가지고 있는 심리적, 물리
적 거리감을 드러낸 것이다. 이렇게 바다에 대
한 '거리감'을 드러낸 것은, 화자가 자신의 내면
세계를 표출한 것이므로 '시적 정서'를 드러내
고 있다고 할 수 있다.

③ 도치의 방식을 활용하여 대상과의 거
리를 좁히고 있다.

⇒ '도치'라는 것은 쉽게 말해서 '자리를 바꾸
는 것'이다. 정상적인 '주어, 목적어, 서술어'의
문장 순서를 바꾸어서, 읽는 사람으로 하여금
'어? 이거 좀 생소한 문장인데?'라는 느낌을 들
게 만드는 게 도치다. 예를 들어서 '너는 예쁘다

.'라고 하지 않고, 서술어와 주어의 자리를 바꿔서 '예쁘다. 너는.'이라고 하는 것이다. 이러면 읽는 사람은 도치가 쓰인 문장을 '낯설게' 느낀다. **이때 읽는 사람이 낯설게 느낀다는 건 해당 문장이 '머리에 강하게 박힌다'는 것이기 때문에, 도치는 '강조'의 효과가 있다.**

먼저 (가)에 도치가 있는지 보면, 마지막 구절인 '왠지 느닷없이 그렇게 퍼붓는다. 지금은 어쩔 수가 없다고,'라는 구절에서 도치가 쓰였다는 걸 확인할 수 있다. 그럼 이를 통해서 대상인 '아내'와의 거리를 좁히고 있는 건지 확인해 보자. **문학에서 '거리'는 심리적 거리와 물리적 거리가 있다. 심리적 거리가 가깝다는 것은 친하다는 것이고, 심리적 거리가 멀다는 건 관심이 없고, 어색하다는 것이다. 물리적 거리는 말 그대로, 물리적인 거리를 말한다.** (가)의 화자는 도치의 방식을 통해서 '아내'가 사라졌음을 말하고 있기에, 오히려 '아내'와의 심리적, 물리적 거리가 멀어졌음을 부각하고 있는 것이다.

(나)에는 도치가 사용되지 않았다. 한편 (다)는 (가)와 마찬가지로 도치가 사용되었는데, '아직 서해엔 가보지 않았습니다. 어쩌면 당신이 거기 계실지 모르겠기에'라는 구절에서 확인할 수 있다. 하지만 (다)도 도치를 통해서 대상과의 거리를 좁히고 있는 것은 아니다. 오히려, 서해에 가지 않으면서 대상과의 거리감을 유지하려는 화자의 모습이 드러난다.

④ 감각적 심상을 통해 화자의 현재 상황을 나타내고 있다.

⇒ (가)에서는 '맵싸한 냄새'에서 후각적 심상이 사용되고 있음을 알 수 있다. 또 '내 목소리는 메아리가 되어'에서 청각적 심상이, '느닷없이 그렇게 퍼붓는다'에서는 시각적 심상이 사용되었음을 알 수 있다. 화자는 이를 통해서 아내가 없어진 상황을 실감하고 있는 자신의 현재 상황을 나타내고 있다.

(나)는 '서느런 옷자락'에서 촉각적 심상이, '산수유 붉은 알알'에서는 시각적 심상이 사용되고 있다. 이를 통해 어린 시절 아버지와 있었던 일을 회상하고, 아버지와 관련된 추억, 아버지의 사랑을 그리워하는 화자의 현재 상황을 나타내고 있다.

(다)는 '내 가보지 않은 한쪽 바다는 늘 마음속에서나 파도치고 있습니다'라는 구절에

219

서 '시각적 심상'이 사용되었음을 알 수 있다. 해당 구절에 쓰인 '한쪽 바다', '파도' 같은 단어들이 시각적 이미지를 담고 있는 단어이기 때문이다. 해당 단어를 들었을 때 머릿속에 어떤 이미지가 떠오른다면 전부 시각적 이미지를 담고 있다고 할 수 있다. 예를 들어서 '논리'라는 단어는 들었을 때 어떤 이미지가 떠오르지 않기 때문에 시각적 이미지가 없다. 하지만 '파도', '바다', '사과' 같은 단어들은 듣자마자 이미지가 떠오르기 때문에 시각적 이미지를 갖고 있다고 할 수 있는 것이다. 또 화자는 시각적 이미지를 담고 있는 구절을 통해, 지금 곁에 없는 '당신'을 그리워하는 화자의 현재 상황을 나타내고 있다.

> ⑤ 감탄사를 사용하여 화자의 고조된 감정을 나타내고 있다.

➡ '감탄사'는 말 그대로, 감탄하면서 화자가 자신의 내면세계를 '터뜨리는 것'이기 때문에, 화자의 고조된 감정을 나타낸다.

  (가)와 (다)에는 감탄사가 쓰이지 않았고, (나)의 경우에는 4연에서 '아'라는 감탄사를 통해 고조된 감정을 나타내고 있다.

✔ 답 : ④

## 2. (가)와 (나)에 대한 설명으로 적절하지 <u>않은</u> 것은?

> ① (가)에서는 독백적 어조로 화자의 내면을 드러내고 있다.

➡ (가)에는 화자의 말을 듣는 청자가 없다. '나는 풀이 죽는다'와 같은 구절을 통해, 화자가 지금 혼자 있는 상황에서 자신의 내면세계를 '독백적 어조'를 통해 드러내고 있다는 걸 알 수 있다.

> ② (나)에는 과거와 현재를 연결하는 매개체가 있다.

➡ (나)에서 화자는 **현재** 내리는 '눈'을 보며 자신의 **과거**를 회상하고 있었다. '지금' 내리는 눈을 통해 '과거' 눈 내리던 시절 아버지와의 추억을 떠올리고 있으므로, '눈'은 과

Chapter 1
노베이스를 위한 문학 공부법

Chapter 2
문학 만점을 위한 기초 체력 키우기

Chapter 3
기출 적용편

현대시

고전시가

현대소설

고전소설

거와 현재를 연결하는 매개체라고 할 수 있다.

③ (가)와 달리 (나)에는 과거 장면에 대한 묘사가 나타나 있다.

⇒ (가)에는 과거 장면에 대한 묘사가 없다. 현재 '아내'가 사라진 상황에 대한 묘사만 있을 뿐이다. 그런데 학생들 중에, '조금 전까지는 거기에 있었다'라는 구절이 과거 장면을 묘사한 게 아니냐고 묻는 학생들이 종종 있다. '조금 전까지 거기에 있었다'라는 구절은, 그냥 '사실'을 말하는 구절일 뿐, 과거를 '묘사'하는 구절은 아니다. '과거를 묘사'하다고 하려면 조금 전까지 거기 대상이 있었던 상황을 '구체적으로' 설명하고 있어야 한다.

## 📁 '구체적으로 설명한다'는 건 무슨 뜻일까?

그러면 여기서 의문이 든다. '구체적으로' 설명하는 건 어떻게 설명하는 걸까? 선택지에 꽤나 많이 나오는 말이기 때문에 반드시 알아둬야 한다. **첫 번째로, '여러 줄'을 통해서 설명하고 있으면 '구체적'이라고 할 수 있다.** 한 줄로 설명하는 것보다 세 줄로 설명한다면 더 구체적이라 할 수 있다. 그리고 **두 번째로, '이미지가 떠오르게' 묘사하고 있다면 구체적이라 할 수 있다.** '예쁜 내 친구'보다, '장원영 닮은 내 친구'라고 할 때, 친구의 얼굴이 더 구체적으로 와닿는다. 왜냐하면 머릿속에 '장원영'의 이미지가 떠오르기 때문이다. 즉, 이미지가 떠오르게 묘사한다면 구체적으로 묘사한 거라 할 수 있다.

'조금 전까지는 거기에 있었다'라는 구절이 '과거 장면에 대한 묘사'가 되려면, '조금 전까지 대자로 누워서 쿨쿨 자고 있었다'라는 식의 구절로 바뀌어야 한다. 이렇게 해야 조금 전까지 있었던 사람의 모습이 '이미지화'가 되고, '구체적으로' 떠오르기 때문이다.

(가)와 달리 (나)에는 과거 장면에 대한 묘사가 있다. (나) 시는 1연부터 6연까지가 전부 과거 장면에 대한 '회상'이기 때문이다. 회상하면서, 과거 자신이 경험했던 순간들을 묘사하고 있다.

> ④ (나)와 달리 (가)에는 그리움의 정서가 나타나 있다.

⇒ (가)의 화자는 갑자기 사라진 '그 사람', 아내를 계속 찾는다. 그러다 결국 찾지 못하고 체념하고 있으므로, 그 사람에 대한 그리움의 정서가 나타난다고 할 수 있다. 마찬가지로 (나)도 내리는 '눈'을 보면서 과거 아버지와 관련된 추억을 떠올리며 그때를 그리워하고 있다. 따라서 '(나)와 달리'가 아니라, (나)와 (가) '모두' 그리움의 정서가 나타나있기에, ④번이 틀렸다. 결국 이 문제에서도 확인할 수 있듯이, '내면세계'를 잡아내는 것이 핵심이다. 모든 문제는 '너 제대로 공감했어?'라는 것 하나만 물어보고 있다.

> ⑤ (가)와 (나)에는 모두 시상을 집약하는 소재가 나타나 있다.

⇒ '시상을 집약하는 소재'라는 것은, 쉽게 말해서 '화자의 내면세계가 **강하게** 담겨 있는 소재'라는 뜻이다. (가)의 화자는 갑자기 사라진 아내가 예전처럼 잠깐 사라진 게 아니고, 아예 사라져 버렸다는 걸 인식한다. 그래서 아내를 애타게 찾는데, 아내는 보이지 않는다. 그러던 와중 '비'가 세차게 내린다. '비'가 너무 많이 내려서 한 치 앞이 안 보인다. 그리고 화자는 앞이 보이지 않아서 더 이상 아내를 찾을 수 없게 된 현실에 체념한다.

이러한 상황에서 '비'는 화자에게 아내가 사라진 것에 대한 슬픔을 **심화**시키는 소재이다. 아내가 사라져서 당황스럽고 서글픈 와중에, 이제는 '비'가 너무 세차게 내려서 아내를 찾을 수도 없게 되어버렸기 때문이다. 따라서 이때의 '비'는, '슬픔'이라는 화자의 내면세계를 **집약**하는 소재로 볼 수 있다.

(나)에서 '시상을 집약하는 소재'로 볼 수 있는 것은, 과거 아버지가 아픈 화자를 위해 따온 '붉은 산수유 열매'이다. (나)의 마지막 구절을 보면, 화자는 아버지가 '눈 속에 따오신 산수유 붉은 알알이 아직도 내 혈액 속에 녹아흐'른다고 인식하고 있다. 이는 아버지의 사랑에 대한 그리움을 드러내는 것이다. 따라서 '붉은 산수유 열매'는 화자가 성인이 된 지금까지도 기억하고 있는 것으로, 아버지의 사랑 및 아버지에 대한 그리움을 **집약**하는 소재로 볼 수 있다.

● 답 : ④

## 3. (가)의 ㉠~㉣에 대한 설명으로 가장 적절한 것은?

> ① ㉠은 화자의 마음이 '이 사람'과 함께했던 때와 마찬가지로 평온함을 나타낸다.

⇒ ㉠에서 화자의 내면세계가 '평온함'이었나? 아니다. ㉠은 지금 밥상만 차려져 있고, '이 사람'은 없는 상황에서 화자가 느끼는 '불안감', '당황스러움'을 드러내는 표현이다.

> ② ㉡은 화자와 '이 사람' 사이의 소통을 나타낸 것으로, 화자가 '이 사람'과 공감하고 있음을 나타낸다.

⇒ 화자의 목소리가 '메아리가 되어' 돌아왔다는 것은, 화자가 '이 사람'과 소통하지 못하고 있음을 나타내는 것이다. 소통하지 못하고 있으므로, 공감하는 것도 말이 안 된다. **여기서 '공감'은 '상대방의 내면세계를 인식'하는 것이다.** 상대가 없기 때문에, 상대의 내면세계를 인식할 수 없다.

> ③ ㉢에서 화자는 스스로 던진 질문에 대한 대답을 통해 '이 사람'과 관련된 상황이 그 이전과는 다름을 스스로 인식하고 있다.

⇒ 시를 읽어보면 화자는, 스스로 '이 사람이 어디 가서 잠시 누웠나', '옆구리 담괴가 다시 도졌나'와 같은 질문을 던지고 있다. 그리고 바로 다음 구절에서, '아니 아니 이번에는 그게 아닌가 보다'라고 스스로 답한다. 즉, **지금 '이 사람'이 사라진 상황이, 예전에 '이 사람'이 사라졌을 때와는 다르다는 것을 스스로 인식하는 것이다.** 따라서 ③번이 정답이다.

> ④ ㉣에는 존재를 드러내지 않는 '이 사람'에 대한 배신감이 드러나 있다.

⇒ '풀이 죽는다'에는 '이 사람'에 대한 '배신감'이 아니라, '이 사람'을 더 이상 찾을 수 없게 된 상황에 대한 화자의 '체념'이 드러나 있는 것이다. **'배신감'이 든다고 말하려면, 반드시 앞에 화자가 '이 사람'을 믿거나, '이 사람'에게 의지하는 장면이 나왔어야 한다.**

Chapter 1 노베이스를 위한 문학 공부법

Chapter 2 문학 만점을 위한 기초 체력 키우기

Chapter 3 기출 적용법

현대시

고전시가

현대소설

고전소설

그래야 독자는 화자가 지금 '이 사람'을 믿고 있다는 걸 인식할 테고, 이후 '이 사람'이 화자를 배신하는 장면에서 화자가 '배신감'을 느낄 거라 추측할 수 있기 때문이다.

> ⑤ ⓒ에는 '이 사람'의 부재를 인정하지 않겠다는 화자의 다짐이 나타난다.

⇒ 화자가 '지금은 어쩔 수가 없다고' 말하는 것은, '이 사람'의 부재를 인정하지 않겠다는 화자의 다짐이 아니라, 지금은 '이 사람'을 찾을 수 없다는 **화자의 '체념'을 보여주는 것**이다.

❷ 답 : ③


### 4. <보기>를 참고하여 (다)를 이해한 내용으로 적절하지 <u>않은</u> 것은?

> <보 기>
> 「서해」에서 화자는 바다에 다양한 의미를 부여하면서 '당신'에 대한 역설적 태도를 드러낸다.

⇒ '당신'에 대한 '역설적 태도'는 시를 읽으면서 이해했었다. 화자는 '당신'을 그리워하고, 좋아하고 있음에도 오히려 당신에게 가지 않으려고 한다. 상식적으로 좋아하는 사람과는 가까워지고 싶고, 싫어하는 사람과는 멀어지고 싶은데 반대로 표현함으로써 '역설적 태도'를 드러낸 것이다.

> ① 제1연에서 화자가 '서해'에 가 보지 않은 것은 '당신' 때문이야. 화자는 '당신' 때문에 '서해'를 특별한 공간으로 여기는 것이지.

⇒ 화자는 '서해'에 '당신'이 있을 거라고 생각해서 '서해'에 가지 않는다. 당신이 있을 수 있도록, '서해'는 가지 않고 남겨두는 배려를 한 것이다. 이를 통해, 화자가 '당신'이 있는 공간인 '서해'를 특별하게 여기고 있는 것을 알 수 있다. '당신'이 있는 특별한 공간이기에, 가지 않고 남겨두는 것이다. 여기서 '특별'하다는 건, 다른 것들과 다르다는 뜻이

다. '당신'이 없는 다른 공간들과 달리, '서해'는 '당신'이 있는 공간이기에 화자에게 '특별한' 공간이 된다.

② 제2연에서 '그곳 바다'는 화자가 아직 알지 못하는 바다이고, '여느 바다'는 화자가 알고 있는 바다야. 그런데도 화자는 두 바다가 다르지 않을 것이라고 추측하고 있어.

⇒ 맞는 말이다. '그곳 바다인들 여느 바다와 다를까요'라는 구설을 봤을 때, 화사는 '당신'이 있는 '서해' 역시 자신이 가본 바다들과 비슷할 거라 생각하고 있다. 화자는 '당신'을 그리워하고 있기 때문에, '당신'이 있는 곳에 대해 계속 상상하고 있는 것이다.

③ 제2연의 제2~3행에서 화자는 '여느 바다'의 심상을 통해 '그곳 바다'를 추측하고 있어. 그런데 '멀리서'로 보아, 화자와 '당신' 사이에는 어떤 거리감이 있음을 알 수 있어.

⇒ 맞는 말이다. 화자는 '여느 바다'와 '그곳 바다'가 다르지 않을 거라 하면서, '그곳 바다'의 모습을 추측하고 있다. 하지만, 그렇다고 '여느 바다'와 비슷한 '그곳 바다'로 가려고 하진 않는다. 화자는 '그곳 바다'를 **멀리서** 몸을 뒤척이고 있는 바다로 인식한다. 화자와 '당신' 사이에는 물리적 거리감이든 심리적 거리감이든 어떠한 '거리감'이 있기 때문에, '멀리' 있는 바다로 인식하는 것이다.

④ 제3연에서 '계실 자리'와 '가보지 않은 곳'은 바다를 가리켜. '남겨두어야 할까봅니다'에는 지금은 '당신'에게 갈 수 없지만 나중에라도 가야겠다는 화자의 의지가 담겨 있어.

⇒ 지금 화자가 '나중에라도 가야겠다'라고 생각하고 있었나? 물론 나중에 화자가 생각이 바뀌어서 '당신'에게 갈 수는 있겠지만, 이 시 안에서는 그저 '당신'을 배려해서 '서해'에는 가지 않겠다고 하는 내면세계 뿐이었다. **문제를 풀 때는 주관을 집어넣지 말고, 철저하게 시에 있는 내면세계만 가지고 판단해야 한다.** '계실 자리'와 '가보지 않은 곳'은 '당신'이 있는 바다를 가리키는 말이 맞지만, **'남겨두어야 할까봅니다'에는 '당신'을 위해서 당신이 있는 서해에는 가지 않겠다는 화자의 내면세계만 담겨 있다.**

Chapter 1
노베이스를 위한 문학 공부법

Chapter 2
문학 만점을 위한 기초 체력 키우기

Chapter 3
기출 적용편

현대시

고전시가

현대소설

고전소설

⑤ 제4연의 '한쪽 바다'는 화자가 '당신'이 계실 것으로 추측하는 곳이야.
그곳은 항상 화자의 마음속에 존재해.

⟹ '한쪽 바다'는 화자가 '당신'이 있을 거라 추측하는 공간이 맞다. 하지만 화자는 '한쪽 바다'에 '당신'이 있을 거라 생각하면서도 '한쪽 바다'로 가려 하지 않는다. 계실 곳이 필요한 '당신'을 위해서, 바다로 가지 않고 자신의 마음속에만 간직하고 있는 것이다.

✔ 답 : ④

1-01. 현대시

Chapter 1
노베이스를 위한 문학 공부법

Chapter 2
문학 만점을 위한 기초 체력 키우기

Chapter 3
기출 적용편

현대시

고전시가

현대소설

고전소설

# 2014학년도 9월(A형)
## 「상한 영혼을 위하여」

상한 갈대라노 하늘 아래선
한 계절 넉넉히 흔들리거니
뿌리 깊으면야
밑둥 잘리어도 새순은 돋거니                      [A]
충분히 흔들리자 상한 영혼이여
충분히 흔들리며 고통에게로 가자

뿌리 없이 흔들리는 부평초 잎이라도
물 고이면 꽃은 피거니
이 세상 어디서나 개울은 흐르고
이 세상 어디서나 등불은 켜지듯           [B]
가자 고통이여 살 맞대고 가자
외롭기로 작정하면 어딘들 못 가랴
가기로 목숨 걸면 지는 해가 문제랴

고통과 설움의 땅 훨훨 지나서
㉠ 뿌리 깊은 벌판에 서자
두 팔로 막아도 바람은 불듯
영원한 눈물이란 없느니라
영원한 비탄이란 없느니라
캄캄한 밤이라도 하늘 아래선
마주잡을 손 하나 오고 있거니

- 고정희, 「상한 영혼을 위하여」 -

1. 윗글의 특징으로 가장 적절한 것은?

① 대구적 표현을 통해 시상을 강조하고 있다.
② 계절의 흐름을 통해 대상의 특성을 부각하고 있다.
③ 사물의 의인화를 통해 냉소적 태도를 드러내고 있다.
④ 공감각적 심상을 통해 관념적인 대상을 묘사하고 있다.
⑤ 과거 회상을 통해 반성적으로 화자 자신을 바라보고 있다.


2. [A]와 [B]에 대한 이해로 적절한 것은?

① [A]의 '밑둥'과 [B]의 '개울'은 실존적 위기감을 상징한다.
② [A]의 '한 계절'과 [B]의 '지는 해'는 극한 상황을 비유한다.
③ [A]의 '새순'과 [B]의 '등불'은 고난 극복의 가능성을 환기한다.
④ [A]와 [B]에는 모두 현실 부정의 비판적인 어조가 반복되고 있다.
⑤ [A]에서 [B]로 전개되면서 화자의 태도가 소극적으로 변화되고 있다.


3. 다음 학습 활동의 ⓐ~ⓔ에 들어갈 말로 적절하지 않은 것은?

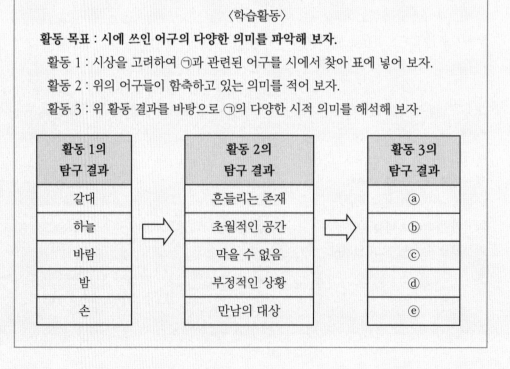

〈학습활동〉

**활동 목표 : 시에 쓰인 어구의 다양한 의미를 파악해 보자.**

활동 1 : 시상을 고려하여 ㉠과 관련된 어구를 시에서 찾아 표에 넣어 보자.
활동 2 : 위의 어구들이 함축하고 있는 의미를 적어 보자.
활동 3 : 위 활동 결과를 바탕으로 ㉠의 다양한 시적 의미를 해석해 보자.

| 활동 1의<br>탐구 결과 | 활동 2의<br>탐구 결과 | 활동 3의<br>탐구 결과 |
|---|---|---|
| 갈대 | 흔들리는 존재 | ⓐ |
| 하늘 | 초월적인 공간 | ⓑ |
| 바람 | 막을 수 없음 | ⓒ |
| 밤 | 부정적인 상황 | ⓓ |
| 손 | 만남의 대상 | ⓔ |

① ⓐ : 1연의 '갈대'처럼 흔들리는 존재도 뿌리를 내릴 수 있음을 보면, ㉠은 굳건한 삶의 공간이 될 수 있음을 뜻하겠군.

② ⓑ : 1연과 3연에서 '하늘'의 아래를 반복하여 표현한 것을 보면, ㉠은 초월적인 공간에 대응되는 현실적인 공간을 뜻하겠군.

③ ⓒ : 3연에서 '바람'은 막을 수 없다고 한 것을 보면, ㉠은 영원한 운명의 구속을 벗어날 수 없는 공간을 뜻하겠군.

④ ⓓ : 3연에서 '밤'이라는 부정적인 상황이 닥쳐오는 것을 보면, ㉠은 피할 수 없는 시련에 맞서야 하는 공간을 뜻하겠군.

⑤ ⓔ : 3연에서 '손'과의 만남을 기대하고 있는 것을 보면, ㉠은 희망이 예비된 공간을 뜻하겠군.

Chapter 1 노베이스를 위한 문학 공부법

Chapter 2 문학 만점을 위한 기초 체력 키우기

Chapter 3 기출 적용편

현대시

고전시가

현대소설

고전소설

## '상한 영혼을 위하여' 지문해설

상한 갈대라도 하늘 아래선
한 계절 넉넉히 흔들리거니

➡ '이미지화'해 준다. 이 문장을 보는 순간, '하늘 아래에서 흔들리고 있는 갈대의 이미지'가 떠올라야 한다. 화자는 지금 무엇을 보고 있는 걸까? 네 머릿속에 떠오르는 바로 그것을 화자도 보고 있다. 화자는 지금 '갈대'를 보고 있다. 그런데, 화자는 자기가 보고 있는 갈대를 '상한' 갈대라고 생각한다. '음식이 상했다'라고 할 때 '상하다'의 의미처럼 갈대가 병들고, 부정적인 상황 속에 처해있는 걸 말하는 거 같다.

그런데 화자는 그런 '상한 갈대'라도, '하늘 아래선 한 계절 넉넉히 흔들린다'고 말한다. 여기까지만 읽고서는 아직 '하늘 아래서 한 계절 넉넉히 흔들린다'는 게 구체적으로 무슨 뜻인지는 잘 모르겠다. 구체적인 의미는 아래를 좀 더 읽고 다시 와서 잡아보자.

뿌리 깊으면야
밑둥 잘리어도 새순은 돋거니

⇒ 앞 구절에서 화자는 지금 '갈대'를 보고 있었다. 그러니, 여기서 말하는 '뿌리'는 '갈대의 뿌리'일 것이다. 이렇게 계속 연결지어서 생각해 줘야 한다. 화자는 갈대의 뿌리가 땅속 깊이 내려져 있으면, 뿌리 윗 부분인 밑둥이 잘리어도 새롭게 다시 싹이 난다는 걸 말하고 있다. 생각해 보면 맞는 말이다. 뿌리가 깊이 박혀 있으면, 밑둥이 잘린다고 하더라도 죽지 않고 새순이 돋을 수 있을 것이다. 즉, **뿌리가 깊으면 밑둥이 잘리는 부정적인 상황이 닥쳐도 극복할 수 있다는 것이다.**

이 구절은 '~거니'로 끝나는데, 바로 앞 부분 구절이랑 똑같다. 바로 앞 구절도 '흔들리거니'로 끝나고 있다. 앞서 '문학 필수 단어'에서 설명했던 '대구'가 쓰이고 있는 것인데, 이렇게 대구가 쓰인 구절은 서로 비슷한 의미인 경우가 많다. 몰랐다면 꼭 알아놓자. 네가 방금 읽은 '뿌리 깊으면야 밑둥 잘리어도 새순은 돋거니'라는 구절의 의미는 '힘든 상황이 와도 갈대의 뿌리가 깊으면, 다시 희망이 생긴다' 정도로 해석할 수 있다. 이 해석을 가지고 다시 위 구절을 보면, 위 구절은 **부정적인 상황에 놓여있는 '상한 갈대'라고 하더라도, 하늘 아래에서는 바람에 뿌리 뽑히지 않고 즉, 죽지 않고, 한 계절 정도는 넉넉히 계속해서 흔들릴 수 있다**는 의미로 이해할 수 있다. 여기까지 제대로 감상을 했다면 '아마 이 시의 화자는 부정적 상황 속에서도 포기하면 안 된다는 것, 희망을 가져야 한다는 것을 말하려는 내면세계를 갖고 있는 게 아닐까?' 하고 추론할 수 있었을 것이다.

> 충분히 흔들리자 상한 영혼이여
> 충분히 흔들리며 고통에게로 가자

⇒ 화자는 '상한 영혼'에게 '충분히 흔들리자'라고 말한다. 여기서 '상한 영혼'은 '상한 갈대'로 해석할 수 있다. 왜냐하면 화자가 지금 '상한 갈대'를 보고 있기 때문이다. 계속 화자가 지금 무엇을 보고 있는 건지 생각해 주라고 했었다. 따라서 '상한 영혼'도 '상한 갈대'를 뜻하는 말로 읽어주는 게 자연스럽다.

그리고 화자는 자신이 보고 있는 '상한 갈대'에게 '충분히 흔들리자'라고 말한다. '흔들리자'의 의미가 뭘까? 맨 위 구절을 보면 이해할 수 있다. 맨 위 구절의 의미는 '상한 갈대라 하더라도 한 계절 정도는 **바람에 뿌리 뽑히지 않고, 흔들리면서 버틸 수 있다**'는 것이었다. 이를 보면 **'흔들리는 것'은, 상한 갈대의 뿌리를 뽑아버릴 수도 있는 부정적인 상황이다.** 그런데, 화자는 상한 영혼 즉, 상한 갈대에게 오히려 '충분히 흔들리자'라고 말하고 있다. 갈대가 흔들리는 건 갈대의 생명을 위협할 수도 있는 '부정적인 상황'인데도 화자는 왜 흔들리자고 하는 걸까? 왜 화자는 '충분히 흔들리면서 고통을 견뎌내자', '오히려 고통에게로 향해가자'라고 말하는 걸까? 화자가 왜 고통에게 가자고 하는 건지는 아랫부분을 더 읽어봐야 할 거 같다.

Chapter 1
노베이스를 위한 문학 공부법

Chapter 2
문학 만점을 위한 기초 체력 키우기

Chapter 3
기출 적용편

현대시

고전시가

현대소설

고전소설

> 뿌리 없이 흔들리는 부평초 잎이라도
> 물 고이면 꽃은 피거니

⇒ 부평초 잎이 정확히 무엇인지는 모르겠다. 그런데 부평초 잎이 '뿌리 없이 흔들'린다고 한다. 앞 구절을 읽어봤을 때, '뿌리'가 있어야 밑둥이 잘려도 새순이 돋고, 바람에 흔들려도 버틸 수 있었다. 그런데, '뿌리가 없이' 흔들린다? 이는 뿌리가 있는 채로 밑둥이 잘리고, 흔들렸던 앞 구절의 상황보다 **더 부정적인 상황이다.** '뿌리가 없는' 상황에서는 '뽑혀 나갈' 위험이 더 크기 때문이다. 그런데 화자는 뿌리가 없는 극한의 부정적 상황에서도 '물이 고이면 꽃은 핀다'라고 말한다. 즉, **뿌리 없이 흔들리는 극한의 부정적 상황에 처한 부평초 잎조차도, 물이 고이는 때가 오면 꽃을 피울 수 있는 '희망'이 있다는 것이다.**

이 부분을 읽으니까 바로 앞 구절이 이해가 된다. 화자는 이 구절에서 '뿌리도 없이 흔들리는 극한의 상황에 처한 부평초 잎이라고 하더라도, **희망이 있다**'고 말한다. 이 구절을 바탕으로, 바로 앞 구절에서 화자가 '고통에게 가자'고 했던 이유를 생각해보자. **화자는 고통을 마주하고, 충분히 흔들리다 보면 '물이 고이고 꽃이 피는 상황' 즉, '희망'이 올 거라고 생각했던 것이다.** 그래서 화자는 오히려 '고통에게 가자'고 말했던 것이다.

> 이 세상 어디서나 개울은 흐르고
> 이 세상 어디서나 등불은 켜지듯

⇒ 이 세상 어디서나 개울이 흐르고, 등불은 켜진다. 네가 지금 이 시를 읽고 있는 순간에도 세상 어디에선가 개울은 흐르고, 등불은 켜지고 있을 것이다. 그만큼 개울이 흐르고 등불이 켜지는 것은 항상 일어나고, 자연스러운 것이라는 뜻이다.

화자는 이 구절을 왜 쓴 걸까? 결론부터 말해주자면, 화자는 이 구절을 통해서 극한의 고통 속에서 꽃을 피우는 일 즉, **'희망을 마주하는 일'이 개울이 흐르고 등불이 켜지는 것과 같이 '당연히 일어나고', '자연스레 일어나는' 일이라는 것을 말하고자 한 것이다.** 바로 앞 구절에서 부평초 잎은 뿌리가 없는데도 물 고이면 꽃을 피운다. 부정적 상황에서도 긍정적인 결실을 맺는 것이다. **화자가 생각하기에 이런 일은 어디에서나 개울이 흐르고, 어디에서나 등불이 켜지는 것처럼 '보편적'이고 '자연스러운' 일이다.** 즉, 화자는 이 구절을 통해서 아무 희망이 없는 것처럼 느껴지는 부정적인 상황 속에서도, 희망은 언제나 존재한다는 걸 말하고자 했던 것이다.

> 가자 고통이여 살 맞대고 가자

⇒ 이제 화자가 하려는 말이 이해가 된다. 화자는 지금 계속해서, '고통 속에서도 희망은 있다'는 걸 말하고 있다. 그래서 오히려 '고통을 마주하자', '고통과 살 맞대고 가자'라고 말한다. **화자는 고통을 견디면 언제나 희망이 온다는 사실을 알고 있기 때문이다.**

> 외롭기로 작정하면 어딘들 못 가랴
> 가기로 목숨 걸면 지는 해가 문제랴

⇒ 화자는 계속해서 '고통을 견뎌내며 가자'고 말한다. 결국 고통 뒤에는 '희망'이 있기 때문이다. 그러니, 오히려 외롭기로 작정하고, 목숨을 걸기로 작정하고, 계속 나아가자고 하는 것이다. 이 구절에서 화자는 '못 가랴', '문제랴'라는 말을 하는데, '설의법'이 쓰였다는 걸 알 수 있다. 즉, 외롭기로 작정하고 목숨 걸기로 작정하면 어디든 갈 수 있고, 해가 지고 밤이 되는 것 따위는 아무런 문제가 되지 않는다는 자신의 생각을 강조하기 위해 '설의법'을 사용한 것이다.

또 여기서 '지는 해'는 화자가 '부정적으로' 인식하는 상황이라고 볼 수 있다. 쉽게 생각해서 이 구절은, '죽기로 결심하면 날아오는 화살이 문제랴'라는 문장과 비슷한 의미라고 생각하면 된다. '날아오는 화살'은 화자를 죽일 수도 있는 부정적인 대상이지만, 화자는 이미 죽기로 결심했기 때문에, 문제되지 않는다. **'지는 해' 또한 화자가 부정적으로 인식하는 것이지만, 목숨을 걸기로 결심한 이상, 화자에게 문제가 되지 않는다는 것이다.**

> 고통과 설움의 땅 훨훨 지나서
> ㉠ 뿌리 깊은 벌판에 서자

⇒ '뿌리 깊은 벌판'이 무슨 말일까? '뿌리 깊은 벌판'은 말 그대로, 화자가 지금 보고 있는 갈대가 '뿌리를 땅 깊숙이' 내리고 튼튼하게 서 있는 공간을 말한다. '뿌리 깊은 벌판'은 고통과 설움의 시간을 견뎌내면서 땅에 뿌리를 더욱더 깊숙이 박는 공간, **더 이상 고통과 설움으로 힘들어하지 않는, 고통과 설움쯤은 거뜬히 견뎌내는 공간인 것이다.**

> 두 팔로 막아도 바람은 불듯
> 영원한 눈물이란 없느니라
> 영원한 비탄이란 없느니라

⇒ 앞서 이해했던, '고통을 견뎌내면 희망이 온다'는 화자의 내면세계가 계속 이어지고 있다. 화자는 이 구절에서 '영원한 눈물', '영원한 비탄'은 없다고 말한다. 두 팔로 막아도 계속해서 흘러가는 바람처럼, **영원할 것만 같은 눈물과 비탄도 결국 바람처럼 다 지나간다는 것이다.**

> 캄캄한 밤이라도 하늘 아래선
> 마주잡을 손 하나 오고 있거니

⇒ '캄캄한 밤'은 화자가 '부정적으로' 인식하는 상황이다. 앞서 '지는 해'의 의미를 파악했던 학생은 좀 더 쉽게 이해했을 것이다. 앞서 화자는 '고통 속에 희망이 있다'라고 생각하는 자신의 내면세계를 계속 말하고 있었다. 그 내면세계를 바탕으로 이 구절을 이해해 보자면, **'캄캄한 밤'은 화자가 생각하는 '고통'에 해당할 것이다.** 그런 '캄캄한 밤'과 같은 고통스러운 상황 속에서도 하늘 아래선 '마주잡을 손'이 오고 있다. 화자의 내면세계를 생각했을 때 아마 '마주잡을 손'이 의미하는 바는 '희망'일 테다. **지금 겪는 고통을 극복할 수 있게 해주는 '마주잡을 손'은 화자에게 '희망'이 되는 존재인 것이다.**

이렇게 마지막 구절까지, '고통을 견디면 희망이 있다', '고통을 견뎌낼 수 있다'고 생각하는 화자의 내면세계가 계속 이어지고 있는 걸 확인할 수 있다. **화자는 고통 속에서도 '고통을 이겨낼 희망'은 우리에게 다가오고 있기에, 포기하지 말고 계속 충분히 흔들리면**

**서 나아가자고 말하는 것이다.** 여기까지 감상한 것을 시의 제목인 「상한 영혼을 위하여」와 연관지어 생각해보자면, 이 시는 화자가 고통 속에 있는 '상한 영혼'에게 **'곧 희망이 올테니, 포기하지 말고 고통을 꿋꿋이 견뎌내자'고** 말하는 시인 것이다.

- 고정희, 「상한 영혼을 위하여」 -

---

· **문제 해설** ·

상한 갈대라도 하늘 아래선
한 계절 넉넉히 흔들리거니
뿌리 깊으면야
밑둥 잘리어도 새순은 돋거니          **[A]**
충분히 흔들리자 상한 영혼이여
충분히 흔들리며 고통에게로 가자

뿌리 없이 흔들리는 부평초 잎이라도
물 고이면 꽃은 피거니
이 세상 어디서나 개울은 흐르고
이 세상 어디서나 등불은 켜지듯      **[B]**
가자 고통이여 살 맞대고 가자
외롭기로 작정하면 어딘들 못 가랴
가기로 목숨 걸면 지는 해가 문제랴

고통과 설움의 땅 훨훨 지나서
㉠ <u>뿌리 깊은 벌판</u>에 서자
두 팔로 막아도 바람은 불듯
영원한 눈물이란 없느니라
영원한 비탄이란 없느니라
캄캄한 밤이라도 하늘 아래선
마주잡을 손 하나 오고 있거니

- 고정희, 「상한 영혼을 위하여」 -

## 1. 윗글의 특징으로 가장 적절한 것은?

① 대구적 표현을 통해 시상을 강조하고 있다.

⇒ 맞는 말이다. 2연을 보면 '이 세상 어디서나 ~은'이라는 유사한 문장 구조가 반복되고 있다. 또 3연에서도 '영원한 ~이란 없느니라'라는 문장 구조가 반복되고 있다. '대구'라는 건 앞서도 설명했지만, '비슷한 **구절**이 **대응**되는 것'이다. 2연과 3연에서 비슷한 문장 구조가 반복되고 있기 때문에 '대구'가 있다는 것은 맞는 말이다.

그리고 '**대구**'를 쓰면 반드시 '**강조**'의 **효과가** 생긴다. '반복'하면 반드시 '강조'된다. 화자가 똑같은 말을 계속하면 더 머릿속에 박힐 것이다. 따라서 비슷한 구절을 대응시켜서 '반복'하면 자연스레 그 구절에서 표현하고자 하는 바가 '강조'되는 것이다. 또 '시상'이라는 것은, '시에 나타난 생각'인데, '화자의 내면세계'와 같은 말이다. '**대구**'를 써서 비슷한 구절을 '반복'하면 반복한 구절에 있는 시상 즉, 화자의 내면세계가 '강조'되는 건 당연하다.

Chapter 1 노베이스를 위한 문학 공부법

Chapter 2 문학 연결을 위한 기초 체력 키우기

Chapter 3 기출 적용편

현대시

고전시가

현대소설

고전소설

② 계절의 흐름을 통해 대상의 특성을 부각하고 있다.

⇒ **시에 계절의 흐름은 없었다.** 갈대가 흔들린다는 것을 통해서 시에 제시된 계절이 '가을'이라는 것을 추측할 수는 있지만, 가을에서 겨울이 된다거나 하는 '계절의 흐름'은 없었다.

**계절의 흐름을 통해서 대상의 특성을 '부각'하려면, 계절이 흘러감에 따라 대상의 특성을 '반복적으로' 제시해야 한다.** 예를 들어서, '여름에도 동상은 제자리에 있었다. 가을에도, 겨울에도 그 동상은 제자리에 있었다.'라는 구절이 있을 때 동상의 '움직이지 않는 특성'이 계절에 흐름에 따라 부각되고 있다고 할 수 있다.

③ 사물의 의인화를 통해 냉소적 태도를 드러내고 있다.

⇒ 시에서 의인화가 나타난 부분을 굳이 꼽자면, '고통이여 살 맞대고 가자'라는 구절이다. '살을 맞댈 수 있는 것'은 인간만이 가능한 것인데, '고통'에게 살을 맞대고 가자고 하고 있기 때문이다. 하지만 '고통'은 '사물'이라고 보기 힘들다. '사물'의 사전적 정의는 현실 세계에 존재하는 어떠한 '구체적인' 물건인데, 고통은 '추상적인' 감각이기 때문이다. 그래서 **'사물의 의인화를 통해'라는 부분은 틀렸다.**

이뿐만 아니라, **'냉소적 태도를 드러내고 있다'는 것도 틀렸다.** 왜냐하면 시에서 화자는 '냉소적 태도'가 아니라, 미래에 희망이 있을 거라는 '낙관적 태도'를 취하고 있기 때문이다.

④ 공감각적 심상을 통해 관념적인 대상을 묘사하고 있다.

⇒ 시에 '공감각적 심상'은 드러나지 않았다. 앞서도 설명했지만, '공감각적 심상'이 있으려면 '감정의 전이'가 있어야 하는데, 그런 구절은 찾을 수 없다.

'관념적인 대상'이라는 것은, 말 그대로 **우리 머릿속에만 있는** '고통', '영혼', '우정', '사랑', '의리' 등과 같은 것들을 말한다. 실제로 만지거나 볼 수 없고, 우리 머릿속에만 있는 것들을 보고 '관념적'이라고 말한다. 위 시에서는 '상한 영혼이여', '고통에게로 가자'와 같은 말을 통해서 **'영혼', '고통'과 같은 관념적인 대상을 묘사하고 있는 것을 확인할 수 있다.**

⑤ 과거 회상을 통해 반성적으로 화자 자신을 바라보고 있다.

⇒ 과거 회상을 한다는 것은, 내면세계를 들여다본다는 것이고, 내면세계를 들여다본다는 것은 '성찰'을 한다는 것이다. 그리고 그 성찰 과정 중에 화자가 자신이 잘못한 부분을 드러내거나, 자신을 부정적으로 인식하고 있는 상태에서 성찰을 한다면 '반성'을 하고 있다고 할 수 있다. 하지만 이 시에서는 화자가 '과거 회상'하는 부분도 없었고, 반성적으로 스스로를 바라보고 있지도 않았다.

☑ 답 : ①

## 2. [A]와 [B]에 대한 이해로 적절한 것은?

① [A]의 '밑둥'과 [B]의 '개울'은 실존적 위기감을 상징한다.

⇒ 우선 '실존적 위기감'이라는 단어를 보자. '실존'은 말 그대로 '실제로 존재'한다는 것이다. 따라서 '실존적 위기감'은, 실재로 존재하는 것이 불가능한 상황 즉, 죽음의 상황이 다가옴을 뜻하는 말이다. 만약 이 단어를 몰랐다면 어쩔 수 없이 다른 선택지들로 정답을 판단했어야 한다. 하지만 고3이라면 이 정도 단어는 해석할 수 있어야 한다. 단어 해석이 안 됐다면 기출 속에 있는 어휘 공부를 열심히 하자. '실존적'이라는 말은 기출에도 여러 번 나왔던 말이다. 그러면 이제 '밑둥'과 '개울'이 죽음의 상황, 실존적 위기감을 상징하는 건지 보자.

[A]의 '밑둥'은 뿌리 바로 위에 있는 부분으로, 식물이 살아가는 데 굉장히 중요한 부분이다. 식물의 '실존'과 연결되어 있는 부분이라 할 수 있는 것이다. **그런 '밑둥이 잘리는**

상황'은 실존적 위기감을 상징한다고 할 수 있다. 하지만, '밑둥' 자체가 실존적 위기감을 상징하는 것인가? 아니다. '밑둥'은 그냥 '식물의 실존을 담당하는 중요한 부분'인 것이지, 밑둥 자체가 실존적 위기감을 상징하진 않는다.

### 범작가 Tip

이런 식의 문제는 정말 자주 나오니 주의하자. **'밑둥'**이 '실존적 위기감'을 상징하는지, **'밑둥이 잘리는 상황'**이 '실존적 위기감'을 상징하는지 확실하게 구분해야 한다. 출제자는 단어 하나로도 오답을 만들어낼 수 있기 때문에, 1등급이 되려면 단어 하나도 정말 섬세하게 따지는 습관이 필요하다.

**[B]의 '개울'은 '실존적 위기감'을 상징한다기보다는 '희망'을 상징한다고 봐야 한다.** '개울'이라는 단어가 쓰인 구절의 바로 앞 구절을 보면, '뿌리 없이 흔들리는 부평초 잎이라도 물 고이면 꽃은 피거니'라는 구절이 있다. 이 구절에서 화자가 말하고자 했던 것은, '극한의 고통 상황이라도 희망은 있다'는 거였다. 그리고 화자는 바로 다음 구절에서 '어디서나 개울이 흐르고 등불이 켜진다'고 했다. 앞 구절의 의미를 바탕으로 해당 구절을 이해해 보면, **뿌리도 없는 부평초 잎에 '꽃'이 피는 것 즉, 희망이 오는 것은, 어디서나 '개울'이 흐르고 '등불'이 켜지는 것과 같이 자연스러운 일이라는 의미다.** 따라서 이때의 '개울'과 '등불'은, '꽃'과 대응되어서 '희망'을 상징하는 시어로 해석하는 게 자연스럽다.

② [A]의 '한 계절'과 [B]의 '지는 해'는 극한 상황을 비유한다.

⇒ [B]의 '지는 해'는 위 구절에서도 설명했지만, 화자가 부정적으로 인식하는 상황이라고 봐야 한다. 그래서 '극한 상황을 비유한다'라는 말이 맞다고 볼 수 있다. 그런데 한편으로는 이런 의문이 들 수 있다. "왜 '극한' 상황이지?". 그냥 부정적인 상황이라 할 수도 있는데, 왜 '극한' 상황이라고 한 걸까? '가기로 목숨 걸면 지는 해가 문제랴'라는 구절을 보면, 화자는 자기가 목숨을 걸기로 한 이상 '지는 해' 따위는 문제가 되지 않음을 말한다. **이는 다르게 말해서, '지는 해'를 견뎌내려면 '목숨을 걸어야 할 정도로 굳은 각오'가 필요하다는 의미기도 하다.** 따라서 '지는 해'는 화자가 부정적으로 인식하는 '극한 상황'을 비유한다고 볼 수 있는 것이다.

Chapter 1
노베이스를 위한 문학 공부법

Chapter 2
문학 만점을 위한 기초 체력 기우기

Chapter 3
기출 적용편

현대시

고전시가

현대소설

고전소설

반면 [A]의 '한 계절'은 '극한 상황'과는 관련이 없다. 앞서도 설명했지만 '한 계절'은 부정적인 상황에 있는 '상한 갈대'라고 하더라도 한 계절 정도는 넉넉히 죽지 않고 흔들릴 수 있는 시기였다. 따라서 '한 계절'은 '극한 상황'이라기보다는, 갈대가 생존을 이어갈 수 있는 기간, 고통을 감내할 수 있는 기간으로 보는 것이 맞다.

③ [A]의 '새순'과 [B]의 '등불'은 고난 극복의 가능성을 환기한다.

⇒ [A]를 읽어보면 '새순'은 '밑둥이 잘리는 상황'에서도 다시금 돋는 것이다. '상한 갈대'에게 '밑둥이 잘리는 상황'은 '고통'을 의미했었다. **'새순'은 갈대가 고통을 받음에도 불구하고, 다시금 피워내는 것이니 '희망'을 상징한다고 볼 수 있을 것이다.** 즉, '고난 극복의 가능성'을 환기한다고 할 수 있다.

**[B]의 '등불'도 [A]의 '새순'과 마찬가지로, 고난 극복의 가능성을 환기한다고 할 수 있다.** 앞서 ①번 선택지 해설에서 설명했듯이, [B]의 '등불'은 뿌리가 없는 상황에서도 피는 부평초 잎의 '꽃'과 대응되는 단어였다. 시의 맥락상, 부평초 잎이 피우는 '꽃'은 '희망'을 의미했다. 화자가 해당 구절을 통해서 하고 싶었던 말은, '뿌리가 없어 위태로워 보이는 부평초 잎조차도 물이 고이면 꽃을 피울 수 있는 희망이 있다'는 것이었기 때문이다. 따라서 부평초 잎이 피우는 '꽃'과 대응되는 '등불' 또한 '희망', '고난 극복의 가능성'을 환기한다고 할 수 있는 것이다.

④ [A]와 [B]에는 모두 현실 부정의 비판적인 어조가 반복되고 있다.

⇒ '문학 필수 단어'에서 설명했듯이, '어조'는 '내면세계'를 가지고 판단하면 된다고 했었다. **'비판적인 어조'가 있냐고 묻는다면, 화자가 무언가를 '비판'하는 내면세계가 있는지 생각해보면 되는 것이다.** [A]와 [B] 모두, 화자는 무언가를 '비판'하고 있지 않았다. '흔들리자', '어딘들 못 가랴' 등의 구절에서 확인할 수 있듯, 화자는 부정적 현실을 이겨내려는 강인한 의지를 보일 뿐이었다.

**그리고 '현실 부정'을 하지도 않았다.** 화자가 주장한 것은 '현실을 부정하자'는 것이 아니라 고통이 있는 현실이라도 그런 현실을 '충분히 흔들리면서' 견뎌내자는 것이었다. 왜냐하면 그 이후에는 필히 '희망'이 있기 때문이다. 이는 '현실을 부정'한 것이 아니라, 오히려 '현실을 인정'한 것이다.

⑤ [A]에서 [B]로 전개되면서 화자의 태도가 소극적으로 변화되고 있다.

⇒ '태도' 또한 ④번 선택지에 나온 '어조'와 마찬가지로, 화자의 '내면세계'를 가지고 판단하면 된다. 화자의 내면세계가 [A]에서 [B]로 가면서 '소극적'으로 변해갔었나? 아니다. 화자의 내면세계는 계속 일관되게 '부정적 현실을 이겨내자'였다. 오히려 [A]에서 화자는 '고통에게로 가자'라고만 말하고 있었는데, [B]에 와서는 고통을 이겨내기 위해서 '목숨까지 걸겠다'라고 말한다. 즉, 부정적인 현실을 이겨내려는 화자의 태도가 '적극적'으로 변화하고 있는 것이다.

✔ 답 : ③

### 3. 다음 학습 활동의 ⓐ～ⓔ에 들어갈 말로 적절하지 않은 것은?

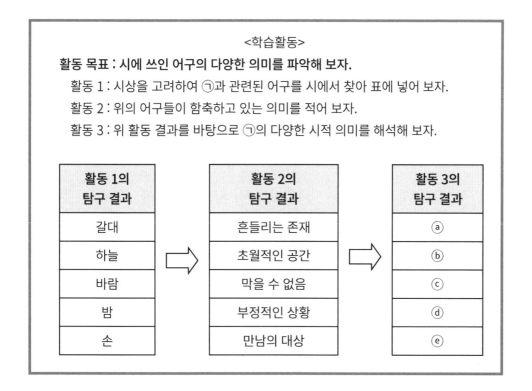

<학습활동>

**활동 목표 : 시에 쓰인 어구의 다양한 의미를 파악해 보자.**
　활동 1 : 시상을 고려하여 ㉠과 관련된 어구를 시에서 찾아 표에 넣어 보자.
　활동 2 : 위의 어구들이 함축하고 있는 의미를 적어 보자.
　활동 3 : 위 활동 결과를 바탕으로 ㉠의 다양한 시적 의미를 해석해 보자.

| 활동 1의 탐구 결과 | 활동 2의 탐구 결과 | 활동 3의 탐구 결과 |
|---|---|---|
| 갈대 | 흔들리는 존재 | ⓐ |
| 하늘 | 초월적인 공간 | ⓑ |
| 바람 | 막을 수 없음 | ⓒ |
| 밤 | 부정적인 상황 | ⓓ |
| 손 | 만남의 대상 | ⓔ |

Chapter 1
노베이스를 위한 문학 공부법

Chapter 2
문학 만점을 위한 기초 체력 키우기

Chapter 3
기출 적용편

현대시

고전시가

현대소설

고전소설

⊙ : 뿌리 깊은 벌판

① ⓐ : 1연의 '갈대'처럼 흔들리는 존재도 뿌리를 내릴 수 있음을 보면, ⊙
은 굳건한 삶의 공간이 될 수 있음을 뜻하겠군.

➡ 우선, ⊙이 '갈대'처럼 흔들리는 존재도 뿌리내릴 수 있는 공간인지 보자. 화자가 지
금 무엇을 보고 있는 상황이었나? 화자는 '상한 갈대'를 보고 있었다. 그러므로 시에서
말하는 '뿌리'는 '갈대의 뿌리'로 해석하는 것이 자연스럽다. 그리고 ⊙은 '뿌리 깊은' 벌
판이므로, '갈대'가 자신의 뿌리를 깊게 내릴 수 있는 공간이라 해석하는 것 또한 자연스
럽다.

  그러면 이제 ⊙이 굳건한 삶의 공간이 될 수 있음을 뜻하는지 보자. 이는 '뿌리 깊은 벌
판'의 의미를 생각해 보면 되는데, '뿌리 깊은 벌판'은 말 그대로 갈대가 자신의 뿌리를
깊게 내릴 수 있는 공간이다. 즉, 갈대가 뿌리 깊은 벌판에 서게 된 순간은, **갈대가 슬픔
과 설움의 시기를 지나고 더 이상 흔들림에 끄떡없을 만큼 뿌리를 내려, 강해진 상황**인
것이다. 이를 토대로 ⊙을 해석했을 때 '뿌리 깊은 벌판'은 '상한 갈대'처럼 흔들리는 존
재도 자신의 뿌리를 깊게 내리고, 고통과 설움에도 끄덕 없게 되는 '굳건한 삶의 공간'이
라 해석할 수 있다.

② ⓑ : 1연과 3연에서 '하늘'의 아래를 반복하여 표현한 것을 보면, ⊙은
초월적인 공간에 대응되는 현실적인 공간을 뜻하겠군.

➡ 우선 1연과 3연에서 '하늘'의 아래를 반복해서 표현했는지 보자. 1연에서는 '**하늘 아
래선** 한 계절 넉넉히 흔들리거니'라고 말하고 있고, 3연에서는 '캄캄한 밤이라도 **하늘 아
래선**'이라고 말하고 있다.

  이제 ⊙이 '초월적인 공간에 대응되는 현실적인 공간'을 뜻하는지 보자. 〈학습 활동〉을
보면, 하늘이 '초월적인 공간'이라는 의미를 함축하고 있음을 알 수 있다. 출제자 의도는,
'하늘을 초월적인 공간이라고 했을 때, ⊙이 그에 대응되는 현실 공간인지 판단해봐'라는
것이다. **이를 판단하려면 하늘이 무엇을 '초월'한 공간인 건지 생각해 봐야 한다.** 시 내용

Chapter 1
노베이스를 위한 문학 공부법

Chapter 2
문학 만점을 위한 기초 체력 키우기

Chapter 3
기출 적용편

현대시

고전시가

현대소설

고전소설

만 가지고 생각했을 때, '하늘'과 대비되는 '하늘 아래의 세계'는 갈대를 흔드는 '고통'과 '설움'이 있는 세계이다. **따라서 이와 대비되는 '하늘'은 '고통'과 '설움'을 초월한 즉, '고통과 설움이 없는' 공간이라 볼 수 있다.**

이때 너는 '㉠은 고통과 설움을 지나 도달하는 곳이니까 **고통과 설움이 없는** 공간 아닌가?'라고 생각할 수 있다. 하지만 이는 틀린 생각이다. **㉠은 고통과 설움이 없는 공간이 아니다. ㉠은 고통과 설움이 여전히 있지만, 화자가 고통과 설움을 견뎌내고 굳건한 삶을 유지할 수 있게 되는 공간이다.** 만약 고통과 실움이 없는 공간이라면, '갈대'가 '뿌리 깊은 벌판'에서 자신의 뿌리를 '깊이' 내릴 이유가 없을 것이다. '갈대'가 뿌리를 깊게 내리는 것은 '고통과 설움' 즉, '흔들림'을 버티기 위함이기 때문이다. 그리고 또, 고통과 설움이 없는 초월적인 공간을 '하늘'이라고 했으니, **하늘 아래에 있는** ㉠은 당연히 고통과 설움이 있는 '현실적인 공간'이라 보는 것이 맞을 것이다.

> ③ ㉢ : 3연에서 '바람'은 막을 수 없다고 한 것을 보면, ㉠은 영원한 운명의 구속을 벗어날 수 없는 공간을 뜻하겠군.

⇒ 화자는 3연의 '두 팔로 막아도 바람은 불 듯'이라는 구절을 통해, '바람'은 막을 수 없다는 걸 말하고 있다. 이 구절의 의미는, **두 팔로 막아도 바람은 계속 흘러가듯이, 영원할 거 같은 눈물과 비탄도 시간이 지남에 따라 전부 흘러간다는 뜻**이다. 그리고 ㉠은 갈대가 '슬픔과 비탄의 시기를 견뎌낸 뒤 도달하게 될 긍정적인 공간'을 뜻한다. 즉, **㉠은 바람이 흘러가듯 슬픔과 비탄의 시기도 흘러가서, 결국 도달하게 되는 긍정적인 공간을 뜻하는 것이다.** 따라서, ㉠을 '영원한 운명의 구속을 벗어날 수 없는 공간'이라고 보는 것은 틀렸다. '운명의 구속'을 '슬픔과 비탄'이라고 본다면, 오히려 ㉠은 '운명의 구속'을 벗어날 수 있는 공간이라 보는 것이 적절하다.

> ④ ㉣ : 3연에서 '밤'이라는 부정적인 상황이 닥쳐오는 것을 보면, ㉠은 피할 수 없는 시련에 맞서야 하는 공간을 뜻하겠군.

⇒ 우리가 감상한 바에 따르면 3연의 밤은 부정적인 상황이었다. 그리고 〈학습 활동〉에서도 '밤'을 '부정적인 상황'이라고 줬다. 따라서 3연에서 '밤'이라는 부정적인 상황이 닥쳐오는 것은 맞다. 이를 통해 ㉠을 감상했을 때, ㉠은 캄캄한 밤을 겪게 되는 공간, 즉 피

할 수 없는 시련에 맞서야 하는 공간으로 해석할 수 있다.

그런데 너는 여기서 '㉠은 긍정적인 공간 아니었나?' 하는 의문이 들 수 있다. 맞는 말이다. ㉠은 화자가 긍정적으로 인식하는 공간이다. 하지만, 그렇다고 해서 '고통과 설움'이 없는 공간은 아니다. ②번 선택지 해설에서 설명했지만, **㉠은 고통과 설움이 여전히 있지만, 화자가 '고통과 설움을 견뎌내고 굳건한 삶을 유지할 수 있게 되는' 공간인 것이다.** ㉠에서도 여전히 고통과 설움이 있기 때문에, 화자는 고통을 함께 견뎌낼 '마주잡을 손'을 기다리고 있는 것이고, 벌판에 뿌리를 '깊게' 내리는 것이다.

> ⑤ ⓔ : 3연에서 '손'과의 만남을 기대하고 있는 것을 보면, ㉠은 희망이 예비된 공간을 뜻하겠군.

⇒ 3연의 '마주잡을 손 하나 오고 있거니'라는 구절을 통해서 알 수 있듯이, 화자는 '손'과 만나게 될 순간을 기대하고 있다. 아까 지문 해설에서 설명했듯이, '마주잡을 손'은 '희망'을 상징하는 말이기 때문에, 화자가 '손'과의 만남을 기대하는 것은 당연하다.

그리고 〈학습 활동〉을 보면 '손'을 '만남의 대상'이라고 했다. 또 화자가 '손'을 **마주잡을 손**'이라고 표현한 것을 통해서, ㉠은 '손'과 만나는 것이 예정된 공간 즉, '희망'이 예비된 공간을 뜻한다고 볼 수 있다.

✓ 답 : ③

# 고전 시가

## [1등급들에겐 '고전 시가'가 '현대 시'보다 쉬운 이유]

4등급 이하 학생들에게 문학에서 뭐가 가장 어렵냐고 물어보면 대부분 '고전 시가'라고 말한다. 고전 시가가 왜 어렵냐고 물어보면, "도대체 무슨 말을 하는 건지 모르겠다"라고 말한다. 맞는 말이다. '고전 시가'는 말 그대로 '옛날에 지어진 시'이기 때문에 현재는 쓰지 않는 말들이 많이 등장한다. 그래서 고전 어휘를 외우지 않은 4등급 이하 학생들은 '고전 시가'가 너무 어려운 것이다. 그런데 학생들을 가르쳐보면 신기하게도, 성적대가 높은 학생일수록 '고전 시가'보다 '현대 시'나 '현대 소설'을 어려워한다. 왜 그런 걸까?

**결론부터 말하자면, '고전 시가'는 '현대 시'보다 내면세계가 단순하기 때문이다.** 내가 앞서 계속 말했지만, 출제자가 문학 문제를 통해서 너에게 묻고자 하는 건 '감상력'이다. 출제자는 네가 문학 작품을 읽고 이미지를 떠올릴 수 있는지, 작품 속 화자와 인물의 **내면세계에 공감할 수 있는지**만 묻는다. 따라서 문학 문제의 난이도는 작품에 나오는 내면세계가 얼마나 복잡하냐, 내면세계를 얼마나 파악하기 쉽냐에 따라 결정된다. **작품에 나오는 화자나 인물의 내면세계가 복잡하고 파악하기 어려울수록 문제 난이도는 높아진다.** 네가 문제를 풀어보면 알겠지만, 현대 시는 고전 시가에 비해서 작품 속에 나오는 내면세계를 읽어내기 어렵고, 내면세계가 복잡하다. 슬펐다가 기뻐하기도 하고, 부끄러워하다가 체념하기도 한다. 하지만 고전 시가는 작품 속에 나오는 내면세계가 정해져 있다. 즉, 맨날 '똑같은 소리'만 하고 있다는 것이다. 그래서 고전 시가에 나오는 단어들을 암기한 뒤에, 고전 시가에 자주 나오는 내면세계만 잘 알아두면 정말 쉽게 풀 수 있다. 1등급을 받는 학생들은 보통 공부를 열심히 하기 때문에, 고전 시가에 나오는 단어들은 기본적으로 잘 외우고 있다. 그래서 고전 시가를 읽어내는 데는 문제가 없는 것이다. 그래서 1등급들은 고전 시가를 읽으면서 '자주 나오는 내면세계'만 익히면 문제를 쉽게 맞힌다.

네가 지금 고전 시가가 어렵다면, 아마 2가지가 문제일 것이다.

**첫 번째는 고전 시가에 나오는 단어들을 충분히 암기하지 않았기 때문이다.** 기출 문제를 풀 때, 한쪽에는 「관동별곡」이나 「상춘곡」 같이 유명한 작품들을 펼쳐 놓고, 다른 한쪽에는 '해석본'을 펼쳐놓아라. 그리고 모르는 단어나 구절이 나올 때마다 해석본이랑 비교하면서, 무슨 뜻인지 파악하는 연습을 해야 한다. 이걸 딱 하루 2시간씩 10번만 하면 고전 시가에 나오는 웬만한 단어나 구절은 전부 이해할 수 있게 된다. 또한 더 이상 해석이 안 되어 틀리는 일은 없을 것이다. 스스로 잘 생각해 보면 '고전 시가'만 제대로 공부해 본 적은 거의 없을 것이다. 2시간씩 10번을 본 이후에는 기출 문제 회독을 하면서, 모르는 단어가 나오면 그때그때 노트에 적어 놓고 외우면 된다.

그리고 내가 고전 시가에 나오는 단어들을 외우라고 하면, "단어를 외워도 매번 모르는 단어가 나오는데, 어떻게 해야 하나요?"라고 물어보는 학생들이 있다. 그 학생들 말대로 고전 시가 문제를 풀어보면 매번 모르는 단어가 나온다. 나조차도 기출 문제를 수 백 번 풀었지만, 고전 시가에서 모르는 단어가 나올 때가 있다. 그러나 1등급들은 모르는 단어가 나왔다고 해서 틀리지 않는다. 모르는 단어가 나옴에도 불구하고 고전 시가를 쉽게 맞힌다. **왜냐하면, 고전 시가 문제에서는 네가 '단어 뜻'을 몰라 틀리게 하지 않기 때문이다.** 네가 문제를 풀어보면 알겠지만, 내가 앞서 적어 놓은 '고전 시가 필수 어휘'에 있는 어휘 정도만 알고 있으면, 단어 때문에 틀리는 일은 거의 없다. 왜냐하면 출제자는 네가 고전 어휘를 얼마나 암기하고 있는지 물어보려 하지 않기 때문이다. 출제자는 **고전 시가 속 화자가 말하는 '내면세계'를 이해할 수 있는지만 물어본다.** 그래서 필수적인 단어들만 알고 있다면 충분히 문제를 풀 수 있다. 그러니까 너무 걱정하지 말고, 이 책에 있는 '고전 시가 필수 어휘'를 포함해서 네가 공부할 때마다 나오는 고전 어휘들만 잘 정리해 놓자.

자 그러면, 고전 시가에 정해져 있는 맨날 나오는 내면세계들은 도대체 어떤 걸까? 고전 시가에 나오는 내면세계들을 미리 알고 있으면 이 시가 무슨 말을 하는 건지 이해하기 쉬울 거다. 또한 문제 풀이도 빨라질 것이다. 고전 시가에는 대표적으로 **'임금 좋아'**, **'하늘 좋아'**, **'자연 좋아'**라는 3가지 내면세계가 나온다. 물론 고전 시가에 반드시 이 3가지 내면세계만 출제되는 건 아니다. 이 외에도 '여자로 태어난 것에 대한 서러움', '가난에 대한 한탄', '사랑하는 임에 대한 그리움' 등의 내면세계도 출제된다. 하지만 이런 유형들

Chapter 1
노베이스를 위한 문학 공부법

Chapter 2
문학 면접을 위한 기초 체력 키우기

Chapter 3
기출 적용편

현대시

고전시가

현대소설

고전소설

은 따로 빼 정리할 정도로 많이 나오는 내면세계는 아니다. 그래서 그냥 '이런 내면세계도 있구나'하고 봐두는 정도면 충분하다. 그럼 고전 시가의 대표적인 3가지 내면세계에 대해 설명해 보겠다.

## 🏛 고전시가의 대표적인 3가지 내면 세계

### ❶ 임금 좋아

고전 시가를 썼던 사람들은 '임금'이 있는 시대에 살았던 사람들이다. 이 시대에 사람들은 모두 임금에게 무조건 충성했고, 자신이 먹고 자고 입는 모든 것들은 다 **임금의 은혜** 덕분이라 생각했다. 그만큼 임금은 이들에게 위대하고 함부로 말할 수 없는 존재였다. 그래서 대부분의 고전 시가에는 임금을 '칭찬'하는 내용이 담겨 있다. 아름다운 경치를 볼 때도 자신이 이런 경치를 볼 수 있고 맛있는 걸 먹고 풍족하게 사는 것은 전부 '임금 덕분'이라 생각했다. 그래서 고전 시가 10개 중 7~8개에는 '임금에게 감사한다'는 내용이 들어가 있다.

물론 임금과 관련된 고전 시가들에 무조건 임금을 칭찬하는 내용만 있었던 건 아니다. 다른 곳으로 유배된 상황에서 임금에게 억울하다고 말하는 「만분가」 같은 시들도 있고, 임금에게 정치를 제대로 해야 한다고 충고와 권고하는 「용비어천가」 같은 시들도 있었다. 하지만 이러한 주제의 시를 쓴 작가들도 '임금 좋아'라는 내면세계는 항상 가지고 있다.

### ❷ 하늘 좋아

고전 시가가 쓰일 당시에 사람들은, '하늘'이 인간의 삶을 통제한다고 믿었다. 서양 사람들은 '신'이라는 존재가 자신들의 삶을 통제한다고 생각했고 마찬가지로 동양 사람들은 '하늘'을 '신'과 같은 존재로 생각했다. 그래서 사람들은 홍수나 가뭄 같은 자연재해가 일어났을 때는 하늘이 화가 난 것이며 농사가 잘될 때는 하늘이 복을 내린 것이라고 생각했다. 그렇게 하늘이라는 존재를 떠받들었고, 하늘을 위해 제사를 지내기도 했다. 우리가 흔히 알고 있는 '황제'는 '제사장'이라는 뜻이다. 황제가 위대한 대우를 받았던 이유 또한 황제를 **하늘의 목소리를 들을 수 있는 사람**이라 생각했기 때문이다. 이러한 이유로, 고전 시가에는 하늘을 예찬하는 작품들이 많다.

### ❸ 자연 좋아

'자연 좋아'라는 내면세계는 앞서 말한 '하늘 좋아'의 내면세계와 관련이 있다. 고전 시가를 썼던 사람들은 모두 하늘이 세계와 인간의 삶을 통제한다고 생각했다. 따라서 그들에게 하늘은 지금 자신들이 보고 있는 풀, 나무, 산, 강물 등을 모두 만든 신과 같은 존재였다. 그리고 사람들은 자연뿐만 아니라, 인간 또한 하늘이 만들었다고 생각했다. 즉, '하늘'이라는 **하나의 근원**에서 '자연'과 '나'는 함께 만들어진 존재라고 인식한 것이다.

우리가 같은 부모님으로부터 태어난 형제나 자매에게 친근감을 느끼듯이, 자연은 사람들이 친근감을 느끼는 대상이었다. 자연 또한 하늘이 만들었으니 자신과 **비슷**하다고 생각한 것이다. **우리는 비슷하다고 느끼는 대상에 친근감을 느낀다.** 같은 고향 사람 또는 같은 학교를 나온 사람에게 더 친근감을 느낀다. 이와 마찬가지로, 자연은 나와 같은 곳에서 만들어진 존재이기에 친근감을 느끼는 것이다. 그래서 고전 시가를 보면 화자는 항상 '꽃아, 산아, 강물아'라고 하면서 자연에게 친근감을 표현하는 구절이 많이 나온다. 모두 화자가 '자연 좋아'라는 내면세계를 갖고 있기 때문이다.

이제 본격적으로 실제 작품을 읽으면서, 고전 시가 속에 있는 내면세계에 공감해 볼 것이다. 앞서 내가 설명했던 '고전 시가 필수 어휘'와 '자주 나오는 내면세계'만 제대로 이해했다면 어렵지 않게 풀어낼 수 있다.

# 2014학년도 9월(A형)
# 「매화사」

매영(梅影)이 부딪힌 창에 옥인금차(玉人金釵)* 비꼈구나
이삼(二三) 백발옹(白髮翁)은 **거문고와 노래**로다
이윽고 **잔 들어 권할 적에** 달이 또한 오르더라                          〈제1수〉


빙자옥질(氷姿玉質)*이여 눈 속에 네로구나
가만히 향기 놓아 **황혼월(黃昏月)**을 기약하니
아마도 **아치고절(雅致高節)***은 너뿐인가 하노라                          〈제3수〉


바람이 눈을 몰아 산창(山窓)에 부딪히니
찬 기운 새어 들어 자는 매화를 침노(侵擄)하니
아무리 얼우려 한들 **봄뜻**이야 앗을쏘냐                          〈제6수〉


동각(東閣)에 숨은 꽃이 철쭉인가 두견화(杜鵑花)인가
건곤(乾坤)이 눈이어늘 제 어찌 감히 피리
알괘라 백설양춘(白雪陽春)*은 매화밖에 뉘 있으리                          〈제8수〉


- 안민영, 「매화사」 -


* 옥인금차 : 미인의 금비녀.
* 빙자옥질 : 얼음같이 맑고 깨끗한 살결과 옥같이 아름다운 성질.
* 아치고절 : 우아한 풍치와 높은 절개.
* 백설양춘 : 흰 눈이 날리는 이른 봄.

Chapter 1
노베이스를 위한 문학 공부법

Chapter 2
문학 감점을 위한 기초 체력 키우기

Chapter 3
기출 적용편

현대시

고전시가

현대소설

고전소설

**1.** 윗글의 표현상 특징으로 가장 적절한 것은?

① 반어적 표현을 통해 시적 긴장감을 조성하고 있다.
② 대화의 형식을 통해 대상과의 친밀감을 나타내고 있다.
③ 다양한 감각적 심상을 사용하여 대상을 예찬하고 있다.
④ 대상에 감정을 이입하여 화자의 애상감을 심화하고 있다.
⑤ 명령적 어조를 통해 현실에 대한 비판 의식을 드러내고 있다.


**2.** 윗글에 대한 설명으로 적절하지 <u>않은</u> 것은?

① 제1수는 시적 화자를 둘러싼 상황을 제시하여 시적 분위기를 형성하고 있다.
② 제3수는 제1수와 달리 대상을 의인화하여 대상의 면모를 강조하고 있다.
③ 제6수는 대상이 시련을 겪는 상황을 제시하여 대상의 속성을 부각하고 있다.
④ 제8수는 다른 자연물과 대상의 비교를 통해 공통된 특성을 부각하고 있다.
⑤ 제6수와 제8수는 의문의 형식을 통해 대상의 가치를 강조하고 있다.


**3.** 〈보기〉를 참고하여 윗글을 이해한 내용으로 적절하지 <u>않은</u> 것은?

〈보 기〉

안민영의 「매화사」에는 매화를 감상하는 여러 가지 태도가 나타나 있다. 기본적으로 시흥(詩興)을 불러일으키는 자연물로서의 속성에 초점을 맞춰 매화를 감상하는 태도가 바탕이 된다. 여기에 당대의 이념과 관련하여 매화에 규범적 가치를 부여하여 감상하는 태도, 매화에 심미적으로 접근하여 아름다움을 음미하는 태도, 매화의 흥취를 즐기는 풍류적 태도 등이 덧붙여지기도 한다.

① '거문고와 노래'는 매화가 불러일으킨 시흥을 즐기기 위한 풍류적 요소이다.
② '잔 들어 권할 적에'는 고조된 흥취를 사람들과 함께하고 싶은 마음을 드러낸다.
③ '황혼월'은 매화를 심미적으로 감상할 때 매화의 아름다움을 더욱 돋보이게 한다.
④ '아치고절'은 자연물인 매화에 부여된 심미적이면서도 규범적인 가치이다.
⑤ '봄뜻'은 매화를 당대 이념에 국한하여 감상해야 의미를 파악할 수 있는 시어이다.

Chapter 1
노베이스를 위한 문학 공부법

Chapter 2
문학 만점을 위한 기초 체력 키우기

Chapter 3
기출 적용편

현대시

고전시가

현대소설

고전소설

※ 단어 표기 안내
· 기존 평가원 원문에 실린 단어 주석 → 문장 박스 안에 **검정색**으로 표기
· 범작가가 추가로 알려주고자 하는 단어들 → 박스 바깥에 갈색으로 표기

## '매화사' 지문해설

매영(梅影)이 부딪힌 창에 옥인금차(玉人金釵)* 비겼구나

* 옥인금차 : 미인의 금비녀.

⇒ 우선 이 구절을 보니 모르는 단어가 있다. '매영'이 창에 부딪힌다고 하는데, '매영'이 뭔지 모르겠다. 이런 경우에는 해석이 되는 부분만이라도 제대로 파악하고 넘어가야 한다. '매영이 부딪힌 창'이라는 것에서 '매영'이 무엇인지는 모르겠지만, 우선 화자가 지금 '창'을 보고 있다는 건 알 수 있다.

화자는 그 창에 '미인의 금비녀'가 '비겨'있다고 한다. '비겼구나'라는 것도 정확히 무슨 말인지 모르겠다. 그냥 창에 '옥인금차가 있구나' 정도로 해석하고 넘어갔어도 됐다. 이렇게 모든 단어를 제대로 해석하고 넘어가는 것보다 중요한 건, 화자가 무슨 내면세계를 말하고자 하는지 알아내는 것이기 때문이다.

정확한 뜻을 설명해 주자면, '비겼구나'라는 건 '비스듬히 기대어 있구나'라는 뜻이다. '비기다'라는 말은 '가위바위보를 비겼다'라고 할 때 '비기다'도 있지만, '비스듬히 기대다'라는 뜻도 있다. 즉, 화자는 지금 '창에 비스듬이 기대 있는' 옥인금차를 보고 있는 것이다. 여기서 창에 비겨있는 '옥인금차'란 정확히 무엇일까? '옥인금차'는 '미인의 금비녀'라고 하는데, 맥락상 이해해 보자면 미인의 금비녀가 창에 기대있는 것이 아니라, '금비녀를 끼고 있는 미인'이 창에 기대 있는 것으로 해석하는 게 자연스럽다. 또 여기서 '매영'이라는 것은, '매화의 그림자'를 뜻한다. 따라서 정확하게 말하자면, 화자는 지금 **매화의 그림자**가 비쳐있는 창에 기댄, 금비녀를 쓴 여인을 보고 있는 것이다. 이렇게 몰랐던 단어들은 꼭 노트에 정리해 놓고, 외울 수 있도록 하자.

249

> 이삼(二三) 백발옹(白髮翁)은 **거문고와 노래**로다

⇒ '이삼 백발옹'은 말 그대로, '흰머리가 난 2~3명의 늙은이들'을 말한다. '백발'은 '흰머리'라는 뜻이고, '옹'은 '늙을 옹' 자를 써서, '늙은 사람'을 뜻하는 말이다. **'옹'은 정말 자주 나오는 단어이니 반드시 외우도록 하자.** 화자는 '이삼 백발옹은 거문고와 노래로다'라고 말한다. 이는 '흰머리가 난 2~3명의 늙은이가 거문고를 치며 노래를 부르고 있다' 정도로 해석할 수 있다. 화자는 지금 금비녀를 한 여인과 2~3명의 백발옹을 보고 있는 거 같다.

> 이윽고 **잔 들어 권할 적에** 달이 또한 오르더라    <제1수>

⇒ 아, 여기를 보니 지금 화자가 무슨 상황인지 이해가 된다. '잔 들어 권할 적에'라는 말을 보니, 화자가 지금 **술을 마시고 있는 상황**이다. '옥인금차'를 쓴 여자 기생을 부르고, '백발옹'인 자기 친구들을 불러서, 서로 잔을 권하며 술을 마시고 있는 것이다. 그 와중에 화자의 눈에 들어오는 '떠오르는 달'은 화자의 흥취를 더 돋군다. 달 '또한' 오른다고 했으니, '달'이 뜸으로써 화자의 감정이 더 고조된다는 걸 알 수 있는 것이다.

> 빙자옥질(氷姿玉質)*이여 눈 속에 네로구나
>
> * 빙자옥질 : 얼음같이 맑고 깨끗한 살결과 옥같이 아름다운 성질.

⇒ '빙자옥질'의 뜻을 보니, '얼음같이 맑고 깨끗한 살결과 옥같이 아름다운 성질'이라고 한다. 즉, '빙자옥질이여 눈 속에 네로구나'라는 구절은 화자가 어떤 대상을 보면서 아름답다고 말하는 구절이다. 그런데 화자가 어떤 대상을 보고 있는지는 모르겠다. 일단 계속 읽어보자.

또 '눈 속에 네로구나'라는 말을 통해서, 화자가 보고 있는 대상이 '눈 속'에 있다는 것도 알 수 있다. '눈 속에'라는 말을 보자마자 눈 덮인 배경이 머릿속에 떠올랐어야 한다.

> 가만히 향기 놓아 **황혼월(黃昏月)**을 기약하니
> 아마도 **아치고절(雅致高節)*은 너뿐인가 하노라    <제3수>

Chapter 1
노베이스를 위한 문학 공부법

Chapter 2
문학 만점을 위한 기초 체력 키우기

Chapter 3
기출 적용편

현대시

고전시가

현대소설

고전소설

* 아치고절 : 우아한 풍치와 높은 절개.

⇒ 이 구절에 쓰인 '향기'라는 말을 보니, 알겠다. 바로 위 구절에서 화자가 말했던 '빙자옥질', '눈 속에 네'는 '매화'를 말하는 거였다. 이는 이 시의 제목이 '매화사'라는 것에서도 추측할 수 있다. 나는 이 구절에서 화자가 지금 눈 속에 있는 매화를 바라보고 있다는 걸 확정했다.

그런데 화자는 매화가 '가만히 향기 놓아 황혼월을 기약한다'고 말한다. 여기서 '가만히 향기 놓아'라는 구절을 보면, 화자가 지금 '매화의 향기를 느끼고 있다'고 해석할 수 있다. 그런데 이때 '황혼월을 기약한다'라는 건 무슨 말일까? 실제 시험장에서는 이해가 안 됐다면 그냥 바로 아래에 있는 '아치고절'을 보고, '아, 매화의 우아함과 절개를 칭찬하는 말인가 보구나'하고 넘어갔으면 됐다. 내가 앞서도 말했지만, 모르는 구절이 나오면 앞뒤 내면세계를 통해서 이해하고 넘어가면 된다고 했었다.

정확히 해석을 해보자면 '황혼월을 기약하니'라는 구절은, '매화가 황혼월을 만나기로 약속했다' 정도로 해석할 수 있다. 그런데, 바로 아래에 있는 '아치고절'과 연관 지어서 해석을 해보자면, '매화가 황혼월을 기다리고 있다'로 해석하는 게 자연스럽다. 화자는 매화가 펴 있는 모습을 보고 '눈이 오는 데도 저렇게 지는 달을 기다리고 있구나'라고 생각했다. 그래서 '아치고절'이라는 말을 했다. 모든 꽃들이 다 죽은 '눈 내리는 겨울'에도 황혼월과의 '기약'을 지키려고 저렇게 펴 있는 매화의 모습이, 화자에겐 '지조와 절개'를 지키려는 것 같이 느껴졌던 것이다.

이때 '지조'와 '절개'는 고전 시가에서 정말 자주 나오는 단어이니 꼭 알아놓자. '지조'라는 건 '원칙과 신념을 굽히지 아니하고 끝까지 지켜 나가는 꿋꿋한 의지'를 뜻한다. '절개'는 '지조'와 비슷한 말이지만, **'의지'**가 아니라 신념을 굽히지 않는 **'태도'**를 뜻하는 말이라는 점에서 차이가 있다. 즉, '지조'는 '생각'과 관련된 것이고 절개는 '태도'와 관련된 것이다. 하지만 문제에서 딱히 구분하진 않기 때문에 '지조'와 '절개' 모두 '원칙과 신념을 굽히지 않는 것'이라 기억해놓으면 된다.

> 바람이 눈을 몰아 산창(山窓)에 부딪히니
> 찬 기운 새어 들어 자는 매화를 침노(侵擄)하니

⇒ 지금 화자가 살고 있는 '산'에 눈보라가 치나 보다. '산창'이라는 건 말 그대로 '산에 있는 집의 창'을 말한다. 지금 화자가 살고 있는 집의 창에 눈보라가 치고 있는 것이다.

　그렇게 산창에 눈보라가 찬 기운을 몰고 와서 '자는 매화'를 방해한다. '침노하다'라는 건 '침략하다', '성가시게 하다'랑 비슷한 뜻이다. 어떤 식물이든 추운 곳에서는 꽃을 피우기가 힘들다. 그렇기 때문에 화자는 몰아치는 눈보라를 보고, '매화를 성가시게 한다'고 생각한 것이다.

> 아무리 얼우려 한들 **봄뜻**이야 앗을쏘냐　　　　　　　<제6수>

⇒ 화자는 설의법을 사용해서, '눈보라'가 아무리 몰아쳐서 '매화'를 **얼려 죽게** 하려 해도, 매화의 **'봄뜻'은 앗아갈 수 없다**는 자신의 생각을 강조한다. 여기서 '봄뜻'이라는 건, '봄에 꽃을 피우려는 매화의 의지' 정도로 해석할 수 있다.

　'매화'는 이른 봄의 추위를 무릅쓰고 가장 먼저 꽃을 피우는 식물이다. 그래서 보통 고전 시가에서 '지조'와 '절개'를 나타내는 소재로 많이 쓰였다. 이 시의 화자 또한, 매화를 보면서 '지조'와 '절개'를 떠올리고 있다. 그래서 아무리 눈보라가 몰아쳐도, 꽃을 피우려는 매화의 뜻은 막을 수 없다고 하면서, 매화의 '지조'와 '절개'를 표현하고 있는 것이다.

동각(東閣)에 숨은 꽃이 철쭉인가 두견화(杜鵑花)인가
건곤(乾坤)이 눈이어늘 제 어찌 감히 피리

⇒ 화자는 동쪽에 숨어 있는 꽃인 '철쭉'과 '두견화'를 떠올린다. 그리고 '건곤이 눈이어늘 제 어찌 감히 피리'라는 말을 한다. 이전 구절까지 화자는 매화를 보면서, 눈 속에서도 꽃을 피우는 매화의 '지조'와 '절개'를 예찬하고 있는 상황이었다. 따라서 이를 바탕으로 해석을 해보면, '지금 온 세상이 눈인데, 매화 말고 다른 꽃이 어찌 감히 피겠나'라는 뜻으로 해석할 수 있다. '동각'은 '동쪽에 있는 집'이라는 뜻이고 '건곤'은 '온 세상'이라는 뜻이다. '건곤'은 자주 나오는 단어이니 꼭 외우도록 하자.

  즉, 이 구절에서 '철쭉'과 '두견화'는 '매화'와 대비되는 존재로, '지조'와 '절개'가 없는 존재다. 화자가 지금 긍정적으로 인식하는 대상은 '지조'와 '절개'가 있는 매화뿐이므로, '지조'와 '절개'가 없는 나머지 꽃들은 '감히 필 수 없다'고 말한 것이다.

알괘라 백설양춘(白雪陽春)*은 매화밖에 뉘 있으리          <제8수>

* 백설양춘 : 흰 눈이 날리는 이른 봄.

⇒ 화자는 아직 눈이 다 녹지 않은, 이른 봄에 피는 꽃은 매화밖에 없다고 말하면서 시상을 마무리한다. **지금 〈제3수〉부터 계속해서, 매화에 대한 칭찬을 하고 있는 것이다.** 이때 '알괘라'는 '알겠다'라는 뜻이다. '지조'와 '절개'를 지키는 것은 '매화'뿐이라는 걸 알았다는 뜻이다.

- 안민영, 「매화사」 -

Chapter 1
노베이스를 위한 문학 공부법

Chapter 2
문학 만점을 위한 기초 체력 키우기

Chapter 3
기출 적용편

현대시

고전시가

현대소설

고전소설

매영(梅影)이 부딪힌 창에 옥인금차(玉人金釵)*
비겼구나
이삼(二三) 백발옹(白髮翁)은 **거문고와 노래**로다
이윽고 **잔 들어 권할 적에** 달이 또한 오르더라
〈제1수〉

빙자옥질(氷姿玉質)*이여 눈 속에 네로구나
가만히 향기 놓아 **황혼월(黃昏月)**을 기약하니
아마도 **아치고절(雅致高節)***은 너뿐인가 하노라
〈제3수〉

바람이 눈을 몰아 산창(山窓)에 부딪히니
찬 기운 새어 들어 자는 매화를 침노(侵擄)하니
아무리 얼우려 한들 **봄뜻**이야 앗을쏘냐
〈제6수〉

동각(東閣)에 숨은 꽃이 철쭉인가 두견화(杜鵑花)인가
건곤(乾坤)이 눈이어늘 제 어찌 감히 피리
알꽤라 백설양춘(白雪陽春)*은 매화밖에 뉘 있
으리
〈제8수〉

- 안민영, 「매화사」 -

* 옥인금차 : 미인의 금비녀.
* 빙자옥질 : 얼음같이 맑고 깨끗한 살결과 옥같
  이 아름다운 성질.
* 아치고절 : 우아한 풍치와 높은 절개.
* 백설양춘 : 흰 눈이 날리는 이른 봄.

## 1. 윗글의 표현상 특징으로 가장 적절한 것은?

① 반어적 표현을 통해 시적 긴장감을 조성하고 있다.

⇒ '**반어**'라는 것은, **내면세계와 반대로 말한다는 것이다.** 예를 들어서 해야 할 일을 안 하고 빈둥거리는 나를 보고 엄마가 "잘한다 잘해"라고 하는 것이 반어에 해당한다. 이렇게 반어를 쓰면 보통 '긴장감'이 만들어진다.

'긴장'이라는 것은 우리가 무언가가 '낯설' 때 느끼는 감정이다. 그럼 반어는 왜 '낯섦'을 만들어 내는 걸까? 대부분의 사람들은 내면세계대로 말하고 행동한다. 화가 나면 '화가 난다'라고 말하고, 슬프면 '슬프다'라고 말한다. 그런데 갑자기, 누가 봐도 슬픈 상황에 있는 사람이 '참 기쁘네'라고 말한다고 생각해 보자. 듣는 사람은 그 말이 '낯설게' 느껴질 것이다. 보통 그 상황에 있는 사람은 '슬프다'라고 해야 정상이기 때문이다. 따라서 이렇게 자신의 내면세계와 달리 말하는 '반어'를 사용하면, '낯섦'으로 인해 발생하는 감정인 '긴장감'이 생긴다고 할 수 있는 것이다. 윗글에는 '반어'가 사용되지 않았기에 ①번은 틀렸다.

② 대화의 형식을 통해 대상과의 친밀감을 나타내고 있다.

⇒ '**대화의 형식**'은 '**대화**'와 같은 말로, **화자가 자신의 말을 듣고 있는 사람과 말을 주고 받아야 한다.** 하지만 윗글의 화자는 스스로 '매화'를 칭찬하고 있었을 뿐, 누군가와 말을 주고 받지 않았다. 〈제3수〉에서 '너뿐인가 하노라'라는 구절을 통해, 매화에게 '말을 건네는' 화자의 모습은 확인할 수 있지만, 이는 '대화의 형식'이 아니다.

> ③ 다양한 감각적 심상을 사용하여 대상을 예찬하고 있다.

⇒ 맞는 말이다. 화자는 '가만히 향기 놓아 황혼월을 기약하니'라는 구절에서 '후각적 심상'을 사용하고 있다. 그리고 '찬 기운 새어 들어'라는 구절에서는 '촉각적 심상'을, '백설양춘은 매화밖에 뉘 있으리'라는 구절에서는 '시각적 심상'을 사용하고 있다. 이를 통해서 '매화'의 '지조'와 '절개'를 칭찬하고 있으므로 ③번은 맞는 말이다. '**칭찬**'하고 있으면 전부 '**예찬**'이라 할 수 있다.

> ④ 대상에 감정을 이입하여 화자의 애상감을 심화하고 있다.

⇒ 지금 화자가 '매화'에 감정을 이입하고 있는 게 아니다. 감정을 이입한다고 말하려면 '저 눈 내리는 곳에 피어 있는 매화는 얼마나 춥고 외로울까'라는 식의 구절이 있어야 한다. '감정 이입'이 있다고 하려면, 화자가 매화의 내면세계를 '인식'하는 구절이 있어야 하는 것이다. '**감정 이입**'은 '**공감**'의 다른 말로, 화자가 '**인식**'한 대상의 내면세계가 화자의 내면세계와 일치하는 경우 '**공감**', '**감정 이입**'이라 할 수 있다. 하지만 윗글에서 화자는 매화의 내면세계를 인식하고 있지 않다. 그저, 매화의 모습을 보고 '지조와 절개가 높구나'라고 하면서 칭찬할 뿐이다.

그리고 '애상감'이라는 건 '슬퍼하거나 가슴 아파하는 감정'을 뜻한다. 대상이 슬퍼하고 있고, 화자가 그런 대상의 내면세계를 인식한다면 '대상에 감정을 이입하여 화자의 애상감을 심화'하고 있다고 할 수 있다. 하지만, 윗글은 지금 그런 상황이 아니다.

> ⑤ 명령적 어조를 통해 현실에 대한 비판 의식을 드러내고 있다.

⇒ 명령적 어조가 있는지 판단하려면, 윗글에서 화자가 누군가에게 '명령'하는 내면세

Chapter 1
노베이스를 위한 문학 공부법

Chapter 2
문학 만점을 위한 기초 체력 키우기

Chapter 3
기출 적용편

현대시

고전시가

현대소설

고전소설

계가 있었는지 생각해 보면 된다. 지금 화자가 매화에게 '이렇게 해라, 저렇게 해라'라고 하면서 명령하는 상황이었나? 아니었다. 화자는 그저 매화를 '칭찬'하고 있을 뿐이었다.

시에서 '비판 의식'은 찾아볼 수 있다. 화자는 철쭉과 두견화가 '제 어찌 감히 피리'라고 하면서 '눈이 오는 힘든 상황'에 숨어있는 이들에 대한 비판 의식을 드러낸다. 철쭉과 두견화는 눈이 오는 힘든 상황에서도 꿋꿋이 지조와 절개를 지키며 피어있는 매화와 대비되는 대상이다. 즉, 화자 입장에서 철쭉과 두견화는 '지조'와 '절개'가 없는 대상인 것이다. 따라서 '철쭉'과 '두견화'라는 존재에 대해 '비판 의식'을 가지고 있다고 할 수 있다.

● 답 : ③

## 2. 윗글에 대한 설명으로 적절하지 <u>않은</u> 것은?

> ① 제1수는 시적 화자를 둘러싼 상황을 제시하여 시적 분위기를 형성하고 있다.

⇒ 맞는 말이다. 제1수에서는 창에 비치는 매화 그림자와 미인의 금비녀, 거문고를 연주하며 노래를 부르는 노인들의 모습을 제시하고 있다. 이는 매화의 아름다운 모습과 풍류를 즐기는 화자의 모습이 조화를 이루고 있는 것이다. 따라서 시적 화자를 둘러싼 상황을 제시하여 시적 분위기를 형성하는 것으로 볼 수 있다. **'시적 분위기'라는 건, '상황'이 주어지면 반드시 함께 생성되는 것이다.** 윗글 같은 경우도 화자가 '술을 마시며 즐기는 상황'이 주어졌기 때문에, 당연히 '술을 마시며 즐기는 분위기'도 만들어지는 것이다.

> ② 제3수는 제1수와 달리 대상을 의인화하여 대상의 면모를 강조하고 있다.

⇒ 제3수에 '너뿐인가 하노라'를 통해 알 수 있듯이, 화자는 매화를 '너'라고 부르면서 '의인화'하였다. '너'라고 부르는 건 사람에게만 할 수 있는 것이기 때문에, 의인화했다고 할 수 있다. 또 이 구절에서 화자는 매화를 의인화함으로써, 자연물인 매화가 가지고 있는 속성을 인간만 지닐 수 있는 속성인 '지조', '절개'로 확대 해석했다. 따라서 '대상을

의인화하여 대상의 면모를 강조'하고 있다고 할 수 있다.

  반면 제1수에서는 대상을 '의인화'하는 부분이 없다. 그저 창밖에 매화의 그림자가 비치는 것과 미인의 금비녀, 백발옹들이 거문고를 연주하며 노래하는 모습을 묘사했을 뿐이다. 따라서 ②번은 맞는 말이다.

> ③ 제6수는 대상이 시련을 겪는 상황을 제시하여 대상의 속성을 부각하고 있다.

⇒ 맞는 말이다. 화자는 '찬 기운 새어 들어 자는 매화를 침노(侵撈)하니'라는 구절을 통해서 매화가 시련을 겪는 상황을 제시하였다. 그리고 바로 다음 구절에서 '아무리 얼우려 한들 **봄뜻**이야 앗을쏘냐'라고 말하면서 찬 바람이 불어오는 겨울에도 '지조'와 '절개'를 지키는 매화의 속성을 부각하고 있다.

> ④ 제8수는 다른 자연물과 대상의 비교를 통해 공통된 특성을 부각하고 있다.

⇒ 제8수에는 '철쭉'과 '두견화'라는 다른 자연물이 나온다. 화자는 매화와 이 둘을 비교하면서, 매화의 지조와 절개를 예찬하고 있었다. 즉, 지조와 절개가 없는 철쭉과 두견화를 매화와 비교하면서, 매화의 지조와 절개를 더 강조하는 것이다. 따라서 다른 자연물과 매화의 '공통된 특성'을 부각하는 게 아니라, '다른 자연물과 구분되는' 매화만의 특성을 부각하고 있다고 해야 한다. 정답은 ④번이다.

> ⑤ 제6수와 제8수는 의문의 형식을 통해 대상의 가치를 강조하고 있다.

⇒ '의문의 형식'은 주로 '설의법'이 쓰였냐고 묻는 것이다. 화자는 제6수의 '아무리 얼우려 한들 **봄뜻**이야 앗을쏘냐'라는 구절에서 의문의 형식을 사용하고 있고, 제8수에서는 '알괘라 백설양춘(白雪陽春)*은 매화밖에 뉘 있으리'라는 구절에서 의문의 형식을 사용하고 있다. 이러한 '의문의 형식' 즉, '설의법'은 화자가 자신이 하고자 하는 말을 '강조'할 때 쓰는 말이다. 지금 화자는 설의적인 표현이 쓰인 문장을 통해서 매화의 가치를 '강조'하고 있으므로, ⑤번은 맞는 선택지다.

Chapter 1
노베이스를 위한 문학 공부법

Chapter 2
문학 만점을 위한 기초 체력 키우기

Chapter 3
기출 적용편

현대시

고전시가

현대소설

고전소설

또 추가로, '의문의 형식'을 사용하면 독자들의 관심을 끄는 효과가 있다. 화자가 의문을 제시하면 독자도 화자가 품는 의문에 공감하면서 그 의문에 대한 답을 찾으려 하게 되기 때문이다. 이는 독자가 화자의 말에 더 집중하게 된다고 할 수 있다.

✓ 답 : ④

## 3. <보기>를 참고하여 윗글을 이해한 내용으로 적절하지 <u>않은</u> 것은?

> <보 기>
> 안민영의 「매화사」에는 매화를 감상하는 여러 가지 태도가 나타나 있다. 기본적으로 시흥(詩興)을 불러일으키는 자연물로서의 속성에 초점을 맞춰 매화를 감상하는 태도가 바탕이 된다. 여기에 당대의 이념과 관련하여 매화에 규범적 가치를 부여하여 감상하는 태도, 매화에 심미적으로 접근하여 아름다움을 음미하는 태도, 매화의 흥취를 즐기는 풍류적 태도 등이 덧붙여지기도 한다.

◈◈◈◈◈◈◈◈◈◈◈◈◈◈◈◈◈◈◈◈◈◈◈◈ **<보기> 분할 분석** ◈◈◈◈◈◈◈◈◈◈◈◈◈◈◈◈◈◈◈◈◈◈◈◈

> 안민영의 「매화사」에는 매화를 감상하는 여러 가지 태도가 나타나 있다. 기본적으로 시흥(詩興)을 불러일으키는 자연물로서의 속성에 초점을 맞춰 매화를 감상하는 태도가 바탕이 된다.

⇒ 여기서 '시흥'을 불러일으킨다는 건, 말 그대로 '시로 쓰고 싶은 감정'을 불러일으킨다는 뜻이다. 화자는 다른 꽃들과 구별되는 매화의 지조, 절개를 보고, 이를 예찬하는 시를 쓴다. 즉, '시흥'을 불러일으키는 매화의 '지조', '절개'라는 속성에 초점을 맞춰서 매화를 감상하고 있는 것이다.

> 여기에 당대의 이념과 관련하여 매화에 규범적 가치를 부여하여 감상하는 태도, 매화에 심미적으로 접근하여 아름다움을 음미하는 태도, 매화의 흥취를 즐기는 풍류적 태도 등이 덧붙여지기도 한다.

⇒ 〈보기〉에 따르면 화자가 매화를 칭찬했던 구절들은, '지조'와 '절개'라는 당대의 유

교적 이념을 부여하여 감상하는 것으로 볼 수 있다. 또 이뿐만 아니라 매화의 아름다움을 표현한 구절로도 감상할 수 있고, 매화의 흥취를 즐기는 화자의 풍류적 태도를 나타내는 구절로도 볼 수도 있다.

◇◇◇◇◇◇◇◇◇◇◇◇◇◇◇◇◇◇◇◇◇◇◇◇◇◇◇◇◇◇◇◇◇◇◇◇◇◇◇◇◇◇◇◇◇◇◇◇◇◇◇◇◇◇

> ① '거문고와 노래'는 매화가 불러일으킨 시흥을 즐기기 위한 풍류적 요소
>   이다.

➡ '이미지화'를 해보면 충분히 그렇게 판단할 수 있다. 화자는 지금 매화의 그림자가 비쳐 있는 창을 시작으로, 미인의 금비녀부터, 거문고를 치고 노래하는 노인까지 인식하고 있다. 화자가 뒤 구절들에서 매화를 긍정적으로 인식하고 예찬하고 있는 걸 봤을 때, 매화로부터 화자의 흥이 시작되고 있다고 할 수 있다. 따라서 '거문고와 노래'는 '매화가 불러일으킨 시흥을 즐기기 위한 풍류적 요소'라 할 수 있는 것이다.

> ② '잔 들어 권할 적에'는 고조된 흥취를 사람들과 함께하고 싶은 마음을
>   드러낸다.

➡ '잔 들어 권할 적에'라는 건, 술잔을 들어서 서로서로 한잔하라고 권유하고 있다는 뜻이다. 이는 다 같이 이 술자리를 즐기자는 뜻으로, 고조된 흥취를 주변 백발옹들과 함께하고 싶은 화자의 마음을 드러낸다고 할 수 있다.

> ③ '황혼월'은 매화를 심미적으로 감상할 때 매화의 아름다움을 더욱 돋보
>   이게 한다.

➡ '황혼월'은 말 그대로 6시쯤 해가 진 뒤에 떠오르는 달을 말한다. '황혼월 기약하니'라는 구절을 '이미지화' 해보면, 저녁 무렵 황혼월이 뜰 때까지 피어 있는 매화의 이미지가 떠오른다. 황혼월을 기다리는 매화의 이미지와, 매화 뒤에 떠 있는 황혼월의 이미지가 그려지는 것이다. 이때 매화 뒤에 떠 있는 '황혼월'의 달빛을 '이미지화' 해보면, 황혼월은 매화의 아름다움을 더 돋보이게 하는 요소로 볼 수 있다.

Chapter 1
노빼이스를 위한 문학 공부법

Chapter 2
문학 만점을 위한 기초 체력 키우기

Chapter 3
기출 적용편

현대시

고전시가

현대소설

고전소설

이때 '매화를 심미적으로 감상한다'는 것은, 감상하면서 '매화의 아름다움을 느낀다'는 뜻이다. 황혼월은 매화의 아름다움에 집중해서 감상할 때, 매화의 아름다움을 더 돋보이게 하는 소재다.

> ④ '아치고절'은 자연물인 매화에 부여된 심미적이면서도 규범적인 가치이다.

⇒ '아치고절'은 '우아한 풍치와 높은 절개'라는 뜻이다. '풍치'가 무슨 말인지 몰라도, '우아한'이라는 말을 통해서 매화의 '심미적' 가치를 드러내는 말이라는 걸 알 수 있다. 그리고 '높은 절개'는 말 그대로, 매화에 부여된 유교적인 규범을 나타내는 말이므로, ④번은 맞는 말이다. 참고로 '풍치'라는 건, '훌륭하고 멋진 경치 또는 격에 맞는 멋'이라는 뜻이다.

> ⑤ '봄뜻'은 매화를 당대 이념에 국한하여 감상해야 의미를 파악할 수 있는 시어이다.

⇒ '봄뜻'은 아까 감상하면서 이해했지만, '봄에 꽃을 피우려는 매화의 의지'라고 해석할 수 있었다. 이는 〈보기〉에 따르면 여러 가지로 감상이 가능하다. 당대의 이념과 관련하여 매화에 규범적 가치를 부여하는 태도뿐만 아니라, 매화에 심미적으로 접근하여 아름다움을 음미하는 태도, 매화의 흥취를 즐기는 풍류적 태도로도 감상할 수 있다.

'봄에 꽃을 피우려는 매화의 의지'는 눈이 몰아치는 극한의 상황에서도 '지조'와 '절개'를 지키려는 것으로 해석할 수 있다. 또 이뿐만 아니라, 눈이 오는 추운 상황에서도 아름다운 '꽃'을 피우려는 것으로도 해석할 수 있다. 마지막으로, 이는 화자가 매화가 꽃 피우길 기다리며 흥취를 즐기려는 것으로도 감상할 수 있다. 이처럼 '봄뜻'은 〈보기〉에 따라 다양한 태도로 그 의미를 파악할 수 있는 시어다. 따라서 ⑤번이 정답이다.

✔ 답 : ⑤

Chapter 1 노베이스를 위한 문학 공부법

Chapter 2 문학 만점을 위한 기초 체력 키우기

Chapter 3 기출 적용편

한시

고전시가

현대소설

고전소설

# 2017학년도 9월
## 「방옹시여」

(가)  산촌(山村)에 **눈**이 오니 돌길이 뭇쳐세라
　　　시비(柴扉)룰 여지 마라 날 ᄎᆞ즈리 뉘 이스리
　　　밤듕만 일편명월(一片明月)이 긔 벗인가 ᄒᆞ노라　　　　　　　　〈1수〉

(나)  섯ᄀᆞ래 기나 즈르나 기동이 기우나 트나
　　　**수간모옥(數間茅屋)**\*을 죽은 줄 웃지 마라
　　　어즈버 만산 **나월(滿山蘿月)**\*이 다 닉 거신가 ᄒᆞ노라　　　　　〈8수〉

(다)  한식(寒食) 비 온 밤에 **봄빗**치 다 퍼졋다
　　　무정(無情)ᄒᆞᆫ 화류(花柳)도 ᄯᅢ를 아라 픠엿거든
　　　엇더타 우리의 님은 가고 아니 오ᄂᆞᆫ고　　　　　　　　　　　〈17수〉

(라)  어ᄌᆡᆺ밤 비 온 후(後)에 석류(石榴)곳지 다 픠엿다
　　　**부용 당반(芙蓉塘畔)**\*에 수정렴(水晶簾)을 거더 두고
　　　눌 향한 깁흔 시름을 못내 푸러 ᄒᆞ노라　　　　　　　　　　〈18수〉

(마)  창(窓)밧긔 워셕버셕 님이신가 이러 보니
　　　혜란 혜경(蕙蘭蹊徑)\*에 낙엽(落葉)은 무스 일고
　　　어즈버 유한ᄒᆞᆫ 간장(肝腸)이 다 끈칠자 ᄒᆞ노라　　　　　　　〈19수〉

　　　　　　　　　　　　　　　　　　　　　- 신흠, 「방옹시여(放翁詩餘)」-

\* 수간모옥 : 방이 몇 칸 되지 않는 작은 초가.
\* 만산 나월 : 산에 가득 자란 덩굴 풀에 비친 달.
\* 부용 당반 : 연꽃이 피어 있는 연못가.
\* 혜란 혜경 : 난초가 자라난 지름길.

**1. 윗글의 표현상 특징에 대한 설명으로 가장 적절한 것은?**

① (가)에서는 대상과의 문답을 통해 시상을 심화하고 있다.

② (나)에서는 과거와 현재를 대비하여 화자의 삶의 태도를 암시하고 있다.

③ (다)에서는 선경후정의 전개 방식을 통해 화자의 내면을 드러내고 있다.

④ (라)에서는 대상에 감정을 이입하여 심리적 변화를 우회적으로 표출하고 있다.

⑤ (마)에서는 대상을 의인화하여 대상이 지닌 속성들을 점층적으로 나열하고 있다.

**2. 〈보기〉의 ⓐ, ⓑ를 고려하여 (가)~(라)를 이해한 내용으로 가장 적절한 것은?**

〈보 기〉

「방옹시여」는 선조(宣祖) 사후에 정계에서 밀려난 신흠이 은거 상황을 배경으로 창작한 시조 작품을 모아 놓은 것이다. 여기에 수록된 30수는 몇 개의 작품군으로 분류될 수 있다. 예컨대 ⓐ <u>은자로서의 자족감이나 자긍심을 표현한 작품군</u>, ⓑ <u>'님'으로 표상되는 선왕에 대한 그리움과 연모의 정을 표현한 작품군</u> 등이 있다.

① (가)의 '눈'은 ⓐ와 연관된 시어로, 화자의 은거가 자발적으로 이루어졌음을 알려 주는 단서이다.

② (나)의 '수간모옥'은 ⓐ와 연관된 시어로, 화자의 답답한 심정이 투영되어 있는 대상이다.

③ (나)의 '만산 나월'은 ⓑ와 연관된 시어로, '님'이 부재한 상황을 절감하게 하는 소재이다.

④ (다)의 '봄빛'은 ⓑ와 연관된 시어로, '님'에 대한 화자의 그리움을 촉발하는 계기이다.

⑤ (라)의 '부용 당반'은 ⓑ와 연관된 시어로, 화자가 연모하는 대상과 함께 지내는 공간이다.

Chapter 1
노베이스를 위한 문학 공부법

Chapter 2
문학 만점을 위한 기초 체력 키우기

Chapter 3
기출 적용편

현대시

고전시가

현대소설

고전소설

3. (마)와 〈보기〉를 비교하여 감상한 내용으로 적절하지 <u>않은</u> 것은?

> 〈보 기〉
>
> 벽사창(碧紗窓)이 어른어른커놀 님만 너겨 풀쩍 니러나 쭉싹 나셔 보니
>
> 님은 아니오 명월(明月)이 만정(滿庭)흔디 벽오동(碧梧桐) 져즌 닙히 봉황(鳳凰)이
>
> ᄂ려안자 긴 부리를 휘여다가 두 ᄂ래예 너허 두고 슬금슬쪅 깃 다듬는 그림자ㅣ로다
>
> 모쳐로 밤일싀만졍 행여 낫이런들 놈 우일 번흐여라
>
> - 작자 미상 -

① (마)의 초장과 〈보기〉의 초장에서는 모두 감각적 자극이 착각을 불러일으키는 원인이
되고 있군.

② (마)의 초장과 〈보기〉의 초장에서는 모두 창밖의 변화에 즉각적으로 반응하는 화자의
모습이 그려지고 있군.

③ (마)의 중장과 〈보기〉의 중장에서는 모두 화자의 착각을 불러일으킨 대상이 확인되고
있군.

④ (마)의 중장에서는 착각을 야기한 대상에 대한 묘사가, 〈보기〉의 중장에서는 착각을
야기한 대상에 대한 비판이 제시되고 있군.

⑤ (마)의 종장에서는 화자의 내면적 고통을 토로하고 있고, 〈보기〉의 종장에서는 타인
의 평가와 조소를 의식하고 있군.

## '방옹시여' 지문해설

### (가)

> 산촌(山村)에 눈이 오니 돌길이 뭇쳐셰라

⇒ 화자는 지금 '산촌'에 살고 있는 거 같다. 산촌은 말 그대로, '산에 있는 마을'을 말한
다. 화자는 지금 '산촌에 눈이 와서 돌길이 눈으로 묻혀 있는 풍경'을 보고 있다.

이때 '뭇쳐셰라'에서 '셰라'는, '고전 시가 필수 어휘'에서 설명했던 'ㄹ셰라'와는 다른

263

단어다. 만약 위 구절에서 **못칠셰라**'라고 했다면, 'ㄹ셰라'가 쓰인 것이므로 '눈이 와서 돌길이 묻힐까봐 두렵다'라고 읽어야 한다. 하지만 그냥 '셰라'라고 했기 때문에, '눈이 와서 돌길이 묻혀 있다'로 읽으면 되는 것이다. 'ㄹ셰라'는 '~할까봐 **두렵다**'라는 화자의 내면세계를 나타내는 말이기에, 꼭 외워놓아야 하는 단어다.

> 시비(柴扉)를 여지 마라 날 츠즈리 뉘 이스리
> 밤듕만 일편명월(一片明月)이 긔 벗인가 ㅎ노라                <1수>

⇒ '시비'라는 건 정말 자주 나오는 단어이므로 꼭 알아둬야 한다. '계집종'이라는 뜻과 '사립문'이라는 뜻이 있는데, 여기에서는 '사립문'으로 쓰였다. 화자는 '설의법'을 사용해서, 자기를 찾는 사람이 아무도 없으니, 사립문을 열지 말라고 말한다. 화자가 지금 '산촌'에 있는 상황인데, 눈이 와서 '돌길'이 눈에 파묻혀 있으니 사람이 찾아오지 못할 거라고 생각하는 것이다.

화자는 아무도 찾아 오는 사람이 없는 상황 속에서, 밤에 뜨는 '한 조각의 밝은 달'을 보며 '이 달이 내 벗이구나'하고 생각한다. '벗'은 '친구'라는 뜻으로, 주로 화자가 친근감을 느끼는 대상에게 사용하는 말이다. 정말 자주 나오고 중요한 단어이니, 몰랐다면 꼭 알아 놓자. 화자는 지금 달을 보며 '친근감'을 느끼고 있다. 아무도 없는 산골에 혼자 있으니, 눈에 보이는 밝은 달만이 자신의 친구인 듯 느껴지는 것이다. 이 구절에서 **자연 좋아**'의 내면세계가 드러나고 있다. 화자는 지금 '자연' 속에 있다. 다른 사람이 자신을 찾지도 않고, 자기 벗은 달뿐이라 한다. 즉, 화자는 자연의 일부인 '달'을 보고 친근감을 느끼고 있으므로, 자연의 생활에 '만족'하고 있다고 할 수 있다.

**(나)**

> 섯ㄱ래 기나 ㅈ르나 기동이 기우나 트나
> **수간모옥(數間茅屋)**\*을 ㅈ은 줄 웃지 마라
>
> \* 수간모옥 : 방이 몇 칸 되지 않는 작은 초가.

⇒ 해당 구절을 쉽게 풀어쓰자면, '서까래가 길거나 짧거나 기둥이 기울어지거나 틀어지거나 / 몇 칸 안 되는 작은 초가를 작다고 비웃지 마라'라는 뜻이다. 여기서 '서까래'라

는 건 지붕을 받치고 있는 나무들을 뜻한다. 화자는 지금 자신의 집의 구조물인 '서까래' 와 '기둥'을 말하면서, 이게 어떻게 되어 있든 내 작은 초가를 비웃지 말라고 한다.

화자는 왜 이런 말을 하는 걸까? 남이 보기에 화자의 집은 서까래와 기둥이 완벽하지 않은 집이다. 그리고 몇 칸 안 되는 '작은' 집이다. 그래서 보고 비웃는다. 그런데 화자는 그러한 자신의 집에서 '만족감'을 느낀다. 서까래와 지붕이 어떻든, 집이 작든 크든, 누가 뭐라해도 자신은 지금 자연 속에 있는 '내 집'이 좋다는 것이다. 즉, 위 구절에서 느꼈던 '자연에서의 만족감'이 이어지고 있다. 그렇기 때문에, 화자는 내 만족감을 알지도 못하면서 함부로 내 집을 비웃지 말라고 하는 것이다.

> 어즈버 **만산 나월(滿山蘿月)*** 이 다 니 거신가 ᄒ노라　　　　<8수>
>
> * 만산 나월 : 산에 가득 자란 덩굴 풀에 비친 달.

➡ 이 구절에서는 화자가 자연에서의 삶을 '아주' 만족하고 있음이 드러난다. '어즈버' 라는 **감탄사**를 통해서, '산에 가득 자란 덩굴 풀에 비친 달'이 자기 것처럼 느껴질 정도로 자연에 푹 빠져서 만족하고 있음을 드러낸다. 고전 시가에 자주 등장하는 '자연 좋아'의 내면세계로, 자연에게 친밀감을 느끼고, 자연 속에서 만족하고 있는 화자의 모습이다.

**(다)**

> 한식(寒食) 비 온 밤에 **봄빗**치 다 퍼졋다

➡ '한식'이 무슨 말인지 모르겠으면, 빼고 읽으면 된다. '한식'이 무슨 말인지는 모르겠지만, 암튼 화자가 하고자 하는 말은 '비 온 밤에 봄빛이 다 퍼져있다'는 것이기 때문이다.

화자는 지금 비가 온 뒤, 자연에 비치는 달빛을 보고 있는 거 같다. '밤'에 존재하는 '빛'은 '달빛' 뿐이고, 비가 내리는 상태에서는 구름에 달빛이 가려질 것이기 때문에, '비가 온 뒤의 밤'을 보고 있다고 할 수 있다. 이때 '봄빗'이라는 말을 보면 지금 시기가 '봄' 이라는 걸 알 수 있다. 화자는 봄날 밤에 달빛을 받고 있는 자연을 보면서, 마치 달빛이 모든 풀과 꽃들에 '퍼져가는' 것처럼 느낀 것이다. 이때 '한식'이라는 건 우리나라 절기 중 하나이다. 시기상 4월 5~6일에 있는 절기이다. 외우지는 말고, 그냥 시간적 배경이라

Chapter 1
노베이스를 위한 문학 공부법

Chapter 2
문학 연결을 위한 기초 체력 키우기

Chapter 3
기출 적용편

현대시

고전시가

현대소설

고전소설

는 것만 알고 있으면 충분하다.

> 무정(無情)흔 화류(花柳)도 째를 아라 피엿거든
> 엇더타 우리의 님은 가고 아니 오는고　　　　　　<17수>

⇒ '무정한'이라는 건, 말 그대로 '감정이 없다'는 뜻이다. 그리고 '엇더타'라는 건, '어찌하여'라는 뜻이다. 주로 '아쉬움'을 드러낼 때 쓰이는 말이다. 둘 모두 정말 많이 나오는 단어이므로 꼭 외워놓도록 하자. 추가로 '화류'라는 건 '꽃과 버들'을 아울러 이르는 말인데, 그냥 '꽃'이라고 기억해도 상관없다.

　화자는 지금 '화류'를 보면서 자신의 내면세계를 표출하고 있다. 인간과 달리 '감정'이 없는 '꽃'도, '봄'이 오니까 때를 알아서 피는데, 어찌하여 내가 기다리는 '임'은 돌아오지 않냐고 하소연한다. **정이 없는 '꽃'조차도 알아서 피는데, 정이 있는 '임'은 왜 안 오냐는 것이다.** 화자는 지금 자신의 곁에 없는 임을 기다리고 있으니, '그리움', '슬픔'의 내면세계를 가지고 있다고 할 수 있다. 화자의 '자연 좋아' 내면세계가, 〈17수〉부터 '임에 대한 그리움'으로 바뀌는 것이다. **이때 '임'은 아내, 연인와 같이 화자가 정말 '사랑하는 누군가'를 뜻하는 말일 수도 있고, '임금'을 뜻하는 말일 수도 있기에, 이는 꼭 알아둬야 한다.** 참고로 '임'과 '님'은 똑같은 말이다.

### (라)

> 어지밤 비 온 후(後)에 석류(石榴)곳지 다 픠엿다

⇒ '어젯밤 비 온 후에 석류꽃이 다 피었다'라고 말하는 걸 봐서, 지금 다음날로 넘어간 거 같다. 앞 구절까지 화자는 비 온 뒤 달빛이 비치는 풍경을 보고 있었는데, '어젯밤'이라는 말을 통해서 다음날이라는 걸 알 수 있다. 다음날 화자는 자연 속에 핀 '석류'를 보고 있는 상황이다.

> **부용 당반(芙蓉塘畔)\***에 수정렴(水晶簾)을 거더 두고
> 눌 향한 깁흔 시름을 못내 푸러 ᄒ노라　　　　　　<18수>
>
> \* 부용 당반 : 연꽃이 피어 있는 연못가.

Chapter 1 노베이스를 위한 문학 공부법

Chapter 2 문학 만점을 위한 기초 체력 키우기

Chapter 3 기출 적용편

현대시

고전시가

현대소설

고전소설

⇒ '연꽃이 피어 있는 연못가'에 '수정렴'을 걸어 두었다고 하는데, 도대체 이게 무슨 말일까? '수정렴'에서 '렴'이라는 말은, 쉽게 말해서 '커튼'과 비슷한 거라고 생각하면 된다. 아마 오래된 미용실이나 중국집을 가면 현관에 주렁주렁 달려서 커튼 같은 역할을 하는 걸 본 적 있을 것이다. 그걸 '발'이라고 한다. '수정렴'은 '수정'으로 만든 구슬을 꿰어서 만든 '발'이라 하여 '수정렴(발)'이라고 부르는 것이다.

화자는 연꽃이 핀 연못가에 수정렴을 걸고, '누구'를 향한 깊은 시름을 마지 못해 푼다고 말한다. 위 구절과 연결지어서 이해해보면, 화자는 지금 오지 않는 '임'을 그리워하고 있는 상황이었으므로 '누구'는 '임'을 말한다는 걸 알 수 있다. 임을 향한 깊은 '시름', '그리움'을 견디지 못해서, 마지 못해 연못가에 감정을 쏟아낸다는 뜻이다. 즉, **화자는 지금 창가에 있는 수정렴을 걷고, 밖에 있는 연못가를 바라보면서 '임'을 그리워하고 있는 것**이다.

**(마)**

창(窓)밧긔 워석버석 님이신가 이러 보니

⇒ 위 구절까지 화자는 계속 '임'을 그리워하고 있는 상황이었다. 임을 그리워하는 화자의 내면세계가 이 구절까지 이어지고 있다. 화자는 '워석버석'하는 소리가 '창밖에서' 나는 걸 듣고, '임이 오신 건가?'하는 생각이 들어서, 일어난 뒤 밖을 보고 있다. 사람은 내면세계대로 행동한다고 했다. **화자가 지금 임을 보고 싶고, 그리워하고 있으니까 작은 소리만 나도 '임이 오는 건가?' 싶어서 밖을 바라보는 것**이다.

혜란 혜경(蕙蘭蹊徑)*에 낙엽(落葉)은 무스 일고
어즈버 유한흔 간장(肝腸)이 다 끈칠싸 ᄒ노라                    <19수>

*혜란 혜경 : 난초가 자라는 지름길.

⇒ 그런데, 임이 아니었다. 화자가 들었던 '워셕버셕' 소리는, '난초가 자란 길'에 '낙엽'
이 떨어지는 소리였다. 이때 '설마 임인가?' 싶어서 긴장한 채로 천천히 밖을 보던 화자
는 임이 아닌 걸 알고, 긴장이 풀어진다. '유한흔 간장(肝腸)이 다 끈칠싸 ᄒ노라'는 임이
오는 줄 알고 너무 놀라서, '간장'이 떨어질 뻔한 화자의 마음을 드러내는 구절이다. '간
장'이라는 건 '간과 창자'를 뜻하는 말인데, 주로 '마음'을 비유적으로 표현할 때 쓰는 말
이다.

   쉽게 말해서 '어즈버 유한흔 간장(肝腸)이 다 끈칠싸 ᄒ노라'라는 건, '너무 놀라서, 하
나 밖에 없는 심장 멈출 뻔 했네'라는 말과 비슷한 뜻이다. 그런데 이 구절에서는 낙엽 소
리를 듣고, '임인가?' 싶어서 놀란 화자의 내면세계도 드러나지만, **임이 오는 소리가 아
니었다는 걸 깨달은 화자의 '아쉬움' 또한 드러난다.** 이는 '낙엽이 무스 일고'라는 구절에
서 느낄 수 있다.


- 신흠, 「방옹시여(放翁詩餘)」 -

**문제 해설**

(가)
산촌(山村)에 눈이 오니 돌길이 뭇쳐셰라
시비(柴扉)룰 여지 마라 날 츠즈리 뉘 이스리
밤듕만 일편명월(一片明月)이 긔 벗인가 ㅎ노라
〈1수〉

(나)
섯그래 기나 즈르나 기동이 기우나 트나
수간모옥(數間茅屋)*을 죽은 줄 웃지 마라
어즈버 만산 나월(滿山蘿月)*이 다 니거신가 ㅎ노라
〈8수〉

(다)
한식(寒食) 비 온 밤에 봄빗치 다 퍼졋다
무정(無情)흔 화류(花柳)도 째를 아라 픠엿거든
엇더타 우리의 님은 가고 아니 오눈고 〈17수〉

(라)
어지밤 비 온 후(後)에 석류(石榴)곳지 다 픠엿다
부용 당반(芙蓉塘畔)*에 수정렴(水晶簾)을 거더 두고
눌 향한 깁흔 시름을 못내 푸러 ㅎ노라 〈18수〉

(마)
창(窓)밧긔 워석버석 님이신가 이러 보니
혜란 혜경(蕙蘭蹊徑)*에 낙엽(落葉)은 무스 일고
어즈버 유한흔 간장(肝腸)이 다 끈칠싸 ㅎ노라
〈19수〉
- 신흠, 「방옹시여(放翁詩餘)」 -

* 수간모옥 : 방이 몇 칸 되지 않는 작은 초가.
* 만산 나월 : 산에 가득 자란 덩굴 풀에 비친 달.
* 부용 당반 : 연꽃이 피어 있는 연못가.
* 혜란 혜경 : 난초가 자라난 지름길.

## 1. 윗글의 표현상 특징에 대한 설명으로 가장 적절한 것은?

① (가)에서는 대상과의 문답을 통해 시상을 심화하고 있다.

⇒ '대상과의 문답'이 있다고 하려면 화자의 말을 듣는 '청자'가 있어야 하고, 그 '청자'가 화자에게 말을 건네야 한다. 하지만 (가)의 화자는 '청자' 없이 혼자 말하고 있기 때문에, 대상과의 문답을 통해 시상을 심화하고 있는 게 아니다.

② (나)에서는 과거와 현재를 대비하여 화자의 삶의 태도를 암시하고 있다.

⇒ (나)에 '과거'는 나타나지 않는다. 화자는 그저 현재 자신이 마주한 '만산 나월'을 보면서, 자연에 대한 만족감을 드러내고 있을 뿐이었다. '과거'와 '현재'가 대비된다고 하려면, '과거'와 '현재'에 대한 구체적인 서술이 있어야 한다.

③ (다)에서는 선경후정의 전개 방식을 통해 화자의 내면을 드러내고 있다.

⇒ '선경후정의 전개 방식'이라는 건 말 그대로, 먼저 화자가 인식하고 있는 경치(외부세계)를 보여주고, 이후에 화자의 정서(내면세계)를 말하는 방식이다. 많이 나오는 단어이니 꼭 알아두자.

Chapter 1 노베이스를 위한 문학 공부법 / Chapter 2 문학 만점을 위한 기초 체력 키우기 / Chapter 3 기출 적용편 / 현대시 / 고전시가 / 현대소설 / 고전소설

(다)에서 화자는 밤에 달빛을 받고 있는 자연의 모습을 **먼저** 묘사한다. 그리고 이어서 봄날에 맞춰 피어있는 '화류'를 묘사한 뒤, 오지 않는 임을 기다리는 자신의 '그리움', '애 타는 마음'을 드러낸다. 즉, 외부세계를 먼저 묘사하고 이후에 자신의 내면세계를 드러내 고 있는 것이다. 따라서 '선경후정'의 전개 방식을 통해 화자의 내면을 드러내고 있다고 할 수 있다.

> ④ (라)에서는 대상에 감정을 이입하여 심리적 변화를 우회적으로 표출하
>   고 있다.

⇒ (라)에는 화자가 대상에 감정을 이입하는 부분이 없다. 화자는 그저, 비 온 뒤 피어 있는 석류꽃을 바라 봤다가, 연못에 피어있는 연꽃을 보면서 '임'을 그리워하고 있을 뿐 이었다. '석류꽃'나 '부용 당반'을 의인화하고, 그들의 내면세계에 공감하였다면 '감정을 이입했다'고 할 수 있겠지만, 그런 구절은 없었다. 또 '심리 변화'가 있지도 않다. 화자는 〈17수〉와 마찬가지로 계속 '임'을 그리워하고 있다.

> ⑤ (마)에서는 대상을 의인화하여 대상이 지닌 속성들을 점층적으로 나열
>   하고 있다.

⇒ (마)에서 '의인화'가 나타나는 부분은 없다. 그리고 화자가 대상이 지닌 속성을 점층 적으로 나열하고 있는 것도 아니다. '워석버석' 소리가 나는 걸 낙엽의 '속성'으로 볼 수 는 있지만, '낙엽'이 가진 여러 속성들을 점층적으로 나열하고 있는 건 아니다.

❷ 답 : ③

## 2. <보기>의 ⓐ, ⓑ를 고려하여 (가)~(라)를 이해한 내용으로 가장 적절한 것은?

> <보 기>
>   「방옹시여」는 선조(宣祖) 사후에 정계에서 밀려난 신흠이 은거 상황을 배경으로 창 작한 시조 작품을 모아 놓은 것이다. 여기에 수록된 30수는 몇 개의 작품군으로 분류될 수 있다. 예컨대 ⓐ 은자로서의 자족감이나 자긍심을 표현한 작품군, ⓑ '님'으로 표상 되는 선왕에 대한 그리움과 연모의 정을 표현한 작품군 등이 있다.

Chapter 1
노베이스를 위한 문학 공부법

Chapter 2
문학 만점을 위한 기초 체력 기우기

Chapter 3
기출 적용편

현대시

고전시가

현대소설

고전소설

➡ 〈보기〉를 보니 새롭게 알 수 있는 정보가 있다. 우리가 방금 읽은 「방옹시여」를 쓴 사람은 '신흠'이라는 사람으로, 정치를 하다가 잘 안돼서 자연으로 숨어 들어온 사람이라고 한다. 그리고 「방옹시여」가 〈1수〉, 〈8수〉, 〈17수〉, 〈18수〉, 〈19수〉로 이뤄져 있었는데, 총 30수 중 일부를 가지고 온 거였다.

30수 중에는 '은자로서의 자족감이나 자긍심'을 표현한 작품군이 있다고 하는데, 이는 화자가 자연에 대한 만족감을 드러냈던 〈1수〉와 〈8수〉를 말하는 거 같다. 그리고 '님으로 표상되는 선왕에 대한 그리움과 연모의 정'을 표현한 작품군이 있다는 데서, 화자가 그리워했던 '임'은 '임금'이라는 걸 알 수 있다. **'임금 좋아'의 내면세계가 드러나는 것이다.** 이때 '선왕'이라는 건 '앞선 왕'이라는 뜻으로, '선조'를 말한다. 화자는 '선조'가 죽은 뒤에 정계에서 밀려났으니, 지금 '선조'를 그리워하고 있는 것이다. 선왕에 대한 그리움과 연모의 정이 드러난 수는 〈17수〉, 〈18수〉, 〈19수〉를 말하는 듯하다. 여기서 '연모'라는 건 '누군가를 사랑하여 간절히 그리워하다'라는 뜻이다.

> ① (가)의 '눈'은 ⓐ와 연관된 시어로, 화자의 은거가 자발적으로 이루어졌음을 알려 주는 단서이다.

➡ '눈'은 '자연'의 일부이므로 ⓐ와 연관된 시어라 할 수 있다. 하지만 이게 '화자의 은거가 자발적으로 이루어졌음을 알려 주는 단서'는 아니다. 그저 화자가 자신이 보고 있는 눈 덮인 돌길의 풍경을 묘사한 것일 뿐이다.

그리고 〈보기〉에 따르면 화자는 지금 '선왕'이었던 '선조'가 죽고, 정계에서 '밀려'났다. 즉, 자기 스스로 정계에서 나온 게 아니라는 뜻이다. 그런데 왕권이 교체되면서 정계에서 밀려난 화자가 '자발적'으로 은거를 한 건지, 아니면 '누군가에 의해서' 은거를 하게 된 건지는 모른다. 시나 〈보기〉에서, 이에 대해 명확히 말해주고 있진 않았다. 따라서 ① 번처럼 말할 수 없다.

> ② (나)의 '수간모옥'은 ⓐ와 연관된 시어로, 화자의 답답한 심정이 투영되어 있는 대상이다.

➡ 답답한 심정? 말이 안 된다. (나)의 '수간모옥'은 ⓐ와 관련된 시어로, 자연 속에 살아

가는 화자의 '만족감', '자긍심'을 드러내는 대상이다. 화자의 답답한 심정이 투영되어 있는 대상이 아니다.

> ③ (나)의 '만산 나월'은 ⓑ와 연관된 시어로, '님'이 부재한 상황을 절감하게 하는 소재이다.

⇒ (나)의 '만산 나월'은 ⓑ가 아니라, ⓐ와 연관된 시어로, 자연 속에서 살고 있는 화자의 '만족감'을 드러내는 시어다. '님'이 부재한 상황과는 아무런 관련이 없다. 내면세계에 공감하면서 감상했다면 쉽게 판단했을 것이다.

> ④ (다)의 '봄빛'은 ⓑ와 연관된 시어로, '님'에 대한 화자의 그리움을 촉발하는 계기이다.

⇒ (다)를 보면, 화자가 '봄빛'이 비쳐있는 자연 풍경을 인식하고, 그다음에 '화류'를 인식한다. 그리고 그 화류를 보면서 '님'에 대한 '그리움'을 느낀다. 따라서 '봄빛'이 비쳐있는 자연으로 인해 '님'에 대한 화자의 그리움이 촉발되었다고 할 수 있다. 지금 화자는 '봄빛'이 비춰져있는 자연 풍경의 아름다움을 인식하는 데서 출발하여 '님'에 대한 그리움까지 느끼고 있기 때문이다.

그리고 '봄빛'은 '님'에 대한 화자의 그리움을 촉발시켰다는 점에서, ⓑ와 연관된 시어라고 할 수 있다. 단순히 '자연'과 관련된 시어라고 해서 ⓐ라고 생각하면 안 된다. 화자가 어떤 내면세계를 가지고 대상을 바라보냐에 따라 대상의 의미가 달라진다는 걸 명심하자.

> ⑤ (라)의 '부용 당반'은 ⓑ와 연관된 시어로, 화자가 연모하는 대상과 함께 지내는 공간이다.

⇒ 말도 안 된다. 화자는 지금 연모하는 대상이 없어서 그 대상을 '그리워'하고 있다. 그런데 그 대상과 '부용 당반'에서 지금 함께 지내고 있다? 완전 틀린 말이다. 다만 '부용 당반'을 보며 '님'을 그리워하고 있기에, '부용 당반'을 ⓑ와 연관된 시어라 볼 수는 있다.

Chapter 1
노베이스를 위한 문학 공부법

Chapter 2
문학 만점을 위한 기초 체력 키우기

Chapter 3
기출 적용편

한대시

고전시가

한대소설

고전소설

답 : ④

## 3. (마)와 <보기>를 비교하여 감상한 내용으로 적절하지 않은 것은?

<보 기>

벽사창(碧紗窓)이 어른어른커놀 님만 너겨 풀쩍 니러나 쑥싹 나셔 보니

님은 아니오 명월(明月)이 만정(滿庭)혼디 벽오동(碧梧桐) 저즌 닙히 봉황(鳳凰)이 ᄂ 려안자 긴 부리를 휘여다가 두 ᄂ래에 너허 두고 슬금슬젹 깃 다듬는 그림자ㅣ로다

모쳐로 밤일시만정 행여 낫이런들 놈 우일 번ᄒ여라

- 작자 미상 -

◇◇◇◇◇◇◇◇◇◇◇◇◇◇◇◇◇◇◇◇◇◇◇◇ <보기> 분할 분석 ◇◇◇◇◇◇◇◇◇◇◇◇◇◇◇◇◇◇◇◇◇◇◇◇

벽사창(碧紗窓)이 어른어른커놀 님만 너겨 풀쩍 니러나 쑥싹 나셔 보니

⇒ 위 구절은 '벽사창에 어른어른 거리는 게 있어, 님이신가 여겨 풀떡 일어나 뚝딱 나서 보니'라는 뜻이다. 화자가 벽사창을 바라보니, 뭔가 '님' 같이 보이는 게 아른아른 거려서 뛰어 나가는 것이다. 「방옹시여」에서 화자가 '워셕버셕'이라는 소리를 듣고, '님'인가 싶어서 뛰어 나가는 것과 같다.

님은 아니오 명월(明月)이 만정(滿庭)혼디 벽오동(碧梧桐) 저즌 닙히 봉황(鳳凰)이 ᄂ 려안자 긴 부리를 휘여다가 두 ᄂ래에 너허 두고 슬금슬젹 깃 다듬는 그림자ㅣ로다

⇒ '님은 아니오'라는 구절을 보니, 창밖에 아른아른 거렸던 건 '님'이 아니었나 보다. 화자가 본 것은, '밝은 달'이 뜰에 가득 비쳐 있는데, 벽오동(나무)의 젖은 잎 위에 '봉황'이 내려앉아서 긴 부리를 휘어 두 날개에 넣고, 슬금슬쩍 깃털을 다듬는 '그림자'였다.

모쳐로 밤일시만정 행여 낫이런들 놈 우일 번ᄒ여라

- 작자 미상 -

➡ 화자는 '마침 밤이었기에 망정이지 행여 낮이었다면 남 웃길 뻔하였어라'라고 말한다. 자신이 기다리는 '임'이 아니라, '봉황의 그림자'였는데 벌떡 일어나서 뛰쳐나왔으니, 남이 봤으면 비웃었을 거라 생각하는 것이다. 화자는 지금이 '밤'이기 때문에, 사람들이 자신이 뛰쳐 나오는 걸 못 봐서 다행이라 생각하고 있다.

이는 화자가 자신의 좌절감을 오히려 '해학'으로 승화시키고 있는 것이다. **'해학'이라는 것은, '슬픔과 아픔을 웃음으로 승화시키는 조상들의 지혜'라는 뜻이다.** 작품 속에서 '해학'은 대표적으로 3가지 형태로 나타난다. 1) 희화화를 통해서 대상을 우스꽝스럽게 만들기도 하고, 2) 언어유희를 통해 나타나기도 하며, 3) 과장하는 것도 해학에 해당한다. 이 작품에서는 자신의 모습을 '남 웃길 뻔했다'라고 표현하면서, 스스로를 우스꽝스럽게 만들고 있다. 즉, 해학의 경우 중 1번에 해당하는 경우로, 자신의 좌절감을 웃음으로 '승화'시키고 있는 것이다. **'해학'은 자주 나오는 개념이니 꼭 알아 놓도록 하자.**

〰〰〰〰〰〰〰〰〰〰〰〰〰〰〰〰〰〰〰〰〰〰〰〰〰〰〰〰〰〰〰〰〰〰〰〰〰〰〰〰

① (마)의 초장과 <보기>의 초장에서는 모두 감각적 자극이 착각을 불러일으키는 원인이 되고 있군.

➡ '감각적 자극'이라는 건, '오감'을 자극하는 모든 자극을 통틀어서 말하는 것이다. (마)의 첫 번째 줄 즉, '초장'에서는 '워석버석'이라는 '청각적 자극'이 화자의 착각을 불러일으키고 있다. 그리고 〈보기〉의 초장에서는 '어른어른' 거리는 '그림자'의 '시각적 자극'이 화자의 착각을 불러일으키고 있다.

추가로 여기서 '초장'이라는 것은, '시조'와 관련된 문제에서 자주 나오는 말이다. 시조 중 가장 많이 나오는 '평시조'는 '초장', '중장', '종장'으로 구성되어 있다. **이때 맨 처음 구절을 '초장'이라 하고 그 다음 중간에 있는 구절을 '중장', 맨 마지막 구절을 '종장'이라고 한다.**

② (마)의 초장과 <보기>의 초장에서는 모두 창밖의 변화에 즉각적으로 반응하는 화자의 모습이 그려지고 있군.

➡ 맞는 말이다. (마)의 초장에는 '워석버석'하는 창밖의 소리를 듣고 즉각적으로 뛰쳐

Chapter 1
노베이스를 위한 문학 공부법

Chapter 2
문학 만점을 위한 기초 체력 키우기

Chapter 3
기출 적용편

현대시

고전시가

현대소설

고전소설

나가는 화자의 모습이 그려져 있다. 그리고 〈보기〉의 초장에는 창밖에 '어른어른' 거리는 것을 보고 뛰쳐나가는 화자의 모습이 그려져 있다.

> ③ (마)의 중장과 <보기>의 중장에서는 모두 화자의 착각을 불러일으킨 대상이 확인되고 있군.

⇒ (마)의 중장에서는 화자의 착각을 불러일으킨 대상이 '낙엽'이라는 게 밝혀지고, 〈보기〉의 중장에서는 '봉황의 그림자'가 화자의 착각을 불러일으킨 대상이라는 게 밝혀진다. 따라서 맞는 말이다.

> ④ (마)의 중장에서는 착각을 야기한 대상에 대한 묘사가, <보기>의 중장에서는 착각을 야기한 대상에 대한 비판이 제시되고 있군.

⇒ (마)와 〈보기〉에서 착각을 야기한 대상인 '낙엽'과 '봉황' 대한 묘사는 (마)와 〈보기〉 모두에서 제시되고 있다. (마)의 중장에서는 '혜란 혜경에 낙엽'이라고 하면서 낙엽을 묘사하고 있고, 〈보기〉의 중장에서는 '젖은 잎에 내려 앉아 긴 부리를 날개에 넣어 깃털을 다듬는다'고 하면서 봉황을 묘사하고 있다. **하지만 중장에서 '낙엽'과 '봉황'에 대한 '비판'이 제시되고 있는 건 아니다.**

> ⑤ (마)의 종장에서는 화자의 내면적 고통을 토로하고 있고, <보기>의 종장에서는 타인의 평가와 조소를 의식하고 있군.

⇒ (마)의 화자는 종장에서 '유한한 간장(肝腸)이 다 끈칠까 ㅎ노라'라고 하면서, 자신의 장기가 끊어지는 듯한 내면적 고통을 표현하고 있다. 〈보기〉의 화자는 종장에서 '모쳐로 밤일싀만졍 행여 낫이런들 놈 우일 번ㅎ여라'라고 하면서, 타인의 평가와 조소를 의식하고 있는 모습을 보여준다. 여기서 '조소'라는 건 쉽게 말해서 '비웃음'이라고 생각하면 된다. 화자는 자신의 모습을 남이 봤으면 비웃었을 거라 생각하고 있기에, 화자가 '타인의 평가와 조소'를 의식하고 있다고 할 수 있다.

❷ 답 : ④

# 2015학년도 9월(A형)
# 「정석가」, 「임이 오마 하거늘」

(가)　　구슬이 ㉠ 바위에 떨어진들
　　　　구슬이 바위에 ㉡ 떨어진들
　　　　㉢ 끈이야 끊어지겠습니까.
　　　　천 년을 ㉣ 외따로이 살아간들
　　　　㉤ 천 년을 외따로이 살아간들
　　　　믿음이야 끊어지겠습니까.　　　　〈제6연〉

- 작자 미상, 「정석가」 -

(나)　　**임**이 오마 하거늘 **저녁밥**을 일찍 지어 먹고
　　　중문(中門) 나서 대문(大門) 나가 지방 위에 올라가 앉아 손을 이마에 대고 오는가
가는가 **건넌 산** 바라보니 **거머희뜩**\* 서 있거늘 저것이 임이로구나. 버선을 벗어 품에
품고 신 벗어 손에 쥐고 곰비임비\* 임비곰비 천방지방\* 지방천방 진 데 마른 데를 가
리지 말고 **위령퉁탕** 건너가서 정(情)엣말 하려 하고 곁눈으로 흘깃 보니 작년 칠월 사
흗날 껍질 벗긴 주추리 **삼대**\*가 살뜰히도 날 속였구나.
　　　모쳐라 **밤**이기에 망정이지 행여나 낮이런들 남 웃길 뻔 하였어라.

- 작자 미상 -

\* 거머희뜩 : 검은빛과 흰빛이 뒤섞인 모양.
\* 곰비임비 : 거듭거듭 앞뒤로 계속하여.
\* 천방지방 : 몹시 급하게 허둥대는 모양.
\* 삼대 : 삼[麻]의 줄기.

**1. (가), (나)에 대한 설명으로 가장 적절한 것은?**

① (가)는 (나)에 비해 시간과 공간이 구체적으로 드러난다.

② (나)는 (가)에 비해 설의적 표현이 두드러지게 드러난다.

③ (가)와 (나) 모두 대조와 연쇄를 통해 생동감을 드러낸다.

④ (가)와 (나) 모두 격정적 어조를 통해 고요한 분위기를 드러낸다.

⑤ (가)는 상황의 가정에서, (나)는 행동의 묘사에서 과장이 드러난다.

**2. ㉠~㉤ 중 〈보기〉의 ⓐ의 의미와 가장 가까운 것은?**

〈보 기〉

고려 시대에는 민간의 노래 가운데 풍속을 교화하는 데 적합하다고 여겨지는 노래를 궁중의 악곡으로 편입시켰다. 궁중 연회에서 사랑 노래가 많이 불린 것은 사랑 노래가 잔치 분위기와 잘 어울리면서도 남녀 간의 사랑을 ⓐ 군신 간의 충의로 그 의미를 확장하여 수용할 수 있었기 때문이다. 민간에서 널리 불린「정석가」가 궁중 연회의 노래로 정착된 것 역시 이런 맥락에서 볼 수 있다.

① ㉠    ② ㉡    ③ ㉢    ④ ㉣    ⑤ ㉤

**3. 〈보기〉를 참고할 때, (나)에 대한 이해로 가장 적절한 것은?**

〈보 기〉

사설시조에서의 해학성은 독자가 화자와 거리를 두되 관용의 시선을 보내는 데서 발생한다. 화자의 착각, 실수, 급한 행동과 그로 인한 낭패가 웃음을 유발하지만 독자는 그런 행동을 할 수밖에 없는 화자의 행동 이면에 있는 절실함, 진지함, 진솔함, 애틋함, 간절함을 느끼면서 화자와 공감하는 마음을 갖게 되는 것이다.

① 화자가 '저녁밥'을 짓다가 '임'이 온다는 소식을 듣고 혼잣말하는 모습에서 독자는 웃음 지으면서도 그 속에 담긴 진솔함을 공감한다.

② 화자가 '임'이라 여긴 '거머희뜩'한 것을 향해 '워렁퉁탕' 건너가는 모습에서 독자는 웃음 지으면서도 그 속에 담긴 절실함을 공감한다.

③ 화자가 집 안 마당에서 서성대며 '건넌 산'을 느긋하게 바라보는 모습에서 독자는 웃

음 지으면서도 그 속에 담긴 애틋함을 공감한다.

④ 화자가 처음 보는 '삼대'를 '임'으로 착각하여 '임'을 원망하는 모습에서 독자는 웃음 지으면서도 그 속에 담긴 간절함을 수용한다.

⑤ 화자가 '임'이 오지 못하게 된 이유를 '밤' 탓으로 돌리는 모습에서 독자는 웃음 지으면서도 그 속에 담긴 진지함을 수용한다.

## '정석가', '임이 오마 하거늘' 지문해설

### (가)

> 구슬이 ㉠ 바위에 떨어진들
> 구슬이 바위에 ㉡ 떨어진들
> ㉢ 끈이야 끊어지겠습니까.

⇒ '이미지화' 하자. 구슬이 바위에 떨어진다고 한다. 그런데 화자는 구슬이 바위에 떨어진다고 해도 '끈이야 끊어지겠습니까'라고 말한다. 즉, 구슬이 바위에 떨어지는 한이 있어도 끈은 끊어지지 않는다는 것이다. 그런데 '구슬'이 바위에 떨어지는 것과 '끈'이 끊어지지 않는 게 무슨 관계인 걸까?

생각을 해보니까, **구슬이 '끈'으로 꿰어져 있는 상황**을 말하는 거 같다. 화자가 하고자 하는 말은 구체적으로 말해서, **구슬이 꿰어져 있는 '끈'이 바위에 떨어진다고 하더라도, 구슬을 꿰고 있는 '끈'은 끊어지지 않는다**는 것이다. 이는 다르게 말해서, '구슬'은 변하지만 '끈'은 변하지 않는다는 말과 같다. 화자는 구슬과 끈을 서로 '대조'하고 있는 것이다. 이때 '구슬'과 '끈'은 뭔가를 비유적으로 표현한 거 같다.

'구슬이 바위에 떨어진들 끈은 끊어지지 않는다'는 말을 잘 생각해보면, 구슬이 바위에 떨어지는 것처럼 어떤 '시련'이 온다고 해도 '화자가 중요하게 생각하는 가치(끈)'는 잃지 않는다는 뜻으로 해석해 볼 수 있다. 화자는 자신이 중요하다고 생각한 것을 '끈'에 비유한 것이다. 또 화자가 '구슬이 바위에 떨어진들'이라는 구절을 두 번 반복한 것에서, '끈은 끊어지지 않는다'는 자신의 내면세계를 강조하고 있다는 것도 알 수 있다.

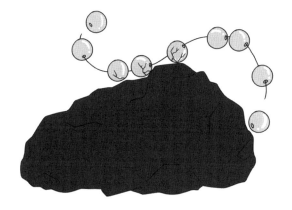

Chapter 1
노베이스를 위한 문학 공부법

Chapter 2
문학 만점을 위한 기초 체력 키우기

Chapter 3
기출 적용편

현대시

고전시가

현대소설

고전소설

천 년을 ㉣ 외따로이 살아간들
㉤ 천 년을 외따로이 살아간들
믿음이야 끊어지겠습니까.                    <제6연>

⇒ 이 구절을 보니까, 바로 위 구절에서 화자가 말한 '끈'이 무엇을 의미하는지 알 수 있다. **'끈'은 바로 '믿음'이었던 것이다.** 화자가 중요하게 생각하는 가치는 '믿음'이고, 그 믿음을 '끈'으로 표현한 것이다. 화자는 이 구절에서, 천 년을 자신이 외따로이 즉, 혼자 살아간들 '믿음'은 끊어지지 않는다고 말한다. 또 '끊어지겠습니까'에서 **설의법'을 사용해, 믿음이 끊어질 일은 없다는 자신의 내면세계를 강조**하고 있다. 설의법이 왜 내면세계를 '강조'하는 효과가 있는지는 앞서 '문학 필수 어휘'에서 설명했었다. 기억나지 않는다면 다시 복습하고 오자.

이를 바탕으로 위 구절을 다시 보니, '구슬이 바위에 떨어지는' 상황은, 화자가 '천 년을 외따로이 살아가야'하는 상황으로 해석할 수 있다. **화자는 자신이 천 년을 혼자 살아가야 하는 고통스러운 일이 있다 하더라도, 당신에 대한 믿음은 계속 유지하겠다는 뜻을 표현하고 있는 것이다.**

- 작자 미상, 「정석가」-

279

(나)

> 임이 오마 하거늘 **저녁밥**을 일찍 지어 먹고

⇒ 화자는 지금 '임'이 온다고 하니 '저녁밥'을 '일찍' 지어 먹는다. 이걸 봐서, 화자가 지금 **'임'을 기다리고 있는 상황**이 아닐까 추측해 볼 수 있다. 아래 구절을 더 읽어 보면서 구체적으로 확인하자.

> 중문(中門) 나서 대문(大門) 나가 지방 위에 올라가 앉아 손을 이마에 대고 오는가 가는가 **건넌 산** 바라보니

⇒ 위 구절에서 추측한 게 맞는 거 같다. 화자는 '임'을 기다리고 있었던 것이다. 화자가 오니 저녁밥도 빨리 먹어 치우고 대문 앞으로 마중을 나간다. 화자는 중문을 거쳐 대문 앞에 나가서 '지방' 위에 올라가 앉았다고 하는데, 아마 맥락상 '문지방'을 말하는 거 같다. 화자는 '임'을 보고 싶은 마음에 대문 앞까지 나간다. 그리고 조금이라도 임을 더 자세히 보고자 대문에 있는 '문지방' 위에 올라간 뒤, 임이 오고 있나 보고 있는 것이다.

> **거머희뜩*** 서 있거늘 저것이 임이로구나. 버선을 벗어 품에 품고 신 벗어 손에 쥐고 곰비임비* 임비곰비 천방지방* 지방천방 진 데 마른 데를 가리지 말고 **워렁퉁탕** 건너가서
>
> * 거머희뜩: 검은빛과 흰빛이 뒤섞인 모양.
> * 곰비임비 : 거듭거듭 앞뒤로 계속하여.
> * 천방지방 : 몹시 급하게 허둥대는 모양.

Chapter 1
노베이스를 위한 문학 공부법

Chapter 2
문학 만점을 위한 기초 체력 키우기

Chapter 3
기출 적용편

현대시

고전시가

현대소설

고전소설

⇒ 화자는 문지방 위에 서서 '검은빛'과 '흰빛'이 뒤섞인 어떤 것을 본다. 정확한 형체를 말하지 않고 '거머희뜩'하다고 하는 데서 미루어 봤을 때, 멀리 있나 보다. 그리고 또 지금 배경이 저녁밥을 먹은 이후인 '밤'이니까, 당연히 멀리 있는 게 잘 안 보일 것이다. 화자는 멀리 있는 '거머희뜩'한 것을 보고 자신이 기다리는 '임'이라고 생각한다. 그래서 신고 있는 '버선'을 벗어서 품에 품기도 하고, 신고 있는 '신'을 벗어서 손에 쥐기도 한다. 아마 '빨리 달려가기 위해서' 그러는 거 같다. '버선을 벗어 품에 품고 신 벗어 손에 쥐고' 는 허겁지겁 신발을 벗어서 손에 쥐고 임에게 달려가는 화자의 모습을 묘사한 것이다.

화자는 '곰비임비 임비곰비 천방지방 지방천방' 즉, 앞뒤로 허둥지둥 대면서 빠르게 임에게 달려간다. 임을 보고 싶은 화자의 간절함이 드러나는 구절이다. 화자는 너무 임을 보고 싶은 마음에, '진 데 마른 데' 가리지 않고 임에게 달려간다. '진 데 마른 데' 가리지 않는다는 건, '질퍽한 땅이든 마른 땅이든' 가리지 않고 임을 보기 위해 달려간다는 뜻이다.

> 정(情)엣말 하려 하고 곁눈으로 흘깃 보니 작년 칠월 사흗날 껍질 벗긴 주추리 **삼대**\*가 살뜰히도 날 속였구나.
>
> \* 삼대 : 삼[麻]의 줄기.

⇒ 화자는 임에게 다가가서 '정엣말' 하려고 '곁눈'으로 흘깃 본다. '정엣말'은 '자신의 감정을 담은 말'을 뜻한다. 화자는 임에게 가서 '사랑한다', '기다렸다'와 같은 말을 하고 싶은 것이다. 그래서 '곁눈'으로 '임'이라고 생각했던 것을 흘깃 봤는데, 이럴 수가. 임이 아니다. 화자가 대문 앞에서 봤던 '거머희뜩'한 것은 '임'이 아니라, 작년 7월 3일날 껍질을 벗겨놨던 '삼의 줄기'였던 것이다.

> 모쳐라 **밤**이기에 망정이지 행여나 낮이런들 남 웃길 뻔 하였어라.

⇒ 이 구절은 앞서 「방옹시여」 3번 문제에 나왔던 시조에서 이미 경험했었다. 화자는 '삼대'를 보고 '임'인 줄 착각해서 뛰어온 자신의 모습을 남들이 봤으면 웃었겠다고 말하면서, 자신의 모습을 해학적으로 표현하고 있다. 또 밤이라 사람들이 못 봐서 다행이라고 하는 것을 통해, 화자가 남들의 시선을 신경 쓰고 있다는 것도 알 수 있다.

- 작자 미상 -

◆ ● 문제 해설 ● ◆

(가)
구슬이 ㉠바위에 떨어진들
구슬이 바위에 ㉡떨어진들
㉢끈이야 끊어지겠습니까.
천 년을 ㉣외따로이 살아간들
㉤천 년을 외따로이 살아간들
믿음이야 끊어지겠습니까.       〈제6연〉
- 작자 미상, 「정석가」 -

(나)
**임**이 오마 하거늘 **저녁밥**을 일찍 지어 먹고 중문(中門) 나서 대문(大門) 나가 지방 위에 올라가 앉아 손을 이마에 대고 오는가 가는가 **건년 산** 바라보니 **거머희뜩*** 서 있거늘 저것이 임이로구나. 버선을 벗어 품에 품고 신 벗어 손에 쥐고 곰비임비* 임비곰비 천방지방* 지방천방 진 데 마른 데를 가리지 말고 **위령통탕** 건너가서 정(情)엣말 하려 하고 곁눈으로 흘깃 보니 작년 칠월 사흗날 껍질 벗긴 주추리 **삼대***가 살뜰히도 날 속였구나. 모쳐라 **밤**이기에 망정이지 행여나 낮이런들 남 웃길 뻔 하였어라.
- 작자 미상 -

## 1. (가), (나)에 대한 설명으로 가장 적절한 것은?

> ① (가)는 (나)에 비해 시간과 공간이 구체적으로 드러난다.

⇒ (가)에는 시간과 공간에 대한 구체적인 언급이 없다. 그저 특정한 상황들을 가정하고, 그 상황들을 통해 화자가 자신의 내면세계를 드러내고 있을 뿐이었다. 반면에 (나)를 보면 '저녁밥', '밤', '낮', '중문', '대문', '지방 위' 등의 표현을 통해서 시간과 공간 모두 구체적으로 드러내고 있다. 따라서 '(가)는 (나)에 비해'가 아니라, '(나)는 (가)에 비해'라고 말해야 맞는 말이다.

> ② (나)는 (가)에 비해 설의적 표현이 두드러지게 드러난다.

Chapter 1
노베이스를 위한 문학 공부법

Chapter 2
문학 만점을 위한 기초 체력 키우기

Chapter 3
기출 적용편

현대시

고전시가

현대소설

고전소설

* 거머희뜩 : 검은빛과 흰빛이 뒤섞인 모양.
* 곰비임비 : 거듭거듭 앞뒤로 계속하여.
* 천방지방 : 몹시 급하게 허둥대는 모양.
* 삼대 : 삼[麻]의 줄기.

⇒ (나)에는 설의적 표현이 없다. 반면 (가)에는 '끊어지겠습니까'라는 설의적 표현이 반복되고 있다. 따라서 '(가)는 (나)에 비해' 설의적 표현이 두드러진다고 해야 맞는 말이다.

③ (가)와 (나) 모두 대조와 연쇄를 통해 생동감을 드러낸다.

⇒ 우선 '대조'는 서로 반대되는 성질을 가진 대상을 비교하는 것이다. 그리고 '연쇄'는 앞 구절을 이어받아서 시상을 연속적으로 전개해 나가는 걸 말한다. 예를 들면 '집 나가면 고생이지만, 고생 뒤에는 복이 온다'와 같은 구절이 '연쇄'가 쓰인 구절이다.

(가)에는 '대조'는 있지만, '연쇄'는 없다. (가)에서는 바위에 떨어졌을 때 손상되어 버리는 '구슬'과, 바위에 떨어져도 손상되지 않는 '끈'이 서로 대조되고 있다. 이때 구체적으로 구슬이 손상된다는 말은 없다. 하지만 '끈이야 끊어지겠습니까'라는 구절을 통해서, 화자가 '구슬'은 변하지만 끈은 변하지 않는다는 걸 알 수 있다. '끈이야 끊어지겠습니까'라는 구절은 다르게 말하면, '끈은 끊어지지 않는다'는 뜻이다. 이때 '은'이라는 말을 잘 봐야 한다. 다른 건 다 끊어지고 변해도 끈만은 끊어지지 않는다는 것이다. 그런데 앞서 나온 것이 '구슬' 밖에 없으니까 당연히, '구슬은 변해도 끈은 변하지 않는다'는 의미로 읽어야 하는 것이다.

하지만, 이를 통해서 '생동감'을 드러내고 있는 건 아니다. 그저 '~한들 ~하지 않는다'라고 상황을 가정하고 있을 뿐이다. 생동감이 드러나려면 구슬이 바위에 떨어지는 모습이 더 구체적으로 제시되어야 한다. '구슬 한 알 한 알이 마치 폭포수처럼 떨어져 내리고' 등과 같은 구절이 있었다면 생동감이 있다고 할 수 있다. 이건 네가 기출문제를 풀면서 '생동감이 있는' 구절들을 계속 경험하다 보면 쉽게 구분할 수 있다. 그리고 또 (가)에서 앞 구절을 받아서 연속하는 '연쇄'는 없었다.

(나)는 화자가 기다렸던 '임'과 화자가 기다리지 않았던 '삼대'가 서로 대조된다고 할 수 있다. 하지만 (가)와 마찬가지로, 대조를 통해 생동감을 드러내고 있지는 않다. (나)에서 '생동감'이 드러나는 부분은 화자가 임을 보러 '버선과 신을 손에 들고 달려가는' 장면이다. 또 (나)에서도 '연쇄'는 없었다.

⇒ 우선 '격정적 어조'에서 '격정적'이라는 것은, 감정이 **강렬하고 갑작스러워서 억누르기 힘든 것**을 뜻한다. 시에 '격정적 어조'가 있다고 하려면 보통 화자가 자신의 감정을 직접적으로 드러내는 구절이 있어야 한다. 하지만 (가)와 (나)에는 모두 화자가 자신의 감정을 '직접적으로' 드러내는 구절은 없었다. 그리고 '격정적' 어조를 통해 '고요한' 분위기를 드러낸다는 것조차 말이 안 된다. 감정을 직접적으로 토해내면서 강렬하게 말하는데 어떻게 고요할 수 있겠는가? '고요'하려면 감정을 누르면서 담담하거나 차분하게 말해야 한다.

'고요한 분위기'에 대해서 좀 더 구체적으로 말하자면, 앞서 말했듯이 '분위기'는 '상황'으로 판단하면 된다. (가)에서는 화자가 자신의 믿음은 변하지 않는다는 걸 '강조'하고 있는 상황이었으므로, '고요한 분위기'라고 보기는 어렵다. (나)에서는 '삼대'를 '임'으로 착각한 화자가 '신발도 벗고 뛰어나가는' 상황이었으므로, 이 또한 '고요한 분위기'라고 하기는 어렵다.

⇒ (가)에는 '천 년을 외따로이 살아간들'이라는 구절에서 '상황의 가정'과 '과장'이 드러난다. 화자는 '천 년'이라는 과장된 시간 동안 자신이 혼자 외롭게 살아가는 상황을 가정함으로써, 자신이 혼자 외롭게 살아가더라도 '믿음'이 변하지 않을 것이라는 내면세계를 강조하고 있다.

(나)에는 '곰비임비 임비곰비 천방지방 지방천방 진 데 마른 데를 가리지 말고 워렁퉁탕 건너가서'라는 구절을 통해, '행동의 묘사'를 하고 있음을 알 수 있다. 이러한 표현은 진짜 화자가 임에게 달려가는 자신의 모습을 '객관적'으로 표현한 것이 아니라, 그만큼 급박하게 달려갔다는 걸 표현하기 위해서 '과장'한 것으로 봐야한다. 예를 들자면, '임을 보고파서 천 리를 한 걸음에 갔다'와 비슷한 구절인 것이다. 따라서 ⑤번이 답이다.

◆ 답 : ⑤

## 2. ㉠~㉤ 중 <보기>의 ⓐ의 의미와 가장 가까운 것은?

<보 기>

고려 시대에는 민간의 노래 가운데 풍속을 교화하는 데 적합하다고 여겨지는 노래를 궁중의 악곡으로 편입시켰다. 궁중 연회에서 사랑 노래가 많이 불린 것은 사랑 노래가 잔치 분위기와 잘 어울리면서도 남녀 간의 사랑을 ⓐ 군신 간의 충의로 그 의미를 확장하여 수용할 수 있었기 때문이다. 민간에서 널리 불린 「정석가」가 궁중 연회의 노래로 정착된 것 역시 이런 맥락에서 볼 수 있다.

⇒ 〈보기〉에 따르면 민간에서 널리 불렸던 「정석가」는 원래 남녀 간의 사랑 노래였나보다. 사랑하는 사람에게, '나는 천 년을 혼자 있어도 너에 대한 믿음이 끊어지지 않을 거야'라는 메시지를 전달하는 노래였던 것이다. 그리고 이러한 「정석가」의 의미는 '군신 간의 충의'로 의미가 확장될 수도 있었을 것이다. 신하가 임금에게 '어떤 일이 있어도 임금님을 향한 제 믿음은 변하지 않는다'라는 메시지를 전달하는 것이라고 해석할 수도 있기 때문이다.

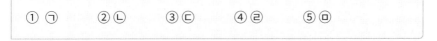

① ㉠     ② ㉡     ③ ㉢     ④ ㉣     ⑤ ㉤

⇒ ㉠~㉤ 중 '군신 간의 충의'와 가장 의미가 비슷한 것은, ㉢이다. 아까 '지문 해설'에서도 얘기했듯이, '끈'은 마지막 구절에 있는 '믿음'을 비유적으로 나타낸 단어였다. 그리고 '믿음'은 '군신 간의 충의'로 해석할 수 있는 말이다. 따라서, '믿음'의 의미를 가지고 있는 '끈'이 '군신 간의 충의'와 가장 비슷한 의미를 갖는 것이다.

✔ 답 : ③

## 3. <보기>를 참고할 때, (나)에 대한 이해로 가장 적절한 것은?

<보 기>

사설시조에서의 해학성은 독자가 화자와 거리를 두되 관용의 시선을 보내는 데서 발생한다. 화자의 착각, 실수, 급한 행동과 그로 인한 낭패가 웃음을 유발하지만 독자는 그

런 행동을 할 수밖에 없는 화자의 행동 이면에 있는 절실함, 진지함, 진솔함, 애틋함, 간절함을 느끼면서 화자와 공감하는 마음을 갖게 되는 것이다.

⇒ 납득할 수 있다. '해학'이라는 건 앞서 설명했듯, '희화화', '언어 유희', '과장'을 뜻하는 거였다. (나)에서는 '삼대'를 보고 '임'인 줄 착각해서 달려갔던 화자의 행동을 '희화화'하고 있다. 〈보기〉에 따르면 화자의 행동으로 인해서 '웃음'이 유발되고, 동시에 독자는 화자가 그렇게 행동할 수밖에 없었던 이유를 이해한다. 그래서 화자 행동 이면에 있는 '절실함, 진지함, 진솔함, 애틋함, 간절함'을 느끼게 되면서 화자에게 '공감'하는 것이다.

① 화자가 '저녁밥'을 짓다가 '임'이 온다는 소식을 듣고 혼잣말하는 모습에서 독자는 웃음 지으면서도 그 속에 담긴 진솔함을 공감한다.

⇒ '임이 오마 하거늘 저녁밥을 일찍 지어 먹고'라는 구절을 통해서, 지금 화자가 '임'이 온다는 소식을 듣고, '저녁밥'을 일찍 먹고 있다는 걸 알 수 있다. 그런데 ①번 선지에서 말하는 것처럼, 화자가 '저녁밥'을 짓다가 '임'이 온다는 소식을 듣고 '혼잣말을 하는 장면'은 나오지 않는다.

② 화자가 '임'이라 여긴 '거머희뜩'한 것을 향해 '워렁퉁탕' 건너가는 모습에서 독자는 웃음 지으면서도 그 속에 담긴 절실함을 공감한다.

⇒ 맞는 말이다. 〈보기〉에 따르면 독자는 '거머희뜩'한 것을 '임'이라 착각하고 '워렁퉁탕' 뛰어가는 화자의 모습을 보고 웃기도 하지만, 화자의 행위 속에 담긴 '임'에 대한 절실한 마음에 공감할 것이다. '얼마나 임을 보고 싶었으면 저렇게 허겁지겁 뛰어갈까' 하면서 화자의 마음에 공감하게 되는 것이다.

③ 화자가 집 안 마당에서 서성대며 '건넌 산'을 느긋하게 바라보는 모습에서 독자는 웃음 지으면서도 그 속에 담긴 애틋함을 공감한다.

⇒ 화자는 '집 안' 마당에서 서성대고 있지 않다. 대문 문지방 위에 올라가서 손을 이마에 댄 채로 '건넌 산'을 바라보고 있는 것이다. 그리고 화자는 지금 '건넌 산'을 '느긋한' 마음으로 바라보고 있지도 않다. 오히려 '임'이 언제 올까 싶어서 애타는 마음으로 바라

보고 있는 상황이다.

Chapter 1
노베이스를 위한 문학 공부법

Chapter 2
문학 만점을 위한 기초 체력 키우기

Chapter 3
기출 적용편

현대시

고전시가

현대소설

고전소설

> ④ 화자가 처음 보는 '삼대'를 '임'으로 착각하여 '임'을 원망하는 모습에서
> 독자는 웃음 지으면서도 그 속에 담긴 간절함을 수용한다.

➡ 우선 화자는 '삼대'를 '처음' 보는 것이 아니다. '작년 7월 3일'에 껍질을 벗겼다고 하는 걸 봐서, 작년에 자신이 껍질을 벗긴 삼대를 '임'으로 착각한 것이다. 따라서 화자는 '삼대'를 최소 두 번째 보고 있다.

그리고 작품에는 '임'을 원망하는 모습이 나타나지도 않는다. 화자는 계속 '임'을 애타게 기다릴 뿐, 자신이 '삼대'를 보고 '임'으로 착각했다고 하여 '임'을 원망하고 있지는 않다. '원망'이란 '못마땅하게 여기어 탓하거나 불평을 품고 미워한다'는 뜻이다.

> ⑤ 화자가 '임'이 오지 못하게 된 이유를 '밤' 탓으로 돌리는 모습에서 독자
> 는 웃음 지으면서도 그 속에 담긴 진지함을 수용한다.

➡ 화자는 '임'이 오지 못하게 된 이유를 '밤' 탓으로 돌리고 있지 않다. '밤'은 그저 화자가 자신의 착각을 다른 사람에게 들키지 않을 수 있게 해주는 상황이다. 따라서 '임'이 오지 못하게 된 이유는 '밤' 탓이 아니며, 작품 속에 적혀 있는 내용만 가지고는 '임'이 오지 못한 이유를 알 수 없다.

✔ 답 : ②

# 2016학년도 수능(B형)
## 「어와 동량재를」, 「고공답주인가」

(가)
어와 동량재(棟梁材)*룰 뎌리 ᄒᆞ야 어이 홀고
헐쓰더 기운 집의 의논(議論)도 하도 할샤
못 목수 고자(庫子) 자* 들고 허둥대다 말려ᄂᆞ다

- 정철 -


(나)
바깥 별감* 많이 있어 ⊙ 바깥 마름 달화주*도
제 소임 다 바리고 몸 쓰릴 쑌이로다
비 시여 셔근 집을 뉘라셔 곳쳐 이며
옷 버서 문허진 담 뉘라셔 곳쳐 쏠고
⊙ 불한당 구멍 도적 아니 멀니 단이거든
화살 츤 수하상직(誰何上直)* 뉘라셔 힘써 홀고
큰나큰 기운 집의 마누라* 혼자 안자
명령을 뉘 드르며 논의를 눌라 홀고
낫 시름 밤 근심 혼자 맛다 계시거니
옥 곳튼 얼굴리 편ᄒᆞ실 적 몇 날이리
이 집 이리 되기 뉘 타시라 홀셔이고
혬 업는 죵의 일은 뭇도 아니 ᄒᆞ려니와
도로혀 혜여ᄒᆞ니 마누라 타시로다
⊙ 닉 주인 외다 ᄒᆞ기 죵의 죄 만컨마ᄂᆞ
그러타 세상 보려 민망ᄒᆞ야 사뢰나이다
⊙ 새끼 쏘기 마르시고 내 말솜 드로쇼셔
집일을 곳치거든 죵들을 휘오시고
죵들을 휘오거든 상벌을 밝히시고

ⓜ 상벌을 밝히거든 **어른 죵**을 미드쇼셔

진실노 이리 ᄒᆞ시면 가도(家道) 절노 닐니이다

- 이원익, 「고공답주인가(雇工答主人歌)」 -

* 동량재 : 건축물의 마룻대와 들보로 쓸 만한 재목.

* 고자 자 : 창고지기가 쓰는 작은 자.

* 별감 : 사내 하인끼리 서로 존대하여 부르던 말.

* 달화주 : 주인집 밖에서 생활하는 종들에게서 주인에게 내야 할 대가를 받아오는 일을 맡아 보던 사람.

* 수하상직 : "누구냐!" 하고 외치는 상직군.

* 마누라 : 상전, 마님 등을 이르는 말.

---

**1. (가), (나)의 표현 방식에 대한 설명으로 가장 적절한 것은?**

① (가)와 달리 (나)에서는 연쇄와 반복을 통해 리듬감이 나타나고 있다.

② (나)와 달리 (가)에서는 설의적인 표현을 통해 안타까움의 정서가 강조되고 있다.

③ (나)와 달리 (가)에서는 직유의 방식을 통해 대상의 이미지가 선명하게 드러나고 있다.

④ (가), (나)에서는 모두 색채어를 통해 대상의 면모가 강조되고 있다.

⑤ (가), (나)에서는 모두 과거와 현재의 대비를 통해 시상의 전환이 이루어지고 있다.

**2. ㉠~ⓜ에 대한 이해로 적절하지 않은 것은?**

① ㉠ : 직분을 망각하여 화자에 의해 비판을 받고 있는 존재

② ㉡ : 가까운 곳에 있으며 화자에게 불안감을 주고 있는 세력

③ ㉢ : 잘못된 일을 고치도록 화자가 설득하고 있는 청자

④ ㉣ : 화자가 청자에게 당부하는 시급하고 중요한 행위

⑤ ⓜ : 화자가 공정하고 엄중하게 시행되기를 바라고 있는 일

Chapter 1
노베이스를 위한 문학 공부법

Chapter 2
문학 만점을 위한 기초 체력 기우기

Chapter 3
기출 적용편

현대시

고전시가

현대소설

고전소설

**3.** 〈보기〉를 참고하여 (가), (나)를 감상한 내용으로 가장 적절한 것은?

〈보 기〉

　유학 이념에서는 국가를 가족의 확장된 형태로 본다. 집안의 화목을 위해서는 구성원들이 자기 역할에 충실해야 하듯, 국가의 안정적인 경영을 위해서는 군신(君臣)이 본분을 다해야 한다. 조선 시대 시가에서는 이러한 이념을 담아 국가를 집으로 표현하는 경우가 많다.

① (가)의 '동량재'와 (나)의 '어른 죵'은 모두 국가의 바람직한 경영을 위해 요구되는 중요한 요소를 뜻하겠군.

② (가)의 '기운 집'은 위태로운 상태에 놓인 국가를, (나)의 '기운 집'은 되돌릴 길 없이 기울어 패망한 국가를 나타내겠군.

③ (가)의 '의논'과 (나)의 '논의'는 모두 국가 대사를 위해 임금과 신하가 합의하여 도출해 낸 올바른 대책을 뜻하겠군.

④ (가)의 '뭇 목수'는 조정의 일에 무관심한 신하들을, (나)의 '혬 업는 죵'은 조정의 일에 지나치게 관여하는 신하를 나타내겠군.

⑤ (가)의 '고자 자'와 (나)의 '문허진 담'은 모두 외세의 침입에 협조하며 국익을 저버리고 사익을 추구하는 마음을 뜻하겠군.

◆ **'어와 동량재를', '고공답주인가' 지문해설** ◆

**(가)**

어와 **동량재(棟梁材)\***를 뎌리 ᄒ야 어이 홀고

\* 동량재 : 건축물의 마룻대와 들보로 쓸 만한 재목.

⇒ '어와'는 감탄사 '아'와 같다. 화자는 지금 '아, 동량재를 저리 하여 어찌할고'라고 말하고 있다. '동량재'의 뜻을 보니, '건축물의 마룻대와 들보로 **쓸 만한 재목**'이라고 한다. 그런데 '뎌리 ᄒ야 어이 홀고'라는 구절을 보면, 화자는 지금 '동량재'가 제대로 쓰이지 않고 있다고 생각하는 거 같다. 그렇기 때문에, 화자는 '아이고, 동량재를 저렇게 해서 어

Chapter 1
노베이스를 위한 문학 공부법

Chapter 2
문학 만점을 위한 기초 체력 기우기

Chapter 3
기출 적용법

한시

고전시가

한대소설

고전소설

떻게 해…'라고 '한탄'하고 있는 것이다.

> 헐쓰더 **기운 집**의 **의논(議論)**도 하도 할샤

⇒ 이 구절에서 화자가 말하는 상황이 정확히 어떤 상황인지는 모르겠지만, '헐뜯어', '기운 집'이라는 단어를 통해서 지금 뭔가 '부정적인 상황'이라는 건 추측할 수 있다. 하나씩 구체적으로 해석해 보자면, 지금 '집'이 누군가 '헐뜯어'서 '기울어진' 상황인 거 같다. 그런데 그 집에 대한 '의논'이 많은 상황이다. 고전시가에서 '하다'라는 말은 '많다'라는 뜻이라고 앞서 '고전 필수 어휘'에서 말했었다. 따라서 '하도 할샤'는 '많고 많구나'라는 뜻으로 해석할 수 있다.

이 구절을 앞 구절과 관련지어 해석해 보자면, 지금 '동량재' 같은 쓸만한 재목들은 제대로 쓰이지 못하고, 거기다가 기울어진 집도 고쳐지지 않고 '말'만 많은 상황이다.

> **뭇 목수 고자(庫子) 자\*** 들고 허둥대다 말려ᄂᆞ다
>
> \* 고자 자 : 창고지기가 쓰는 작은 자.

⇒ 바로 앞 구절을 보면, 지금 집이 '기울어진' 상황이다. 그래서 지금 '뭇 목수'들이 '자'를 들고 집을 고치려 허둥대나 보다. '뭇'이라는 건 '많은'이라는 뜻이다. 많이 나오는 단어이니 꼭 알아두자. 그리고 '목수'는 집이나 가구를 짓는 사람들이니까, '뭇 목수'들이 지금 '기울어진' 집을 **고치려고 한다**는 건 자연스럽게 추측할 수 있다.

그런데 화자는 '허둥대다 말려ᄂᆞ다'라고 말한다. '고전 시가 필수 어휘'에서도 말했지만, 'ᄂᆞ다'는 '~는가?'라는 뜻이다. 즉, 화자는 지금 '뭇 목수'들에게 '허둥대다 말려는가?'라고 말하는 상황이다. '기울어진 집'을 빨리 고쳐야 하는데, '뭇 목수'들이 허둥대고만 있나 보다. 그래서 화자는 지금 목수들에게 '그렇게 허둥대다가 말 거냐'고 말하는 것이다.

-정철 -

**(나)**

> 바깥 별감\* 많이 있어 ㉠ <u>바깥 마름 달화주</u>\*도
> 제 소임 다 바리고 몸 ᄯᅵ릴 ᄲᅮᆫ이로다
>
> \* 별감 : 사내 하인끼리 서로 존대하여 부르던 말.
> \* 달화주 : 주인집 밖에서 생활하는 종들에게서 주인에게 내야 할 대가를 받아오는 일을 맡아
>   보던 사람.

⇒ 화자는 바깥에 '하인'들이 많이 있어서, 바깥 마름 '달화주'라는 사람도 '제 소임'을 다 '바리고' 몸을 'ᄯᅵ릴 ᄲᅮᆫ'이라고 한다. 처음 봤을 때는 해석을 하기 쉽지 않은 단어들이 많이 있다. 하나씩 차근차근 해석해 보자. 일단 '소임'이라는 단어는 '해야 할 일', '맡은 일'을 뜻한다. 이 정도는 알고 있었어야 한다. 몰랐다면 외우자.

그런데 바깥에 하인들이 많이 있어서, 바깥 마름인 '달화주'라는 사람도 '제 소임' 즉, 자기가 해야 할 일을 다 '바린다'고 한다. 이때 '바리고'라는 말이 무슨 말일까? **맥락상 '버리고'라는 뜻으로 해석하면 자연스럽다.** 이렇게 처음 보거나 맥락상 무슨 말인지 모르겠는 단어는, '비슷한 단어'들로 바꿔서 생각을 해보면 이해가 되는 경우가 많다. 이건 고전 시가를 많이 읽으면서 경험을 쌓다보면 자연스레 되는 부분이니, 너무 걱정하지 않아도 된다.

지금 화자가 바라보고 있는 상황은, '바깥 마름 달화주'가 '바깥 별감이 하겠지'하고, 자기 할 일을 다 하지 않고 있는 상황이다. '바깥 마름 달화주'가 자신들이 해야 할 일을 '바깥 별감'에게 미루고 있는 것이다. 그리고 '바리고'를 '버리고'로 해석하면, '몸 ᄯᅵ릴 ᄲᅮᆫ이로다'는 '몸 꺼릴 뿐이로다'로 해석할 수 있다. 즉, '바깥 마름 달화주들'이 자기 할 일을 내팽개쳐 두고 몸 쓰기를 꺼려하고 있는 상황이다. 아무것도 하지 않고, 농땡이 피우고 있나 보다.

> 비 시여 셔근 집을 뉘라셔 곳쳐 이며
> 옷 버서 **문허진 담** 뉘라셔 곳쳐 ᄡᅩ고

⇒ 첫 번째 구절은 '비 새어 썩은 집을 누가 고칠 것이며'라는 뜻이다. 앞 구절에서 하인들은 자기가 해야 할 일을 하지 않고 있었다. 화자는 열심히 일하는 하인이 없으니, '비가 새서 썩은 집을 고칠 사람이 없다'고 말하는 것이다. 그리고 두 번째 구절은, '옷 벗어

Chapter 1 노베이스를 위한 문학 공부법

Chapter 2 문학 만점을 위한 기초 체력 키우기

Chapter 3 기출 적용편

한대시

고전시가

현대소설

고전소설

무너진 담 누가 고쳐 쌓을까'라는 뜻인데, 이 구절도 마찬가지로 '제 소임'을 다하지 않는 하인들 때문에 걱정이라는 화자의 내면세계를 드러내고 있다. 하인들이 제대로 일하지 않는 상황을 '안타까워'하는 화자의 마음이 느껴진다. 여기서 '옷 벗어'라는 건, '녹이 슬 어서', '오래 되어서' 정도로 이해하면 된다.

> ⓒ 불한당 구멍 도적 아니 멀니 단이거든
> 화살 춘 수하상직(誰何上直)* 뉘라서 힘써 흘고
>
> * 수하상직 : "누구냐!" 하고 외치는 상직군.

➡ '불한당'이라는 건 '떼를 지어서 사람들 물건을 빼앗는 무리'를 말한다. 이 단어 뜻을 몰랐어도 '도적'이라는 단어를 보고 이해할 수 있었을 것이다. 화자는 지금 도적들이 '아 니 멀리 다닌다'고 말한다. 즉, 도적들이 가까이에 있다는 것이다. 언제든지 침략을 당할 수 있는 상황이다. 그런데, 지금 바깥에 있는 하인들은 제 할 일도 안하고 농땡이를 피우 고 있다. 그래서 화자는 '화살 찬 상직군 역할을 누가 할꼬'라고 하면서, 마을 사람들이 도적에게 침략당했을 때 지켜줄 사람이 없다는 걸 '걱정'하고, '안타까워'하고 있다.

> 큰나큰 **기운 집**의 마누라* 혼자 안자
> 명령을 뉘 드른며 **논의**를 눌라 흘고
>
> * 마누라 : 상전, 마님 등을 이르는 말.

➡ '마누라'는 '상전'을 뜻하는 말이라고 되어 있는데, '상전'은 '종들의 주인'을 뜻한다. 지금 큰 집에 가세가 기울어졌는데, 그 안에 주인이 '혼자' 앉아 있어서 명령을 들을 사람 도 없고, 이 위기를 극복하기 위해 함께 논의할 사람도 없는 상황인가 보다. 주인이 거느 리는 '종'들이 자기 할 일은 안하고 농땡이를 피우고 있는 상황이니, 이는 당연하다.

> 낮 시름 밤 근심 혼자 맛다 계시거니
> 옥 굿튼 얼굴리 편호실 적 몇 날이리

➡ 지금 '주인'의 상황을 묘사하고 있는 거 같다. 종들이 아무도 일을 열심히 안 하니까 주인 입장에서 '낮'에는 '시름'이 들고, '밤'에는 '근심'이 생기는 것이다. '시름'은 '마음 에서 풀리시 않는 걱정'이라는 뜻이다. 회지는 주인이 이러한 '시름', '근심' 탓에, 옥 갓

이 고운 얼굴이 편할 날이 없을 거라 말하고 있다.

> 이 집 이리 되기 뉘 타시라 홀셔이고
> **혬 업는 죵**의 일은 뭇도 아니 ᄒ려니와
> 도로혀 혜여ᄒ니 마누라 타시로다

⇒ '이 집 이리 되기 뉘 타시라 홀셔이고'라는 구절을 보면, 화자는 집안 상황이 이렇게 된 게 누구 탓인지 생각하고 있다. 우선 '죵'에 대해 말하고 있는데, '혬 업는 죵'의 일은 묻지도 않는다고 말한다. 여기서 '혬'은 '생각'이라는 뜻이다. '혬 업는 종'의 일을 묻지 않는다는 건, 쉽게 말해서 '생각 없는 종'에게는 할 말도 없다는 뜻이다. 그리고 화자는 '마누라'를 생각한다. 화자는 곰곰이 돌이켜 생각을 해보니, 이 집이 이렇게 된 게 '마누라' 탓이라고 말한다. 아까 바로 앞 구절에서 마누라가 종 때문에 '걱정', '근심'할 것을 공감하고, '종'들을 비판적으로 바라보고 있었기 때문에, 화자가 '마누라'를 긍정적으로 바라보는 줄 알았는데 아니었다. 종들이 말을 안 들어서 '마누라'가 힘든 것은 이해하지만, 생각해 보면 집안이 이렇게 된 건 '마누라' 탓도 있다는 것이다.

> ⓒ 닉 주인 외다 ᄒ기 죵의 죄 만컨마는
> 그러타 세상 보려 민망ᄒ야 사뢰나이다

⇒ 여기서 '외다'라는 건, '고전 시가 필수 어휘'에서도 말했지만 '그르다, 잘못되다'라는 뜻이다. 옛날에는 '왼손잡이'를 '죄'라고 생각했다. 거기에서 유래되어, '외'라는 것은 '잘못된'이라는 의미를 갖게 된 것이다.

화자는 '내 주인 보고 **잘못됐다고** 하기에는 종의 죄가 많지만, 그렇다고 세상 보기에 민망하여 말씀드린다'고 말한다. 즉, 화자도 '마누라' 탓만 하려는 게 아니다. 화자는 '종'들의 행실도 잘못되었다는 걸 알지만, 그렇다고 '마누라'도 잘못을 안 한 것은 아니기에, 마누라에게도 조언을 하는 것이다. 마누라에게 아무 말을 안 하면 자기가 '세상(다른 사람) 보기 민망'하다고 말하는데서, 화자가 '마누라'에게 지금 상황을 벗어날 조언을 할 것임을 추측할 수 있다. 아래 구절을 읽어보면 알겠지만, 화자는 '마누라'에게 '기운 집'을 되살리기 위해서 어떻게 해야 하는지 조언하고 있다.

여기서 눈치가 빠른 학생은 '늬 주인'이라는 단어를 보고, **지금 화자도 '종'이라는 걸 이해했을 것이다.** 화자가 '마누라'를 '내 주인'이라고 하는 데서, 화자도 지금 '마누라'가 거느리고 있는 '종'들 중 한 명에 해당한다는 걸 알 수 있다.

> ⓔ 새끼 꼬기 마르시고 내 말슴 드로쇼셔

⇒ '마누라'가 '새끼'를 꼬고 있었나 보다. 화자가 봤을 때 그건 지금 '기운 집'을 살릴 수 있는 것이 아니다. 그래서 '새끼 꼬기' 그만하고 내 말을 들으라고 하는 것이다. '새끼'라는 건 '볏짚'으로 만든 줄을 뜻한다. 여기서 '볏짚'이라는 건 '벼'에서 '쌀'을 떼어내고 남은 줄기를 말한다.

> 집일을 곳치거든 죵들을 휘오시고
> 죵들을 휘오거든 상벌을 밝히시고

⇒ 화자는 구체적으로 '마누라'에게 어떻게 해야 하는지 충고한다. '집안일'을 고치려면 '종들'을 **휘어잡아야** 하고, '종들'을 휘어잡기 위해서는 '상벌'을 **제대로 해야 한다**고 말한다.

> ⓜ 상벌을 밝히거든 **어른 죵**을 미드쇼셔
> 진실노 이리 ᄒ시면 가도(家道) 절노 닐니이다

⇒ 또 '상벌'을 제대로 하기 위해서는 '어른 종'을 믿어야 한다고 말한다. '어른 종'은 말 그대로 '종'들 중에서 경험과 나이가 많은 '종'을 말하는 듯하다. 화자는 자기가 말한 대로 간다면, '집안의 길'이 절로 일어날 것이라 말하면서 시상을 마무리한다.

-이원익, 「고공답주인가(雇工答主人歌)」-

Chapter 1
노베이스를 위한 문학 공부법

Chapter 2
문학 만점을 위한 기초 체력 키우기

Chapter 3
기출 적용편

현대시

고전시가

현대소설

고전소설

**(가)**

어와 **동량재(棟梁材)**\*롤 뎌리 ᄒᆞ야 어이 홀고

헐쓰더 기운 집의 **의논(議論)**도 하도 할샤

**뭇 목수 고자(庫子) 자**\* 들고 허둥대다 말려ᄂᆞ다

                     -정철 -

**(나)**

바깥 별감\* 많이 있어 ㉠ 바깥 마름 달화주\*도

제 소임 다 바리고 몸 씌릴 ᄹᅮᆫ이로다

비 시여 셔근 집을 뉘라셔 곳쳐 이며

옷 버서 문허진 담 뉘라셔 곳쳐 쏠고

㉡ 불한당 구명 도적 아니 멀니 단이거든

화살 촌 수하상직(誰何上直)\* 뉘라셔 힘써 홀고

큰나큰 기운 집의 마누라\* 혼자 안자

명령을 뉘 드루며 논의를 눌라 홀고

낫 시름 밤 근심 혼자 맛다 계시거니

옥 ᄀᆞᄐᆞᆫ 얼굴리 편ᄒᆞ실 적 몇 날이리

이 집 이리 되기 뉘 타시라 홀셔이고

**혬 업ᄂᆞᆫ 종**의 일은 뭇도 아니 ᄒᆞ려니와

도로혀 혜여ᄒᆞ니 마누라 타시로다

㉢ 니 주인 외다 ᄒᆞ기 종의 죄 만컨마ᄂᆞᆫ

그러타 세상 보려 민망ᄒᆞ야 사뢰나이다

㉣ 새끼 쏘기 마르시고 내 말숨 드로쇼셔

집일을 곳치거든 종들을 휘오시고

종들을 휘오거든 상벌을 밝히시고

㉤ 상벌을 밝히거든 **어른 종**을 미드쇼셔

진실노 이리 ᄒᆞ시면 가도(家道) 절노 닐니이다

        -이원익, 「고공답주인가(雇工答主人歌)」-

\* 동량재 : 건축물의 마룻대와 들보로 쓸 만한 재목.

\* 고자 자 : 창고지기가 쓰는 작은 자.

\* 별감 : 사내 하인끼리 서로 존대하여 부르던 말.

## 1. (가), (나)의 표현 방식에 대한 설명으로 가장 적절한 것은?

> ① (가)와 달리 (나)에서는 연쇄와 반복을 통해 리듬감이 나타나고 있다.

⇒ 맞는 말이다. (나)에는 '집일을 곳치거든 종들을 휘오시고, 종들을 휘오거든, 상벌을 밝히시고, 상벌을 밝히거든 어른 종을 미드쇼셔'라는 구절에서 '연쇄'와 '반복'이 나타나고 있다. '연쇄'와 '반복'이 쓰이면 당연히 '리듬감'이 나타난다. 무언가 '반복'되고 '연쇄적'으로 나타난다면, 반드시 '리듬감'은 생겨난다. 반면 (가)는 '연쇄'와 '반복'이 없다.

> ② (나)와 달리 (가)에서는 설의적인 표현을 통해 안타까움의 정서가 강조되고 있다.

⇒ 이 선택지는 (가)와 (나) 화자의 내면세계에 공감했냐고 묻는 선지다. 먼저 (가)를 보면, (가)의 화자는 '**어와 동량재(棟梁材)**\*롤 뎌리 ᄒᆞ야 어이 홀고'라는 구절을 통해서, 쓸만한 재목인 동량재가 제대로 쓰이지 못하는 상황에 대한 '안타까움'을 드러내고 있다. 그리고 '어이 홀고'라는 구절에서, 상대방에게 질문을 하는 듯하면서 자신의 감정을 강조하는 '설의법'이 사용된 것도 확인할 수 있다.

Chapter 1 노베이스를 위한 문학 공부법

Chapter 2 문학 만점을 위한 기초 체력 키우기

Chapter 3 기출 적용편

현대시

고전시가

현대소설

고전소설

* 달화주 : 주인집 밖에서 생활하는 종들에게서
주인에게 내야 할 대가를 받아오는 일을 맡아
보던 사람.
* 수하상직 : "누구냐!" 하고 외치는 상직군.
* 마누라 : 상전, 마님 등을 이르는 말.

하지만 이는 (나)도 마찬가지다. '옷 버서 문 허진 담 뉘라셔 곳쳐 쓸고', '화살 춘 수하상직(誰何上直) 뉘라셔 힘써 홀고'와 같은 구절을 통해서 제대로 일을 하는 사람이 없는 상황에 대한 '안타까움'을 드러내고 있다. 그리고 (가)와 마찬가지로 '~쓸고', '~홀고'에서 '설의법'이 쓰인 것을 확인할 수 있다.

> ③ (나)와 달리 (가)에서는 직유의 방식을 통해 대상의 이미지가 선명하게 드러나고 있다.

⇒ 틀렸다. (가)에는 '직유'의 방식이 나타나지 않는다. 화자가 어떤 대상을 다른 사물에 비유하고 있지 않았다. 반면 (나)는 '옥 굿튼 얼굴'과 같은 구절을 통해서 '마누라'의 얼굴을 '직유'의 방식을 통해 선명하게 드러내고 있다. 여기서 '선명하게' 드러낸다는 것은, 더 구체적으로 드러낸다는 뜻이다. '비유'를 하면 화자가 표현하고자 하는 대상의 이미지가 읽는 사람 입장에서 더 구체적으로 떠오르기 때문에 '구체적으로' 표현된다.

> ④ (가), (나)에서는 모두 색채어를 통해 대상의 면모가 강조되고 있다.

⇒ '색채어'는 단어 자체에 '색'이 있는 단어다. '푸른', '붉은', '하이얀' 등과 같은 단어들이 '색채어'에 해당한다. (가)에는 색채어가 없고, (나) 또한 색채어는 없다.

> ⑤ (가), (나)에서는 모두 과거와 현재의 대비를 통해 시상의 전환이 이루어지고 있다.

⇒ (가)와 (나) 모두 화자가 안타까워하는 '현재 상황'만 제시되고 있을 뿐이다. 과거와 현재의 대비가 있다고 하려면 '과거'에 대한 구체적인 묘사가 있어야 하는데, (가)와 (나) 모두 '과거'에 대한 구체적인 묘사는 없다. 그리고 또 '시상의 전환'이 있다는 것은 '내면세계'가 바뀐다는 뜻인데, '과거와 현재의 대비'가 있다고 해서 '내면세계'가 무조건 바뀌는 것은 아니다. 현재와 과거를 대비하면서 변하지 않는 내면세계를 강조할 수도 있는 것이다.

297

## 2. ㉠~㉤에 대한 이해로 적절하지 <u>않은</u> 것은?

> ① ㉠ : 직분을 망각하여 화자에 의해 비판을 받고 있는 존재

⇒ 맞는 말이다. '제 소임 다 바리고 몸 씌릴 뿐이로다'라는 구절을 보면 알 수 있듯이, 화자는 지금 해야 할 일을 하지 않고, 농땡이 피우는 '바깥 마름 달화주'를 비판하고 있다. 대상에 대한 화자의 '내면세계'에 공감했냐고 묻는 선지다.

> ② ㉡ : 가까운 곳에 있으며 화자에게 불안감을 주고 있는 세력

⇒ 맞는 말이다. '아니 멀니 단이거든'이라는 구절을 통해서, 지금 '불한당 구멍 도적'이 가까이에 있음을 알 수 있다. 또 화자가 '수상하직을 누가 힘써 할 것인가'라고 하는 데서도 '불한당 구멍 도적'들이 쳐들어올까 봐 불안해하고 있음을 알 수 있다.

> ③ ㉢ : 잘못된 일을 고치도록 화자가 설득하고 있는 청자

⇒ 맞는 말이다. '늬 주인'은 '내 주인'이라는 뜻으로, 종들을 거느리고 있는 '마누라'를 뜻한다. 화자는 '종들'을 거느리는 자신의 주인에게 지금 '기운 집'을 되살리기 위해서 어떻게 해야 하는지 조언을 하고 있다. '새끼 쏘기 마르시고 내 말슴 드로쇼셔'라는 구절을 보면 알 수 있듯이, 화자는 '마누라'가 잘못된 일을 고칠 수 있도록 설득하고 있다. 따라서 ③번은 맞는 말이다.

> ④ ㉣ : 화자가 청자에게 당부하는 시급하고 중요한 행위

⇒ 틀렸다. 지금 화자는 '마누라'에게 '㉣을 하지 말고, 내 말을 들어'라고 말한다. 지금 종들이 자기 할 일을 안 하고 있는 상태에서, 집에만 박혀서 새끼를 꼬는 건 집안을 일으키는 일이 아니라는 말을 한다. 화자는 기울어진 집을 다시 일으켜 세우기 위해서는, 어

른 종을 믿어서 상벌을 밝히고, 종들을 휘어잡아야 한다고 조언한다. 따라서 ㉣에 해당하는 '새끼 쇠기'는 화자가 청자에게 하지 말라고 말하는 행위이지, 시급하고 중요하니까 반드시 해야한다고 말하는 행위가 아니다.

---

⑤ ㉤ : 화자가 공정하고 엄중하게 시행되기를 바라고 있는 일

---

⇒ 맞는 말이다. '상벌'이라는 건 말 그대로 '상과 벌'을 뜻한다. '상'을 주는 행동과 '벌'을 주는 행동을 명확히 밝혀서, 일을 열심히 하는 하인에게는 '상'을 수고, 농땡이 피우는 하인에게는 '벌'을 주라는 뜻이다. 이렇게 명확하게 상과 벌의 경계가 있어야, 열심히 할 것이기 때문이다. 따라서 화자는 '마누라'에게 종들을 휘어잡기 위해서는, '상과 벌'부터 명확히 밝혀야 한다고 조언한다. 즉, '상과 벌'을 밝히는 것은 화자가 공정하고 엄중하게 시행되길 바라는 일이기 때문에 ⑤번은 맞는 말이다.

⊘ 답 : ④

## 3. <보기>를 참고하여 (가), (나)를 감상한 내용으로 가장 적절한 것은?

---

<보 기>

유학 이념에서는 국가를 가족의 확장된 형태로 본다. 집안의 화목을 위해서는 구성원들이 자기 역할에 충실해야 하듯, 국가의 안정적인 경영을 위해서는 군신(君臣)이 본분을 다해야 한다. 조선 시대 시가에서는 이러한 이념을 담아 국가를 집으로 표현하는 경우가 많다.

---

⇒ 〈보기〉의 관점으로 본다면, (가)에 나오는 '동량재'나 (나)에 나오는 '셔근 집', '기운 집'는 '국가'와 관련된 단어로 해석할 수 있을 거 같다. (가)의 화자는 '동량재'가 제대로 쓰이지 못하고, '기운 집'에 대한 의논만 많은 상황에서, 목수들은 허둥대기만 하는 상황을 안타까워했었다. 〈보기〉에 따르면 이는 국가의 유능한 인재가 제대로 쓰이지 못하고, 사람들은 국가를 어떻게 일으켜 세울지에 대해 '말만' 하는 상황으로 볼 수 있다. 또 국가를 일으켜 세워야 하는 사람들은 '허둥대고'만 있는 안타까운 상황이다.

(나)의 화자는 하인들이 제대로 일하지 않는 상황에서 기울어진 집을 다시 일으키려면

Chapter 1
노베이스를 위한 문학 공부법

Chapter 2
문학 만점을 위한 기초 체력 키우기

Chapter 3
기출 적용편

한대시

고전시가

한대소설

고전소설

'마누라'가 어떻게 해야 하는지 조언을 하고 있었다. 〈보기〉에 따르면 이는, 국가의 신하들이 제대로 일하지 않는 상황에서 어떻게 하면 신하들을 제대로 휘어잡고, 국가를 다시 일으켜 세울 수 있을지 조언하는 상황인 것이다.

> ① (가)의 '동량재'와 (나)의 '어른 종'은 모두 국가의 바람직한 경영을 위해 요구되는 중요한 요소를 뜻하겠군.

⇒ 맞는 말이다. (가)의 동량재는 '건축물의 마룻대와 들보로 **쓸 만한 재목**'이다. 이를 〈보기〉의 관점으로 해석한다면, 국가의 경영을 위해 중요한 요소라 할 수 있다. (나)의 '어른 종'은 화자가 '기운 집안을 다시 일으켜 세우려면 **믿어야 한다**'라고 말하는 존재다. 시에는 화자가 왜 '어른 종'을 믿으라고 했는지 나타나 있진 않지만, 아마 '어른' 종이기 때문에 '경험'과 '현명함'이 있을 것이다. 그래서 화자는 그들을 믿어야 한다고 말하는 거라 추측할 수 있다. 〈보기〉의 관점에 따라, 이러한 '어른 종'의 의미를 해석해 보면 '국가의 바람직한 경영을 위해 요구되는 중요한 요소'라 할 수 있다.

> ② (가)의 '기운 집'은 위태로운 상태에 놓인 국가를, (나)의 '기운 집'은 되돌릴 길 없이 기울어 패망한 국가를 나타내겠군.

⇒ 아무 생각 없이 읽었다면 이 선택지를 정답으로 골랐을 것이다. 먼저, (가)의 '기운 집'을 〈보기〉의 관점으로 해석했을 때는 '위태로운 상태에 놓인 국가'라고 할 수 있다. 집이 기울어져 있다는 건 쓰러질 위험에 처해 있는 상태라는 것이고, 이는 '위태로운 상태'라고 할 수 있기 때문이다.

그런데 ②번 선택지는 (나)에 대한 설명이 틀렸다. (나)의 '기운 집'은 (가)의 '기운 집'과 마찬가지로, 망하기 직전의 위태로운 상황에 놓인 국가를 뜻한다. 그래서 (나)의 화자는 위태로운 상황에 놓인 국가를 다시 되살리기 위해서, '마누라'에게 '새끼 꼬기'를 멈추고 내 말을 들으라면서 조언하고 있다. 그런데 (나)의 '기운 집'이 '되돌릴 길 없이' 기울어서 패망한 국가다? 이건 말이 안 된다. 되돌릴 길이 없다면, (나)의 화자가 '조언'을 하지도 않았을 것이다. (나)의 화자는 '되돌릴 수 있다'는 생각을 가지고, '마누라'에게 '기운 집'을 되살릴 방법을 말하고 있다. 따라서 (나)의 '기운 집'이, '되돌릴 길 없이 기울어 패망한 국가'를 나타낸다는 건 틀린 말이다.

Chapter 1
노베이스를 위한 문학 공부법

Chapter 2
문학 만점을 위한 기초 체력 키우기

Chapter 3
기출 적용편

현대시

고전시가

현대소설

고전소설

③ (가)의 '의논'과 (나)의 '논의'는 모두 국가 대사를 위해 임금과 신하가
합의하여 도출해 낸 올바른 대책을 뜻하겠군.

⇒ (가)의 '의논도 하도 할샤'라는 구절은 집이 기울어져 있는 상태에서, 아무런 조치 없이 '말만 많은 상황'에 대한 안타까움을 드러낸 구절이다. 따라서 이때 '의논'은 '실질적인 도움이 되지 않는 말'이라고 봐야 한다. 〈보기〉 관점으로 해석한다면, 국가를 다시 일으켜 세우는 데 실질적인 도움이 되지 않는 말이라 할 수 있다. 따라서 '국가 대사를 위해 임금과 신하가 합의하여 도출해 낸 올바른 대책'이라는 말은 틀렸다. 이때 '국가 대사'라는 말은 '국가를 운영하는 데 필요한 중요한 사항'이라는 뜻이다.

(나)의 '논의를 눌라 홀고'는, 나라를 다시 일으켜 세우기 위해서 함께 논의할 신하가 없다는 걸 안타까워하는 구절이다. 따라서 이때 '논의'는 '나라를 일으켜 세우기 위해서 임금과 신하가 나누는 대화' 정도로 볼 수 있다. 그런데 이때 '논의'를 '임금과 신하가 합의하여 도출해 낸 올바른 대책'이라고 말하는 건 틀렸다. 해당 구절에서 말하는 '논의'는 올바른 대책을 찾기 위해서 하는 것이지, '올바른 대책' 자체가 아니다.

④ (가)의 '뭇 목수'는 조정의 일에 무관심한 신하들을, (나)의 '혬 업는 죵'
은 조정의 일에 지나치게 관여하는 신하를 나타내겠군.

⇒ (가)의 '뭇 목수'는 지금 '고자 자'를 들고 허둥대는 존재이다. 실질적으로 '기운 집'을 고치는 데 도움은 되지 않지만, 뭐라도 하려고 '허둥대고' 있으므로, 집을 고치는 것에 '무관심'하다고 보긴 힘들다. 〈보기〉의 관점에 따라 '집 고치는 일'을 '조정의 일'이라고 본다면, (가)의 '뭇 목수'들이 '조정의 일'에 무관심하다고 할 수는 없다.

(나)의 '혬 없는 죵'은 '생각 없는 종'이라는 뜻이다. 이건 '혬'이라는 단어를 몰랐으면 정확히 풀 수 없었다. 앞서 말했지만 내가 '고전 시가 필수 어휘'에서 말한 기본적인 단어들은 알고 있어야 한다. '생각 없는 종'이라는 건, 조정의 일에 관심 없이 농땡이만 피우고 있는 종들을 말한다. 이는 〈보기〉의 관점에 따르면 조정의 일에 '무관심'한 신하를 뜻한다고 볼 수 있다. 따라서 '혬 없는 죵'이 조정의 일에 지나치게 관여하는 신하를 나타낸다는 건 틀렸다.

⑤ (가)의 '고자 자'와 (나)의 '문허진 담'은 모두 외세의 침입에 협조하며 국익을 저버리고 사익을 추구하는 마음을 뜻하겠군.

➡ (가)의 '고자 자'는 집을 지을 수 있는 도구지만, 제대로 활용하지 못하는 목수들이 들고서 '허둥지둥'하고 있는 도구다. 〈보기〉에 따르면 위태로운 국가를 극복할 수 있게 해주는 도구라 할 수 있다. 한편 (나)의 '문허진 담'은 '기운 집'의 상황을 뜻하는 말로, 〈보기〉에 따르면 위태로운 상황에 처한 국가 상황을 뜻한다고 할 수 있다. 따라서 '고자 자'와 '문허진 담'이 '외세의 침입에 협조하며 국익을 저버리고 사익을 추구하는 마음'을 뜻한다는 건 완전 관계없는 말이다.

◉ 답 : ①

# 2016학년도 수능(A형)
# 「용비어천가」, 「강호사시가」

Chapter 1
노베이스를 위한 문학 공부법

Chapter 2
문학 만점을 위한 기초 체력 키우기

Chapter 3
기출 적용편

현대시

고전시가

현대소설

고전소설

**(가)**

뿌리 깊은 나무는 바람에 아니 뮐새 꽃 좋고 열매 많나니
샘이 깊은 물은 가뭄에 아니 그칠새 내가 일어 바다에 가나니

〈제2장〉

천세(千世) 전에 미리 정하신 한강 북녘에 누인개국(累仁開國)하시어 복년(卜年)*이 가없으시니
성신(聖神)*이 이으셔도 경천근민(敬天勤民)하셔야 더욱 굳으시리이다
임금하 아소서 낙수(洛水)에 사냥 가 있어 조상만 믿겠습니까*

〈제125장〉

- 정인지 외, 「용비어천가(龍飛御天歌)」 -

**(나)**

강호(江湖)에 봄이 드니 미친 흥(興)이 절로 난다
탁료계변(濁醪溪邊)에 금린어(錦鱗魚)가 안주로다
이 몸이 한가(閑暇)하옴도 역군은(亦君恩)이샷다

〈제1수〉

강호에 여름이 드니 초당(草堂)에 일이 업다
유신(有信)한 강파(江波)는 보내나니 바람이로다
이 몸이 서늘하옴도 역군은이샷다

〈제2수〉

강호에 가을이 드니 고기마다 살쪄 있다
소정(小艇)에 그물 실어 흘리띄워 던져두고
이 몸이 소일(消日)하옴도 역군은이샷다

〈제3수〉

강호에 겨울이 드니 눈 깊이 한 자가 넘네
삿갓 빗기 쓰고 누역으로 옷을 삼아

이 몸이 춥지 아니하옴도 역군은이샷다

〈제4수〉

- 맹사성, 「강호사시가(江湖四時歌)」 -

* 복년 : 하늘이 주신 왕조의 운수.
* 성신 : 훌륭한 임금의 자손.
* 낙수에~믿겠습니까 : 중국 하나라의 태강왕이 정사를 돌보지 않고 사냥을 갔다가 폐위당한 일을
  가리킴.

1. (가)에 대한 설명으로 적절하지 <u>않은</u> 것은?

① 〈제2장〉에서는 유사한 자연의 이치가 내포된 두 사례를 나란히 배열하고 있다.
② 〈제125장〉에서는 행에 따라 종결 어미를 달리하고 있다.
③ 〈제2장〉과 달리, 〈제125장〉은 전언의 수신자를 명시하고 있다.
④ 〈제125장〉과 달리, 〈제2장〉은 한자어를 배제하고 순 우리말의 어감을 살리고 있다.
⑤ 〈제2장〉과 〈제125장〉은 모두 자연 현상과 인간의 삶을 대조적으로 보여 주고 있다.

2. 〈보기〉는 (나)의 글쓴이가 창작을 위해 세운 계획을 가상적으로 구성한 것이다.
〈제1수〉~〈제4수〉에 공통적으로 반영된 것만을 있는 대로 고른 것은?

〈보 기〉

ㄱ. 각 수 초장의 전반부에는 계절적 배경을 제시하며 시상의 단서를 드러내야겠군.
ㄴ. 각 수 초장의 후반부에서는 내면적 감흥을 구체적 사물을 통해 표현해야겠군.
ㄷ. 각 수 중장에서는 주변의 자연 풍광을 묘사하여 내가 즐기고 있는 삶의 모습을
  제시해야겠군.
ㄹ. 각 수 종장의 마지막 어절에는 동일한 시어를 배치하여 전체적 통일성을 확보해야
  겠군.

① ㄱ, ㄴ        ② ㄱ, ㄹ        ③ ㄴ, ㄷ        ④ ㄱ, ㄷ, ㄹ        ⑤ ㄴ, ㄷ, ㄹ

Chapter 1
노베이스를 위한 문학 공부법

Chapter 2
문학 만점을 위한 기초 체력 기우기

Chapter 3
기출 적용편

현대시

고전시가

현대소설

고전소설

3. 〈보기〉를 바탕으로 (가)와 (나)를 감상한 것으로 적절하지 <u>않은</u> 것은?

> 〈보 기〉
>
> 「용비어천가」는 새 왕조에 대한 송축, 왕에 대한 권계 등 정치적 목적으로 왕명에 따라 신하들이 창작하여 궁중 의례에서 연행된 작품이고, 「강호사시가」는 정계를 떠난 선비가 강호에서 누리는 개인적 삶을 표현한 작품이다. 두 작품 모두 사대부들에 의해 창작되었다. 사대부들은 수신(修身)을 임무로 하는 사(士)와 관직 수행을 임무로 하는 대부(大夫), 즉 선비와 신하라는 두 가지 정체성을 지니고 있었다. 이로 인해 사대부들이 향유한 시가는 정치적인 성격을 띠기도 한다.

① (가)에서 '뿌리 깊은 나무'와 '샘이 깊은 물'은 기반이 굳건하고 기원이 유구하다는 뜻을 내세워 왕조를 송축하는 표현이겠군.
② (가)에서 '경천근민'의 덕목을 부각하여 왕에 대해 권계한 것은 '대부'로서의 정치적 의식을 드러낸 것이군.
③ (나)에서 '한가'하게 '소일'하는 개인적 삶도 임금의 은혜 덕분이라고 표현한 데서 정치적 성격을 엿볼 수 있군.
④ (나)에서 '강파', '바람' 등의 자연물과 '소정', '그물' 등의 인공물의 대립은 '사'와 '대부'라는 정체성 사이에서 고뇌하는 모습을 드러내는군.
⑤ (가)의 '한강 북녘'은 새 왕조의 터전이라는 정치적 의미를 지니고, (나)의 '강호'는 개인적, 정치적 의미를 모두 지니고 있겠군.

◀ '용비어천가', '강호사시가' 지문해설 ▶

(가)

> 뿌리 깊은 나무는 바람에 아니 뮐새 꽃 좋고 열매 많나니

⇒ 「용비어천가」는 조선 건국의 정당성과 영원성을 노래한 시다. 조선은 당연히 세워져야 했던 것이고, 앞으로도 영원할 것이라는 생각을 담은 시라는 뜻이다. 하지만 이런 배경지식을 몰랐어도 문제 푸는 데는 아무런 문제가 없다. '화자가 지금 뭘 하고 있는지',

'무엇을 보고 있는지', '내면세계는 어떤지'만 잡아 내자.

    화자는 첫 번째 구절에서, '뿌리 깊은 나무는 바람에 아니 **뮐새**'라고 한다. 처음 이 구절을 보면 '뮐새'라는 말이 무슨 말인지 몰랐을 것이다. 맥락상 해석을 해보고, 그래도 해석이 안 되면 이상하게 해석하기보단 일단 그대로 남겨두고 넘어가야 한다. 딱히 의미부여를 하지 말고 단어 그대로 읽고 넘어가는 것이다. 나중에 아래 구절이나 선택지를 보고 구체적으로 이해하면 된다.

    해석을 해주자면, 이 구절은 '뿌리 깊은 나무는 바람이 불어도 밀리지 않는다'는 뜻이다. 뿌리가 깊은 나무니까 당연히 바람이 불어도 밀리지 않을 것이다. 그리고 또 바람에 영향을 받지 않고, 뿌리를 깊게 내리고 있으니 꽃도 잘 피고 열매도 잘 열린다. 화자는 지금 뿌리 깊은 나무를 바라보면서, 뿌리 깊은 나무의 장점을 말하고 있다. 그런데 아직까진 이 구절을 통해서 무엇을 말하려는지는 모르겠다.

    실제로, 이 구절만으로는 화자가 어떤 의도로 이 구절을 썼는지 알 수 없다. 그냥 뿌리 깊은 나무의 특성에 대해서만 말하고 있기 때문이다. 이 구절의 의미를 물어보려면, 화자가 이 시를 어떤 마음으로 썼는지, 이 시를 통해서 무엇을 표현하고자 했던 것인지 〈보기〉를 통해 말해줘야 한다. 그래서 3번 문제에서는 〈보기〉를 통해 「용비어천가」가 어떤 내용을 담고 있는 시인지 말해주고, 그걸 바탕으로 다시금 구절의 의미를 생각해 보라고 한 것이다.

    많은 학생들이 이런 작품을 만나면 '배경지식'이 필요하다고 말한다. 물론 「용비어천가」가 '조선 건국의 정당성과 영원성을 노래한 시'라는 걸 알고 있었다면 조금 더 쉽게 읽었을 것이다. 하지만 출제자는 네가 배경지식이 없다고 해서 절대 틀리게 하지 않는다. 결국 출제자가 이런 문제를 통해서 물어보려 하는 것은 네가 '이미지화'를 통해 '내면세계에 공감'하는 능력이 있냐는 것이기 때문이다.

> 샘이 깊은 물은 가뭄에 아니 그칠새 내가 일어 바다에 가나니
>
> &lt;제2장&gt;

⇒ 이 구절은 바로 앞 구절이랑 비슷한 문장 구조를 가지고 있다. 둘 다 '~은/는 ~나니'

Chapter 1
노베이스를 위한 문학 공부법

Chapter 2
문학 만점을 위한 기초 체력 키우기

Chapter 3
기출 적용편

현대시

고전시가

현대소설

고전소설

라는 구조로 되어 있다. 보통 문장 구조가 비슷하면 두 구절의 의미도 비슷한 경우가 많다. 이 구절과 바로 앞 구절은 각각 '샘이 깊은 물'과 '뿌리 깊은 나무'를 통해서, 기반이 탄탄하면 '가뭄'이나 '바람' 같은 시련이 와도 영향을 받지 않는다는 의미를 전달한다.

이 구절을 좀 더 구체적으로 해석해 보자. 이 구절에서 화자는 '샘이 깊은 물'은 가뭄에 '아니 그친'다고 말한다. 즉, 물이 뿜어져 나오는 구멍인 '샘'이 깊다는 것은 가뭄이 오더라도 깊은 샘에 있는 물은 그치지 않고 흐른다는 뜻이다. 물이 나오는 구멍이 깊으면 깊을수록 더 많은 물이 뿜어져 나오고, 따라서 가뭄이 들어도 쉽게 그치지 않기 때문이다. 그래서 '내'가 일어난다. 아마 많은 학생들이 여기서 '내'라는 게 무슨 말인지 몰랐을 텐데, 이럴 때는 해석되는 것들만 해석해 주고 넘어가야 한다. 최대한 맥락상 해석을 해보되, 해석이 안 되면 남겨 놓고 가야 한다. 오히려 이상하게 해석했다가는 틀릴 확률이 더 높아지기 때문이다. 정확하게 해석을 해보자면, 일단 여기서 '내'를 '나'라고 해석하면 좀 이상하다. 물이 가뭄에 그치지 않는데 갑자기 '내(나)'가 일어나서 바다로 간다? 말이 안된다. 여기서 '내'라는 것은, '강'을 뜻한다. 샘에서 흐른 물이 넘쳐서 강이 되었고, 그 강이 바다로 흘러 들어간다는 뜻이다. '내'는 자주 나오는 단어이니 꼭 알아두자.

샘이 깊은 물에서 흘러 내린 물은, 가뭄이 들어도 그치지 않고 '강'이 되어 바다까지 간다. '강물'은 시간이 지나면서 '바다'로 흘러 들어가는 게 자연의 이치니까, 화자는 '내'가 일어나서 바다로 간다고 말한 것이다. 이 구절도 앞 구절과 마찬가지로, 이 구절만 놓고 봤을 때는 화자가 그냥 '자연 현상'을 묘사했을 뿐이다. 여기만 읽고는 화자가 무엇을 말하려고 한 건지 정확하게는 알 수 없다. 그래서 출제자가 이 구절의 의미를 물어보려면 〈보기〉를 통해서 구절의 의미를 추론할 수 있는 정보를 줘야 한다.

---

천세(千世) 전에 미리 정하신 한강 북녘에 누인개국(累仁開國)하시어 복년
(卜年)*이 가없으시니

* 복년 : 하늘이 주신 왕조의 운수.

---

⇒ '천세 전에'는 말 그대로, '천 년 전에'라는 뜻이다. 몰랐다면 '천'이라는 한자 정도는 눈에 익혀 놓자. '누인개국'은 쉽게 말해서 '덕을 쌓고 나라를 연다'는 뜻이다. 만약 몰랐다면 '개국'이라는 단어를 보고, '나라를 세우는 건가 보구나' 정도로 생각했으면 됐다. **모르는 사자성어가 나왔을 때는 절대 포기하지 말고, 해석이 되는 부분만이라도 해석을**

**해서 뜻을 추측하는 것이 중요하다.** 그리고 마지막으로 '가없으시니'라는 것은, '끝이 없다'는 뜻이다. 이 구절을 '가엾다'고 해석한 학생들이 많을 텐데, 그러면 '복년'이 '가엾다'는 말이 된다. '복년'은 '하늘이 내려 준 왕조의 운'이라는 뜻인데, 그게 가엾다? 맥락상 부자연스럽다. 뜻을 몰랐어도, 여기서 아예 해석하지 않고 남겨두거나, '뭔가 좋다는 뜻인가 보네'라고 생각하고 넘어갔었어야 했다.

　화자는 지금 천 년 전에 미리 정해놓은 한강 북녘 자리에 나라를 세워서 하늘의 운이 끝없다고 말하고 있다. 즉, 화자가 생각하기에 '천 년 전에 정해놓은 한강 북녘 자리'가 매우 좋은 자리인가 보다. 그래서 화자는 그곳에 '하늘의 운'이 '끝없이 지속된다'고 말한다.

> 성신(聖神)*이 이으셔도 경천근민(敬天勤民)하셔야 더욱 굳으시리이다
>
> * 성신 : 훌륭한 임금의 자손.

⇒ '성신'의 뜻을 보니, '훌륭한 임금의 자손'이다. 화자는 '성신이 이으셔도 경천근민하셔야 더욱 굳을' 거라 말한다. 해석을 해보자면, 훌륭한 임금이 왕좌에서 물러나고, 그 자식이 왕좌를 이어받더라도, '경천근민' 해야 나라가 계속 잘될 거라는 뜻이다. '경천근민'은 '하늘을 공경하고, 백성을 위해 근면 성실하게 일한다'는 뜻이다. 완벽하게 해석하진 못하더라도 화자가 '성신'에게 조언하는 내용이라는 것 정도는 파악했었어야 했다.

> 임금하 아소서 낙수(洛水)에 사냥 가 있어 조상만 믿겠습니까*
>
> <제125장>
>
> * 낙수에~믿겠습니까 : 중국 하나라의 태강왕이 정사를 돌보지 않고 사냥을 갔다가 폐위당한 일을 가리킴.

⇒ '임금하'에서 '하'라는 것은, '임금'을 높여 부르는 '조사'다. 쉽게 말하자면, '임금하'는 '임금!'이라고 부르는 것이 예의에 어긋나기 때문에, '임금님!'이라고 부르는 것이라 생각하면 된다. 마지막 구절에서 화자는 '중국 하나라 왕이 나랏일을 돌보지 않고 놀러 다니다가 왕위에서 쫓겨난 일'을 통해, 임금에게 '경천근민'할 것을 당부하고 있다.

　정리하자면, 화자는 〈제125장〉에서 '조선'이라는 나라가 한강 북쪽 땅에 수도를 정하고, 하늘의 운을 받는다고 말한다. 그런데 이러한 하늘의 운을 계속 받으려면 왕 자리에

있는 사람들이 '경천근민'을 해야 한다고 조언한다. 마지막 구절에서도 임금에게 놀러다니지 말고, 나랏일을 열심히 해야 한다고 말하면서 임금에게 조언하고 있다.

- 정인지 외, 「용비어천가(龍飛御天歌)」 -

(나)

> 강호(江湖)에 봄이 드니 미친 흥(興)이 절로 난다

⇒ 화자는 지금 '강호'에 있는 상황인가보다. '강호'라는 건 말 그대로 '강과 호수'를 뜻하는 말이다. '자연'을 상징하는 말이라 생각하면 된다. 화자는 지금 자연 속에서 '봄'을 느끼고 있다. 푸릇푸릇하게 피어오른 잎들과, 피어오르는 꽃들을 보니, '흥'이 난다. '자연 좋아'의 내면세계가 나타나고 있는 것이다.

이 구절을 읽을 때도, 그냥 '자연 좋다는 말이네'라고 단순히 읽는 게 아니라, 네가 경험했던 봄날의 자연 풍경을 '이미지화'해 주면서 읽어야 한다. 그래야 고전 시가가 훨씬 재밌어진다. 너도 분명 봄날에 거리를 걷거나, 산속을 걸으면서 기분 좋은 느낌을 받았던 적이 있을 것이다. 그 순간을 떠올리면서 읽어주라는 뜻이다.

> 탁료계변(濁醪溪邊)에 금린어(錦鱗魚)가 안주로다

⇒ '탁료계변'이 무슨 말인지, '금린어'가 무슨 말인지 정확히는 모르겠다. 그런데 지금 화자가 '강호'에 있는 상황이고, '금린어'에서 '어'라는 말을 봤을 때 '생선'이라는 건 알 수 있다. 따라서 추측을 해보자면, 화자가 지금 자연 속에서 생선을 '안주' 삼아 술을 마시고 있는 상황이라는 것 정도는 추측할 수 있다.

'탁료계변'은 '막걸리를 마시며 노는 시냇가'를 말한다. 그리고 '금린어'라는 건 '민물고기의 한 종류'를 말한다. 이를 통해 해석해 보자면, 화자는 지금 막걸리 마시면서 노는 시냇가에 앉아 금린어를 안주 삼아 술을 마시고 있다는 걸 알 수 있다.

Chapter 1
노베이스를 위한 문학 공부법

Chapter 2
문학 만점을 위한 기초 체력 키우기

Chapter 3
기출 적용편  한대시  고전시가  현대소설  고전소설

> 이 몸이 한가(閑暇)하옴도 역군은(亦君恩)이샷다
>
> <제1수>

⇒ 화자는 자신이 이렇게 술을 마시고, 자연을 즐기면서 한가롭게 생활하는 게 '역군은'이라고 생각한다. 이때 '역군은'은 '임금의 은혜'를 뜻한다. 정말 중요한 단어이니 꼭 알아두자. 즉, 화자는 자신이 이렇게 자연 속에서 한가롭게 잘 지내는 것이 모두 '임금' 덕분이라 생각한다. 고전 시가에서 자주 등장하는 '임금 좋아'의 내면세계가 나타나는 것이다. 고전 시가를 쓴 사람들 중 유교 사상을 가진 대부분의 사람들은, 자신에게 일어나는 좋은 일을 모두 '임금의 은혜' 덕분이라 생각했었다.

> 강호에 여름이 드니 초당(草堂)에 일이 업다

⇒ 이 구절부터 갑자기 배경이 '봄'에서 '여름'으로 바뀐다. 〈제1수〉에서 화자는 '강호'에서 '봄'을 즐기고 있었는데, 〈제2수〉에서는 '여름'이 됐을 때 '강호'의 풍경을 말한다. '초당'이라는 것은, 쉽게 말해서 '조그맣게 별도로 따로 지은 집'이라는 뜻이다. 여기서 '새끼'도 꼬고, '음식'도 하는 등 여러 일을 했다. 그런데, '여름'이 되니 사람들이 더워서 아무 일도 안 하고 쉬나보다. 그래서 화자는 '초당에 일이 없다'고 말한다.

처음 읽었을 때, 방금 설명한 것처럼 구체적으로 해석은 못 했더라도 '강호에 여름이 드니'라는 구절을 통해서 여름철 풍경 정도는 떠올렸어야 했다. 그리고 '일이 없다'는 말을 보고서는 말 그대로 사람들이 일하지 않고 앉아 있거나 누워 있는 모습을 떠올려 줬어야 했다.

> 유신(有信)한 강파(江波)는 보내나니 바람이로다
> 이 몸이 서늘하옴도 역군은이샷다
>
> <제2수>

⇒ '유신'은 '있을 유', '믿을 신' 자를 써서 말 그대로, '믿음이 있는 강물'이 '바람'을 보내고 있다는 뜻이다. '믿음이 있는 강물'이라는 말을 통해서, 화자가 지금 '강물'을 '긍정적'으로 바라보고 있다는 걸 알 수 있다. 강물은 그냥 강물인데, '믿음 있는, 믿을 만한' 강물이라고 묘사했기 때문이다. 이건 당연하다. 왜냐하면 '강물'도 '자연'이기 때문이다. 고전 시가에서는 '자연 좋아'의 내면세계가 나타난다고 했었다.

화자는 여름철 더위를 날려주는 '서늘한' 바람을 맞으면서, 자신이 이렇게 여름철에 서늘하고 시원하게 있을 수 있는 건 '임금의 은혜'라고 말하고 있다. 한가롭게 시원한 바람을 맞고 있는 화자의 모습을 '이미지화'하자. 이 구절에서도 '임금 좋아'의 내면세계가 드러난다.

> 강호에 가을이 드니 고기마다 살쪄 있다

➡ 〈제3수〉에서는 배경이 또 다시 바뀐다. '여름'이었던 계절이 '가을'이 되었다. 화자는 가을이 오니 '고기'들도 살쪄있는 것처럼 느낀다. 실제로 '고기'가 가을이 되었다고 더 통통해지거나 하진 않는다. 가을은 농사를 지내던 사람들이 '수확'을 하는 시기였기 때문에, '풍요의 계절', '살찌는 계절'이라 말했었다. 따라서 화자는 그런 가을의 풍요로움을 느끼고 있는 채로 고기를 보니까, 고기가 마치 '살쪄 있는' 것처럼 보였던 것이다.

> 소정(小艇)에 그물 실어 흘리띄워 던져두고
> 이 몸이 소일(消日)하옴도 역군은이샷다
>
> <제3수>

➡ '소정'이라는 건 '작은 배'를 뜻한다. 몰랐으면 '그물을 던져 두었구나' 정도만 생각하고 넘어갔으면 됐다. 한 가지 팁을 주자면 한자에 '배 주(舟)'가 들어가 있으면 '배'와 관련된 단어라고 생각하면 된다.

화자는 지금 작은 배에다가 그물을 싣고 가서 '살찐 고기'를 잡으려고 던져둔다. 그리고 자신이 이렇게 고기를 잡는 '소일'거리가 있는 것도 전부 '임금의 은혜'라고 하면서, 앞 구절들에서 나왔던 내면세계와 동일한 내면세계를 표출하고 있다.

> 강호에 겨울이 드니 눈 깊이 한 자가 넘네

➡ 이제는 계절이 '겨울'이 되었다. 화자는 지금 '한 자'가 넘게 쌓인 눈을 바라보고 있는 것 같다. '한 자'는 약 30cm를 말한다.

Chapter 1
노베이스를 위한 문학 공부법

Chapter 2
문학 만점을 위한 기초 체력 키우기

Chapter 3
기출 적용편

현대시

고전시가

현대소설

고전소설

삿갓 빗기 쓰고 누역으로 옷을 삼아
이 몸이 춥지 아니하옴도 역군은이샷다

<제4수>

⇒ 화자는 '삿갓'을 빗겨 쓰고, '누역'이라는 것을 옷으로 삼아서 지금 춥지 않게 겨울을
보내고 있다. '누역'은 '도롱이'라는 뜻으로, 짚으로 엮어서 허리나 어깨에 걸쳐 두르는
비옷을 뜻한다. 눈이 오니까 눈을 맞지 않기 위해 '삿갓'을 쓰고, 눈에 젖지 않기 위해서
'누역'이라는 '비옷'을 걸친 것이다. 화자는 자신이 이렇게 춥지 않게 옷을 입고, 겨울을
보낼 수 있는 것도 전부 '임금의 은혜'라고 생각한다.

- 맹사성, 「강호사시가(江湖四時歌)」 -

---

## 문제 해설

### (가)
뿌리 깊은 나무는 바람에 아니 뮐새 꽃 좋고
열매 많나니
샘이 깊은 물은 가뭄에 아니 그칠새 내가 일어
바다에 가나니

〈제2장〉

천세(千世) 전에 미리 정하신 한강 북녘에 누인
개국(累仁開國)하시어 복년(卜年)*이 가없으시니
성신(聖神)*이 이으셔도 경천근민(敬天勤民)하
셔야 더욱 굳으시리이다
임금하 아소서 낙수(洛水)에 사냥 가 있어 조
상만 믿겠습니까*

〈제125장〉
- 정인지 외, 「용비어천가(龍飛御天歌)」 -

### (나)
강호(江湖)에 봄이 드니 미친 흥(興)이 절로 난
다
탁료계변(濁醪溪邊)에 금린어(錦鱗魚)가 안주
로다

## 1. (가)에 대한 설명으로 적절하지 않은 것은?

① 〈제2장〉에서는 유사한 자연의 이치가
내포된 두 사례를 나란히 배열하고 있
다.

⇒ 맞는 말이다. '기반이 탄탄하면 고난과 시
련이 와도 견뎌낸다'라는 '자연의 이치'가 두 사
례에 내포되어 있다. '자연의 이치'라는 건 쉽게
말해서 '자연에서 당연히 일어나는 현상'이라는
뜻이다. 〈제2장〉의 첫 번째 사례에서는, '뿌리
깊은 나무'가 '바람'이 불어도 쓰러지지 않는 모
습을 제시한다. '뿌리'가 '깊다'는 것은 기반이
탄탄하다는 것이고, 그렇기 때문에 나무를 쓰러
뜨리려는 '바람'이 와도 견뎌낼 수 있는 것이다.

이 몸이 한가(閑暇)하옴도 역군은(亦君恩)이샷
다
〈제1수〉
강호에 여름이 드니 초당(草堂)에 일이 업다
유신(有信)한 강파(江波)는 보내나니 바람이
로다
이 몸이 서늘하옴도 역군은이샷다
〈제2수〉
강호에 가을이 드니 고기마다 살쪄 있다
소정(小艇)에 그물 실어 흘리띄워 던져두고
이 몸이 소일(消日)하옴도 역군은이샷다
〈제3수〉
강호에 겨울이 드니 눈 깊이 한 자가 넘네
삿갓 빗기 쓰고 누역으로 옷을 삼아
이 몸이 춥지 아니하옴도 역군은이샷다
〈제4수〉
- 맹사성, 「강호사시가(江湖四時歌)」-

* 복년 : 하늘이 주신 왕조의 운수.
* 성신 : 훌륭한 임금의 자손.
* 낙수에 ~ 믿겠습니까 : 중국 하나라의 태강
왕이 정사를 돌보지 않고 사냥을 갔다가 폐
위당한 일을 가리킴.

이는 자연에서 당연히 일어나는 일로, '자연의 이치'라고 할 수 있다.

이와 유사하게 〈제2장〉의 두 번째 사례에서는, '샘이 깊은 물'은 '가뭄'이 들어도 마르지 않는 모습을 제시한다. 물이 나오는 구멍인 '샘'이 깊게 파여 있다는 건, 물이 계속 나올 수 있는 기반이 탄탄하다는 것이다. 그렇기 때문에 '가뭄'이 온다고 하더라도 '기반이 탄탄한 샘'에서 나오는 물은 마르지 않는 것이다. 이렇듯, 기반이 탄탄한 샘에서 나오는 물이 쉽게 마르지 않는 건 '자연의 이치'라 할 수 있다.

> ② 〈제125장〉에서는 행에 따라 종결 어미를 달리하고 있다.

⇒ 맞는 말이다. 〈제125장〉을 보면, 각 행 별로 종결 어미가 다르다. 첫 번째 행은 '가없으시니'로 끝나고, 두 번째 행은 '굳으시리이다', 세 번째 행은 '믿겠습니까'로 끝나고 있다. 각각 '~으시니', '~으시리이다', '~겠습니까'로 종결 어미가 모두 다른 걸 알 수 있다.

> ③ 〈제2장〉과 달리, 〈제125장〉은 전언의 수신자를 명시하고 있다.

⇒ '전언의 수신자'라는 건 말 그대로, '전하는 말을 듣는 사람'이다. 즉, 쉽게 말해서 '청자'라는 뜻이다. 〈제2장〉은 '청자'가 설정되어 있지 않다. 그저 화자가 혼자 '나무'와 '물'을 묘사하고 있을 뿐이었다. 반면 〈제125장〉에서는 '임금하'라는 말을 통해서 '청자'가 있다는 걸 알 수 있다. 화자가 청자를 '임금'으로 설정해서, 임금에게 하고 싶은 말을 하고 있는 것이다.

Chapter 1
노베이스를 위한 문학 공부법

Chapter 2
문학 만점을 위한 기초 체력 키우기

Chapter 3
기출 적용법

현대시

고전시가

현대소설

고전소설

④ <제125장>과 달리, <제2장>은 한자어를 배제하고 순우리말의 어감을 살리고 있다.

⇒ 〈제2장〉은 한자어가 없다. '순우리말'이라는 건, '한자어'나 '외래어'가 아닌 '고유어'를 말한다. 우리말의 낱말은 '한자어', '외래어', '고유어'로 이뤄져 있는데, '한자어'나 '외래어'가 아닌 말은 전부 '고유어'에 해당한다. 〈제2장〉에는 한자어나 외래어가 없이, 전부 순우리말로 되어 있다. 따라서 한자어를 배제하고 순우리말의 어감을 살리고 있다는 건 맞는 말이다. 반면 제 〈125장〉은 천세(千世), 누인개국(累仁開國), 복년(卜年), 성신(聖神), 경천근민(敬天勤民), 낙수(洛水)와 같은 한자어를 사용하고 있다.

⑤ <제2장>과 <제125장>은 모두 자연 현상과 인간의 삶을 대조적으로 보여 주고 있다.

⇒ 먼저 〈제2장〉을 보면, '자연 현상'이 나타나있긴 하다. 뿌리 깊은 나무가 흔들리지 않는 것과 샘이 깊은 물이 마르지 않는 것에서 '자연 현상을 보여주고 있다'고 할 수 있다. 하지만 〈제2장〉에서 '인간의 삶'이 나타나 있진 않다. '인간의 삶'이 나타나있다고 하려면 인간들의 행위가 나타나 있어야 한다. 하지만 그런 구절은 없다. 따라서 자연 현상과 인간의 삶을 대조적으로 보여 준다고 할 수 없다. 한편 〈제125장〉은 '자연 현상'이 없다. '천세 전에 미리 정하신 한강 북녘에 누인개국하시어', '경천근민하셔야 더욱 굳으시리다' 등을 통해서 '인간의 삶'을 보여주고 있다고 할 수는 있지만, '자연 현상'과 '인간의 삶'을 '대조'하고 있는 건 아니다.

　　사실 이 선택지는 '대조'라는 말을 보자마자 틀렸다고 판단했어야 한다. '대조'라는 것은, 서로 다른 두 대상의 차이점을 찾아 설명하는 것인데, 화자가 서로 다른 무언가의 차이점을 파악하려는 내면세계는 없었기 때문이다.

✔ 답 : ⑤

**2. <보기>는 (나)의 글쓴이가 창작을 위해 세운 계획을 가상적으로 구성한 것이다. <제1수>~<제4수>에 공통적으로 반영된 것만을 있는 대로 고른 것은?**

<보 기>
ㄱ. 각 수 초장의 전반부에는 계절적 배경을 제시하며 시상의 단서를 드러내야겠군.
ㄴ. 각 수 초장의 후반부에서는 내면적 감흥을 구체적 사물을 통해 표현해야겠군.
ㄷ. 각 수 중장에서는 주변의 자연 풍광을 묘사하여 내가 즐기고 있는 삶의 모습을 제시해야겠군.
ㄹ. 각 수 종장의 마지막 어절에는 동일한 시어를 배치하여 전체적 통일성을 확보해야겠군.

⇒ 앞서 「방옹시여」 3번 문제 ①번 선택지 해설에서도 말했었지만, 시조는 '초장', '중장', '종장'으로 구분된다. 보통 시조의 첫 번째 줄을 '초장', 두 번째 줄을 '중장', 세 번째 줄을 '종장'이라고 말한다.

먼저 ㄱ을 보면, '각 수 초장의 전반부에는 계절적 배경을 제시하며 시상의 단서를 드러내야겠군'이라 말하고 있다. (나)의 각 수 초장의 전반부를 보면, 각각 '강호에 ~이 드니'라고 하면서 봄, 여름, 가을, 겨울 순으로 변해가는 계절을 말하고 있다. 그리고 이후 구절에서 각 계절에 맞는 행동과 내면세계를 드러내고 있으니, '계절적 배경을 제시하며 시상의 단서를 드러내'고 있다고 할 수 있다. 따라서 ㄱ은 맞는 말이다.

다음으로 ㄴ을 보면, '각 수 초장의 후반부에서는 내면적 감흥을 구체적 사물을 통해 표현해야겠군'이라 말한다. <제2수>와 <제3수>, <제4수>는 각 계절에 대한 화자의 내면적 감흥을 구체적 사물을 통해 표현하고 있다. 각각 '초당', '고기', '눈'이라는 구체적 사물을 통해 계절의 특징을 느끼고 있는 화자의 마음을 표현하고 있는 것이다. 하지만 <제1수>에서는 '미친 흥이 절로 난다'라고 말할 뿐, '구체적 사물'을 통해서 자신의 내면적 감흥을 표현하고 있진 않다. 따라서, ㄴ은 틀렸다. 아마 각 수를 '대충' 확인한 학생들은 ㄴ을 맞다고 했을 것이다. ㄴ을 맞다고 판단해서 이 문제를 틀렸다면, 한 구절 한 구절 꼼꼼하게 확인하는 습관을 기르도록 하자.

ㄷ은 '각 수 중장에서는 주변의 자연 풍광을 묘사하여 내가 즐기고 있는 삶의 모습을 제시해야겠군'이라고 말하고 있다. 따라서 '모든' 수가 '중장'에서 '자연 풍광'을 묘사하

면서, 자신이 즐기고 있는 삶의 모습을 제시했는지 확인해 봐야 한다. 〈제1수〉에서는 '탁료계변'이라는 자연 풍광을 묘사하면서 금린어를 안주로 삼고 있는 자신의 모습을 제시한다. 그리고 〈제2수〉에서는 '유신한 강파'가 바람을 보낸다고 말하면서, 여름철 불어오는 서늘한 바람을 느끼고 있는 자신의 모습을 제시한다. 또 〈제3수〉에서는 작은 배에 그물을 싣고 가서 던져두는 모습을, 〈제4수〉에서는 삿갓을 쓰고 누역을 옷으로 삼는 모습이 제시된다. 이는 시를 읽으면서 '이미지화'했다면 쉽게 풀렸을 것이다.

이를 참고했을 때, 〈제1수〉와 〈제2수〉의 중장은 화자가 자기 주변의 자연 풍광을 묘사하여 내가 즐기고 있는 삶의 모습을 제시한다고 할 수 있다. 하지만 〈제3수〉와 〈제4수〉의 중장은 화자가 자기 주변의 자연 풍광을 묘사하는 구절이 없다. 자연 속에 살고 있는 화자의 모습만 제시될 뿐이다.

마지막으로 ㄹ은 '각 수 종장의 마지막 어절에는 동일한 시어를 배치하여 전체적 통일성을 확보해야겠군'이라고 말하는데, 이는 맞는 말이다. 〈제1수〉부터 〈제4수〉까지 모두 '역군은이샷다'라는 동일한 시어를 배치하여 전체적인 통일성을 확보하고 있다. 이때 형식적으로는, '역군은이샷다'라는 동일한 '구조'의 반복으로 통일감이 확보된다. 그리고 내용상으로는, 자신이 누리는 자연을 '임금의 은혜'라고 생각하는 화자의 내면세계가 동일하게 반복되면서 통일감이 확보된다.

① ㄱ, ㄴ　② ㄱ, ㄹ　③ ㄴ, ㄷ　④ ㄱ, ㄷ, ㄹ　⑤ ㄴ, ㄷ, ㄹ

✓ 답 : ②

## 3. <보기>를 바탕으로 (가)와 (나)를 감상한 것으로 적절하지 <u>않은</u> 것은?

<보 기>

「용비어천가」는 새 왕조에 대한 송축, 왕에 대한 권계 등 정치적 목적으로 왕명에 따라 신하들이 창작하여 궁중 의례에서 연행된 작품이고, 「강호사시가」는 정계를 떠난 선비가 강호에서 누리는 개인적 삶을 표현한 작품이다. 두 작품 모두 사대부들에 의해 창작되었다. 사대부들은 수신(修身)을 임무로 하는 사(士)와 관직 수행을 임무로 하는 대부(大夫), 즉 선비와 신하라는 두 가지 정체성을 지니고 있었다. 이로 인해 사대부들이 향유한 시가는 정치적인 성격을 띠기도 한다.

〰〰〰〰〰〰〰〰〰〰〰〰〰〰〰 **<보기> 분할 분석** 〰〰〰〰〰〰〰〰〰〰〰〰〰〰〰

「용비어천가」는 새 왕조에 대한 송축, 왕에 대한 권계 등 정치적 목적으로 왕명에 따라 신하들이 창작하여 궁중 의례에서 연행된 작품이고, 「강호사시가」는 정계를 떠난 선비가 강호에서 누리는 개인적 삶을 표현한 작품이다.

⇒ 〈보기〉에 따르면 「용비어천가」는 '새 왕조에 대한 송축', '왕에 대한 권계' 등 정치적인 목적을 위해서 신하들이 만든 것이라 한다. 이때 '송축, 권계'라는 단어 뜻을 정확히 모르더라도 정치적인 것과 관련 있는 단어겠구나 정도로 생각하고 넘어갔으면 됐다.

그리고 그렇게 만들어진 「용비어천가」는 궁중에 행사 같은 게 있을 때 불렸나 보다. 선택지를 읽으면서 「용비어천가」를 '새 왕조에 대한 송축', '왕에 대한 권계'를 말하는 시로 다시 감상해 보자. 그리고 「강호사시가」는 〈보기〉에 따르면 정치를 하다가 '자연'으로 온 선비가 지은 시라고 한다.

두 작품 모두 사대부들에 의해 창작되었다. 사대부들은 *수신(修身)을 임무로 하는 사(士)와 관직 수행을 임무로 하는 대부(大夫), 즉 선비와 신하라는 두 가지 정체성을 지니고 있었다. 이로 인해 사대부들이 향유한 시가는 정치적인 성격을 띠기도 한다.

*수신(修身) : 악을 물리치고 선을 북돋아서 마음과 행실을 바르게 닦아 수양함.

⇒ 그런데 「용비어천가」와 「강호사시가」를 쓴 사람은 모두 '사대부'로, '선비'이기도 하

지만 '신하'이기도 하다. 따라서 이들이 쓴 작품은 '임금'과 '신하'의 관계와 관련된 '정치적 성격'을 띠기도 한다는 것이다. (가)와 (나) 시의 어느 구절에서 '정치적 성격'을 띠고 있는 건지 선택지를 읽으면서 생각해 보자.

◇◇◇◇◇◇◇◇◇◇◇◇◇◇◇◇◇◇◇◇◇◇◇◇◇◇◇◇◇◇◇◇◇◇◇◇◇◇◇◇◇◇◇◇◇◇◇◇◇◇◇◇◇◇◇◇◇◇◇◇◇◇◇◇

> ① (가)에서 '뿌리 깊은 나무'와 '샘이 깊은 물'은 기반이 굳건하고 기원이 유구하다는 뜻을 내세워 왕조를 송축하는 표현이겠군.

➡ (가)의 '뿌리 깊은 나무'와 (나)의 '샘이 깊은 물'은 각각 뿌리가 깊고, 샘이 깊어서 어떤 어려움이 닥쳐도 쉽게 흔들리지 않는다. 따라서 '기반이 굳건하고 기원이 유구하다'고 할 수 있다. 이때 '유구'하다는 건 '아득하게 오래다'라는 뜻이다.

그리고 해당 구절을 〈보기〉에서 말하는 '새 왕조에 대한 송축'과 연결 지어서 이해해 보면, 왕조를 축하하고 칭찬하는 표현이라 할 수 있다. 〈보기〉에 따르면 결국 (가)의 화자가 '뿌리 깊은 나무'와 '샘이 깊은 물'을 언급한 것은, 새롭게 건국된 왕조가 '그만큼 기반이 탄탄하고 쉽게 흔들리지 않는다'는 걸 말하기 위해서기 때문이다. 이는 새롭게 건국된 왕조에 대해 '송축(축하하고 칭찬함)'하는 표현이라 할 수 있다.

> ② (가)에서 '경천근민'의 덕목을 부각하여 왕에 대해 권계한 것은 '대부'로서의 정치적 의식을 드러낸 것이군.

➡ 충분히 이렇게 볼 수 있다. (가)에서 '경천근민'의 덕목을 부각한 것은, 성신이 나라를 이어받는다고 해도 '경천근민' 해야지 나라가 계속 잘될 거라는 말을 하기 위해서다. 즉, 나라를 이어받는 왕에게 '경천근민'할 것을 '권계(권고하고 경계함)'한 것이다. 이는 〈보기〉에 따르면, (가)를 쓴 화자가 '신하' 입장에서 정치적 의식을 가지고, 왕에게 조언을 한 것이므로, ②번은 맞는 말이다.

> ③ (나)에서 '한가'하게 '소일'하는 개인적 삶도 임금의 은혜 덕분이라고 표현한 데서 정치적 성격을 엿볼 수 있군.

Chapter 1
노베이스를 위한 문학 공부법

Chapter 2
문학 만점을 위한 기초 체력 키우기

Chapter 3
기출 적용편

현대시

고전시가

현대소설

고전소설

⇒ 맞는 말이다. 〈보기〉에 따르면 (나)를 쓴 화자는 '신하'로서의 정체성도 가지고 있기에, 자연 속에서도 계속 '임금'을 생각한다. 또 '역군은이샷다'라는 구절을 통해, 자신이 누리는 모든 것들이 '임금의 은혜' 덕분이라 말한다. 속세와 관련 없는 자연 속 삶을 서로 연결하여 굳이 '임금의 은혜'라고 표현하는 데서, (나)를 쓴 화자의 '정치적 성격'을 엿볼 수 있는 것이다.

> ④ (나)에서 '강파', '바람' 등의 자연물과 '소정', '그물' 등의 인공물의 대립은 '사'와 '대부'라는 정체성 사이에서 고뇌하는 모습을 드러내는군.

⇒ 우선 '강파', '바람' 등의 자연물과 '소정', '그물' 등의 인공물이 '대립'되고 있지 않다. 자연물과 인공물이 '대립'된다고 말하려면, 작품 속에서 화자가 자연물과 인공물의 **차이점**을 언급하거나 서로를 비교하고 있어야 하는데, 그런 구절은 없었다. 따라서 자연물과 인공물의 대립을 통해 '사'와 '대부'라는 정체성 사이에서 고뇌하는 모습을 드러낸다는 말은 틀렸다. 또 시 자체에 '고뇌하는 모습' 또한 없었기에, '고뇌하는 모습'이라는 단어를 보고 틀렸다고 판단했어도 됐다.

> ⑤ (가)의 '한강 북녘'은 새 왕조의 터전이라는 정치적 의미를 지니고, (나)의 '강호'는 개인적, 정치적 의미를 모두 지니고 있겠군.

⇒ (가)에서 '한강 북녘'은 천세 전에 '누인개국(덕을 쌓고 나라를 세움)'을 목적으로 정해 놓은 곳이다. 〈보기〉에서 말한 대로, (가) 시가 '새 왕조에 대한 송축'을 담고 있는 시라는 것을 고려할 때 '한강 북녘'은 '새 왕조의 터전'이라는 '정치적 의미'를 지니고 있다고 볼 수 있다. 그리고 (나)의 '강호'는 화자를 '선비'로 본다면, 화자가 '개인적으로' 자연을 누리는 공간이라고 할 수 있을 것이다. 반면 화자를 '신하'로 본다면, 화자가 임금을 생각하는 '정치적 공간'이라고 볼 수 있다. 〈보기〉에 따르면 화자는 '사대부'로서, '선비'와 '신하'의 특성을 모두 가지고 있으므로, (나)의 '강호'가 개인적, 정치적 의미를 모두 지니고 있겠다는 건 맞는 말이다.

● 답 : ④

# 2019학년도 6월
# 「서경별곡」, 「만분가」

**(가)**

서경(西京)이 아즐가 서경(西京)이 **셔울**히마르는

위 두어렁셩 두어렁셩 다링디리

닷곤디 아즐가 닷곤디 쇼셩경 고외마른

위 두어렁셩 두어렁셩 다링디리

여히므론 아즐가 여히므논 **질삼뵈** 브리시고

위 두어렁셩 두어렁셩 다링디리

괴시란디 아즐가 괴시란디 **우러곰 좃니노이다**

위 두어렁셩 두어렁셩 다링디리                          〈제1연〉


구스리 아즐가 구스리 바회예 디신둘

위 두어렁셩 두어렁셩 다링디리

긴히똔 아즐가 긴힛똔 그츠리잇가 나논

위 두어렁셩 두어렁셩 다링디리                    **[A]**

즈믄 히를 아즐가 즈믄 히를 외오곰 녀신둘

위 두어렁셩 두어렁셩 다링디리

신(信)잇둔 아즐가 신(信)잇둔 **그츠리잇가** 나논

위 두어렁셩 두어렁셩 다링디리

〈제2연〉

- 작자 미상, 「서경별곡」 -


**(나)**

이 몸이 녹아져도 옥황상제 처분이요

이 몸이 싀여져도 옥황상제 처분이라

녹아지고 싀여지어 혼백(魂魄)조차 흗어지고

공산(空山) 촉루(髑髏)*같이 임자 업시 구닐다가

곤륜산(崑崙山) 제일봉의 만장송(萬丈松)이 되어 이셔

바람비 뿌린 소리 님의 귀에 들리기나

윤회(輪廻) 만겁(萬劫)ᄒᆞ여 금강산(金剛山) 학(鶴)이 되어

일만 이천봉에 ᄆᆞ음껏 솟아올라

ᄀᆞ을 둘 붉근 밤에 두어 소리 **슬피 우러**

님이 귀에 들리기도 옥황상제 처분이로다

훈(恨)이 뿌리 되고 눈물로 가지 삼아

님의 집 창밧긔 외나모 매화(梅花) 되어

설중(雪中)에 혼자 피어 침변(枕邊)*에 시드는 듯

월중(月中) 소영(疎影)*이 님의 옷에 **빗취어든**

어엿븐 이 얼굴을 너로다 **반기실가**

동풍이 유정(有情)ᄒᆞ여 암향(暗香)을 불어 올려

고결(高潔)ᄒᆞᆫ 이내 생애 죽림(竹林)에나 부치고져

**빈 낙대** 빗기 들고 빈 ᄇᆡ를 혼자 ᄯᅴ워

백구(白溝) 건네 저어 **건덕궁(乾德宮)**에 가고지고

- 조위, 「만분가」 -

* 공산 촉루 : 텅 빈 산의 해골.
* 침변 : 베갯머리.
* 월중 소영 : 달빛에 언뜻언뜻 비치는 그림자.

1. **(가)와 (나)에 대한 설명으로 가장 적절한 것은?**

① (가)의 '셔울'과 (나)의 '건덕궁'은 모두 화자가 현재 머무르고 있는 공간이다.

② (가)의 '질삼뵈'와 (나)의 '빈 낙대'는 모두 화자가 현재 회피하고 싶은 대상이다.

③ (가)의 '우러곰'과 (나)의 '슬피 우러'는 모두 임의 심정을 드러내고 있다.

④ (가)의 '좃니노이다'와 (나)의 '빗취어든'은 모두 임의 곁에 있고 싶은 화자의 소망을 드러내고 있다.

⑤ (가)의 '그츠리잇가'와 (나)의 '반기실가'는 모두 미래 상황에 대한 의혹을 드러내고 있다.

Chapter 1 노베이스를 위한 문학 공부법

Chapter 2 문학 만점을 위한 기초 체력 키우기

Chapter 3 기출 적용편

현대시

고전시가

현대소설

고전소설

**2. (나)에 대한 감상으로 적절하지 <u>않은</u> 것은?**

① '임자 업시 구닐'던 '이 몸'이 '학'이 되어 솟아오르게 함으로써 상승의 이미지를 구현하고 있다.

② '만장송'과 '매화'라는 소재를 활용하여 임을 향한 화자의 마음을 표상하고 있다.

③ '바람비 뿌린 소리'와 '두어 소리'의 청각적 이미지를 활용하여 임에게 알리고 싶은 화자의 심정을 나타내고 있다.

④ '매화'의 '뿌리'와 '가지'를 활용하여 '흔'의 정서를 형상화하고 있다.

⑤ 'フ을 둘 볼근 밤'과 '월중'이라는 시간적 배경을 통해 임과 재회한 순간을 드러내고 있다.

**3. 〈보기〉를 참고할 때, (가)의 [A]와 〈보기〉의 [B]를 비교하여 이해한 내용으로 적절하지 <u>않은</u> 것은?**

〈보 기〉

「서경별곡」의 제2연에서 여음구를 제외한 부분은 당시 유행하던 민요의 모티프를 수용한 것으로, 「정석가」에도 동일한 모티프가 나타난다. 고려 시대의 문인 이제현도 당시에 유행하던 민요를 다음과 같이 한시로 옮긴 적이 있다.

비록 구슬이 바위에 떨어져도　　縱然巖石落珠璣

끈은 진실로 끊어질 때 없으리.　　纓縷固應無斷時

낭군과 천 년을 이별한다고 해도　　與郞千載相離別　**[B]**

한 점 붉은 마음이야 어찌 바뀌리오?　一點丹心何改移

① [A]와 [B]에서 '구슬'은 변할 수 있는 것을, '긴'이나 '끈'은 변하지 않는 것을 비유하는 소재로 활용하였군.

② [A]에서는 '신'을, [B]에서는 '붉은 마음'을 굳건한 '바위'로 형상화하였군.

③ [A]와 [B] 모두에서 변하지 않는 마음을 소중한 가치로 여기는 화자의 태도가 나타나는군.

④ [A]와 [B]를 보니 동일한 모티프가 서로 다른 형식의 작품으로 수용되었군.

⑤ [A]와 [B]를 보니 여음구의 사용 여부에 차이가 있군.

Chapter 1
노베이스를 위한 문학 공부법

Chapter 2
문학 만점을 위한 기초 체력 키우기

Chapter 3
기출 적용편

현대시

고전시가

현대소설

고전소설

## '서경별곡', '만분가' 지문해설

### (가)

> 서경(西京)이 아즐가 서경(西京)이 **셔울**히마르는
> 위 두어렁셩 두어렁셩 다링디리

⇒ 「서경별곡」에서는 '아즐가'와 '위 두어렁셩 두어렁셩 다링디리'라는 구절이 반복된다. **결론부터 말하자면, 이 두 구절은 해석할 필요가 없다. 그냥 없는 말이라고 생각하고 읽으면 된다.** 왜냐하면, 이 두 구절은 어떤 '의미'를 가지고 있는 구절이 아니기 때문이다.

우리가 지금 배우고 있는 것은 고전 '시가'다. 즉, 「서경별곡」은 그 당시 사람들에게 널리 불리던 '노래'였다는 것이다. '아즐가'와 '위 두어렁셩 두어렁셩 다링디리'는 노래에 넣는 '추임새', '여음구'와 같은 거였다. 딱히 아무런 의미 없이 노래의 흥을 돋우거나, 리듬을 맞추기 위해서 넣는 구절이었다는 뜻이다. 그래서 지금 화자의 내면세계를 파악하려는 우리 입장에서는, 화자의 내면세계가 드러나지 않는 이런 구절들을 신경쓰지 않아도 되는 것이다.

위 구절에서 화자는 '서경이 셔울히마르는'이라는 구절을 통해서, '서경'이라는 곳이 '서울'이라는 말을 하고 있다. **'마르는', '마른'은 '~지만'으로 해석하면 된다.** 자주 나오니 알아 두자. 즉, 화자는 '서경이라는 곳이 서울이지마는'이라고 말하는 것이다.

이때 '서경'은 사실, 우리가 알고 있는 '서울'은 아니다. '서경'은 지금 북한의 수도인 '평양'을 뜻하는 말이다. 그러면 화자는 왜 '서경'을 '서울'이라고 했던 걸까? 이 시는 '고려' 시대에 지어진 시로, 고려 시대 때는 서경 즉, '평양'이 '제2의 수도'였다. 그리고 '서울'이라는 단어는 '대한민국의 수도'라는 뜻도 있지만, 그냥 일반적으로 '수도'를 가리키는 말로 쓰이기도 했다. 그래서 '서경이 셔울히마르는'이라는 구절은, '평양이 수도지만'이라는 뜻이다. 여기까지만 봤을 때는 무슨 말을 하려는 건지 모르겠다. 조금 더 읽어보자.

> 닷곤디 아즐가 닷곤디 쇼셩경 고외마른
> 위 두어렁셩 두어렁셩 다링디리

⇒ 여기서 '쇼셩경'이라는 건, '소서경'이라는 뜻이다. 그런데 왜 '소'서경인 걸까? 아까 잠깐 설명했지만, '서경'은 고려의 제2의 수도였다. 제1의 수도는 '개성'이었기에, '개성' 보다는 작은 수도라고 해서 '소'서경이라고 한 것이다.

'고외마른'이라는 단어는 해석하기 어려웠을 것이다. '마른'은 앞서 얘기했듯이 '~지만'이라는 뜻이다. 그리고 '고외'라는 건, '괴'라는 단어를 다르게 적은 것이다. '고전 시가 필수 어휘'에서도 말했지만, '괴다'라는 건 '사랑하다'라는 뜻이라고 했다. 즉, '쇼셩경 고외마른'은 '소성경을 사랑하지만'이라는 뜻이다. 마지막으로 '닷곤디'는, '닦은 곳'이라는 뜻이다. 즉, **'내가 살아온 곳, 삶의 터전을 닦은 곳**인 소서경을 사랑하지만'이라는 뜻으로 이해하면 된다. 처음 이 시를 봤을 때 이렇게 해석하는 건 거의 불가능하다. 출제자도 그걸 알기 때문에 너무 구체적인 해석은 물어보지 않는다. 만약 물어보려고 한다면 〈보기〉나 선택지에서 의미를 유추할 수 있는 단서들을 준다. 그러니 너무 걱정하지 않아도 된다. 하지만, 이 구절에 대한 해석은 꼭 알고 있어야 한다. 이 구절은 이미 한번 나왔던 구절이기 때문에, 다음번 시험에서는 구체적인 뜻을 물어볼 수 있기 때문이다.

> 여히므론 아즐가 여히므논 **질삼뵈** 브리시고
> 위 두어렁셩 두어렁셩 다링디리
> 괴시란디 아즐가 괴시란디 **우러곰 좃니노이다**
> 위 두어렁셩 두어렁셩 다링디리                    <제1연>

⇒ 우선 '여히므논'이라는 말은, 소리 나는 대로 읽어보면 '여의다'와 비슷한 뜻이라는 걸 알 수 있다. '여의다'는 '죽어서 이별하다' 또는 '멀리 떠나보내다'라는 뜻이다. 그리고 이후에 이어지는 **질삼뵈** 브리시고'를 해석해 보면, '질삼뵈를 버리고'로 해석할 수 있다. 이때 '질삼뵈'는 보자마자, '베'라는 걸 알았어야 한다. '베'가 뭘까? 옛날에는 남자들이 밖에서 농사를 짓고, 여자들은 집 안에서 '베'를 짰다. 이때 '베'라는 건 옷을 만들 때 사용하는 '천', '옷감'을 뜻한다. 따라서 '베를 짠다'라는 건, '옷을 만든다' 정도로 이해하면 된다. 그리고 여기서 말하는 '질삼뵈'의 정확한 뜻을 말해주자면, '길쌈하던 베'라는 뜻이다. 여기서 '길쌈'은 '빼곡하게 짜다'라는 뜻이다. 따라서 '길쌈하던 베'는 '빼곡하게 짜고

Chapter 1
노베이스를 위한 문학 공부법

Chapter 2
문학 만점을 위한 기초 체력 키우기

Chapter 3
기출 적용편

현대시

고전시가

현대소설

고전소설

있던 옷'이라고 보면 된다.

'여희므논 **질삼뵈** 부리시고'라는 구절을 좀 더 쉽게 이해하려면, **'우러곰 좃니노이다'**라는 구절을 이해해야 한다. '우러곰 좃니노이다'라는 말은, '울면서 쫓는다'라는 뜻이다. 이 구절과 '여희므논 **질삼뵈** 부리시고'라는 구절을 함께 이해해 보면, 화자는 **'임을 여읠 바에, 길쌈하던 베를 버리고 울면서 쫓아가겠다'**라고 말하는 것이다. 시를 읽을 때는 이렇게 항상 앞뒤 구절을 서로 연결해서 생각하는 습관을 들여야 한다. 그리고 마지막으로, '괴시란딕'라는 구절을 이해해 보자. '괴다'는 아까도 말했지만, '사랑하다'라는 뜻이다. 그러면 자연스럽게 해석을 했을 때, **'임을 여읠 바에 길쌈하던 베를 버리고, 임이 나를 사랑한다면 울면서 쫓아가겠다'** 정도로 해석할 수 있다. 여기서, 지금 시를 쓰는 화자가 '길쌈하던 베'를 버리고 간다는 것을 보면 '여성'이라는 것을 알 수 있다.

이 구절과 바로 앞 구절을 통해서 화자의 상황을 이해해 보자면, 화자는 지금 사랑하는 임과 '이별'해야하는 상황인 거 같다. 임과 이별해야 하는 상황이지만 화자는 이별을 하기 싫다. 그래서, 내가 살아왔던 '서경'을 버리고서라도 임을 따라가겠다고 말한다. '네가 떠나가면 나도 질삼뵈 버리고 따라갈거야'라고 말하는 것이다. 그래서 제목이 '서경별곡'이다. '서경별곡'은 '서경에서 이별하는 노래'라는 뜻으로, 서경을 떠나는 임과 헤어져야 하는 화자의 '슬픔'을 담고 있는 시다.

### 범작가 Tip

사실 처음 「서경별곡」을 봤을 때는 이렇게까지 해석하기가 쉽지 않다. 하지만 기출 적용편에 있는 고전 시가의 마지막 작품인 만큼 어려운 해석이 있는 작품도 경험시켜 주고 싶었다. 그리고 「서경별곡」은 워낙 유명해서 시험에도 자주 나오는 작품이기에, 꼭 한번 정리해 둘 필요가 있다. 이후에 너 스스로 기출 문제를 풀면서, 수많은 고전 문장들을 해석하는 연습을 하면, 「서경별곡」처럼 어려운 고전 시가 문장도 어느 정도 해석할 수 있게 된다. 그러니 어려운 구절이 나온다고 포기하지 말고, 꾸준히 해석하는 연습을 하자.

구스리 아즐가 구스리 바회예 디신돌
위 두어렁셩 두어렁셩 다링디리
긴히똔 아즐가 긴힛똔 그츠리잇가 나는
위 두어렁셩 두어렁셩 다링디리

⇒ 이 구절은 앞서 「정석가」에서도 우리가 한 번 경험했기 때문에, 해석이 쉬웠어야 한다. 「서경별곡」의 화자는 「정석가」의 화자가 했던 말을 빌려서 자신의 내면세계를 드러내고 있다. 해석을 해보자면, '구슬이 바위에 떨어진들, 긴(끈)이야 그칠 일(끊어질 일) 있겠습니까?'라는 뜻이다. 즉, **'구슬'은 바위에 떨어져서 다치고, 깨진다 한들, 구슬을 꿰고 있는 '끈'은 끊어지지 않는다는 것**이다. 이미지화를 해보면 이해가 쉽다.

> 즈믄 히를 아즐가 즈믄 히를 외오곰 녀신돌
> 위 두어렁셩 두어렁셩 다링디리
> 신(信)잇둔 아즐가 신(信)잇둔 **그츠리잇가** 나는
> 위 두어렁셩 두어렁셩 다링디리                                    <제2연>

⇒ '즈믄 히'라는 건 '천 년'이라는 뜻이다. '천 년'이라는 걸 몰랐더라도 '히'라는 말을 통해서, 어떤 '기간'을 뜻하는 말인 것 정도는 추측할 수 있었을 것이다. '외오곰 녀신돌'이 조금 해석이 어렵긴 한데, 우선 그 아랫부분에 '신잇둔 그츠리잇가 나는'을 보자. '신'이 '믿을 신'이니까, '~한다고 해도 나는 임에 대한 믿음이 변하지 않을 것이다'라고 해석할 수 있다. 결국 화자의 내면세계를 파악하는 게 전부이므로, '사랑하는 임에 대한 변치 않는 믿음'을 표현하는 구절이구나 정도로 생각하고 넘어갔으면 충분하다.

정확하게 해석하자면, '외오곰 녀신돌'은 '외롭게 있다고 한들'이라는 뜻이다. 즉, 마지막 구절은, **'천 년을 외롭게 있다고 한들, 임에 대한 내 믿음은 지속될 것이다'**라고 해석할 수 있다. '임에 대한 사랑', '임에 대한 믿음'이 이 시에 나타나는 내면세계라 할 수 있다. 해석을 100% 정확하게 하지 못했더라도, 이 시에 나타나는 내면세계를 잡았다면 문제 푸는 데 지장은 없었을 것이다.

– 작자 미상, 「서경별곡」 –

(나)

> 이 몸이 녹아져도 옥황상제 처분이요
> 이 몸이 싀여져도 옥황상제 처분이라

⇒ 이 구절을 현대어로 해석하면, '이 몸이 녹는 것도 옥황상제의 뜻이오, 이 몸이 죽는 것도 옥황상제의 뜻이라'라는 뜻이다. 화자는 자신이 '녹고', '싀어지는 것(죽는 것)'이 옥황상제의 처분이라 말한다. 즉, **자신이 녹아 없어지는 것 또는 죽는 것이 '옥황상제'에게 달려 있다는 것이다.** 이 문장을 통해서, 자신의 운명을 하늘 위의 존재인 '옥황상제'가 조종한다는 화자의 생각을 엿볼 수 있다. 이때 '옥황상제'는 '하늘에 있는 신령들 중 가장 높은 위치에 있는 신'을 말한다.

　해당 구절은 고전 시가에 자주 등장하는 내면세계를 설명할 때 말했던 '하늘 좋아'의 가치관과 관련 있는 구절이다. 해당 작품이 쓰일 당시 사람들은 '하늘'이라는 존재가 인간의 삶을 관리하고, 인간의 삶에 영향을 미친다고 생각했다. 그래서 '하늘'을 신처럼 떠받들었는데, 이는 '하늘' 위에 있는 존재인 '옥황상제'도 신처럼 생각하는 이유였다. 좀 더 구체적으로 설명하자면, 옛날 사람들은 '하늘'에 자신들이 살고 있는 '인간계'와 다른 '천상계'가 있다고 생각했다. '천상계'라는 것은, '하늘 위의 세계'라는 뜻이다. 그리고 그 천상계에 살고 있는 사람들을 '옥황상제', '선녀', '신령' 등으로 불렀다. 그래서 '고전 시가'가 쓰일 당시 함께 만들어졌던 '고전 소설'에서도 '천상계'와 '지상계'의 구분이 나오고, '신령', '선녀' 같은 사람들이 등장하는 것이다. 그 당시 사람들에게는 그게 당연한 세계관이었다.

　또한 이 구절을 보면, 화자가 자신이 '녹아지고', '싀어지는 것'에 대해서 생각하고 있으니, 지금 화자가 처한 상황이 별로 좋지 않은 상황이라는 걸 추측할 수 있다. 우리가 보통 '녹거나 죽는' 상황에 대해 생각하는 건, 내 상황이 '부정적'인 경우이기 때문이다. 우리가 기쁠 때 '내가 죽는다면…'이라는 생각을 하진 않는다. 병에 걸렸거나, 삶에 희망이 없을 때 그런 생각을 한다.

> 녹아지고 싀여지어 혼백(魂魄)조차 흩어지고
> 공산(空山) 촉루(髑髏)*같이 임자 업시 구닐다가
>
> * 공산 촉루 : 텅 빈 산의 해골.

Chapter 1 노베이스를 위한 문학 공부법

Chapter 2 문학 만점을 위한 기초 체력 키우기

Chapter 3 기출 적용편

현대시

고전시가

현대소설

고전소설

⇒ 화자의 '우울'하고 '체념'한 내면세계가 계속 이어진다. 화자는 자신이 녹고 죽어서, '영혼'조차 흩어지고 '산에 널브러져 있는, 주인이 누군지도 모를 해골'처럼, 어디 갈 곳도 없이 거닐 거라 말한다.

> 곤륜산(崑崙山) 제일봉의 만장송(萬丈松)이 되어 이셔
> 바람비 뿌린 소리 님의 귀에 들리기나

⇒ 화자는 자신이 죽고 다시금 '곤륜산 제일봉의 만장송'이 되기를 바란다. 여기서 사람이 죽으면 다른 사물로 태어난다는 '윤회' 사상이 드러난다. 아래 구절에 '윤회 만겁'하여라는 구절을 보면 화자가 지금 '윤회' 사상을 가지고 있다는 걸 확인할 수 있다. 화자는 윤회 사상을 바탕으로 자신이 '싀어지여서' 가장 높은 봉우리에 있는 '소나무'가 되겠다고 말한다.

화자가 제일 높은 봉우리의 '소나무'가 되고 싶어 하는 이유는, '바람비 뿌린 소리가 임의 귀에 들리기나 했으면' 싶어서다. 여기서 '바람비 뿌린 소리'가 무슨 뜻일까? 소나무에 비바람이 치는 이미지를 떠올려보자. 비바람이 소나무를 스치면서 바람 부는 소리가 들린다. 화자는 바로 이 소리를 '바람비 뿌린 소리'라 표현한 것이다. 그리고 화자는 그 '바람비 뿌린 소리'가 임의 귀에 들렸으면 좋겠다고 생각한다. 이는 소나무가 된 자신이, 비바람 맞으면서 나는 소리를 임의 귀에 닿게 해서라도, 임과 함께이고 싶은 마음을 드러내는 것이다.

위 구절에서 화자가 왜 '슬퍼'하고 '체념'하는지 몰랐었는데, 이 구절을 보니 이해가 된다. 화자는 지금 자신이 같이 있고 싶은 '임'과 떨어져 있는 상태인 것이다. 그래서 너무 슬프고, 힘들다. 차라리 죽어서라도 임에게 닿고 싶다. 그 마음으로 이 시를 쓴 것이다. 화자는 자신이 죽은 뒤 '소나무'가 되어, 그 소나무에서 들리는 바람 소리로 '임'에게 닿고 싶다고 말한다. 그만큼 임과 함께이고 싶다는 것이다.

> 윤회(輪廻) 만겁(萬劫)ᄒᆞ여 금강산(金剛山) 학(鶴)이 되어
> 일만 이천봉에 ᄆᆞ음껏 솟아올라

⇒ 이 구절에서 화자는 '윤회'를 '만 번'이고 반복해서, 금상산에 사는 '학'이 된 뒤, 일

Chapter 1
노베이스를 위한 문학 공부법

Chapter 2
문학 만점을 위한 기초 체력 키우기

Chapter 3
기출 적용편

현대시

고전시가

현대소설

고전소설

만 이천봉에 마음껏 솟아오르고 싶다고 말한다. 왜 그러는 걸까? 조금 더 읽어보자.

> ᄀ을 둘 불근 밤에 두어 소리 **슬피 우러**
> 님의 귀에 들리기도 옥황상제 처분이로다

⇒ 아, 화자가 '금강산의 학'이 되고 싶다고 한 것은, '제일봉의 만장송'이 되고 싶다고 한 것과 이유가 같다. **결국 '임'에게 닿고 싶다는 것이다.** '학'이 되어, 일만 이천봉에 마음껏 올라가서 '꽉꽉'하고 슬프게 울고 싶다는 것이다. 지금 화자는 '인간'이고, '임'에게 닿을 수 없는 상황이다. 그러니까 계속 자신이 '만장송'이 되고 '학'이 되어서 임에게 닿는 상상을 하는 것이다. 화자는 '학'이 된 뒤에 '가을 달이 밝은 밤'에 두 번 정도 슬프게 울어서, 슬픈 마음이 임의 귀에 들리길 바란다. 하지만 화자는 자신이 학이 되어 임에게 슬픈 소리를 들리게 하는 것도 '하늘'의 신인 '옥황상제'가 허용을 해줘야 가능하다고 말한다. 화자가 학으로 태어나는 것은 인간의 삶을 관리하는 '옥황상제'에게 달려있기 때문이다.

> 흔(恨)이 뿌리 되고 눈물로 가지 삼아

⇒ 화자는 '한이 뿌리가 되고, 눈물로 가지 삼아'라고 말한다. 가슴에 맺혀 있는 한 때문에 눈물이 난다는 걸 시적으로 표현한 것이다. 화자는 지금 자신이 보고 싶은 '임'과 떨어져 있는 상황이니, 당연히 '한'스럽고, '눈물'이 날 것이다.

> 님의 집 창밧긔 외나모 매화(梅花) 되어
> 설중(雪中)에 혼자 피어 침변(枕邊)*에 시드는 듯
>
> * 침변 : 베갯머리.

⇒ 앞서 '만장송'과 '학'이 되어 '임'에게 닿고자 했던 화자는 이제 '매화'가 되겠다고 말한다. 이걸 보는 순간 '매화'도 결국 '임'에게 닿고 싶은 화자의 내면세계를 표현하는 소재일 거라고 추측할 수 있었어야 한다.

임이 계신 집 창밖에 세워진 외나무에서 '매화'가 피나 보다. 화자는 자신이 그 '매화'가 되고 싶다고 말한다. 화자는 눈이 오는 도중에 '혼자' 피어서, '베갯머리에 시드는 듯'

임에게 닿고 싶다는 것이다. 그런데 '매화'가 되어서 어떻게 '베갯머리에 시든다는 건지'는 아직 정확히 모르겠다. 추가로, 화자가 '설중에 혼자 피어'라고 하는 것은, '매화'의 특성과 관련 있다. '매화'는 봄에 가장 빨리 피는 꽃으로, 겨울에 내린 눈이 다 녹기도 전에 핀다. 그래서 화자는 매화가 된 자신이 '설중에 혼자' 핀다고 한 것이다.

---

월중(月中) 소영(疎影)*이 님의 옷에 **빗취어든**
어엿븐 이 얼굴을 너로다 **반기실가**

* 월중 소영 : 달빛에 언뜻언뜻 비치는 그림자.

---

➡ '월중 소영'은 '달빛의 그림자'라는 뜻으로, '매화'의 그림자를 말하는 것이라고 읽을 수 있어야 한다. 지금 화자가 자신이 '매화'가 된 상황에 대해 말하고 있었기 때문이다. 매화가 된 화자는 달빛이 비치는 날, 자신의 그림자를 임의 옷에 비치게 하고 싶다고 말한다. 아까 화자가 어떻게 '베갯머리에 시든다'는 건지 궁금했는데, 달빛을 받아서 자신의 그림자를 비추게 한다는 뜻으로 이해할 수 있다.

그런데 화자는 자신이 그렇게 했을 때, '어여쁜' 자신의 얼굴을 임이 '너로구나'하면서 반겨줄지 하는 의문을 품고 있다. 왜 의문을 품는 걸까? **화자는 지금 사람의 모습이 아니기 때문이다.** 화자는 죽어서 '매화'가 된 뒤에, 자신의 그림자를 임에게 닿게 한 상황이다. 그러니, '임이 나를 알아볼까?' 하는 의문이 드는 것이다. 지금 얼굴 그대로 임에게 가면 '임'은 '너로구나'하면서 반기실 테지만, '매화'가 되어 임에게 간다면 임이 못 알아볼 수도 있다.

---

동풍이 유정(有情)ᄒ여 암향(暗香)을 불어 올려

---

➡ 지금 이 구절부터 화자가 시선을 '외부세계'로 돌리고 있다는 걸 알 수 있다. 앞 구절까지는 화자가 자신이 죽는 상황을 가정해서 '마음속으로 상상'하고 있었다면, 이 구절부터는 '주변'을 인식하는 것이다. '동풍이 유정하여 암향을 불어 올려'라고 하는 데서, 화자는 지금 '동풍'을 맞으면서 '은은한 향기'을 맡고 있는 걸 알 수 있다. 마음속으로 자신이 '만장송', '학', '매화'로 다시 태어나는 걸 상상하고 있었는데 바람이 불어오니까 상상 속에서 깬 것이다.

> 고결(高潔)혼 이내 생애 죽림(竹林)에나 부치고져

⇒ 화자는 '고결한 내 삶을 죽림에나 붙이고져'라고 말한다. '죽림'은 '자연'이랑 관련된 단어다. 화자는 임을 그리워하면서 기다리고 있는 자신의 삶을 '고결하다'고 생각한다. 그래서 혼잡한 속세에서 벗어난 '자연'에서, 남은 삶을 살아가겠다고 말하고 있는 것이다.

> **빈 낙대** 빗기 들고 빈 비를 혼자 띄워
> 백구(白溝) 건네 저어 **건덕궁(乾德宮)**에 가고지고

⇒ 자신의 남은 삶을 '자연' 속에서 살겠다고 결심한 화자는 빈 낚싯대를 비껴들고, 빈 배를 혼자 띄워, '백구 건네 저어 건덕궁에 가고지고'라고 말한다. 여기서 '백구'는 정말 많이 나오는 단어로, '흰 갈매기'를 뜻한다. '백구'를 흰 강아지로 알고 있는 학생들이 많은데, 전혀 다른 뜻이니 꼭 알아두자. 그리고 여기서 '건덕궁'이라는 건 정확히 어딘지는 모르겠으나 화자가 '가고 싶어'하는 공간이다. 화자는 어디를 가고 싶어 하는 걸까? 마음대로 상상하면 안 되고, 앞서 잡은 화자의 내면세계대로 해석해야 한다. 앞 구절에서 화자는 계속 임을 만나고 싶어 했다. **그렇다면 화자가 가고 싶어 하는 '건덕궁'은 '임'이 계신 공간일 것이다.**

화자는 바다에 '배'를 띄운다. 그리고 화자가 배를 띄우고 저어 나가는 바다에는 '갈매기'가 있다. 화자는 '갈매기를 건네 저어' 건덕궁에 가고 싶다고 한다. '갈매기를 건네 저어'라는 구절을 맥락상 해석을 해보자면, 화자가 갈매기에게 '건덕궁으로 가는 길을 알려

331

달라고 하여' 건덕궁에 가고 싶어 하는 거라 해석할 수 있다.

- 조위, 「만분가」 -

---

● 문제 해설 ●

- - - - - - - - - - - - - - - - - - - - - - - - - - - - - - - - - - - - - - -

**(가)**

서경(西京)이 아즐가 서경(西京)이 **셔울히마**
르는
위 두어렁셩 두어렁셩 다링디리
닷곤디 아즐가 닷곤디 쇼셩경 고외마른
위 두어렁셩 두어렁셩 다링디리
여히므론 아즐가 여히므논 **질삼뵈** 브리시고
위 두어렁셩 두어렁셩 다링디리
괴시란디 아즐가 괴시란디 **우러곰 좃니노이**
다
위 두어렁셩 두어렁셩 다링디리    〈제1연〉

구스리 아즐가 구스리 바회예 디신돌
위 두어렁셩 두어렁셩 다링디리
긴히쭌 아즐가 긴힛쭌 그츠리잇가 나는
위 두어렁셩 두어렁셩 다링디리
즈믄 히를 아즐가 즈믄 히를 외오곰 녀
신돌                              **[A]**
위 두어렁셩 두어렁셩 다링디리
신(信)잇돈 아즐가 신(信)잇돈 **그츠리잇**
가 나는
위 두어렁셩 두어렁셩 다링디리
                                 〈제2연〉

- 작자 미상, 「서경별곡」 -

## 1. (가)와 (나)에 대한 설명으로 가장 적절한 것은?

① (가)의 '셔울'과 (나)의 '건덕궁'은 모두 화자가 현재 머무르고 있는 공간이다.

⇒ 앞서 작품을 읽으면서 이해했듯이, (가)의 '셔울'은 화자가 '임'과 헤어지는 장소다. 화자는 자신이 계속 '서경'에 있는다면 임과 헤어져야 하기에, '질삼뵈'를 버리고서라도 임을 따라가겠다고 했다. 그리고 화자가 자신이 살아온 '서울' 즉, **'서경'을 버리고서라도 임을 따라가겠다**고 말하는 데서, 임을 향한 화자의 간절함을 이해할 수 있었다. 이를 고려했을 때 (가)의 '서울'은 화자가 현재 머무르고 있는 공간이라는 걸 알 수 있다.

하지만 (나)의 '건덕궁'은 화자가 현재 머무르고 있는 공간이 아니다. '백구(白溝) 건네 저어 건덕궁(乾德宮)에 가고지고'라는 구절을 봤을 때 '건덕궁'은 화자가 **가고 싶어 하는** 공간이다. 즉, '건덕궁'은 화자가 지금 머무르고 있는

Chapter 1 노베이스를 위한 문학 공부법

Chapter 2 문학 만점을 위한 기초 체력 키우기

Chapter 3 기출 작품집

현대시

고전시가

현대소설

고전소설

**(나)**

이 몸이 녹아져도 옥황상제 처분이요
이 몸이 식여져도 옥황상제 처분이라
녹아지고 식여지어 혼백(魂魄)조차 흩어지고
공산(空山) 촉루(髑髏)*같이 임자 업시 구닐다가
곤륜산(崑崙山) 제일봉의 만장송(萬丈松)이 되
어 이셔
바람비 뿌린 소리 님의 귀에 들리기나
윤회(輪廻) 만겁(萬劫)ᄒ여 금강산(金剛山) 학
(鶴)이 되어
일만 이천봉에 ᄆ음껏 솟아올라
ᄀ을 둘 불근 밤에 두어 소리 **슬피 우러**
님의 귀에 들리기도 옥황상제 처분이로다
흔(恨)이 뿌리 되고 눈물로 가지 삼아
님의 집 창밧긔 외나모 매화(梅花) 되어
설중(雪中)에 혼자 피어 침변(枕邊)*에 시드는 듯
월중(月中) 소영(疎影)*이 님의 옷에 **빗취어든**
어엿븐 이 얼굴을 너로다 **반기실가**
동풍이 유정(有情)ᄒ여 암향(暗香)을 불어 올려
고결(高潔)흔 이내 생애 죽림(竹林)에나 부치고져
**빈 낙대** 빗기 들고 빈 비를 혼자 띄워
백구(白溝) 건네 저어 **건덕궁(乾德宮)**에 가고지고

　　　　　　　　　　　　　　- 조위, 「만분가」-

* 공산 촉루 : 텅 빈 산의 해골.
* 침변 : 베갯머리.
* 월중 소영 : 달빛에 언뜻언뜻 비치는
　그림자.

공간이 아닌 것이다. 또 화자가 지금 임을 그리워하고 있는 걸 봤을 때, '건덕궁'은 화자가 있는 공간이 아니라 '임'이 있는 공간으로 봐야 한다.

사실 「서경별곡」을 서음 봤다면 지문 내용을 해석하고, '셔울'이 화자가 머무르고 있는 공간이라는 걸 이해하긴 어려웠을 것이다. (나)의 '건덕궁'에 대한 설명을 보고 1번이 틀렸다는 건 알 수 있었지만, 정확하게 해설할 수는 없었을 것이다. 그럼 이런 작품들은 어떻게 대비해야 하는 걸까? 최소 기출문제를 10개년 치 이상은 풀어봐야 한다. 그렇게 하면서 기출 문제에 나왔었던 고전 시가 정도는 전부 해석할 수 있어야 한다. 고전 시가는 현대 시처럼 작품 수가 많지 않기 때문에, 시험에 나올만한 작품들은 정해져 있다. 따라서 네가 10개년 기출 문제에 나온 고전 시가만 전부 해석할 수 있어도, 해석 때문에 틀리는 일은 거의 없을 것이다.

> ② (가)의 '질삼뵈'와 (나)의 '빈 낙대'는 모두 화자가 현재 회피하고 싶은 대상이다.

➡ (가)의 화자가 '질삼뵈'를 '회피'하고 싶어 했다? 화자가 지금 '베' 짜는 일을 하기 싫어서 도피하려는 상황이었나? 화자가 '질삼뵈'를 버리겠다고 한 건, '임'을 따라가겠다는 마음을 드러낸 거였지, '질삼뵈' 자체를 회피하고 싶어서가 아니었다. 즉, '질삼뵈'는 화자가 회피하고 싶은 대상이 아니라, 그만큼 임과 떨어지기 싫다는 화자의 마음을 강조하는 소재인 것이다.

(나)의 '빈 낙대' 또한 화자가 회피하고 싶은 대상이라는 건 말이 안 된다. '빈 낙대 빗기 들고 빈 비 혼자 띄워'라는 구절을 봤을 때, '빈 낙대'는 화자가 그저 '빗기 들고' 있는 대상이지, '회피'하려는 대상이 아니다. 결국 대상에 대한 화자의 내면세계에 공감했냐고 묻는 문제인 것이다.

> ③ (가)의 '우러곰'과 (나)의 '슬피 우러'는 모두 임의 심정을 드러내고 있다.

⇒ (가)에서 화자는 '괴시란딕 우러곰 좃니노이다'라는 구절을 통해서, '임이 나를 사랑해준다면 울면서 임을 쫓아가겠다'라고 말하고 있다. 여기서 '우러곰'은 '울면서'라는 뜻이므로, '임'이 아닌, '화자'의 심정을 드러내는 것이다.

한편 (나)의 화자는 '일만 이천봉에 마음껏 솟아올라 / 달이 밝은 가을 밤에 두어 소리 슬피 울어'라는 구절을 통해서 '임'을 그리워하는 자신의 마음을 드러내고 있다. 즉, '학'이 되어서도 '임'을 계속 그리워할 것이라는 뜻이다. 따라서 (나)의 '슬피 우러'는 (가)와 마찬가지로, '임'이 아니라 '화자'의 심정을 드러내는 단어다.

> ④ (가)의 '좃니노이다'와 (나)의 '빗취어든'은 모두 임의 곁에 있고 싶은 화자의 소망을 드러내고 있다.

⇒ 맞는 말이다. (가)의 화자는 '괴시란딕 우러곰 좃니노이다'라는 구절을 통해서, 울면서 '임'을 쫓아가겠다고 말한다. 즉, '임'과 헤어지기 싫은 화자의 소망을 드러내고 있는 것이다. (나)의 화자는 자신이 임의 집 밖에 있는 매화가 되겠다고 말한다. 그리고 달빛을 받아 만들어진 자신(매화)의 그림자가 '임의 옷'에 닿기를 바라는 점에서, '임'의 곁에 있고 싶은 화자의 소망이 드러난다.

> ⑤ (가)의 '그츠리잇가'와 (나)의 '반기실가'는 모두 미래 상황에 대한 의혹을 드러내고 있다.

⇒ (가)의 '그츠리잇가'는 임에 대한 자신의 '믿음'이 변치 않을 것이라는 화자의 마음을 드러내는 구절이다. 따라서 미래 상황에 대한 '의혹'을 드러낸다는 것은 틀린 말이다. **반**

**면 (나)의 '반기실까'는 '미래 상황에 대한 의혹'을 드러낸다고 할 수 있다.** '의혹'이라는 것은 '확실히 알 수 없어서 믿지 못하는 마음'을 뜻한다. 화자는 매화로 변한 자신의 그림자가 임에게 닿았을 때, 임이 '너로구나'라고 하면서 자신을 알아봐 줄지 걱정한다. 그리고 그러한 마음을 '반기실가'라는 구절을 통해 드러낸 것이다. 따라서 화자는 미래에 자기가 매화가 되어 임에게 다가갔을 때, 임이 자신을 알아봐줄지 '의혹'을 품고 있다고 할 수 있다.

**답 : ④**

## 2. (나)에 대한 감상으로 적절하지 않은 것은?

> ① '임자 업시 구닐'던 '이 몸'이 '학'이 되어 솟아오르게 함으로써 상승의 이미지를 구현하고 있다.

⇒ '상승의 이미지'는 머릿속으로 해당 장면을 '이미지화'했을 때, 말 그대로 '올라가는' 이미지가 떠오르는지 보면 된다. '학'이 솟아오르는 장면은 당연히 '상승의 이미지'를 구현한다고 할 수 있다.

> ② '만장송'과 '매화'라는 소재를 활용하여 임을 향한 화자의 마음을 표상하고 있다.

⇒ (나)의 화자는 '만장송'이 되어서 바람비 뿌린 소리를 임의 귀에 들리게 하고 싶다고 한다. 이를 통해 임에게 닿고 싶다는 마음을 드러내는 것이다. 그리고 '매화'가 되어 자신의 그림자가 임의 옷에 닿게 하고 싶다고 말한다. 이것도 마찬가지로 임에게 닿고 싶은 화자의 마음을 드러낸다. 따라서 '만장송'과 '매화'라는 소재를 활용하여 임을 그리워하는 화자의 마음을 '표상'하고 있다고 할 수 있다.

이때 '표상'이라는 것은, '추상적이거나 드러나지 아니한 것을 구체적인 형상으로 드러내어 나타냄'이라는 뜻이다. **즉, 쉽게 말해서 '이미지화'가 되도록 표현했다는 것이다.** 예를 들어서 내가 '너를 사랑해'라고 한다면 도대체 얼마만큼 사랑하는지 알 수 없다. 이미지도 그려지지 않는다. 즉, 얘가 나를 얼마나 사랑하는지가 '추상적인' 것이다. 하지만 만약 '내가 죽어서 매화가 된 뒤, 달빛에 비친 내 그림자를 너에게 닿게 하고 싶을 정도로 너를 사랑해'라고 한다면, 나의 사랑하는 마음이 얼마나 간절한지 구체적으로 전달이 된다. 이 시의 화자도 '만장송'과 '매화'라는 구체적인 소재를 활용해서, 임을 향한 화자의 추상적인 마음을 구체적으로 표현한 것이다.

> ③ '바람비 뿌린 소리'와 '두어 소리'의 청각적 이미지를 활용하여 임에게
>   알리고 싶은 화자의 심정을 나타내고 있다.

⇒ 맞는 말이다. 화자는 '만장송'이 되어서 '바람비 뿌린 소리'가 '임'에게 닿기를 바라고 있다. 그리고 또 '학'이 되어서 '두어 소리'를 통해 임에게 자신의 존재를 알리고 싶어 한다. 이때 '바람비 뿌린 소리'와 '두어 소리'는 모두 청각적 이미지이므로 ③번은 맞는 말이다.

> ④ '매화'의 '뿌리'와 '가지'를 활용하여 '흔'의 정서를 형상화하고 있다.

⇒ '흔(恨)이 뿌리 되고 눈물로 가지 삼아 / 님의 집 창밧긔 외나모 매화(梅花) 되어'라는 구절을 보면 알 수 있듯이, 화자는 '뿌리'와 '가지'를 활용하여 '한'의 정서를 형상화하고 있다. 이때 '형상화'라는 것은, 추상적인 것을 눈에 보이는 구체적인 것으로 묘사한다는 것이다. 이 구절에서는 '흔'이라는 추상적인 감정을, '뿌리'와 '가지'라는 구체적인 사물을 활용하여 표현하였으니, '흔'의 정서를 형상화하고 있다고 할 수 있는 것이다.

참고로 '한'은 '몹시 원망스럽고 억울하거나 안타깝고 슬퍼서 응어리진 마음'을 뜻한다.

> ⑤ 'ᄀ을 둘 볼근 밤'과 '월중'이라는 시간적 배경을 통해 임과 재회한 순간
>   을 드러내고 있다.

⇒ 지금 작품 속에서 화자가 임과 '재회'를 했었나? 그런 상황은 없었다. '재회'를 한다는 건 '다시 만난다'는 뜻으로, 화자가 임과 만나는 장면이 나왔어야 했다. 그리고 화자가

만약 임과 재회를 했다면 '기뻐하는' 화자의 내면세계가 느껴졌어야 했다. 하지만 감상을 했을 때 (나)의 내면세계는 '임에 대한 그리움', '임을 만나지 못하는 것에 대한 슬픔'이 전부였다.

또 '월중'이라는 시간적 배경은, 화자가 매화가 된 자신의 그림자를 임의 곁에 닿게 하고 싶다고 말한 시간으로, '임에 대한 그리움'이 드러나고 있는 순간이다. 따라서 '임과 재회하는 순간'을 드러낸다는 건 완전 틀린 말이다.

◉ 답 : ⑤

## 3. <보기>를 참고할 때, (가)의 [A]와 <보기>의 [B]를 비교하여 이해한 내용으로 적절하지 <u>않은</u> 것은?

<보 기>

「서경별곡」의 제2연에서 여음구를 제외한 부분은 당시 유행하던 민요의 모티프를 수용한 것으로, 「정석가」에도 동일한 모티프가 나타난다. 고려 시대의 문인 이제현도 당시에 유행하던 민요를 다음과 같이 한시로 옮긴 적이 있다.

| | |
|---|---|
| 비록 구슬이 바위에 떨어져도 | 縱然巖石落珠璣 |
| 끈은 진실로 끊어질 때 없으리. | 纓縷固應無斷時 |
| 낭군과 천 년을 이별한다고 해도 | 與郎千載相離別 |
| 한 점 붉은 마음이야 어찌 바뀌리오? | 一點丹心何改移 |

[B]

⇒ <보기>에 나와 있는 '한시'도 당시 유행하던 민요의 '모티프'를 수용한 것이라고 한다. '모티프'가 뭔지 정확히 모르겠지만, [B]에 있는 한시의 내용이랑 「서경별곡」 제2연에 있는 내용이 비슷한 걸 봐서, '내면세계'랑 비슷한 말인 거 같다. 실제로 '모티프'는 '반복적으로 나타나는 특정한 상징, 내면세계' 등을 말한다.

<보기>의 [B]도 「서경별곡」의 제2연, 「정석가」에 나온 내면세계와 마찬가지로, 사랑하는 임과 헤어진다고 해도 임에 대한 사랑, 믿음은 변하지 않는다는 걸 말하고 있다. [B]를 조금 더 자세히 보면, 마지막 두 줄을 통해서 '구슬이 바위에 떨어져도'와 '끈'에 담긴 의미를 이해할 수 있다. '낭군과 천 년을 이별'하는 상황은, '구슬이 바위에 떨어지는' 상황

Chapter 1 노베이스를 위한 문학 공부법

Chapter 2 문학 만점을 위한 기초 체력 키우기

Chapter 3 기출 적용편

현대시

고전시가

현대소설

고전소설

이랑 대응되고, '한 점 붉은 마음'은 '끈'과 대응된다. 왜냐하면 '구슬이 바위에 떨어지는' 상황은 구슬이 바위에 부딪혀 부서질 수 있는 상황이니, '낭군과 천년을 이별'하는 위험한 상황과 대응된다고 할 수 있다. 그리고, '끈'은 '바위에 떨어지는' 시련을 겪더라도 끊어지지 않는 것이니, 이는 '이별'하는 시련을 겪더라도 변하지 않는 '한 점 붉은 마음'과 대응되는 것이다.

추가로, '한시'라는 건 말 그대로 '한자로 쓴 시'를 말한다. [B]의 경우, 이 시가 원래 한자로 쓰인 '한시'라는 걸 보여주기 위해서 오른쪽에 한자를 써놓은 것이다. 왼쪽에 있는 구절들은 원래 한시로 지어진 시를 현대어로 해석해 놓은 것이다.

> ① [A]와 [B]에서 '구슬'은 변할 수 있는 것을, '긴'이나 '끈'은 변하지 않는 것을 비유하는 소재로 활용하였군.

⇒ [A]와 [B]에서 '긴'과 '끈'은 '변하지 않는 화자의 마음'을 비유적으로 표현한 거였다. 그리고 '구슬'은 이런 '긴'과 '끈'이랑 **정반대**의 뜻이다. 따라서 '구슬'은, '변하지 않는 것'을 뜻하는 '긴', '끈'과 달리, '변할 수 있는 것'을 비유한 것이라 볼 수 있다. 그리고 작품 속에는 명확히 나와 있지 않지만 '구슬이 변하는 것'은 '구슬이 바위에 떨어져서 깨지는 것'을 의미한다고 추론해 볼 수 있다.

> ② [A]에서는 '신'을, [B]에서는 '붉은 마음'을 굳건한 '바위'로 형상화하였군.

⇒ 말이 안 된다. **[A]의 '신'은 '바위'와 대응되는 것이 아니라, '긴'과 대응되는 것이다.** 임을 향한 화자의 변치 않는 '믿음'은 끊어지지 않는 '끈'과 대응된다. 그리고 [B]에서도 '붉은 마음'을 '바위'로 형상화한 것이 아니다. **[B]의 '한 점 붉은 마음'은 '끈'과 대응되는 것이다.** 화자는 바위에 떨어져도 끊어지지 않는 '끈'을 통해서 자신의 변하지 않는 '붉은 마음'을 표현하고자 했던 것이다. 따라서 [A]에서는 '신'을, [B]에서는 '붉은 마음'을 '끈'으로 형상화한 것이라 말해야 한다.

Chapter 1
노베이스를 위한 문학 공부법

Chapter 2
문학 만점을 위한 기초 체력 키우기

Chapter 3
기출 적용편

한대시

고전시가

한대소설

고전소설

③ [A]와 [B] 모두에서 변하지 않는 마음을 소중한 가치로 여기는 화자의
태도가 나타나는군.

⇒ 맞는 말이다. [A]와 [B]의 화자 모두, 바위에 구슬이 부딪히는 것과 같이 힘든 현실이 닥치더라도 '임'을 향한 믿음은 계속 유지하겠다고 말한다. 이는 화자가 '변치 않는 마음, 믿음'이라는 것을 '가치 있는 것'으로 여긴다고 할 수 있다. 예를 들어서 누군가 '나는 무조건 진실만 말할 거야'라고 한다면, 그 사람은 '진실'이라는 가치를 소중한 가치로 여기고 있다고 할 수 있는 것과 같다.

④ [A]와 [B]를 보니 동일한 모티프가 서로 다른 형식의 작품으로 수용되었군.

⇒ [A]가 어떤 '형식'의 작품인지는 모르겠지만, [B]가 '한시'라는 점에서 [A]와 [B]가 서로 다른 형식의 작품이라는 건 추론할 수 있다. 그리고 [A]와 [B] 모두에서 동일한 모티프(내면세계)가 나타나고 있으므로, ④번은 맞는 말이다.

참고로 [A]의 형식은 '고려가요'이다. 〈보기〉의 '고려 시대의 문인 이제현도 당시에 유행하던 민요를 다음과 같이 한시로 옮긴 적이 있다'라는 문장을 보면, 「서경별곡」 또한 고려 시대에 지어진 작품이라는 걸 알 수 있다. 그리고 작품명이 '서경별곡'이라는 점에서, 「서경별곡」이 '노래'라는 것도 알 수 있다. 따라서 [A]의 형식이 고려 시대에 지어진 노래 즉, '고려가요'라는 것을 추측할 수 있는 것이다.

⑤ [A]와 [B]를 보니 여음구의 사용 여부에 차이가 있군.

⇒ ④번 해설에서 이해했듯이, [A]와 [B]는 각각 '고려 가요'와 '한시'로 형식이 다르다. '고려 가요'였던 [A]는 말 그대로 '노래'였으니 흥을 돋우는 '여음구'가 존재했고, [B]는 '시'였기 때문에 '여음구'가 없다. 따라서 ⑤번은 맞는 말이다.

✔답 : ②

# 현 대 소 설

## [소설 읽기의 모든 것]

소설 읽을 때도 가장 중요한 것은 '이미지화'와 '내면세계 공감'이다. 소설도 시와 같은 '문학'이기 때문에 결국 가장 중요한 것은 '감상'이다. 그리고 그 감상을 제대로 하기 위해서는 시를 읽을 때와 마찬가지로 '이미지화'와 '내면세계 공감'에 집중해야 한다. 한 문장 한 문장을 읽어가면서 마치 내가 그 소설 속 주인공이 된 것처럼 감정을 이입하고, 주인공이 보고 있는 것을 똑같이 떠올리려고 해줘야 한다. 그래야 속도도 빨라지고 정답률도 자연스레 높아진다.

그런데 하위권, 중하위권 학생들이 소설 공부하는 걸 보면, 전부 다 '인물'에 집착한다. 물론 소설에서 인물이 중요한 건 맞다. 그런데 인물에 동그라미 치는 것보다 더 중요한 건 그 인물이 왜 그렇게 행동하고 말하는지를 이해하는 것이다. 그리고 그걸 이해하기 위해서는 '이미지화'와 '내면세계 공감'을 해야 한다. 출제자는 절대로 너에게 인물 이름을 바꿔서 틀리게 만들지 않는다. 수능은 암기력을 측정하려는 시험이 아니기 때문이다. 그리고 '인물 관계'는 내면세계에 집중해서 감상하다 보면 자연스럽게 잡힌다. 내 말을 믿고, '이미지화'와 '내면세계'에만 집중해서 읽어 보기 바란다.

아마 너도 어린 시절 한 번쯤 소설책이나 만화책을 읽을 때, 눈 깜짝할 사이에 2~3시간이 지났을 정도로 푹 빠졌던 적이 있을 것이다. 왜냐하면 네가 그 소설책이나 만화책에 나오는 인물들이 처한 상황에 공감하고, 그 인물들이 보고 있는 장면을 네 머릿속으로 상상하며 읽었기 때문이다. **그렇게 읽으면 재미가 있다.** 당장 눈앞에 보이는 배우나 화면이 없어도 네가 상상력을 통해 '이미지화'와 '내면세계 공감'을 해내기 때문이다. 그래서 영화나 드라마를 보면서 느꼈던 재미를 소설 읽으면서 느끼는 것이다. 그렇게 재미를 느끼는 순간 '몰입'은 자연스레 일어난다. 그런데 그렇게 몰입이 일어나는 순간, 글 읽는 속도와 정확도는 알아서 향상된다. 따라서 소설 읽기에서 가장 중요한 것은 '이미지화'와 '내면세계 공감'을 통해서 '재미'를 느끼는 것이라 할 수 있다. 기억하자. 소설 파트를 가장 잘 푸는 학생은 공부를 열심히 하는 학생도, 머리가 좋은 학생도 아닌, **소설을 '재밌어'하는 학생이라는 것을**. 그러니 소설을 읽을 땐 항상 의도적으로 소설을 읽는 게 '영화'를 보는 것만큼이나 재밌는 거라고 생각해 주자.

## 1. '1인칭 시점', '3인칭 시점'이 도대체 뭔가요?

소설도 시와 마찬가지로 '내면세계 공감'과 '이미지화'를 하면서 읽어야 하는 것은 똑같다. 다만 소설에는 '1인칭 시점' 또는 '3인칭 시점'이라는 특수한 개념이 있다. 하나도 어렵지 않으니 집중해 보자. 우선 '1인칭'은 쉽게 말해서 '나'를 뜻하는 말이고, '2인칭'은 '너', '3인칭'은 나도 너도 아닌 '제 3자'를 뜻한다. 따라서 '1인칭 시점'은 소설 속 주인공인 '나' 입장에서, '2인칭 시점'은 '너' 입장에서, '3인칭 시점'은 '제 3자 입장'에서 이야기를 전개하는 것이다.

그런데 여기서 '2인칭 시점'이라는 건 사실 쓰지 않는 말이다. 왜냐하면 '2인칭'이라는 건 말 그대로 이야기를 '듣는 사람'을 말하는데, 이야기를 듣는 사람이면서 동시에 소설 속 이야기를 전달해 주는 사람이 되는 건 불가능하기 때문이다. 즉, **말을 듣는 '청자'랑 말을 하는 '화자'는 같을 수가 없다.** 따라서 2인칭 시점으로 소설이 진행된다는 것은 논리적으로 말이 안 되는 것이다. 그래서 소설에는 1인칭 시점과 3인칭 시점밖에 없다.

'1인칭 시점'과 '3인칭 시점'은 각각 2가지, 3가지 경우가 있다. 우선 '1인칭 시점'은 소설 속에서 이야기를 전개해 나가는 사람이 '주인공인 경우'와 '주인공이 아닌 경우'로 나눠진다. 소설 속에서 이야기를 하는 사람이 '주인공인 경우'에 이를 '1인칭 주인공 시점'이라고 말한다. 그리고 소설 속 주인공은 서술을 하고 있는 '나'이므로 '1인칭 주인공 시점'에서 서술자는 '나'이다.

소설 속에서 이야기를 하는 사람이 '주인공이 아닌 경우'에는 '1인칭 관찰자 시점'이라고 말한다. '1인칭 관찰자 시점'도 '1인칭 주인공 시점'과 마찬가지로 '1인칭 시점'이기 때문에, 서술자는 '나'이다. 하지만 '나'가 주인공이 아니라는 점에서 차이가 있는 것이다. '1인칭 관찰자 시점'은 말 그대로, 작품 속에 주인공은 따로 있고, 서술자인 '나'는 그 주인공을 관찰하는 식으로 이야기가 전개된다.

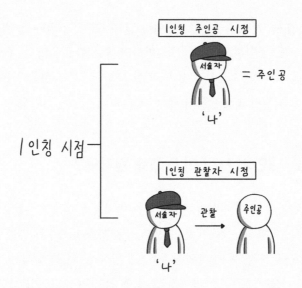

소설에는 '1인칭 주인공 시점'이 '1인칭 관찰자 시점'보다 훨씬 자주 나온다. 수능 역사상 '1인칭 관찰자 시점'의 소설이 나온 적은 단 한 번도 없다. 이건 이유를 이해하면 당연하다. '1인칭 관찰자 시점'을 생각해 보자. '1인칭 관찰자 시점'은 말 그대로 서술자가 주인공을 단순히 관찰만 할 뿐이다. 즉, 주인공의 마음을 정확히 모르고, 주인공의 행동만 보고 추측할 뿐이라는 것이다. **그러면 해당 작품을 읽는 사람 입장에서 주인공의 마음에 공감하기가 쉽지 않다.** 예를 들어서 아이언맨이 주인공인 소설인데, 서술자가 아이언맨이 아닌 아이언맨의 친구 피터인 것이다. 그러면 피터 입장에서는 아이언맨의 행동을 보면서 그의 마음을 추측만 할 수 있다. 그러면 작품을 읽는 사람도 아이언맨의 내면세계를 완벽하게 이해하기가 힘드니까 작품에 몰입하기가 어려워진다. '작품에 몰입하기 어려워진다'는 건 다른 말로 작품이 '재미가 없다'는 것이다.

물론 아이언맨의 마음을 추측하는 게 더 재밌다고 하는 독자가 있을 수 있다. 행동을 보고 내면세계를 추측하는 것에 익숙한 감상력 높은 독자라면 그럴 수 있다. 하지만 대부분 사람은 그렇지 않다. 아이언맨의 내면세계에 더 몰입하기 쉬운 상황은, 아이언맨의 행동만 말해줄 때가 아니라 아이언맨의 내면세계까지 직접적으로 말해줄 때다. 그래야 주인공을 공감하고 스토리에 더 몰입하게 된다. 그래서 대부분 사람은 내면세계가 직접적으로 드러나는 1인칭 주인공 시점을 더 재밌어하는 것이다. 그래서 작품도 1인칭 주인공 시점이 훨씬 많다.

이뿐만 아니라 수능 시험은 내면세계를 물어보는 시험이기 때문에 작품 속에 내면세계

Chapter 1 노베이스를 위한 문학 공부법

Chapter 2 문학 만점을 위한 기초 체력 키우기

Chapter 3 기출 적용편

현대시

고전시가

현대소설

고전소설

를 말해주는 구절이 있어야 한다. **'1인칭 관찰자 시점'처럼 전부 행동만 서술하고 있으면 작품을 처음부터 읽지 않는 이상, 인물들의 내면세계를 제대로 이해하는 게 힘들다.** 수능은 소설의 처음과 끝이 아닌 일부분만 발췌해서 물어보는 시험이기 때문에, 학생들이 일부 단락만 보더라도 인물의 내면세계에 공감하고 추론하기 쉬운 1인칭 주인공 시점으로 시험을 내는 것이다. 그리고 또 **행동만 서술되어 있는 경우, 그 행동을 한 인물의 내면세계를 사람마다 다 다르게 해석할 수 있다는 문제가 있다.** '물건을 툭 내려놓는다'는 문장을 보고, 누구는 '아, 얘가 화났구나'라고 하고 누구는 '아무 생각 없는 거 같은데'라고 해석할 수 있는 것이다. 이때 출제자 입장에서는 작품 속에 인물의 내면세계가 나타나 있지 않으니까, 뭐가 맞는 해석인지 정확한 근거를 대기가 힘들다.

# ★★ '3인칭 시점'의 3가지 경우 ★★

'3인칭 시점'은 '1인칭 시점' 달리 3가지 경우가 있다. 첫 번째는 '3인칭 관찰자 시점'이고, 두 번째는 '3인칭 전지적 작가 시점'이다. 마지막으로 세 번째는 '3인칭 제한적 전지적 작가 시점'이다.

> *① 3인칭 관찰자 시점*
> *② 3인칭 전지적 작가 시점*
> *③ 3인칭 제한적 전지적 작가 시점*

## ❶ 3인칭 관찰자 시점

**'3인칭 관찰자 시점'과 '3인칭 전지적 작가 시점'은 서술자가 '신'이냐 아니냐로 구분된다고 생각하면 된다.** '3인칭 관찰자 시점'은 말 그대로 서술자가 관찰만 한다. 서술자가 신이 아니기 때문에 관찰하는 인물들의 내면세계까지는 알지 못한다. 아까 설명했던 '1인칭 관찰자 시점'과 똑같다고 생각하면 된다.

행동만 묘사하기 때문에 내면세계를 알기 힘들어서 몰입도가 떨어지고 짤막하게 출제되는 구절만으로는 내면세계를 이해하기 어렵다는 문제가 있다. 그리고 행동만 제시되기에, 그 행동 아래에 있는 내면세계를 다양하게 해석할 수 있어서 정답을 명확하게 만들기 어렵다는 문제도 있다. 그래서 시험에는 '3인칭 관찰자 시점'이 거의 나오지 않는다. (아직까지 수능에 '3인칭 관찰자 시점'이 출제된 적은 한 번도 없다.)

### ❷ 3인칭 전지적 작가 시점

'3인칭 전지적 작가 시점'은 제3자인 서술자가 마치 신처럼 모든 인물들의 내면세계를 들여다보고 서술하는 시점이다. 주인공을 비롯한 모든 인물이 왜 이렇게 행동하는지, 지금 마음이 어떤지를 전부 설명해 주는 서술은 모두 '전지적 작가 시점'이다. '전지적'이라는 것은, '온전할 전' 자와 '알 지' 자를 써서 '온전히 모든 것을 알고 있다'는 뜻이다. 따라서 '전지적 작가 시점'은 모든 것을 알고 있는 작가의 시점에서 서술하는 것을 말한다. 추가로, '3인칭 전지적 작가 시점'은 그냥 '전지적 작가 시점'이라고 부르기도 한다.

### ❸ 3인칭 제한적 전지적 작가 시점

마지막으로 '3인칭 제한적 전지적 작가 시점'은 서술자가 신이긴 신인데, 특정 인물의 내면세계만 전부 알고 있는 것이다. 예를 들어 철수와 영희라는 인물이 있을 때 철수의 내면세계는 전부 다 서술해 주지만 영희의 내면세계는 서술해 주지 않는 것이다. 이 경우 '제한적으로' 서술하는 전지적 작가 시점이라고 해서, '제한적 전지적 작가 시점'이라고 말한다.

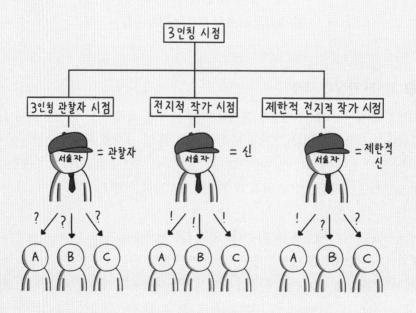

## 2. 네가 소설 줄거리 파악을 어려워하는 이유

하위권에서 중하위권 학생들을 가르치다 보면 많은 학생이 소설 줄거리 파악 자체를 어려워한다는 걸 알 수 있다. 줄거리 파악이 안 되면 내면세계를 제대로 공감해 내는 것이 힘들다. 그렇기에 우선순위는 줄거리를 제대로 파악하는 것이 먼저다. 그렇다면 학생들은 왜 소설의 줄거리 파악을 어려워하는 걸까? **그건 바로 '외부세계' → '내면세계'로 바뀌는 시선의 이동 때문이다.** 이는 반대로 '내면세계' → '외부세계'로 시선이 바뀔 때도 마찬가지다.

보통 시선의 이동은 내가 바다를 보다가 그 옆에 있는 등대로 시선을 옮길 때 쓰는 말이다. 그런데 이렇게 외부세계(바다) → 외부세계(등대)로 시선을 옮길 때뿐만 아니라, 외부세계 → 내면세계로 또는 내면세계 → 외부세계로 시선을 옮길 때도 '시선의 이동'이 있는 것이다. 그러면 '외부세계 → 내면세계'로 시선이 이동한다는 건 무슨 말일까? **바로, 서술자가 '회상'에 잠긴다는 뜻이다.** 예를 들어서, '내 앞에는 커다란 비석이 하나 세워져 있다. 이걸 보니 5살 때 할머니 집에 있었던 동상이 생각난다'와 같은 문장이 있다고 해보자. 서술자는 자기 앞에 있는 '비석'을 인식하다가 '5살 때 할머니 집에 있었던 동상'을 떠올린다. 즉, '외부세계'를 보고 있다가 시선을 '내부세계'로 돌리는 것이다. 우리는 이를 다른 말로 '회상'이라고 한다.

네가 소설의 줄거리를 잘 파악하지 못한다면 인물 관계가 복잡해서 파악하지 못하는 것도 있겠지만, '회상'을 잡아내지 못하기 때문일 가능성이 크다. 서술자는 회상을 통해서 과거에 있었던 인물들을 생각하고 있을 것이다. 그런데 그게 회상인지 모른다면 너는 화자가 현재 마주하고 있는 인물이라 생각할 수 있다. 그리고 서술자는 과거에 일어났던 사건을 회상하는데 현재 일어나고 있는 사건이라 생각할 수도 있다. 즉 '회상'이 시작되거나 '회상'에서 깨어나는 순간을 인식하지 못하면 줄거리를 완전히 다르게 이해할 수도 있는 것이다. 네가 회상이 시작되는 순간 또는 회상에서 깨어나는 순간을 인식하지 못하는 건, 아무런 표시가 없기 때문이다. 그냥 어느 순간 서술자는 '회상'에 잠기고, 어느 순간 '회상'에서 벗어난다. 그래서 이건 다양한 소설을 많이 읽으면서 경험하는 수밖에 없다. 이제 기출 문제 적용편을 풀면서 한번 같이 연습해보자.

Chapter 1
노베이스를 위한 문학 공부법

Chapter 2
문학 만점을 위한 기초 체력 기르기

Chapter 3
기출 적용편

현대시

고전시가

현대소설

고전소설

# 2016학년도 수능(A형)
## 「나목」

나는 숨을 죽이고 지그시 아픔을 견디며, 또 하나의 아픈 날을 회상한다. 꼭 이만큼이나 아팠던 날을.

그것은 아마 나의 고가(古家)가 헐리던 날이었을 게다.

남편은 결혼식을 치르자 제일 먼저 고가의 철거를 주장했다. 터무니없이 넓은 대지에 불합리한 구조로 서 있는 **음침한 고가**는 불필요한 방들만 많고 손댈 수 없이 퇴락했으니, 깨끗이 헐어 내고 대지의 반쯤을 처분해서 쓸모 있는 **견고한 양옥**을 짓자는 것이었다.

너무도 당연한 소리였다. 반대할 이유라곤 없었다.

[고가]의 철거는 신속히 이루어졌다. 나는 그 해체를 견딜 수 없는 아픔으로 지켰다.

우아한 추녀와 드높은 용마루는 헌 기왓장으로 해체되고, 웅장한 대들보와 길들은 기둥목, 아른거리던 바둑마루는 허술한 장작더미처럼 나자빠졌다.

숱한 애환을 가려 주던 〈亞〉 자 창들이 문짝 장사의 손구루마에 난폭하게 실렸다.

㉠ 남편은 이런 장사꾼들과 몇 푼의 돈 때문에 큰소리로 삿대질까지 해 가며 영악하게 흥정을 했다.

남편 하나는 참 잘 만났느니라고 사돈댁 – 지금의 동서 – 은 연신 뻐드러진 이를 드러내고 내 등을 쳤다.

이렇게 해서 나의 고가는 완전히 해체되어 몇 푼의 돈으로 바뀌었나 보다.

아버지와 오빠들이 그렇게도 사랑하던 집, 어머니가 임종의 날까지 그렇게도 집착하던 고가. 그것을 그들이, 생면부지의 낯선 사나이가 산산이 해체해 놓고 만 것이다.

그러나 생각해 보면 고가의 해체는 행랑채에 구멍이 뚫린 날부터 이미 비롯된 것이었고 한번 시작된 해체는 누구에 의해서고 끝막음을 보아야 할 것 아닌가.

다시는, 다시는 아침 햇살 속에 기왓골에 서리를 이고 서 있는 **숙연한 고가**를 볼 수 없다니.

그러나 나는 나 자신의 육신이 해체되는 듯한 아픔을 의연히 견디었다. 실상 나는 고가의 해체에 곁들여 나 자신의 해체를 시도하고 있었는지도 모를 일이었다.

남편이 쓸모없이 불편한 고가를 해체시켜 우리의 새 생활을 담을 새 집을 설계하듯이, ㉡ 나는 아직도 그의 아내로서 편치 못한 나를 해체시켜, 그의 아내로서 편한 나로 뜯어 맞추고 싶었다.

쓸모 있고 견고한, 그러나 속되고 네모난 집이 남편의 설계대로 이루어졌다. 현대식 시설을 갖춘 부엌과, 잔디와 조그만 분수까지 있는 정원이 있는 아담하고 밝은 집. 모두가 남편의 뜻대로 되었다.

ⓒ 다만 나는 후원의 은행나무들만은 그대로 두기를 완강히 고집했다. 넓지 않은 정원에 안 어울리는 거목들이 때로는 서늘한 그늘을 주었지만 때로는 새 집을 너무도 침침하게 뒤덮었다.

그러나 나는 아직도 그것들의 빛, 그것들의 속삭임, 그것들의 아우성을 가끔가끔 필요로 했다.

ⓓ 그러고 보니 아직도 해체되지 않은 한 모퉁이가 내 은밀한 곳에 남아 있는지도 몰랐다.

"옥희도 씨 유작전이 있군."

남편도 지금 그 기사를 읽고 있는 모양이다.

"죽은 후에 유작전이나 열어 주면 뭘 해. 살아서는 개인전 한 번 못 가져 본 분을."

"…."

"흥, 그분 그림이 외국 사람들 사이에 꽤 인기가 있는 모양인데 모를 일이야."

'흥, 잡종의 상판을 헐값으로 그려 준 대가를 제법 받는 셈인가.'

"죽은 후에 치켜세우는 것처럼 싱거운 건 없더라. 아마 어떤 ⓐ비평가의 농간이겠지…."

'흥, 당신이 생각해 낼 만한 천박한 추측이군요.'

"에이 모르겠다. 예술이니 나발이니. 살아서 잘 먹고 편히 사는 게 제일이지."

'암, 몰라야죠. 당신 따위가 알 게 뭐예요. 그분은 그렇게밖에 살 수 없었다는 걸 당신 따위가 알 게 뭐예요.'

남편은 신문을 떨구고 기지개를 늘어지게 폈다.

ⓔ 나는, 젖힌 그의 얼굴에서 동굴처럼 뚫린 콧구멍과 그 속을 무성하게 채운 코털을 보며 잠깐 모멸과 혐오를 느꼈다.

(중략)

옆에 앉은 남편도 풍선을 쫓았던가 고개를 젖힌 채 눈이 함빡 하늘을 담고 있다.

그러나 그뿐, 이미 그의 눈엔 10년 전의 앳된 갈망은 없다. 그뿐이랴. 여자를 소유하고 가정을 갖고 싶다는 세속적인 소망 외에는 한 번도 야망이나 고뇌가 깃들어 보지 않은 눈. 부스스한 머리가 늘어진 이마에 어느새 굵은 주름이 자리 잡기 시작한 중년의 그가 나는 또다시 낯설다.

저만치서 고등학생들이 배드민턴을 친다. 공이 나비처럼 경쾌하게 날아와 라켓에 부딪치는 소리가 마치 젊은 연인들의 찰나적인 키스의 파열음처럼 감각적으로 들린다.

ⓑ 나는 충동적으로 그의 이마의 주름 진 곳에 그런 키스를 퍼부었다.

그가 낯선 게 견딜 수 없어서였다. 그가 아주 타인처럼 낯선 게 견딜 수 없어서였다.

- 박완서, 「나목(裸木)」 -

1. ㉠~ⓑ에 대한 설명으로 적절하지 <u>않은</u> 것은?

① ㉠의 '남편'의 행동은 ㉢에서 '나'가 지키고자 했던 대상을 보존하기 위한 '남편'의 배려심이 반영된 것이다.

② ㉠에는 '남편'의 행동 묘사를 통해 '남편'의 성격이 드러나 있고, ⓜ에는 '남편'의 외양 묘사를 통해 '나'의 심리가 드러나 있다.

③ ㉡에서 '나'는 '남편'의 삶에 동화되고자 하지만, ㉣에서 여전히 '남편'에게 동화되지 않는 '나'의 모습을 발견하고 있다.

④ ㉡에는 '남편'에 대한 '나'의 태도를 변화시키고자 하는 심리가 드러나 있고, ⓑ에는 '남편'을 낯설어하는 '나'의 감정을 변화시키고자 하는 돌발적 행위가 드러나 있다.

⑤ ㉢에서 드러나는 '은행나무들'에 대한 '나'의 집착은 ㉣에서 나타나는 '나'의 잠재의식과 연결된다.

2. 고가 를 중심으로 윗글을 이해한 내용으로 적절하지 <u>않은</u> 것은?

① 고가 의 철거 결정에는 '남편'의 실용적인 가치관이 작용하고 있다.

② 고가 의 철거를 주장한 '남편'은 '견고한 양옥'의 설계에서도 자신의 뜻을 반영하였다.

③ 고가 의 철거는 '나'와의 친밀감을 회복하고자 하는 '남편'의 의지가 좌절된 사건을 의미한다.

④ 고가 는 과거의 '나'가 투영된 대상으로 '나'의 의식 속에 환기되어 내면의 갈등상태를 드러내고 있다.

⑤ 고가 를 '남편'은 '음침한 고가'로, '나'는 '숙연한 고가'로 표현하여 인물에 따른 관점의 차이를 드러내고 있다.

Chapter 1
노베이스를 위한 문학 공부법

Chapter 2
문학 만점을 위한 기초 체력 키우기

Chapter 3
기출 적용편

현대시

고전시가

현대소설

고전소설

**3.** 〈보기〉를 ⓐ에 대한 '남편'의 속말이라고 가정할 때, ⓑ에 들어갈 말로 가장 적절한 것은?

〈보 기〉

　생전에는 주목하지 않던 옥희도를 사후에 높이 평가하는 것에는 원칙이 있다고 볼 수 없으니, (　　ⓑ　　)(이)라는 말이 생각나는군.

① 모래 위에 쌓은 성
② 고양이 쥐 사정 보듯
③ 까마귀 날자 배 떨어진다
④ 귀에 걸면 귀걸이 코에 걸면 코걸이
⑤ 될성부른 나무는 떡잎부터 알아본다

## '나목' 지문해설

나는 숨을 죽이고 지그시 아픔을 견디며, 또 하나의 아픈 날을 회상한다. 꼭 이만큼이나 아팠던 날을.

⇒ 이 소설의 제목은 「나목」이다. '벌거벗은 나무'라는 뜻인데, 소설을 읽어보면 알겠지만 '벌거벗은 나무'와는 아무런 관계가 없다. '고가'와 '은행나무'에 대해서 말하고 있을 뿐이다. 「나목」이라는 소설을 전부 읽어보면 맨 마지막에 '나목'과 관련된 내용이 나온다. **이처럼 소설은 시와 달리, 제목을 반드시 읽고 들어가진 않아도 된다.** 즉, 소설을 읽을 때는 제목에서 어떤 힌트를 얻으려 하거나, 제목이랑 연관 지어서 내용을 읽으려고 하지 않아도 된다는 것이다. 괜히 시간 낭비만 할 가능성이 높다. 시는 적혀 있는 내용이 반드시 '제목'이랑 연관이 되어 있지만, 소설은 연관이 없는 경우가 더 많기 때문이다.

　이제 문장을 감상해 보자. '나는'이라는 말에서, '1인칭 주인공 시점'이라는 걸 알 수 있다. 아까 설명했지만 '1인칭 관찰자 시점'은 잘 나오지 않기 때문에 생각하지 않아도 된다. 서술자는 지금 '숨을 죽이고 아픔을 견디며', '또 하나의 아픈 날'을 회상한다고 한다. **내면세계를 들여다보기 시작하는 것이다.** 그리고 지금 아픔을 견디며 또 하나의 아픈 날을 회상한다고 하니, 서술자는 현재 슬픈 상황, 가슴이 아픈 상황에 처해 있다는 걸 알 수 있다. 자신이 지금 가슴 아픈 상황에 놓여있으니까, 예전에 똑같이 가슴 아팠던 순간이 기억난다. **우리가 졸업앨범을 보면서 친구들이 그리워지면 중학교 시절, 고등학교 시절이 자연스레 떠오르듯이, 가슴 아픈 상황에 처하니까 똑같이 가슴 아팠던 과거의 기억이 떠오르는 것이다.** 그러면 여기서 나는 궁금하다. '왜 서술자는 지금 아픈 걸까?', '무엇이 서술자를 아프게 하는 걸까?'. 결국 내면세계에 공감하는 게 전부라고 했다. 따라서 당연히 '나'가 '왜' 아픈 건지 궁금했어야 한다. 의문을 가지고 계속 읽어 보자.

> 그것은 아마 나의 고가(古家)가 헐리던 날이었을 게다.

⇒ '나'는 지금 '고가'가 헐리던 날을 회상한다. 아까 '아픈 날'을 회상한다고 했으니, '고가가 헐리던 날'이 바로 서술자가 말하는 '아픈 날'이라는 걸 알 수 있다. '고가'는 말 그대로 '오래된 집'이다. **'나'는 왜 고가가 헐리던 날, 가슴이 아팠던 걸까?** 생각해 보자면, 아마 '고가'가 화자에게 소중한 것, 중요한 것이 아니었을까 싶다.

> 남편은 결혼식을 치르자 제일 먼저 고가의 철거를 주장했다.

⇒ 왜 '나'가 '고가'가 헐리던 날을 '슬퍼'했던 건지 설명해 주려는 거 같다. '이미지화'하면서 '나'가 회상하는 순간을 따라가 주자.

> 터무니없이 넓은 대지에 불합리한 구조로 서 있는 **음침한 고가**는 불필요한 방들만 많고 손댈 수 없이 퇴락했으니, 깨끗이 헐어 내고 대지의 반쯤을 처분해서 쓸모 있는 **견고한 양옥**을 짓자는 것이었다.

⇒ 이걸 아무 생각 없이 그냥 읽으면 안 된다. 이 구절을 읽으면서, 지금 '남편'이 어떤 내면세계를 가지고 있는지 주의 깊게 봐야 한다. 우선 앞서 '나'가 '고가가 헐리던 날'을 가슴 아파하는 걸 봐서, '나'에게 '고가'는 소중한 것임을 추측할 수 있다. 그런데 '나'의 남편은 '나'가 소중하게 생각하는 '고가'를 '음침한 고가'라고 말한다. 엄청나게 넓은 땅

에 '불합리한 구조'로 서 있는 고가라고 생각하고, '불필요한 방들만 많고, 손댈 수 없이 퇴락'했다고 생각한다. 그래서 빨리 '고가'를 없애버리고, 고가가 있던 땅도 조금 팔아서, 그 돈으로 '견고한 양옥'을 짓자고 말한다. 이처럼 남편은 명확한 근거를 들면서 '고가'를 철거해야 한다고 말한다. 즉, 굉장히 '합리적'인 사람인 것이다. **이때 감상을 잘하는 학생들은 '남편'과 '나' 사이에 갈등이 있을 수 있겠다고 추측한다.** 왜냐하면 같은 '고가'에 대한 '나'와 '남편'의 인식이 서로 다르기 때문이다. 계속 읽어보자.

> 너무도 당연한 소리였다. 반대할 이유라곤 없었다.

⇒ 남편의 말은 '합리적'인 말이기 때문에, '나'가 스스로 생각해 봐도 딱히 반박할 이유가 없는 맞는 말이었다.

> 고가 의 철거는 신속히 이루어졌다. 나는 그 해체를 견딜 수 없는 아픔으로 지켰다.

⇒ 그래서 '고가'는 남편의 의견대로 빠르게 부서져 갔다. 그런데 '나'는 고가의 해체를 '견딜 수 없는 아픔'으로 지켰다고 한다. '나'가 고가의 해체를 '아픔'으로 지켰다고 한 데서, '나'에게 '고가'가 소중한 존재였을 거라는 걸 또 한 번 추측할 수 있다.

> 우아한 추녀와 드높은 용마루는 헌 기왓장으로 해체되고, 웅장한 대들보와 길들은 기둥목, 아른거리던 바둑마루는 허술한 장작더미처럼 나자빠졌다.

⇒ '나'가 인식하는 '고가'의 모습이 나온다. **'우아한 추녀'**와 **'드높은** 용마루', **'웅장한** 대들보'와 **'길들은 기둥목', '아른거리던** 바둑마루'라는 표현에서, '나'가 고가를 소중하고 아름답게 생각하는 것을 알 수 있다. 또 '나'는 해체되는 곳 하나하나를 모두 관찰하고, '우아하다', '드높다', '웅장하다'라고 말한다. 이걸 봤을 때 '나'는 고가의 모든 부분을 신경 썼을 만큼 고가에 관심을 가졌다는 걸 알 수 있다. '남편'에게는 빨리 철거해 버리고 싶은 '불합리한' 고가이지만, '나'에게는 너무나도 소중하고 아름다운 '고가'였던 것이다. 그런데 '나'가 그렇게 소중하게 여겼던 고가는 철거와 함께 '허술한 장작더미'처럼 부서졌다고 한다.

Chapter 1
노베이스를 위한 문학 공부법

Chapter 2
문학 만점을 위한 기초 체력 키우기

Chapter 3
기출 적용편

현대시

고전시가

현대소설

고전소설

> 숱한 애환을 가려 주던 <亞> 자 창들이 문짝 장사의 손구루마에 난폭하게
> 실렸다.

⇒ '애환'은 '슬픔과 기쁨'을 아울러 이르는 말이다. 내면세계와 관련된 단어들은 시험에 나왔을 때 뜻을 모르면 틀릴 가능성이 크므로, 반드시 기억해 두자. 또 '숱한'이라는 말은 '아주 많은'이라는 뜻이다. 즉, '숱한 애환을 가려 주던'이라는 말은 '아주 많은 슬픔과 기쁨을 가려주었다'는 뜻인데, 이게 무슨 말일까? **바로 그만큼 오래되었다는 뜻이다.** '나'가 '고가'에 살면서 슬픈 일도 있었을 거고, 기쁜 일도 있었을 것이다. 오래 살면 살수록 슬픈 일과 기쁜 일 또한 많이 겪게 된다. 따라서 '숱한 애환'을 겪었다는 건 그만큼 오랜 시간 동안 '고가'에서 살았다는 걸 의미한다.

그리고 서술자가 '가려 주던'이라고 말한 것은, 고가의 '안'에서 '숱한 애환'들이 있었기 때문이다. 그래서 안이 보이지 않게 해주는 '창'을 보고 숱한 애환을 **가려 주던** 〈亞〉 자 창이라고 표현한 것이다. 그렇게 '나'의 수많은 애환들을 함께하고 또 가려 주던 창이, 집을 철거하는 '문짝 장사'의 손구루마에 '난폭하게' 실린다.

그런데 여기서 한 가지 생각해 볼 게 있다. 실제로 철거하는 사람들이 문짝을 '난폭하게' 싣고 있는 걸까? 지금 '나'가 보고 있는 것은, 자신이 사랑하던 '고가'가 집을 철거하는 사람들 손에 부서지고 있는 장면이다. 그런데 이때 '문짝 장사'는 아주 조심히 문짝을 옮기고 있었을 수도 있다. 하지만 '나'는 문짝 장사가 '난폭하게' 창을 싣고 있다고 표현한다. **이는 '나'의 내면세계에 '문짝 장사'의 행동이 '필터링' 된 것이다.** 사람은 내면세계대로 세상을 인식한다고 했다. '문짝 장사'가 지금 '나'의 **소중한** '고가'를 부수고 있는 것이니, '나'의 눈에는 이 사람이 어떻게 행동하든 '난폭하게' 부수는 것처럼 보이는 것이다. 자신의 소중한 것을 없애고 있는 사람의 행동이니, 그 사람의 행동이 어떻든 '나'의 눈에는 '부정적'으로 보인다.

### 범작가 Tip

요즘 시험에서는 '난폭한' 같은 구절에 밑줄을 치고, 그 문장 아래에 깔려 있는 '나'의 내면세계를 물어본다. '나'가 왜 그렇게 '인식'하는 건지 이해하고 있냐고 물어보는 것이다. 네가 문학 성적을 올리고 싶다면 이런 구절 하나하나를 그냥 넘어가지 말고 생각하는 습관을 길러야 한다.

Chapter 1
노베이스를 위한 문학 공부법

Chapter 2
문학 만점을 위한 기초 체력 키우기

Chapter 3
기출 적용편

현대시

고전시가

현대소설

고전소설

> ㉠ 남편은 이런 장사꾼들과 몇 푼의 돈 때문에 큰소리로 삿대질까지 해 가
> 며 영악하게 흥정을 했다.

⇒ '나'의 눈에 '남편'은 어떻게 보일까? '남편'도 '부정적'으로 보일 것이다. '몇 푼의 돈 때문에'라는 말을 통해서도 '나'가 남편의 행동을 못마땅해한다는 걸 알 수 있다. 실제로 남편이 흥정하는 돈은 100만 원이 넘는 큰돈이었을 수도 있지만, '나'가 고가에 대해 가지고 있는 '추억'에 비하면 '몇 푼의 돈'에 불과한 것이다. 그런데 그 '몇 푼의 돈' 때문에 큰소리를 내고 삿대질까지 히면서 싸우는 '남편'을 보니 맘에 들지 않는다. 그러니 '나'의 눈에는 장사꾼들과 흥정하는 남편이 '자랑스러워' 보인 게 아니라, '영악해' 보인 것이다.

> 남편 하나는 참 잘 만났느니라고 사돈댁―지금의 동서―은 연신 뻐드러진
> 이를 드러내고 내 등을 쳤다.

⇒ 그런데 옆에 있는 '사돈댁'은 '나'와 내면세계가 다르다. 남편의 그런 행동을 보고 오히려 '남편 하나는 잘 만났다'라고 칭찬한다. '나'는 그런 '사돈댁'도 부정적으로 인식할 것이다. **왜냐하면 '사돈댁'은, 고가가 헐리는 아픔으로 고통스러워하는 '나'의 마음에 공감하지 못하는 인물이기 때문이다.** 예를 들어서 내가 지금 무릎이 까졌다고 해보자. 피도 살짝 나고 아파 죽겠는데, 옆에 있는 친구가 "야, 뭐 그거 가지고 그러냐"라고 말한다. 이때 나에게 이 친구가 어떻게 보일까? 친구가 아픈 내 마음을 공감해 주지 못하는 것 같아서 짜증 나기도 하고, 괜히 더 서글퍼질 것이다.

353

작품 속에 나오는 내면세계는 분명히 너도 한 번쯤은 살면서 경험했던 내면세계다. 출제자들도 고등학생들이 푸는 시험이라는 걸 알기 때문에, 고등학생이 경험할 수 있는 내면세계만 출제한다. 그러니, 지문을 읽으면서는 항상 내 경험을 떠올리면서 공감해 주는 걸 습관화하자.

> 이렇게 해서 나의 고가는 완전히 해체되어 몇 푼의 돈으로 바뀌었나 보다.

⇒ 돈으로 환산할 수 없는 '나'의 추억이 담긴 고가는, 철거를 통해서 '몇 푼의 돈'으로 바뀌어 버렸다. '나'는 아마 더 이상 '고가'를 볼 수 없다는 마음에 슬플 것이다.

> 아버지와 오빠들이 그렇게도 사랑하던 집, 어머니가 임종의 날까지 그렇게
> 도 집착하던 고가. 그것을 그들이, 생면부지의 낯선 사나이가 산산이 해체
> 해 놓고 만 것이다.

⇒ '나'가 왜 그렇게 고가를 소중히 여기고 고가가 해체되는 걸 슬퍼했는지가 나온다. 고가는 '나'의 아버지와 오빠들이 그렇게도 사랑했던 집이자, 어머니가 돌아가시기 직전까지도 집착했던 것이었다. **즉, 온 가족의 '추억'이 담겨 있었던 것이다.** 그런데 그렇게 온 가족이 소중하게 생각했던 집을, '장사꾼'과 '낯선 사나이'가 산산이 해체해 놓았다. 더 이상 '고가'를 보면서 추억을 회상할 수 없는 것이다. 그러니 '나'의 마음은, 가슴이 찢어질 듯이 아프다.

나도 이런 경험이 있다. 초등학생 때 학교가 끝나면 자주 가던 분식집이 있었다. 초등학교 6년 동안 주에 한 번씩은 꼭 가서 떡볶이와 슬러시를 먹곤 했었다. 그런데 중학교에 입학하고 문득 그 분식집이 생각나서 찾아가 봤는데, '문구점'으로 바뀌어 있는 것이다. 주인 아주머니도 없어지고, 분식집의 빨간 간판은 흔적도 없이 사라졌다. 이젠 그 집에 갈 일도 없었지만, 순간 가슴이 '쿵'하고 내려앉았다. 그리고 한참을 그 주변에서 서성거렸다. 없어진 분식집과 함께, **내 초등학교 시절의 추억도 사라져 버리는 거 같았기 때문이다.** 이건 너도 분명 경험한 적이 있을 것이다. 꼭 분식집이 아니더라도, 추억이 담겨 있는 무언가를 버리거나 그게 사라지면서 느꼈던 감정 말이다. 그때의 순간을 떠올려 본다면 '나'의 마음에 쉽게 공감할 수 있을 것이다.

Chapter 1
노베이스를 위한 문학 공부법

Chapter 2
문학 만점을 위한 기초 체력 키우기

Chapter 3
기출 적용편

현대시  고전시가  현대소설  고전소설

그리고 여기서 '생면부지의 낯선 사나이'는 '남편'이다. '나'는 왜 자신의 '남편'을 이렇게 표현한 것일까? 시 파트에서도 설명했지만, '낯설다'라는 감정은 '괴리감'이 있을 때 느껴지는 감정이다. '나'는 자신이 사랑했던 남편이 '낯설게' 느껴진다. 왜 그런 걸까? **바로, 남편의 내면세계와 자신의 내면세계가 다르기 때문이다.** 즉, 남편과 '나'의 내면세계에 '괴리감'이 있는 것이다. 그래서 내가 사랑하는 남편이지만, 내 내면세계에 공감하지 못하는 것을 보고 순간적으로 '낯설게' 느껴진다. 이러한 이유 때문에 '나'는 자신이 오래 봐왔던 남편을 '생면부지'의 낯선 사나이라고 말하는 것이다. '생면부지'라는 것은 '처음으로 대한다'라는 뜻이다. 실제로 남편을 처음 봤다는 건 말이 안 된다. **'나'는 남편의 내면세계에서 느껴지는 '괴리감'이 낯설었던 것이다.**

> 그러나 생각해 보면 고가의 해체는 행랑채에 구멍이 뚫린 날부터 이미 비롯된 것이었고 한번 시작된 해체는 누구에 의해서고 끝막음을 보아야 할 것 아닌가.

⇒ '나'가 이런 생각을 왜 하는 걸까? **지금 '나'는 슬픈 마음을 달래고 있는 것이다.** 생각해 보면 사실 '행랑채에 구멍이 뚫린 날'부터 해체는 이미 해야 했던 거라고, 누구에 의해서든 해체되었을 것이라고 하면서, '슬픈' 마음을 달래고 있다.

> 다시는, 다시는 아침 햇살 속에 기왓골에 서리를 이고 서 있는 **숙연한 고가**를 볼 수 없다니.

⇒ 하지만 너무 슬프다. 다시는 자신의 추억 속에 있는 '숙연한 고가'의 모습을 볼 수 없다고 생각하니 가슴이 너무 아프다. '다시는'을 반복하면서, 고가를 잃은 슬픔을 강조하고 있다. 이때, 그냥 '반복하니까 강조구나'라고 생각하는 게 아니라, 서술자가 강조하고 있다는 게 '느껴'져야 한다.

> 그러나 나는 나 자신의 육신이 해체되는 듯한 아픔을 의연히 견디었다. 실상 나는 고가의 해체에 곁들여 나 자신의 해체를 시도하고 있었는지도 모를 일이었다.

⇒ '나'는 몸이 찢어지는 듯한 아픔을 아무렇지 않게 견뎠다고 한다. 그러면서 사실은

고가의 해체와 함께 '나 자신의 해체'를 시도하고 있었는지도 모르겠다고 말한다. 이게 무슨 말일까? 실제로 '나'가 자신의 몸을 해체시키는 건 아닐 것이다. 궁금증을 품고 계속 읽어 내려가자.

> 남편이 쓸모없이 불편한 고가를 해체시켜 우리의 새 생활을 담을 새 집을 설계하듯이, ⓛ 나는 아직도 그의 아내로서 편치 못한 나를 해체시켜, 그의 <u>아내로서 편한 나로 뜯어 맞추고 싶었다.</u>

➡ 여기서 바로 앞 구절의 '나 자신의 해체'가 무슨 뜻인지 나온다. 앞 구절의 의미는 바로, '나'가 '남편'의 내면세계에 맞춰서 자신의 '내면세계'도 바꾼다는 뜻이었다. '나'는 '합리적'인 내면세계를 가지고 있는 남편이 불편하게 느껴진다. 그래서 남편의 합리적인 내면세계도 이해할 수 있는 자신으로 뜯어 맞추고 싶었다는 것이다. 왜냐하면 남편이랑은 이혼하지 않는 이상 계속 같이 살아야 하기 때문이다. '나'는 '남편'을 바꿀 수는 없다고 생각했는지, 자신이 바뀌어야겠다고 생각한다.

> 쓸모 있고 견고한, 그러나 속되고 네모난 집이 남편의 설계대로 이루어졌다. 현대식 시설을 갖춘 부엌과, 잔디와 조그만 분수까지 있는 정원이 있는 아담하고 밝은 집. 모두가 남편의 뜻대로 되었다.

➡ '쓸모 없고 견고하지 못한' 고가를 부수고, '쓸모 있고 견고한' 남편의 집이 만들어졌다. '이미지화' 해주면서 읽어나가자.

> ⓒ 다만 나는 후원의 은행나무들만은 그대로 두기를 완강히 고집했다. 넓지 않은 정원에 안 어울리는 거목들이 때로는 서늘한 그늘을 주었지만 때로는 새 집을 너무도 침침하게 뒤덮었다.

➡ 왜 '나'는 은행나무들만은 그대로 두기를 고집한 걸까? 아마 은행나무도 '나'의 과거 추억과 관련된 것이기 때문이지 않을까. '고가'의 해체까지는 의연히 견뎠던 '나'이지만, '은행나무'까지 사라져 버리는 건 견딜 수 없었다. 남편의 내면세계에 맞춰 자신을 바꾸려 하는 '나'이지만, 은행나무만큼은 자신의 추억을 회상할 수 있는 마지막 물건으로 놔두고 싶은 것이다. 여기까지 봤을 때 '나'는 아직 '내적 갈등'을 하고 있는 상태라는 걸 알

수 있다.

하지만 '나'가 남겨 놓은 '은행나무'는 해체된 '고가'와 마찬가지로 '비합리적'인 것이었다. 정원이 '은행나무'를 놓을 만큼 그렇게 넓지 않아서, 은행나무의 그림자가 새 집을 너무 침침하게 뒤덮는 순간들이 생겼던 것이다.

> 그러나 나는 아직도 그것들의 빛, 그것들의 속삭임, 그것들의 아우성을 가끔가끔 필요로 했다.
> ㉣ 그리고 보니 아직도 해체되지 않은 한 모퉁이가 내 은밀한 곳에 남아 있는지도 몰랐다.

➡ 여기서 '나'가 말하는 '그것들의 빛, 속삭임, 아우성'은 은행나무와 관련된 '나'의 추억일 것이다. '나'는 자신이 은행나무를 보고 과거를 회상한다는 걸 인식하면서, 아직 해체되지 않은 내 내면세계가 남아 있다고 생각한다. 충분히 공감할 수 있다. 어떻게 사람이 바로 모든 추억을 없앨 수 있겠는가.

> "옥희도 씨 유작전이 있군."
> 남편도 지금 그 기사를 읽고 있는 모양이다.

➡ 이 구절을 읽고, 서술자가 지금 시선을 '외부세계'로 돌린다는 걸 이해해야 한다. 소설의 바로 앞 구절을 보면, '나'는 계속 '가슴 아픈 날'을 회상하고 있었다. 즉, 이 구절 이전까지 서술자는 자신의 '내면세계'를 바라보고 있었던 것이다. 그런데 "옥희도 씨 유작전이 있군."이라는 남편의 말에 '외부세계'로 시선을 돌리게 된다. 「만분가」에서 화자가 '동풍'을 맞고 내면세계에서 외부세계로 시선을 돌리는 것과 같다.

> "죽은 후에 유작전이나 열어 주면 뭘 해. 살아서는 개인전 한 번 못 가져 본 분을."
> "…."

➡ 이런 식으로 누가 말하는지 알려 주는 문구 없이 그냥 대사가 나열되는 경우에는, 스스로 누가 하고 있는 말인지 이해해야 한다. 한 가지 팁을 주자면 '말투'와 '내면세계'를

보면 된다. 어떤 인물은 계속 사투리를 쓰고 있고, 어떤 인물은 안 쓴다면 '사투리'로 누가 말하는 대사인지를 구분하는 것이다. 그리고 인물들은 내면세계대로 말하기 때문에, 내면세계에 따라 누가 하는 말인지도 이해할 수 있다.

"죽은 후에 유작전이나 열어 주면 뭘 해. 살아서는 개인전 한 번 못 가져 본 분을."이라는 말은 보자마자 '남편'이 하는 말이라는 걸 알았어야 한다. 지금 이 말을 한 사람은 '죽은 후'에 열리는 유작전은 아무런 의미가 없다고 말한다. 이때 '유작전'이라는 건, '죽은 사람이 남긴 작품을 전시하는 전시회'를 말한다. 죽은 후에 유작전을 여는 게 무슨 소용이냐는 남편의 말은 맞는 말이기도 하다. 죽은 사람이 자기 유작전이 열린 걸 알 수는 없을 거니까. 앞서 남편의 '합리적'인 내면세계에 공감했던 학생은, 이 문장을 보고 바로 '남편'이 하는 말인 걸 알 수 있었다. 만약 몰랐다면 아래 부분까지 읽고 맥락상 잡아냈어야 한다. "….."은 지금 '남편'의 말을 가만히 듣고 있는 아내인 거 같다.

> "흥, 그분 그림이 외국 사람들 사이에 꽤 인기가 있는 모양인데 모를 일이야."
> '흥, 잡종의 상판을 헐값으로 그려 준 대가를 제법 받는 셈인가.'

⇒ 바로 앞 문장에서 남편은 죽은 후에 '유작전'을 여는 게 무슨 소용이냐고 하면서 못마땅해하고 있었다. 그러니 "흥"하고 반응하는 것이다. "흥, 그분 그림이 외국 사람들 사이에 꽤 인기가 있는 모양인데 모를 일이야."라는 문장을 봤을 때, 남편이 하는 말인 걸 알 수 있다.

### 범작가 Tip

소설에는 '큰따옴표'와 '작은따옴표'가 나온다. 큰따옴표는 "안녕"이라고 할 때 " "을 말하고, 작은따옴표는 '안녕'이라고 할 때 ' '을 말한다. 소설을 읽을 때는 큰따옴표와 작은따옴표를 구분하는 게 정말 중요하다. 왜냐하면, 큰따옴표는 인물이 '실제로' 말하는 것이고, 작은따옴표는 '마음속으로' 말하는 것이기 때문이다.

그런데 바로 아래에 '흥, 잡종의 상판을 헐값으로 그려 준 대가를 제법 받는 셈인가.'라는 문장이 있다. 이건 아내가 한 말일까, 아니면 남편이 한 말일까? 뒤에 '흥, 당신이 생각해 낼 만한 천박한 추측이군요.'라는 문장을 보면 힌트가 있다. 저 문장은 '남편'의 말에

Chapter 1 노베이스를 위한 문학 공부법

Chapter 2 문학 만점을 위한 기초 체력 키우기

Chapter 3 기출 적용편

현대시

고전시가

현대소설

고전소설

'나'가 마음 속으로 반응하는 문장이다. 이걸 보면 지금 흐름이, '남편'이 말하고 그 말에 대해서 '나'가 반응하는 흐름인 걸 알 수 있다. 그러면 '흥, 잡종의 상판을 헐값으로 그려 준 대가를 제법 받는 셈인가.'라는 문장은, '아내'가 남편의 말에 대해 마음 속으로 생각한 것으로 보는 게 좀 더 자연스럽다.

그럼 저 문장 자체의 의미는 무엇일까? 우선 '잡종'이 누구를 말하는 건지는 모르겠지만, 말하는 사람이 '부정적으로' 인식하고 있는 대상인 거 같다. 그리고 '상판'이라는 건 '얼굴'이라는 거니까, 옥희도 씨가 과거에 잡종들의 얼굴을 그렸던 거 같다. 그리고 그렇게 헐값만 받고 거의 공짜로 잡종들의 얼굴을 그린 대가를 죽어서야 받고 있으니까, '대가를 제법 받는 셈인가'하고 생각하는 것이다. 이 문장을 '아내'가 한 말로 보았을 때, 아내는 어떤 내면세계를 가지고 이 말을 한 걸까? 바로 '안타까움'이다. 옥희도 살아서는 잡종들의 얼굴을 그리고도 '헐값' 밖에 못 받았다. 잡종들이 돈을 제대로 안 줬나보다. 시간이 지난 뒤, 옥희도는 죽고나서야 주목을 받고 있다. 옥희도를 좋아하는 '아내' 입장에서는 그런 옥희도가 '안타까울' 것이다. 그런데 뒤를 보면 알겠지만 남편은 옥희도가 인정 받는 걸 보면서 '싱거운 것', '비평가의 농간'이라고 말한다. 그러니, '아내' 입장에서는 짜증나는 것이다.

> "죽은 후에 치켜세우는 것처럼 싱거운 건 없더라. 아마 어떤 ⓐ 비평가의 농간이겠지…."
> '흥, 당신이 생각해 낼 만한 천박한 추측이군요.'

⇒ 남편은 계속해서 죽은 '옥희도' 씨를 추켜세우는 것에 대해 부정적으로 생각한다. '농간'이라는 말은, '남을 속이거나 남의 일을 그르치게 하려는 간사한 꾀'를 뜻한다. 남편은 옥희도 씨 작품이 주목받는 게, '비평가의 농간'이라 생각한다. 어떤 비평가가 돈을 벌거나 관심을 받기 위해서 '옥희도 씨는 위대했다'라는 식으로 유작전도 열고, 예술품도 판다고 생각하는 것이다.

이런 남편의 말을 듣고, '나'는 마음속으로 반박한다. '남편'의 생각을 '천박한 추측'이라고 말하는 데서, '나'는 남편과 생각이 다른 거 같다는 걸 알 수 있다. 하지만 남편은 '나'가 남편과 다른 생각을 하는 줄은 모르는 상황이다. 왜냐하면 '흥, 당신이 생각해 낼 만한 천박한 추측이군요.'라는 말은, '나'가 마음속으로 한 말이기 때문이다.

> "에이 모르겠다. 예술이니 나발이니. 살아서 잘 먹고 편히 사는 게 제일이
> 지."
> '암, 몰라야죠. 당신 따위가 알 게 뭐예요. 그분은 그렇게밖에 살 수 없었다
> 는 걸 당신 따위가 알 게 뭐예요.'

⇒ '남편'은 "예술이니 나발이니, 살아서 잘 먹고 편히 사는 게 제일이지."라고 말하면서, 옥희도 씨를 까내린다. '나'는 그런 '남편'의 태도가 못마땅하다. 하지만 이번에도 '마음속으로'만 남편의 태도에 대해 부정적으로 반응한다.

'그분은 그렇게밖에 살 수 없었다는 걸 당신 따위가 알 게 뭐예요.'라는 구절을 보면 '나'가 왜 '남편'과 다른 생각을 가지고 있었는지 알 수 있다. '나'는 '옥희도'라는 사람이 살아 있는 동안은 작품을 인정받기 힘든 상황에 있었다고 생각하는 거 같다. 그런데 남편은 그런 상황도 모르면서, 무작정 '옥희도' 씨의 예술을 폄하하는 말을 하니까 화가 나는 것이다.

> 남편은 신문을 떨구고 기지개를 늘어지게 폈다.
> ⓜ <u>나는, 젖힌 그의 얼굴에서 동굴처럼 뚫린 콧구멍과 그 속을 무성하게 채</u>
> <u>운 코털을 보며 잠깐 모멸과 혐오를 느꼈다.</u>

⇒ '이미지화'하자. '나'는 왜 결혼한 '남편'의 코털을 보면서 '모멸'과 '혐오'를 느꼈던 걸까? 보통 사랑하는 사람의 코털이면 더럽더라도 '사랑스러워' 보이는 게 정상이다. 지금 아내가 남편의 코털을 부정적으로 바라보는 이유는, **남편이 아내의 내면세계에 전혀 공감을 못 해주고 있기 때문이다.** '나'의 내면세계에 공감해 주지 못하니까 꼴 보기 싫은 것이다.

이건 너도 분명 느낀 적 있다. 내가 영화를 재밌게 보고 있는데, 친구가 계속 '이 영화 왜 이렇게 재미가 없냐', '저런 장면은 너무 식상해'라고 말한다. 영화를 재밌어하는 내 마음에 공감하지 못하는 것이다. 이럴 땐 더 이상 그 친구와 영화와 관련해서 말하기 싫어진다. 또 서로 내면세계가 다르니까 뭔가 거리감도 느껴진다. 남편이 '나'의 내면세계에 공감하지 못하는 것은 이것과 똑같은 상황이다. 남편이 '나'의 내면세계에 공감을 했다면 서로 간에 '친밀감'이 있었을 거고, '나'가 남편의 코털을 보면서 모멸과 혐오를 느

Chapter 1
노베이스를 위한 문학 공부법

Chapter 2
문학 만점을 위한 기초 체력 기우기

Chapter 3
기출 적용편

현대시

고전시가

현대소설

고전소설

끼지도 않았을 것이다. 그런데 지금 남편과 내면세계가 다르다. 그러니까 남편에게 '거리 감'이 느껴지고, 코털을 보면서 '모멸과 혐오'가 느껴진 것이다.

> (중략)

⇒ '중략'은 말 그대로 '중간을 생략'했다는 뜻이다. 소설 전체를 출제할 수 없기 때문에, 출제에 필요한 부분만 발췌해서 출제하고, 나머지 부분은 생략한 것이다. 그래서 '중략'이 나온 이후에 소설의 인물이나 배경이 바뀌는 경우가 종종 있다. 그래서 '중략' 바로 다음에 오는 1, 2문장은 빨리 읽지 말고, 천천히 읽으면서 상황 파악을 해야 한다.

> 옆에 앉은 남편도 풍선을 쫓았던가 고개를 젖힌 채 눈이 함빡 하늘을 담고 있다.

⇒ 지금 '나'는 무엇을 보고 있는 걸까? 이미지화를 해보자. 이미지화를 제대로 하려면, '눈이 함빡 하늘을 담고 있다' 말을 이해해야 한다. '나'는 무엇을 보고 남편의 눈이 함빡 하늘을 담고 있다고 한 걸까? **바로, 남편의 눈동자에 비친 '하늘'을 보았던 것이다.** 그리고 '옆에 앉은 남편도 풍선을 쫓았던가'라는 말을 통해서, 남편이 풍선 날아가는 걸 보고 있었다는 걸 알 수 있다. 그런데 '남편도'라는 말에서, 서술자 또한 남편과 마찬가지로 날아가는 풍선을 보고 있었다는 걸 알 수 있다. 그러다가 시선이 남편의 눈동자로 이동한 것이다.

> 그러나 그뿐, 이미 그의 눈엔 10년 전의 앳된 갈망은 없다.

⇒ 정말 '남편'의 눈에 갈망이 없는 걸까? 그건 모른다. 남편은 아직도 10년 전의 갈망을 품고 있을 수도 있다. 그렇다면 '나'는 왜 남편의 눈에 10년 전 앳된 갈망이 없다고 한 걸까? 현재 '나'가 남편을 '부정적으로' 바라보고 있는 상황이기 때문이다. '나'는 남편의 과거 모습에 반했지만, 지금 남편은 자신이 반했던 그때 모습이 없는 것이다. 그러니까 '나'는 남편의 눈에서 10년 전의 앳된 갈망이 없는 것처럼 보인다고 말한 것이다. 그러면, 10년 전의 앳된 갈망이란 무엇일까? 아마 '나'가 좋아했던 남편의 내면세계일 것이다. '나'는 현재 자신과 다른 남편의 내면세계를 부정적으로 인식하고 있다. 그러니 10년 전 자신이 좋아했던 남편의 '내면세계'와 다르다고 생각하는 것이다. 쉽게 말하자면, '나'는 현재 '그땐 이러지 않았는데…'라고 생각하면서 남편의 눈동자를 바라보고 있는 것이다.

> 그뿐이랴. 여자를 소유하고 가정을 갖고 싶다는 세속적인 소망 외에는 한 번도 야망이나 고뇌가 깃들어 보지 않은 눈. 부스스한 머리가 늘어진 이마에 어느새 굵은 주름이 자리 잡기 시작한 중년의 그가 나는 또다시 낯설다.

⇒ 왜 낯선 걸까? 앞서도 말했지만 '낯섦'은 '괴리감' 때문에 느껴지는 거라고 했다. '나'는 남편이 자신이 알고 있는 남편처럼 느껴지지 않는다. 남편의 내면세계에 '괴리감'을 느낀 채로 남편의 얼굴을 보니, 예전에는 사랑스럽기만 했던 남편의 눈동자와 주름이 더 이상 '사랑스럽지 않아' 보인다. 그래서 '나'는 '사랑스럽지 않은' 남편의 모습이 낯설게 느껴지는 것이다.

> 저만치서 고등학생들이 배드민턴을 친다. 공이 나비처럼 경쾌하게 날아와 라켓에 부딪치는 소리가 마치 젊은 연인들의 찰나적인 키스의 파열음처럼 감각적으로 들린다.

⇒ 갑자기 왜 이런 말을 하는 걸까? 이건 지금 서술자의 '시선이 이동'한 것이다. 이미지화를 계속 해줘야 한다. 남편의 눈동자와 이마에 있는 주름을 보고 있었던 서술자는, "탕탕"하고 배드민턴 치는 소리에 창밖으로 고개를 돌리는 것이다.

Chapter 1 노베이스를 위한 문학 공부법
Chapter 2 문학 만점을 위한 기초 체력 키우기
Chapter 3 기출 적용편
현대시
고전시가
현대소설
고전소설

ⓗ 나는 충동적으로 그의 이마의 주름 진 곳에 그런 키스를 퍼부었다.

⇒ 배드민턴 치는 소리가 '키스 파열음'처럼 들렸던 서술자는 '충동적으로' 남편의 이마 주름진 곳에 키스를 퍼붓는다. 왜 그런 걸까?

그가 낯선 게 견딜 수 없어서였다. 그가 아주 타인처럼 낯선 게 견딜 수 없어서였다.

⇒ 이 구절에서 이유를 말해준다. '나'는 남편이 낯선 걸 견딜 수 없어서, 남편의 이마에 '키스'를 퍼부었다고 한다. '견딜 수 없어서였다'라는 말이 반복되는 걸 봐서, '나'가 정말 견디기 힘들었다는 걸 알 수 있다. 그런데 남편이 '낯선 거'랑 '키스'랑 무슨 상관일까? '나'에게 '키스'는 남편과의 괴리감을 해소하기 위한 방법이었던 것이다.

그런데 왜 '키스'가 괴리감을 해소하기 위한 방법이었던 걸까? '키스'는 '나'가 남편을 아주 사랑했을 때 했던 행위다. 그런데 지금 '나'는 남편을 사랑하지 않는다. 남편의 이마에 있는 주름조차 낯설게 느껴질 정도로, 남편이 타인처럼 느껴진다. '나'는 자신의 이런 감정이 낯설다. 자신이 사랑하는 남편이 '타인'처럼 느껴지는 게 이상하다. 그래서 이 감정을 해소하고, 다시 남편을 사랑하고자 '키스'를 퍼붓는 것이다.

- 박완서, 「나목(裸木)」 -

• 문제 해설 •

## 1. ㉠~ⓗ에 대한 설명으로 적절하지 <u>않은</u> 것은?

① ㉠의 '남편'의 행동은 ㉢에서 '나'가 지키고자 했던 대상을 보존하기 위한 '남편'의 배려심이 반영된 것이다.

⇒ 말도 안 된다. ㉠이 지금 남편이 '고가'를 지키기 위해서 한 행동이었나? ㉠은 고가를 조금이라도 싸게 철거하려고 남편이 했던 행동이다. ㉢에서 '나'가 지키고자 했던 대상은 '은행나무'인데, ㉠은 '은행나무'와는 아무런 상관이 없는 행동이다. 남편이 은행나무만큼은 남길 수 있도록 해준 데서, '아내'에 대한 배려심이 반영되었다고 할 수는 있다. 하지만 그런 남편의 배려심이 ㉠에서 드러나는 것은 아니다.

> ② ㉠에는 '남편'의 행동 묘사를 통해 '남편'의 성격이 드러나 있고, ㉤에는 '남편'의 외양 묘사를 통해 '나'의 심리가 드러나 있다.

⇒ '행동'은 반드시 '성격'을 드러내게 되어 있다. 모든 인물은 내면세계대로 즉, '성격'대로 '행동'하기 때문이다. 따라서 ㉠에 나타난 남편의 행동에는 무조건 남편의 성격이 드러나 있는 것이다. 남편은 지금 '몇 푼의 돈' 때문에 장사꾼과 실랑이를 벌이고 있으니, 남편의 성격은 '피해 보기 싫어하는 성격' 정도로 이해할 수 있다.

한편 ㉤에서 '나'는 남편의 '콧구멍과 코털'을 말하면서, 남편의 외양을 묘사하고 있다. 이때 '나'는 남편의 '콧구멍과 코털'을 보며 잠깐 모멸과 혐오를 느낀다. 이를 통해서, 남편을 부정적으로 인식하는 '나'의 심리가 드러난다고 할 수 있다.

> ③ ㉡에서 '나'는 '남편'의 삶에 동화되고자 하지만, ㉣에서 여전히 '남편'에게 동화되지 않는 '나'의 모습을 발견하고 있다.

⇒ 맞는 말이다. ㉡에서 '나'는 '남편의 아내로서 편한 나'로 자신을 뜯어 맞추고 싶다고 말한다. 따라서 '남편'의 삶에 동화되고자 한다고 할 수 있다. 하지만 ㉣을 보면 '아직도 해체되지 않은 한 모퉁이가 내 은밀한 곳에 남아'있는지 모르겠다고 말한다. 완벽하게 '남편의 아내로서 편한 나'로 동화되진 못한 것이다. 아직도 '나'의 내적갈등이 지속되고 있는 것이 보인다. 따라서 ㉣을 통해 '나'가 여전히 '남편'에게 동화되지 않는 자신의 모습을 발견하고 있다고 할 수 있다.

> ④ ㉡에는 '남편'에 대한 '나'의 태도를 변화시키고자 하는 심리가 드러나 있고, ㉥에는 '남편'을 낯설어하는 '나'의 감정을 변화시키고자 하는 돌발적 행위가 드러나 있다.

Chapter 1
노베이스를 위한 문학 공부법

Chapter 2
문학 만점을 위한 기초 체력 키우기

Chapter 3
기출 적용편

현대시

고전시가

현대소설

고전소설

⇒ 맞는 말이다. ㉡에서 '나'는 자신의 마음가짐을 바꾸고자 한다. '남편'을 부정적으로 바라보는 자신의 태도를 바꾸고자 하는 것이다. 그리고 ㉺에서 '나'는 남편에게 '낯선' 감정을 유발하는 자신의 괴리감을 해소하기 위해 '키스'를 한다. 여기서 자신의 감정을 변화시키고자 하는 '나'의 돌발적 행위가 드러난다고 할 수 있다.

⑤ ㉢에서 드러나는 '은행나무들'에 대한 '나'의 집착은 ㉣에서 나타나는 '나'의 잠재의식과 연결된다.

⇒ 맞는 말이다. ㉢에서 '나'는 '은행나무들만은 그대로 두기를 완강히 고집'한다. 즉, '은행나무들'에 대한 '나'의 집착이 드러나는 것이다. 그런데 왜 이렇게 '나'가 은행나무를 그대로 두고 싶어 했는지는 ㉣을 보면 알 수 있다. 서술자의 내면에는 아직도 '해체되지 않은 한 모퉁이'가 있었기 때문이다. 그렇기 때문에 '은행나무'만큼은 포기할 수 없었던 것이다. 따라서 '은행나무들'에 대한 '나'의 집착은 ㉣에서 나타나는 '나'의 잠재의식과 연결된다고 할 수 있다.

● 답 : ①

## 2. 고가 를 중심으로 윗글을 이해한 내용으로 적절하지 않은 것은?

① 고가 의 철거 결정에는 '남편'의 실용적인 가치관이 작용하고 있다.

⇒ 맞는 말이다. '남편'이 고가를 철거하자고 했던 이유는 매우 합리적이었다. 터무니없이 넓은 대지에 불합리한 구조로 서 있는 음침한 고가는, 불필요한 방들만 많고, 손댈 수 없이 퇴락했었다. 그래서 남편은 그런 고가를 철거하고 '실제로 쓰기에 알맞은' 즉, '실용적인' 집을 짓자고 했다. 이는 남편의 '실용적인 가치관'이 작용하고 있는 것이다.

② 고가 의 철거를 주장한 '남편'은 '견고한 양옥'의 설계에서도 자신의 뜻을 반영하였다.

365

⇒ 맞는 말이다. '쓸모 있고 견고한, 그러나 속되고 네모난 집이 남편의 설계대로 이루어졌다.'라는 구절을 보면, 고가의 철거를 주장했던 남편이 '견고한 양옥'을 설계하는 데도 '자신의 뜻'을 반영했다는 걸 알 수 있다.

> ③ [고가]의 철거는 '나'와의 친밀감을 회복하고자 하는 '남편'의 의지가 좌절된 사건을 의미한다.

⇒ 이건 '남편'의 내면세계에 공감했냐고 묻는 선지다. '남편'의 내면세계 중, '아내와의 친밀감을 회복하고 싶다'는 내면세계가 있었나? 지문만 보면, 남편은 아내가 자신을 그토록 부정적으로 바라보고 있는 줄도 몰랐다. 즉, 남편은 아내가 자신에게 화가 난 줄도 몰랐으니, '친밀감'을 회복하고자 하는 건 말이 안 되는 것이다. 그리고 남편이 '고가의 철거'를 주장했던 건 아내와의 친밀감을 회복하기 위해서가 아니다. 남편이 '고가'를 철거하고자 했던 이유는, 그저 자신이 생각하는 '견고한 양옥'을 짓기 위함이었다.

또 지문에는 '남편'이 '좌절'하는 장면도 없었기 때문에 남편의 의지가 좌절됐다는 말을 보자마자 틀렸다고 생각했어야 한다. 이런 건 지문으로 올라가서 다시 찾는 게 아니다. 그냥 소설을 처음 읽을 때 남편의 내면세계에 잘 공감하고, 선택지를 판단할 때는 '말도 안 되는 소리네'하면서 간단히 넘어가야 하는 것이다.

> ④ [고가]는 과거의 '나'가 투영된 대상으로 '나'의 의식 속에 환기되어 내면의 갈등상태를 드러내고 있다.

⇒ 작품 속에서 '나'는 '고가'를 '아버지와 오빠들이 그렇게도 사랑하던 집, 어머니가 임종의 날까지 그렇게도 집착하던 고가'라고 말한다. 즉, 고가는 '나'의 가족들과 관련된 기억이 전부 남아 있는 공간인 것이다. 그리고 그런 '고가'의 해체를 '나'가 자신의 육신이 해체되는 듯한 아픔으로 견디고 있는 데서, 고가에는 과거의 '나' 또한 투영되어 있다고 할 수 있다. 고가에는 가족들과 고가에서 행복한 시간을 보냈던 '자신의 추억' 또한 담겨 있기에, 고가의 해체를 보고 마치 '내 육신이 해체되는 듯한 고통'을 느끼는 것이다.

그리고 그런 '나'의 추억은, 고가가 해체되어 가는 걸 보면서 '나'의 의식 속에 환기된다. 머릿속에 고가에서 보냈던 가족들과의 추억이 떠오르는 것이다. '나'가 이렇게 추억

Chapter 1
노베이스를 위한 문학 공부법

Chapter 2
문학 만점을 위한 기초 체력 키우기

Chapter 3
기출 적용편

현대시

고전시가

현대소설

고전소설

을 떠올리는 것은, 남편의 삶에 동화되고자 하는 '나'의 마음과 대비되어 내면의 갈등상
태를 드러낸다고 할 수 있다.

> ⑤ 고가 를 '남편'은 '음침한 고가'로, '나'는 '숙연한 고가'로 표현하여 인
> 물에 따른 관점의 차이를 드러내고 있다.

⇒ 맞는 말이다. **'필터링'을 설명할 때 말했듯이, 사람은 자신의 내면세계대로 외부세계
를 인식하게 되어 있다.** 남편에게 '고가'는 아무런 추억이 없는 그저 '음침한' 집일 뿐이
다. 그래서 남편은 '고가'를 '음침한 고가'라고 말하면서 빨리 철거하자고 주장한다. 반
면 '나'에게 '고가'는 가족들의 추억이 담겨 있는 아름답고 소중한 집이다. 그래서 고가를
'숙연한 고가'라고 묘사하는 것이다.

● 답 : ③

**3. <보기>를 ⓐ에 대한 '남편'의 속말이라고 가정할 때, ⓑ에 들어갈 말로 가장 적절한
것은?**

<보 기>
　생전에는 주목하지 않던 옥희도를 사후에 높이 평가하는 것에는 원칙이 있다고 볼
수 없으니, (　ⓑ　)(이)라는 말이 생각나는군.

⇒ 지금 이 문제는 속담의 뜻을 알고 있냐고 묻는 문제가 아니다. '남편'의 내면세계를
이해했냐고 묻는 문제다. <보기>에서 말하는 대로 '생전에 주목하지 않던 옥희도를 사후
에 높이 평가하는 것'에는 '원칙'이 있다고 볼 수 없다. 그래서 남편은 옥희도가 죽은 이
후에 그의 작품이 인기 있는 걸 보고 '비평가의 농간'이라고 생각한다. 비평가가 정말 옥
희도의 작품이 가치가 있다고 생각했다면, 진작에 알아봤어야 하는 거 아니냐는 것이다.
남편은 비평가들의 주관적 인식에 따라 작품의 가치가 계속 바뀌는 걸 못마땅해한다. 그
래서 남편은 비평가 옥희도가 죽은 이후에, 옥희도의 작품을 높게 평가하는 데에는 '원
칙'이 있다고 할 수 없다고 생각한다. 따라서 남편의 내면세계를 반영하는 말은, ④번이
다. '귀에 걸면 귀걸이 코에 걸면 코걸이'라는 말은 말 그대로, 아무 원칙이 없어서 갖다

붙이는 대로 말이 된다는 뜻이다.

①번은 '순식간에 쓰러지기 쉬운 위태로운 상황'을 뜻하는 말이다. 비평가가 죽은 옥희도를 사후에 높게 평가하는 걸 보고, 남편이 '순식간에 쓰러지기 쉬운 위태로운 상황'이라 생각했었나? 아니다. 물론 옥희도에 대한 인기가 금방 없어질 수도 있겠지만, 남편이 말하고자 했던 것은 비평가의 평가가 일관성이 없다는 것이었다. ②번은 '속으로는 해치려고 하면서, 겉으로는 생각하는 척'하는 걸 말한다. 지금 남편이 '비평가들이 겉으로는 옥희도를 위하는 척하면서 속으로는 비난하고 있을 거야'라고 생각하는 건가? 아니다. 지금 그런 상황이 아니었다.

③번은 '아무 관계 없는 일이 우연히 같이 일어나서 서로 관계가 있다고 의심받는 상황'을 뜻하는 말이다. 이 선택지를 골랐다면 아마 속담이 무슨 뜻인지 몰라서 골랐을 확률이 높다. 남편의 내면세계와 ③번은 아무 관계가 없다. 마지막으로 ⑤번은 '성공할 사람은 어려서부터 보인다'는 뜻인데, 이건 '긍정적인 의미'를 품고 있다. 하지만 지금 남편은 '비평가'에 대해서 '부정적으로' 인식하고 있으므로 ⑤번은 아니다.

① 모래 위에 쌓은 성

② 고양이 쥐 사정 보듯

③ 까마귀 날자 배 떨어진다

④ 귀에 걸면 귀걸이 코에 걸면 코걸이

⑤ 될성부른 나무는 떡잎부터 알아본다

✅ 답 : ④

# 2014학년도 6월(A형)
## 「미스터 방」

Chapter 1
노베이스를 위한 문학 공부법

Chapter 2
문학 만점을 위한 기초 체력 기우기

Chapter 3
기출 적용편

현대시

고전시가

현대소설

고전소설

　　1945년 8월 15일, 역사적인 날.

　　이날도 신기료장수 방삼복은 종로의 공원 건너편 응달에 앉아서, 구두 징을 박으면서, 해방의 날을 맞이하였다. 그러나 삼복은 감격한 줄도 기쁜 줄도 모르겠었다. 지나가는 행인이, 서로 모르던 사람끼리면서 덥쑥 서로 껴안고 기뻐하고 눈물을 흘리고 하는 것이, 삼복은 속을 모르겠고 차라리 쑥스러 보일 따름이었다. ㉠ 몰려 닫는 군중이 오히려 성가시고, 만세 소리가 귀가 아파 이맛살이 지푸려질 지경이었다.

　　몰려다니고 만세를 부르고 하기에 미쳐 날뛰느라고 정신이 없어, 손님이 없어, 손님이 부쩍 줄었다.

　　"우랄질! 독립이 배부른가?"

　　이렇게 그는 두런거리면서 반감이 솟았다.

　　이삼 일 지나면서부터야 삼복에게도 삼복에게다운 해방의 혜택이 나누어졌다.

　　십 전이나 십오 전에 박아 주던 징을, 오십 전을 받아도 눈을 부라리는 순사를 볼 수가 없었다. ㉡ 순사가 없어졌다면야, 활개를 쳐 가면서 무슨 짓을 하여도 상관이 없고 무서울 것이 없던 것이었었다.

　　"옳아, 그렇다면 독립도 할 만한 건가 보다."

　　삼복은 징 열 개를 박아 주고 오 원을 받아 넣으면서 이렇게 속으로 중얼거리기까지 하였다.

　　그러나 며칠이 못 가서 삼복은 다시금 해방을 저주하여야 하였다. 삼복이 저 혼자만 돈을 더 받으며, 더 받아 상관이 없는 것이 아니라, 첫째 도가(都家)들이 제 맘대로 재료 값을 올리던 것이었었다. 징, 가죽, 고무, 실 모두가 오곱 십곱 비싸졌다. 그러니 ㉢ 신기료장수는 손님한테 아무리 비싸게 받는댔자 재료를 비싼 값으로 사야 하니, 결국 도가만 살찌울 뿐이지 소득은 전과 크게 다를 것이 없었다.

　　"이런 옘병힐! 그눔에 경제겐 다 어디루 가 뒈졌어. 독립은 우라진다구 독립을 헌담."

　　석양 때 신기료 궤짝 어깨에 멘 채 홧김에 막걸리청으로 들어가, 서너 사발 들이켜고는 그는 이렇게 게걸거렸다.

[중략 줄거리] 영어 실력 덕에 미군 통역관이 된 방삼복은 권력을 얻는다. 친일 행위로 모은 재산을 해방 이후에 모두 빼앗긴 백 주사는 방삼복을 만나 자신의 재산을 되찾아 달라고 부탁한다.

ⓐ 옛날의 영화가 꿈이 되고, 일보에 몰락하여 가뜩이나 초상집 개처럼 초라한 자기가 또 한번 어깨가 옴츠러듦을 느끼지 아니치 못하였다. 그런데다 이 녀석이, 언제 적 저라고 무엄스럽게 굴어 심히 불쾌하였고, 그래서 엔간히 자리를 털고 일어설 생각이 몇 번이나 나지 아니한 것도 아니었다. 그러나 참았다.

보아 하니 큰 세도를 부리는 것이 분명하였다. 잘만 하면 그 힘을 빌려, 분풀이와 빼앗긴 재물을 도로 찾을 여망이 있을 듯싶었다. ⓐ 분풀이를 하고, 더구나 재물을 도로 찾고 하는 것이라면야 코삐뚤이 삼복이는 말고, 그보다 더한 놈한테라도 머리 숙이는 것쯤 상관할 바 아니었다.

"그러니, 여보게 미씨다 방……."

있는 말 없는 말 보태 가며 일장 경과 설명을 한 후에, 백 주사는 끝을 맺기를,

"어쨌든지 그놈들을 말이네, 그놈들을 한 놈 냉기지 말구섬 죄다 붙잡아다가 말이네, 괴수 놈들일랑 목을 썰어 죽이구, 다른 놈들일랑 뼉다구가 부러지두룩 두들겨 주구. 꿇어앉히구 항복 받구. 그리구 빼앗긴 것 일일이 도루 다 찾구. 집허구 세간 쳐부신 것 말끔 다 물리구…… 그렇게만 해 준다면, 내, 내, 재산 절반 노나 주문세, 절반. 응, 여보게 미씨다 방."

"염려 마슈."

미스터 방은 선뜻 쾌한 대답이었다.

"진정인가?"

"머, 지끔 당장이래두, 내 입 한 번만 떨어진다 치면, 기관총 들멘 엠피가 백 명이구 천 명이구 들끓어 내려가서, 들이 쑥밭을 만들어 놉니다, 쑥밭을."

"고마우이!"

백 주사는 복수하여지는 광경을 서언히 연상하면서, 미스터 방의 손목을 덤쑥 잡는다.

"백골난망이겠네."

"놈들을 깡그리 죽여 놀 테니, 보슈."

"자네라면야 어련하겠나."

"흰말이 아니라 참 ○○○ 박사두 내 말 한마디면 고만 다 제바리유."

미스터 방은 그리고는 냉수 그릇을 집어 한 모금 물고 꿀쩍 꿀쩍 양치를 한다. ⓐ 웬 버릇인지, 하여간 그는 미스터 방이 된 뒤로, 술을 먹으면서 양치하는 버릇이 생겼었다.

양치한 물을 처치하려고 휘휘 둘러보다, 일어서서 노대로 성큼성큼 나간다.

- 채만식, 「미스터 방」 -

1. 윗글의 서술상 특징으로 가장 적절한 것은?

① 서술자가 자신의 이야기를 중심으로 사건을 전개하고 있다.

② 서술자를 작중 인물로 설정하여 사건의 현장감을 높이고 있다.

③ 서술자가 작중 상황과 사건을 전지적 시점으로 전달하고 있다.

④ 서술자가 회상을 통해 외부 이야기에서 내부 이야기로 이동하고 있다.

⑤ 서술자는 과거와 현재를 반복적으로 교차시켜 사건에 입체감을 부여하고 있다.

2. ㉠~㉤에 대한 설명으로 적절한 것은?

① ㉠ : 새로운 국가의 미래를 비관적으로 전망하는 인물의 복잡한 심정을 표현한다.

② ㉡ : 치안 부재의 상황으로 인해 야기된 인물의 슬픔과 분노를 표현한다.

③ ㉢ : 물가 상승으로 대표되는 경제 상황에 대한 인물의 불편한 심경을 표현한다.

④ ㉣ : 전통 윤리를 회복해 타락한 세태를 견뎌내고자 하는 인물의 의지를 표현한다.

⑤ ㉤ : 새로운 생활 문화를 체험하며 나타나는 인물의 혼란스러운 내면을 표현한다.

3. 다음 학습 활동에서 [A]에 들어갈 내용으로 적절하지 <u>않은</u> 것은?

———— 학습 활동 ————

| 감상의 길잡이 | 이 소설을 감상하기 위해서는 인물과 시대 현실을 비판적으로 이해하는 것이 중요하다. |

1. 작품의 시·공간적 배경을 알아보자.

 - 해방 직후의 서울

2. 작중 인물의 태도를 살펴보자.

 - 방삼복은 해방된 사회의 현실에 대해 일관성 없는 태도를 보임.

 - 백 주사는 몰락을 가져온 현실에 대해 부정적 태도를 보임.

 - 백 주사는 갑자기 출세한 방삼복에 대해 이중적 태도를 보임.

3. 작중 인물과 시대 현실을 중심으로 작품을 감상해 보자.

[A]

① 방삼복의 출세를 통해 해방 직후 사회의 부정적 단면을 비판적으로 드러낸다.
② 백 주사의 몰락을 통해 개인을 억압하는 시대 변화의 부당함을 비판적으로 드러낸다.
③ 현실에 대한 백 주사의 부정적 태도를 통해 그의 시대착오적 역사 인식을 비판적으로 드러낸다.
④ 현실에 대한 방삼복의 일관성 없는 태도를 통해 그의 현실 인식에 나타난 문제점을 비판적으로 드러낸다.
⑤ 방삼복에 대한 백 주사의 이중적 태도를 통해 자신의 이익만을 추구하는 기회주의적인 모습을 비판적으로 드러낸다.

4. ⓐ의 상황을 나타내기에 가장 적절한 것은?

① 꿩 먹고 알 먹는다.
② 되로 주고 말로 받는다.
③ 소 잃고 외양간 고친다.
④ 오는 말이 고와야 가는 말이 곱다.
⑤ 종로에서 뺨 맞고 한강에서 눈 흘긴다.

---

## '미스터 방' 지문해설

> 1945년 8월 15일, 역사적인 날.
> 이날도 신기료장수 방삼복은 종로의 공원 건너편 응달에 앉아서, 구두 징을 박으면서, 해방의 날을 맞이하였다.

⟹ 1945년 8월 15일은 우리나라가 일본으로부터 독립한 날이다. 그래서 '빛을 회복하다'라는 뜻에서 8월 15일을 '광복절'이라고 부르는 것이다. 만약 8월 15일이 광복절인 걸 몰랐더라도 '해방의 날'을 보고 '아, 8월 15일이 해방한 날이구나'라고 추측할 수 있었어야 했다.

우리나라가 일본으로부터 해방이 된 역사적인 날에 '신기료장수' 방삼복은 공원 건너편 '응달'에 앉아 구두 징을 박았다고 한다. 이때 '신기료장수'라는 건 '신발을 수선하는 사람'을 뜻한다. 그런데 이 뜻을 알고 있는 건 쉽지 않다. '구두 징을 박으면서'라는 구절을 보고 '신기료장수가 구두를 수선하는 사람인가보다' 정도로 생각했으면 충분하다. 그리고 '응달'이라는 것은 '그늘진 곳'이라는 뜻이다. 이것도 '정확히는 모르겠지만 뭔가 앉을 수 있는 곳인가 보구나' 하고 넘어갔으면 충분했다.

지금 '방삼복'이라는 인물이 나오고, 그 인물이 처한 배경에 대해서 말하고 있다. 내면세계와 관련된 말은 없으니, '이미지화'만 하면서 계속 읽어 내려가자.

> 그러나 삼복은 감격한 줄도 기쁜 줄도 모르겠었다. 지나가는 행인이, 서로 모르던 사람끼리면서 덥쑥 서로 껴안고 기뻐하고 눈물을 흘리고 하는 것이, 삼복은 속을 모르겠고 차라리 쑥스러 보일 따름이었다.

⇒ 일본에게 해방이 된 날인데도 삼복은 감격하지도, 기쁘지도 않았다고 한다. 왜 그런 걸까? 보통 사람이라면 '해방'이 된 날에 눈물을 흘리고 엄청나게 좋아해야 한다. 그런데 방삼복은 그러지 않는 것이다. 방삼복의 내면세계에 제대로 공감하기 위해서는, 반드시 이 부분을 읽으면서 '왜 그런 거지?' 하고 의문을 품었어야 했다.

삼복이 바깥을 보니, 서로 모르는 사람들끼리 막 껴안고 기뻐하고 눈물 흘리고 있다. 하지만 삼복의 내면세계는 '해방이 왜 좋은 건지' 이해할 수 없는 상태이기 때문에, 사람들의 행동을 보고 '왜 저래?'라고 반응하는 것이다. 서로 모르는 사람끼리 끌어안는 걸 보고 있으니, 뭔가 쑥스러워 보이기도 한다. 나는 지금 해방의 기쁨을 공감하지 못하는데, 다른 사람들은 끌어안고 기뻐하니까 그걸 보고 있는 입장에서는 뭔가 쑥스러운 것이다. 이때 '쑥스럽다'는 것은 '자연스럽지 못하거나 어울리지 않아 멋쩍고 부끄럽다'라는 뜻이다. 삼복은 다른 사람들과 달리 해방의 기쁨에 공감하지 못하는 상태니까, 사람들이 끌어안는 게 이해되지 않는다. 즉, 해방의 기쁨에 따른 자연스러운 행동이라는 걸 이해하지 못하는 것이다. 따라서 삼복은 끌어안는 사람을 보고 쑥스러움을 느낀다.

그리고 이 문장에서 또 한 가지 알 수 있는 것은, 지금 이 소설이 '3인칭 전지적 작가 시점'이라는 것이다. 우선 '나'가 등장하지 않으니까 '3인칭 시점'이라는 걸 알 수 있다.

그런데 지금 서술자는 '삼복'의 내면세계를 전부 다 서술해 주고 있다. '삼복' 자신이 아닌 이상, '삼복'의 내면세계를 정확하게 알 수 없는데도 마치 '신'처럼 삼복의 마음을 다 말해 주고 있는 것이다. 따라서 이러한 점을 고려했을 때 '3인칭 전지적 작가 시점'이라는 걸 알 수 있다.

> ⊙ 몰려 닫는 군중이 오히려 성가시고, 만세 소리가 귀가 아파 이맛살이 지푸려질 지경이었다.

⇒ 삼복에게는 '광복'이 짜증 나게만 느껴지나 보다. 삼복은 '광복의 기쁨'으로 몰려다니는 군중들이 성가시게 느껴지고, '만세 소리'는 그저 귀가 아프기만 하다. 여기서 '삼복'의 성격을 잡아낼 수 있다. **삼복은 이기적이고 개인주의적인 사람이다.** 지금 나라가 '해방'이 되었는데도, 사람들과 함께 즐거워하지 않는다. 개인주의적인 사람이기 때문에 집단의 행복에 아무런 관심이 없는 것이다. 그리고 몰려드는 군중들과 만세 소리로 인해 자기가 피해 보는 것만 신경 쓰고 있으니 이기적인 성격이라는 것도 알 수 있다. 이렇게 소설을 읽으면서 인물의 성격을 파악해 내는 것은 매우 중요하다. 모든 인물은 결국 작품 내내 자신의 내면세계대로 말하고 행동하기 때문이다. 따라서 초반에 계속 '이 인물의 내면세계가 뭐지?'라고 생각하면서 성격을 잡아내려고 해야 한다.

> 몰려다니고 만세를 부르고 하기에 미쳐 날뛰느라고 정신이 없어, 손님이 없어, 손님이 부쩍 줄었다.
> "우랄질! 독립이 배부른가?"
> 이렇게 그는 두런거리면서 반감이 솟았다.

⇒ 아까 앞에서 읽었듯이, 삼복은 '구두를 수선하는 일'을 하는 사람이다. 그런데 해방의 기쁨으로 사람들이 몰려다니고 만세를 부르기 바쁘니, 구두를 수선하러 오는 사람이 없다. 그래서 삼복은 "우랄질! 독립이 배부른가?"하고 반응한다. 여기서도 삼복의 이기적인 성격이 나온다. 자신에게 이득이 되는 게 없다고 해서, 다른 사람들이 즐기고 있는 '독립'을 부정적으로 바라보고 있기 때문이다.

> 이삼 일 지나면서부터야 삼복에게도 삼복에게다운 해방의 혜택이 나누어
> 졌다.

⇒ 그런데 삼복에게도 '삼복에게다운' 해방이 혜택이 주어졌다고 한다. '삼복에게다운' 해방의 혜택이라고 하니, 광복으로 인해서 삼복에게 '개인적으로' 도움이 되는 일이 생긴 게 아닐까 싶다. 왜냐하면 삼복에게 '광복'은, 당장 **자신에게 도움이 되냐 안 되냐**로 가치가 결정되는 것이었기 때문이다.

> 십 전이나 십오 전에 박아 주던 징을, 오십 전을 받아도 눈을 부라리는 순사
> 를 볼 수가 없었다. ⓛ 순사가 없어졌다면야, 활개를 쳐 가면서 무슨 짓을
> 하여도 상관이 없고 무서울 것이 없던 것이었었다.

⇒ 삼복이 '해방'으로 인해 누렸던 혜택에 대해 말하고 있다. 예전에는 '일본 순사'들이 조선 사람들을 계속 감시했었나 보다. 그래서 삼복은 자기 마음대로 가격을 올릴 수 없었는데, '해방' 후에는 자신을 감시하던 '순사'들이 사라졌다. 그래서 이제는 자기 마음대로 구두 수선비를 올릴 수 있게 된 것이다. 삼복은 이때다 싶어서 예전에 십 전이나 십오 전을 받고 수선해 주던 구두를, 이제는 오십 전을 받고 수선해 준다. 그런데도 자신에게 뭐라고 하는 사람이 없다. 순사가 없으니, 삼복이 무슨 짓을 하여도 상관이 없고, 더 이상 무서울 게 없어진 것이다.

> "옳아, 그렇다면 독립도 할 만한 건가 보다."
> 삼복은 징 열 개를 박아 주고 오 원을 받아 넣으면서 이렇게 속으로 중얼거
> 리기까지 하였다.

⇒ 삼복의 이기적인 성격이 계속 드러난다. 지금 삼복은 '국가의 독립'을 그저 자신에게 이득이 되냐 안 되냐로만 판단하고 있다. 처음에는 '독립'이 자신에게 직접적으로 도움을 주는 게 없는 거 같아서 욕을 했었다가도, 자신에게 '몇 푼' 떨어지는 게 있으니까 '독립'을 할 만한 거라 생각한다.

삼복이 '독립'에 대한 입장을 계속 바꾸는 데서 삼복의 '기회주의적'인 성격도 드러난다고 할 수 있다. '기회주의자'라는 것은, 말 그대로 '기회'를 중요하게 생각하는 사람이다. **이 일이 옳은 일인지 잘못된 일인지에 상관없이, 그저 자기한테 이익이 되거나 자기**

Chapter 1
노베이스를 위한 문학 공부법

Chapter 2
문학 만점을 위한 기초 체력 키우기

Chapter 3
기출 적용편

현대시

고전시가

현대소설

고전소설

가 성공할 기회라고 생각이 되면 가리지 않고 하는 사람을 '기회주의자'라고 말한다. 그래서 보통 '기회주의자'는 누군가를 나쁘게 표현할 때 쓰는 말이다. 소설 속 방삼복은 '독립'이 자신에게 도움이 안 될 때는 부정적인 것으로 생각하다가, 자신에게 도움이 되는 거 같으니까 또 바로 태도가 바뀐다.

'독립'이라는 건 한국인으로서 기뻐해야 하는 일인데도 불구하고, '독립'이 자기에게 도움이 되냐 안 되냐만 따지고 있는 것이다. 즉, 독립이 자신에게 성공할 '기회'가 된다면 좋은 거지만, 자신에게 도움되지 않는다면 '독립' 따위 할 필요 없다고 생각하는 것이다.

이렇게 어떤 일이 자신에게 도움이 되는 '기회'인지만 따지는 사람을 보고 '기회주의자'라고 말한다. 문학 작품에서 '기회주의자'는 많이 등장하는 개념이니까 꼭 알아두자.

> 그러나 며칠이 못 가서 삼복은 다시금 해방을 저주하여야 하였다.

⇒ 그런데 갑자기 삼복은 또다시 '해방'을 저주하여야 했다고 한다. 왜 그런 건지 예상을 해보자면, 다시금 삼복에게 '해방'이 도움이 되지 않는 상황이 온 거 같다.

> 삼복이 저 혼자만 돈을 더 받으며, 더 받아 상관이 없는 것이 아니라, 첫째 도가(都家)들이 제 맘대로 재료 값을 올리던 것이었었다. 징, 가죽, 고무, 실 모두가 오곱 십곱 비싸졌다.

⇒ '도가'가 정확히 무엇인지는 모르겠지만, '징, 가죽, 고무, 실 모두가 비싸졌다'는 데서 삼복에게 물건을 공급하는 곳이라는 걸 추측할 수 있다. 삼복이 수선비나 구두 만드는 비용으로 손님에게 돈을 더 많이 받는다고 해도, 물건값이 올라버려서 사실 자기한테 남는 게 없는 상황인 것이다. 즉, 삼복이 자기 혼자만 돈을 더 받으면서 이득을 취할 수 있는 상황이 아니다. '도가'들이 자기들 마음대로 원재료 값을 올려버렸기 때문이다.

> 그러니 ⓒ 신기료장수는 손님한테 아무리 비싸게 받는댔자 재료를 비싼 값으로 사야 하니, 결국 도가만 살찌울 뿐이지 소득은 전과 크게 다를 것이 없었다.

⇒ 즉, 삼복에게 또다시 '독립'의 혜택이 사라진 것이다.

> "이런 옘병헐! 그눔에 경제겐 다 어디루 가 뒈졌어. 독립은 우라진다구 독립을 헌담."
> 석양 때 신기료 궤짝 어깨에 멘 채 홧김에 막걸리청으로 들어가, 서너 사발 들이켜고는 그는 이렇게 게걸거렸다.

⇒ 삼복은 이기적이고 기회주의적인 성격답게, 자신에게 남는 게 없어지니까 또다시 '독립'에 대해 부정적인 태도를 보인다. 여기서 '경제계'라는 건 '경제와 관련된 일에 종사하는 조직체나 개인의 활동 분야'를 말하고, '경제겐'이라는 말은 '경제를 관리하는 순사'라는 뜻이다. 따라서 "그눔에 경제겐 다 어디루 가 뒈졌어"라는 말은, **물가를 관리하는 순사들이 없어져서 자신이 이득을 볼 수 없는 상황에 놓은 방삼복이 투덜대는 말**이다. 물론 이런 단어까지 명확하게 뜻을 아는 건 불가능하다. 현재는 쓰지 않는 단어이기 때문이다. 출제자도 그걸 알기 때문에, 저런 단어를 모른다고 해서 틀리도록 만들진 않는다. 그러나 맥락상 무슨 말인지는 유추할 수 있어야 한다. 소설을 읽으면서 저 문장이, '자신에게 이득이 떨어지지 않는 상황에 대해 투덜거리는 말'이라는 것만 맥락상 이해했으면 충분하다.

삼복은 석양이 질 때 장사를 마치고, 신발 가방을 어깨에 맨 채, 막걸리 가게로 가서 몇 잔 들이켜고는 '독립'에 대해 투덜거렸던 것이다. 삼복의 상황을 '이미지화' 해주면서 계속 읽어가자.

> [중략 줄거리] 영어 실력 덕에 미군 통역관이 된 방삼복은 권력을 얻는다. 친일 행위로 모은 재산을 해방 이후에 모두 빼앗긴 백 주사는 방삼복을 만나 자신의 재산을 되찾아 달라고 부탁한다.

⇒ '중략 줄거리'는 소설을 쓴 작가가 쓴 게 아니다. 문제를 출제하는 '출제자'가 직접 쓴 것이다. 출제자는 그냥 '중략'이라고 쓸 수도 있었는데, '중략 줄거리'라고 해서 굳이 줄거리를 말해준다. 이 뜻은, **'중략 줄거리'를 이해해야지만 문제를 풀 수 있다는 뜻이다.** 그렇기 때문에 줄거리를 그냥 대충 읽고 넘어가면 절대 안 된다. 중략 줄거리를 읽을 때도 앞 구절들을 읽을 때와 마찬가지로 인물의 내면세계를 잡고, '이미지화'를 해주면서 읽어야 한다.

Chapter 1 노베이스를 위한 문학 공부법

Chapter 2 문학 만점을 위한 기초 체력 키우기

Chapter 3 기출 적용편

현대시

고전시가

현대소설

고전소설

그리고 **'중략 줄거리' 다음에 이어지는 구절은, '중략 줄거리' 바로 다음에 일어나는 사건인 경우가 많다.** 무슨 말이냐면, 지금 '중략 줄거리'를 봤을 때 '백 주사가 방삼복을 만나 자신의 재산을 되찾아 달라고 부탁하는 상황'이라고 말하면서 끝난다. 그러면 바로 다음 구절에서는 이와 바로 연결되어서 '백 주사가 방삼복을 만나 자신의 재산을 되찾아달라고 부탁하는 상황'이 펼쳐진다는 것이다. 실제로 아래 구절을 읽어보면 '백 주사'가 '방삼복'에게 자신의 재산을 되찾아달라고 부탁하고 있다. 이걸 알고 있으면 중략 줄거리 이후에 상황을 파악할 때 도움이 된다. 그러니 꼭 기억 해두자.

이제 '중략 줄거리'를 한번 이해해보자. 원래 방삼복은 신발을 고쳐주고 만들던 '신기료장수'였다. 그런데 '독립' 이후에 지위가 바뀐다. 방삼복이 '신기료장수'였긴 하지만 영어를 잘했나 보다. 그래서 '독립' 이후, 일본 순사들이 물러가고 우리나라에 새로 들어온 '미군'들 편에 붙어서 '미군 통역관'이 된다. 일개 장사꾼에서 '통역관'이 되었으니 당연히 '권력'이 생겼을 것이다. 친일파였던 '백 주사'는 권력을 얻은 방삼복에게 자신의 재산을 되찾아 달라고 부탁한다. 백 주사는 '친일파'였으니까, '독립'이 되고 난 뒤에 <u>친일 행위에 대한 죄로 전 재산을 다 뺏겼나 보다</u>.

> ㉣ <u>옛날의 영화가 꿈이 되고, 일보에 몰락하여 가뜩이나 초상집 개처럼 초라한 자기가 또 한번 어깨가 옴츠러듦을 느끼지 아니치 못하였다.</u>

⇒ 이건 지금 누구의 상황을 말하는 걸까? '중략 줄거리'에 따르면 방삼복은 미군 통역관으로서 권력을 얻게 된 상황이었다. 반면 친일파였던 '백 주사'는 전 재산을 뺏긴 상황이었으므로, 지금 이 구절에서 말하고 있는 사람은 '백 주사'라는 걸 알 수 있다.

일본이 우리나라를 지배하고 있었을 때는 '친일파'로서 부귀 영화를 누렸었는데, 이제는 그 시절이 꿈이 되어버렸다. '백 주사'는 해방 이후 한 번에 몰락해서, 초상집 개처럼 초라한 상태였는데, 이 구절에 따르면 '또 한 번' 어깨가 움츠러드는 어떤 일을 겪고 있나 보다. 아래를 읽어보면 알겠지만, '어깨가 움츠러드는 일'은 '권력을 가진 방삼복에게 굽신대는 일'이라는 걸 알 수 있다.

> 그런데다 이 녀석이, 언제 적 저라고 무엄스럽게 굴어 심히 불쾌하였고, 그래서 엔간히 자리를 털고 일어설 생각이 몇 번이나 나지 아니한 것도 아니

Chapter 1
노베이스를 위한 문학 공부법

Chapter 2
문학 만점을 위한 기초 체력 키우기

Chapter 3
기초 적용편

현대시    고전시가    현대소설    고전소설

었었다.

⇒ 아까 '중략 줄거리'에서 백 주사가 방삼복에게 자신의 재산을 찾아달라고 부탁하고 있었던 걸 생각해 보면 '이 녀석'은 '방삼복'이라는 걸 알 수 있다. '언제 적 저라고 무엄스럽게 굴어'라는 구절을 봤을 때, 방삼복이 권력을 얻게 된 뒤에 이전과 다른 태도로 백 주사를 대했나 보다. 지금 자신에게 권력이 있으니, 거들먹거렸던 것이다. '백 주사'는 자존심이 상한다. 예전에는 자신보다 아래라고 생각했던 방삼복이 갑자기 권력을 얻어서 자신에게 '무엄스럽게' 굴고 있기 때문이다. 그래서 몇 번이나 자리를 박차고 일어나 가 버리고 싶은 마음이 드는 것이다.

그러나 참았다.

⇒ 그러나 '백 주사'는 지금 자기 전 재산을 찾아야 한다는 마음이 더 강한 거 같다.

보아 하니 큰 세도를 부리는 것이 분명하였다. 잘만 하면 그 힘을 빌려, 분풀이와 빼앗긴 재물을 도로 찾을 여망이 있을 듯싶었다.

⇒ 백 주사는 방삼복의 태도를 봤을 때, 큰 '세도'를 부리는 게 분명한 거 같다고 생각한다. '세도'는 '권력'과 비슷한 말이라고 생각했으면 됐다. '세도'는 '정치적인 권력'을 뜻한다.

백 주사는 방삼복의 태도가 마음에 안 들고, 그런 방삼복에게 굽신대는 자신의 모습이 자존심 상한다. 하지만 잘만 하면 방삼복의 힘을 빌려 빼앗긴 재물을 되찾을 수 있겠다고 생각해서 계속 굽신대고 있는 거 같다.

ⓐ 분풀이를 하고, 더구나 재물을 도로 찾고 하는 것이라면야 코삐뚤이 삼복이는 말고, 그보다 더한 놈한테라도 머리 숙이는 것쯤 상관할 바 아니었다.

⇒ '분풀이를 하고, 더구나 재물을 도로 찾고 하는 것'이라는 말은, 자신의 재산을 빼앗아 간 사람들에게 방삼복의 힘을 빌려 분풀이를 하고, 재산도 찾는 걸 뜻한다. 백 주사는

그걸 위해서라면 '코삐뚤이 삼복이' 뿐만 아니라, 그보다 더 거들먹거리고 더 천한 놈이라 하더라도 굽신댈 수 있다고 생각한다. 이런 말들에서도 '백 주사'의 성격이 보인다. 백 주사는 목표를 달성하기 위해서라면 수단과 방법을 가리지 않는 인물이다. 그리고 '친일파'였던 자신의 죄를 생각하지 않고, 자신이 피해를 입은 것만 생각하는 데서 방삼복과 같은 '이기적인 인물'이라는 것도 알 수 있다. 계속 새로운 인물이 나올 때마다 그 인물의 성격을 생각하면서 읽어줘야 한다. 그래야 인물들의 말과 행동이 쉽게 이해가 되고, 작품을 읽는 속도도 빨라진다.

> "그러니, 여보게 미씨다 방…….."
> 있는 말 없는 말 보태 가며 일장 경과 설명을 한 후에, 백 주사는 끝을 맺기를,
> "어쨌든지 그놈들을 말이네, 그놈들을 한 놈 냉기지 말구섬 죄다 붙잡아다가 말이네, 괴수놈들일랑 목을 썰어 죽이구, 다른 놈들일랑 뼉다구가 부러지두룩 두들겨 주구. 꿇어앉히구 항복 받구. 그리구 빼앗긴 것 일일이 도루 다 찾구. 집허구 세간 쳐부신 것 말끔 다 물리구…… 그렇게만 해 준다면, 내, 내, 재산 절반 노나 주문세, 절반. 응, 여보게 미씨다 방."

⇒ '미씨다 방'은 '방삼복'이라는 이름과 작품명인 '미스터 방'을 고려했을 때 '방삼복'을 부르는 말인 거 같다. 백 주사는 '있는 말 없는 말 보태 가며' 방삼복에게 자신이 어떻게 재산을 뺏기게 된 건지 설명한다. **방삼복이 자신의 억울함에 공감하고, 재산을 되찾는데 동조하도록 만들기 위해서, 거짓말까지 하며 방삼복을 설득하고 있는 것이다.** 그리고 말을 끝맺으면서, 자신의 재산을 뺏어갔던 놈들에게 확실히 복수해 주길 바라는 마음을 당부하고 있다. 또 방삼복에게 자신의 재산을 뺏어간 놈들을 벌준다면 자기 재산의 절반을 주겠다고 하면서 방삼복을 계속 설득한다.

> "염려 마슈."
> 미스터 방은 선뜻 쾌한 대답이었다.
> "진정인가?"
> "머, 지끔 당장이래두, 내 입 한 번만 떨어진다 치면, 기관총 들멘 엠피가 백 명이구 천 명이구 들끓어 내려가서, 들이 쑥밭을 만들어 놉니다, 쑥밭을."
> "고마우이!"

Chapter 1
노베이스를 위한 문학 공부법

Chapter 2
문학 만점을 위한 기초 체력 키우기

Chapter 3
기출 적용편

현대시

고전시가

현대소설

고전소설

⇒ '미스터 방'은 백 주사의 제안을 수락한다. 앞서 우리가 이해한 방삼복은 '이기적'인 사람이었다. 즉, 자신에게 이득이 되는 것에만 관심이 있는 사람이다. 그런데 백 주사가 자신의 재산을 반이나 준다고 하니 방삼복 입장에서는 거부할 이유가 없었을 것이다. 그래서 방삼복은 '지금이라도 자기가 말만 하면 기관총 멘 사람들 백 명, 천 명을 시켜서 쑥대밭을 만들 수 있다'고 하면서 백 주사를 안심시킨다. 정말 방삼복이 그 정도의 권력이 있는지는 모르겠지만, 방삼복의 말만 들었을 때는 확실히 방삼복이 어느 정도 권력을 가지고 있는 상황인 거 같다.

> 백 주사는 복수하여지는 광경을 서언히 연상하면서, 미스터 방의 손목을 덥 쑥 잡는다.
> "백골난망이겠네."
> "놈들을 깡그리 죽여 놓을 테니, 보슈."
> "자네라면야 어렵하겠나."

⇒ 백 주사는 자신의 복수가 성공하는 순간을 상상하면서 방삼복에게 "백골난망이겠네."라고 말한다. '백골난망'이란, '죽을 때까지 은혜를 잊지 않겠다'는 뜻이다. 그리고 그런 백 주사에게 방삼복은 '놈들을 깡그리 죽여' 놓겠다고 자신만만하게 말한다. 그리고 그에 대한 답으로 '백 주사'가 "자네라면야 어렵하겠나."라고 말하는 건 '그래, 방삼복 너라면 당연히 할 수 있지'라는 뜻이다. 이 구절을 봤을 때, 백 주사도 방삼복이 자신의 복수를 해줄 거라는 걸 굳게 믿고 있다는 걸 알 수 있다.

> "흰말이 아니라 참 ○○○ 박사두 내 말 한마디면 고만 다 제바리유."

⇒ 방삼복은 자기가 놈들에게 복수해 주겠다는 말이 그냥 하는 말이 아니라고 하면서, 백 주사를 도와줄 것을 강조한다. 이때 '내 말 한마디면 **고만 다 제바리유**'라는 말은, '내가 말 한마디만 하면 **그만 다 입을 다문다**'는 뜻이다. 즉, 자기 말 한마디면 '○○○ 박사' 조차 **입을 다물고 시키는 대로 한다**는 것이다.

> 미스터 방은 그리고는 냉수 그릇을 집어 한 모금 물고 꿀쩍 꿀쩍 양치를 한다. ⓛ 웬 버릇인지, 하여간 그는 미스터 방이 된 뒤로, 술을 먹으면서 양치하는 버릇이 생겼었다.

양치한 물을 처치하려고 휘휘 둘러보다, 일어서서 노대로 성큼성큼 나간다.

⟹ '이미지화'를 하자. 방삼복은 백 주사와의 대화를 끝내고, 양치를 하기 시작한다. 방삼복은 '미스터 방'이 된 이후로 술을 먹으면서 양치하는 버릇이 생겼다고 하는데, 왜 그런 버릇이 생긴 건지 이유는 잘 모르겠다. 아마 '방삼복'은 '미스터 방'으로 사회적인 위치가 바뀌면서, 새로운 생활 문화를 경험했을 것이다. 따라서 이로 인해 방삼복에게 새로 생긴 습관일 거라고 추측할 수 있다. 그리고 이 '노대'라는 건 지금으로 치면 '베란다' 같은 공간을 말한다.

전체적인 내용 자체는 어렵지 않다. 처음 보는 단어들이 많이 나와서 어렵다고 느낄 수 있는데, 사실 맥락상 어느 정도 뜻을 추측할 수 있는 단어들이었다.

– 채만식, 「미스터 방」 –

------------------------------ ● 문제 해설 ● ------------------------------

## 1. 윗글의 서술상 특징으로 가장 적절한 것은?

① 서술자가 자신의 이야기를 중심으로 사건을 전개하고 있다.

⟹ '서술자가 자신의 이야기를 중심으로 사건을 전개'한다는 것은, '1인칭 주인공 시점'에 대한 설명이다. 하지만 「미스터 방」의 서술자는 '제3자'의 시선에서 방삼복과 백 주사의 내면세계를 '전부' 서술하고 있다. 이는 '그는 두런거리면서 반감이 솟았다', '무엄스럽게 굴어 심히 불쾌하였고'와 같은 구절에서 확인할 수 있다. 따라서 '3인칭 전지적 작가 시점'인 것이다.

② 서술자를 작중 인물로 설정하여 사건의 현장감을 높이고 있다.

Chapter 1
노베이스를 위한 문학 공부법

Chapter 2
문학 만점을 위한 기초 체력 키우기

Chapter 3
기출 적용편

현대시

고전시가

현대소설

고전소설

⇒ 서술자를 작중 인물로 설정했다는 건 '1인칭' 시점이라는 뜻이다. 하지만 「미스터 방」은 '3인칭 전지적 작가 시점'이므로, 서술자가 작중 인물이 아니다. 서술자를 작중 인물로 설정하면 독자 입장에서 마치 자신도 그 상황 속에 들어가 있는 것처럼 느껴지기 때문에, '사건의 현장감'이 높아지긴 한다.

> ③ 서술자가 작중 상황과 사건을 전지적 시점으로 전달하고 있다.

⇒ 맞는 말이다. '3인칭' 시점에서 보고 있는 서술자가, 작품 속 인물들의 속마음과 작중 상황을 전부 정확히 서술해 주고 있다. 서술자가 방삼복과 백 주사의 마음 속을 각각 자세하게 묘사하는 걸 봐서 '전지적 시점'이라는 걸 알 수 있다.

> ④ 서술자가 회상을 통해 외부 이야기에서 내부 이야기로 이동하고 있다.

⇒ 서술자가 '회상'을 한다고 말하려면 과거 장면에 대해서 '구체적인 묘사'가 있어야 한다. 과거와 관련된 문장이 한, 두 줄 있는 걸로는 '회상'이라고 할 수 없다. 그래서 중략 이후에 '옛날의 영화'라는 표현만으로는 '회상'을 하고 있다고 말할 수 없는 것이다. 그저 과거에 백 주사가 누렸던 것들을 말하고 있을 뿐이다. 따라서 윗글에는 '회상이 나타났다'라고 할만한 부분이 없다.

이때 외부 이야기에서 내부 이야기로 이동하는 구성을 '액자식 구성'이라고도 한다. 액자 속에 있는 그림처럼, **외부 이야기 속에 내부 이야기가 속해 있다는 의미에서 '액자식 구성'이라고 하는 것이다.** 해당 소설은 이야기 안에 또 다른 이야기가 펼쳐지는 '액자식 구성'도 아니다. 그저 방삼복과 백 주사의 이야기를 하고 있을 뿐이었다.

> ⑤ 서술자는 과거와 현재를 반복적으로 교차시켜 사건에 입체감을 부여하고 있다.

⇒ 아니다. 윗글에서는 시간 순서대로 사건이 이어지고 있었다. 광복 후부터, 방삼복이 미군에게 붙어서 권력을 얻게 되기까지의 과정을 '순서대로' 제시했다. 따라서 과거와 현재를 반복적으로 교차시켰다는 말은 틀렸다.

만약 과거와 현재를 반복적으로 교차시킨다면 '사건의 입체감'을 부여할 수 있다. **사건을 '입체적'으로 제시한다는 것은, 사건을 '여러' 각도에서 제시한다는 뜻이다.** 즉, 과거 시점에서 그 사건을 한 번 서술하고, 현재 시점에서 다시금 서술하고, 또다시 과거 시점에서 한 번 더 서술하는 등, '여러' 시점에서 사건을 서술하면, '입체감'은 자연스레 만들어진다. '입체감'이 생기는 경우는 선택지에서 자주 물어보기 때문에 꼭 알아두도록 하자.

☑ 답 : ③

## 2. ㉠~㉤에 대한 설명으로 적절한 것은?

> ① ㉠ : 새로운 국가의 미래를 비관적으로 전망하는 인물의 복잡한 심정을 표현한다.

➡ ㉠ : '몰려 닫는 군중이 오히려 성가시고, 만세 소리가 귀가 아파 이맛살이 지푸려질 지경이었다.'는 해방이 된 이후의 기쁨을 나누고 있는 군중들에 대한 방삼복의 '감정'을 드러낸다. 방삼복은 몰려드는 군중들을 성가신 존재로 생각하고, 군중들의 만세 소리를 듣고 불쾌해한다. 이건 새로운 국가의 미래를 비관적으로 전망하는 인물의 심정을 표현한 것과는 관계가 없다. 방삼복은 오히려 새로운 국가의 미래에 대해 별 관심이 없다. 자신의 이익에만 관심이 있을 뿐이다.

> ② ㉡ : 치안 부재의 상황으로 인해 야기된 인물의 슬픔과 분노를 표현한다.

➡ ㉡ : '순사가 없어졌다면야, 활개를 쳐 가면서 무슨 짓을 하여도 상관이 없고 무서울 것이 없던 것이었었다.'는 해방 이후 일본 순사들이 없어지면서, 방삼복이 돈을 더 벌 수 있는 기회를 얻게 된 상황을 말하고 있다. 즉, 치안 부재의 상황으로 인해 야기된 인물의 슬픔과 분노를 표현하는 건 아니다. 오히려 방삼복은 자기 마음대로 가격을 올릴 수 있게 된 상황에 '기뻐'하고 있다.

Chapter 1
노베이스를 위한 문학 공부법

Chapter 2
문학 만점을 위한 기초 체력 키우기

Chapter 3
기출 적용편

현대시

고전시가

현대소설

고전소설

③ ㉢ : 물가 상승으로 대표되는 경제 상황에 대한 인물의 불편한 심경을 표현한다.

➡ ㉢ : '신기료장수는 손님한테 아무리 비싸게 받는댔자 재료를 비싼 값으로 사야 하니, 결국 도가만 살찌울 뿐이지 소득은 전과 크게 다를 것이 없었다.'는 도가들이 가격을 올려서 남는 게 없어진 방삼복의 상황을 말하고 있다. 방삼복이 '물가'를 올렸지만, 그와 동시에 '도가'들도 재료값을 올렸다. 그래서 방삼복은 실제로 자신에게 남는 이득이 없어졌고, 이에 대해 불편한 심경을 표현하고 있었다. 즉, ㉢은 '물가 상승'으로 대표되는 경제 상황에 대해, 그 속에서 이득을 쟁취하지 못하는 방삼복의 불편한 심경을 표현하고 있는 문장이다.

④ ㉣ : 전통 윤리를 회복해 타락한 세태를 견뎌내고자 하는 인물의 의지를 표현한다.

➡ ㉣ : '옛날의 영화가 꿈이 되고, 일보에 몰락하여 가뜩이나 초상집 개처럼 초라한 자기가 또 한번 어깨가 옴츠러듦을 느끼지 아니치 못하였다.'는 해방 이후에 자신이 모은 재산을 모두 뺏긴 '백 주사'의 한탄, 슬픔을 표현하는 문장이다. 즉, 전통 윤리를 회복해 타락한 세태를 견뎌내고자 하는 것과는 관련이 없다.

⑤ ㉤ : 새로운 생활 문화를 체험하며 나타나는 인물의 혼란스러운 내면을 표현한다.

➡ ㉤ : '웬 버릇인지, 하여간 그는 미스터 방이 된 뒤로, 술을 먹으면서 양치하는 버릇이 생겼었다.'는 '신기료장수'에서 '미군 통역관'으로 신분 상승을 한 방삼복이 새롭게 갖게 된 습관이다. 이는 방삼복의 혼란스러운 내면과는 관계가 없다. 서술자가 말해준 방삼복의 내면세계는 '백 주사'를 도와서 복수를 하고 돈을 나눠 갖는다는 것뿐이었다. 따라서 '혼란스러운 내면세계'가 드러나는 건 아니다. '혼란스러운 내면세계'가 드러난다고 하려면 방삼복이 스스로 어떻게 행동해야 할지 몰라서 우왕좌왕하거나, 여러 선택지를 두고 고민하는 등의 내면세계가 나와야 한다.

● 답 : ③

## 3. 다음 학습 활동에서 [A]에 들어갈 내용으로 적절하지 않은 것은?

┌─────────────────────── 학습 활동 ───────────────────────┐

📖 **감상의 길잡이**　　이 소설을 감상하기 위해서는 인물과 시대 현실을 비판적으로 이해하는 것이 중요하다.

1. 작품의 시·공간적 배경을 알아보자.
   - 해방 직후의 서울

2. 작중 인물의 태도를 살펴보자.
   - 방삼복은 해방된 사회의 현실에 대해 일관성 없는 태도를 보임.
   - 백 주사는 몰락을 가져온 현실에 대해 부정적 태도를 보임.
   - 백 주사는 갑자기 출세한 방삼복에 대해 이중적 태도를 보임.

3. 작중 인물과 시대 현실을 중심으로 작품을 감상해 보자.

   ┌─────────────────────────────────────────┐
   │                   [A]                   │
   └─────────────────────────────────────────┘

└──────────────────────────────────────────────────────────┘

⇒ 이 〈보기〉를 보고 2번에 '방삼복은 해방된 사회의 현실에 대해 일관성 없는 태도를 보임'이라는 구절이 이상하다고 말하는 학생들이 종종 있다. "방삼복은 '독립'이라는 사회 현실에 대해 '나에게 이익이 되는가?'라는 일관된 기준으로 행동하는 거 아닌가요?"라고 질문하는 것이다. 맞는 말이다. 방삼복은 일관된 기준으로 행동하고 있다. 그런데, 이렇게 질문하는 학생들은 '태도'라는 단어를 놓친 것이다. 방삼복이 '나에게 이익이 되는가?'라는 일관된 기준으로 행동하는 것은 맞다. **즉, 그의 '기준'이 일관된 것이지 그의 '태도'가 일관된 것은 아니다.** 방삼복은 '자신에게 이익이 되는가?'라는 일관된 기준으로 자신의 태도를 계속 바꾸고 있다. 여기서 말하는 '태도'의 뜻은, '어떤 일이나 상황 따위에 대해 취하는 입장'이라는 뜻이다. 방삼복은 독립에 대한 입장을 계속 바꾸고 있으므로 그의 '태도'는 일관성이 없는 것이다.

이제 [A]에 들어갈 말을 생각해 보자. 우선 '작중 인물'은 '방삼복'과 '백 주사'였고, 이 둘은 모두 이기적이고 기회주의적인 성격을 갖고 있었다. 타인보다 자신의 이득이 우선이고, 공동체에는 딱히 관심이 없는 두 사람이었다. 그리고 '시대 현실'은 '해방' 후, 일본 순사들이 물러가고 미군들이 들어와 있는 상황이었다. 이를 고려해서, [A]에 들어갈 말 중 적절하지 않은 걸 골라 보자.

Chapter 1
노배이스를 위한 문학 공부법

Chapter 2
문학 만점을 위한 기초 체력 키우기

Chapter 3
기출 적용편

현대시

고전시가

현대소설

고전소설

> ① 방삼복의 출세를 통해 해방 직후 사회의 부정적 단면을 비판적으로 드
> 러낸다.

⇒ 이 선택지는 맞는 선지다. 그럼, 왜 '방삼복의 출세'를 통해 해방 직후 사회의 '부정적 단면'을 비판적으로 드러낼 수 있는 걸까? 방삼복이 출세한 것과, 사회의 부정적 단면을 드러내는 것이랑 무슨 관계인지 생각을 해봐야 한다. 우선 '방삼복'이라는 인물에 대해서 생각해 보자.

아까 〈보기〉를 읽으면서 이해했지만, 방삼복은 자기만 생각하는 이기적이고, 기회주의적인 사람이었다. 즉, '해방'에 대해서 딱히 관심도 없었고, 자기 이익만 챙기기 바빴던 사람이다. 그런데 해방 이후, 방삼복처럼 '해방'을 위해 아무런 노력도 하지 않았던 사람이 권력을 쥔다. 즉, '해방'을 위해 노력했던 사람들이 보상받는 게 아니라, 방삼복 같은 사람이 이득을 취한다는 점에서 사회의 '부정적' 단면을 보여준다고 할 수 있는 것이다. 그리고 서술자가 이렇게 방삼복이 출세하는 장면을 드러낸 것에서, 사회의 '부정적' 단면을 '비판적으로' 드러내려 한 것이라 할 수 있다.

> ② 백 주사의 몰락을 통해 개인을 억압하는 시대 변화의 부당함을 비판적
> 으로 드러낸다.

⇒ 말이 안 된다. '백 주사'의 몰락은, 정당한 심판을 받는 것이라 봐야 한다. '친일'이라는 부당한 행위를 통해 재산을 모았던 사람이니까, '해방' 이후에 재산을 다 뺏기고 불행한 일이 생기는 건 당연한 이치다. 따라서 서술자가 '백 주사'의 몰락을 통해서 '개인을 억압하는 시대 변화의 부당함'을 비판적으로 드러내려 했다는 건 말이 안 된다. 오히려 서술자는 '백 주사'를 억압하는 시대 변화를 '정당'하다고 볼 것이다.

> ③ 현실에 대한 백 주사의 부정적 태도를 통해 그의 시대착오적 역사 인식
> 을 비판적으로 드러낸다.

⇒ 맞는 말이다. 일제 강점기 때 '옛날의 영화'를 누리던 '백 주사'는, 현재 자신이 모았던 재산을 전부 빼앗긴 상태다. 따라서 현실에 대한 부정적인 태도를 갖고 있다. 하지만 이러한 백 주사의 인식은, '시대착오적 역사 인식'이라 할 수 있다. '해방'이 된 현실은 한

국인이라면 당연히 긍정적으로 받아들여야 하는 것인데 백 주사는 현실을 '부정적'으로 인식하고 있기 때문이다.

여기서 '시대착오적'이라는 건 말 그대로, '시대에 맞지 않는다'는 뜻이다. 정확하게 말하자면, '낡은 생각이나 생활 방식으로 새로운 시대에 대처하지 못하는 것'을 뜻한다. 백 주사는 독립이 실현된 새로운 시대에 제대로 대처하지 못한다. 이는 백 주사가 자신이 과거에 했던 친일 행위를 반성하진 못할망정, 자신이 친일 행위로 모았던 재산을 되찾고자 하는 데서 알 수 있다. 또 '독립'을 반기지 않고 자신의 재산만 되찾으려고 하는 데서 백 주사가 '시대착오적 역사 인식'을 가지고 있다고 할 수 있는 것이다. 그리고 서술자가 이런 백 주사의 인식을 드러내는 것은, 백 주사의 인식을 '비판'하려고 하는 것으로 볼 수 있다.

> ④ 현실에 대한 방삼복의 일관성 없는 태도를 통해 그의 현실 인식에 나타난 문제점을 비판적으로 드러낸다.

⇒ 맞는 말이다. 〈보기〉를 봐도 알 수 있듯이, 방삼복은 해방된 사회의 현실에 대해 일관성 없는 태도를 보인다. 해방이 된 것이 자신에게 이득이 될 때는 해방을 긍정적으로 생각했다가, 자신에게 도움이 되지 않는 거 같을 땐 부정적으로 인식한다. 즉, 이기적이고 기회주의적인 모습을 보이는 것이다. 서술자는 이러한 방삼복의 태도를 보여줌으로써, 그가 가지고 있는 현실 인식에 대한 문제점을 비판적으로 드러내고 있다.

> ⑤ 방삼복에 대한 백 주사의 이중적 태도를 통해 자신의 이익만을 추구하는 기회주의적인 모습을 비판적으로 드러낸다.

⇒ '백 주사'는 갑자기 방삼복이 권력을 잡게 되니까, 방삼복에게 빌붙는다. 즉, 방삼복에 대한 '이중적 태도'를 보이는 것이다. 실제로 백 주사는 방삼복의 높아진 위치를 인정하고, 방삼복을 존경하는 게 아니다. 그저 자신의 재산을 찾기 위한 수단으로 방삼복에게 빌붙는 것이다. 이는 자신의 이익만을 목표로 행동하는 백 주사의 '기회주의적인' 모습이라 할 수 있다. 서술자는 이러한 백 주사의 모습을 제시하면서 그의 기회주의적인 모습을 비판적으로 드러낸 것이다.

Chapter 1 노베이스를 위한 문학 공부법

Chapter 2 문학 만점을 위한 기초 체력 키우기

Chapter 3 기출 적용편

현대시

고전시가

현대소설

고전소설

● 답 : ②

### 4. ⓐ의 상황을 나타내기에 가장 적절한 것은?

> ⓐ : 분풀이를 하고, 더구나 재물을 도로 찾고 하는 것

➡ 이 문제는 속담 문제처럼 보이지만 사실, ⓐ에 깔려 있는 '백 주사의 내면세계'를 이해했냐고 묻는 문제다. ⓐ에서 백 주사가 말하고자 하는 게 뭘까? 거들먹거리는 방삼복이 못마땅하지만, 그래도 방삼복의 권력을 이용하면 자기 돈을 뺏어갔던 사람들에게 '분풀이'도 하고 '재물도 도로 찾을 수 있을 거'라는 것이다. 즉, 방삼복을 통해 '분풀이'와 '재물 되찾는 일'을 모두 하고자 하는 백 주사의 기대감이 드러나는 구절이므로, ⓐ의 상황을 나타내기에 가장 적절한 것은 ①번이다.

'꿩 먹고 알 먹는다'는 한 가지 일로 둘 이상의 이득을 얻는 상황을 이르는 말이다. 방삼복 한 명으로 인해서 백 주사가 원하는 2가지 일이 일어날 수 있는 상황이니, ①번이 적절하다.

---

① 꿩 먹고 알 먹는다.

② 되로 주고 말로 받는다.

③ 소 잃고 외양간 고친다.

④ 오는 말이 고와야 가는 말이 곱다.

⑤ 종로에서 뺨 맞고 한강에서 눈 흘긴다.

---

● 답 : ①

# 2018학년도 9월
## 「눈이 오면」

    ㉠ 그렇게…… 그렇게도 배가 고프디야.
    그 넓은 운동장을 다 걸어 나올 때까지 불현듯 어머니의 입에서 새어 나온 말은 꼭 그 한 마디였다. 하지만 그것은 반드시 그를 향해 묻는 말이라기보다는 넋두리에 더 가까웠다. 교문을 나선 어머니는 집으로 가는 길을 제쳐 두고 웬일인지 곧장 다릿목에서 왼쪽으로 꺾어 드는 것이었다. 저만치 구호소 식당이 눈에 들어왔을 때 그는 까닭 모를 두려움과 수치심으로 뒷걸음질을 쳤다. 그런 그를 어머니는 별안간 무서운 힘으로 잡아끌었다.
    ㉡ 가자. 아무리 없어서 못 먹고 못 입고 살더래도 나는 절대로 내 새끼를 거지나 도둑놈으로 키울 수는 없응께. 시상에…… 시상에, 돌아가신 느그 아버지가 이런 꼴을 보시면 뭣이라고 그러시끄나이.
    어머니의 음성은 돌연 냉랭하게 변해 있었다. 끝내 그는 와앙 울음을 터뜨려 버리고 말았다. 그러나 어머니는 기어코 구호소 식당 안의 때 묻은 널빤지 의자 위에 그를 끌어다가 앉혀 놓았다.
    잠시 후 어머니가 손바닥에 받쳐 들고 온 것은 ⓐ 한 그릇의 국수였다. 긴 대나무 젓가락이 찔려져 있는 그것을 어머니는 그의 앞으로 밀어 놓으며 말했다.
    ㉢ 먹어라이. 어서 먹어 보란 말다이…….
    어머니의 음성에는 어느새 아까의 냉랭함이 거의 지워져 있었다. 그는 몇 번 망설이다가는 젓가락을 뽑아 들고 무 조각 하나가 덩그러니 떠 있는 그 구호용 가락국수를 먹기 시작했다. 그러다가 문득 고개를 들었던 그는 그만 젓가락을 딸각 놓아버리고 말았다. 마주 앉아서 그때까지 그를 줄곧 지켜보고 있었을 어머니의 눈에는 소리도 없이 눈물이 그득히 괴어오르고 있었기 때문이었다. 탁자 밑에 가지런히 모아져 있는 어머니의 낡은 먹고무신을 내려다보며 그는 갑자기 목구멍이 뻐근해져 옴을 느껴야 했다.
    그 후, 그는 두 번 다시 그 빈민 구호소 식당 앞에서 얼쩡거리지 않았다. 아마도 그런 기억 때문이었는지는 몰라도, 두 아이의 아버지가 된 지금까지도 국수는 그에게 여전히 싫어하는 음식으로 남아 있었다.

(중략)

어머니한테 뭔가 이상한 변화가 일어나고 있을지도 모른다는 불길한 조짐을 처음으로 느끼기 시작한 것은 두 달 전쯤부터였다. 그날따라 겨울이 전에 없이 일찍 앞당겨 찾아온 듯한 늦가을 날씨로 밖은 유난히 썰렁했다. 젓가락으로 밥알을 헤아리듯 하며 맛없는 아침상을 받고 있노라니까 아내가 심상찮은 기색으로 곁에 쪼그려 앉는 것이었다. 그녀가 미처 입을 열기도 전에 그는 짐짓 신경질적인 표정부터 준비했다. 그즈음은 마침 지난달의 봉급을 받지 못한 데다가 그달 봉급마저도 벌써 며칠째 넘기고 있던 참이었으므로, 이번에도 또 아내의 입에서 보나마나 궁색한 소리가 튀어나오리라고 지레짐작했던 때문이었다. 급료도 제대로 나오지 않는 직장을 뭣 하러 나다녀야 하느냐는 당연한 투정 때문에 얼마 전에도 한바탕 말다툼을 벌였던 적이 있었던 것이다. 그러나 이날 아침은 그게 아니었다.

여보. 나가시기 전에 어머님 좀 잠시 들여다보세요. 암만해도…….

아니 왜. 감기약을 지어 드렸는데도 여전히 차도가 없으시대?

며칠 전부터 몸이 편찮으시다고 누워 계시는 줄은 그도 알고 있었다. 병원에 가 보는 게 어떻겠느냐고 물었더니, 특별히 아픈 데는 없노라고, 아마도 고뿔인 것 같으니까 누워 있으면 곧 괜찮아질 거라고 하며 어머니는 손을 내젓던 것이었다.

그게 아니라, 저어, 암만해도 어머님이 좀 이상해지신 것 같단 말예요.

그, 그건 또 무슨 소리야.

아내는 뭔가 숨기고 있는 듯한 어정쩡한 표정으로 그의 눈치를 살피고 있었다. 문득 불길한 예감이 뒤통수를 때렸다.

아무리 봐도 예전 같지가 않으시다구요. 그렇게 정신이 총총 하시던 분이 별안간 무슨 말인지도 모를 헛소리를 하시기도 하고……. 어쩌다가는 또 말짱해 보이시는 것 같다가도 막상 물어 보면 전혀 엉뚱한 대답을 하시는 거예요. 처음엔 일부러 그러시는가 했는데, 글쎄 그게 아니에요.

도대체 난데없이 무슨 소릴 하고 있는 거야, 지금.

설마 어머니가 그럴 리가 있을까 싶으면서도 왠지 섬뜩한 예감에 그는 숟가락을 놓고 곧장 건너가 보았다.

어머니는 이불을 덮고 누워 무얼 생각하는지 멀거니 천장만 올려다보고 있었다. 의외로 안색이 나아 보였으므로 그는 적이 맘을 놓았다. 하지만 어머니는 두 번씩이나 부르는 아들의 목소리에도 대답이 없었다. 그저 꼼짝도 하지 않고 망연한 시선을 천장의 어느 한 점에 멈춰 두고 있을 뿐이었다. 한동안 멍청하게 앉아 있던 그가 자리에서 마악 일어서려 할 때였다.

ⓔ 찬우야이!

어머니의 입에서 불쑥 그 한마디가 튀어나오는 순간 그는 가슴이 철렁했다. 직감적으로 어떤 불길한 예감이 전신을 휩싸 안는 것 같았다. 아직까지 어머니는 한 번도 그렇게 아들

Chapter 1
노베이스를 위한 문학 공부법

Chapter 2
문학 만점을 위한 기초 체력 키우기

Chapter 3
기출 적용법

현대시

고전시가

현대소설

고전소설

의 이름을 직접 부르는 적이 없었다. 적어도 그가 결혼한 후로는 그랬다. 하지만 그보다도 더 그가 놀랐던 것은 어머니의 음성에서였다. 그것은 이미 예전의 귀에 익은 음성이 아니었다. 언제나 보이지 않는 따뜻함과 부드러움으로 흘러나오곤 하던 그 목소리에는 대신 어딘가 냉랭하면서도 들떠 있는 듯한 건조함이 배어 있었다. 그 음성을 듣는 순간 그가 내심 섬찟했던 것은 바로 그 생경한 이질감 때문이었는지도 모른다. 그는 놀란 눈으로 황급히 어머니의 얼굴을 들여다보았다.

ⓜ <u>찬우야이. 어서 꼬두메로 돌아가자이. 느그 아부지랑 찬세가 얼매나 기다리겄냐아. 더 추워지기 전에 싸게싸게 집으로 가야한단 말다이.</u>

어머니는 나직하게, 그러나 힘이 서린 목소리로 그렇게 말하는 것이었다. 그가 너무 당황하여 그 말이 무슨 뜻인지를 얼른 쉽사리 가려낼 수가 없었다.

- 임철우, 「눈이 오면」 -

---

**1. 윗글의 서술상 특징으로 가장 적절한 것은?**

① 특정 인물의 회상을 중심으로 이야기를 전개하고 있다.
② 계절의 변화를 통해 사건 해결의 실마리가 드러나고 있다.
③ 공간적 배경에 대한 상세한 묘사를 통해 사건 전개를 지연시키고 있다.
④ 서술자가 관찰자의 입장에서 사건을 전달함으로써 객관성을 높이고 있다.
⑤ 서술의 초점을 다양한 인물로 옮겨 가며 갈등을 다각적으로 조명하고 있다.


**2. ⓐ에 대한 설명으로 가장 적절한 것은?**

① '어머니'와 '그'의 갈등을 지속시키는 매개물이다.
② '그'가 사회 문제에 관심을 갖게 하는 매개물이다.
③ '그'가 '어머니'의 속마음을 깨닫게 하는 매개물이다.
④ '어머니'에 대한 '그'의 배려를 드러내는 매개물이다.
⑤ 어려운 처지의 '어머니'에게 위안을 주는 매개물이다.

3. 〈보기〉를 참고하여 ㉠~㉤을 감상한 내용으로 적절하지 <u>않은</u> 것은?

〈보 기〉

「눈이 오면」에서는 어머니의 목소리가 발화 내용과 어우러져 '그'에게 특별한 메시지를 전달한다. 그 목소리는 '그'에게 수치심, 죄책감, 불길함, 섬찟함, 당혹감 등의 감정을 불러일으키거나 특정한 행동을 야기한다.

① ㉠에서 '어머니'가 넋두리에 가까운 말로 아들의 배고픔을 언급한 것은 '그'가 구호소식당을 보았을 때 느낀 까닭 모를 두려움과 수치심으로 이어지는군.
② ㉡에서 '어머니'가 냉랭한 음성으로 '아버지'를 언급한 것은 '그'에게 죄책감을 불러일으켜 결국 '그'로 하여금 울음을 터뜨리게 하는군.
③ ㉢에서 '어머니'가 냉랭함이 사라진 음성으로 '그'에게 국수를 먹으라고 권하는 것은 '그'에게 불길함을 느끼게 하여 젓가락을 딸각 놓는 행동에 영향을 주는군.
④ ㉣에서 '어머니'가 생경한 이질감이 느껴지는 음성으로 '그'의 이름을 부른 것은 '그'에게 '어머니'의 변화를 인식하게 하여 섬찟함을 느끼게 하는군.
⑤ ㉤에서 '어머니'가 힘이 서린 목소리로 돌아가신 아버지가 있는 집으로 가자고 하는 것은 과거와 현재를 구분하지 못하는 '어머니'의 모습을 드러내어 '그'에게 당혹감을 갖게 하는군.

▶ '눈이 오면' 지문해설 ◀

㉠ 그렇게…… 그렇게도 배가 고프디야.
그 넓은 운동장을 다 걸어 나올 때까지 불현듯 어머니의 입에서 새어 나온 말은 꼭 그 한마디였다. 하지만 그것은 반드시 그를 향해 묻는 말이라기보다는 넋두리에 더 가까웠다.

⇒ '그'라는 말을 봤을 때, 지금 이 소설이 '3인칭' 시점이라는 걸 알 수 있다. 그래서 나는 처음에 '전지적 작가 시점'인가 하고 생각했는데, 서술자가 어머니의 말을 '넋두리에

더 가까웠다'라고 표현한다. 뭔가 이상하다. 만약 '전지적 작가 시점'이었다면 서술자가 어머니의 내면세계도 **확실하게** 알았을 것이다. 즉, '넋두리에 더 가까웠다'고 추측하는 것이 아니라, '넋두리였다'고 말했을 것이다.

아, 이 소설은 '제한적 전지적 작가 시점'이다. 위 구절을 읽었을 때, 서술자는 '그'의 내면세계만 제대로 알고, 나머지 인물들의 내면세계는 모르는 거 같다는 걸 알 수 있다. 이는 다른 말로 서술자가 '그'의 시선으로 다른 인물들의 말과 행동을 '관찰'하고 있다는 것이다. '그'의 시선으로 '제한'해서 보는 것이기 때문에, 어머니의 정확한 내면세계를 알 수는 없다.

그리고 또 추가로 알려줄 것이 있다. 맨 처음 문장을 보자. 맨 처음 문장에서 '어머니'는 '그'에게 "그렇게…… 그렇게도 배가 고프디야."라고 말한다. 그런데 어머니가 아들에게 '실제로' 하는 말인데도, '큰따옴표'로 표시되어 있지 않다. 왜 그런 걸까? **그 이유는 작가들마다 문체가 조금씩 다르기 때문이다.** 어떤 작가는 대사를 큰따옴표로 표시하지만, 어떤 작가는 표시하지 않기도 한다. 또 어떤 작가는 대사 앞에 '–'라는 표시를 해서 해당 문장이 대사라는 걸 표시하기도 한다. 그렇기 때문에 지금 이 문장이 실제 '대사'인지 아니면 그냥 서술자의 말인지는 **맥락**을 보고 판단해야 한다. **네가 한 가지 기억할 것은, 큰따옴표가 없다고 해서 무조건 대사가 아니라고 생각하면 안 된다는 것이다.**

어머니는 '그'와 함께 운동장을 걸어 나오면서, "그렇게도 배가 고프디야."라고 갑작스레 넋두리하듯 한마디를 한다. 그러나 아들을 야단치려고 하는 말이 아니다. 어머니가 '넋두리하듯 한마디를 한다'는 것에서 우리는 무엇을 알 수 있을까? 바로 **어머니가 '그'를 탓하기보다 '자기 자신의 잘못'이라 생각한다는 걸 알 수 있다.** 아들을 보고 야단치듯이 "그렇게도 배가 고프디야"라고 말하는 게 아니라, 허공을 바라보고 혼자 넋두리하듯 말한 것이기 때문이다. 이는 부모님들이 자식이 잘못하면, '자식을 잘못 키운 자기 잘못'이라고 생각하는 것과 비슷한 것이다. 이해가 안 된다면 아들이 한 어떤 행동으로 인해서 충격을 받고 혼이 나간 듯한 어머니의 표정을 상상해 봐라. 그리고 그 표정으로 어머니가 넋두리하듯이 "그렇게도 배가 고프디야."라고 말하는 걸 떠올려보면 이해가 될 것이다. 그런데 여기서 '그'가 어떤 잘못을 했는지는 조금 더 읽어봐야 할 거 같다.

Chapter 1
노베이스를 위한 문학 공부법

Chapter 2
문학 만점을 위한 기초 체력 키우기

Chapter 3
기출 적용편    현대시    고전시가    현대소설    고전소설

교문을 나선 어머니는 집으로 가는 길을 제쳐 두고 웬일인지 곧장 다릿목에서 왼쪽으로 꺾어 드는 것이었다. 저만치 구호소 식당이 눈에 들어왔을 때 그는 까닭 모를 두려움과 수치심으로 뒷걸음질을 쳤다.

⇒ 원래 집으로 가는 길이 있다. 그런데 어머니는 집으로 가는 길을 놔두고 '웬일인지' 갑자기 왼쪽으로 꺾어 든다. '그' 입장에서는 '엄마가 지금 어디로 가는 거지?' 싶었을 것이다. 그렇게 어머니를 따라서 걷다 보니 '그'의 눈에 '저 멀리'에 있는 '구호소 식당'이 눈에 들어온다. 그 순간 '그'는 까닭 모를 두려움과 수치심으로 뒷걸음질을 쳤다고 한다. 도대체 왜 그는 '구호소 식당'을 보고 두려움과 수치심이 들었던 걸까?

　내면세계와 관련된 서술들이 나올 때는 인물이 왜 그런 감정을 느꼈는지 계속 생각을 해줘야 한다. 출제자는 너에게 '그'가 도대체 무엇 때문에 두렵고, 수치스러웠던 건지 이해했냐고 물어보기 때문이다.

그런 그를 어머니는 별안간 무서운 힘으로 잡아끌었다.

⇒ 어머니는 두려움과 수치심에 뒷걸음질 치는 '그'의 손을 잡고, 강제로 '그'를 구호소 식당으로 데려간다.

ⓒ 가자. 아무리 없어서 못 먹고 못 입고 살더래도 나는 절대로 내 새끼를 거지나 도둑놈으로 키울 수는 없응께. 시상에…… 시상에, 돌아가신 느그

> 아버지가 이런 꼴을 보시면 뭣이라고 그러시끄나이.
> 어머니의 음성은 돌연 냉랭하게 변해 있었다.

⇒ 아, 이 구절을 읽으니까 지금 상황이 이해가 된다. '그'는 지금 남의 것을 훔쳐 먹었나 보다. 그래서 어머니가 학교로 불려 왔고, '그'와 함께 운동장을 빠져나오면서 "그렇게도 배가 고프디야."라고 넋두리하듯 말했던 것이다. 어머니는 '그'가 얼마나 배고팠으면 남의 음식을 훔쳐먹었을까 싶다가도, 그가 잘못한 것에 대해서는 냉정하게 혼을 내고 있다.

어머니가 왜 갑자기 '구호소 식당'으로 가는 건지 궁금했었는데, 이제 알겠다. 어머니가 했던 "그렇게도 배가 고프디야"라는 말을 보자. 지금 어머니는 '그'가 배가 고프다고 생각한다. 얼마나 배가 고팠으면 남의 음식을 훔쳐 먹었을까 하고 생각하는 것이다. 그래서 어머니는 배고파 하는 '그'를 '구호소' 식당으로 끌고 간다. 그리고 이 구절을 읽으면서, 앞서 '그'가 왜 두려움과 수치심을 느꼈는지도 추측해 볼 수 있다. **우선 '두려움'은 우리가 앞으로 일어날 일을 '잘 모를 때' 느끼는 감정이다.** '그'는 어머니가 '갑자기' 집을 가다 말고, 예상 밖의 행동을 하니 어떤 일이 일어날지 몰라서 '두려움'이라는 감정을 느꼈던 것이다.

그럼 '수치심'을 느꼈던 이유는 뭘까? **'수치심'이라는 건 '스스로를 부끄러워 하는 마음'이다.** '그' 입장에서 자신이 남의 음식을 훔쳐 먹었던 것은, 스스로 양심의 가책을 느끼는 매우 부끄러운 일일 것이다. 그리고 자신이 도둑질한 것을 어머니에게까지 들켰으니, 더 부끄럽고, 스스로가 후회될 것이다. 그런데 어머니가 자신을 혼낸 뒤에, 밥을 사주려고 한다. 혼을 내고 끝인 줄 알았는데, 어머니가 다시는 도둑질하지 말라고 밥을 사주려 하는 것이다. 이때 그의 머릿속은 어떨까? **그는 다시 한번, '자신이 남의 것을 훔쳐 먹었던 순간'이 떠오른다.** 그러면서 또 한 번 수치심을 느끼게 되는 것이다.

예를 들어서 네가 중학생 때, 친한 친구의 샤프가 너무 멋져 보여서 그 샤프를 훔쳤다고 해보자. 그런데 며칠 뒤에 그 친구에게 샤프를 훔친 사실을 들켰다. 그래서 미안하다고 사과를 하고 화해를 했다. 그런데 2년 뒤 고등학교에서 그 친구를 또 만난 것이다. 그 친구랑 얘기를 하던 도중에 그 친구가 이런 말을 한다. "그런데 너 저번에 내 샤프 훔쳐갔었잖아. 그때 나는…." 이때 네 마음은 어떨까? 소설 속 '그'와 마찬가지로 '수치심'을 느낄 것이다. 왜냐하면 그 친구의 말로 인해서 네가 잘못한 일이 **'다시'** 떠오르기 때문이다. 너 스스로도 그런 행동이 부끄러운 행동이라는 것을 알기 때문에, 네 잘못과 관련된 말이 나왔을 때 '수치심'이 올라오는 것이다.

> 끝내 그는 와앙 울음을 터뜨려 버리고 말았다. 그러나 어머니는 기어코 구호소 식당 안의 때 묻은 널빤지 의자 위에 그를 끌어다가 앉혀 놓았다. 잠시 후 어머니가 손바닥에 받쳐 들고 온 것은 ⓐ <u>한 그릇의 국수</u>였다.

➡ '두려움'과 '수치심', 그리고 냉랭하게 변해있는 어머니의 음성 때문에 어린 '그'는 울고 만다. 어머니의 냉랭한 모습이 무섭기도 했을 것이고, 자신의 행동에 대한 죄책감도 있었을 것이다. 어머니는 울고 있는 그를 끌어다가 '때 묻은' 널빤지 의자 위에 앉혀 놓는다. 여기서 '때 묻은'이라는 말을 보면, 지금 '구호소 식당'이라는 곳이 그리 쾌적하고 비싼 식당은 아니라는 걸 알 수 있다. 실제로 '구호소'는 '재난 등으로 어려운 상황에 처한 사람들을 돌보는 곳'을 뜻한다.

여기까지 읽고 잠깐 '그'의 상황을 추론해 보자. 앞 구절에서 어머니가 '돌아가신 느그 아부지'라고 말하는 걸 봐서, 지금 그의 아버지는 돌아가셨고, 어머니 혼자 그를 힘들게 키우고 있는 거 같다. 그러다 보니 집에는 돈이 없고, '그'는 항상 배고파한다. 결국 '그'는 배고픔을 참지 못하고 남의 음식을 훔쳐 먹는다. 어머니는 그런 그를 혼내지만, 한편으로는 **'그'를 배불리 먹이지 못한 것이 미안하다.** 그래서 '넋두리하듯' 그렇게 배가 고팠냐는 말을 한다. 하지만 지금 돈이 없는 상황이기 때문에 배고파 하는 아들을 데려갈 곳이 '구호소 식당' 밖에 없다. 그래서 그를 구호소 식당으로 데려간 뒤, '한 그릇의 국수'를 받아 오는 것이다.

> 긴 대나무 젓가락이 찔려져 있는 그것을 어머니는 그의 앞으로 밀어 놓으며 말했다.
> ⓒ <u>먹어라이. 어서 먹어 보란 말다이……</u>
> 어머니의 음성에는 어느새 아까의 냉랭함이 거의 지워져 있었다.

➡ 어머니의 음성에는 '냉랭함'이 지워졌다고 한다. 왜 그런 걸까? 시간이 지나면서, 아들을 혼내려는 마음보다는 **아들을 배불리 먹이지 못한 것에 대한 미안함, 아들에 대한 안**

Chapter 1
노베이스를 위한 문학 공부법

Chapter 2
문학 만점을 위한 기초 체력 키우기

Chapter 3
기출 적용편

현대시

고전시가

현대소설

고전소설

**타까움 등이 더 커졌기 때문이다.**

> 그는 몇 번 망설이다가는 젓가락을 뽑아 들고 무 조각 하나가 덩그러니 떠
> 있는 그 구호용 가락국수를 먹기 시작했다.

⇒ 여기서 주목해서 봐야 할 부분은 '몇 번 망설이다가는'이라는 구절이다. 그는 왜 엄마가 먹으라고 가져온 국수를 '몇 번 망설이다가' 먹었던 걸까? 인물은 내면세계대로 행동한다. 아들의 내면세계에 공감해야지만 이 행동을 이해할 수 있다. **아들이 망설였던 건 '괴리감' 때문이다.** 아까까지 어머니는 '그'에게 냉랭한 목소리로 야단을 치고 있었다. 그런데 갑자기 엄마가 따뜻한 목소리로 "먹어라이. 어서 먹어 보란 말다이……"라고 말한다. 아들 입장에서는 이러한 엄마의 행동에서 '괴리감'이 느껴진다. 한편으로는 '이제 엄마가 화가 풀린 건가…?'라는 생각이 들기도 하고, 한편으로는 아직도 화나 있는 거 같다는 생각이 들어서 눈치를 보다가 국수를 먹는 것이다.

> 그러다가 문득 고개를 들었던 그는 그만 젓가락을 딸각 놓아버리고 말았다.
> 마주 앉아서 그때까지 그를 줄곧 지켜보고 있었을 어머니의 눈에는 소리도
> 없이 눈물이 그득히 괴어오르고 있었기 때문이었다.

⇒ '그'는 배가 고픈 상황이다. 그래서 어머니가 가져온 국수를 정신없이 먹는다. 그런데 국수를 먹다 말고 앞에 앉아 있는 어머니를 보니, 어머니 눈에 눈물이 고여 있다. 어머니는 지금까지 그가 국수 먹는 걸 보면서 눈물을 참고 있었던 것이다. 어머니 눈에 고여 있는 눈물을 봤던 '그'는 당황스럽기도 하고 한편으로는 속 썩인 것에 대한 미안함도 들었을 것이다. 그래서 '그'는 젓가락을 '딸각'하고 놓아버린다. 그리고 '어머니의 눈물'이 나타내는 의미도 생각을 해보자. 아마 어머니의 눈물 속에는, 가난한 형편 때문에 아들에게 음식을 배불리 해주지 못한 것에 대한 미안함, 죄책감 등이 담겨 있었을 것이다.

> 탁자 밑에 가지런히 모아져 있는 어머니의 낡은 먹고무신을 내려다보며 그
> 는 갑자기 목구멍이 뻐근해져 옴을 느껴야 했다.

⇒ '어머니의 글썽거리는 눈'을 보고 있던 '그'의 시선은 '낡은 먹고무신'으로 향한다. 이때 '그'는 어떤 감정이 들었을까? 이미지를 떠올려보면, 그는 아마 어머니의 '낡은' 먹

Chapter 1
노베이스를 위한 문학 공부법

Chapter 2
문학 만점을 위한 기초 체력 키우기

Chapter 3
기출 적용편

현대시

고전시가

현대소설

고전소설

고무신을 보면서 어머니에게 '미안함'이 들었을 것이다. 어머니도 '낡은' 먹고무신을 신고 다닐 정도로 가난하게 살고 있는데, 자기가 그런 어머니의 속을 썩였기 때문이다.

그럼 여기서 '목구멍이 뻐근해져 옴'이라는 건 무슨 뜻일까? 왜 '그'의 목구멍이 뻐근해져 온 걸까? '뻐근해져 옴'이라는 건 무슨 뜻일까? 이건 이미 네가 무조건 경험해 봤던 것이다. 우리가 감동적인 영화나 드라마를 봤던 때를 떠올려보자. 분명 감동적인 장면에서 순간적으로 '울컥'하는 순간이 있었을 것이다. **그때 울음을 참으려고 해보면, '목구멍' 쪽에 힘이 들어가면서 목이 긴장되는 느낌이 든다. 즉, 목구멍이 뻐근해져 오는 것이다.** '그'는 어머니의 낡은 먹고무신을 보는 순간 '울컥'하는 감정이 들었고, 그걸 서술자는 '목구멍이 뻐근해져 옴'이라고 표현한 것이다.

> 그 후, 그는 두 번 다시 그 빈민 구호소 식당 앞에서 얼쩡거리지 않았다. 아마도 그런 기억 때문이었는지는 몰라도, 두 아이의 아버지가 된 지금까지도 국수는 그에게 여전히 싫어하는 음식으로 남아 있었다.

⇒ 이 구절을 보니, **윗 구절 모두가 전부 '그'의 어린 시절을 회상하는 장면**이었다는 걸 깨달았다. 서술자는 '그'의 시각에서 '그'의 어린 시절에 대해 회상하고 있었던 것이다. 현재 시점에서 '그'는 두 아이의 아버지가 되어 있고, 윗 구절에서 말했던 '국수와 관련된 기억' 때문에 아직까지도 국수를 싫어하고 있다. 국수를 떠올리면, 자신이 남의 음식을 훔쳐 먹었던 기억, 가난 때문에 서러웠던 기억이 함께 떠오르는 것이다. 그러니 '그' 입장에서는 당연히 국수를 쳐다도 보기 싫을 것이다.

> (중략)
>
> 어머니한테 뭔가 이상한 변화가 일어나고 있을지도 모른다는 불길한 조짐을 처음으로 느끼기 시작한 것은 두 달 전쯤부터였다. 그날따라 겨울이 전에 없이 일찍 앞당겨 찾아온 듯한 늦가을 날씨로 밖은 유난히 썰렁했다. 젓가락으로 밥알을 헤아리듯 하며 맛없는 아침상을 받고 있노라니까 아내가 심상찮은 기색으로 곁에 쪼그려 앉는 것이었다.

⇒ '중략' 이후는 현재 두 아이의 아빠가 된 '그'의 시점에서 서술하고 있는 거 같다. 그런데 '두 달 전쯤부터였다'라는 말을 봤을 때, **서술자가 '중략' 이후에서도 '두 달 전'이라**

**는 과거를 회상하고 있다는 걸 알 수 있다.** 두 달 전, '그'는 어머니에게 뭔가 이상한 변화가 일어나고 있을지 모른다는 불길한 조짐을 느낀다. 어머니에게 일어난 변화는 뭘까? 의문 품고, 서술자가 표현하고 있는 것들을 '이미지화'하면서 읽어주자.

> 그녀가 미처 입을 열기도 전에 그는 짐짓 신경질적인 표정부터 준비했다.

⇒ '짐짓'이라는 건 '일부러'라는 뜻이다. '그'는 옆에 쪼그려 앉은 아내가 무슨 말을 할지도 모르는데 왜 일부러 신경질적인 표정부터 지으려고 했던 걸까? 행동에는 반드시 숨겨진 내면세계가 존재한다. 어떤 내면세계를 가지고 있었길래 그렇게 행동하려 했던 건지 생각하면서 읽어가자.

> 그즈음은 마침 지난달의 봉급을 받지 못한 데다가 그달 봉급마저도 벌써 며칠째 넘기고 있던 참이었으므로, 이번에도 또 아내의 입에서 보나마나 궁색한 소리가 튀어나오리라고 지레짐작했던 때문이었다.

⇒ 아, 이 구절에서 남편이 왜 일부러 신경질적인 표정부터 준비한 건지 말을 한다. '그'는 평소에 월급날이 되면 아내에게 '언제 월급 받냐', '우리 생활비 없다' 등의 말을 들어왔던 것이다. 그래서 이번에도 아내가 자신에게 그런 소리를 할 거라 생각하고, 짜증낼 준비를 했던 것이다.

그리고 이 문장에서 말한 '궁색한'이란 단어는 두 가지 뜻이 있다. 첫 번째는 '아주 가난하다'라는 뜻이고, 두 번째는 '말이나 행동의 이유나 근거가 부족하다'라는 뜻이다. 이 구절에서는 '아주 가난하다'라는 뜻으로 쓰였다.

> 급료도 제대로 나오지 않는 직장을 뭣 하러 나다녀야 하느냐는 당연한 투정 때문에 얼마 전에도 한바탕 말다툼을 벌였던 적이 있었던 것이다.

⇒ 얼마 전에도 '그'는 '아내'와 월급 때문에 한바탕 말다툼을 벌였었다. 그래서 더 '지레짐작'하고 신경질적인 반응을 준비했던 것이다.

Chapter 1
노베이스를 위한 문학 공부법

Chapter 2
문학 만점을 위한 기초 체력 키우기

Chapter 3
기출 적용편

현대시

고전시가

현대소설

고전소설

> 그러나 이날 아침은 그게 아니었다.

⇒ 그런데 이번에는 아내가 '그'에게 직장과 관련해서 말하려는 게 아니었다. 그럼 도대체 무엇이었을까? 궁금증을 가지고 읽어 내려가자. 여기서 반드시 '그럼 무슨 일이지?'하고 궁금했어야 한다.

> 여보. 나가시기 전에 어머님 좀 잠시 들여다보세요. 암만해도…….
> 아니 왜. 감기약을 지어 드렸는데도 여전히 차도가 없으시대?
> 며칠 전부터 몸이 편찮으시다고 누워 계시는 줄은 그도 알고 있었다. 병원에 가 보는 게 어떻겠느냐고 물었더니, 특별히 아픈 데는 없노라고, 아마도 고뿔인 것 같으니까 누워 있으면 곧 괜찮아질 거라고 하며 어머니는 손을 내젓던 것이었다.

⇒ '아내'가 그에게 말하려고 했던 것은 '어머니의 상태'에 관한 거였다. 어머니에게 어떤 문제가 생겼다는 것이다. 그런데 '그'도 어머니 상태가 안 좋은 건 알고 있었다. 며칠 전부터 어머니가 아프시긴 했는데, 어머니는 그저 고뿔(감기)인 거 같다고 하면서 병원에 가지 않으셨던 것이다. 그래서 '그'는 그저 어머니가 '감기' 때문에 아프신 줄 알았다. 그래서 감기약을 지어드렸는데도 안 나으시는 거냐고 아내에게 물어보는 것이다.

> 그게 아니라, 저어, 암만해도 어머님이 좀 이상해지신 것 같단 말예요.
> 그, 그건 또 무슨 소리야.
> 아내는 뭔가 숨기고 있는 듯한 어정쩡한 표정으로 그의 눈치를 살피고 있었다. 문득 불길한 예감이 뒤통수를 때렸다.

⇒ 아내는 '감기'가 아니라고 한다. 감기가 문제가 아니라, 어머니가 '이상해진 것' 같다고 한다. 그는 어머니가 '감기' 때문에 아프신 줄 알았는데, 갑자기 아내가 감기가 아니라고 하니까 '불길'해진다. 설마 어머니가 감기보다 더 심한 병에 걸린 건 아닌가 싶어서 불안한 것이다.

> 아무리 봐도 예전 같지가 않으시다구요. 그렇게 정신이 총총하시던 분이 별안간 무슨 말인지도 모를 헛소리를 하시기도 하고……. 어쩌다가는 또 말

짱해 보이시는 것 같다가도 막상 물어 보면 전혀 엉뚱한 대답을 하시는 거예요. 처음엔 일부러 그러시는가 했는데, 글쎄 그게 아니에요.

⇒ 여기서 어머니의 병을 어느 정도 추측할 수 있다. '정신이 총총'했던 어머니가 헛소리를 하고, 전혀 엉뚱한 대답을 하는데서 어머니가 '치매'에 걸렸다는 걸 알 수 있는 것이다. '별안간'은 '갑작스럽고 아주 짧은 동안'이라는 뜻이다.

도대체 난데없이 무슨 소릴 하고 있는 거야, 지금.
설마 어머니가 그럴 리가 있을까 싶으면서도 왠지 섬뜩한 예감에 그는 숟가락을 놓고 곧장 건너가 보았다.

⇒ 그는 '당황스러운' 마음에 아내에게 무슨 소리냐며 대꾸한다. 그런데, 설마 어머니가 그럴 리가 있을까 싶으면서도 '혹시나' 하는 마음에 어머니가 있는 방으로 들어간다.

어머니는 이불을 덮고 누워 무얼 생각하는지 멀거니 천장만 올려다보고 있었다. 의외로 안색이 나아 보였으므로 그는 적이 맘을 놓았다.

⇒ 그는 방에 들어가서 어머니의 안색을 살핀다. 누워계셨던 어머니는 멍하니 천장만 보고 계셨지만 얼굴색이 '그'가 생각했던 것만큼 안 좋지는 않나 보다. 어머니의 안색을 보고 그는 꽤나 마음이 놓인다. 이때 '적이'라는 건 '꽤나'라는 뜻이다.

하지만 어머니는 두 번씩이나 부르는 아들의 목소리에도 대답이 없었다. 그저 꼼짝도 하지 않고 망연한 시선을 천장의 어느 한 점에 멈춰 두고 있을 뿐이었다. 한동안 멍청하게 앉아 있던 그가 자리에서 마악 일어서려 할 때였다.

⇒ 그런데 '그'가 어머니를 두 번이나 불렀는데도 어머니는 답이 없다. 무슨 생각을 하는지 그냥 천장만 멍하니 바라볼 뿐이다. 그래서 그는 그런 어머니를 지켜보면서, 자신도 그냥 멍청하게 앉아있을 뿐이다. 오래 앉아 있었는데도 어머니에게 별다른 이상 증세가 안 보이니, 그는 자리에서 일어나려 한다.

Chapter 1
노베이스를 위한 문학 공부법

Chapter 2
문학 만점을 위한 기초 체력 키우기

Chapter 3
기출 적용편

현대시

고전시가

현대소설

고전소설

> ㉣ 찬우야이!
> 어머니의 입에서 불쑥 그 한마디가 튀어나오는 순간 그는 가슴이 철렁했다.
> 직감적으로 어떤 불길한 예감이 전신을 휩싸 안는 것 같았다. 아직까지 어
> 머니는 한 번도 그렇게 아들의 이름을 직접 부르는 적이 없었다. 적어도 그
> 가 결혼한 후로는 그랬다.

⇒ 막 나가려던 참이었던 '그'에게 어머니는 "찬우야이!"라고 소리친다. 그는 멍하니 하늘만 바라보고 있던 어머니가 갑자기 그렇게 말하니, 놀라서 가슴이 철렁했을 것이다. 그리고 순간적으로 '불길한 예감'이 그를 감싼다. 왜냐하면 어머니가 그가 결혼한 후로 단한 번도 "찬우야"라고 부르는 적이 없었던 것이다. 예를 들어서 항상 '민수 아빠', '아들' 이렇게 불렀던 어머니가 갑자기 이름을 불렀나보다. **그는 그런 어머니에게 '괴리감'을 느낀다.** 자신이 알고 있는 어머니가 아니기 때문이다. 그는 '정말 어머니께서 치매에 걸리신 건 아닐까?'하는 불길한 예감이 든다.

> 하지만 그보다도 더 그가 놀랐던 것은 어머니의 음성에서였다. 그것은 이미
> 예전의 귀에 익은 음성이 아니었다. 언제나 보이지 않는 따뜻함과 부드러움
> 으로 흘러나오곤 하던 그 목소리에는 대신 어딘가 냉랭하면서도 들떠 있는
> 듯한 건조함이 배어 있었다.

⇒ 그런데 그가 더 놀랐던 것은, 어머니가 "찬우야이!"라고 부른 것보다 어머니의 음성이었다. 그의 귀에 익은 따뜻한 목소리로 "찬우야이!"라고 부르는 게 아니라, **아예 다른 사람인 것 같은** 냉랭하고 들떠 있는 듯한 음성이었던 것이다. '그'는 자신이 어머니에게 한 번도 들어보지 못했던 음성을 들었으니, 어머니에게 '괴리감'이 느껴졌을 거고 그래서 더 놀랐을 것이다.

> 그 음성을 듣는 순간 그가 내심 섬찟했던 것은 바로 그 생경한 이질감 때문
> 이었는지도 모른다.

⇒ 이 구절을 보면 '그'도 자기가 왜 어머니의 음성을 듣고 '섬찟'한 건지 아주 정확히는 모르는 거 같다. 왜냐하면 지금 '바로 그 생경한 이질감 **때문이었는지도 모른다**'라고 말하고 있기 때문이다. 만약 '그'가 자기 감정을 제대로 알았다면 '생경한 이질감 **때문이었다**'라고 표현했을 것이다.

> 그는 놀란 눈으로 황급히 어머니의 얼굴을 들여다보았다.
> ⓜ 찬우야이. 어서 꼬두메로 돌아가자이. 느그 아부지랑 찬세가 얼매나 기다리겠냐아. 더 추워지기 전에 싸게싸게 집으로 가야 한단 말다이.

⇒ 앞서 그는 막 일어나려던 참에 어머니가 자신에게 "찬우야이!"라고 소리치는 걸 듣게 됐었다. 그리고 이 상황을 '이미지화'해보면, 그는 그 말을 듣자마자 놀라서, 바로 어머니의 얼굴을 쳐다봤을 것이다. 그런데 바로 앞 구절까지를 보면 서술자는 어머니가 "찬우야이!"라고 소리친 순간부터, 그가 "찬우야이!"라는 소리를 듣고 고개를 돌리기 전까지의 '내면세계'에 대해서 서술하고 있다. 즉, 서술자의 시선이 '그가 인식하는 외부세계' → '그의 내면세계' → '그가 인식하는 외부세계' 순으로 이어진 것이다. 그리고 출제자는 이걸 이해했는지 문제에서 물어보고 있다.

1번 문제 ③번 선택지를 보면 '공간적 배경에 대한 상세한 묘사를 통해 사건 전개를 지연시키고 있다'라고 했는데, 이는 틀렸다. '공간적 배경'이 아니라, '**그의 내면세계**에 대한 상세한 묘사'를 통해서 사건 전개를 지연시키고 있는 것이기 때문이다. 서술자는 "찬우야이!"와 "찬우야이. 어서 꼬두메로 돌아가자이~" 사이에 '그'의 내면세계를 서술해서 사건 전개를 지연시켰다. 이때 '사건'은 '외부세계에서 일어나는 일'을 뜻한다. 따라서 '외부세계'에서 일어나는 사건을 서술하다 말고, '그의 내면세계'를 서술하는 건 사건 전개를 지연시키는 것으로 볼 수 있는 것이다.

여기서 '사건을 지연'시켰다는 것은, 말 그대로 서술자가 '사건의 흐름'을 설명하다 말고, 갑자기 회상을 하거나 인물의 내면세계를 서술하는 걸 말한다. 예를 들어서 민철이와 철수가 서로 싸우고 있는 상황에서, 철수가 '1년 전 민철이가 자신에게 했던 짓'을 떠올리는 것이다. 이 경우, 서술자는 '민철이와 철수의 싸움'이라는 사건의 흐름을 '철수의 회상'을 통해 지연시키고 있다고 할 수 있다. 이 소설에서는 서술자가 '치매 걸린 엄마와 찬우가 서로 대치하고 있는 사건'을 서술하던 도중, '찬우의 내면세계'를 묘사했으니, 사건을 지연시켰다고 할 수 있는 것이다.

이 구절을 보니 어머니는 지금 '치매'에 걸린 게 확실하다는 걸 알 수 있다. 아까 '그'의 회상 장면을 보면, 어머니는 분명 "돌아가신 느그 아부지가"라고 말했었다. 즉, 아버지는 이미 그가 어렸을 때 돌아가셨던 것이다. 그런데 어머니는 '느그 아부지랑 찬세가 얼마나 기다리것냐아'라고 말하고 있으니, 아버지가 돌아가셨다는 사실도 잊어버렸다는 걸 알 수 있다.

> 어머니는 나직하게, 그러나 힘이 서린 목소리로 그렇게 말하는 것이었다.
> 그가 너무 당황하여 그 말이 무슨 뜻인지를 얼른 쉽사리 가려낼 수가 없었다.

⇒ 어머니는 지금 '치매'에 걸렸기 때문에, 아버지가 죽었다는 걸 모른다. 그렇기 때문에 힘이 서린 목소리로 '어서 돌아가야 한다'고 말하는 것이다. 그리고 그는 총명했던 어머니가 낯선 목소리로 갑자기 '꼬두메'로 돌아가자고 하니 당황한다. 지금 어머니의 '내면세계'를 이해할 수 없으니까, 어머니가 도대체 무슨 소리를 하는 건지도 이해가 안 되는 것이다.

- 임철우, 「눈이 오면」 -

• 문제 해설 •

## 1. 윗글의 서술상 특징으로 가장 적절한 것은?

> ① 특정 인물의 회상을 중심으로 이야기를 전개하고 있다.

⇒ 맞는 말이다. 서술자는 '중략' 이전까지 전부, '그'라는 '특정 인물'의 과거를 회상하고 있었다. 뿐만 아니라 '중략' 이후에도 '두 달 전'이라는 그의 과거를 회상하면서 이야기를 전개하고 있다.

이때 출제자가 ①번 선택지에서, '그의 회상을 중심으로 이야기를 전개하고 있다'라고 하지 않고, '특정 인물'이라고 말하는 데는 이유가 있다. 그 이유는, 학생에게 지금 이 소설이 '제한적 전지적 작가 시점'이라는 걸 이해했냐고 묻기 위해서다. '제한적 전지적 작가 시점'에서는 서술자가 '특정 인물'을 고른 뒤에, 그 특정 인물의 시각으로 사건을 전개해 나가기 때문이다. 제한적 전지적 작가 시점은 앞서 소설의 시점을 설명할 때 설명했었다. 기억나지 않는다면 다시 보고 오길 바란다.

> ② 계절의 변화를 통해 사건 해결의 실마리가 드러나고 있다.

⇒ '계절의 변화'는 알 수 없다. 위 소설에서 계절과 관련된 구절은 '그날따라 겨울이 전에 없이 일찍 앞당겨 찾아온 듯한 늦가을 날씨'라는 구절 밖에 없다. 따라서 계절이 '변화'했는지는 알 수 없다.

> ③ 공간적 배경에 대한 상세한 묘사를 통해 사건 전개를 지연시키고 있다.

⇒ 이 선택지는 아까 지문 해설을 하면서 설명했었다. '공간적 배경'에 대한 상세한 묘사가 아니라, '그의 내면세계'에 대한 상세한 묘사를 통해서 사건 전개를 지연시키고 있는 거였다.

> ④ 서술자가 관찰자의 입장에서 사건을 전달함으로써 객관성을 높이고 있다.

⇒ 이 선택지는 '시점'을 이해했냐고 묻는 선택지다. 위 소설은 '제한적 전지적 작가 시점'이다. 그런데 ④번에서 말하고 있는 것은, '3인칭 관찰자 시점'이기 때문에 틀렸다. '3인칭 관찰자 시점'에서 사건을 전달하면 인물들의 내면세계를 빼고 객관적인 '사건'들만 서술하는 것이기 때문에, 객관성이 높아지는 건 맞다. 하지만 이 소설은 '제한적 전지적 작가 시점'으로, 서술자가 '그'의 내면세계를 전부 서술해주고 있다. 따라서 서술자가 '관찰자 입장'에서 사건을 전달해서 '객관성'을 높인다고 할 수는 없다.

> ⑤ 서술의 초점을 다양한 인물로 옮겨 가며 갈등을 다각적으로 조명하고 있다.

⇒ 서술자는 '그'에게만 초점을 맞춰서 이야기를 전개하고 있다. 만약 갈등이 있는 소설

에서, 전지적 시점의 서술자가 갈등을 겪고 있는 인물들의 내면세계를 번갈아 서술한다면 이는 '갈등을 다각적으로 조명'하고 있는 것이라 할 수 있다.

⊘ 답 : ①

## 2. ⓐ에 대한 설명으로 가장 적절한 것은?

ⓐ : 한 그릇의 국수

① '어머니'와 '그'의 갈등을 지속시키는 매개물이다.

⇒ 어머니는 그를 구호소 식당으로 데려가서 '한 그릇의 국수'를 가지고 온다. 그리고 '냉랭함이 지워진 목소리'로 '그'에게 국수를 먹어보라고 한다. 그런데 그런 '국수'가 갈등을 지속시키는 매개물이다? 말이 안 된다. 오히려 '국수'는 어머니와 그 사이에 존재하던 긴장감, 갈등을 해소시키는 소재라고 봐야 한다.

② '그'가 사회 문제에 관심을 갖게 하는 매개물이다.

⇒ 말도 안 된다. '사회 문제'라는 것은 '사회 제도의 결함이나 모순으로 발생하는 모든 문제'를 말한다. 예를 들어서 실업 문제, 교통 문제, 청소년 문제 등이 있다. 그런데 '그'가 어머니가 건네준 국수를 먹고 '사회 문제'에 관심을 갖게 되었다? 말도 안 된다. 이 선택지를 골랐다면 '사회 문제'라는 게 무슨 뜻인지 몰랐을 것이다.

③ '그'가 '어머니'의 속마음을 깨닫게 하는 매개물이다.

⇒ 맞는 말이다. 어머니가 '그'에게 준 한 그릇의 국수를 통해서, 그는 어머니의 진심을 이해하게 된다. 국수를 먹으면서 보게 되는 어머니의 '눈물'과 '낡은 먹고무신'은, 그에 대한 어머니의 사랑을 나타내는 소재다. 그리고 '그'도 '눈물'과 '낡은 먹고무신'을 통해서, 어머니가 가난한 집안 상황을 얼마나 미안해 하는지를 느낀다. 그래서 '목이 뻐근해

져 오는' 것과 같은 슬픔을 느꼈던 것이다. 따라서 '국수'는 그가 어머니의 속마음을 깨닫는 매개체라고 할 수 있다.

> ④ '어머니'에 대한 '그'의 배려를 드러내는 매개물이다.

⇒ '국수'는 '그'가 어머니를 '배려'하는 것과 관련된 소재가 아니다. 지금 '그'가 어머니를 위해서 '국수'를 사 오거나 하는 상황이 아니었기 때문이다. '국수'는 아들에 대한 어머니의 사랑, 가난한 것에 대한 미안함 등을 드러내는 소재다.

> ⑤ 어려운 처지의 '어머니'에게 위안을 주는 매개물이다.

⇒ '국수'는 오히려 어머니의 가난한 처지를 '상기'시켜 주는 소재이자, '그'에 대한 어머니의 '미안함'을 드러내는 소재다. 어머니는 가난한 집안 사정 때문에, 배고픈 그에게 '국수' 밖에 줄 게 없다. 그것도 국수를 전문적으로 판매하는 곳에서 사다주는 게 아니라, '구호소 식당'에서 받아 온 국수다. 그런 국수를 주면서 어머니의 마음은 어땠을까? 배고파하는 아들에게 줄 게 이것밖에 없는 현실에 대해서 미안할 것이다.

❷ 답 : ③

## 3. <보기>를 참고하여 ㉠~㉤을 감상한 내용으로 적절하지 않은 것은?

> <보 기>
> 「눈이 오면」에서는 어머니의 목소리가 발화 내용과 어우러져 '그'에게 특별한 메시지를 전달한다. 그 목소리는 '그'에게 수치심, 죄책감, 불길함, 섬찟함, 당혹감 등의 감정을 불러일으키거나 특정한 행동을 야기한다.

⇒ 감상을 제대로 한 학생이라면 <보기>에서 따로 얻는 정보가 없다는 걸 느꼈을 것이다. 어머니의 목소리가 '그'에게 수치심, 죄책감, 불길함, 섬찟함, 당혹감을 불러일으켰던 순간들을 공감하고 넘어갔다면 문제는 쉽게 맞힐 수 있다.

Chapter 1
노베이스를 위한 문학 공부법

Chapter 2
문학 만점을 위한 기초 체력 키우기

Chapter 3
기출 적용편

현대시

고전시가

현대소설

고전소설

> ① ㉠에서 '어머니'가 넋두리에 가까운 말로 아들의 배고픔을 언급한 것은
> '그'가 구호소 식당을 보았을 때 느낀 까닭 모를 두려움과 수치심으로
> 이어지는군.

⇒ 맞는 말이다. 이건 내면세계 공감을 못 했어도 줄거리만 이해했으면 맞다고 판단할 수 있는 수준이다. 지문에서 '두려움'과 '수치심'이 들었다고 전부 말해주고 있기 때문이다.

어머니는 ㉠에서 '그렇게도 배가 고프디야'라는 말로 아들의 배고픔을 언급한다. 그리고 어머니는 아들의 배고픔을 달래주고자 '구호소 식당'으로 향했다. 그러나 아들은 어머니가 어떤 생각으로 구호소 식당을 데려가는지 몰랐기 때문에 '두려움'을 느꼈었고, 자신의 잘못이 생각나서 '수치심'을 느꼈었다.

> ② ㉡에서 '어머니'가 냉랭한 음성으로 '아버지'를 언급한 것은 '그'에게 죄
> 책감을 불러일으켜 결국 '그'로 하여금 울음을 터뜨리게 하는군.

⇒ 맞는 말이다. ㉡에서 어머니가 '돌아가신 느그 아부지가 이런 꼴을 보시면 뭣이라고 그러시끄나이'라고 말하면서 아버지를 언급한 것은, '그'에게 자신의 행동에 대한 죄책감을 불러으켰을 것이다. 도둑질은 돌아가신 아버지가 봤을 때 분명 '그'를 혼내실 행동이기에, 어머니가 아버지를 언급함으로써 '그'에게 스스로의 행동에 대한 죄책감을 불러일으킨 것이다. 그리고 그런 죄책감으로 '그'는 울음을 터뜨리게 된다.

> ③ ㉢에서 '어머니'가 냉랭함이 사라진 음성으로 '그'에게 국수를 먹으라고
> 권하는 것은 '그'에게 불길함을 느끼게 하여 젓가락을 딸각 놓는 행동에
> 영향을 주는군.

⇒ ㉢을 보면 '어머니'가 냉랭함이 사라진 음성으로 '그'에게 국수를 먹어 보라고 말한다. 이러한 어머니의 행동이 '그'에게 **불길함**을 느끼게 했다고 말할 수 있을까? **그럴 수 있다.** '그'는 어머니의 말을 듣고, '몇 번 망설이다가' 국수를 먹기 시작한다. 지문 해설 때도 말했지만, 그가 몇 번 망설였던 이유는 어머니의 행동에 따른 '괴리감' 때문이다. 냉랭한 목소리로 말하던 어머니가 냉랭함이 지워진 목소리로 "먹어 보란 말다이……."라고

말한다. 그래서 어린 '그' 입장에서는 '어머니가 화가 정말 풀린 건가?'하는 의심에 머뭇거린 것이다.

불길함은 '운수 따위가 좋지 아니하다'라는 뜻도 있지만, '일이 예사롭지 아니하다'라는 뜻도 있다. 일이 '예사롭지 않다'는 것은 일이 '평범하지 않다'는 뜻이다. 즉, 일이 예상할 수 없게 흘러간다는 뜻으로, **냉랭하게 말하던 엄마가 갑자기 따뜻하게 국수를 먹으라고 하는 것은 '그'에게 '불길함'을 불러일으킨다고 말할 수 있다.**

그러면 ③번은 맞는 선택지 아닌가? 왜 ③번이 틀린 선택지일까? ③번 선지가 틀린 이유는, '그'가 '어머니의 말'을 듣고 '불길함'을 느낀 건 맞지만, **국수를 먹으라는 어머니의 말** 때문에 '젓가락을 딸깍' 놓게 되는 건 아니기 때문이다. '그'가 젓가락을 놓게 된 이유는 어머니 눈에 고여있는 눈물을 보았기 때문이다.

> ④ ㉣에서 '어머니'가 생경한 이질감이 느껴지는 음성으로 '그'의 이름을 부른 것은 '그'에게 '어머니'의 변화를 인식하게 하여 섬찟함을 느끼게 하는군.

⇒ 당연한 말이다. ㉣에서 어머니가 '그'를 부른 것은, '그'에게 '어머니'의 변화를 인식하게 하고 섬찟함을 느끼게 했었다. 왜냐하면 지금까지 어머니가 그를 그렇게 부른 적도 없었고, 어머니의 음성이 평소와는 전혀 달랐기 때문이다.

> ⑤ ㉤에서 '어머니'가 힘이 서린 목소리로 돌아가신 아버지가 있는 집으로 가자고 하는 것은 과거와 현재를 구분하지 못하는 '어머니'의 모습을 드러내어 '그'에게 당혹감을 갖게 하는군.

⇒ 맞는 말이다. '아버지'는 과거에 돌아가셨다. 그런데 어머니는 '지금' 아버지와 집으로 가자고 말한다. 아버지가 돌아가신 현재와 아버지가 살아계셨던 '과거'를 구분하지 못하고 계신 것이다. 그런 어머니의 모습은 '그'에게 '당혹감'을 갖게 했을 것이다.

**●답 : ③**

2-01. 현대소설

Chapter 1
노배이스를 위한 문학 공부법

Chapter 2
문학 만점을 위한 기초 체력 키우기

Chapter 3
기출 적용편

현대시

고전시가

현대소설

고전소설

# 2022학년도 수능
## 「매우 잘생긴 우산 하나」

[A]
　　　김달채 씨는 퇴근하기 무섭게 뽀르르 집으로 달려가던 묵은 습관을 버리고 밤늦도록 하릴없이 길거리를 배회하면서 시간을 보내는 새로운 습관을 몸에 붙였다. 지하철이나 버스 혹은 공중변소나 포장마차 안에서, 백화점에서 사지도 않을 물건을 흥정하거나 정류장에서 토큰 아니면 올림픽복권을 사면서, 그리고 행인에게 담뱃불을 빌거나 더욱 과감하게는 파출소에 들어가 경찰관에게 길을 묻는 시늉을 하는 사이에 마주치는 각계각층의 사람들을 상대로 달채 씨는 실수를 가장하기도 하고 때로는 또렷한 목적의식을 드러내기도 해 가며 우산의 존재를 알리기 위해 갖가지 수단과 방법을 다 동원했다. 그런 다음 상대방의 눈에 과연 우산이 어떻게 비치는지, 그리하여 상대방이 우산 임자인 자기를 어떻게 대우하는지 반응을 떠보는 작업을 일삼아 계속해 나갔다. 참으로 긴장과 전율이 넘치는 뻐근한 나날들이었다. 구청 호적계장의 직위에 오르기까지 여태껏 전혀 몰랐던 세계가 구청과 자기 집구석 바깥에 따로 있음을 그는 우산을 통해서 비로소 실질적으로 체험할 수가 있었다.

그는 사람들의 반응을 종합해서 몇 가지 결론을 얻어내는 데 성공했다.

　　첫째는, 진짜 무전기에 익숙한 일부 극소수의 사람들을 제외한 거개의 서민들은 의외로 쉽사리 우산에 속아 넘어간다는 사실이었다.

　　둘째는, 상대방이 무전기를 지니고 있다고 알아차리는 그 순간부터 사람들의 태도가 확 달라진다는 사실이었다. 일껏 하던 이야기를 뚝 그치거나 얼렁뚱땅 말머리를 돌리는 등으로 지은 죄도 없이 공연히 겁부터 집어먹고는 꾀죄죄한 몰골의 자기한테 갑자기 저자세로 구는 것이었다. 밤늦도록 수고가 많다면서 한사코 술값을 받지 않으려 하던 어떤 포장마찻집 주인의 경우가 단적인 예였다.

　　셋째는, 노골적으로 손에 쥐고 보여 줄 때보다 그냥 뒤꽁무니에 꿰 찬 채 부주의한 몸가짐인 척하면서 웃옷 자락을 슬쩍 들어 ㉠ 케이스의 끝부분만 감질나게 보여 주는 편이 오히려 사람들을 놀라게 하는 데 훨씬 더 효과적이고 반응도 민감하다는 사실이었다.

　　김달채 씨는 그러잖아도 짧은 머리를 더욱 짧게 깎았다. 옷차림도 낡은 양복에서 스포티한 잠바 스타일로 개비했는가 하면 구청 밖에서는 항상 선글라스를 끼고 다녀 버릇했다. 달채 씨는 그처럼 달라진 모습으로 짬만 생기면 하릴없이 길거리를 나다니며 청명한 가을날에 우산을 이용해서 사람들을 떠보는 색다른 취미에 점점 깊숙이 빠져 들어가기 시작했다.

(중략)

그리 멀지 않은 곳에서 뭔가 벌어지고 있는 중이라고 생각하자 까닭 모를 흥분과 기대감이 그를 사로잡아 버렸다. 한 건 올리는 정도가 아니라 뭔가 이제껏 맛보지 못한 엄청난 보람을 느끼게 될 일대 사건을 만날 듯싶은 예감 때문이었다. 그는 다른 행인들이 종종걸음으로 달아나는 방향과는 정반대 편을 향해 정신없이 달려가기 시작했다.

예상했던 그대로의 살벌한 풍경이었다. 깨진 보도블록 조각이나 돌멩이들이 인도와 차도 가릴 것 없이 사방에 흩어져 나뒹굴고 있었다. 시커먼 그을음 연기를 피워 올리며 불타는 자동차와 창유리가 박살 난 건물도 보였다. 김달채 씨는 주체 못할 지경으로 쏟아지는 눈물 콧물도 돌볼 겨를 없이 여전히 선글라스를 착용한 채 최루 가스에 심하게 오염된 지역을 향해 가까이 접근했다. 중무장한 전경대에 의해 도로가 완전 차단되어 더 이상 접근이 불가능해지자 달채 씨는 구경꾼들 뒷전에서 작은 키를 한껏 발돋움하고는 시위 현장의 분위기를 살폈다. 어디선가 보이지 않는 저쪽 건물 모퉁이에서 어기찬 함성이 아직도 기세를 올리는 중이었다. 사복 경찰관들한테 붙잡혀 끌려오는 학생의 모습이 구경꾼들 어깨 너머로 내다보였다. 달채 씨는 저도 모르는 사이에 앞사람들 틈바귀를 비집고 전면으로 썩 나섰다.

"이봐요, 거기!"

김달채 씨는 창문마다 철망이 쳐진 버스 안으로 학생들을 마구 밀어 넣는 사복들을 향해 느닷없이 목청을 높였다.

"아직도 어린애야! 다치지 않게 살살 좀 다뤄!"

어디서 그런 용기가 솟아나는지 김달채 씨 자신도 깜짝 놀랄 지경이었다.

"당신 뭐야?"

옷깃에 비표를 단 사복 차림의 청년 하나가 달려와서 김달채씨의 가슴을 떼밀었다.

"나 이런 사람이오."

김달채 씨는 엉겁결에 잠바 자락 한끝을 슬쩍 들어 뒷주머니에 꿰 찬 우산 케이스를 내보였다. 하지만 상대방 청년은 그런 물건 따위는 애당초 거들떠볼 생심조차 하지 않았다.

"당신도 저 차에 같이 타고 싶어? 여러 소리 말고 빨리 집에나 들어가 봐요!"

이른바 닭장차에 어린 학생들과 함께 실리고 싶은 생각은 물론 털끝만큼도 없었다. 옷깃에 비표를 단 청년이 우산을 ⓒ 우산 이상의 것으로 보아 주지 않는다면 그건 어쩔 도리 없는 노릇이었다. 김달채 씨는 남의 채마밭에서 무 뽑아 먹다 들킨 아이처럼 무르춤한 꼬락서니가 되어 맥없이 돌아설 수밖에 없었다.

- 윤흥길, 「매우 잘생긴 우산 하나」 -

Chapter 1
노베이스를 위한 문학 공부법

Chapter 2
문학 만점을 위한 기초 체력 키우기

Chapter 3
기출 적용편

현대시

고전시가

현대소설

고전소설

**1. [A]의 서술상 특징으로 가장 적절한 것은?**

① 중심인물이 알지 못하는 사건을 제시해 긴장감을 조성하고 있다.

② 공간 이동에 따른 인물의 내면 변화를 회상을 통해 제시하고 있다.

③ 동시적 사건들의 병치로 사건에 대한 서로 다른 관점을 드러내고 있다.

④ 한 가지의 목적으로 수렴되는 인물의 의도적인 행위들을 나열하고 있다.

⑤ 상대를 달리하여 벌이는 인물의 행동을 서술하여 점진적으로 심화되는 갈등을 묘사하고 있다.

**2. 윗글의 내용에 대한 이해로 가장 적절한 것은?**

① 거리를 배회하며 새로운 습관을 익히려는 김달채는 생활의 활기를 찾기 위해 비 오는 날을 기다린다.

② 꾀죄죄한 몰골의 김달채는 사람들이 자신을 무시하는 태도를 변화시키기 위해 무전기를 보여 준다.

③ 흥미를 느낄 만한 일이 벌어지고 있음을 짐작한 김달채는 달아나는 행인들과 달리 시위 현장으로 향한다.

④ 시위 진압의 영향으로 고통 받던 김달채는 전경대의 위세에 압도되어 구경꾼들 뒤로 물러선다.

⑤ 닭장차에 끌려가게 된 김달채는 건물 모퉁이에서 들려오는 함성에 안도감을 느낀다.

**3. ㉠, ㉡에 대한 이해로 적절하지 않은 것은?**

① 김달채는 ㉠을 그 생김새로 인해 ㉡으로 인식하는 사람들이 있다는 사실을 발견한다.

② 김달채는 사람들로부터 기대하는 반응을 효과적으로 이끌어낼 수 있는 ㉠의 사용법을 알게 된다.

③ '일부 극소수의 사람들'에게는 ㉡을 가진 사람으로 보이려는 김달채의 의도가 실현되지 않는다.

④ 김달채는 ㉡에 익숙하지 않은 '거개의 서민들'이 ㉠을 ㉡으로 오인한다고 판단한다.

⑤ '사복 차림의 청년'은 ㉡에 익숙하여 ㉠을 이용하려는 김달채의 의도를 알아챈다.

**4.** 〈보기〉를 바탕으로 윗글을 감상한 내용으로 적절하지 <u>않은</u> 것은?

〈보 기〉

소시민은 자신의 기득권을 지키기 위해 권력관계에 민감하게 반응한다. 권력관계가 형성되기 위해서는 타인의 승인이 요구되며, 이로 인해 힘의 우열 관계가 발생한다. 이 작품은 허구적 권력 표지를 통해 타인의 승인을 얻음으로써 자신감을 갖게 된 인물이, 승인을 거부하는 타인 앞에서는 소시민적 면모를 드러내는 상황을 그려낸다. 이를 통해 상황 논리를 따르는 소시민의 타산적 태도를 비판하고 있다.

① 김달채가 각계각층 사람들의 반응을 떠보는 것은, 권력이 타인들에게 미치는 영향을 살핀다는 점에서 김달채가 권력관계를 의식하는 인물임을 드러내는군.

② 김달채가 준 술값을 포장마찻집 주인이 받지 않으려는 것은, 권력에 대한 사람들의 태도를 나타낸다는 점에서 권력이 인물 간의 우열 관계를 형성하는 요인임을 보여 주는군.

③ 김달채가 외양에 변화를 준 것은, 타인의 승인을 용이하게 받으려 한다는 점에서 허구적 권력 표지를 이용하는 데 더 적극적으로 나서려는 김달채의 의도를 나타내는군.

④ 김달채가 사복들에게 목청을 높이며 항의하는 것은, 자신도 모르게 용기를 드러냈다는 점에서 승인받은 경험들을 통해 얻게 된 김달채의 자신감을 보여 주는군.

⑤ 김달채가 비표를 단 청년 앞에서 돌아서는 것은, 학생들과 맺은 유대 관계를 단절하여 기득권을 지키려 한다는 점에서 상황 논리를 따르는 김달채의 타산적 태도를 드러내는군.

## '매우 잘생긴 우산 하나' 지문해설

김달채 씨는 퇴근하기 무섭게 뽀르르 집으로 달려가던 묵은 습관을 버리고 밤늦도록 하릴없이 길거리를 배회하면서 시간을 보내는 새로운 습관을 몸에 붙였다.

⇒ 김달채가 밤늦게 길거리를 배회하는 이미지를 떠올려주자. 이미지화는 어떤 글을 읽든 무조건 습관처럼 해줘야 한다. 그리고 우선 '나'라고 하지 않는 점에서 서술자는 '3인칭 시점'이라는 걸 알 수 있다. 뒤를 좀 더 읽어보면 알겠지만, 서술자가 김달채 외에 다른 인물들의 내면세계도 전부 알고 있으므로 이 소설은 '전지적 작가 시점'이다.

퇴근하고 바로 집으로 가던 김달채는 도대체 왜, 밤늦도록 길거리를 돌아다니는 '새로운 습관'을 갖게 된 걸까? 김달채에게 '새로운 습관'은 어떤 의미를 가지고 있는 걸까? 계속 김달채의 내면세계를 궁금해하면서 읽어나가야 한다. 그래야 나중에 김달채의 내면세계와 관련된 문장이 나왔을 때 바로 알아챌 수 있기 때문이다.

> 지하철이나 버스 혹은 공중변소나 포장마차 안에서, 백화점에서 사지도 않을 물건을 흥정하거나 정류장에서 토큰 아니면 올림픽복권을 사면서, 그리고 행인에게 담뱃불을 빌거나 더욱 과감하게는 파출소에 들어가 경찰관에게 길을 묻는 시늉을 하는 사이에 마주치는 각계각층의 사람들을 상대로 달채 씨는 실수를 가장하기도 하고 때로는 또렷한 목적의식을 드러내기도 해가며 우산의 존재를 알리기 위해 갖가지 수단과 방법을 다 동원했다.

⇒ 김달채가 밤늦게까지 거리를 배회한 이유가 나온다. 바로 '우산의 존재'를 알리기 위해서였다. 내가 알고 있는 '우산'은 비 올 때 쓰는 우산인데, 정말 그 '우산'을 말하는 건지 조금 더 읽어봐야겠다. 도대체 '우산'이 뭐길래, 김달채는 갖가지 수단과 방법을 다 동원해서 우산의 존재를 알리려고 했던 걸까?

그리고 여기서 한 가지 더 생각해 볼 것은 '더욱 과감하게'라는 구절이다. 행인에게 담뱃불을 빌거나 파출소에 들어가 경찰관에게 길을 묻는 것은 다 비슷비슷한 행동인 거 같은데, 왜 서술자는 '더욱 과감하게'라는 말을 했을까? 그건 바로 다른 공공장소랑 달리, '파출소'가 '권위'있는 공간이기 때문이다. 김달채는 경찰들이 있고, 범죄자들을 벌하는 공간까지 가서 사람들이 우산에 반응하는지 보고자 했다. 이를 봤을 때 그의 행동은 '과감하다'고 할 수 있다. 김달채는 지금 마음 속으로 '와, 이 사람들도 속네? 그럼 여기도 한 번 해볼까?'라고 생각하면서 더 과감하게 행동하고 있는 상황이다.

> 그런 다음 상대방의 눈에 과연 우산이 어떻게 비치는지, 그리하여 상대방이

Chapter 1 노베이스를 위한 문학 공부법

Chapter 2 문학 만점을 위한 기초 체력 키우기

Chapter 3 기출적용편

현대시

고전시가

현대소설

고전소설

> 우산 임자인 자기를 어떻게 대우하는지 반응을 떠보는 작업을 일삼아 계속
> 해 나갔다.

⇒ 아, 여기까지 읽어보니까, 김달채가 '우산'을 보여주는 행위를 왜 했는지 알 수 있을
거 같다. 김달채가 우산을 보여주면서 길거리를 배회했던 이유는, 자신이 우산을 보여줄
때마다 사람들이 자신을 다르게 대우했기 때문이다. 그래서 김달채는 재밌기도 하고 신
기하기도 한 마음에 여러 곳을 돌아다니면서 사람들이 '우산'에 어떻게 반응하는지 계속
떠보러 다닌 거 같다. 그런데 '우산'이 내가 알고 있는 우산이 아닌 거 같다. '우산'을 보
고 사람들이 왜 반응이 달라지는 건지 잘 이해가 안 된다. 명품 우산인가?

> 참으로 긴장과 전율이 넘치는 뻐근한 나날들이었다.

⇒ 김달채는 자신이 그렇게 거리를 배회하면서 우산을 보여주는 동안, '사람들이 이번
에는 나를 어떻게 대할까' 생각을 하면서 긴장감을 느낀다. 그리고 동시에 '전율'을 느낀
다고 하는데 아마 우산을 본 사람들이 자신을 다르게 대우하는 데서 짜릿함을 느끼는 거
같다. 그런데 아직은, 왜 사람들이 우산을 보고 김달채를 다르게 대하는지는 잘 모르겠
다.

> 구청 호적계장의 직위에 오르기까지 여태껏 전혀 몰랐던 세계가 구청과 자
> 기 집구석 바깥에 따로 있음을 그는 우산을 통해서 비로소 실질적으로 체험
> 할 수가 있었다.

⇒ 여기서 말하는 '여태껏 전혀 몰랐던 세계'가 도대체 무슨 세계를 말하는 걸까. '여태
껏 전혀 몰랐던 세계가 구청과 자기 집구석 바깥에 따로 있음을'이라는 말을 봤을 때, 김
달채가 우산을 들고 거리를 배회하면서, 자신의 직장인 '구청'과 퇴근하고 돌아가는 '집
구석'에서는 경험할 수 없었던 것을 경험하고 있다는 걸 알 수 있다.

> 그는 사람들의 반응을 종합해서 몇 가지 결론을 얻어내는 데 성공했다.

⇒ 우산을 보여줄 때마다, 자신을 다르게 대하는 사람들의 반응을 종합해서 어떠한 결
론을 얻어냈나 보다.

Chapter 1
노베이스를 위한 문학 공부법

Chapter 2
문학 만점을 위한 기초 체력 키우기

Chapter 3
기출 적용편

현대시

고전시가

현대소설

고전소설

> 첫째는, 진짜 무전기에 익숙한 일부 극소수의 사람들을 제외한 거개의 서민
> 들은 의외로 쉽사리 우산에 속아 넘어간다는 사실이었다.

⟹ 사실 여기를 읽고 나는 앞 구절이 전부 다 이해가 됐다. 김달채가 가지고 다녔던 '우
산'을 보고 사람들의 대우가 달라졌던 이유는 바로, '우산'을 '무전기'로 착각했기 때문이
다. '무전기에 익숙한 일부 극소수'의 사람들을 제외하고, 일반 서민들은 쉽게 속아 넘어
갔다.

**이를 통해서 '우산'이라는 것이, 김달채가 '일반 서민'이 아니라는 것을 의미하는 물건
이었다는 걸 알 수 있다.** 앞서 '무전기'처럼 생긴 '우산'을 본 사람들은 김달채에 대한 대
우가 달라졌다고 했는데, 그건 아마 '무전기'를 갖고 있는 사람이 높은 위치에 있는 사람
이었기 때문이지 않았을까 싶다. 예를 들면 '경찰'이나 '군인' 같은 사람들만 '무전기'를
차고 다녔던 것이다. 그래서 무전기의 모양을 잘 알지 못하는 '일반 서민'들은, 무전기처
럼 생긴 김달채의 우산을 보고, 김달채가 높은 위치에 있는 사람인 줄 착각해서 다른 대
우를 했던 것이다.

3단 우산          무전기

> 둘째는, 상대방이 무전기를 지니고 있다고 알아차리는 그 순간부터 사람들
> 의 태도가 확 달라진다는 사실이었다. 일껏 하던 이야기를 뚝 그치거나 얼
> 렁뚱땅 말머리를 돌리는 등으로 지은 죄도 없이 공연히 겁부터 집어먹고는
> 꾀죄죄한 몰골의 자기한테 갑자기 저자세로 구는 것이었다. 밤늦도록 수고
> 가 많다면서 한사코 술값을 받지 않으려 하던 어떤 포장마찻집 주인의 경우
> 가 단적인 예였다.

⟹ 이걸 보니까 확실해진다. '우산'은 '권력'의 상징이었던 것이다. 사람들은 '우산'이
'무전기'인 줄 알고, 김달채를 아주 높은 사람으로 착각한다. 김달채는 그런 사람들의 반

응을 즐기면서 '전율'을 느끼고 있었던 것이다. 그리고 '공연히 겁부터 집어먹고는'이라는 구절을 보면, '무전기'라는 것은 일반 사람들에게 벌을 줄 수 있는 물건으로, 사람들이 차고 있던 것임을 추측할 수 있다. 이때 '공연히'라는 건 '괜히'라는 뜻이다. 정말 자주 나오는 단어이니 꼭 알아두자.

> 셋째는, 노골적으로 손에 쥐고 보여 줄 때보다 그냥 뒤꽁무니에 꿰 찬 채 부주의한 몸가짐인 척하면서 웃옷 자락을 슬쩍 들어 ㉠ 케이스의 끝부분만 감질나게 보여 주는 편이 오히려 사람들을 놀라게 하는 데 훨씬 더 효과적이고 반응도 민감하다는 사실이었다.

⇒ 왜 케이스의 끝부분만 감질나게 보여주는 게 더 사람들을 놀라게 했을까? 이건 이미지를 떠올려보면 당연하다. 대놓고 무전기를 차고 다니면, 사람들은 바로 이 사람이 높은 사람이라는 걸 안다. 그런데, 처음에는 드러내지 않다가 나중에 은근슬쩍 보여주면 어떨까? 그러면 이 사람이 높은 사람인 줄 몰랐던 사람들은 훨씬 더 깜짝 놀라는 것이다. 너랑 국밥집에서 우연히 이야기를 나누던 아저씨가 재킷을 벗는데, 재킷 안에 판사 배지 달려 있다고 생각해 봐라. 판사복을 입고 있어서 바로 판사인 걸 알 수 있는 사람을 봤을 때보다, 훨씬 더 깜짝 놀랄 것이다.

> 김달채 씨는 그러잖아도 짧은 머리를 더욱 짧게 깎았다.
> 옷차림도 낡은 양복에서 스포티한 잠바 스타일로 *개비했는가 하면 구청 밖에서는 항상 선글라스를 끼고 다녀 버릇했다.

*개비하다 : 있던 것을 갈아 내고 다시 장만하다.

⇒ 짧은 머리를 하고 스포티한 잠바와 선글라스를 끼고 다니는 김달채의 모습을 이미지화해보자. 뭔가 더 인상이 강렬해진 느낌이다. 원래 김달채는 구청 호적계장으로, 낡은 양복을 입고 다녔다. 그런데 '우산'이 주는 권력의 맛을 경험한다. 그 이후 가죽 재킷 같은 스포티한 잠바와 선글라스를 끼고 다니는 걸 봐서, 이는 사람들이 자신을 높은 사람으로 '확실히' 믿게 하기 위함이라는 걸 추측할 수 있다. 실제 소설 전체를 읽어 보면, 김달채가 이런 모습을 하는 것은 '사복을 입은 경찰'로 보이기 위함이다.

Chapter 1
노배이스를 위한 문학 공부법

Chapter 2
문학 만점을 위한 기초 체력 키우기

Chapter 3
기출 적용편

현대시

고전시가

현대소설

고전소설

> 달채 씨는 그처럼 달라진 모습으로 짬만 생기면 하릴없이 길거리를 나다니
> 며 청명한 가을날에 우산을 이용해서 사람들을 떠보는 색다른 취미에 점점
> 깊숙이 빠져 들어가기 시작했다.

⇒ 김달채가 계속 '우산'이 주는 권력의 맛에 빠져들어 가는 걸 봤을 때, 원래 김달채가 살던 세계에서는 '권력'을 누릴 수 없었다는 걸 알 수 있다. '구청'과 '집구석'에서는 전혀 누릴 수 없던 '권력'을 누리게 되니까 그 권력이 주는 힘에 더 중독되어 가는 것이다. 그래서 시간이 날 때마다 길거리를 걸어 다니면서 사람들을 떠보고 있다.

이는 마치 몸이 삐쩍 마른 사람이 '문신 팔토시'를 끼고 다니는 것과 같다. 평소에는 마른 몸 때문에 사람들에게 무시를 당하기 일쑤였지만, '문신 팔토시'를 끼니까 사람들이 조폭인 줄 알고 나를 조심스레 대한다. 겉옷 안에 문신 팔토시를 하고, 사람들과 얘기할 때 살짝살짝 겉옷을 걷으면서 문신 팔토시를 보여준다. 그걸 보는 사람들은 내가 온몸에 문신을 했다는 생각에 순간적으로 당황하고, 갑자기 나를 친절하게 대한다. 그걸 볼 때 내 기분은 어떨까? 평소에는 전혀 받을 수 없었던 대우를 받으니까 재밌기도 할 것이고, 왠지 모를 '권력'의 힘도 느낄 것이다.

> (중략)
>
> 그리 멀지 않은 곳에서 뭔가 벌어지고 있는 중이라고 생각하자 까닭 모를
> 흥분과 기대감이 그를 사로잡아 버렸다.

⇒ '중략' 이후에는 또 다른 사건이 펼쳐지는 거 같다. 김달채는 멀지 않은 곳에서 무슨 일이 벌어지고 있다고 생각하자 '흥분'과 '기대감'이 들었다고 한다. 왜 그런 걸까?

> 한 건 올리는 정도가 아니라 뭔가 이제껏 맛보지 못한 엄청난 보람을 느끼
> 게 될 일대 사건을 만날 듯싶은 예감 때문이었다.

⇒ 아, 여길 보니까 알겠다. 맥락상, 이 구절에서 말하는 '이제껏 맛보지 못한 엄청난 보람'은 아마 김달채가 '이제껏 맛보지 못한 엄청난 **권력의 우월감**'일 것이다. 김달채는 이번에는 차원이 다르게 많은 사람들이 자신을 무서워하고 우러러 볼 것임을 기대하고 흥분에 차서 '무슨 일'이 벌어진 곳으로 간다.

419

> 그는 다른 행인들이 종종걸음으로 달아나는 방향과는 정반대 편을 향해 정신없이 달려가기 시작했다.

⟹ 지금 다른 행인들이 종종걸음으로 달아나고 있는 걸 봐서, 뭔가 위험한 상황인 거 같다. 하지만 김달채는 지금 권력의 맛을 느낄 흥분감에 사로잡혀 있는 상태기 때문에 달아나는 행인들과 반대 방향으로 달려가는 것이다.

> 예상했던 그대로의 살벌한 풍경이었다. 깨진 보도블록 조각이나 돌멩이들이 인도와 차도 가릴 것 없이 사방에 흩어져 나뒹굴고 있었다. 시커먼 그을음 연기를 피워 올리며 불타는 자동차와 창유리가 박살 난 건물도 보였다.

⟹ 이미지화를 하자. 마치 시위 현장이나 전쟁 현장처럼 굉장히 위험한 상황인 거 같다.

> 김달채 씨는 주체 못할 지경으로 쏟아지는 눈물 콧물도 돌볼 겨를 없이 여전히 선글라스를 착용한 채 최루 가스에 심하게 오염된 지역을 향해 가까이 접근했다.

⟹ '최루탄'이 떨어지면 눈물, 콧물이 떨어지고 앞이 잘 보이지 않는다. 지금 김달채가 달려가고 있는 곳은 최루탄이 떨어져 있는 곳인 거 같다. 김달채는 최루 가스 때문에 눈물 콧물이 쏟아지고 있는 상황에서도 멈추지 않고, 사건이 벌어지고 있는 곳으로 달려간다. 이를 통해 김달채가 지금 얼마나 '권력이 주는 우월감'을 맛볼 기대감에 흥분하고 있는지 알 수 있다.

> 중무장한 전경대에 의해 도로가 완전 차단되어 더 이상 접근이 불가능해지자 달채 씨는 구경꾼들 뒷전에서 작은 키를 한껏 발돋움하고는 시위 현장의 분위기를 살폈다.

⟹ 아, 이 구절에서 지금 '시위'가 일어나고 있는 상황이라는 걸 알 수 있다. 시위를 하는 사람들과 시위를 막으려는 군인, 경찰들 사이에서 싸움이 벌어지고 있는 것이다. 김달채는 구경꾼들 뒤에서 그런 시위 현장의 분위기를 살피고 있다.

Chapter 1 노배이스를 위한 문학 공부법

Chapter 2 문학 맛집을 위한 기초 체력 키우기

Chapter 3 기출 적용편

현대시

고전시가

현대소설

고전소설

> 어디선가 보이지 않는 저쪽 건물 모퉁이에서 어기찬 함성이 아직도 기세를 올리는 중이었다. 사복 경찰관들한테 붙잡혀 끌려오는 학생의 모습이 구경 꾼들 어깨 너머로 내다보였다. 달채 씨는 저도 모르는 사이에 앞사람들 틈 바귀를 비집고 전면으로 썩 나섰다.

⇒ 이미지화하자. 지금 보이지 않는 건물 모퉁이에서 시위하는 학생들의 함성이 계속 기세를 올리고 있고, '사복 경찰관'들은 그렇게 시위하는 학생들을 잡아들이고 있는 상황이다. 김달채는 그런 상황을 보고 '저도 모르는 사이에' 앞사람들 틈을 비집고 앞으로 갔다고 한다. 여기서 김달채가 '저도 모르는 사이에' 그런 행동을 하게 된 것은, 지금까지 일상에서 경험했던 권력의 경험으로 인한 자신감 때문일 것이다.

> "이봐요, 거기!"
> 김달채 씨는 창문마다 철망이 쳐진 버스 안으로 학생들을 마구 밀어 넣는 사복들을 향해 느닷없이 목청을 높였다.
> "아직도 어린애야! 다치지 않게 살살 좀 다뤄!"
> 어디서 그런 용기가 솟아나는지 김달채 씨 자신도 깜짝 놀랄 지경이었다.

⇒ 김달채는 시위하는 학생들을 잡아넣고 있는 사복 경찰들을 향해서 소리친다. 그런데 김달채는 그런 자신의 행동에 스스로 깜짝 놀란다. 왜냐하면 김달채는 원래 그런 성격이 아니기 때문이다. 김달채는 '우산'이 가져다주는 권력의 맛을 경험하면서부터 성격이 바뀌기 시작했다. 자신감이 넘치고 용기 있는 성격으로 변화해 갔던 것이다. 그리고 그런 성격을 바탕으로 사복 경찰들에게 소리를 친다. **이때 김달채는 자기도 모르게 무의식적으로 소리친 것이다. 그래서 김달채 자신도 그런 자신의 모습에 깜짝 놀란다.**

> "당신 뭐야?"
> 옷깃에 비표를 단 사복 차림의 청년 하나가 달려와서 김달채 씨의 가슴을 떼밀었다.
> "나 이런 사람이오."
> 김달채 씨는 엉겁결에 잠바 자락 한끝을 슬쩍 들어 뒷주머니에 꿰 찬 우산 케이스를 내보였다.

⇒ '비표'라는 건 '배지'나 '목걸이' 같이, '남들은 모르고 자기들만 알 수 있도록 표시한

표지'를 말한다. 김달채가 소리를 치니, 옷깃에 비표를 단 사복 차림의 청년이 다가와서 김달채를 밀친다. 사복 차림의 청년이 김달채를 밀치니까, 김달채는 당황해서 엉겁결에 뒷주머니에 있는 우산 케이스를 보였다. **김달채는 자신이 우산 케이스를 보여주면 청년이 자신을 다르게 대우할 거라 기대하는 것이다.**

> 하지만 상대방 청년은 그런 물건 따위는 애당초 거들떠볼 생심조차 하지 않았다. "당신도 저 차에 같이 타고 싶어? 여러 소리 말고 빨리 집에나 들어가 봐요!"

⇒ 반전이다. 일반 사람들과 달리 '청년'은 김달채의 우산 케이스를 보고도 아무런 반응이 없다. 애당초 김달채의 우산 케이스를 거들떠볼 생각조차 하지 않고, 다치기 싫으면 집에나 들어가라고 말하는 것이다.

> 이른바 닭장차에 어린 학생들과 함께 실리고 싶은 생각은 물론 털끝만큼도 없었다. 옷깃에 비표를 단 청년이 우산을 ⓛ 우산 이상의 것으로 보아 주지 않는다면 그건 어쩔 도리 없는 노릇이었다. 김달채 씨는 남의 채마밭에서 무 뽑아 먹다 들킨 아이처럼 무르춤한 꼬락서니가 되어 맥없이 돌아설 수밖에 없었다.

⇒ 김달채는 우산 케이스가 청년에게는 아무런 효과가 없다는 것을 깨닫는다. 그 상황에서 청년에게 더 반항했다가는 자기도 청년들과 함께 닭장차에 실려 갈 수도 있다. 김달채는 청년들과 함께 실려 갈 생각은 털끝만큼도 없었기에, 더 반항하지 않고 돌아선다. 또 자신이 믿었던 '우산 케이스'가 아무런 효과도 발휘하지 못하니까, 실망감 때문에 '맥없이' 돌아서는 것이다.

그리고 이 구절에서 말하는 **'우산 이상의 것'은 '무전기'를 의미한다.** '우산 이상의 것'의 의미는, 앞 구절을 읽으면서 다른 사람들이 김달채가 보여준 '우산 케이스'를 무엇이라고 오해한 건지 이해했다면 쉽게 파악할 수 있었다.

– 윤흥길, 「매우 잘생긴 우산 하나」 –

Chapter 1
노베이스를 위한 문학 공부법

Chapter 2
문학 만점을 위한 기초 체력 키우기

Chapter 3
기출 적용편

현대시

고전시가

현대소설

고전소설

## 1. [A]의 서술상 특징으로 가장 적절한 것은?

① 중심인물이 알지 못하는 사건을 제시해 긴장감을 조성하고 있다.

⇒ 우선 위 소설의 중심인물은 '김달채'다. [A]에서 김달채가 '인지하지 못하는 사건'은 제시되지 않는다. [A]에 나온 '여태껏 전혀 몰랐던 세계'는, 김달채가 새롭게 알게 된 세계를 뜻하는 것이다. [A]에서 김달채는 자신의 의도대로, '여태껏 전혀 몰랐던 세계'를 경험하고 있다. 따라서 김달채가 '알지 못하는 사건'이 벌어지는 건 아니다.

[A]에 '긴장감'이 조성되어 있다고 할 수는 있다. 김달채가 우산을 가지고 사람들의 반응을 테스트하는 데서, '사람들이 이번에는 어떻게 반응할까'와 같은 생각을 하며 긴장감을 느끼고 있기 때문이다.

② 공간 이동에 따른 인물의 내면 변화를 회상을 통해 제시하고 있다.

⇒ [A]에서 지하철, 버스, 파출소 등을 돌아다니는 김달채의 모습을 보면 '공간 이동'이 있는 걸 확인할 수 있다. 하지만 이러한 공간 이동으로 인해서 김달채의 내면세계가 바뀌는 것은 아니다. 김달채는 '권력의 우월감'을 느끼려는 동일한 내면세계로 각기 다른 공간을 방문하고 있는 것이다. 그리고 또 [A]에는 회상이 나타난 부분도 없다.

③ 동시적 사건들의 병치로 사건에 대한 서로 다른 관점을 드러내고 있다.

⇒ [A]에서 김달채가 여러 공간을 방문하며 권력의 맛을 느끼고 있는 것은, '동시적' 사건이 아니다. '순서대로' 일어나고 있는 일이다. 동시적 사건을 병치한다는 것은, 말 그대로 같은 시간에 일어나는 여러 사건들을 서술하고 있어야 한다. 그리고 [A]에 '서로 다른 관점'이 드러나 있지도 않다.

④ 한 가지의 목적으로 수렴되는 인물의 의도적인 행위들을 나열하고 있다.

⇒ 맞는 말이다. [A]에서 김달채는 사람들의 반응을 떠보려는 한 가지 목적을 가지고 모든 행위들을 하고 있다. 버스나 지하철 같은 공공장소에 가는 것, 또 파출소에 가는 것은 모두 사람들이 우산에 대해 어떻게 반응하는지 알아보기 위해서다.

⑤ 상대를 달리하여 벌이는 인물의 행동을 서술하여 점진적으로 심화되는 갈등을 묘사하고 있다.

⇒ [A]에 나온 김달채의 행동을 보면, 계속 상대를 달리하여 우산을 보여주고 있다. 하지만 이를 통해서 '점진적으로 심화'되는 '갈등'을 묘사하는 것은 아니다. '갈등'이 있다고 하려면 서로를 싫어하거나, 말다툼을 하거나 하는 등의 장면이 있어야 한다. 보통 학생들이 '갈등'이 있다고 하면 어떤 상황에서 '갈등'이라 할 수 있는 건지 물어본다. 그런데 문학에서 '갈등'의 의미가 따로 있는 것이 아니다. 출제자도 우리가 평소에 쓰는 '갈등'이라는 말의 의미와 똑같은 의미로 '갈등'이라는 말을 쓴다. 그리고 '갈등'인지 아닌지 헷갈릴만한 장면을 가져와서 "이거 갈등인지 아닌지 판단해 봐"라는 말을 하진 않으니, 걱정하지 않아도 된다. 계속 말하지만, 출제자는 절대 말장난을 하려 하지 않는다. 그저 네 '감상 능력'을 측정하는 게 목표다.

[A]에서는 김달채가 우산 케이스를 보여주고, 그 우산 케이스를 '무전기'로 착각하는 사람들의 모습을 묘사할 뿐이다. 예를 들어서 사람들이 '왜 나를 속이냐'고 하면서 김달채의 멱살을 잡고 있다면 '갈등'이 있다고 할 수 있겠지만 그런 상황이 아니다. 따라서 '갈등'이 있다고 할 수 없고, '점진적으로 심화'되는 갈등 또한 없다.

✓ 답 : ④

**2. 윗글의 내용에 대한 이해로 가장 적절한 것은?**

> ① 거리를 배회하며 새로운 습관을 익히려는 김달채는 생활의 활기를 찾기 위해 비 오는 날을 기다린다.

⇒ 완전 말도 안 되는 선택지다. 김달채와 '비 오는 날'은 전혀 상관없다. 김달채에게 '우산'은 비를 막는 용도가 아니라, 권력을 드러내는 용도이기 때문이다.

> ② 꾀죄죄한 몰골의 김달채는 사람들이 자신을 무시하는 태도를 변화시키기 위해 무전기를 보여 준다.

⇒ 조심해야 한다. 김달채가 '무전기'를 보여 주는 것이 아니다. 김달채가 보여 주는 것은 '우산', '우산 케이스'이다. 그리고 김달채가 우산을 보여주는 건 사람들의 반응을 떠보고 그걸 즐기기 위함이지, 사람들이 자신을 무시하는 태도를 변화시키기 위함이 아니다.

> ③ 흥미를 느낄 만한 일이 벌어지고 있음을 짐작한 김달채는 달아나는 행인들과 달리 시위 현장으로 향한다.

⇒ 맞는 말이다. 김달채는 이전에 자신이 사람들의 반응을 떠보면서 느꼈던 흥미보다 더 큰 흥미를 느낄 수 있을 거라는 생각에, 달아나는 행인들과 반대 방향으로 달려간다.

> ④ 시위 진압의 영향으로 고통 받던 김달채는 전경대의 위세에 압도되어 구경꾼들 뒤로 물러선다.

⇒ 우선 김달채는 '시위 진압의 영향'으로 '고통' 받고 있지 않았다. 그리고 전경대의 위세에 압도되어 구경꾼들 뒤로 물러서는 것도 아니다. 앞쪽에는 이미 구경꾼들이 다 차 있었기 때문에 한껏 발을 들어서 구경하고 있었던 것이다.

> ⑤ 닭장차에 끌려가게 된 김달채는 건물 모퉁이에서 들려오는 함성에 안

Chapter 1
노베이스를 위한 문학 공부법

Chapter 2
문학 만점을 위한 기초 체력 키우기

Chapter 3
기출 적용편

현대시

고전시가

현대소설

고전소설

도감을 느낀다.

⇒ 이걸 골랐으면 반성하자. 아예 줄거리를 이해하지 못했다는 것이다. 김달채는 애초에 닭장차에 끌려가지도 않았다.

● 답 : ③

## 3. ㉠, ㉡에 대한 이해로 적절하지 <u>않은</u> 것은?

㉠ : 케이스 ㉡ : 우산 이상의 것

> ① 김달채는 ㉠을 그 생김새로 인해 ㉡으로 인식하는 사람들이 있다는 사실을 발견한다.

⇒ 맞는 말이다. 김달채는 사람들이 자신의 '우산 케이스'를 보고 '무전기'로 인식한다는 사실을 발견했었다.

> ② 김달채는 사람들로부터 기대하는 반응을 효과적으로 이끌어 낼 수 있는 ㉠의 사용법을 알게 된다.

⇒ 맞는 말이다. 김달채가 사람들의 반응을 구경하고 도출해낸 결론 중 세 번째를 보면 알 수 있다. 김달채는 케이스의 끝부분만 감질나게 보여 주는 편이 오히려 사람들을 놀라게 하는 데 효과적이라는 걸 발견했었다.

> ③ '일부 극소수의 사람들'에게는 ㉡을 가진 사람으로 보이려는 김달채의 의도가 실현되지 않는다.

⇒ 맞는 말이다. 김달채가 발견한 첫 번째 사실을 보면, 무전기에 익숙한 '일부 극소수의 사람들'에게는, '무전기'를 가진 사람으로 보이려는 김달채의 의도가 실현되지 않았다.

Chapter 1
노배이슬을 위한 문학 공부법

Chapter 2
문학 만점을 위한 기초 체력 키우기

Chapter 3
기출 적용편

현대시

고전시가

현대소설

고전소설

④ 김달채는 ⓛ에 익숙하지 않은 '거개의 서민들'이 ㉠을 ⓛ으로 오인한다
고 판단한다.

⇒ 맞는 말이다. 김달채는 무전기에 익숙하지 않은 '거개의 서민들'이 우산 케이스를 무전기로 오인한다고 판단했다. 그래서 계속 서민들에게 우산 케이스를 보여주고 그들의 반응을 떠봤던 것이다.

⑤ '사복 차림의 청년'은 ⓛ에 익숙하여 ㉠을 이용하려는 김달채의 의도를
알아챈다.

⇒ 이건 '사복 차림의 청년'의 내면세계를 이해했냐고 묻는 선택지다. 사복 차림의 청년은 '무전기'에 익숙한 사람이다. 즉, 무전기가 어떻게 생겼는지 잘 알고 있는 사람인 것이다. 그래서 김달채가 보여주는 우산 케이스를 보고 '무전기'라고 속지 않는다.

이때 사복 차림의 청년이 김달채의 의도를 알아챈 것은 아니다. 작품 속에서 사복 차림의 청년은 '우산을 무전기로 속이고자 한다'는 김달채의 의도를 모른다. 그래서 애초에 김달채가 보여주는 우산 케이스를 제대로 쳐다보지도 않고 다치기 싫으면 저리 가라고 말하는 것이다.

● 답 : ⑤

## 4. <보기>를 바탕으로 윗글을 감상한 내용으로 적절하지 <u>않은</u> 것은?

<보 기>
소시민은 자신의 기득권을 지키기 위해 권력관계에 민감하게 반응한다. 권력관계가 형성되기 위해서는 타인의 승인이 요구되며, 이로 인해 힘의 우열 관계가 발생한다. 이 작품은 허구적 권력 표지를 통해 타인의 승인을 얻음으로써 자신감을 갖게 된 인물이, 승인을 거부하는 타인 앞에서는 소시민적 면모를 드러내는 상황을 그려낸다. 이를 통해 상황 논리를 따르는 소시민의 타산적 태도를 비판하고 있다.

◇◇◇◇◇◇◇◇◇◇ <보기> 분할 분석 ◇◇◇◇◇◇◇◇◇◇

> 소시민은 자신의 기득권을 지키기 위해 권력관계에 민감하게 반응한다.

⇒ '소시민'이라는 단어는 문학에 정말 많이 나오는 단어다. 꼭 알아두자. **보통 문학에서 '소시민'은 '보통 사람'을 뜻한다.** '소시민'은 '보통 사람'들처럼 자신이 이득이 되는 상황에서는 '야비하게' 군다. 또 '보통 사람'들처럼 자신에게 불똥 튈 수도 있는 경우에는 불의에 맞서 싸우지 않고 구경만 한다. 이런 식으로 사람이라면 누구나 갖고 있는 나약한 모습을 보일 때, 문학에서는 '소시민적'인 모습을 보인다고 말한다. 그리고 그런 인간의 이기적이고, 한심하고, 비열한 본성을 극복하지 못한 사람들을 보고 '소시민'이라 하는 것이다.

또 소시민은 〈보기〉에서 설명한 대로, 자신의 기득권을 지키기 위해 권력관계에 민감하게 반응하는 사람을 뜻하기도 한다. 왜 그런 사람을 '소시민'이라고 부르는 걸까? 자신의 기득권을 지키고자 권력관계에 민감하게 반응하는 건 '보통 사람'이라면 누구나 할 행동이기 때문이다. 내가 만약 양반인데, 모든 사람은 평등하다고 하면서 신분제를 폐지하자고 주장하는 사람이 있다? '모든 사람은 평등하다'라는 말이 맞는 말임에도, 자신이 '양반' 위치에 있는 '보통 사람'이라면 그 사람을 욕하거나 벌하려 할 것이다. 왜냐하면 '모든 사람은 평등하다'라는 말이 퍼졌을 때, '양반'에 속해 있는 내가 피해를 입기 때문이다.

그리고 이때 '기득권'이라는 건, **'기존에 자신이 획득했던 권리'**를 뜻한다. 문학에 많이 나오는 단어이니 꼭 알고 있자.

> 권력관계가 형성되기 위해서는 타인의 승인이 요구되며, 이로 인해 힘의 우열 관계가 발생한다.

⇒ 윗글과 연관 지어서 읽어보면, 윗글의 김달채는 우산 케이스를 가지고 타인과의 권력 관계에서 높은 위치에 있었다. 이렇게 김달채가 우산 케이스를 가지고 권력관계에서 높은 위치를 차지할 수 있었던 것은 다른 말로, **타인들이 김달채의 우산 케이스를 '권력 상징'으로 봐줬다는 것이다.** 즉, '타인의 승인'이 있어야 김달채의 우산 케이스도 의미가 생기는 것이다.

Chapter 1
노베이스를 위한 문학 공부법

Chapter 2
문학 만점을 위한 기초 체력 키우기

Chapter 3
기출 적용편

현대시

고전시가

현대소설

고전소설

이 작품은 허구적 권력 표지를 통해 타인의 승인을 얻음으로써 자신감을 갖게 된 인물이, 승인을 거부하는 타인 앞에서는 소시민적 면모를 드러내는 상황을 그려낸다.

⇒ 여기서 말하는 '허구적 권력 표지'는 '우산'이다. 김달채는 '우산'을 가지고 타인의 승인을 얻음으로써 자신감을 얻게 된다. 하지만 승인을 거부하는 '사복 차림의 청년' 앞에서는 자신감을 잃고 소시민적 면모를 드러낸다. '소시민적 면모'를 드러낸다는 것은, 권력관계에 따라 태도가 변한다는 것이다.

이를 통해 상황 논리를 따르는 소시민의 타산적 태도를 비판하고 있다.

⇒ 서술자가 이러한 '김달채'의 모습을 드러낸 것은, 상황 논리에 따라 태도나 신념이 바뀌는 소시민의 태도를 비판하기 위함이라 할 수 있다. 상황이 자기가 생각한 대로 흘러가거나 자기에게 유리할 때는 자신만만하게 굴다가, 그게 아닌 경우에는 꼬리를 내리고 돌변하는 소시민의 모습을 비판하기 위해서 이 작품을 쓴 것이다.

◇◇◇◇◇◇◇◇◇◇◇◇◇◇◇◇◇◇◇◇◇◇◇◇◇◇◇◇◇◇◇◇◇◇◇◇◇◇◇◇◇◇◇◇◇◇◇◇◇◇◇◇◇◇◇◇◇◇◇◇◇◇◇◇◇◇◇◇

① 김달채가 각계각층 사람들의 반응을 떠보는 것은, 권력이 타인들에게 미치는 영향을 살핀다는 점에서 김달채가 권력관계를 의식하는 인물임을 드러내는군.

⇒ 맞는 말이다. 김달채가 일반 시민부터 파출소 사람들, 청년까지 각계각층 사람들의 반응을 떠보는 것은 권력관계를 의식하고 있기 때문이다. 김달채는 다른 사람들에게도 내가 가진 우산으로 권력의 '우위'에 설 수 있을까 싶어서 계속 다양한 사람들의 반응을 보고 있다. 즉, 권력관계를 의식하면서 자신이 어디까지 권력을 행사할 수 있는지 확인하고 있는 것이다.

② 김달채가 준 술값을 포장마찻집 주인이 받지 않으려는 것은, 권력에 대한 사람들의 태도를 나타낸다는 점에서 권력이 인물 간의 우열 관계를 형성하는 요인임을 보여 주는군.

⇒ 맞는 말이다. 김달채가 준 술값을 포장마찻집 주인이 받지 않으려고 하는 것은, 권력을 가지고 있는 사람에 대한 일반 사람들의 태도를 나타낸다. 지금 포장마찻집 주인은 김달채가 무전기를 가지고 있다고 오해한다. 그로 인해 김달채와 포장마찻집 주인 사이에 우열 관계가 생긴다. 김달채가 권력의 우위에 서게 되는 것이다. 그래서 포장마찻집 주인은 김달채에게 술값을 받지 않으려 하는 등 저자세를 취한다.

③ 김달채가 외양에 변화를 준 것은, 타인의 승인을 용이하게 받으려 한다는 점에서 허구적 권력 표지를 이용하는 데 더 적극적으로 나서려는 김달채의 의도를 나타내는군.

⇒ 맞는 말이다. 김달채가 외양에 변화를 준 것은 사람들로 하여금, 자신이 권력을 가진 사람이라는 걸 더 쉽게 믿도록 만들기 위함이었다. 이를 통해 '허구적 권력 표지'인 우산을 이용하는데 더 적극적으로 나서려는 김달채의 의도를 알 수 있다.

④ 김달채가 사복들에게 목청을 높이며 항의하는 것은, 자신도 모르게 용기를 드러냈다는 점에서 승인받은 경험들을 통해 얻게 된 김달채의 자신감을 보여 주는군.

⇒ 맞는 말이다. 김달채는 '사복들'을 만나기 전에 이미 여러 사람들을 만나면서 자신의 권력에 취해 있었다. 즉, 이전에 승인받은 경험들을 통해서 자신감이 있었던 것이다. 김달채는 그러한 자신감을 바탕으로, 자신도 모르게 용기를 내서 사복들에게 목청을 높였었다.

⑤ 김달채가 비표를 단 청년 앞에서 돌아서는 것은, 학생들과 맺은 유대 관계를 단절하여 기득권을 지키려 한다는 점에서 상황 논리를 따르는 김달채의 타산적 태도를 드러내는군.

⇒ 우선 처음 문제를 풀 때는 '학생들과 맺은 유대 관계'라는 단어를 보자마자 이 선택지를 틀렸다고 판단했어야 했다. 소설 속에서 김달채가 학생들과 '유대'를 맺는 장면은 전혀 없었기 때문이다. 김달채는 정말 진심으로 끌려가는 학생들을 구하기 위해서 비표를 단 청년에게 호통친 것이 아니었다. 그저 자신의 권력에 대한 반응을 확인하고 우월감

을 느끼기 위해서 호통을 친 거였다.

그러면 김달채가 '비표를 단 청년 앞에서 돌아서는 것'이 '기득권을 지키려'하는 행동은 맞을까? 기출 분석을 한다는 건 이런 부분까지 아주 세세하게 따져본다는 뜻이다. 결론부터 말하자면 '맞다'. 앞서 설명했듯이 '기득권'이라는 것은 '기존에 획득한 권리'를 말한다. 그럼 김달채의 '기득권'은 뭐라고 볼 수 있을까? 김달채의 기득권은 '우산을 가지고 권력관계에서 우위를 점하는 것'이라 할 수 있다. 김달채가 가지고 있던 기득권은 '청년' 앞에서 소용이 없어진다. 청년이 김달채의 권력을 '승인'해 주지 않았기 때문이다. 그래서 김달채는 '무르춤한 꼬락서니'가 되어 맥없이 돌아선다.

이때 김달채가 청년의 반응을 보고 다시금 맥없이 돌아서는 것은, 김달채가 자신의 '기득권을 지키려는 것'으로 볼 수 있다. 지금 김달채가 청년에게 더 대든다면 학생들과 같이 닭장 같은 차에 태워져서 감옥에 갈 수도 있는 상황이다. 그렇게 되면 더 이상 '우산을 가지고 권력관계에서 우위를 점하는 것'을 할 수 없게 된다. 즉, 김달채의 '기득권'이 사라진다. 그래서 김달채는 자신의 '기득권'을 지키고자 다시금 돌아서는 것이다. 이렇게 기득권을 지키려는 김달채의 모습은, 상황 논리를 따르는 김달채의 타산적 태도를 드러낸다고 할 수 있다. 자신의 기득권이 위협받는 상황이냐 아니냐에 따라 다르게 행동하고 있기 때문이다.

● 답 : ⑤

# 고전소설

## ['고전 소설'이 '현대 소설'보다 훨씬 쉬운 이유]

하위권, 중하위권 학생들을 가르치다 보면 현대 소설보다도 고전 소설이 어렵다는 말을 많이 한다. 그 학생들에게 왜 고전 소설이 더 어렵냐고 물어보면, 고전 소설은 인물이 많이 나와서 복잡하고, 어려운 단어가 많아서 해석이 어렵다고 말한다. 충분히 공감된다. 나도 하위권일 때 고전 소설이 쉽다고 하는 사람들을 보면 정말 신기했다. 해석도 안 되는 고전 소설이 뭐가 쉽다는 건지 이해가 안됐다. 그런데 신기하게도 내가 어려워했던 문제는 기출 문제를 10개년 분량 정도 풀었을 때 자연스레 해결됐다. 네가 지금 고전 소설을 읽으면서 인물 관계가 복잡하다고 느끼는 이유는 뭘까? 그것은 아직 고전 소설을 많이 읽지 않아서 인물이 많이 나오는 상황이 익숙하지 않은 것이다. 또한 네가 고전 소설에 어려운 단어가 많이 나온다고 느끼는 이유는 뭘까? 이것도 마찬가지로 네가 고전 소설을 많이 읽지 않아서 고전 소설에 나오는 단어들을 잘 모르는 것이다.

성적대가 높은 학생들은 일단 '공부량' 자체가 많다. 그래서 기출 문제를 10개년 이상 푸는 건 기본이고, 15개년까지도 5번 이상 반복해서 본다. 이 과정에서 네가 지금 어렵다고 느끼는 것들은 전부 다 해결이 된다. 고전 소설을 50개 이상 읽어가는 과정에서 고전 소설에 나오는 어려운 단어들은 어느 정도 다 익숙해지고 이해가 된다. 그리고 고전 소설에 나오는 인물 관계 또한 눈에 익기 시작한다. 그래서 한 작품에 나오는 인물이 6명 이상이 된다고 하더라도 당황하지 않게 된다. 이처럼 공부를 열심히 하는 학생이라면 누구나 고전 소설에 나오는 단어와 인물 관계에 익숙해질 수 있는 것이다.

### 고전 소설 속 인물들의 내면세계

고전 소설이 현대 소설보다 훨씬 쉬운 가장 큰 이유는 뭘까? 그건 바로 **현대 소설에 비해서 고전 소설에 나오는 인물들의 내면세계가 훨씬 단순하기 때문이다.** 내가 계속 말했지만, 결국 출제자는 너에게 이미지를 떠올릴 수 있는지, 내면세계에 공감하는 능력이 있는지를 묻고 싶어 한다. 고전 소설도 마찬가지다. 결국 고전 소설에서도 출제자가 묻고자 하는 건 네가 인물들이 처한 상황을 이미지화하고, 인물들의 내면세계에 공감할 수 있냐는 것이다. 그런데 고전 소설에 나오는 인물들의 내면세계는 현대 소설 속 인물들보다 훨씬 단순하다. 예를 들어 고전 소설에는 복잡한 내적 갈등 상황이나 인물의 성격이 변화하는 사건 같은 건 잘 나오지 않는 것이다. 주인공은 계속 주인공이고 악당은 계속 악당이다. 그래서 고전 소설에 나오는 인물들을 '평면적 인물' 또는 '전형적 인물'이라 부르기도 한다. 그리고 인물의 성격뿐만 아니라 줄거리도 비슷비슷하다. '권선징악'이나 '첩 간의 갈등', '천상계와 지상계의 관계' 등 맨날 나오는 줄거리만 계속 나온다.

## 🧑 고전 소설의 시점

그리고 고전 소설이 쉬운 또 한 가지 이유는 **시점이 무조건 '전지적 작가 시점'이기 때문이다.** '전지적 작가 시점'은 다른 시점들과 다르게 모든 인물들의 내면세계를 정확하게 서술해 준다는 특징이 있다. 이 경우 독자 입장에서는 다른 인물들의 내면세계를 '추론'할 필요 없이 전부 '이해'만 하면 되므로, 작품을 읽기가 훨씬 수월하다. 그래서 이러한 이유 때문에 많은 고전 소설을 읽어서 단어와 인물 관계에 익숙해진 학생들, 또는 맨날 나오는 똑같은 줄거리와 내면세계에 익숙해진 학생들은 '고전 소설'이 쉽다고 하는 것이다.

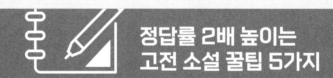

정답률 2배 높이는
고전 소설 꿀팁 5가지

### ❶ 천상계와 지상계의 세계관 이해하기

**옛날 사람들은 이 세상에 '천상계'와 '지상계'라는 두 가지 세계가 존재한다고 생각했다.** '천상계'라는 건 말 그대로 '하늘 위에 있는 세계'다. 반대로 '지상계'는 '땅 위에 있는 세계'를 말한다. '천상계'는 하늘 '위'에 있는 세계이므로, 간단하게 '상계'라고 부르기도 했고, '지상계'는 '아래'에 있는 세계이므로 '하계'라고 부르기도 했다. 그리고 **고전 소설을 썼던 사람들은 '천상계'에는 일반 사람들과 다른 존재들이 살고 있다고 생각했다.** 예를 들어서 '선녀', '옥황상제', '신선' 같은 존재들이 살고 있다고 생각한 것이다. 이때 '천상계'에 살고있는 '옥황상제', '선녀' 같은 존재들은, 현실을 '초월'해 존재하는 이들이기에, '초월적인 존재'라고 부르기도 한다. '초월적인 존재'는 고전 소설에서 정말 자주 나오는 단어니까 꼭 알아두자.

그리고 또 옛날 사람들은 **하늘 위에 살고 있는 '초월적인 존재'들이 지상계 사람들의 운명을 결정짓는다고 생각했다.** 앞서 고전 시가 파트에서 '하늘 좋아'를 설명할 때 말했지만, 옛날 사람들에게 '하늘'은 마치 '신'처럼 자연재해와 인간의 운명을 조종하는 힘을 가진 존재였다. 그래서 사람들은 '하늘 위에 살고 있는 존재'들 또한, 인간들의 삶에 영향을 미칠 수 있다고 생각했던 것이다. 여기까지만 들으면 천상계 사람들은 지상계에 있는 사람들이 절대 닿을 수 없을 거 같은 존재들로 느껴진다. 그런데 놀랍게도 지상계 사람들이 천상계 사람들과 소통할 수 있는 방법이 있었다. 그 방법은 바로 '꿈'이다. 지상계 사람들은 '꿈'을 통해서 천상계 사람들과 소통했다. 꿈속에서 초월적인 존재를 만나 미래에 있을 위기에 대해서 듣기도 하고 지금 자신이 닥친 위기를 해결할 방법을 얻기도 했던 것이다.

이뿐만 아니다. 천상계 사람과 지상계 사람이 서로 만나는 경우는 또 한 가지가 더 있었다. 그건 바로 **천상계 사람이 '죄'를 지어서 지상으로 떨어진 경우다.** 고전 소설 속 세계관에는 천상계에서 죄를 지으면 지상계로 떨어진다는 세계관이 있었다. 그래서 천상계에서 죄를 지은 인물이 인간으로 환생해서 지상계에 나타나기도 했다. 그리고 지상계에서 인간의 모습으로 자신의 죄를 씻고 다시금 천상계로 올라가는 식이었다. 이런 세계관이 나타나는 고전 소설을 '적강 소설'이라고 부른다. '적강'은 '꾸짖을 적'에 '내릴 강' 자를 써서 말 그대로 죄를 벌하기 위해 지상으로 떨어뜨린다는 뜻이다.

Chapter 1
노베이스를 위한 문학 공부법

Chapter 2
문학 만점을 위한 기초 체력 키우기

Chapter 3
기출 적용편

현대시

고전시가

현대소설

고전소설

## ❷ 고전 소설을 쓴 목적 이해하기

고전 소설을 쓴 작가들은 일반 농민이 아니라, 임금을 도와서 나라를 이끌어가는 양반들이었다. **그렇기 때문에 그들은 아무 생각 없이 고전 소설을 썼던 것이 아니라, 일반 백성을 '교화'하기 위한 목적으로 고전 소설을 썼다.** 이때 '교화'라는 것은 '가르치고 이끌어서 좋은 방향으로 나아가게 함'이라는 뜻이다. 그렇기 때문에 고전 소설은 반드시 '권선징악'의 이야기일 수밖에 없었다. '권선징악'이라는 것은 말 그대로 **선을 권하고, 악을 응징한다**'는 뜻이다. 고전 소설에서는 '악한' 인물이 잘 먹고 잘 사는 이야기는 절대 나오지 않는다. 악인이 성공하는 이야기를 넣어버리면, 그 고전 소설을 읽는 백성들이 '악하게 살아도 성공할 수 있구나'라는 잘못된 생각을 가질 수 있기 때문이다. 그래서 고전 소설에 나오는 인물들 중 착한 인물들은 임금에게 상을 받고, 악한 인물들은 마지막에 반드시 벌을 받는다.

그런데 고전 소설 작가들은 '착한' 인물들이 전쟁에서 승리하고, 임금에게 상을 받도록 만들기 위해 **말도 안 되는 이야기를 넣기도 했다.** 만 명이 한 사람을 둘러싸고 있는데, '하늘의 무기'로 전부 다 무찌르고 전쟁에서 이긴다든지, '천리마'를 통해서 1,000km가 넘는 길을 하루 만에 간다든지, 꿈을 통해 천상계 사람에게 해결책을 얻는다든지 하는 이야기가 추가된다. 그래서 고전 소설에는 '비현실적 요소'들이 많이 등장하는 것이다.

## ❸ 동일 인물의 호칭 변화 이해하기

하위권, 중하위권 학생들이 고전 소설을 가장 어려워하는 이유 중 하나는, 소설 속에 인물이 너무 많이 나오기 때문이다. 그런데 고전 소설에는 정말 많은 인물이 나올 수도 있지만, 대부분은 '인물이 많은 것처럼 보이는' 경우다. 왜 '인물이 많은 것처럼 보이는' 걸까? 그것은 고전 소설에서는 한 명의 사람을 다른 호칭으로 부르기 때문이다. 현대 소설에서 '명식'이는 계속 '명식'으로 나온다. 그런데 고전 소설에서 '명식'은 '한림'이라고 부르기도 하고 '낭군'이라 부르기도 하며, '부마', '원수' 등으로 부르기도 한다. 이러한 이유 때문에 '동일 인물의 호칭 변화'에 익숙하지 않은 학생들은 인물이 너무 많다고 느끼는 것이다.

그래서 **고전 소설에 나오는 '직책' 이름이나 인물을 지칭하는 단어들은 전부 검색해서 외워놓아야 한다.** 겁 먹을 필요는 없다. 양이 그렇게 많지 않기 때문이다. 기출 문제에 있는 고전 소설 10개만 혼자 읽어보고, 그 안에서 모르는 단어들을 검색한 뒤 전부 외워라. 그러면 호칭 때문에 헷갈리는 일은 거의 없을 것이다. 또 **고전 소설을 풀 때 이름이 다르다고 해서 무조건 '새로운' 인물이라고 생각하면 안 된다.** 동일 인물을 다르게 부른 것일 수 있기 때문에, 앞선 인물과 똑같은 인물은 아닌지 반드시 생각해봐야 한다.

### ❹ 편집자적 논평 이해하기

하위권 학생들이 고전 소설을 풀 때 가장 어려워하는 것 중 하나가 '편집자적 논평'이다. 그런데 전혀 어렵게 생각할 이유가 없다. '편집자적 논평'이 뭔지 아주 쉽게 설명해주겠다. 우선 '편집자'라는 것은 '고전 소설을 쓰는 작가'를 뜻한다. 글 속에 있는 줄거리를 고치고, 인물을 배치하는 사람이라고 해서 '편집'자라고 부르는 것이다. 그리고 '논평'이라는 것은, 말 그대로 '논하고 평가함'이라는 뜻이다. 따라서 '편집자적 논평'이란, 고전 소설을 쓴 작가가 인물이나 사건에 대해 논하고 평가하는 것을 말한다. 작가가 3인칭 전지적 작가 시점에서 인물들의 내면세계와 사건을 쭉 서술하다가 갑자기 자신의 목소리를 내서 '에휴, 저건 정말 못 봐주겠구나'라는 식의 평가를 하는 것이다.

실제로 '춘향전'을 보면 '춘향의 높은 절개가 광채 있게 되었으니 어찌 아니 좋을 것인가'라는 '편집자적 논평'이 나온다. 전지적 작가 시점의 서술자가 지조와 절개를 가진 춘향에게 좋은 일이 생긴 것은 기쁜 일이라고 평가하는 것이다.

그런데 문학에는 '편집자적 논평'과 비슷한 개념이 하나 더 있다. 그건 바로 '서술자 개입'이다. '서술자 개입'은 말 그대로 '서술자'가 작품 속에 개입해서 자신의 말을 하는 것이다. 그러면 '편집자적 논평'과 같은 거 아니냐고 생각할 수 있는데 이 둘은 다르다. '서술자 개입'은 서술자가 개입하는 '모든' 상황을 뜻하는 말이고, '편집자적 논평'은 말 그대로 서술자가 인물이나 사건을 '평가'하는 상황만 뜻하는 말이기 때문이다. '편집자적 논평'은 '어찌 가련치 아니하리오', '어찌 아니 좋을 것인가' 등과 같이, 서술자가 인물이나 사건을 평가할 때 쓰는 말이다. 반면 '서술자 개입'은 '모든 산과 나무가 슬퍼하고 있다', '독자는 그 일을 기억하고 있을 것이다', '자고로 여자가 나쁜 마음을 먹으면 못할 일이 없는 법이다' 등과 같이, 굳이 '평가'하는 말이 아니더라도 서술자가 개입하는 모든 경우를 뜻하는 말이다.

서술자 개입

편집자적 논평

**Chapter 1**
노베이스를 위한 문학 공부법

**Chapter 2**
문학 만점을 위한 기초 체력 키우기

**Chapter 3**
기초 적용법

현대시  고전시가

현대소설

고전소설

❺ **고전 소설 필수 어휘 암기하기**

앞서 '고전 시가 필수 어휘'에서 내가 반드시 암기해야 하는 단어를 말해줬듯이, 고전 소설에서도 정말 필수적으로 외워야 하는 단어들이 있다. 아래 단어들은 반드시 암기해 두자.

| | | | |
|---|---|---|---|
| **승상** | 최고위급 관직에 있는 신하 | **한림** | 임금의 말과 명령을 글로 받아적는 일을 하던 벼슬 |
| **원수, 대원수** | 최고 권력의 통치자 | **재상** | 임금을 돕고 모든 관원을 감독하던 높은 벼슬 |
| **유생** | 유학을 공부하는 선비 | **상공** | 재상을 높여 이르는 말 |
| **상서** | 고려 시대의 높은 벼슬 | **태수** | 신라 때 각 마을의 높은 벼슬 |
| **태자** | 임금 또는 황제의 아들 | **제후** | 영토를 가지고 그 영토 안의 백성을 지배하던 사람 |
| **군자** | 덕이 훌륭한 사람 | **시비** | 여자 노비, 사립문, 옳고 그름 |
| **노복** | 남자 노비 | **비복** | 남자 노비와 여자 노비를 모두 이르는 말 |
| **규수, 소저** | 젊은 여자 | **소인** | 신분이 낮은 사람이 자신을 낮춰 이르는 말 |
| **상** | 임금 | **낭자** | '처녀'를 높여 이르던 말, 남자가 아내나 애인을 부르던 말 |
| **낭자하다** | 여기저기 흩어져 어지럽다 | **낭군** | 젊은 여자가 남편이나 연인을 부르는 말 |

| 소첩 | 부인이 남편에게 자신을 낮춰 부르는 말 | 첩 | 결혼한 남자가 본부인 이외에 데리고 사는 여자 |
|---|---|---|---|
| 소자 | 아들이 부모에게 자신을 낮춰 부르는 말 | 소생 | 말하는 사람이 자신을 낮춰 부르는 말 |

지금 당장 위에 단어들을 전부 외우려 하지 않아도 된다. 처음에는 이런 단어가 있구나 정도만 보고 기출 문제를 풀면서 위 단어들이 나왔을 때, 조금씩 외워가면 된다.

2-02. 고전소설

Chapter 1
노베이스를 위한 문학 공부법

Chapter 2
문학 만점을 위한 기초 체력 키우기

Chapter 3
기출 적용편  현대시  고전시가  현대소설  고전소설

# 2014학년도 9월(A형)
## 「숙영낭자전」

백선군이 잠깐 주막에서 조는데 ㉠ <u>문득 숙영낭자가 몸에 피를 흘리며 방문을 열고 들어와 선군의 곁에 앉아 슬프게 울며 말하기를,</u>

[A]
"낭군이 입신양명하여 영화롭게 돌아오시니 기쁘기 측량 없사오나, 첩은 시운이 불행하여 세상을 버리고 황천객이 되었습니다. 전에 낭군의 편지 사연을 듣사온즉 낭군이 첩에게 향한 마음에 감격하오나, 첩은 천생연분이 천박하여 벌써 유명을 달리하였으니 구천의 혼백이라도 한스럽습니다. 첩이 원혼이 된 사연을 아무쪼록 깨끗이 풀어 주시기를 낭군께 부탁하오니, 낭군은 소홀히 여기지 마시고 억울한 누명을 벗겨 주시면, 죽은 혼백이라도 깨끗한 귀신이 될까 합니다."

하고 간 데 없었다. ㉡ <u>선군이 놀라 깨어 보니 온몸에 식은땀이 나고 심신이 떨려 진정할 수가 없었다.</u> 아무리 생각해도 그 곡절을 헤아리지 못하여 인마를 재촉하여 여러 날 만에 풍산 촌에 이르러 숙소를 정하였으나, 식음을 전폐하고 앉아 밤이 새기를 기다렸다. 문득 하인이 와서,

"상공(相公)께서 오셨습니다."

하고 알렸다. 선군이 즉시 밖에 나가 부친께 문안을 드리고 방으로 뫼시고 들어가서 가내 안부를 여쭈었다. 상공이 주저하며 가족들이 잘 지낸다고 알리고, 선군이 장원하여 높은 벼슬을 하게 됨을 물어 기뻐하다가 이윽고 선군에게 은근한 말로,

"㉢ <u>장부가 출세하면 두 부인을 두는 것은 예부터 흔한 일이었다. 내 들으니 이 마을 임 진사의 딸이 매우 현숙하다 하기로 내가 이미 구혼하여 임 진사에게 허락을 받았다. 이왕 이곳에 왔으니 내일 아주 성례하고 집으로 돌아감이 좋지 않겠느냐?"</u>

하고 권하였다. 선군은 숙영낭자가 꿈에 나타난 뒤로 반신반의하여 마음을 진정치 못하던 차에 부친의 이런 말을 듣고 생각하되, '㉣ <u>낭자가 죽은 것이 분명하구나. 그래서 나를 속이고 임 낭자를 취하게 하여 훗날을 도모하고자 함이로다.</u>' 하고 이에 아뢰되,

"아버님 말씀은 지당하시나, 제 마음이 아직 급하지 아니합니다. 나중에 성혼하여도 늦지 아니하오니 그 말씀은 다시 이르지 마옵소서."

하였다. 상공은 아들이 변심치 아니할 줄 알고 다시 말하지 못하고 밤을 지냈다. 첫닭이 울

자마자 선군은 인마를 재촉하여 길에 올랐다.

(중략)

ⓓ 선군이 소매를 걷고 빈소에 들어가 이불을 헤치고 보니, 낭자의 용모가 산 사람 같아서 조금도 변함이 없었다. 선군이 부축하여 이르기를,

"백선군이 왔으니, 이 칼이 빠지면 원수를 갚아 낭자의 원혼을 위로하리라."

하고 몸에서 칼을 빼니, 칼이 문득 빠지며, 그 구멍에서 파랑새 한 마리가 나오며,

"매월이다, 매월이다, 매월이다."

세 번 울고 날아갔다. 다시 파랑새가 한 마리가 또 나오며,

"매월이다, 매월이다, 매월이다."

세 번 울고 날아갔다. 그제야 선군이 시비 매월 의 소행인 줄 알고, 화를 이기지 못하여 급히 밖에 나와 형구를 벌이고 모든 노복을 차례로 신문하였다. 간악한 매월이 매를 견디지 못하여 승복하여 울며 가로되,

"상공께서 숙영낭자를 의심하시기로 제가 마침 원통한 마음이 있던 차에 때를 타서 감히 간계를 행하였으니, 함께 일을 꾸민 놈은 돌이로소이다."

하거늘, 선군이 크게 노하여 돌이를 또 때리니 돌이가 매월의 돈을 받고 시키는 대로 했노라 승복하였다. 선군이 이에 매월을 죽여 숙영낭자를 위한 제물로 삼고 제문을 읽었다.

**[B]** "성인도 속세에 노닐고, 숙녀도 험한 구설을 만남은 예부터 없지 않았으나, 낭자같이 지극 원통한 일이 어디 다시 있으리오. 슬프다! 모두 나 선군의 탓이니 누구를 원망하리오. 오늘날 매월의 원수는 갚았으나 낭자의 화용월태를 어디 가 다시 보리오. 다만 선군이 죽어 지하에 가 낭자를 좇을 것이니, 부모에게 불효가 되어도 어찌할 수 없으리로다."

제문 읽기를 마치매 신체를 어루만지며 통곡한 후 돌이를 본읍에 넘겨 먼 절도로 귀양 보내게 하였다.

이때 상공 부부는 선군에게 바로 이르지 아니하였다가 일이 이같이 탄로 남을 보고 도리어 무색하여 아무 말도 못하거늘 선군이 화평한 얼굴로 재삼 위로하였다.

- 작자 미상, 「숙영낭자전」-

Chapter 1
노벨상을 위한 문학 공부법

Chapter 2
문학 만점을 위한 기초 체력 키우기

Chapter 3
기출 적용편

현대시

고전시가

현대소설

고전소설

1. [A]와 [B]에 대한 분석으로 적절하지 <u>않은</u> 것은?

① [A]는 '꿈'이라는 상황을 활용하여 원혼의 간절한 염원을 드러내고 있다.

② [B]는 '제문'이라는 형식을 활용하여 위로의 진정성을 강화하고 있다.

③ [A]는 원혼이 산 자에게 보내는 전언이고, [B]는 산 자가 원혼에게 보내는 응답이다.

④ [A]와 [B]는 상대방의 처지를 환기하는 표현으로 시작하고 있다.

⑤ [A]와 [B]는 자신의 희생도 마다하지 않겠다는 다짐으로 마무리하고 있다.

2. 윗글의 매월 에 대한 이해로 적절하지 <u>않은</u> 것은?

① 매월이 죄를 자백한 것은 선군의 회유 때문이다.

② 매월에 대한 신문은 비현실적 사건에서 비롯되었다.

③ 매월은 숙영낭자가 누명을 쓰게 되는 간계를 꾸몄다.

④ 매월이 간계를 꾸미게 된 배경에는 자신의 원통함이 자리 잡고 있다.

⑤ 매월이 돌이를 사주하여 꾸민 일은 상공의 집안에 갈등을 초래하였다.

3. 〈보기〉를 참조하여 윗글을 감상한 내용으로 가장 적절한 것은?

> 〈보 기〉
>
> 고전소설에서 주인공은 과제를 수행하는 경우가 많다. 과제는 여러 단계를 거쳐 수행된다. 처음에 과제를 부여받은 주인공은 왜 자신에게 그런 과제가 주어졌는지 의심한다. 더구나 방해자가 나타나 주인공의 과제 수행을 방해하기도 한다. 그러나 오히려 이 과정에서 주인공은 과제 수행자로서 자신의 정체성을 이해하고 사명감을 갖게 된다. 결국 주인공은 과제 해결에 요구되는 행위를 적극 실행하여 과제를 완수한다. 이로써 주인공은 새로운 정체성을 획득한다.

① ㉠은 과제를 부여받게 되는 단계에 해당하는데, 이를 통해 숙영낭자와 선군의 관계가 과제 수행의 전제임을 알 수 있어.

② ㉡은 과제 제시의 까닭을 의심하는 단계에 해당하는데, 이를 통해 숙영낭자가 나타나게 된 원인을 선군이 꿰뚫어 보고 있음을 알 수 있어.

③ ㉢은 과제 수행이 방해받는 단계에 해당하는데, 이를 통해 부자간의 갈등과 화해가 외부 세력에 의해 주도되고 있음을 알 수 있어.

④ ㉣은 과제에 대한 사명감을 갖게 되는 단계에 해당하는데, 이를 통해 아버지의 의사

에 부응하여 도리를 다하려는 선군의 태도를 알 수 있어.

⑤ ⑪은 과제 해결이 완수된 단계에 해당하는데, 이를 통해 숙영 낭자의 원한이 해소되었음을 알 수 있어.

## ‘숙영낭자전’ 지문해설

백선군이 잠깐 주막에서 조는데 ㉠ 문득 숙영낭자가 몸에 피를 흘리며 방문을 열고 들어와 선군의 곁에 앉아 슬프게 울며 말하기를,

⇒ 이미지화를 해주자. 백선군이라는 인물이 ‘주막’에서 졸고 있는데, ‘숙영낭자’라는 사람이 몸에 피를 흘리며 방문을 열고 들어온다. 이때 ‘주막’은 ‘술을 파는 곳’을 말한다. 그리고 ‘낭자’라는 말은 앞서도 말했지만, ‘처녀’를 높여 이르는 말이기도 하고, 남자가 자신의 아내나 애인을 부르는 말이기도 하다. 바로 다음 문장을 읽어보면 알겠지만, ‘첩’이라는 단어에서 ‘숙영낭자’가 백선군의 ‘아내’라는 것을 알 수 있다.

### 문학 배경지식

## 조선시대는 ‘일부다첩제’

조선시대는 ‘일부다첩제’로, 본부인 1명을 두고 그 뒤에 많은 ‘첩’을 둘 수 있었다. 그래서 ‘다첩’제인 것이다. 이때 부인들 간의 권력은 본부인이 가장 권력이 세고, 첩은 본부인 아래였다. 그래서 첩들은 남편의 사랑을 받기 위해서 본부인과 싸우기도 했고, 또 첩들끼리도 많이 싸웠었다. 지금 시대는 남편이 부인 외에 또 다른 아내와 관계를 맺는 게 불법이지만, 조선시대에는 가능했다.

조선시대에 ‘일부다첩제’를 허용한 이유는 여러 가지가 있다. 첫 번째로는 가문을 유지시키기 위해서였다. 남자 양반들은 본부인과의 관계에서 아들을 얻지 못할 경우에,

Chapter 1
노베이스를 위한 문학 공부법

Chapter 2
문학 만점을 위한 기초 체력 키우기

Chapter 3
기출 적용편

현대시   고전시가   현대소설   고전소설

> 대를 이어 나갈 후손을 얻기 위해서 첩을 두곤 했었다. 두 번째 이유는 '사회적 지위와 부'를 과시하기 위해서다. '첩'을 여러 명 두고 있다는 것은 그만큼 경제적 능력이 되고 사회적 지위가 높은 사람이라는 걸 의미했다. 따라서 이를 과시하고자 '첩'을 여러 명 두기도 했던 것이다. 세 번째 이유는 '정치적 동맹'이었다. 가문 간 친밀한 관계를 유지하고 정치적 동맹을 맺기 위해서 다른 가문의 여성을 '첩'으로 맞아들이기도 했었다. 이 외에도 개인적인 애정 때문에 '첩'을 두기도 했었다. 정실부인 외 여자와 눈이 맞아서 사랑에 빠지는 경우, '첩'으로 들이기도 했던 것이다. 추가로 '첩'이라는 말은 '정식 아내 외에 데리고 사는 여자'라는 의미뿐만 아니라 '결혼한 여자가 자기보다 윗사람과 대화할 때 자신을 낮춰 표현하던 말'이라는 의미도 있다.

지금 위 구절을 보면 숙영낭자가 지금 몸에 피를 흘리며 슬프게 울고 있다는 걸 봐서, 지금 숙영낭자에게 무슨 일이 생긴 거 같다. 도대체 무슨 일이 생긴 걸까? 의문을 품고 읽어가자.

> "낭군이 입신양명하여 영화롭게 돌아오시니 기쁘기 측량 없사오나, 첩은 시운이 불행하여 세상을 버리고 황천객이 되었습니다.

⇒ 숙영낭자는 '백선군'에게 "낭군이 입신양명하여 영화롭게 돌아오시니 기쁘기 측량 없사오나"라고 말한다. 여기서 '백선군'이 '낭군'으로 호칭이 바뀌었다는 것을 인지했었어야 했다. '낭군'의 뜻은 앞서 반드시 외워야 하는 단어라고 해서 말했었다. 기억나지 않는다면 지금 바로 확인하고 오자. 그리고 이때 '입신양명'이라는 것은 사회적으로 인정받고 유명해진다는 뜻이고, '영화롭다'는 것은 '영광을 누린다'는 뜻이다. 또 '측량없다'는 것은 '측정할 수 없다'는 뜻이다. 이는 숙영낭자가 '측정할 수 없을 만큼 기쁜 자신의 마음'을 표현하기 위해 사용한 말이다. 모두 자주 나오는 말이니 꼭 알아두자. 저 대사를 통해서 **백선군이 지금 과거에 합격했거나 어떤 공을 세운 상황이라는 걸 추측할 수 있다.**

'숙영낭자'는 선군이 이렇게 입신양명하고 영화롭게 돌아왔으니, 아내로서 당연히 측정할 수 없을 만큼 매우 기쁠 것이다. 그런데 숙영낭자는 이어서, "첩은 시운이 불행하여 세상을 버리고 황천객이 되었습니다."라고 말한다. 이는 쉽게 말해서 '운이 안 좋아서 죽었다'는 뜻이다. 이때 '시운'이나 '황천객'같은 단어를 정확히 몰라도, '선군은 입신양명했는데, 나는 세상을 버리고 ~가 되었다'라는 말을 봤을 때, 뜻은 대충 유추할 수 있었다.

1등급이라 하더라도 고전 소설을 읽을 때 모든 문장을 완벽하게 해석하는 건 아니다. **그러니 정확하게 알지 못하는 단어가 나오더라도 쫄지 말고, 해석할 수 있는 단어들로 이해하고 넘어가는 연습을 하자.**

그리고 이 구절에서 '첩'이라는 말이 나오는데, 숙영낭자가 대화 도중 스스로를 '첩'이라고 칭하는 데서 이때 '첩'은 '결혼한 여자가 자기보다 윗사람과 대화할 때 자신을 낮춰 표현하던 말'이라는 뜻으로 쓰였다는 걸 알 수 있다. 또 '시운'은 '시대나 그 당시의 운수'를 말하고, '황천길'은 '사람이 죽은 뒤에 그 사람의 영혼이 산다고 하는 세상으로 향하는 길'을 말한다. 복습을 할 때는 이런 식으로, 몰랐던 단어들의 뜻은 전부 적고 외워놓아야 한다.

그런데 지금 분명히 '백선군'이 주막에서 졸고 있는데, 갑자기 '숙영낭자'가 나타난 상황이었다. 그래서 나는, '지금 백선군 눈앞에 숙영낭자가 나타나서 피를 흘리고 우는 상황인 건가?' 싶었는데, 숙영낭자는 지금 자신이 '세상을 버리고 황천객'이 되었다고 한다. '세상을 버리고 황천객'이 되었다는 건 죽었다는 말인 거 같은데, 죽은 사람이 피를 흘리면서 눈앞에 나타난다? 뭔가 이상하다. 일단 더 읽어보자.

> 전에 낭군의 편지 사연을 듣사온즉 낭군이 첩에게 향한 마음에 감격하오나,
> 첩은 천생연분이 천박하여 벌써 유명을 달리하였으니 *구천의 혼백이라도
> 한스럽습니다.

*구천 : 쉽게 말해서 9개의 하늘이다. '구천의 혼백'이 되었다는 것은, 죽어서 영혼이 된 뒤에 모든 하늘을 떠돌아다니고 있다는 뜻이다.

⇒ "벌써 유명을 달리하였으니", "구천의 혼백이라도 한스럽습니다"라는 구절을 보니까 지금 '숙영낭자'가 죽은 건 확실한 거 같다. 이때 '유명을 달리하다'라는 것은 '사람이 죽어서 다시 만날 수 없게 되다'라는 뜻이다. 또 이 구절을 보니, 예전에 '백선군'이 '숙영낭자'에게 편지를 썼다는 걸 추측할 수 있다. 그리고 '백선군'이 쓴 편지에 '숙영낭자'가 감동했다고 말하는 데서, '백선군'과 '숙영낭자'는 서로 사랑하는 사이라는 걸 알 수 있다. 즉, '백선군'이 '숙영 낭자'를 해친 상황은 아닌 것이다. 귀신이 된 '숙영낭자'가 피 흘리면서 '백선군'에게 찾아왔다고 해서, 단순히 '백선군'을 싫어하고 있는 거라고 생각하면 안 된다. 문학 작품을 읽을 때 '감상'을 해야 하는 건 맞지만, 없는 이야기까지 만들어

내서 과한 추론을 하는 건 절대 하면 안 된다. 주어진 객관적인 정보 안에서 감상해야 하는 것이다.

'숙영낭자'는 '백선군'의 사랑이 담긴 편지에 감동했지만, '백선군'과의 연분이 천박하여(얕아서) 벌써 죽어버렸다고 한다. 그래서 '구천의 혼백'이 된 지금도 '한스럽다'고 말한다. 숙영낭자의 내면세계에 공감하자. 사랑하는 사람의 편지를 보며 그를 기다리고 있었는데, 갑자기 죽어버렸으니 얼마나 한스럽겠는가.

> 첩이 원혼이 된 사연을 아무쪼록 깨끗이 풀어 주시기를 낭군께 부탁하오니,
> 낭군은 소홀히 여기지 마시고 억울한 누명을 벗겨 주시면, 죽은 혼백이라도
> 깨끗한 귀신이 될까 합니다."
> 하고 간 데 없었다.

⇒ 맥락상 '원혼'이라는 건 '원망스러운 영혼' 정도로 이해할 수 있다. 실제로 '원혼'의 뜻도 '분하고 억울하게 죽은 사람의 영혼'이라는 뜻이다. 숙영낭자의 내면세계에 공감했다면 유추할 수 있었을 것이다.

'숙영낭자'는 '백선군'에게 자신이 억울하게 죽은 사연을 깨끗이 풀어달라고 부탁한다. 도대체 어떻게 죽었던 걸까? '숙영낭자'가 자신의 '원한'을 풀어달라고 하는 것과 자신의 누명을 벗겨 달라는 것에서, '누군가의 계략'에 의해 죽은 게 아닐까 싶다. '숙영낭자'는 자신이 죽은 게 너무 억울해서, 낭군 앞에 '피 흘리는 영혼'의 모습으로 나타나 누명을 벗겨 달라고 부탁한다. 그리고 그 말을 전한 뒤에 갑자기 사라져 버린 것이다. 그런데 나는 여기까지 읽고 들었던 의문이 있다. 무슨 의문이냐면, 지금 '숙영낭자'가 귀신의 모습으로 '백선군' 앞에 나타나서 말을 하고 있는 건지, 아니면 백선군이 혼자 상상을 하고 있는 건지 의문이 들었다. '백선군'과 '숙영낭자'가 지금 서로 어떤 상황인 건지 이미지가 잘 안 그려졌던 것이다.

> ⓒ 선군이 놀라 깨어 보니 온몸에 식은땀이 나고 심신이 떨려 진정할 수가 없었다. 아무리 생각해도 그 곡절을 헤아리지 못하여 인마를 재촉하여 여러 날 만에 풍산촌에 이르러 숙소를 정하였으나, 식음을 전폐하고 앉아 밤이 새기를 기다렸다.

Chapter 1
노베이스를 위한 문학 공부법

Chapter 2
문학 만점을 위한 기초 체력 키우기

Chapter 3
기출 적용편

현대시   고전시가   현대소설

고전소설

⇒ 아, 이 구절을 보니 이해가 된다. '백선군'은 '주막'에서 잠이 들었던 것이다. 백선군은 '꿈'에서 한스럽게 죽은 '숙영낭자'를 만났다. 고전 소설에서 '꿈'은 정말 자주 나오는 소재다. 이런 식으로 죽은 이의 말을 전하는 수단이기도 하고, 천상계와의 연결 수단으로 쓰이기도 한다.

백선군은 잠에서 깬 뒤에, 꿈에서 숙영낭자가 했던 말이 무슨 뜻인지 계속 생각한다. 그런데 아무리 생각을 해도 숙영낭자가 그런 말을 한 곡절(까닭)을 모르겠다. 그래서 인마(사람이 타는 말)를 재촉하여 며칠 만에 '풍산촌'이라는 마을에 이른다. 아마도 '숙영낭자'에게 무슨 일이 생겼나 싶어서 '숙영낭자'가 있는 곳으로 향하는 게 아닐까 싶다. '백선군'은 숙영낭자에게 가던 도중 '풍산촌'에 숙소를 정하고 잠시 머무른다. 그런데 '숙영낭자'에 대한 걱정으로 밥도 안 먹고 빨리 날이 새기를 기다리고 있다. 날이 새고 해가 떠야 다시금 이동할 수 있기 때문이다.

문득 하인이 와서,
"상공(相公)께서 오셨습니다."
하고 알렸다. 선군이 즉시 밖에 나가 부친께 문안을 드리고 방으로 뫼시고
들어가서 가내 안부를 여쭈었다.

⇒ '백선군'이 먹을 것도 안 먹고 날이 새기를 기다리고 있는데, 갑자기 하인이 와서 '상공'이 왔다고 말한다. '상공'은 높은 벼슬의 사람으로, 보통 고전 소설에서 '상공'이라고 불리는 사람은 나이가 많다. '선군이 즉시 밖에 나가 부친께 문안을 드리고'라는 구절을 보니, '상공'은 '백선군'의 아버지라는 걸 알 수 있다. 숙소에 머물고 있는 '백선군'에게 백선군의 아버지가 갑자기 찾아왔나 보다. 백선군은 아버지에게 인사를 하고, 아버지를 모시고 방으로 들어가서 집에는 별일 없는지 여쭤본다.

상공이 주저하며 가족들이 잘 지낸다고 알리고, 선군이 장원하여 높은 벼슬을 하게 됨을 물어 기뻐하다가 이윽고 선군에게 은근한 말로,
"ⓒ 장부가 출세하면 두 부인을 두는 것은 예부터 흔한 일이었다. 내 들으니 이 마을 임 진사의 딸이 매우 현숙하다 하기로 내가 이미 구혼하여 임 진사에게 허락을 받았다. 이왕 이곳에 왔으니 내일 아주 성례하고 집으로 돌아감이 좋지 않겠느냐?"

> 하고 권하였다.

⇒ 여기서 나는 '주저하며'라는 단어가 눈에 들어왔다. 상공은 '집에 별일 없냐'고 묻는 '백선군'의 말에 왜 '주저하며' 가족들이 잘 지낸다고 말했던 걸까? 정말 집에 별일이 없었다면 바로 잘 지낸다고 말했을 것이다. 아마 지금 집에 무슨 일이 있는 상황인데, '백선군'에게는 숨기고 있는 거 같다.

그리고 상공은 말을 돌린다. 선군이 '장원급제'를 해서 높은 벼슬을 갖게 된 일을 물어보고, 기뻐한다. 아까 선군이 무엇으로 '입신양명'을 했는지 궁금했는데, 이 구절을 읽어보니까 '장원(급제)'를 했다는 걸 알 수 있다. '장원급제'라는 건 과거 시험을 봐서 1등으로 합격하는 것을 말한다. '상공'은 그렇게 '백선군'에게 장원급제한 걸 기뻐하다가, 조금 시간이 지난 뒤에 '임 진사의 딸'과 결혼하는 게 어떻겠냐고 제안한다. 결국 상공이 하고자 했던 말은 바로 이 말이었다. 우리가 누군가와 만났을 때도 가장 먼저 안부를 묻고, 최근 있었던 일을 얘기한 다음, 본론으로 들어가는 것과 같은 것이다. 상공도 '선군'의 말에 답을 하고, 선군에게 있었던 일을 축하한 다음, 본론으로 들어가서 '임 진사의 딸'과 결혼하라는 말을 하는 것이다.

위 구절을 보면 상공은 자신이 이미 임 진사에게 구혼하여 허락을 받았다고 한다. 즉, '임 진사'에게 "자네 딸이랑 내 아들이랑 결혼시키자"라고 말해 놓은 상황이다. 지금이야 사랑하는 사람들끼리 마음 맞아서 결혼을 하지만, 예전에는 집안 어른들끼리 의논하여 결혼을 시켰다. 결혼을 하는 당사자들보다 집안 어른들의 의견이 더 중요했던 것이다. '상공'은 '백선군'에게 지금 자신이 이왕 '풍산촌'까지 왔으니, 내일 결혼식까지 마치고 같이 집으로 가자고 말한다.

그리고 여기서 또 한 가지 알 수 있는 것은 '숙영낭자'가 첩이 아닌 본부인이라는 것이다. 상공이 백선군에게 "장부가 출세하면 두 부인을 두는 것은 예부터 흔한 일이었다."라고 말하는 걸 봐서, 지금 백선군은 부인이 1명이라는 걸 알 수 있기 때문이다.

> 선군은 숙영낭자가 꿈에 나타난 뒤로 반신반의하여 마음을 진정치 못하던 차에 부친의 이런 말을 듣고 생각하되, '㉣ 낭자가 죽은 것이 분명하구나. 그래서 나를 속이고 임 낭자를 취하게 하여 훗날을 도모하고자 함이로다.'

하고 이에 아뢰되,
"아버님 말씀은 지당하시나, 제 마음이 아직 급하지 아니합니다. 나중에 성
혼하여도 늦지 아니하오니 그 말씀은 다시 이르지 마옵소서."
하였다.

⇒ '백선군'은 지금 아버지의 말을 듣고, 아버지가 자신을 속이려고 한다고 생각한다. 앞서 '백선군'은 꿈에 낭자가 나와서 피를 흘리며 누명을 벗겨달라는 말을 듣고, '이게 무슨 일이지'하고 생각했다. 그래서 정말 '숙영낭자'가 죽은 게 맞는지, '숙영낭자'에게 무슨 일이 일어난 건지 확인하고자, '숙영낭자'가 있는 곳으로 달려가고 있었던 것이다. 그런데 갑자기 아버지가 나타나서 자신을 '임 진사의 딸'과 급하게 결혼시키려고 한다. '백선군'은 여기서 뭔가 수상함을 느끼고 확신한다. '숙영낭자'가 진짜로 죽었다는 것과, 아버지가 자신을 속여서 '임 낭자'와 결혼하게 만든 뒤, 무언가를 감추려 한다는 것을 말이다. 그래서 '백선군'은 '상공'에게 "그 말씀은 다시 이르지 마옵소서"라고 단호하게 말하는 것이다.

상공은 아들이 변심치 아니할 줄 알고 다시 말하지 못하고 밤을 지냈다. 첫
닭이 울자마자 선군은 인마를 재촉하여 길에 올랐다.

⇒ '상공'도 '백선군'이 말하는 걸 보니, 아예 '임 진사의 딸'과 결혼할 생각이 없다는 걸 느꼈다. 그래서 다시금 결혼하라는 권유를 하지 못하고 하룻밤을 보냈다. 날이 새자마자 선군은 다시금 말을 재촉하여 '숙영낭자'가 있는 곳으로 향한다.

(중략)

ⓔ 선군이 소매를 걷고 빈소에 들어가 이불을 헤치고 보니, 낭자의 용모가
산 사람 같아서 조금도 변함이 없었다.

⇒ '중략' 이후 상황은 지금 선군이 '숙영낭자'를 만난 상황인 거 같다. '숙영낭자'가 있는 곳에 도착한 선군은 소매를 걷고 빈소에 들어가 이불을 벗겨본다. 이때 '빈소'라는 건 죽은 사람을 모셔두는 장소를 말한다. 선군의 예상대로 '숙영낭자'가 죽어 있었던 것이다. 그런데 이불을 벗기고 확인한 낭자의 얼굴은 마치 '살아 있는 사람'같이 변함이 없다. 죽으면 얼굴색이 시퍼렇게 바뀌어야 하는데, 살아 있는 사람과 똑같이 생기가 있었나 보다.

> 선군이 부축하여 이르기를,
> "백선군이 왔으니, 이 칼이 빠지면 원수를 갚아 낭자의 원혼을 위로하리라."
> 하고 몸에서 칼을 빼니, 칼이 문득 빠지며, 그 구멍에서 파랑새 한 마리가 나오며,
> "매월이다, 매월이다, 매월이다."
> 세 번 울고 날아갔다. 다시 파랑새가 한 마리가 또 나오며,
> "매월이다, 매월이다, 매월이다."
> 세 번 울고 날아갔다. 그제야 선군이 시비 매월 의 소행인 줄 알고, 화를 이기지 못하여 급히 밖에 나와 형구를 벌이고 모든 노복을 차례로 신문하였다.

⇒ 이 장면은 고전 소설의 특징인 '비현실적인 요소'가 등장하는 장면이다. '백선군'은 죽은 '숙영낭자'를 부축하면서 '숙영낭자'에게 꽂혀 있던 칼을 뽑으려고 한다. 그리고 칼이 뽑히면 '숙영낭자'의 원수를 갚아서 '숙영낭자'의 영혼을 위로하겠다고 말한다.

    백선군이 칼을 뽑는 순간, 갑자기 파랑새가 나오면서 '매월이다'라고 외친다. 이건 현실적으로 불가능하다. 하지만 '권선징악'을 위해서 즉, 시비 매월의 악행을 벌하기 위해서 작가가 비현실적인 요소를 넣은 것이다. 파랑새는 '숙영낭자'를 죽인 범인인 '매월'의 이름을 말한다. '숙영낭자'를 죽인 자가 여자 노비인 '매월'이라는 걸 알아낸 '백선군'은, 너무 화가 나서 밖으로 뛰쳐나온다. 그리고 '형구'를 벌이고 모든 남자 노비들을 차례로 신문하였다고 한다. '형구'라는 게 무엇인지는 몰라도, '백선군'이 지금 매월의 범행을 밝혀내기 위해, '숙영낭자' 주변에 있었던 '남자 노비'들을 조사하려 한다는 건 알 수 있다. '형구'는 '형벌을 집행하기 위하여 사용했던 도구'를 말한다.

> 간악한 매월이 매를 견디지 못하여 승복하여 울며 가로되,
> "상공께서 숙영낭자를 의심하시기로 제가 마침 원통한 마음이 있던 차에 때를 타서 감히 간계를 행하였으니, 함께 일을 꾸민 놈은 돌이로소이다."
> 하거늘, 선군이 크게 노하여 돌이를 또 때리니 돌이가 매월의 돈을 받고 시키는 대로 했노라 승복하였다.

⇒ '백선군'이 '매월'을 '형구'에 넣어 벌하고, 주변 노비들을 심문하던 때에 '매월'이 매

를 견디지 못하여 울면서 자백을 한다. 그런데 매월의 자백 내용이 충격적이다. '백선군'의 아버지인 '상공'도 '숙영낭자'의 죽음과 관련이 있었던 것이다. 아마 '상공'은 '숙영낭자'의 죽음을 알고 있었던 거 같다. 그래서 아까 집에 별일 없냐고 물어보는 '백선군'의 말에 상공이 주저했던 것이다. 그리고 '백선군'을 급하게 '임 주사의 딸'과 결혼시키려 한 것도 전부 '숙영낭자'의 죽음 때문이었던 거 같다.

'매월'의 말에 따르면 '상공'이 '숙영낭자'를 '의심'했었다고 한다. 이 부분만 보고는 '상공'이 무엇을 의심했는지는 알 수 없지만, 아무튼 '숙영낭자'를 부정적으로 바라보고 있었나 보다. 그러던 때에 평소 '숙영낭자'에게 원통한 마음이 있었던 매월이 '간사한 계략'을 세운다. 아마 '숙영낭자'를 죽게 만든 계략이었을 것이다. 그런데 그 계략을 '돌이'라는 인물과 함께 꾸몄다고 한다. 그 말을 들은 선군은 '돌이'를 벌했고, '돌이'는 또 그저 '매월'이 시키는 대로 했을 뿐이라고 말한다. 이러한 장면들을 통해 지금 악인들이 벌을 받고 있는 것을 확인할 수 있다. 이는 고전 소설에 자주 나오는 '권선징악'이 나타나는 부분이다.

> 선군이 이에 매월을 죽여 숙영낭자를 위한 제물로 삼고 제문을 읽었다.
> "성인도 속세에 노닐고, 숙녀도 험한 구설을 만남은 예부터 없지 않았으나, 낭자같이 지극 원통한 일이 어디 다시 있으리오. 슬프다! 모두 나 선군의 탓이니 누구를 원망하리오. 오늘날 매월의 원수는 갚았으나 낭자의 *화용월태를 어디 가 다시 보리오. 다만 선군이 죽어 지하에 가 낭자를 좇을 것이니, 부모에게 불효가 되어도 어찌할 수 없으리로다."

*화용월태 : 꽃 같은 얼굴과 달 같은 자태

⇒ '백선군'은 결국 '매월'을 죽여 '숙영낭자'의 원통함을 풀어 주었다. 그리고 죽은 사람을 추모하는 글인 '제문'을 통해 낭자가 죽은 것에 대해 슬픈 마음을 표출하고, 스스로를 탓하고 있다. 또 부모에게 불효하는 일이 있더라도, 자신도 낭자와 함께 죽어서 '낭자'를 쫓아갈 것이라 다짐한다.

이때 '선군'의 말에서 "성인도 속세에 노닐고, 숙녀도 험한 구설을 만남은 예부터 없지 않았으나"라는 구절은 무슨 뜻일까? 우선 '성인'이라는 것은 '높은 덕목을 지닌 사람'을 뜻한다. 그리고 '속세'라는 건 지금 우리가 살고 있는 세상을 말한다. '노닐다'는 '돌아다니며 헤메다'라는 뜻으로, '성인처럼 높은 덕목을 가진 사람조차도 속세에서는 헤메게 된다'는 말로 해석할 수 있다. 또 '숙녀'라는 것은 도덕적으로 청렴하고 기품 있는 여성을 말하고, '험한 구설'은 '나쁜 말이나 비판'을 뜻한다.

따라서 이 구절은, 예전부터 '성인'이라 불리는 사람조차도 속세 일에 빠져서 안타까운 일을 겪었고 '숙녀'도 억울하게 험한 구설에 휩싸였지만, 그렇다 하더라도 낭자의 일만큼 원통한 일은 없다는 걸 표현하는 구절이다.

> 제문 읽기를 마치매 신체를 어루만지며 통곡한 후 돌이를 본읍에 넘겨 먼 절도로 귀양 보내게 하였다.

⇒ '백선군'은 제문을 다 읽고 나니 슬픈 마음이 더 북받쳐 오른다. 그래서 '숙영 낭자'의 신체를 어루만지며 통곡한다. 그 후 '매월'과 함께 '계략'을 꾸몄던 '돌이'는 '본읍'에 넘겨서 귀양을 보낸다. '본읍'이라는 것은 '자기가 살고 있는 읍'을 말한다. 즉, '돌이'가 살고 있는 읍으로 '돌이'를 넘겨서, 죗값을 치르게 했다는 뜻이다.

> 이때 상공 부부는 선군에게 바로 이르지 아니하였다가 일이 이같이 탄로 남을 보고 도리어 무색하여 아무 말도 못하거늘 선군이 화평한 얼굴로 *재삼 위로하였다.

*재삼 : 두 세 번, 또는 몇 번씩

⇒ 이 구절을 통해 알 수 있듯이, '상공 부부'는 '숙영낭자'가 죽었다는 걸 이미 알고 있었다. 그런데 이 소식을 '백선군'에게 전하면 백선군이 크게 상심할 것을 알기 때문에 말을 못하고 있었나 보다. 그런데 일이 이렇게 되어 버리니, 백선군에게 사실대로 말하지 못한 것이 '미안하고 부끄러워서' 백선군에게 더 할 말이 없는 것이다. 그런 부모님을 보고 백선군은 오히려 평온한 얼굴로, 자신은 괜찮다며 위로의 말을 건넨다.

– 작자 미상, 「숙영낭자전」 –

## 1. [A]와 [B]에 대한 분석으로 적절하지 <u>않은</u> 것은?

> ① [A]는 '꿈'이라는 상황을 활용하여 원혼의 간절한 염원을 드러내고 있다.

➡ 맞는 말이다. [A]는 '백선군'이 '꿈'을 통해서 '숙영낭자'를 만나고 있는 상황이었다. '숙영낭자'는 '백선군'의 꿈에 나와서, 자신이 원혼이 되었다고 말한다. 그러면서 '백선군'에게 자신의 '억울한 누명'을 벗겨 달라고 부탁한다. 이를 통해 자신의 누명이 벗겨지길 바라는 '숙영낭자'의 간절한 염원이 드러난다.

> ② [B]는 '제문'이라는 형식을 활용하여 위로의 진정성을 강화하고 있다.

➡ '제문'이 무엇인지 몰랐더라도 풀 수 있다. 지금 '백선군'이 '제문'을 통해 숙영낭자를 위로하고 있다는 건, 맥락상 '제사'와 비슷하게 어떠한 '형식'을 갖춰서 위로하고 있다는 뜻이다. 그리고 '백선군'은 '제문'을 읽으면서 숙영낭자를 위해 '매월'까지 죽였다고 말하고 있으므로, '제문'이라는 형식을 활용해서 '숙영낭자'를 위로하려는 '백선군'의 진정성을 '강화'하고 있다고 할 수 있다. 쉽게 말하자면, '백선군'은 '숙영낭자'가 죽은 것을 보고 그냥 '아이고 얼마나 억울하겠소'라고 울고 끝낼 수 있었다. 그런데 '제문'이라는 것까지 갖추고 매월을 죽여서 제물로 바쳤다는 점에서, '백선군'이 진심으로 '숙영낭자'를 위로하고자 한다는 걸 알 수 있는 것이다. '제문'이라는 것은 앞서 한 번 설명했듯이, 죽은 사람을 추모하는 글을 말한다.

> ③ [A]는 원혼이 산 자에게 보내는 전언이고, [B]는 산 자가 원혼에게 보내는 응답이다.

➡ 맞는 말이다. 우선 '전언'이라는 것은 말 그대로, '전하는 말'이라는 뜻이다. [A]에서 원혼이 된 '숙영낭자'는, 살아 있는 '백선군'의 꿈에 나와서 누명을 벗겨달라는 말을 전한다. 그리고 [B]에서 '매월'을 벌하고 '숙영낭자'의 누명을 벗긴 '백선군'은, '제문'을 써서

Chapter 1
노베이스를 위한 문학 공부법

Chapter 2
문학 인접을 위한 기초 체력 키우기

Chapter 3
기출 적용편

현대시

고전시가

현대소설

고전소설

자신의 꿈에 나왔던 '숙영낭자의 원혼'에게 '응답'하고 있다.

> ④ [A]와 [B]는 상대방의 처지를 환기하는 표현으로 시작하고 있다.

⇒ '환기'라는 것은 '다시금 불러 일으키다'라는 뜻이다. [A]에서 '숙영낭자'는 자신의 '낭군'인 '백선군'의 처지를 환기하고 있다. "입신양명하여 영화롭게 돌아오시니"라는 말로 대화를 시작하면서, 과거에 합격한 '백선군'의 처지를 환기한다. [B]에서는 '백선군'이 '숙영낭자'의 처지를 환기하고 있다. "낭자같이 지극 원통한 일이 어디 다시 있으리오"라고 하면서 원통하게 죽은 '숙영낭자'의 처지를 환기하고 있다. 따라서 맞는 말이다.

> ⑤ [A]와 [B]는 자신의 희생도 마다하지 않겠다는 다짐으로 마무리하고 있다.

⇒ [A]의 마지막 부분을 보자. [A]에서 '숙영낭자'는 '백선군'에게 자신의 누명을 풀어주면 미련 없이 깨끗한 귀신이 되겠다고 말한다. 이는 말 그대로 '백선군'에게 자신의 누명을 풀어달라는 말이지 '자신의 희생을 마다하지 않겠다'는 뜻이 아니다. 그리고 '숙영낭자'는 이미 죽었기 때문에 희생할 수도 없다. '희생'이라는 건 어떤 사람이나 사물을 위해서 자신이 갖고 있는 것이나 목숨을 바친다는 뜻이다. 또 어떤 '다짐'을 하고 있는 상황도 아니다.

[B]를 보면, '백선군'은 '숙영낭자의 원혼'에게 자신도 함께 죽고 난 뒤, 이후 낭자를 쫓아갈 것이라 말한다. 이는 부모에게 불효하는 일이 있더라도 어쩔 수 없다고 하는 백선군의 말에서 알 수 있다. 그러나 이건 백선군이 죽은 후에 자신이 행동할 일에 대한 다짐이다. 백선군은 지금 자신이 죽고 난 다음 숙영낭자를 '쫓아가겠다'라는 것이지, 숙영낭자를 **'위해서'** 죽겠다고 다짐하는 게 아니다. 따라서 **'희생**을 마다하지 않겠다는 다짐'을 하고 있다고 말하기는 어렵다. 따라서 답은 ⑤번이다.

● 답 : ⑤

## 2. 윗글의 매월 에 대한 이해로 적절하지 않은 것은?

① 매월이 죄를 자백한 것은 선군의 회유 때문이다.

⇒ '회유'라는 것은 '말로 설득한다'는 뜻이다. 그런데 작품을 보면 '간악한 매월이 매를 견디지 못하여 승복하여'라고 말하고 있다. 즉, 매월이 자신의 죄를 자백한 것은 '선군의 회유' 때문이 아니라 '매를 견디지 못했기 때문'이다. 이 문제를 틀렸다면 '회유'라는 단어의 뜻을 정확히 몰라서, 선택지에 설득당했을 것이다. 사실 '회유'라는 단어를 정확히 몰랐더라도, 매월이 매를 맞다가 더 이상 버티지 못하고 자백하는 내면세계에 공감했다면 쉽게 판단할 수 있었다.

② 매월에 대한 신문은 비현실적 사건에서 비롯되었다.

⇒ 맞는 말이다. '숙영낭자'의 시체가 있는 빈소에 들어간 '백선군'은, '숙영낭자' 몸에 꽂혀 있었던 칼을 뽑아낸다. 그러자 갑자기 숙영 낭자 몸에서 '파랑새'가 나오고, 그 파랑새가 '매월'이라고 외치면서 날아간다. 이는 사실 현실에서는 일어날 수 없는 일이다. 즉, '비현실적 사건'인 것이다. '백선군'은 이 비현실적인 사건으로 인해서 '숙영낭자'를 죽인 사람이 '매월'이라는 것을 알고, 매월을 신문하게 된다. 따라서 ②번은 맞는 말이다.

③ 매월은 숙영낭자가 누명을 쓰게 되는 간계를 꾸몄다.

⇒ '매월'은 매를 못 이기고, "제가 마침 원통한 마음이 있던 차에 때를 타서 감히 간계를 행하였으니"라고 자백한다. 이를 통해 '매월'이 숙영낭자가 '누명'을 쓰게 되는 '간계'를 꾸몄다는 걸 알 수 있다.

④ 매월이 간계를 꾸미게 된 배경에는 자신의 원통함이 자리잡고 있다.

⇒ 맞는 말이다. "제가 마침 원통한 마음이 있던 차에"라는 말을 보면, 매월이 '숙영낭자'에 대해 '원통한' 마음을 품고 있었다는 걸 알 수 있다. 그래서 그 '원통한' 마음을 이기지 못하고 간계를 꾸몄던 것이다.

Chapter 1
노베이스를 위한 문학 공부법

Chapter 2
문학 만점을 위한 기초 체력 기우기

Chapter 3
기출 적용편

현대시    고전시가    현대소설    고전소설

⑤ 매월이 돌이를 사주하여 꾸민 일은 상공의 집안에 갈등을 초래하였다.

➡ 매월은 돌이를 사주하여 '숙영낭자'에게 누명을 씌우고, '숙영낭자'를 죽게 만든다. '상공 부부'는 이미 이 사실을 알고 있었고, 이를 '선군'에게 숨기려 한다. 그래서 '선군'을 '임 진사의 딸'과 빠르게 혼인시키려 하는데, '선군'은 '숙영낭자'에게 무슨 일이 있다는 것을 눈치채고 '상공'의 말을 거부한다. 즉, **'상공'과 '선군' 사이에 혼사와 관련된 갈등이 생긴 것이다.** '상공'은 결혼을 하길 바라고, '선군'은 싫다고 말하니 이 둘 간에 '갈등'이 있다고 할 수 있다. 따라서 ⑤번은 맞는 말이다.

● 답 : ①

## 3. <보기>를 참조하여 윗글을 감상한 내용으로 가장 적절한 것은?

<보 기>

고전소설에서 주인공은 과제를 수행하는 경우가 많다. 과제는 여러 단계를 거쳐 수행된다. 처음에 과제를 부여받은 주인공은 왜 자신에게 그런 과제가 주어졌는지 의심한다. 더구나 방해자가 나타나 주인공의 과제 수행을 방해하기도 한다. 그러나 오히려 이 과정에서 주인공은 과제 수행자로서 자신의 정체성을 이해하고 사명감을 갖게 된다. 결국 주인공은 과제 해결에 요구되는 행위를 적극 실행하여 과제를 완수한다. 이로써 주인공은 새로운 정체성을 획득한다.

~~~~~~~~~~~~~~~~~~~~~~~~ <보기> 분할 분석 ~~~~~~~~~~~~~~~~~~~~~~~~

고전소설에서 주인공은 과제를 수행하는 경우가 많다. 과제는 여러 단계를 거쳐 수행된다. 처음에 과제를 부여받은 주인공은 왜 자신에게 그런 과제가 주어졌는지 의심한다.

➡ 〈보기〉 내용을 읽으면서, '숙영낭자전'의 줄거리를 떠올려야 한다. 그래야 〈보기〉에서 하는 말이 더 빨리 이해된다. 〈보기〉에서 말하는 대로 고전 소설 속 주인공은 여러 시련을 겪고, 과제를 수행해 나간다. 그리고 그 시련과 과제에는 단계가 있다. '숙영낭자전'의 줄거리를 떠올려보자. 맨 처음, '숙영낭자'가 '백선군'의 꿈에 나타나서 백선군에게

455

'누명'을 벗겨달라고 부탁한다. 이를 고려했을 때, 〈보기〉에서 말하는 '주인공'은 '백선군'에 해당하고, '과제'는 '숙영낭자의 누명을 벗기는 것'이라고 볼 수 있다.

그리고 〈보기〉에 따르면 처음 과제를 부여받은 주인공은 '왜 자신에게 그런 과제가 주어졌는지' 의심한다고 한다. 이는 '아무리 생각해도 곡절을 헤아리지 못하는' 선군의 모습에서 드러난다.

> 더구나 방해자가 나타나 주인공의 과제 수행을 방해하기도 한다.

⇒ '백선군'이 '숙영낭자의 누명을 벗기는 일'을 방해한 사람은 누구일까? '매월'과 '돌이'가 '숙영낭자'를 죽인 나쁜 놈들이라고 해서 무조건 이 둘이 '방해자'라고 생각하면 안 된다. '매월'과 '돌이'는 '백선군'이 '숙영낭자의 누명을 벗기는 일'에 방해를 하진 않았다. **〈보기〉에서 말하는 방해자는 '백선군'의 아버지인 '상공'이다.** '숙영낭자의 누명'을 벗기기 위해서 '숙영낭자'가 있는 곳으로 향하려는 '백선군'을 가로막고 '임 진사의 딸'과 결혼을 하라고 말하고 있기 때문이다.

> 그러나 오히려 이 과정에서 주인공은 과제 수행자로서 자신의 정체성을 이해하고 사명감을 갖게 된다.

⇒ '상공'이 '백선군'에게 '임 진사의 딸'과 혼인을 권하는 것에서, '백선군'은 오히려 지금 '숙영낭자'에서 무슨 일이 생겼다는 걸 확신한다. 이로 인해 '백선군'은 자신이 '숙영낭자'를 구해야겠다는 마음이 더 커진다. 즉, 주인공인 '백선군'은 '과제 수행자'로서 자신의 정체성을 이해하고 '숙영낭자'를 구해내겠다는 사명감을 갖게 되는 것이다.

이때 '백선군'이 '과제 수행자로서 자신의 정체성을 이해'했다는 게 구체적으로 무슨 뜻일까? 우선 '백선군의 정체성'은 상공의 말을 듣기 전까지 확실하지 않았다. 즉, '백선군' 스스로 자신이 무슨 일을 해야 하는지 모르는 상태였다는 것이다. 왜냐하면 백선군은 지금 '숙영낭자'에게 무슨 일이 생긴 건지, 정확하게 모르기 때문이다. 백선군은 그저 꿈에 나온 숙영낭자의 모습을 보고, '진짜 무슨 일이 생긴 건가?' 하는 의심만 하고 있을 뿐이다. 그래서 '백선군'은 지금 자신이 '숙영낭자'에게 가고 있긴 하지만, 정확히 '숙영낭자를 구하러 가는 사람'이라는 명확한 정체성이 있진 않았다. 그런데 '백선군'은 '상공'의 말을 듣고 '숙영낭자'에게 무슨 일이 생겼다는 걸 확신한다. 그리고 '숙영낭자'를 구하러 가야겠다는 생각을 한다.

**즉, '상공'의 말로 인해 '백선군'은 '숙영낭자를 구해야 하는 사람'이라는 자신의 정체성을 제대로 이해하게 되는 것이다.**

> 결국 주인공은 과제 해결에 요구되는 행위를 적극 실행하여 과제를 완수한다. 이로써 주인공은 새로운 정체성을 획득한다.

⇒ 자신의 정체성을 이해한 '백선군'은 과제 해결에 요구되는 행위를 적극 실행한다. '숙영낭자'의 몸에 꽂혀 있는 칼을 뽑아서 범인을 찾고, '매월'과 '돌이'를 벌한다. 이를 통해 '숙영낭자'의 '누명'을 벗기면서 자신에게 부여된 과제를 완수한다. 따라서 동시에, '과제를 완수한 사람'이라는 새로운 정체성을 획득하게 되는 것이다.

◇◇◇◇◇◇◇◇◇◇◇◇◇◇◇◇◇◇◇◇◇◇◇◇◇◇◇◇◇◇◇◇◇◇◇◇◇◇◇◇◇◇◇◇◇◇◇◇◇◇◇

> ① ㉠은 과제를 부여받게 되는 단계에 해당하는데, 이를 통해 숙영낭자와 선군의 관계가 과제 수행의 전제임을 알 수 있어.

⇒ ㉠은 '숙영낭자'가 '선군'의 꿈에 나타나서, '선군'에게 과제를 주는 단계이다. 그리고 '숙영낭자'가 '선군'에게 주는 과제는, 억울하게 죽은 자신의 '누명'을 풀어달라는 것이다. '숙영낭자'가 '선군'에게 이런 부탁을 하는 이유가 뭘까? 그 이유는, 이 둘이 서로 '부부'이기 때문이다. 그렇기 때문에 '숙영낭자'는 '선군'에게 '누명을 풀어달라'는 부탁을 하는 것이다. 따라서 ①번은 맞는 말이다.

> ② ㉡은 과제 제시의 까닭을 의심하는 단계에 해당하는데, 이를 통해 숙영낭자가 나타나게 된 원인을 선군이 꿰뚫어 보고 있음을 알 수 있어.

⇒ ㉡에서 '선군'은 지금 자신이 왜 이런 꿈을 꾸게 된 건지 어리둥절해 한다. 즉, '숙영낭자의 누명을 풀어야 한다'는 과제가 제시된 까닭을 의심하고 있는 것이다. 그런데 이를 통해서 '숙영낭자'가 나타나게 된 원인을 선군이 꿰뚫어 보고 있음을 알 수 있다? 말이 안 된다. 오히려 '선군'은 자신의 꿈에 '숙영낭자'가 나타나게 된 원인을 모르고 있는 것

Chapter 1 노베이스를 위한 문학 공부법

Chapter 2 문학 만점을 위한 기초 체력 키우기

Chapter 3 기출 적용편

현대시

고전시가

현대소설

고전소설

이다. 따라서 ②번은 틀렸다.

③ ⓒ은 과제 수행이 방해받는 단계에 해당하는데, 이를 통해 부자간의 갈등과 화해가 외부 세력에 의해 주도되고 있음을 알 수 있어.

⇒ ⓒ은 '상공'이 '선군'의 과제 수행을 방해하는 장면이다. '숙영낭자'의 누명을 풀기 위해서 '숙영낭자'가 있는 곳으로 가려 하는 '선군'을 막아서고 '임 진사의 딸'과 결혼하라고 하고 있기 때문이다. 이는 '상공'과 '선군' 간의 갈등이 일어나게 되는 부분이지, '부자간의 갈등과 화해가 외부 세력에 의해 주도되는' 부분이 아니다. 이렇게 말하려면 외부에 있는 누군가의 계략에 의해 '선군'과 '상공'이 서로 싸운 뒤, 다시 화해하고 있어야 한다.

④ ⓒ은 과제에 대한 사명감을 갖게 되는 단계에 해당하는데, 이를 통해 아버지의 의사에 부응하여 도리를 다하려는 선군의 태도를 알 수 있어.

⇒ ⓒ은 '선군'이 '상공'의 말을 듣고, '숙영낭자'에게 무슨 일이 생긴 게 분명하다는 것을 깨닫게 되는 순간이다. '선군'은 이때 오히려 '과제 수행자'로서 자신의 정체성을 이해한다. 그리고 〈보기〉에 따르면 이 장면에서 선군이 과제를 수행하겠다는 '사명감' 또한 갖게 된다고 볼 수 있다. 이는 '아버지의 의사에 부응하여 도리를 다하려는 선군의 태도'와는 전혀 관계 없다. '백선군'이 과제에 대한 사명감을 갖는 것은, '숙영낭자의 누명'을 벗기겠다는 것과 관련된 것이다.

⑤ ⓒ은 과제 해결이 완수된 단계에 해당하는데, 이를 통해 숙영 낭자의 원한이 해소되었음을 알 수 있어.

⇒ ⓒ은 과제 해결이 완수된 단계가 아니다. '숙영낭자의 누명'을 벗기는 것이 과제를 해결하는 것인데, ⓒ은 아직 '숙영낭자의 누명'을 벗기지 않은 상태다. 그저 '백선군'이 죽은 '숙영낭자'를 보고 있을 뿐이다. 따라서 '이를 통해 숙영낭자의 원한이 해소되었다'는 것도 말이 안 된다.

✅ 답 : ①

2-02. 고전소설

Chapter 1
노베이스를 위한 문학 공부법

Chapter 2
문학 만점을 위한 기초 체력 키우기

Chapter 3
기출 적용편

현대시

고전시가

현대소설

고전소설

# 2020학년도 6월
## 「조웅전」

[앞부분 줄거리] 조웅은 송나라 회복을 위해 태자를 구해 함께 위국으로 가던 중 서번국 병사가 매복한 함곡을 향한다.

이적에 원수가 여러 날 만에 연주에 도달하여 군마를 다 쉬게 하고 원수도 노곤하여 사관에서 쉬고 있었는데,

[A]    한 나비가 침상에 날아들거늘 원수도 자연스럽게 날개를 얻어 그 나비를 따라 공중에 날아 한 곳에 이르니, 첩첩한 산중에 수목이 빽빽한 곳을 깊이 들어가니 그 가운데 광활하여 완연한 별세계라. 또 한 곳을 들어가니 아름다운 궁궐이 하늘에 닿았거늘, 나아가 보니 문에 현판을 붙였으되, '만고충렬문'이라 뚜렷이 쓰여 있었다.

궁궐 위를 바라보니 한 노인이 앉았으되 얼굴은 관옥 같고 머리에 황금관을 쓰고 몸에 용포를 입고 윗자리에 높이 앉았는데, 무수한 사람들이 열좌하여 큰 잔치를 배설하고 술과 음식이 가득한 중에 절대 가인이 차례로 앉았으니, 그 아름다움이 측량없더라. 좌석에 가득 앉은 사람들이 여러 왕의 흥망성쇠와 만고역대를 역력히 이르는지라. 맨 윗자리에 앉은 제왕은 어찌 된 줄을 모르매 분부 왈,

"그대 등은 각각 공을 밝히어 올리라."

하니 좌석에 가득 앉은 사람들이 각각 공을 밝히는 글을 올리니 그 공적에 왈,

"저는 본래 한나라 신하로 깊은 뜻이 많지 아니하리로다. 옛일을 살펴보니 복이 북두칠성과 일월에 찬란하리로다."

또 한 공적에 왈,

"칼을 잡아 흉적을 소멸하니 제후 될 만도다. 천하를 성처럼 막았으니 문호 세상에 진동하는도다."

하였더라.

그 남은 공적은 어찌 다 기록하리오. 좌중의 여러 사람들이 각각 소회를 다하고, 혹 노기 등천하며, 혹 칼을 빼들고 매우 성을 내고, 어떤 자는 땅에 섰고, 어떤 자는 깡충깡충 뛰며, 어떤 자는 노래하고, 어떤 자는 춤추기도 하는지라. 이러한 좋은 장면을 세밀히 구경할새,

한 사람이 좌중에 나와 앉으며 왈,

"우리 각각 소회는 옛일이라. 한하여도 미치지 못하려니와 알지 못하겠노라. 대송이 역적에 망하니 인하여 멸송이 되오면 언제 회복되오리까?"

하니 한 사람이

"송나라의 복은 아직 길고 멀었는지라. 어찌 회복이 없사오리까?"

한데, 또 한 사람이,

"그대 등은 알지 못하는도다. 하늘이 송나라 왕실을 회복하고자 조웅을 명하였더니, 불쌍하도다 조웅이여! 일시가 극난하여 명일 미명에 서번 적의 간계에 걸려들어 죽을 듯하니 불쌍하도다. 조웅의 일도 우리와 같을지라. 정해진 나이를 못 마치고 전쟁의 패한 혼이 될 듯하니 불쌍코 가련하다."

이러할 제 문 지키는 군사 급히 고하기를,

"송나라 문제 들어오시나이다."

하니, 여러 사람이 일시에 뜰로 내려와 영접하여 상좌한 후에 여러 사람이 아뢰기를,

"오늘날 만날 약속을 정하옵고 어찌 늦게 도착하시나이까?"

문제 왈,

"송나라 왕실을 회복할 신하는 조웅이라. 오다가 한 곳을 보니 불측한 서번이 조웅을 잡으려고 이러저러하였거늘, 행여 그러할까 하여 시운일수를 통치 못하여 죽을 듯함에, 도사를 찾아가 구하라 하고 부탁하고 오노라."

하시니, 좌중이 외쳐 왈,

"우리는 분명 조웅이 죽으리라 하고 불쌍한 공론을 하였더니, 대운이 막히지 아니하였사오니 천수를 어찌 하오리까?"

원수가 깨달으니 남가일몽이라.

(중략)

원수 꿈속의 일을 생각하니 저절로 마음이 비창하여 슬픔을 머금고 종일 행군할 동안에 염려가 끊이지 않았다.

**[B]** 이날 함곡에 도달하니 해는 서쪽 산 위로 떨어지고 달은 동쪽 고개 위로 떠올랐는데, 무심한 잔나비는 달빛 아래에서 슬피 울고, 그윽한 두견성은 불여귀를 일삼았다. 갈 길은 험악한데 동쪽은 험한 산이고 서쪽은 깊은 골짜기여서 층층이 험한 산봉우리는 가슴을 찌르는 듯하고 야광이 희미하기만 했다.

선봉을 재촉하여 함곡으로 들어가는데 문득 바라보니 동편 작은 골짜기에 갈포로 만든 두건과 베옷을 입은 한 노옹이 있어 푸른 나귀를 재촉하며 백우선으로 원수를 만류하거늘 원수가 그 노옹을 바라보니 정신이 황홀하였다. 원수가 말을 머물게 하고 잠깐 기다리니 그

노옹이 묻기를,

"연주로부터 오십니까?"

원수가 답 왈,

"그러하오이다."

노옹이 왈,

"위국으로 가는 조 원수를 혹 보셨습니까? 보시면 바삐 알려주소서."

하였다. 원수는 마음속으로 의심하고 한편으로 이상하게 여겨 왈,

"내가 바로 조웅이거니와 무슨 일로 긴히 찾습니까?"

하니, 노옹이 크게 기뻐하며 왈,

"나는 떠돌아다니는 나그네라. 성품이 남과 달라 빼어난 산천과 명승지지를 즐겨 구경하고 두루 다녔는데, 오로봉에 들어갔다가 천명 도사를 만나 수삼 일을 머물렀더니 출발할 때 한 서찰을 주며 왈, '그대에게 오늘 오시에 전하라' 하여 나귀를 바삐 몰아 진시에 도착하려고 했으나 피곤한 나귀 탓으로 시간을 넘겨 버렸기에 행여 못 만날까 염려하였더니 이곳에서 만나니 어찌 즐겁지 아니하겠습니까?"

하며, 소매 속에서 한 통 편지를 내어 주고는 팔을 들어 하직하거늘 원수 다시 노옹을 바라보니 행색이 아득하였다. 마음속으로 신기하게 여겨 그 편지를 급히 떼어 보니 다른 말은 없고 '함곡에 들어가지 말고 성중으로 먼저 들어가서 포를 한 번 쏘라'고만 쓰여 있었다. 원수가 편지를 다 보고는 대경실색하여 좌장군 위홍창을 불러 왈,

"장졸을 함곡에 들어가지 못하게 하라."

하니, 홍창이 급히 아뢰길,

"선봉이 이미 함곡에 들어갔습니다."

하거늘 원수가 크게 놀라며 왈,

"너는 급히 들어가 선봉을 데려오라. 데려올 때 조금도 어수선하게 하지 말고 그곳에 진을 치고 있는 것처럼 하면서 한둘씩 숨어 나오되 빨리 데리고 나오너라."

홍창이 원수의 명을 듣고는 급히 함곡에 들어가서 전하니 선봉이 군사를 물려 돌아왔다. 원수가 편지를 얻어 기뻐하며 진을 쳤다.

- 작자 미상, 「조웅전」 -

1. 윗글에 대한 이해로 가장 적절한 것은?

① 송 문제는 서번 적의 간계에 빠져 사람들과의 약속을 지키지 못했다.

② 원수는 함곡에서 연주로 가는 도중에 사관에서 쉬려고 군마를 멈추었다.

③ 노옹은 자신의 계획보다 늦게 도착했음에도 조웅을 만나게 되어 기뻐했다.

④ 위홍창은 역적에게 망한 송나라를 구하고자 선봉을 이끌고 함곡에 들어갔다.

⑤ 황금관을 쓴 노인은 모임의 상석에 앉아 있다가 뜰로 내려와 여러 사람을 맞이했다.


2. [A]와 [B]에 대한 설명으로 가장 적절한 것은?

① [A]에서는 공간의 광활함을 통해 인물의 진취적인 기상이 드러나고 있다.

② [B]에서는 시간의 흐름을 통해 인물의 낙관적 태도가 드러나고 있다.

③ [A]에서는 낭만적인 사건에 의한 환상성이, [B]에서는 구체적인 시대적 상황에 의한 현실성이 부각되고 있다.

④ [A]에서는 공간적 변화에서 비롯되는 긴장감이, [B]에서는 계절적 상황에서 비롯되는 쓸쓸함이 강조되고 있다.

⑤ [A]에서는 비현실적 공간에서 느껴지는 신비로움이, [B]에서는 현실 공간에서 느껴지는 불길함이 드러나고 있다.


3. 큰 잔치 에 대한 설명으로 적절하지 않은 것은?

① 참석자들은 서로의 공적을 평가하며 소회를 드러내고 있다.

② 참석자들은 특정 인물에 대한 염려와 기대를 드러내고 있다.

③ 참석자들은 대화를 통해 국가의 흥망성쇠에 대한 관심을 드러내고 있다.

④ 참석자들은 소회를 다한 후 여러 행위를 통해 각자의 심정을 드러내고 있다.

⑤ 많은 참석자와 가득한 음식 차림을 통해 풍성한 잔치 분위기를 드러내고 있다.

**4. 〈보기〉를 참고하여 윗글을 감상한 내용으로 적절하지 <u>않은</u> 것은?**

〈보기〉

「조웅전」에서 꿈은 초월적 세계의 뜻을 주인공에게 전달하는 기능을 한다. 꿈속 경험을 통해 주인공은 자신에게 부여된 천명과 현실 세계에서의 위기, 자신에 대한 초월적 세계의 비호 등을 알게 된다. 이러한 초월적 세계의 뜻에 대해 주인공은 확신하지 못하지만, 전달자와 구체적 증거물을 통해 초월적 세계의 뜻을 확인하게 된다. 주인공은 이와 같이 초월적 세계의 뜻을 확인하고 실천하여 영웅적 면모를 드러낸다.

① 꿈속에서 송 문제가 조웅을 구하려 하는 것은, 조웅에 대한 초월적 세계의 비호를 보여 주는 것이겠군.
② 조웅이 행군 중에 슬퍼하는 것은, 전쟁에 패한 혼이 될 것이라는 꿈속의 말에 대해 확신하지 못한 것이겠군.
③ 꿈속에서 송나라 왕실을 회복할 신하로 조웅이 거론되는 것은, 조웅에게 주어진 천명을 알게 하려는 것이겠군.
④ 조웅이 노옹을 통해 전달 받은 편지의 지시에 따른 것은, 조웅이 꿈속 경험에서 알게 된 초월적 세계의 뜻을 신뢰한 것이겠군.
⑤ 노옹이 천명 도사의 부탁을 받아 편지를 전하고 떠나는 것은, 노옹이 초월적 세계의 뜻을 조웅에게 전달하는 사람임을 보여 주는 것이겠군.

**◀ '조웅전' 지문해설 ▶**

[앞부분 줄거리] 조웅은 송나라 회복을 위해 태자를 구해 함께 위국으로 가던 중 서번국 병사가 매복한 함곡을 향한다.

⇒ '조웅', '송나라', '태자', '위국', '서번국', '함곡' 등 처음 보는 지역명이랑 인물들이 많이 나온다. 이럴 때는 당연히 속도를 늦추고 이해해야 한다. 빨리 읽어야겠다는 생각

에, 이런 구절을 그냥 대충 읽고 넘어가면 반드시 뒷부분을 읽으면서 시간을 더 많이 쓰게 되어 있다. 그리고 앞부분을 제대로 이해하지 못하면 전체적인 줄거리도 이해할 수 없기 때문에 정답률도 낮아진다. 참고로 말해주면 '위국', '함곡' 같은 지역명은 크게 신경 쓰지 않아도 된다. 결국 중요한 건 인물의 내면세계이기 때문이다.

차분히 무슨 내용인지 파악해 보자. 우선 '조웅'이라는 인물이 '송나라'를 회복시키기 위해서 '태자'를 구한 다음 '위국'으로 가고 있다고 한다. '조웅'이라는 인물이 지금 '태자'를 '구한' 상황이니까, '조웅'이 '송나라'를 다시금 일으키는 영웅이 아닐까 추론해 볼 수 있다. 이런 생각을 어떻게 하냐고 할 수도 있는데, 이건 기출 문제에 있는 고전 소설을 20개만 읽어보면 바로 감을 잡을 수 있다. 내용이 거의 비슷비슷하기 때문이다. 그리고 또 소설 제목이 '조웅전'이라는 걸 봐서도, '조웅'이 주인공이라는 걸 알 수 있다.

그리고 지금 '조웅'이 '송나라 회복'을 위해서 '태자'를 구하는 상황이므로, '태자'는 송나라의 왕족이 아닐까 싶다. '태자'는 앞서 '고전 소설 필수 어휘'에서 말했듯이 '임금 또는 황제의 아들'이라는 뜻이다. 그런데 조웅과 태자는 '서번국 병사'가 '매복'해 있는 함곡을 향해간다고 한다. **여기서 '매복'이라는 단어를 얼마나 섬세하게 읽었는지에 따라 줄거리에 대한 이해도가 완전히 달라졌을 것이다.** '매복'은 '몰래 숨어있다'는 뜻이다. '서번국 병사'가 누군지는 모르겠지만, 지금 '함곡'에 '몰래 숨어있다'고 말한다. 그리고 '조웅'과 '태자'는 함곡으로 향하고 있는 상황이다. 보통 영웅 소설에는 무조건 '적'이 등장하기 때문에, '서번국 병사'들이 '조웅'과 '태자'의 적이 아닐까 정도는 생각해 볼 수 있었다. 즉, 이 문장을 주의 깊게 읽은 학생은, 내가 방금 말한 내용들을 모두 생각하고 아래를 읽으니까, 훨씬 속도도 빠르고 정확하게 읽을 것이다.

※ 문학이든 비문학이든 초반부를 제대로 읽어야 나머지도 제대로 이해된다. 그러니까 이해가 안 됐으면 무리해서 속도를 올리지 말고 천천히 읽어나가자.

> 이적에 원수가 여러 날 만에 연주에 도달하여 군마를 다 쉬게 하고 원수도 노곤하여 사관에서 쉬고 있었는데,

⇒ 그런데 '앞부분 줄거리' 이후에 갑자기 '원수'라는 새로운 사람이 등장한다. 내가 '현대 소설' 설명할 때 '중략 줄거리' 이후에는 '중략 줄거리' 바로 다음 장면이 이어진다고

했었다. 그런데 이건 '중략 줄거리' 뿐만 아니라, '앞부분 줄거리'도 마찬가지다. '앞부분 줄거리' 이후에는 '앞부분 줄거리'에서 말했던 장면의 바로 다음 장면이 펼쳐진다. 즉, '조웅'과 '태자'가 '서번국 병사'들이 매복해 있는 '함곡'으로 향하는 것과 관련된 장면이 바로 다음에 이어지는 것이다.

우선, 이 구절에서 말하는 '원수'가 맥락상 '조웅'이라는 것을 추측할 수 있다. 지금 '앞부분 줄거리' 이후에 '조웅'과 '태자'가 함곡으로 가는 장면이 나와야 하는데 갑자기 '원수'가 나왔으니까, '조웅'이 아닐까 추측할 수 있는 셋이다. 나중에 뒷부분을 봤는데 만약 '원수'가 '조웅'이 아니라면 그때 다시 올라와서 정확히 이해하면 된다. '원수'는 '고전 소설 필수 어휘'에서 설명했지만, 군대를 이끄는 최고 통치권자를 의미한다. '원수가 여러 날 만에 연주에 도달하여'라는 말을 봤을 때, 지금 '조웅'이 '태자'와 군사들을 이끌고 연주로 향한 거 같다. '조웅'은 그렇게 연주에 도달해서 타고 온 말들을 쉬게 하고, 자신도 피곤해서 '사관'이라는 곳에서 쉬고 있는 것이다. 계속 이미지화해 주자.

> 한 나비가 침상에 날아들거늘 원수도 자연스럽게 날개를 얻어 그 나비를 따라 공중에 날아 한 곳에 이르니, 첩첩한 산중에 수목이 빽빽한 곳을 깊이 들어가니 그 가운데 광활하여 완연한 별세계라.

⇒ 갑자기 비현실적인 일이 일어난다. 피곤해진 '원수'가 자고 있었는데 한 나비가 침상에 날아든다. 그런데 '원수'도 나비를 따라서 자연스럽게 날개가 생겼다고 한다. 그리고 원수는 그 나비를 따라 함께 하늘로 날아간다. 그렇게 날아간 곳은 수많은 산들이 있고, 나무가 빽빽하게 심어져 있는 곳이다. 그곳에서 좀 더 깊게 들어가보니 아주 넓은 '별세계'가 펼쳐져 있다. 이때 '별세계'라는 건, '우리가 살고 있는 세상이 아닌 다른 세상'을 말한다.

Chapter 1 노베이스를 위한 문학 공부법

Chapter 2 문학 만점을 위한 기초 체력 키우기

Chapter 3 기출 적용편

현대시

고전시가

현대소설

고전소설

이렇게 비현실적인 일이 일어나는 건 앞서 '숙영낭자전'에서도 경험했다. '숙영낭자전'에서 '백선군'이 꿈을 통해 '숙영낭자'와 소통했던 것과 비슷하게, '조웅전'에서도 '조웅'이 꿈을 통해서 비현실적인 사건을 겪고 있는 것이다. 사실 나는 아까 '원수도 **노곤하여** 사관에서 쉬고 있었는데'라는 구절에서 '아, 꿈을 꾸겠구나'라고 생각했다. 왜냐하면 고전 소설 속 인물이 '꿈'을 꾸는 것은 너무 자주 나오는 줄거리이기 때문이다. 아무튼 원수는 지금 '꿈'을 꾸는 상황이고, 꿈속에서 비현실적인 일들을 경험하고 있다.

> 또 한 곳을 들어가니 아름다운 궁궐이 하늘에 닿았거늘, 나아가 보니 문에
> 현판을 붙였으되, '*만고충렬문'이라 뚜렷이 쓰여 있었다.

*만고충렬문 : 아주 오래된 충신들이 있는 곳에 세워진 문

⇒ '원수'가 도착한 아름다운 궁궐의 '문'에는 '만고충렬문'이라는 말이 쓰여 있는 판때기가 붙여져 있었다고 한다. '만고충렬문'이 무엇인지는 모르겠지만, '원수'가 도착한 '궁궐'이 어떤 곳인지 알려주는 말인 거 같다. 뒷부분에서 뜻을 추론할 수 있는 정보가 나오면 추론해 보자. 그리고 '아름다운 궁궐'이 하늘에 닿아 있다는 데서, 지금 계속 비현실적인 사건들이 펼쳐지고 있다는 것을 알 수 있다.

> 궁궐 위를 바라보니 한 노인이 앉았으되 얼굴은 관옥 같고 머리에 황금관을
> 쓰고 몸에 용포를 입고 윗자리에 높이 앉았는데, 무수한 사람들이 열좌하여
> 큰 잔치 를 배설하고 술과 음식이 가득 한 중에 절대 가인이 차례로 앉았으
> 니, 그 아름다움이 측량없더라.

Chapter 1
노베이스를 위한 문학 공부법

Chapter 2
문학 만점을 위한 기초 체력 키우기

Chapter 3
기출 적용법

한대시

고전시가

한대소설

고전소설

⇒ '원수'가 궁궐 위를 바라보니까 어떤 '노인'이 앉아 있다. 그런데 그 노인은 얼굴이 '관옥'같고 머리에 '황금관'을 쓰고 '용포'를 입었다고 한다. '관옥'이라는 건 '남자의 아름다운 얼굴을 비유적으로 이르는 말'이다. 이 뜻을 몰랐더라도 지금 노인이 황금관을 쓰고 왕이 입는 옷인 '용포'를 입었다는 점에서 아주 높은 위치에 있는 인물이라는 걸 알 수 있다. 아마 '옥황상제' 같은 느낌이 아닐까 싶다.

윗자리에 높이 앉아 있는 '노인' 아래로 무수한 사람들이 쭉 열을 지어서 앉아 있다. 그들은 큰 잔치를 열고 있었고, 술과 음식은 물론, 매우 예쁜 여자들도 흥을 돋구기 위해서 옆에 앉아 있는 상황이다. 예쁜 여자들이 앉아 있다는 것은 '절대 가인'이라는 말에서 알수 있다. '절대 가인'이라는 건 '세상에 견줄 만한 사람이 없을 정도로 뛰어나게 아름다운 여인'을 말한다.

> 좌석에 가득 앉은 사람들이 여러 왕의 흥망성쇠와 만고역대를 역력히 이르는지라.

⇒ 좌석에 가득 앉아서 큰 잔치를 열고 있는 사람들은 갑자기, 오랜 세월동안 있었던 여러 왕들의 '흥망성쇠'에 대해서 말하기 시작한다. '흥망성쇠'라는 것은 '흥하고 망함, 융성함과 쇠퇴함'을 뜻하는 말이다. 즉, 좌석에 앉은 사람들은 여러 왕이 나라를 다스리면서 흥했던 일, 망했던 일에 대해 말하고 있는 것이다.

> 맨 윗자리에 앉은 제왕은 어찌 된 줄을 모르매 분부 왈,
> "그대 등은 각각 공을 밝히어 올리라."
> 하니 좌석에 가득 앉은 사람들이 각각 공을 밝히는 글을 올리니
> 그 공적에 왈,
> "저는 본래 한나라 신하로 깊은 뜻이 많지 아니하리로다. 옛일을 살펴보니 복이 북두칠성과 일월에 찬란하리로다."
> 또 한 공적에 왈,
> "칼을 잡아 흉적을 소멸하니 제후 될 만도다. 천하를 성처럼 막았으니 문호 세상에 진동하는도다."
> 하였더라.

⇒ 이 구절이 이해하기가 가장 어렵다. 집중해서 읽어보자. 우선 여기서 맨 윗자리에 앉은 '제왕'은 앞서 나왔던 '노인'을 말하는 거 같다. '노인'도 윗자리에 높이 앉아 있었기 때문이다. '제왕'은 각 왕들에게 있었던 일을 듣고자 "그대 등은 각각 공을 밝히어 올리라"라고 말한다. 이때 "어찌 된 줄을 모르매"라는 말은, '왕들에게 어떤 식으로 흥망성쇠가 나타난 건지 모르기 때문에'라는 뜻이다.

좌석에 앉아 있는 사람들은 자신이 세웠던 '공'을 글로 적어서 '제왕'에게 올린다. 그리고 그렇게 올라온 공적을, '제왕'이 하나씩 보면서 말을 하고 있는 상황이다. '그 공적에 왈'이라는 건 '그 공적에 대해 말하길'이라는 뜻이다. 이 구절을 통해서 '제왕'이 지금 자기 혼자 말하고 있다는 걸 잡을 수 있었어야 한다. '제왕'은 첫 번째 글을 본다. 그 글에는 '저는 본래 한나라 신하로 깊은 뜻이 많지 아니하리로다. 옛일을 살펴보니 복이 북두칠성과 일월에 찬란하리로다.'라고 쓰여 있다. 그래서 '제왕'은 쓰여 있는 공적을 "저는 본래 한나라의 신하로~"라고 소리 내어 읽는 상황이다. 제왕이 읽고 있는 글의 의미는, '자신이 본래 한나라 신하였는데, 복을 많이 받았다'는 얘기인 거 같다.

그 다음 '제왕'은 또 다른 공적을 읽는다. 그리고 그 공적에 대한 자신의 생각을 "칼을 잡아 흉적을 소멸하니 제후 될 만하도다"라고 말한다. '제왕'은 무슨 말이 쓰여 있는 글을 봤길래 그렇게 말한 걸까? 아마 '제왕'이 본 글에는 '저는 예전에 칼로 흉적을 소멸시키고 나라를 구했습니다'와 같은 내용이 쓰여 있었을 것이다. 그래서 '제왕'은 그걸 보고, "이야~ 너는 제후가 될 만하다"라고 반응하고 있는 것이다.

아마 이 구절을 읽으면서 각각의 대사가 '제왕'이 혼자 하는 대사라는 걸 이해하지 못했다면, 3번 문제를 틀렸을 것이다. 지금 '큰 잔치'에서는 참석자들이 서로의 공적을 평가하고 이야기를 나누는 게 아니다. 그저 '제왕' 혼자서 참석자들이 올린 글을 보며 말을 하고 있는 것이다. 이 문제에서 '서로'가 아니어서 틀렸다고 판단한 학생도 있을 텐데, '서로'가 아닌 건 맞다. 하지만 더 정확하게 말하자면, '제왕 혼자서 말하는 상황'이기 때문에 틀린 것이다. 이걸 제대로 이해하려면, '좌석에 가득 앉은 사람들이 각각 공을 밝히는 글을 올리니 그 공적에 왈'이라는 구절을 '이미지화' 했어야 했다.

그 남은 공적은 어찌 다 기록하리오.

➡ 이는 서술자가, 좌석에 앉아 있는 사람들의 공적이 그만큼 많다는 걸 말하는 구절이다. 서술자가 작품에 개입해서 말하고 있으므로 '서술자 개입'에 해당한다. '편집자적 논평'으로 볼 수는 없냐고 질문할 수 있는데, 지금 서술자가 어떤 인물이나 사건을 '평가'하고 있는 것은 아니므로 '서술자 개입'에 가깝다.

좌중의 여러 사람들이 각각 소회를 다하고, 혹 노기 등천하며, 혹 칼을 빼들고 매우 성을 내고, 어떤 자는 땅에 섰고, 어떤 자는 깡충깡충 뛰며, 어떤 자는 노래하고, 어떤 자는 춤추기도 하는지라.

➡ 자리에 앉아 있던 여러 사람들이 자신의 공을 소개하고, 마음에 품고 있었던 회포들을 다 풀어낸다. 그런데 누구는 '노기등천(분노가 극에 달하다)'하고 누구는 칼을 빼내서 화를 냈다고 한다. 이때 왜 사람들이 자신의 '공적'을 말한 뒤에, 갑자기 화를 내는 건지는 알 수 없다. 서술자가 '그 남은 공적은 어찌 다 기록하리오'라고 말하면서 서술을 생략해버렸기 때문이다. 서술자는 지금 각 인물들의 '공적'을 소개하는 장면을 빠르게 보여주고 있는 것이다. 공적을 소개하고 회포를 푸는 과정에서 누군가는 화를 내기도 하고, 누군가는 노래를 부르고 춤을 추기도 했던 것이다.

이러한 좋은 장면을 세밀히 구경할새, 한 사람이 좌중에 나와 앉으며 왈,
"우리 각각 소회는 옛일이라. 한하여도 미치지 못하려니와 알지 못하겠노라. 대송이 역적에 망하니 인하여 멸송이 되오면 언제 회복되오리까?"

⇒ 서술자는 앞선 장면들을 보고 '좋은 장면'이라고 한다. 옛날에 이름을 떨쳤던 유명한 사람들이 한데 모여서 자신의 공적을 말하고 서로 이야기를 나누는 건 실제 세계에서는 볼 수 없는 장면이다. 예를 들면 지금 이순신, 세종대왕, 안중근, 윤동주 이런 사람들이 한 자리에 모여서 서로 얘기를 나누고 있는 상황이다. 그러니, 서술자는 쉽게 구경할 수 없는 '좋은 장면'이라 말한 것이다.

모든 사람들이 서로 회포를 풀고 있을 때 갑자기 한 사람이 좌중에 나와 앉으면서 말한다. 지금 우리가 하고 있는 말들은 전부 옛일이고, 이에 대해서 아무리 말해도 끝이 없다는 것이다. 그래서 좌중에 나와 앉은 사람은, 옛날 얘기 그만하고 지금 '대송'이 역적 때문에 '멸송'이 되게 생겼으니까 이에 대해 얘기를 해보자고 말한다.

> 하니 한 사람이
> "송나라의 복은 아직 길고 멀었는지라. 어찌 회복이 없사오리까?"
> 한데, 또 한 사람이,
> "그대 등은 알지 못하는도다. 하늘이 송나라 왕실을 회복하고자 조웅을 명하였더니, 불쌍하도다 조웅이여! 일시가 극난하여 명일 미명에 서번 적의 간계에 걸려들어 죽을 듯하니 불쌍하도다. 조웅의 일도 우리와 같을지라. 정해진 나이를 못 마치고 전쟁의 패한 혼이 될 듯하니 불쌍코 가련하다."

⇒ 누군가 송나라가 지금 망하게 생겼다고 하니까, 한 사람이 '송나라 복은 아직 길고 멀었다'라고 한다. 즉, 송나라에는 복이 있어서 망할 일은 없다는 것이다. 그래서 "어찌 회복이 없사오리까"라는 말을 하면서, 역적에게 침략을 당해도 회복할 수 있다는 생각을 드러낸다.

그런데 또 한 사람은 송나라가 망할 일 없다고 말하는 사람보고 '너는 알지 못한다'고 말한다. 그러면서 하늘이 송나라 왕실의 회복을 위해서 '조웅'에게 송나라의 회복을 맡겼었는데, '조웅'이 '서번 적의 간계'에 걸려들어 죽을 거 같다고 한다. 이 구절을 보니까 아까 '앞부분 줄거리'가 생각난다. '앞부분 줄거리'에서, '조웅'과 '태자'는 위국으로 가는 길에 '서번국 병사'들이 매복하고 있는 함곡을 지난다고 했었다. 그런데 '조웅'이 그 과정에서, '서번국 병사'들에 의해 죽는다는 것이다. 그래서 지금 '조웅'에 대해 말하고 있는 사람은, '조웅' 또한 지금 잔치에 있는 사람들과 마찬가지로 정해진 수명을 다 살지 못하고 죽어서 '전쟁의 패한 혼'이 될 거라 말한다.

이때 네가 한 가지 알아야 하는 것은, 지금 '조웅'이 꿈을 꾸고 있는 상황이라는 것이다. **이 말은, 지금 '조웅'도 우리가 보고 있는 것처럼 잔치에 있는 사람들이 하는 말을 다 듣고 있다는 뜻이다.** 꿈에서 본 위인들이 '조웅'이 죽을 거라는 소리를 하고 있으니, 이 장면을 보고 있는 '조웅' 입장에서는 불안하고 마음이 착잡할 것이다.

> 이러할 제 문 지키는 군사 급히 고하기를,
> "송나라 문제 들어오시나이다."
> 하니, 여러 사람이 일시에 뜰로 내려와 영접하여 상좌한 후에 여러 사람이
> 아뢰기를,
> "오늘날 만날 약속을 정하옵고 어찌 늦게 도착하시나이까?"
> 문제 왈,
> "송나라 왕실을 회복할 신하는 조웅이라. 오다가 한 곳을 보니 불측한 서번
> 이 조웅을 잡으려고 이러저러하였거늘, 행여 그러할까 하여 시운일수를 통
> 치 못하여 죽을 듯함에, 도사를 찾아가 구하라 하고 부탁하고 오노라."

⇒ 잔치에 있는 사람들이 서로 송나라의 미래에 대해서 얘기를 나누고 있었는데, 문지기가 '송나라 문제'가 들어온다고 한다. 이를 듣고 여러 사람이 모두 뜰로 내려와 마중하는 걸 봐서 '문제'가 높은 위치에 있는 사람이라는 걸 알 수 있다.

그리고 여러 사람들이 '문제'에게 왜 늦게 왔냐고 물어본다. 그러자 '문제'는 송나라 왕실을 회복할 신하가 '조웅'인데, '서번'이 조웅을 잡을 계략을 짜고 있어서 '도사'에게 '조웅'을 구하라고 말했다는 것이다. 즉, '송나라 문제'는 '조웅'을 살린다고, 조금 늦은 거라 설명하고 있다. 고전 소설을 많이 읽다 보면 알겠지만, '도사'는 '조웅'을 살리는 사람이기 때문에 '조력자'에 해당하는 인물이라고 할 수 있다. 고전 소설에서 '조력자'는 정말 많이 등장하는 인물로, 영웅이 위험에 처할 때 나타나서 도와주는 인물이다.

> 하시니, 좌중이 외쳐 왈,
> "우리는 분명 조웅이 죽으리라 하고 불쌍한 공론을 하였더니, 대운이 막히
> 지 아니하였사오니 천수를 어찌 하오리까?"

> 원수가 깨달으니 남가일몽이라.

⇒ 자리에 앉아있던 사람들은 분명 조웅이 죽을 것이라고 얘기를 나누고 있었는데, '문제'의 말을 듣고 놀란다. 그러면서 '조웅의 대운이 막히지 않았으니, 하늘이 내린 조웅의 운수가 좋기도 하구나'하고 말하는 것이다. 조웅은 이러한 말을 전부 들은 뒤에 잠에서 깬다.

> (중략)
>
> 원수 꿈속의 일을 생각하니 저절로 마음이 비창하여 슬픔을 머금고 종일 행군할 동안에 염려가 끊이지 않았다.

⇒ '중략' 이후에는 원수가 꿈을 꾸고 난 뒤의 상황이 펼쳐지고 있는 거 같다. 그런데 나는 이때 궁금했다. **분명 원수가 꾼 꿈에서는 '문제'가 '도사'에게 부탁해서 원수를 살리라고 말했는데, 왜 원수는 '꿈속의 일'을 생각하고 슬퍼하는 걸까?** 이건 조금만 생각해 보면 이해할 수 있다.

지금 '조웅'은 꿈에 나온 사람들이 '조웅은 죽는다'고 말했던 것이 너무 충격적이어서, 다른 것은 생각나지 않고 그 말만 머릿속에 맴돌고 있는 것이다. 예를 들어서 누군가 나에게 '너는 내일 차에 치여서 죽을 거야', '너에게 내일 어떤 남자가 와서 도움을 줄 거야'라고 말했다고 해보자. 어떤 말이 머릿속에 남을까? 당연히 내가 죽는다는 말일 것이다. 이처럼 우리가 좋은 소식과 안 좋은 소식을 들었을 때, 안 좋은 소식이 더 머릿속에 남는 것과 마찬가지로, 조웅도 자신에게 닥칠 안 좋은 일만 생각하고 있는 것이다. 또 이처럼 자신에게 안 좋은 일이 일어날 거라는 걸 너무 강하게 믿고 있으니까, 자신을 구해줄 거라는 말에는 확신이 안 서는 것이다.

> 이날 함곡에 도달하니 해는 서쪽 산 위로 떨어지고 달은 동쪽 고개 위로 떠올랐는데, 무심한 잔나비는 달빛 아래에서 슬피 울고, 그윽한 두견성은 불여귀를 일삼았다.

⇒ '조웅'이 '함곡'에 도달했다고 한다. '함곡'? 어디선가 본 적 있는 단어다. '앞부분 줄

거리'로 뛰어 올라가보니, 아까 '서번국 병사'가 매복해있는 곳이었다. 분명 조웅에게 무슨 일이 생길 거 같다.

'조웅'이 처한 상황을 '이미지화'해보면 지금 해가 서쪽 산 위로 떨어지고, 달이 떠오른 밤이다. 그리고 무심한 잔나비는 달빛 아래에서 '슬피 울고 있다'고 하는데, 이는 외부세계가 내면세계에 '필터링'된 것이다. '잔나비(원숭이)'는 그냥 울고 있다. 그런데 **'조웅'이 지금 자신이 죽을 거라는 걱정을 가지고 잔나비를 보니까 '슬피 우는' 것처럼 느껴지는 것이다.** 또 '그윽한 두견성은 불여귀를 일삼았다'라고 하는데 이는 '두견새의 울음소리가 돌아가지 못한다'는 뜻이다. 지금 조웅이 '함곡'에서 살아 돌아가지 못할 수도 있겠다고 생각하니까, 두견새 울음소리도 돌아가지 못하는 것처럼 느껴지는 것이다. 사실 실제로 문제를 풀 때는 이 정도까지 생각하긴 어렵다. 그냥 경험만 해두자.

> 갈 길은 험악한데 동쪽은 험한 산이고 서쪽은 깊은 골짜기여서 층층이 험한 산봉우리는 가슴을 찌르는 듯하고 야광은 희미하기만 했다.

⇒ '층층이 험한 산봉우리는 가슴을 찌르는 듯하고'라는 구절에서도 계속 '필터링'이 일어나고 있다는 걸 알 수 있다. 지금 '조웅'의 내면세계는 자신이 죽을 거 같아서 슬프고 걱정되는 상황이니까, 마치 산봉우리들이 자신의 가슴을 찌르는 것처럼 느껴지는 것이다.

> 선봉을 재촉하여 함곡으로 들어가는데 문득 바라보니 동편 작은 골짜기에 갈포로 만든 두건과 베옷을 입은 한 노옹이 있어 푸른 나귀를 재촉하며 백우선으로 원수를 만류하거늘 원수가 그 노옹을 바라보니 정신이 황홀하였다.

⇒ 이미지화를 해주자. '원수'가 앞에 있는 군사들을 재촉해서 빠르게 '함곡'으로 들어가고 있었다. 그런데 동쪽 작은 골짜기에 두건과 베옷을 입은 한 노인이 있다. '노옹'은 '노인'과 같은 말이라고 생각하면 된다. 노옹은 푸른 나귀를 재촉하면서 원수가 있는 곳으로 온다. 그 후 '백우선(부채)'로 원수를 만류하고 있다.

Chapter 1
노베이스를 위한 문학 공부법

Chapter 2
문학 만점을 위한 기초 체력 키우기

Chapter 3
기출 적용법

현대시

고전시가

현대소설

고전소설

이때 '원수'는 노옹을 바라보고 정신이 황홀했다고 하는데, 왜 그런 걸까? '원수'는 지금 꿈속에서 있었던 일로 인해서 자신이 죽을 거라는 생각을 하고 있었다. 그래서 자신의 미래에 대해 걱정하고, 슬퍼하고 있었던 것이다. 그런데 아까 꿈속 장면을 보면 '문제'가 '도사'를 보내서 조웅을 살린다고 했지 않나? 그런데 왜 슬퍼하는 거지? **이는 지금 원수가 '도사가 자신을 구해줄 거라'는 말은 확신하지 못하는 것이다.** 그런데 갑자기 처음 보는 '노인'이 자기 앞에 나타나서는 '함곡'으로 가는 길을 만류한다. 그러니까 원수 입장에서는 자신이 꿈속에서 봤던 일들이 갑자기 생각나면서, '이게 지금 무슨 일이지? 꿈속에서 나를 구해준다고 했던 게 진짜인가?'라는 생각이 드는 것이다.

---

원수가 말을 머물게 하고 잠깐 기다리니 그 노옹이 묻기를,
"연주로부터 오십니까?"
원수가 답 왈,
"그러하오이다."
노옹이 왈,
"위국으로 가는 조 원수를 혹 보셨습니까? 보시면 바삐 알려주소서."
하였다.

---

⇒ '원수'는 '말'에서 내려서 '말'을 잠시 머물게 해두고 '노옹'과 대화를 한다. '노옹'은 '연주'로부터 오는 길이냐고 물은 뒤, '조 원수'를 보았냐고 한다. '조웅'을 바로 앞에 두고도 '조 원수'를 봤냐고 묻는 데서, **'노옹'은 지금 자신이 보고 있는 사람이 '조웅'이라는 것을 모르는 거 같다.**

Chapter 1
노베이스를 위한 문학 공부법

Chapter 2
문학 만점을 위한 기초 체력 키우기

Chapter 3
기초 적용편

현대시    고전시가    현대소설    고전소설

> 원수는 마음속으로 의심하고 한편으로 이상하게 여겨 왈,
> "내가 바로 조웅이거니와 무슨 일로 긴히 찾습니까?"

⇒ '원수'는 왜 마음속으로 '의심하고 한편으로 이상하게' 여겼던 걸까? '원수'는 자신이 꿈에서 봤던 내용을 확실하게 믿지 못하고 있었다. '문제'가 '도사'를 보내서 자신을 구할 거라고 말하긴 했지만, 진짜 그런 일이 일어날지는 확신하지 못했던 것이다. 그래서 '노옹'이 나타났음에도 아직은 '의심하고 한편으로 이상하게' 여기고 있는 상황이다.

> 하니, 노옹이 크게 기뻐하며 왈,
> "나는 떠돌아다니는 나그네라. 성품이 남과 달라 빼어난 산천과 명승지지 를 즐겨 구경하고 두루 다녔는데, 오로봉에 들어갔다가 천명 도사를 만나 수삼 일을 머물렀더니 출발할 때 한 서찰을 주며 왈, '그대에게 오늘 오시에 전하라' 하여 나귀를 바삐 몰아 진시에 도착하려고 했으나 피곤한 나귀 탓 으로 시간을 넘겨 버렸기에 행여 못 만날까 염려하였더니 이곳에서 만나니 어찌 즐겁지 아니하겠습니까?"
> 하며, 소매 속에서 한 통 편지를 내어 주고는 팔을 들어 하직하거늘 원수 다 시 노옹을 바라보니 행색이 아득하였다.

⇒ 아, '노옹'이 '도사'는 아니었다. '천명 도사'라는 사람이 있었는데, 그 사람이 '노옹'에게 '한 서찰'을 주면서 "조 원수에게 오늘 오시(11~13시)에 전해주시오"라고 말했던 것이다. '오시'는 자축인묘진사오미신유술해에서 '오'에 해당한다. 옛날에는 시간을 '자시', '진시', '오시' 이렇게 말하곤 했다. '오시'는 11~13시니까, 도사는 '진시'에 해당하는 아침 07~09시에 먼저 도착해 있으려 했으나, 나귀가 피곤한 탓에 시간을 넘겨 버린 것이다. 그런데 다행히도 '조 원수'를 만난 상황이다. '조 원수'를 만나서 기쁘고 즐거운 '노옹'의 내면세계에 공감하자.

이후 노옹은 소매 속에서 한 통의 편지를 '원수'에게 주고, 손을 들며 작별 인사를 한 다. 아까 말한 '한 서찰'은 '한 통의 편지'를 말하는 거 같다. 이후 원수가 다시금 노옹을 바라본다. 그런데 노옹은 어느샌가 사라져서 보이지 않았다. 즉, '다시 노옹을 바라보니 행색이 아득하였다'라는 구절에서도 비현실적인 일이 벌어지고 있다는 걸 알 수 있는 것 이다.

그리고 '노옹'과 '천명 도사'는 모두 '조력자'에 해당한다. '도사'만 조력자라고 생각하면 안 된다. '노옹'도 '조 원수'에게 편지를 전달해서 '조 원수'가 죽는 걸 막는 사람이므로, 같은 조력자로 봐야 한다.

> 마음속으로 신기하게 여겨 그 편지를 급히 떼어 보니 다른 말은 없고 '함곡에 들어가지 말고 성중으로 먼저 들어가서 포를 한 번 쏘라'고만 쓰여 있었다.

⇒ '조웅' 입장에서는 꿈에서 봤던 대로 일이 벌어지고 있으니까 당연히 '신기'할 것이다. 편지를 뜯어보니, 바로 '함곡'으로 들어가지 말고 '성중'으로 먼저 가서 '포'를 쏘라고 되어 있다. 지금 '함곡'에는 '서번국 병사'들이 매복하고 있으니까, '함곡'으로 바로 들어가지 말라고 하는 것이다. 그리고 '성중'으로 가서 포를 쏴서, '서번국 병사'들이 '송나라 군사'가 '성중'에 있는 걸로 착각하게 만들라는 뜻인 거 같다.

> 원수가 편지를 다 보고는 대경실색하여 좌장군 위홍창을 불러 왈,
> "장졸을 함곡에 들어가지 못하게 하라."
> 하니, 홍창이 급히 아뢰길,
> "선봉이 이미 함곡에 들어갔습니다."
> 하거늘 원수가 크게 놀라며 왈,
> "너는 급히 들어가 선봉을 데려오라. 데려올 때 조금도 어수선하게 하지 말고 그곳에 진을 치고 있는 것처럼 하면서 한둘씩 숨어 나오되 빨리 데리고 나오너라."

⇒ '원수'는 편지를 읽고 얼굴색이 변할 정도로 놀란다. 그래서 장군 중 한 명을 불러서 군사들이 '함곡'에 들어가는 걸 막으라고 말한다. 그런데 이미 군사들이 함곡에 들어가버렸다. 그래서 '원수'는 '장군'에게 조용히 선봉을 다시 데리고 오라고 지시한다.

> 홍창이 원수의 명을 듣고는 급히 함곡에 들어가서 전하니 선봉이 군사를 물려 돌아왔다. 원수가 편지를 얻어 기뻐하며 진을 쳤다.

⇒ '원수'의 명령을 들은 '홍창'은 함곡으로 가서 선봉을 데리고 왔다. 즉, '서번국 병

사'들에게 공격 당하지 않은 것이다. '원수'는 편지를 얻은 걸 기뻐하면서, 군사들을 다른 곳에 대기시켰다. 결국 '꿈'에서 보았던 대로, '조력자'의 도움을 통해 목숨을 구한 것이다.

– 작자 미상, 「조웅전」 –

**Chapter 1**
노베이스를 위한 문학 공부법

**Chapter 2**
문학 만점을 위한 기초 체력 키우기

**Chapter 3**
기출 적용편 한대시 고전시가 현대소설 고전소설

• 문제 해설 •

## 1. 윗글에 대한 이해로 가장 적절한 것은?

① 송 문제는 서번 적의 간계에 빠져 사람들과의 약속을 지키지 못했다.

⇒ 말도 안 되는 소리다. '송 문제'가 잔치에 늦게 도착한 것은, '도사'에게 '조웅'을 구해달라고 부탁하고 왔기 때문이다. '서번 적의 간계'에 빠질 뻔한 사람은 '조웅'이다.

② 원수는 함곡에서 연주로 가는 도중에 사관에서 쉬려고 군마를 멈추었다.

⇒ 기억 안 나면 빠르게 다시 올라가서 봐야 한다. 사실 나는 이런 문제를 풀 때 일단 제쳐 두고 다른 선택지들을 먼저 훑어본다. 다른 선택지에 확실한 답이 있으면 일일이 찾아서 확인하지 않아도 되기 때문이다.

확인해 보면, '조웅'이 '연주'로 가는 도중에 사관에서 쉰 게 아니다. '함곡'으로 가는 도중에, '연주'에 있는 사관에서 쉬고 있었던 것이다.

③ 노옹은 자신의 계획보다 늦게 도착했음에도 조웅을 만나게 되어 기뻐했다.

⇒ 맞는 말이다. 이건 '노옹'의 내면세계에 공감했냐고 묻는 선택지다. 노옹은 자신이

'천명 도사'가 말한 오시에 도착하지 못해서 조웅을 만나지 못할까 봐 걱정했었다. 하지만 조웅을 만났고, 그래서 기뻐했던 것이다.

④ 위홍창은 역적에게 망한 송나라를 구하고자 선봉을 이끌고 함곡에 들어갔다.

⇒ 말도 안 된다. 무엇보다 송나라는 일단 아직 망하지 않았다. 그리고 위홍창은 '조웅'의 명령을 듣고, 선봉을 빼내 오기 위해 '함곡'에 들어갔던 것이다.

⑤ 황금관을 쓴 노인은 모임의 상석에 앉아 있다가 뜰로 내려와 여러 사람을 맞이했다.

⇒ 황금관을 쓴 노인이 내려오는 장면은 없었다. 노인은 계속 '상석'에 앉아 있었고 그곳에서 사람들의 공적이 적힌 글을 읽어보고 있었다. '이미지화'를 했으면 쉽게 맞혔을 것이다.

✔ 답 : ③

## 2. [A]와 [B]에 대한 설명으로 가장 적절한 것은?

① [A]에서는 공간의 광활함을 통해 인물의 진취적인 기상이 드러나고 있다.

⇒ '별세계'와 '하늘에 닿은 궁궐'의 이미지를 떠올려보면, '공간의 광활함'이 드러난다는 이해할 수 있다. 그러나 이를 통해서 '조웅'의 진취적인 기상을 드러내는 건 아니다. '조웅'은 그냥 꿈속에서 신기한 것들을 구경하고 있을 뿐이다.

② [B]에서는 시간의 흐름을 통해 인물의 낙관적 태도가 드러나고 있다.

⇒ [B]의 '이날 함곡에 도달하니 해는 서쪽 산 위로 떨어지고 달은 동쪽 고개 위로 떠올랐는데'라는 구절을 보면, 시간이 '낮에서 밤으로' 흐르고 있다는 걸 알 수 있다. 하지만 이를 통해서 '조웅'의 낙관적 태도가 드러나는 건 아니다. '낙관적 태도'라는 건 쉽게 말해서 '무슨 일이든 잘 될 거야'라고 생각하는 건데, 지금 '조웅'은 자신이 죽을지도 모른다는 생각에 슬퍼하고 있기 때문이다.

> ③ [A]에서는 낭만적인 사건에 의한 환상성이, [B]에서는 구체적인 시대적 상황에 의한 현실성이 부각되고 있다.

⇒ '낭만적'이라는 말은, '현실이 아닌 이상적인 상황' 또는 '감정이 동요되는 상황'을 말한다. [A]를 보면 '조웅'은 지금 날개를 달고 나비를 따라서 '별세계'와 '하늘 위의 궁전'을 보고 있다. 이는 누가 봐도 신기하고, 현실과는 동떨어져 있는 상황이기에 '낭만적'이라고 할 수 있다. 따라서 [A]에서는 낭만적인 사건에 의한 환상성이 부각되고 있는 것이다.

그러나 [B]에 대한 설명은 틀렸다. [B]에서는 '조웅'이 인식하고 있는 주변 상황을 말하고 있을 뿐이다. 즉, 구체적인 시대적 상황에 의한 현실성이 부각되는 것은 아니다. 이렇게 말하려면, '송나라가 망하고 폐허가 되어 버린 곳이다' 같은 구절이 있어야 한다.

> ④ [A]에서는 공간적 변화에서 비롯되는 긴장감이, [B]에서는 계절적 상황에서 비롯되는 쓸쓸함이 강조되고 있다.

⇒ [A]에서 '조웅'은 나비를 따라, 새로운 세계로 들어간다. **이때 '새로운 세계'는 '조웅'에게 '낯선' 세계다.** 따라서 '조웅'이 공간적 변화에 의해 '긴장감'을 느낀다고 할 수 있다. '긴장감'은 나쁜 상황에서만 느끼는 것은 아니다. '낯설게' 느껴지는 상황이라면, 어떤 상황이든 '긴장감'이 생긴다고 할 수 있다.

[B]에서 '계절적 상황'은 뚜렷하게 나타나지 않는다. '조웅'이 잔나비 울음소리와 두견새 울음소리를 '슬프게' 인식하는 데서, 쓸쓸해한다고 할 수는 있지만, 그게 '계절적 상황'에서 비롯되는 것은 아니다.

⑤ [A]에서는 비현실적 공간에서 느껴지는 신비로움이, [B]에서는 현실 공간에서 느껴지는 불길함이 드러나고 있다.

⇒ [A]에서 '조웅'은 나비를 따라 '별세계'와 '하늘 위의 궁전'이라는 비현실적 공간으로 간다. 그리고 '비현실적 공간'은 말 그대로, 현실에서는 볼 수 없는 공간이므로 당연히 '신비로움'이 느껴질 것이다.

[B]에서 '조웅'은 꿈에서 깬 뒤에 현실을 인식한다. 그런데 지금 '조웅'은 꿈에서 자신이 죽는다는 소리를 들었다. 그래서 진짜 자기가 죽게 될까봐 '슬프고 걱정되는' 상황이다. 이러한 내면세계를 가지고 현실 공간을 바라보니, '잔나비'가 슬피 우는 것처럼 보이고, '산봉우리'는 가슴을 찌르는 거 같이 느껴진다. 즉, 현실 공간을 바라보면서 '불길함'을 느끼고 있는 것이다.

● 답 : ⑤


## 3. 큰 잔치 에 대한 설명으로 적절하지 <u>않은</u> 것은?

① 참석자들은 서로의 공적을 평가하며 소회를 드러내고 있다.

⇒ 앞서 해설하면서도 말했지만, 1번이 답이다. 참석자들은 자신의 공적을 글로 써서 '제왕'에게 올렸을 뿐이다. 그리고 '제왕'이 참석자들의 공적을 보면서, "제후 될 만하도다"라는 식으로 평가하고 있었다.

이때 참석자들이 '소회'를 드러냈다는 건 맞다고 볼 수 있다. "우리 각각 소회는 옛일이라"라는 구절을 봤을 때, 참석자들끼리 소회를 드러내고 있다는 걸 알 수 있다. '소회'라는 건 '마음에 품고 있는 회포'를 뜻한다. 이 문제 정답률이 44%로, 당시 시험 전체 오답률 1위 문제였다. 그런데 사실 내용 파악만 제대로 하고, 참석자들의 내면세계에 공감했다면 그리 어렵지 않았던 문제다. 급하게 읽는다고 내면세계에 공감하지 않으니까, 이런 문제에서 많은 학생들이 틀리는 것이다.

Chapter 1
노베이스를 위한 문학 공부법

Chapter 2
문학 만점을 위한 기초 체력 키우기

Chapter 3
기출 적용편

현대시

고전시가

현대소설

고전소설

② 참석자들은 특정 인물에 대한 염려와 기대를 드러내고 있다.

➡ 맞는 말이다. '큰 잔치'에 참석한 참석자들은 '조웅'에 대한 염려와 기대를 드러내고 있었다. 참석자들은 '조웅'이 죽을 것이라고 염려하다가, '문제'의 말을 듣고 '조웅'이 죽지 않을 것이라는 기대를 한다.

③ 참석자들은 대화를 통해 국가의 흥망성쇠에 대한 관심을 드러내고 있다.

➡ 맞는 말이다. 참석자들은 '송나라'의 흥망성쇠에 대해 관심을 드러내며 이야기를 나누고 있다. 그들은 '송나라'가 망하는 것을 우려하고, '송나라'를 회복할 인물인 '조웅'에 대해 걱정하고 있었다.

④ 참석자들은 소회를 다한 후 여러 행위를 통해 각자의 심정을 드러내고 있다.

➡ 맞는 말이다. '행위'는 당연히 '심정'을 드러낸다. 왜냐하면 모든 인물은 '내면세계 대로 행동'하기 때문이다. '좌중의 여러 사람들이 각각 소회를 다하고'라는 구절 뒤를 보면, 참석자들은 다양한 행위를 통해 각자의 심정을 드러내고 있다.

⑤ 많은 참석자와 가득한 음식 차림을 통해 풍성한 잔치 분위기를 드러내고 있다.

➡ 이건 '이미지화'를 하면서 읽었냐고 묻는 선택지다. '무수한 사람들이 열좌하여 큰 잔치를 배설하고 술과 음식이 가득한 중에'라는 구절을 보면 알 수 있듯이, '풍성한 잔치 분위기'가 드러난다.

✅ 답 : ①

481

**4. <보기>를 참고하여 윗글을 감상한 내용으로 적절하지 않은 것은?**

<보기>
　「조웅전」에서 꿈은 초월적 세계의 뜻을 주인공에게 전달하는 기능을 한다. 꿈속 경험을 통해 주인공은 자신에게 부여된 천명과 현실 세계에서의 위기, 자신에 대한 초월적 세계의 비호 등을 알게 된다. 이러한 초월적 세계의 뜻에 대해 주인공은 확신하지 못하지만, 전달자와 구체적 증거물을 통해 초월적 세계의 뜻을 확인하게 된다. 주인공은 이와 같이 초월적 세계의 뜻을 확인하고 실천하여 영웅적 면모를 드러낸다.

◇◇◇◇◇◇◇◇◇◇◇◇◇◇◇◇◇◇◇◇◇◇ **<보기> 분할 분석** ◇◇◇◇◇◇◇◇◇◇◇◇◇◇◇◇◇◇◇◇◇◇

「조웅전」에서 꿈은 초월적 세계의 뜻을 주인공에게 전달하는 기능을 한다.

⇒ 맞는 말이다. 지문을 먼저 읽고 보는 것이기 때문에 다 이해가 된다. 작품 속에서 '조웅'은 꿈을 꿨고, 꿈속에서 조웅은 초월적 세계의 뜻을 듣게 된다.

꿈속 경험을 통해 주인공은 자신에게 부여된 천명과 현실 세계에서의 위기, 자신에 대한 초월적 세계의 *비호 등을 알게 된다.

⇒ 여기서 '자신에게 부여된 천명'이라는 건, '송나라를 구해야 하는 조웅의 임무'를 말한다. 그리고 '현실 세계에서의 위기'는 '서번 적의 간계'에 빠져서 죽을 뻔한 것을 말하고, '초월적 세계의 비호'는 '노옹'이 '조웅'에게 편지를 전달해서 '조웅'을 살려낸 것을 말한다.

*비호 : 편들어서 감싸주고 보호함

이러한 초월적 세계의 뜻에 대해 주인공은 확신하지 못하지만, 전달자와 구체적 증거물을 통해 초월적 세계의 뜻을 확인하게 된다.

⇒ 이 부분이 중요한데, '초월적 세계의 뜻'과 관련해서 '조웅'이 확신하지 못한 것은 무엇일까? 바로 앞 문장에서 '조웅'이 '자신에게 부여된 천명', '현실 세계에서의 위기', '자

신에 대한 초월적 세계의 비호'를 알게 된다고 했다. 그럼 이 3가지 전부에 대해 조웅이 지금 확신하지 못하고 있는 걸까? 아니다. 지금 '조웅'이 확신하지 못하고 있는 것은 '자신에 대한 초월적 세계의 비호'뿐이다. 작품 속에서 '조웅'은 '문제'가 자신을 구하기 위해 '도사'에게 부탁했다는 말을 들었다. 그럼에도 불구하고 잠에서 깬 뒤에 자신이 죽을까봐 걱정을 한다. **왜냐하면 '초월적 세계'에서 자신을 보호해 준다는 것을 확신하지 못하고 있기 때문이다.** 그래서 '조웅'은 자신이 송나라를 위해 싸우다가 '현실 세계에서의 위기' 때문에 죽을 거라 생각한다. 이를 봤을 때, '조웅'은 '송나라를 위해 싸워야 하는 자신의 운명'과 '현실 세계에서의 위기'는 굳게 믿고 있다는 설 알 수 있다.

초월적 세계에서 자신이 들었던 대로, 초월적 존재가 자신을 구해준다는 말을 믿지 못했던 '조웅'은 '노옹'으로 인해 이를 믿게 된다. 자신이 꿈에서 들었던 것처럼, '노옹'이라는 조력자가 나타나서 '편지'라는 '구체적 증거물'을 주는 걸 보고 '초월적 세계의 뜻'을 확인하게 되는 것이다.

> 주인공은 이와 같이 초월적 세계의 뜻을 확인하고 실천하여 영웅적 면모를 드러낸다.

⇒ 여기서 말하는 '영웅적 면모'라는 것은, '송나라를 구하는 것'을 말한다. '조웅'은 '함곡'으로 바로 들어가지 말라는 '초월적 세계의 뜻'을 확인하고, 실제로 군사들을 구하고 있다. 이로써 망할 뻔한 송나라를 구해내는 것이다.

〰〰〰〰〰〰〰〰〰〰〰〰〰〰〰〰〰〰〰〰〰〰〰〰〰〰〰〰〰〰〰〰〰〰〰

> ① 꿈속에서 송 문제가 조웅을 구하려 하는 것은, 조웅에 대한 초월적 세계의 비호를 보여 주는 것이겠군.

⇒ 맞는 말이다. '조웅'의 꿈속에서 '송 문제'는 '조웅'을 구하기 위해 '도사'에게 부탁했었다. 작품에 나오는 '송 문제'는 '초월적 세계' 사람이므로, 이는 '조웅'에 대한 '초월적 세계의 비호'를 보여주는 것이라 할 수 있다.

> ② 조웅이 행군 중에 슬퍼하는 것은, 전쟁에 패한 혼이 될 것이라는 꿈속의 말에 대해 확신하지 못한 것이겠군.

⇒ 틀렸다. '조웅'이 꿈에서 깬 뒤 행군 중에 슬퍼했던 것은, 전쟁에 패한 혼이 될 것이라는 꿈속의 말을 **믿었기 때문이다.** 〈보기〉에 따르면, '조웅'이 확신하지 못했던 것은 '자신에 대한 초월적 세계의 비호'였다. 자신이 송나라를 위해 싸워야 하는 운명이라는 것과 현실 세계의 위기로 자신이 죽게 된다는 것은 믿고 있었다.

이 문제는 만약 〈보기〉를 먼저 읽고 들어갔다면 틀릴 가능성이 높아지는 문제였다. 네가 〈보기〉를 먼저 읽었다면, '이러한 초월적 세계의 뜻에 대해 주인공은 확신하지 못하지만'이라는 구절이 머릿속에 있었을 것이다. 그래서 지문을 읽으면서 '아, 조웅은 초월적 세계와 관련된 '모든' 것들에 대해서 확신하지 못하나 보다'라고 생각했을 수도 있다. 그렇게 읽고 ②번 선택지를 보면, ②번 선택지가 맞는 말처럼 보인다. 〈보기〉에서는 '조웅'이 '이러한 초월적 세계의 뜻'에 대해 확신하지 못한다고 말하고 있기 때문이다.

> ③ 꿈속에서 송나라 왕실을 회복할 신하로 조웅이 거론되는 것은, 조웅에게 주어진 천명을 알게 하려는 것이겠군.

⇒ 맞는 말이다. '조웅'은 지금 '꿈'을 통해서 잔치에 참석한 참석자들이 나누는 대화를 다 듣고 있다. 따라서 조웅은 '송나라 왕실을 회복할 신하로 조웅이 거론되는 장면'을 보고 자신이 송나라 왕실을 회복할 운명이라는 걸 깨닫게 되는 것이다.

> ④ 조웅이 노옹을 통해 전달 받은 편지의 지시에 따른 것은, 조웅이 꿈속 경험에서 알게 된 초월적 세계의 뜻을 신뢰한 것이겠군.

⇒ 맞는 말이다. '조웅'은 '노옹'과 마주하기 전까지는 '초월적 세계의 비호'를 확신하지 못했다. 그런데 '노옹'을 보고 자신이 꿈에서 들은 게 진짜 사실이라는 걸 깨닫는다. 즉, 꿈속 경험에서 알게 된 초월적 세계의 뜻을 신뢰하는 것이다. 그래서 '조웅'은 편지에 적혀 있는 대로 행동한다.

> ⑤ 노옹이 천명 도사의 부탁을 받아 편지를 전하고 떠나는 것은, 노옹이 초월적 세계의 뜻을 조웅에게 전달하는 사람임을 보여 주는 것이겠군.

⇒ 맞는 말이다. '노옹'이 '조웅'에게 편지를 전하는 걸 봐서, '노옹'은 '조웅을 구하려는 초월적 세계의 뜻'을 '조웅'에게 전달하는 조력자라는 걸 알 수 있다.

● 답 : ②

Chapter 1
노베이스를 위한 문학 공부법

Chapter 2
문학 만점을 위한 기초 체력 키우기

Chapter 3
기출 적용편

현대시   고전시가   현대소설   고전소설

# 2018학년도 6월
## 「적성의전」

"이곳은 서방 세계(西方世界)라, 속객이 어찌 오시니잇가?"

성의가 공손히 답례하고 가로되,

"나는 안평국 사람이러니 천성금불 보탑존자를 뵈러 왔사오니 어디 계시니잇가?"

화상이 왈,

"보탑존자는 금강천불대사라. 인간 육신으로 이곳을 들어왔으니 정성을 가히 알지라. 그대 정성을 신령이 감동함이나 마음이 부정(不淨)하면 대사를 보지 못할지라. 물러가 칠일 재계(齋戒) 후에 대사를 보소서."

하거늘 성의가 슬프게 눈물 흘리며 재배 왈,

"소자 무변광해를 주유하와 천신만고하여 왔삽거늘 어찌 물러가 칠 일을 머물리잇가? 바라건대 스님은 살피사 일각이 삼추 같사온 성의 마음을 불쌍히 여기지 아니하시면 차라리 이곳에서 죽어 사부의 어엿비 여기심을 바라나이다."

하니 화상이 왈,

"이곳을 한 번 보면 삼재팔난이 소멸되나니 귀객의 효성이 창천에 사무치는지라. 작일에 존자 분부하시되, '명일 유시에 안평국 왕자 내게 올 것이니 오는 즉시 아뢰라.' 하시더니, 생각건대 그대를 이르심이라."

하고,

"잠깐 머무소서."

하며 들어가더니 이윽고 나와 청하거늘 성의 따라 들어가니 칠층 전각의 일위 존자 머리에 누런 송라를 쓰고 칠건 가사를 메고 좌수에 금강경을 쥐고 우수로 백팔염주를 두르며 경문을 외우니, 좌편의 오백 나한이며 우편의 칠백 중들이 합송하니 송경 소리 반공에 사무치는지라. 성의 칠보대 아래에서 재배하는데, 존자 왈,

"내 일찍 수도하여 천하제국 중생의 선악을 보는지라. 이제 네 효도하여 위친지성(爲親至誠)이 지극하여 극락서역이 창해 누만 리거늘 부모에게 효도함에 위친지성으로 길을 삼아 금일로 올 줄을 알았더니 과연 오도다."

하며 환약 일봉을 주며 왈,

Chapter 1
노베이스를 위한 문학 공부법

Chapter 2
문학 만점을 위한 기초 체력 키우기

Chapter 3
기출 적용편

현대시

고전시가

현대소설

고전소설

[A] "이 약이 일영주니 바삐 돌아가 모환을 구하라. 너는 본디 하계(下界) 사람이 아니라. 전세에 묘일성신과 혐의\* 있더니, 금세에 형제 됨에 곤액(困厄)\*이 있으나 필경에 원한을 풀 날이 있으리라."

[중략 줄거리] 일영주를 구해 돌아오던 중 성의는, 왕위를 이어받는 데 위협을 느낀 형 항의에게 공격을 당해 일영주를 빼앗기고 눈이 먼다.

각설, 이때 성의 한 조각 판자를 의지하였으니 어찌 가련치 아니하리오. 두 눈이 어두웠으니 천지일월성신이며 만물을 어찌 알리오. 동서남북을 어찌 분별하며 흑백장단을 어이 알리오. 다만 바람이 차면 밤인 줄 알고 일기가 따스한즉 낮인 줄 짐작하나 만경창파에 금수 소리도 없는지라.

[B] 삼일 삼야 만에 판자 조각이 다다른 곳이 있는지라. 놀래어 손으로 어루만지니 큰 바위라. 기어 올라가 정신을 수습하여 바위를 의지하고 앉아 탄식 왈,
"사형(舍兄)\*이 어찌 이다지 불량하여 무죄한 인명을 창파 중에 원혼이 되게 하고, 나로 하여금 이 지경이 되게 하였으니 이제는 부모가 곁에 계신들 얼굴을 알지 못하게 되었으니 어찌 통한치 아니하리오. 그러나 모친 환우가 어떠하신지, 일영주를 썼는지 알지 못하니 어찌 원통치 아니하며, 인자하신 우리 모친이 속절없이 황천에 돌아가시겠도다."
하고 슬피 통곡하니 창천이 욕열하고 일월이 무광한지라.

사고무인(四顧無人) 적막한데 십이 세 적공자가 불량한 사형에게 두 눈을 상하고서 일시에 맹인이 되어 외로운 암석 상에 홀로 앉아 자탄하니 그 아니 처량한가. 적적무인(寂寂無人) 야삼경의 추풍은 삽삽하여 원객의 수심을 자아내고, 강수동류원야성(江水東流猿夜聲)의 잔나비 슬피 울고, 유의한 두견성과 창파만경의 백구들은 비거비래(飛去飛來) 소리 질러 자탄으로 겨우 든 잠을 놀라 깨니 첩첩원한 무궁리라. 하늘을 우러러 탄식을 마지 아니하더니 문득 ㉠ 청아한 소리 들리거늘 귀를 기울여 들으며 헤아리되, '이는 분명한 대 소리로다. 이 같은 대해 중에 어찌 대밭이 있는고.' 하며 '이는 반드시 촉나라 땅이로다.' 하고 소리를 쫓아 내려가고저 하더니, 문득 ㉡ 오작(烏鵲)이 우지지며 손에 자연 짚이는 것이 있거늘 이는 곧 실과라. 먹으니 배 부른지라 정신이 상쾌하거늘, 오작에게 사례하고 인하여 바위에 내려 죽림을 찾아가니 울밀한 죽림이라. 들으니 그중에 ㉢ 한 대가 금풍을 따라 스스로 응하여 우는지라. 여러 대를 더듬어 우는 대를 찾아 잡고 주머니에서 칼을 내 대를 베어 단저\*를 만들어서 한 곡조를 부니 ㉣ 소리 처량하여 산천초목이 다 우짖는 듯하더라.
차시에 성의 오작에게 밥을 부치고 단저로 벗을 삼아 심회를 덜며 일분도 그 형을 원망치

아니하고, 주야에 부모를 생각하니 그 천성대효(天性大孝)를 천지신명이 어찌 돕지 아니하리오.

각설, 이때 중국에 호마령이라 하는 재상이 있으니 벼슬이 승상에 오른지라. 황명을 받자와 남일국에 사신 갔다가 삼 삭 만에 돌아오더니 이곳에 이르러 일행을 쉬더니 청풍은 서래하고 수파는 고요한데, ⓜ 처량한 피리 소리 풍편에 들리거늘 호 승상이 헤오되, '이곳은 무인지경(無人之境)이라. 분명 선동(仙童)이 옥저를 불어 속객을 희롱하는도다.' 하고 시동(侍童)을 명하여,

"피리 소리 나는 곳을 찾아보라."

하시되 시동 승명하고 피리 소리를 따라 한곳에 이르니 한 동자 죽림 암상에 비겨 앉아 단저를 처량하게 불거늘 시동이 왈,

"그대 신동인가? 선동인가?"

하니 성의 놀라더라.

- 작자 미상, 「적성의전」 -

* 혐의 : 꺼리고 미워함.
* 곤액 : 몹시 딱하고 어려운 사정과 재앙이 겹친 불운.
* 사형 : 자기의 형을 겸손하게 이르는 말.
* 단저 : 짧은 피리.

**1. 윗글의 내용에 대한 이해로 가장 적절한 것은?**

① 화상은 인간 육신으로 서방 세계에 온 성의를 의심하여 그의 능력을 시험하였다.

② 성의는 죽어서라도 대사의 제자가 되기를 원한다고 화상에게 전했다.

③ 보탑존자는 성의가 찾아올 것이라고 화상에게 미리 일러두었다.

④ 호 승상은 남일국에 사신으로 가는 길에 선동에게 희롱당하고 일행과 함께 자리를 떴다.

⑤ 시동은 사람이 살지 않는 곳에 혼자 나서는 것을 두려워하여 호 승상의 명령을 따르지 않았다.

**2.** [A]를 바탕으로 [B]를 이해한 내용으로 가장 적절한 것은?

① [A]에서 존자는 성의에게 '모환을 구하라'고 했는데, [B]를 보면 성의는 어머니가 돌아가셔서 한탄하고 있음을 알 수 있다.

② [A]에서 존자는 성의가 '본디 하계 사람이 아니라'고 했는데, [B]를 보면 성의가 황천으로 돌아가고 있음을 알 수 있다.

③ [A]에서 존자는 성의에게 '전세에 묘일성신과 혐의 있더니, 금세에 형제 됨에'라고 했는데, [B]를 보면 성의는 형과의 전세 악연을 이어 가고 있음을 알 수 있다.

④ [A]에서 존자가 성의에게 '곤액이 있'다고 했는데, [B]를 보면 성의는 이제 부모의 곁에 있게 되었지만 그 얼굴을 알지도 못하게 된 고통을 겪고 있음을 알 수 있다.

⑤ [A]에서 존자가 성의에게 '필경에 원한을 풀 날이 있으리라'고 했는데, [B]를 보면 성의는 탄식을 통해 자연물의 공감을 얻음으로써 형에 대한 통한을 풀고 있음을 알 수 있다.

**3.** ㉠~㉤에 드러나는 소리에 대한 이해로 적절하지 <u>않은</u> 것은?

① ㉠ : 표류하던 성의가 자신이 있는 위치를 가늠할 수 있게 하는 정보다.

② ㉡ : 먹을 것이 주위에 있다는 것을 성의에게 알려 주는 신호다.

③ ㉢ : 성의가 피리의 재료로 쓸 대나무를 발견하는 계기가 된다.

④ ㉣ : 성의가 자신의 피리 부는 재능이 탁월함을 천상계에 알리는 신호다.

⑤ ㉤ : 고립되어 있던 성의가 타인과 만나는 계기가 된다.

**4.** 〈보기〉를 참고하여 윗글을 감상한 내용으로 적절하지 <u>않은</u> 것은?

〈보 기〉

불교 설화를 근원으로 하고 있는 「적성의전」은 소설로 형성되는 과정에서 유교적 덕목인 효행이 강조된다. 또한 대결 구도를 근간으로 하면서 초월적 존재 혹은 천상계가 설정되는 특징을 보여 준다. 특히 형제 갈등이라는 가족 내의 문제를 다루면서 권선징악적 성격을 드러내고 있다.

① 성의가 원래 하계 사람이 아니라는 존자의 말로 보아 천상계가 설정된 이 소설의 특징을 알 수 있군.

② 금강경, 백팔염주, 보탑존자 등의 불교적 소재를 취한 것으로 보아 불교 설화의 흔적이 남아 있음을 알 수 있군.

③ 천하제국 중생의 선악을 볼 수 있는 존자가 부정한 성의를 만나지 않겠다고 한 것으로 보아 권선징악적 성격을 알 수 있군.

④ 형에 의해 두 눈이 멀고 홀로 암석 위에서 자탄하고 있는 성의의 모습으로 보아 인물 간의 갈등이 가족 내의 문제임을 알 수 있군.

⑤ 성의가 어머니를 위한 지극한 효성으로 창해 누만 리 떨어진 곳까지 일영주를 얻기 위해 갔다는 것으로 보아 유교적 덕목을 드러내고 있음을 알 수 있군.

## '적성의전' 지문해설

> "이곳은 서방 세계(西方世界)라, 속객이 어찌 오시니잇가?"
> 성의가 공손히 답례하고 가로되,
> "나는 안평국 사람이러니 천성금불 보탑존자를 뵈러 왔사오니 어디 계시니잇가?"

⇒ 이 지문은 해석하기가 쉽지 않았을 것이다. 고전 소설 특유의 문체가 많이 쓰였고, 낯선 단어들도 많이 나왔기 때문이다.

### 범작가 Tip

고전 소설을 쉽게 읽어 내는 방법은 한 가지다. '많이' 읽어 보는 것. 그게 전부다. 많이 읽다 보면 자연스럽게 고전 소설 문체에 익숙해지고, 고전 어휘들이 배경지식으로 쌓인다. 앞서도 계속 말했지만, 기출 문제에 있는 고전 소설을 딱 20지문만 읽어봐라. 한 문장 한 문장 해석하면서 모르는 단어는 찾아서 외우기를 반복하면, 이 정도 난이도의 소설은 쉽게 해석할 수 있게 된다.

　　그럼 이제 위 구절을 한번 보자. '서방 세계'가 어떤 곳인지는 모르겠지만, 고전 소설에 흔히 나오는 줄거리가 '천상계' 같은 비현실적 세계로 떠나는 줄거리임을 고려했을 때, '서방 세계'도 그런 종류의 세계가 아닐까 추측할 수 있다. 지금 상황을 보니까, '성의'라는 인물이 '서방 세계'에 사는 '천성금불 보탑존자'를 찾아간 거 같다. 흔한 관직 이름이나 사람 이름이 아니라 '천성금불 보탑존자'라고 하는 것에서 나는 '서방 세계'가 '비현실적 세계'라는 것을 더 확신했다. 그리고 또 '성의'와 대화하고 있는 사람이 "속객이 어찌 오시니잇가?"라고 말하는 데서도 '비현실적 세계'임을 알 수 있다. '속객'이라는 건 '속세에서 온 손님'이라는 뜻인데, 지금 '성의'에게 '속세 사람이 여기를 어떻게 왔냐고' 말하고 있다. 따라서 성의가 온 곳은 '속세'가 아니라는 걸 알 수 있는 것이다. 초반부는 항상 천천히 읽으면서 '이미지화'하고, 상황 파악을 제대로 하라고 했었다.

> 화상이 왈,
> "보탑존자는 금강천불대사라. 인간 육신으로 이곳을 들어왔으니 정성을 가히 알지라. 그대 정성을 신령이 감동함이나 마음이 부정(不淨)하면 대사를 보지 못할지라. 물러가 칠 일 *재계(齋戒) 후에 대사를 보소서."

*재계(齋戒) : 종교적 의식 따위를 치르기 위하여 몸과 마음을 깨끗이 하고 부정(不淨)한 일을 멀리함

⇒ '성의'와 대화하고 있는 사람은 '화상'이라는 사람인가 보다. 이 구절을 보니까 '성의'가 찾아온 '보탑존자'라는 인물은 '금강천불대사'로 불리는 인물이라는 걸 알 수 있다. 이때 '화상'이 '금강천불대사'를 보려면 '조건'을 갖춰야 한다고 말하는 점에서, '금강천불대사'는 꽤나 높은 위치에 있는 사람인 거 같다.

　　그리고 '화상'은 인간의 모습으로 '서방 세계'라는 비현실적인 곳에 온 '성의'에게 정성을 인정하겠다고 말한다. 하지만 마음이 부정하면 '대사'를 보지 못한다고 하면서, 7일 후에 다시 '대사'를 보러오라고 말한다. 즉, 7일 동안 인간의 몸에 있는 부정한 마음을 씻어내라는 뜻이다.

> 하거늘 성의가 슬프게 눈물 흘리며 재배 왈,
> "소자 *무변광해를 주유하와 천신만고하여 왔삽거늘 어찌 물러가 칠 일을 머물리잇가? 바라건대 스님은 살피사 *일각이 삼추 같사온 성의 마음을 불쌍히 여기지 아니하시면 차라리 이곳에서 죽어 사부의 *어엿비 여기심을

> 바라나이다."

*무변광해를 주유하와 : 끝없이 넓은 바다를 유람하고
*일각이 삼추 같사온 성의 마음 : 잠깐의 시간이 마치 3개월처럼 느껴지는 '성의'의 마음
*어엿비 여기다 : 불쌍하게 여기다

⇒ '성의'는 7일 뒤에 오라는 '화상'의 말을 듣고 슬프게 눈물을 흘린다. 성의가 하는 말을 간단히 해석해 보면, 지금 내가 '천신만고' 끝에 '서방 세계'에 왔는데 어찌 7일을 또 기다리냐는 것이다. 그러면서 '스님(화상)'이 자신을 불쌍히 여겨서 빨리 '보탑존자'와 만나게 해주지 않으면, 죽어버리겠다고 말한다. '성의'는 지금 그만큼 '보탑존자'를 보고 싶은 것이다.

> 하니 화상이 왈,
> "이곳을 한 번 보면 *삼재팔난이 소멸되나니 귀객의 효성이 *창천에 사무치는지라. *작일에 존자 분부하시되, '*명일 *유시에 안평국 왕자 내게 올 것이니 오는 즉시 아뢰라.' 하시더니, 생각건대 그대를 이르심이라."
> 하고,
> "잠깐 머무소서."

*삼재팔난이 소멸되나니 : 세 가지 재앙과 여덟 가지 어려움이 사라지나니
*창천 : 푸른 하늘
*작일 : 어제
*명일 : 내일
*유시 : 정해진 시간

⇒ '성의'의 말을 들은 화상은 '귀객의 효성'이 하늘까지 사무친다고 말한다. '효성'이라는 말을 보니까, 지금 '성의'가 자신의 부모님께 효도를 하기 위해서 '보탑존자'를 만나러 온 거 같다. 이 구절을 섬세하게 읽었던 학생은, 이미 여기서 왜 '성의'가 '보탑존자'를 만나러 왔는지 이해했을 것이다.

그런데 '화상'의 말을 보니, '보탑존자'는 이미 성의가 올 것을 알고 있었다. 여기서 말하는 '안평국 왕자'는 '성의'를 말한다. 이는 맥락상 유추할 수도 있고, 아까 맨 첫 번째 구절에서 '성의'가 '화상'에게 자신을 '안평국 사람'이라고 말한 것에서도 알 수 있다. '보탑존자'는 이미 '성의'가 자신에게 올 것을 알고, '명일 유시에 안평국 왕자가 오면 나한

테 바로 말하라'고 '화상'에게 당부해놓았던 것이다. '성의'가 '안평국 왕자'라는 걸 알아챈 '화상'은 '성의'에게 잠깐 기다리라고 하고 '보탑존자'를 부르러 간다.

> 하며 들어가더니 이윽고 나와 청하거늘 성의 따라 들어가니 *칠층 전각의 일위 존자 머리에 *누런 송라를 쓰고 *칠건 가사를 메고 좌수에 *금강경을 쥐고 우수로 백팔염주를 두르며 *경문을 외우니, 좌편의 오백 나한이며 우편의 칠백 중들이 합송하니 *송경 소리 반공에 사무치는지라.

*칠층 전각의 일위 존자 : 일곱 층으로 이루어진 탑의 가장 높은 곳에 있는 존경할만한 사람
*누런 송라 : 높은 지위를 나타내는 물건
*칠건 가사를 메고 : 일곱 조각의 옷을 입고(불교 승려가 입는 전통적인 옷이다)
*금강경 : 불교 경전 중 하나
*경문 : 불교 경전에 있는 문장
*송경 소리 반공에 사무치는지라 : 경문을 외우는 소리가 하늘에 크게 울려퍼진다

⇒ 잠깐 기다리라고 했던 '화상'이 다시금 와서, '성의'를 데리고 어디론가 들어간다. '화상'이 '성의'를 데리고 간 곳에는 '존자'와 '오백 나한(오백 명의 해탈한 성자)', '칠백 중(칠백 명의 승려)'이 염주를 두르고 경문을 외우고 있었다. 해석이 되는 부분만이라도 해석하면서 최대한 이미지를 그려주자.

> 성의 칠보대 아래에서 재배하는데, 존자 왈,
> "내 일찍 수도하여 천하제국 중생의 선악을 보는지라. 이제 네 효도하여 *위친지성(爲親至誠)이 지극하여 *극락서역이 *창해 누만 리거늘 부모에게 효도함에 위친지성으로 길을 삼아 *금일로 올 줄을 알았더니 과연 오도다."

*위친지성(爲親至誠) : 부모님에 대한 지극한 진심과 효성
*극락서역 : 불교에서 말하는 이상세계
*창해 누만 리 : 끝없이 넓은 바다
*금일 : 오늘

⇒ '성의 칠보대 아래에서 재배하는데'라는 구절을 해석해보면, '성의'가 '보탑존자'를 만나서 예의를 갖추며 '절'을 하고 있는 거 같다. '보탑존자'는 그런 '성의'에게, '성의'의 '효심'이 지극해서 올 줄 알았다고 말한다. 문제 풀 때는 침착하게 딱 이 정도 줄거리만 이해했으면 충분했다.

Chapter 1 노베이스를 위한 문학 공부법

Chapter 2 문학 만점을 위한 기초 체력 키우기

Chapter 3 기출 적용편

현대시    고전시가    현대소설    고전소설

아마 어려운 단어들이 많아서 사실 정확히 해석하기는 쉽지 않았을 것이다. 하지만 출제자도 네가 해석을 완벽하게 해낼 거라 생각하지 않는다. 우리는 인물의 내면세계만 제대로 파악하면서 읽어나가면 된다.

> 하며 환약 일봉을 주며 왈,
> "이 약이 일영주니 바삐 돌아가 *모환을 구하라. 너는 본디 하계(下界) 사람이 아니라. 전세에 묘일성신과 혐의* 있더니, 금세에 형제 됨에 곤액(困厄)*이 있으나 필경에 원한을 풀 날이 있으리라."
>
> * 혐의 : 꺼리고 미워함.
> * 곤액 : 몹시 딱하고 어려운 사정과 재앙이 겹친 불운.

*모환 : 삶의 고난

⇒ '보탑존자'는 '성의'에게 '약 한 봉지'를 준다. 그 약은 '일영주'라는 것으로, '모환'을 구할 수 있는 약인가 보다. 구체적인 뜻은 모르겠지만, '모환을 구하라'는 건 부모님께 효도하는 것과 관련된 말이라고 생각했어야 한다. 왜냐하면 '성의'가 '보탑존자'에게 온 이유는, '효'를 행하기 위해서였기 때문이다.

'보탑존자'는 '성의'가 원래 '하계(지상계)' 사람이 아니라고 말한다. 즉, 원래 '성의'는 '천상계' 사람이었던 것이다. '하계'라는 단어를 통해서, 지금 '성의'가 '천상계'에 와 있는 상태고, '보탑존자'는 '천상계 인물'이라는 걸 알 수 있다. 그리고 '보탑존자'는 이어서, '성의'가 전생에 '묘일성신'이라는 인물과 서로 미워하는 사이였다고 말한다. 근데 '금세에(현재에)' 형제가 되어 있어서 불행이 있으나, 반드시 원한을 풀게 될 날이 온다고 한다. 즉, '성의'와 '묘일성신'은 둘 다 천상계 사람이었는데, 지상계 인물로 환생을 한다. 그런데 또 이 둘은 '형제'로 태어난다. 이 둘은 서로 '꺼리고 미워하던' 사이였기 때문에, '보탑존자'는 '성의'에게 '곤액'이 있을 거라 말하는 것이다. 이를 통해서 '성의'가, 자신의 형제가 된 '묘일성신'에게 피해를 입게 될 것임을 추측할 수 있다.

> [중략 줄거리] 일영주를 구해 돌아오던 중 성의는, 왕위를 이어받는 데 위협을 느낀 형 항의에게 공격을 당해 일영주를 빼앗기고 눈이 먼다.

⇒ 앞 부분에서 '성의'는, '보탑존자'에게서 '일영주'를 받았었다. 그런데 이후 지상계로

돌아오던 성의는, '형'인 '항의'에게 공격당하고 '일영주'를 빼앗긴다. 바로 앞 구절을 제대로 이해했던 학생이라면 이 '중략 줄거리'에서 '항의'가 '묘일성신'이라는 걸 깨달았을 것이다. 왜냐하면 '보탑존자'가 '성의'에게, 현생에서 형제로 태어난 '묘일성신'이 피해를 줄 거라고 말했었기 때문이다.

'항의'는 자신이 아닌 '성의'에게 왕위가 갈까 봐 '성의'를 질투했고, 끝내 '성의'의 눈을 멀게 했다. 앞서 '보탑존자'가 '성의'에게 '곤액'이 있을 거라 말했는데, '보탑존자'가 말한 '곤액'은 '성의가 항의에게 공격당하고 일영주를 뺏기고 눈이 머는 것'이었던 것이다.

> 각설, 이때 성의 한 조각 판자를 의지하였으니 어찌 가련치 아니하리오. 두 눈이 어두웠으니 *천지일월성신이며 만물을 어찌 알리오. 동서남북을 어찌 분별하며 흑백장단을 어이 알리오. 다만 바람이 차면 밤인 줄 알고 일기가 따스한즉 낮인 줄 짐작하나 *만경창파에 금수 소리도 없는지라.

*천지일월성신이며 만물을 어찌 알리오 : 하늘, 땅, 해, 달, 별, 신은 물론 '만물'도 알 수 없다.
*만경창파에 금수 소리도 없는지라 : 넓은 바다에 물결 소리도 들리지 않는다.
(금수는 '짐승'이라는 뜻도 있다.)

⇒ 지금 '성의'는 눈앞이 안 보이는 상황이니까, '한 조각 판자'에 의지할 수밖에 없을 것이다. 여기서 '판자'는 '나무를 얇게 잘라 만든 널빤지'를 말한다. 서술자는 '판자'에 의지하고 있는 '성의'의 모습을 보고 '어찌 가련치 아니하리오', '만물을 어찌 알리오', '어이 알리오'라고 말하면서 '성의'의 상황에 대한 안타까움을 표현하고 있다. 따라서 이 구절은 '서술자 개입'이 드러난 구절로도 볼 수 있다.

서술자의 말에 따르면, 지금 '성의'는 눈이 멀어서 '동서남북'을 분별하지도 못하고, 검은색과 흰색, 길고 짧음도 알 수 없는 상황이다. 그렇기 때문에 그저 바람이 차가워지면 '밤이 왔나 보구나' 하고, 다시 따뜻해지면 '낮인가 보구나' 한다. 또 주변에는 아무런 소리가 들리지 않는다. 즉, '성의'가 주변 상황을 파악하기 힘든 상황인 것이다.

> 삼일 삼야 만에 판자 조각이 다다른 곳이 있는지라. 놀래어 손으로 어루만지니 큰 바위라. 기어 올라가 정신을 수습하여 바위를 의지하고 앉아 탄식 왈,

Chapter 1 노베이스를 위한 문학 공부법
Chapter 2 문학 만점을 위한 기초 체력 키우기
Chapter 3 기출 적용편
현대시
고전시가
현대소설
고전소설

> "사형(舍兄)*이 어찌 이다지 불량하여 무죄한 인명을 창파 중에 원혼이 되
> 게 하고, 나로 하여금 이 지경이 되게 하였으니 이제는 부모가 곁에 계신들
> 얼굴을 알지 못하게 되었으니 어찌 통한치 아니하리오. 그러나 모친 환우가
> 어떠하신지, 일영주를 썼는지 알지 못하니 어찌 원통치 아니하며, 인자하신
> 우리 모친이 속절없이 황천에 돌아가시겠도다."
> 하고 슬피 통곡하니 창천이 욕열하고 일월이 무광한지라.
>
> * 사형 : 자기의 형을 겸손하게 이르는 말.

⇒ 앞을 볼 수 없는 '성의'는 판자 조각에 의지하고 있었다. 그런데 '성의'가 의지하던
판자 조각이 3일 만에 어딘가에 다다랐다고 한다. '**다다른 곳이 있는지라**'라는 표현에서,
'성의'가 물에 빠져서 '판자 조각'을 잡은 채 떠내려가고 있었다는 걸 알 수 있다. '판자
조각'이 갑자기 멈추니, '성의'가 놀래서 주변을 손으로 어루만진다. '성의'는 바위에 기
어 올라가서 정신을 차리고 탄식하기 시작한다.

'성의'의 말을 보니까, '항의'가 '성의'의 눈을 멀게 했을 뿐만 아니라, '무죄한 인명'도
'원혼'이 되게 만들었다는 걸 알 수 있다. '성의'는 '부모'가 눈앞에 있다고 해도 얼굴을
알아볼 수 없는 자신의 처지에 대해서 한탄하고 있다. 그리고 '항의'가 '모친(어머니)'에
게 '일영주'를 썼는지 알지 못해서 답답해하고, 어머니가 속절없이 죽을 수도 있다는 생
각에 슬피 운다.

'창천이 욕열하고 일월이 무광한지라'는, 서술자가 '성의'의 슬픈 내면세계를 투영해서
외부세계를 표현한 것이다. 이는 '하늘이 매우 뜨겁게 이글거리고, 해와 달이 빛을 잃었
다'는 뜻으로, '**외부세계**'가 '성의'의 슬픔에 반응한 것처럼 묘사한 것이다. 이렇게 아무
감정이 없는 '외부세계'까지 '성의'의 슬픔에 반응하는 것처럼 표현하면, '성의'의 불쌍한
처지가 더 강조되는 효과가 있다.

> *사고무인(四顧無人) 적막한데 십이 세 적공자가 불량한 사형에게 두 눈을
> 상하고서 일시에 맹인이 되어 외로운 암석 상에 홀로 앉아 *자탄하니 그 아
> 니 처량한가.

*사고무인 : 사방을 둘러봐도 사람이 없다
*자탄하다 : 자신의 불행이나 실패 등을 스스로 한탄하다

➡ 이 구절은 서술자가 개입해서 '성의'의 처지에 대한 자신의 생각을 말하고 있는 구절이다. 또 '성의'의 상황에 대해서 '그 아니 처량한가'라고 평가하고 있으므로 '편집자적 논평'이라고 볼 수도 있다.

이 구절을 해석해 보자면, 사방에는 아무도 없어서 적막하고, 12세인 '적공자(성의)'가 불량한 '사형(항의)'에게 두 눈을 다치고서, 맹인이 되어 암석 위에 혼자 앉아서 탄식하고 있으니 매우 처량해 보인다는 것이다. 이때 '적공자'라는 건, 이 부분만 보고 무슨 의미인지 알 수는 없다. 그냥 '성의'를 지칭하는 말이라 생각하고 넘어가면 된다. 그리고 '외로운 암석 상(위)에'라고 말한 데서 서술자가 '성의'의 마음에 투영해서 외부세계를 바라보고 있다는 걸 알 수 있다. '성의'의 내면세계가 '외로움'이니까, 암석도 '외로워' 보이는 것이다.

> *적적무인(寂寂無人) 야삼경의 추풍은 삽삽하여 원객의 수심을 자아내고,
> *강수동류원야성(江水東流猿夜聲)의 잔나비 슬피 울고, 유의한 두견성과
> *창파만경의 백구들은 *비거비래(飛去飛來) 소리 질러 자탄으로 겨우 든
> 잠을 놀라 깨니 첩첩원한 무궁리라.

*적적무인(寂寂無人) 야삼경의 추풍 : 적막하고 사람 한 명 없는 밤에 불어오는 가을 바람
*강수동류원야성(江水東流猿夜聲) : 강물은 동쪽으로 흐르고 원숭이는 밤에 운다
*창파만경 : 한 없이 넓은 바다
*비거비래(飛去飛來) : 날아가고 날아옴

➡ 모든 단어를 해석하려 하지 않아도 된다. '원객의 수심을 자아내고', '첩첩원한 무궁리라' 정도만 제대로 해석했으면 충분하다. 왜냐하면 내면세계를 잡아내는 것이 최우선이기 때문이다. 우선 '원객의 수심을 자아내고'라는 말은, '성의의 깊은 근심을 불러일으키고'라는 뜻이다. '원객'이라는 것은 '멀리서 온 손님'이라는 뜻인데, 맥락상 '성의'를 의미한다고 보는 게 자연스럽다. 지금 '적적무인(寂寂無人) 야삼경의 추풍'이라는 풍경 때문에 '성의'의 근심이 불러일으켜지는 상황이다.

그리고 '첩첩원한 무궁리라'라는 구절은 '첩첩이 쌓인 원한이 무한하다'는 뜻이다. '잔나비의 슬픈 울음소리'와 '백구들의 소리'를 듣고 잠에서 깬 '성의'는 원한을 느끼고 있는 것이다. 문제를 풀 때는 이렇게 내면세계만 제대로 잡으면서 나아가면 충분하다. 출제자는 네가 어려운 한자까지 전부 다 알고 있길 요구하지 않는다. 물론 두 번째, 세 번째 보

면서 분석할 때는, 모르는 단어가 있다면 전부 다 적고 외워놓아야 한다.

> 하늘을 우러러 탄식을 마지 아니하더니 문득 ㉠ 청아한 소리 들리거늘 귀
> 를 기울여 들으며 헤아리되, '이는 분명한 대 소리로다. 이 같은 대해 중에
> 어찌 대밭이 있는고.' 하며 '이는 반드시 촉나라 땅이로다.' 하고 소리를 쫓
> 아 내려가고저 하더니,

⇒ '성의'는 하늘을 우러러보면서 탄식하다가 갑자기 '청아한 소리'를 듣는다. 그러면서 '청아한 소리'가 '대 소리'라고 하는데, 이는 '대나무 소리'를 말한다. '대'는 고전 소설에 자주 나오는 단어이므로 꼭 알아두자. '성의'는 지금 '창파만경(넓은 바다)'에서 '대나무 소리'가 들리는 걸 신기하게 생각한다. 그리고 '대나무 소리'를 통해서 지금 자신이 있는 곳이 '촉나라 땅'이라는 것도 추론해 낸다. 이 구절만 보고는 '대나무 소리'랑 '촉나라 땅'이 무슨 관계인지는 모르겠지만, 추측해 보자면 아마 '촉나라 땅'이 '대나무'로 유명한 게 아닐까 생각해 볼 수 있다.

> 문득 ㉡ 오작(烏鵲)이 우지지며 손에 자연 짚이는 것이 있거늘 이는 곧 실
> 과라. 먹으니 배 부른지라 정신이 상쾌하거늘, 오작에게 사례하고 인하여
> 바위에 내려 죽림을 찾아가니 울밀한 죽림이라.

⇒ 앞서 '성의'는 '대나무 소리'가 나는 곳으로 내려가려고 했었다. 그런데 갑자기 주변에 있던 '오작'이 '깍깍' 운다. '오작'이 정확히 무엇인지는 몰라도 '우지지며'라는 말에서 '새'라는 것 정도는 잡아낼 수 있다. '오작'은 '까마귀 오', '까치 작' 자를 써서 '까마귀와 까치를 아울러 이르는 말'이다. 그렇게 '오작'이 울고 간 뒤에, '성의'의 손에는 무언가가 짚인다. 그것은 '실과'였다. '실과'는 맥락상 '과일'과 비슷한 말인 거 같다. '실과'를 먹은 '성의'는 배가 부르고 정신까지 상쾌해진다. 이렇게 갑자기 '오작'이 나타나서 '성의'에게 도움이 되는 '실과'를 주고 간다는 설정에서 '비현실적 요소'가 있다는 걸 확인할 수 있다.

'성의'는 '실과'를 준 까마귀에게 고맙다는 표현을 하고, 앉아 있던 바위에서 내려온 뒤, 대나무 소리가 나는 '죽림'을 찾아간다. '죽림'은 '대나무 죽' 자에 '수풀 림' 자를 써서, '대나무로 이루어진 숲'을 의미한다. '죽림'은 정말 자주 나오는 단어니까 외워놓자.

추가로, 오작(烏鵲)의 작(鵲) 속에 있는 한자 '새 조(鳥)'도 기억해 두면 고전시가나 고전소설 독해에서 유용한 때가 많으니, 기억해두는 게 좋다.

---

들으니 그중에 ⓒ 한 대가 *금풍을 따라 스스로 응하여 우는지라. 여러 대를 더듬어 우는 대를 찾아 잡고 주머니에서 칼을 내 대를 베어 단저*를 만들어서 한 곡조를 부니 ⓓ 소리 처량하여 산천초목이 다 우짖는 듯하더라.

* 단저 : 짧은 피리.

---

*금풍 : 가을 바람

⇒ 대나무 숲에 도착한 '성의'는 수많은 대나무들 중, '금풍'을 따라 스스로 응하여 소리를 내고 있는 대나무 한 대를 발견한다. 그리고선 주머니에 있던 칼로 그 대나무를 베어서, '짧은 피리'로 만든 뒤에 노래를 부른다. 이때 서술자는 '성의'가 부르는 노래를 '처량하다'고 말한다. 지금 '성의'의 내면세계가 '슬픔', '원통함'이니 '성의'가 부르는 피리 소리도 처량한 것처럼 들리는 것이다.

그리고 '산천초목이 다 우짖는 듯하더라'라는 말은, '슬픈 피리 소리가 주변으로 퍼져 나가는 것'을 묘사한 말이다. 서술자는 '성의'의 슬픈 피리 소리를 들으면서 주변을 보고 있다. 그러니까 마치 '산천초목'이 다 우짖고 있는 것처럼 느껴지는 것이다. 예를 들어서, 네가 신나는 노래를 들으면서 바람에 흔들리는 나무나 꽃들을 보고 있으면, 그 나무와 꽃들이 신나서 춤을 추는 것처럼 보이는 것과 같다.

---

차시에 성의 오작에게 밥을 부치고 단저로 벗을 삼아 심회를 덜며 일분도 그 형을 원망치 아니하고, 주야에 부모를 생각하니 그 *천성대효(天性大孝)를 *천지신명이 어찌 돕지 아니하리오.

---

*천성대효 : 본래부터 갖고 있는 큰 효심
*천지신명 : 하늘과 땅의 신령들

⇒ '차시'라는 건 '다음 차' 자와 '때 시' 자를 써서, '그 다음에'라는 뜻이다. 피리를 불던 '성의'는 이후 '오작'에게 밥을 주고, '피리'를 벗으로 삼아 마음속에 있는 감정들을 덜어낸다. 그리고 앞에서 '성의'는, 형인 '항의'에 대해 원한을 갖고 있었다. 그런데 '성의'

499

는 피리를 불면서, 형에 대한 원망의 감정을 다 덜어낸다. 그래서 서술자는 '단저로 벗을 삼아 심회를 덜며 일분도 그 **형을 원망치 아니하**'였다고 말하는 것이다. 이 구절은 '성의'의 내면세계가 변화하는 구절로, 정말 주의 깊게 읽었어야 한다. 항상 '내면세계'와 관련된 단어가 나오면 주의 깊게 읽으라고 했다.

'성의'는 '항의'를 일분도 원망하지 않고, 밤낮으로 부모님이 괜찮으실지만 생각한다. 부모님이 괜찮을지 생각하는 이유는, 아까 '성의'가 부모님에게 주려고 했던 일영주를 '항의'가 빼앗아 갔기 때문이다. '항의'가 일영주를 부모님께 드렸다면 문제가 없겠지만, 그러지 않았을 수도 있기 때문에 '성의'는 계속 걱정을 한다. 서술자는 이러한 '성의'의 모습을 보고 '그 천성대효(天性大孝)를 천지신명이 어찌 돕지 아니하리오'라고 말한다. 효심 가득한 '성의'의 모습을 보고 신이 어찌 돕지 않을 수 있겠다는 뜻이다. **이 말을 통해서, '성의의 효심'에 감동한 하늘이 앞으로 성의를 도와줄 것임을 추측할 수 있다.**

> 각설, 이때 중국에 호마령이라 하는 재상이 있으니 벼슬이 승상에 오른지라. 황명을 받자와 남일국에 사신 갔다가 삼 삭 만에 돌아오더니 이곳에 이르러 일행을 쉬더니 *청풍은 서래하고 수파는 고요한데, ⓜ 처량한 피리 소리 풍편에 들리거늘 호승상이 혜오되, '이곳은 *무인지경(無人之境)이라. 분명 *선동(仙童)이 *옥저를 불어 *속객을 희롱하는도다.' 하고 시동(侍童)을 명하여,
> "피리 소리 나는 곳을 찾아보라."

*청풍은 서래하고 수파는 고요한데 : 맑은 바람은 서늘하고 숲은 고요한데
*무인지경 : 사람이 없는 지역
*선동 : 신선처럼 신비로운 아이(천상계 존재)
*옥저 : 옥으로 만든 피리
*속객 : 속세에서 온 손님

⇒ '각설'은 고전 소설에서 다른 이야기나 장면으로 넘어갈 때 사용하는 단어다. 서술자는 '성의'의 처지를 안타까워하다가, '호마령'이라는 중국의 재상의 이야기로 넘어간다. '재상'이라는 건 왕이나 황제를 보좌하는 '고위직의 관리'를 뜻한다. 또 '승상'은 '최고위급 관직'을 의미한다. 즉, 호마령이 '재상'에서 '승상'으로 신분이 상승한 것이다. 이렇게 신분이 상승한 '호마령'을 서술자는 '호 승상'이라고 하기도 하는데, 성 뒤에 이름 대신 직위를 붙여서 부른 것이다. 이는 우리가 '김 선생', '이 팀장' 등으로 부르는 것과 같다.

'승상'이 된 '호마령'은 황제의 명을 받기 위해서 남일국으로 간다. 이때 '사신 갔다가'에서 '사신'은, 다른 나라로 가서 여러 문물을 보고 돌아오거나 '승상'처럼 '명'을 받고 오는 사람을 말한다. 즉, '승상'은 '사신'으로서 황제의 명을 받기 위해 '남일국'으로 갔던 것이다. 그렇게 남일국으로 갔던 '승상'은 '삼 삭(세 달)'만에 다시 돌아와서 일행과 함께 쉬고 있다. 그런데 어디선가 처량한 피리 소리가 들린다. 앞선 줄거리와 연결 지어서 생각해 봤을 때, 이는 '성의'의 피리 소리인 거 같다. '승상'은 피리 소리를 듣고, '여기는 사람이 안 사는 곳인데, 분명 **천상계의 초월적 존재**가 속세에 있는 우리를 희롱하는 거 같다'라고 말한다. 그러면서 '심부름하는 사람'에게 피리 소리 나는 곳을 찾아보라고 명령한다. '승상'이 생각하기에 지금 자신이 있는 곳은 아무도 살지 않는 곳인데, 피리 소리가 나니까 '이상해서' 지금 무슨 상황인 건지 보고 오라고 한 것이다.

> 하시되 시동 승명하고 피리 소리를 따라 한곳에 이르니 한 동자 죽림 암상
> 에 비겨 앉아 단저를 처량하게 불거늘 시동이 왈,
> "그대 신동인가? 선동인가?"
> 하니 성의 놀라더라.

⇒ '승상'의 명을 받고 피리 소리가 나는 곳으로 간 '시동'은, 대나무 숲에서 처량하게 피리를 불고 있는 '성의'를 발견한다. '시동' 입장에서는 이곳이 사람 사는 곳이 아니니까, '성의'를 보고 놀랐을 것이다. '시동'은 얘가 지금 '사람'인 건지 아니면 '귀신'인 건지 헷갈린다. 그래서 '성의'보고 '피리 부는 신동'인지 아니면 초월적 존재인 '선동'인 건지 묻고 있는 것이다. 그런데 '성의' 입장에서도 당황스러운 상황이다. 갑자기 모르는 사람이 와서 자기한테 "너 누구야?"라고 묻는 상황이기 때문이다.

– 작자 미상, 「적성의전」 –

## 1. 윗글의 내용에 대한 이해로 가장 적절한 것은?

> ① 화상은 인간 육신으로 서방 세계에 온 성의를 의심하여 그의 능력을 시험하였다.

⇒ 이는 '화상'의 내면세계에 공감했냐고 묻는 선지다. 우선 '화상'이 인간 육신으로 서방 세계에 온 성의를 '의심'한다고 할 수 있을까? 없다. '화상'은 "인간 육신으로 이곳을 들어왔으니 정성을 가히 알지라"라고 하면서, '인간 육신'으로 '초월적 세계'까지 찾아온 **'성의'의 능력과 정성을 인정**하고 있다. 즉, 지금 **'성의'를 의심**하고 있는 건 아니다.

　그리고 '화상'은 '성의'에게 '보탑존자'를 보려면 7일 동안 기다려야 한다고 말했는데, 이는 '성의의 능력'을 시험하려고 했던 것이 아니다. 그저 '성의'가 '인간'의 몸을 하고 있으니까, 인간의 몸에 있는 부정한 마음을 없애기 위해서 7일이라는 시간이 필요하다고 했던 것이다. 오히려 '화상'은, '서방세계'까지 찾아온 성의의 능력을 '인정'하고 있다고 보는 게 적절하다.

> ② 성의는 죽어서라도 대사의 제자가 되기를 원한다고 화상에게 전했다.

⇒ 성의가 "차라리 이곳에서 죽어"라는 말을 한 것은, 대사의 제자가 되고 싶어서가 아니다.　우선 성의는 병에 걸린 '모친'을 낫게 할 방법을 얻고자 '서방세계'로 왔다. 이때 '성의'가 '모친'을 낫게 할 방법을 얻고자 서방세계로 온 것은, 서방세계에 사는 '보탑존자'가 '모친'을 낫게 할 방법을 알고 있기 때문이다. 그래서 '성의'는 지금 자신이 '보탑존자'를 만나지 못하면, 차라리 죽어서 '보탑존자'가 자신을 가엾게 여기게 만들겠다고 말하는 상황이다. 즉, 성의가 "차라리 이곳에서 죽어"라고 말한 것은, 모친을 살리기 위해서 보탑존자를 반드시 만나야 했기 때문이다. '성의'의 내면세계에 제대로 공감했다면 쉽게 판단했을 것이다.

> ③ 보탑존자는 성의가 찾아올 것이라고 화상에게 미리 일러두었다.

⇒ 맞는 말이다. 앞부분에서, 처음 보는 어휘들에 당황하지 않고 '화상'이 하는 말만 제대로 이해했다면 쉽게 맞혔을 것이다. 위 작품에서 '화상'은 "작일에 존자 분부하시되, '명일 유시에 안평국 왕자 내게 올 것이니 오는 즉시 아뢰라' 하시더니"라고 말했다. 즉, '존자'가 '안평국 왕자(성의)'가 올 거라고 '화상'에게 이미 말해두었던 것이다. 소설을 읽을 때 인물 간 대화에서 '과거 사건'에 대한 정보가 나오면 반드시 꼼꼼히 보고 가야 한다. 이 문제를 틀렸으면 '안평국 왕자'가 '성의'인 것을 못 잡았거나 이 부분을 꼼꼼히 읽지 않았을 것이다.

　고전 소설에서는 인물이 다양하게 불린다는 걸 명심하자. 그리고 어려운 단어가 많아 보여도 하나씩 해석하면 다 이해할 수 있으니, 당황하지 말고 할 수 있는 만큼이라도 해석을 하려고 해야 한다.

> ④ 호 승상은 남일국에 사신으로 가는 길에 선동에게 희롱당하고 일행과 함께 자리를 떴다.

⇒ 말도 안 된다. '승상'은 남일국에 사신으로 갔다가 '돌아오는 길'에, '성의'가 있는 곳에서 잠깐 쉬고 있었다. 따라서 사신으로 '가는 길에'라고 말하는 건 틀렸다. 그리고 '선동에게 희롱'당한 것도 아니다. '호 승상'은 속세 사람인 '성의'의 피리 소리를 들은 것이다. 그뿐만 아니라 '일행과 함께 자리를 떴다'는 것도 틀렸다. '호 승상'은 심부름하는 사람인 '시동'에게, 소리 나는 곳으로 갔다 와 보라고 명령하고 있었기 때문이다.

> ⑤ 시동은 사람이 살지 않는 곳에 혼자 나서는 것을 두려워하여 호 승상의 명령을 따르지 않았다.

⇒ 작품 속에서 '시동'이 사람이 살지 않는 곳에 혼자 나서는 것을 '두려워했다'는 구절은 없다. **서술자는 3인칭 전지적 작가 시점이기 때문에, '시동'이 두려움을 느꼈다면 시동의 두려움을 전부 묘사해 줬을 것이다.** 그런데 서술자가 '시동'이 두려움을 느낀다는 말을 하지 않았으므로, 시동은 두려워하지 않았다고 봐야 한다.

그리고 '시동'은 소리 나는 곳을 보고 오라는 '승상'의 명령을 듣고, 소리 나는 곳으로 갔기 때문에, '명령을 따른' 것으로 봐야 한다.

● 답 : ③

## 2. [A]를 바탕으로 [B]를 이해한 내용으로 가장 적절한 것은?

> ① [A]에서 존자는 성의에게 '모환을 구하라'고 했는데, [B]를 보면 성의는 어머니가 돌아가셔서 한탄하고 있음을 알 수 있다.

⇒ [A]에서 '보탑존자'가 성의에게 '일영주'를 주면서 '모환을 구하라'라고 했다는 것은 맞는 말이다. 하지만 '성의'의 어머니가 돌아가셨는지는 알 수 없다. [B]에서 성의는 '일영주'를 빼앗아 간 '항의'가 부모님께 일영주를 드렸는지 알지 못해서 원통해하고 있다. 그런데 그게 전부다. '성의'는 '일영주'를 빼앗긴 것에 대해 원통해하고 있을 뿐, '성의'의 '어머니가 돌아가셨는지'는 알 수 없다.

작품에 나와 있는 것만을 토대로 판단해야 한다. 주관을 집어넣어서, '성의가 주려 했던 일영주를 형이 빼앗아 갔으니 어머니가 돌아가셨겠구나'라고 생각하면 안 된다. 작품 속에서 어머니가 돌아가셨다는 말은 없었기 때문이다. 그리고 뒷부분 줄거리에서 '항의'가, '성의'에게 뺏은 '일영주'를 '어머니'에게 줬을 수도 있다.

> ② [A]에서 존자는 성의가 '본디 하계 사람이 아니라'고 했는데, [B]를 보면 성의가 황천으로 돌아가고 있음을 알 수 있다.

⇒ 줄거리랑 아무 관련 없는 말이다. [B]에서 성의가 '황천'이라는 말을 한 것은, 자신이 황천으로 돌아간다는 게 아니라 어머니가 '돌아가실까 봐' 걱정하는 거였다. '황천'은 '저승'을 의미한다. [A]에서 '존자'가 성의에게 '본디 하계 사람이 아니라'고 한 것은 맞다. '존자'의 말에 따르면, 성의는 원래 '천상계' 사람이었는데 인간의 몸으로 환생한 것이다.

> ③ [A]에서 존자는 성의에게 '전세에 묘일성신과 혐의 있더니, 금세에 형제

됨에'라고 했는데, [B]를 보면 성의는 형과의 전세 악연을 이어 가고 있음을 알 수 있다.

⇒ 맞는 말이다. [A]에서 '존자'는 '성의'에게 '전세에 묘일성신(항의)과 혐의 있더니, 금세에 형제 됨에'라고 했다. 이 말을 통해서, '성의'와 '항의'가 전생에 '천상계 사람'이었는데, 서로 사이가 안 좋았다는 걸 알 수 있다. 그런데 금세(이번 생)에도 둘이 '형제'로 태어난 상황이다.

이때 [B]에서 '성의'가 하는 말을 보면, '항의'가 '성의'를 맹인으로 만들었다는 걸 알 수 있다. 그리고 지금 '항의' 때문에, '성의'가 '모친'에게 일영주를 전달할 수 없는 상황이다. '성의'가 가장 바라던 것이 '모친'의 병을 구하는 것이었는데, '항의' 때문에 그걸 못하게 되었으므로, '성의'는 '항의'와 전세의 악연을 이어가고 있음을 알 수 있다.

> ④ [A]에서 존자가 성의에게 '곤액이 있'다고 했는데, [B]를 보면 성의는 이제 부모의 곁에 있게 되었지만 그 얼굴을 알지도 못하게 된 고통을 겪고 있음을 알 수 있다.

⇒ '곤액'은 '몹시 딱하고 어려운 사정과 재앙이 겹친 불운'이다. 지문 맨 아래를 보면 출제자가 '각주'를 달아서 뜻을 적어 놓았다. 이를 바탕으로, [A]에서 '존자'가 '성의'에게 '곤액이 있'다고 한 것을 보면, '성의'에게 불행한 일이 생길 거라는 걸 알 수 있다.

그 불행한 일은 [B]에서 나타난다. '항의'의 공격으로 인해서 눈을 잃은 '성의'는, 부모의 얼굴을 알아볼 수 없게 된 자신의 처지를 원통해하고 있다. 그런데 지금 '성의'가 부모 곁에 있는 상황인가? ④번 선지에서 '이제 부모의 곁에 있게 되었지만'이라고 하는데, 이건 말도 안되는 소리다. [B]에서 '성의'는 '항의'에게 공격당한 뒤, 혼자 '판자 조각 하나'에 의지해서 떠내려왔다. 그리고 3일 만에 우연히 바위에 도착해서 정신을 차린 뒤에, 자신의 처지를 한탄하고 있다. 즉, '성의' 주변에는 지금 아무도 없는 상황이다. '이미지화'를 하면서 읽었다면, 틀린 말이라는 걸 쉽게 알 수 있었을 것이다.

> ⑤ [A]에서 존자가 성의에게 '필경에 원한을 풀 날이 있으리라'고 했는데, [B]를 보면 성의는 탄식을 통해 자연물의 공감을 얻음으로써 형에 대한

통한을 풀고 있음을 알 수 있다.

⇒ 이건 '성의'의 내면세계에 공감했으면 쉽게 판단할 수 있었다. [A]에서 존자가 성의에게 '필경에 원한을 풀 날이 있으리라'라고 한 것은, '성의'와 '항의'가 서로 화해할 날이 있을 거라는 뜻이다. 그런데 [B]를 보면 '성의'가 자신의 처지에 대해 원통해하고 있을 뿐, '항의'랑 화해하는 것과는 아무런 관련이 없다. 오히려 '나로 하여금 이 지경이 되게 하였으니 이제는 부모가 곁에 계신들 얼굴을 알지 못하게 되었으니 어찌 통한치 아니하리오'라는 구절을 통해서, '항의'에 대한 원통하고 한스러운 마음을 드러내고 있다는 걸 알 수 있다.

그런데 ⑤번 선지에서 '성의는 탄식을 통해 자연물의 공감을 얻음으로써'는 맞는 말이다. [B]의 마지막 부분을 보면 '슬피 통곡하니 창천이 욕열하고 일월이 무광한지라'라는 표현이 있다. 이는 '성의'가 매우 슬프게 우니까 하늘이 엄청 무덥고 해와 달이 빛을 잃었다는 뜻이다. 이런 표현은 '자연물'이 '성의'의 원통한 마음에 공감한 거 같은 느낌을 준다. 따라서 성의가 탄식을 통해 자연물의 공감을 얻었다고 말할 수 있는 것이다.

● 답 : ③

3. ㉠~㉤에 드러나는 소리에 대한 이해로 적절하지 <u>않은</u> 것은?

㉠ : 청아한 소리   ㉡ : 오작(烏鵲)이 우지지며
㉢ : 한 대가 금풍을 따라 스스로 응하여 우는지라
㉣ : 소리 처량하여   ㉤ : 처량한 피리 소리

① ㉠ : 표류하던 성의가 자신이 있는 위치를 가늠할 수 있게 하는 정보다.

⇒ 맞는 말이다. ㉠을 듣고 '성의'는 주변에 '대밭'이 있다는 것을 깨닫는다. 그리고 '이는 반드시 촉나라 땅이로다'라고 생각하는 걸 봐서, '성의'가 지금 자신이 있는 위치를 가늠하고 있다는 걸 알 수 있다.

② ⓛ : 먹을 것이 주위에 있다는 것을 성의에게 알려 주는 신호다.

⇒ 맞는 말이다. '오작'이 먹을 게 주위에 있다는 걸 알려주려고 울었는지는 알 수 없지만, 어쨌거나 '성의'는 오작의 울음소리를 듣고 '실과'가 있다는 걸 알게 된다. 따라서 '오작이 우지지'는 소리는 먹을 것이 주위에 있다는 것을 성의에게 알려 주는 신호라 할 수 있다.

③ ⓒ : 성의가 피리의 재료로 쓸 대나무를 발견하는 계기가 된다.

⇒ 맞는 말이다. '청아한 소리'를 따라서 '대숲'으로 간 '성의'는, 가을 바람을 따라 스스로 응하여 우는 '대나무' 하나를 발견한다. 그리고 이 대나무를 재료로 삼아서 '단저'를 만들고 있으므로, ⓒ은 성의가 '피리의 재료로 쓸 대나무'를 발견하는 계기라 할 수 있다.

④ ⓒ : 성의가 자신의 피리 부는 재능이 탁월함을 천상계에 알리는 신호다.

⇒ 만약 이 말이 맞으려면, ⓒ을 들은 '천상계' 사람들이 반응하는 장면이 나오거나, '천상계' 사람들이 듣게 하기 위해서 피리를 부른다는 성의의 내면세계가 제시되어야 한다. 하지만 지금 그런 상황이 아니다. '성의'는 자신의 피리 부는 재능이 탁월하다는 걸 '천상계'에 알리기 위해서 피리를 부는 게 아니다. 그저 자신의 슬픈 마음을 덜어내고자 피리를 부는 것이다.

ⓒ이 쓰인 구절 바로 아래에 있는 구절을 보면, '단저로 벗을 삼아 심회를 덜며 일분도 그 형을 원망치 아니하고'라고 말한다. 즉, '성의'는 피리를 통해서 원통한 자신의 마음을 해소하고 있었다는 걸 알 수 있다.

⑤ ⓜ : 고립되어 있던 성의가 타인과 만나는 계기가 된다.

⇒ 맞는 말이다. '성의'가 있는 곳에 도착해서 쉬고 있던 '호마령'은 ⓜ을 듣고 '시동'을 시켜서 '성의'를 찾게 된다. 따라서 성의의 '피리 소리'는, '성의'가 타인과 만나는 계기라고 할 수 있다.

## 4. <보기>를 참고하여 윗글을 감상한 내용으로 적절하지 <u>않은</u> 것은?

> <보 기>
> 　　불교 설화를 근원으로 하고 있는 「적성의전」은 소설로 형성되는 과정에서 유교적 덕목인 효행이 강조된다. 또한 대결 구도를 근간으로 하면서 초월적 존재 혹은 천상계가 설정되는 특징을 보여 준다. 특히 형제 갈등이라는 가족 내의 문제를 다루면서 권선징악적 성격을 드러내고 있다.

◇◇◇◇◇◇◇◇◇◇◇◇◇◇◇◇◇◇◇◇◇◇ **<보기> 분할 분석** ◇◇◇◇◇◇◇◇◇◇◇◇◇◇◇◇◇◇◇◇◇◇

> 　　불교 설화를 근원으로 하고 있는 「적성의전」은 소설로 형성되는 과정에서 유교적 덕목인 효행이 강조된다.

⇒ '불교 설화'라는 건, 말 그대로 '불교와 관련된 이야기'를 말한다. 이걸 보니까 '천성금불', '백팔염주', '칠백 중', '송경 소리' 같은 불교 용어들이 왜 등장했는지 알겠다.

　그리고 '효행'이라는 건 말 그대로 '효를 실천하기 위한 행동'을 말한다. 「적성의전」에서 '성의'가 모친을 구하기 위해서 '보탑존자'를 찾아가고, '항의'에게 공격을 당한 뒤에도 '모친'이 괜찮으실지만 생각하는 점에서, '효행'이 강조되고 있음을 알 수 있다.

> 　　또한 대결 구도를 근간으로 하면서 초월적 존재 혹은 천상계가 설정되는 특징을 보여 준다. 특히 형제 갈등이라는 가족 내의 문제를 다루면서 권선징악적 성격을 드러내고 있다.

⇒ 〈보기〉에서 말하는 '대결 구도'는 '성의'와 '항의'의 대결 구도를 말하는 거 같다. 그리고 또 〈보기〉에서 말하는 '초월적 존재 혹은 천상계가 설정되는 특징'은, '성의'가 전생에 천상계 존재였고, 같은 천상계 존재인 '묘일성신'과 악연이 있었다는 데서 확인할 수

있다.

　천상계에서 악연을 맺었던 '성의'와 '묘일성신'은, 현생에서 '형제'로 태어나 악연을 이어간다. 그래서 「적성의전」은 〈보기〉에서 말하는 대로 '형제 갈등이라는 가족 내 문제'도 다룬다고 할 수 있다. 그리고 〈보기〉에서는 「적성의전」이 '권선징악적 성격'을 드러내고 있다고 말한다. '권선징악적 성격'이 드러난다는 건, '선'을 행하는 인물이 있고 '악한' 인물이 있다는 뜻이다. 그리고 '선한' 인물은 마침내 복을 받고, '악한' 인물은 벌을 받게 된다. 따라서 '효'를 실천하기 위해서 최선을 다하는 '성의'는 '선'한 인물로 볼 수 있고, 그런 '성의'를 방해하는 '항의'는 '악'한 인물로 볼 수 있다. 그래서 「적성의전」을 끝까지 읽어보면, '항의'는 끝내 자객에게 죽임을 당하고 성의는 안평국의 왕이 된다.

　하지만 위 구절만 봤을 때는 '성의'가 복을 받고, '항의'가 벌을 받는 장면은 없다. 출제된 구절만 봤을 때는 '성의'가 '선'을 행하는 인물이고, '항의'가 '악'을 행하는 인물이라는 것만 알 수 있다.

　① 성의가 원래 하계 사람이 아니라는 존자의 말로 보아 천상계가 설정된
　　이 소설의 특징을 알 수 있군.

⇒ 맞는 말이다. '존자'의 말에는 지상계와 천상계가 나뉘져있다는 사실이 전제로 깔려있다. 따라서 '적성의전'은 '천상계'가 설정된 소설이라는 걸 알 수 있다. 〈보기〉에서도 '적성의전'은 '초월적 존재 혹은 천상계가 설정되는 특징'을 보여 준다고 했었다.

　② 금강경, 백팔염주, 보탑존자 등의 불교적 소재를 취한 것으로 보아 불교
　　설화의 흔적이 남아 있음을 알 수 있군.

⇒ '금강경'이랑 '보탑존자'가 뭔지는 몰라도 '백팔염주'라는 단어는 '불교'와 관련된 단어라는 걸 알 수 있다. '염주'라는 건 살면서 한 번쯤은 들어봤을 것이기 때문이다. '염주'는 불교에서 염불을 할 때, 손에 들고 구슬을 하나씩 세면서 번뇌를 없애는 용도로 쓰였다.

'금강경'은 '금강반야바라밀경'이라 부르기도 하는데, 쉽게 말해서 '불교 경전'이다. 그리고 '보탑존자'는 '학문과 덕행이 뛰어난 부처의 제자'를 이르는 말이다. '금강경'과 '보탑존자'의 정확한 뜻을 몰라도, 윗글의 '보탑존자가 금강경을 손에 쥐고 백팔염주를 두르고 있다'는 장면에서, '백팔염주'와 같은 '불교 소재'라는 걸 추측할 수 있었다. 〈보기〉에 따르면 '적성의전'은 '불교 설화'를 근원으로 하는 소설로, '금강경', '백팔염주', '보탑존자' 같은 불교 용어를 통해서 이를 확인할 수 있다.

③ 천하제국 중생의 선악을 볼 수 있는 존자가 부정한 성의를 만나지 않겠다고 한 것으로 보아 권선징악적 성격을 알 수 있군.

⇒ 이건 '존자'의 내면세계만 제대로 공감했어도 쉽게 맞혔을 것이다. 천하제국 중생의 선악을 볼 수 있는 존자는 우선 '성의'를 만나지 않겠다고 하지 않았다. 오히려 '화상'에게 '성의'가 올 것을 미리 알리고, '성의'가 오면 바로 나에게 말을 해달라고 했었다. 이는 '보탑존자'가 '성의'를 만나지 않으려 하는 게 아니라, 만나고 싶어 하는 것이다.

그리고 ③번 선지에서는 '성의'를 '부정한 성의'라고 말했는데, 이는 맞는 말이다. 왜냐하면 '성의'는 '인간의 몸'을 하고 있기 때문이다. '화상'은, '인간의 몸'을 가지고 있는 존재는 마음속에 있는 '부정'을 비워낼 필요가 있다고 말했다. 작품 속에서 '성의'는 선한 인물이지만, 그것과 관계없이 '인간의 몸'이기 때문에 '부정'이 있다는 것이다. 그래서 '화상'은 '성의'에게 7일 동안 부정을 정화하는 시간을 갖고 오라고 했던 것이다. 따라서 '부정한 성의'라고 표현할 수 있다.

마지막으로 '권선징악적 성격'을 알 수 있다고 했는데, **윗글에서 '권선징악적 성격'이**

드러나는 부분은 '성의'를 '선한' 인물로, '항의'를 '악한' 인물로 설정한 부분이다. 즉, 존자가 부정한 성의를 만나지 않겠다고 한 것에서 '권선징악적 성격'이 드러나는 건 아니다. 그리고 지금 성의가 '인간의 몸'을 하고 있어서 '부정'하다고 한 것이지, '악한' 인물이라서 '부정'하다고 한 게 아니다. 따라서 '존자'가 '부정한 성의'를 만나지 않겠다고 한 것은, '권선징악적 성격'을 드러내는 것과는 아무런 관계가 없다.

> ④ 형에 의해 두 눈이 멀고 홀로 암석 위에서 자탄하고 있는 성의의 모습으로 보아 인물 간의 갈등이 가족 내의 문제임을 알 수 있군.

⇒ 맞는 말이다. 지금 '성의'는 '형'인 '항의'의 공격을 받아서 눈이 멀고, 암석 위에 앉아서 원통해하고 있었다. 이러한 '성의'와 '항의'의 갈등은, '형제'들의 갈등이라는 점에서 '가족 내의 문제'라고 할 수 있다.

> ⑤ 성의가 어머니를 위한 지극한 효성으로 창해 누만 리 떨어진 곳까지 일영주를 얻기 위해 갔다는 것으로 보아 유교적 덕목을 드러내고 있음을 알 수 있군.

⇒ '성의'는 어머니의 병을 고치기 위해서 '창해 누만 리' 떨어진 '서방세계'까지 간다. 그리고 그곳에서 '보탑존자'를 만나고, 어머니의 병을 치료할 '일영주'를 얻게 된다. 이는 어머니의 병을 고치려는 '성의'의 '효심'이 드러나는 부분으로, 〈보기〉에 따르면 성의가 '유교적 덕목인 효행'을 실천하고 있는 것이다. 따라서 '성의'가 일영주를 얻기 위해 먼 곳까지 나서는 것은 유교적 덕목인 '효행', 효심'을 드러내고 있다고 할 수 있다.

● 답 : ③

# 에필로그

여기까지 온다고 정말 수고 많았다. 그냥 하는 말이 아니라, '정말로' 수고 많았다. 내가 기존 '국정원'을 출간하면서 한 가지 느꼈던 것은, 정말 많은 학생이 책을 '끝까지' 읽지 않는다는 것이다. 생각해보면 정말 고된 여정이다. 하위권, 중하위권 학생들 입장에서 매일 꾸준하게 10페이지, 20페이지씩 책을 읽고 공부한다는 건 정말 쉽지 않다. 하지만 너는 지금 400페이지가 넘는 책의 마지막 장을 읽고 있다. 여기까지 포기하지 않고 따라왔다는 걸 봤을 때, 나는 네가 분명 1등급으로 갈 수 있는 끈기와 태도를 가진 사람이라고 확신한다.

이제 이 책을 덮고 난 뒤에는 스스로 '기출 문제'를 풀면 된다. 네가 만약 고등학교 1, 2학년이라면, 이 책에서 배운 것들을 적용하면서 고등학교 1, 2학년 기출 문제를 풀어나가면 된다. 그리고 네가 만약 고등학교 3학년이라면, 최근 기출 문제부터 2006학년도 기출 문제까지 풀면서 이 책에서 배웠던 것을 하나씩 적용해 나가면 된다. 물론 네가 스스로 기출 문제를 풀다 보면 또 다른 시련이 너를 맞이할 것이다. 분명 배운 대로 읽었는데 무슨 말인지 모르겠고, 너무 많이 틀려서 중간에 하기 싫은 마음이 들 수도 있다. 그런데 그게 정상이다.

나 역시 국어 공부법을 깨닫고 바로 성적이 오른 건 아니었다. 나도 수많은 기출 문제를 풀면서 계속 좌절했다. '이러다 1년 안에 1등급을 받을 수는 있을지', '이게 맞는 방법인지' 종종 의심이 들었다. 그런데 올바른 방법으로 딱 기출 문제 10년 치 정도를 끙끙대면서 풀고 나니까 점수가 말도 안 되게 상승했다. 평생 1등급은 꿈도 못 꾸던 내가 이제는 어떤 시험을 치든 무조건 1등급 이상의 점수를 받게 된 것이다. 네가 지금 국어가 힘들고, 점수가 잘 안 나온다면 그 말은 반대로, 그만큼 많은 부분에서 발전할 가능성이 있다는 것이다. 그리고 올바른 방향으로 꾸준히 들이부은 노력은 분명 빛을 발하게 되어 있다.

이 책에서 내가 제시한 방향은 시중에 있는 그 어떤 방법보다 네 국어 성적을 높이는 '올바른 방법'이라고 자부한다. 내가 고등학교 시절부터 재수 시절까지 4년 동안 방황하면서 찾아낸 답이고, 이제는 '국정원'을 읽고 성적을 올렸던 10만 명 이상의 독자들이 증명하는 방법이다. 너는 이 책을 읽으면서 무슨 말인지 모르겠던 '시'가 이해됐을 것이고 또한 '소설' 속 줄거리가 재밌게 다가오는 경험을 한 번쯤은 했을 것이다. 바로 그게 내가 너에게 경험시켜주고 싶었던 것이자 출제자들이 너에게 바라는 것이다.

앞으로 네가 공부하는 모든 순간순간에, 이 책에서 배웠던 것을 잊지 말기를 바란다. 그러면 기출 문제 속에 있는 수많은 세상이 네 눈에 보이기 시작할 것이다. 국어 성적을 올리는 가장 빠른 길은, '활자 너머에 있는 세상'을 보는 것 즉, '글자'가 아닌 '감정'을 읽는 것이라는 걸 명심하길 바란다. 그럼, 네가 앞으로 보게 될 세상들을 축하하며 이만 마치겠다.

# 국어 1등급을 정말 원한다면 : 노베이스 문학편

| | |
|---|---|
| **1판 1쇄** | 2024년 11월 26일 |
| **1판 2쇄** | 2025년 1월 6일 |
| **1판 3쇄** | 2025년 1월 31일 |

| | |
|---|---|
| **지은이** | 김범준 |
| **발행인** | 송서림 |
| **책임편집** | 송서림, 차민정, 고영아 |
| **디자인** | 민미홍 |
| **삽화** | 노소영, 김도연 |
| **교정교열** | 신현아, 황지희, 고예원, 최가연, 김유림, 김채은, 윤민서, 전아란 |

| | |
|---|---|
| **발행처** | 메리포핀스북스 |
| **주소** | 경기도 김포시 김포한강2로 262, 504호 |
| **등록** | 2018년 5월 9일 |
| **홈페이지** | http://www.marypoppinsbooks.com |

국어 1등급을 정말 원한다면

# 국정원

## 노베이스 문학편